"साधु—वह उस जन्म का कोई सच्चरित्र, साधु-भक्त, परोपकारी जीव था। उसने आपकी सारी संपत्ति धर्म-कार्यों में उड़ा दी थी। आपके संबंधियों में ऐसा कोई सज्जन था?

रामटहल—हां महाराज, था।

साधु—उसने तुम्हें धोखा दिया, तुमसे विश्वासघात किया। तुमने उसे अपना कोई काम सौंपा था। वह तुम्हारी आंख बचाकर तुम्हारे धन से साधुजनों की सेवा-सत्कार किया करता था।

रामटहल—मुझे उस पर इतना संदेह नहीं होता। वह इतना सरल प्रकृति, इतना सच्चरित्र मनुष्य था कि बेईमानी करने का उसे कभी ध्यान भी नहीं आ सकता था।

साधु—लेकिन उसने विश्वासघात अवश्य किया। अपने स्वार्थ के लिए नहीं, अतिथि-सत्कार के लिए ही सही, पर था वह विश्वासघाती।

रामटहल—संभव है, दुरवस्था ने उसे धर्म-पथ से विचलित कर दिया हो।

साधु—हां, यही बात है। उस प्राणी को स्वर्ग में स्थान देने का निश्चय किया गया, पर उसे विश्वासघात का प्रायश्चित्त करना आवश्यक था। उसने बेईमानी से तुम्हारा जितना धन हर लिया था, उसकी पूर्ति करने के लिए उसे तुम्हारे यहां पशु का जन्म दिया गया। यह निश्चय कर लिया गया कि छह वर्ष में प्रायश्चित्त पूरा हो जाएगा। इतनी अवधि तक वह तुम्हारे यहां रहा। ज्यों ही अवधि पूरी हो गई, त्यों ही उसकी आत्मा निष्पाप और निर्लिप्त होकर निर्वाणपद को प्राप्त हो गई।"

प्रथम संस्करण: 2024

FiNGERPRINT! HINDI
प्रकाश बुक्स इंडिया प्राइवेट लिमिटेड का एक प्रकाशन

113/ए, दरियागंज, नई दिल्ली–110002
ईमेल: info@prakashbooks.com/sales@prakashbooks.com

Fingerprint Publishing
@FingerprintP
@fingerprintpublishingbooks
www.fingerprintpublishing.com

ISBN: 978 93 5856 893 6

मानसरोवर-8

यथार्थपूर्ण एवं रोचक कहानियों पर आधारित
एक अत्यंत रोमांचक संकलन!

लेखक

प्रेमचंद

संपादक

एम.आई. राजस्वी

(उ.प्र. हिंदी संस्थान से सम्मानित)

FINGERPRINT!

दो शब्द

मानसरोवर-8 : यथार्थपूर्ण एवं रोचक संकलन

मुंशी प्रेमचंद के कहानी संकलन **'मानसरोवर-8'** में सदाचरण, जाति-धर्म के पाखंड, न्यायशीलता और जमींदार व किसान के पारस्परिक संबंधों को केंद्र में रखकर कहानियों का ताना-बाना बुना गया है। इस संकलन की कहानियों में प्रेमचंद ने मानव-मन की गहराइयों में समाई विचित्र संभावनाओं पर विशेष ध्यान दिया है। इन विचित्रताओं को कहानी के रूप में प्रस्तुत करते हुए यथार्थ का पुट देखकर नकारात्मक से सकारात्मक स्थिति की ओर बढ़ने का भी प्रयास किया गया है।

इस संकलन की कहानी **'गुप्त धन'** और **'गरीब की हाय'** में मुंशी प्रेमचंद ने रहस्य और रोमांच का वातावरण सृजित करते हुए सत्य की जय और असत्य की पराजय को प्रस्तुत करने का सफल प्रयास किया है।

कहानी **'नमक का दरोगा'** में दरोगा वंशीधर के सदाचरण पर प्रकाश डालते हुए सच्चाई के उजले पक्ष को दिखाया गया है। इस कहानी से स्पष्ट होता है कि सच को सामने आने में समय तो लग सकता है, लेकिन सच पराजित नहीं हो सकता। जब पंडित अलोपीदीन की नमक से लदी गाड़ियां बिना सरकारी आदेश के आगे बढ़ी जा रही थीं, तो दरोगा वंशीधर कानून का डंडा लेकर सामने आ खड़े हुए। पंडित अलोपीदीन ने दरोगा को उनके कर्तव्य से विमुख करने के लिए रिश्वत देने का लाख जतन किया, लेकिन दरोगा वंशीधर टस-से-मस नहीं हुए। इस प्रसंग को मुंशी प्रेमचंद ने बड़े यथार्थपूर्ण और रोचक ढंग से कहानी **'नमक का दरोगा'** में प्रस्तुत किया है। इसकी झलक प्रस्तुत है–

वंशीधर ने अपने जमादार को ललकारा।
बदलू सिंह मन में दरोगाजी को गालियां देता हुआ पंडित अलोपीदीन की ओर बढ़ा।
पंडितजी घबराकर दो-तीन कदम पीछे हट गए। अत्यंत दीनता से बोले–"बाबू साहब, ईश्वर के लिए मुझ पर दया कीजिए, मैं पच्चीस हजार पर निबटारा करने का तैयार हूं।"
"असंभव बात है।"

"तीस हजार पर?"

"किसी तरह भी संभव नहीं।"

"क्या चालीस हजार पर भी नहीं?"

"चालीस हजार नहीं, चालीस लाख पर भी असंभव है।" वंशीधर ने कड़ककर कहा–"बदलू सिंह, इस आदमी को हिरासत में ले लो। अब मैं एक शब्द भी नहीं सुनना चाहता।"

धर्म ने धन को पैरों तले कुचल डाला। अलोपीदीन ने एक हृष्ट-पुष्ट मनुष्य को हथकडियां लिये हुए अपनी तरफ आते देखा। चारों ओर निराश और कातर दृष्टि से देखने लगे। इसके बाद मूर्च्छित होकर गिर पड़े।

मानसरोवर-8 की अन्य कहानियों–**'खून सफेद'** में जाति-धर्म के पाखंड का पर्दाफाश करने, **'उपदेश'** में जमींदार और किसान के संबंधों पर प्रकाश डालने और **'सज्जनता का दंड'** में न्यायशीलता को स्थापित करने की युक्तियों पर प्रमुखता से चिंतन किया गया है। इस संकलन की अन्य कहानियां भी अत्यंत रोचक, रोमांचक और यथार्थपूर्ण हैं।

'मानसरोवर-8' एवं प्रेमचंद की अन्य रचनाओं के साथ ही सुप्रसिद्ध उपन्यासकार शरत्चंद्र चट्टोपाध्याय, बंकिमचंद्र चटर्जी, नोबेल पुरस्कार विजेता रवींद्रनाथ टैगोर, आचार्य चाणक्य, स्वामी विवेकानंद, खलील जिब्रान, महात्मा गांधी, एडोल्फ हिटलर, डेल कार्नेगी, जोसेफ मर्फी, नेपोलियन हिल, शेक्सपियर आदि को भी **'फिंगरप्रिंट हिंदी'** के अंतर्गत प्रकाश बुक्स ने प्रकाशित करने का आयोजन किया है।

हमें पूर्ण विश्वास है कि प्रस्तुत पुस्तक **'मानसरोवर-8'** एवं प्रकाश बुक्स द्वारा **'फिंगरप्रिंट हिंदी'** में प्रकाशित अन्य सभी पुस्तकें आपके लिए अत्यंत रोचक, रोमांचक एवं ज्ञानवर्द्धक सिद्ध होंगी।

–एम.आई. राजस्वी

धनपतराय से मुंशी प्रेमचंद तक

'कलम का सिपाही', **'कलम की शान'**, **'कलम का जादूगर'**, **'कथा सम्राट'** और **'उपन्यास सम्राट'** जैसी अनेक उपाधियों से अलंकृत मुंशी प्रेमचंद का जन्म वाराणसी के निकट 'लमही' नामक ग्राम में 31 जुलाई, 1881 को हुआ था। उनका वास्तविक नाम धनपतराय श्रीवास्तव था। उनके पिता अजायबराय डाकखाने में मुंशी के रूप में मामूली-सी नौकरी करते थे, जबकि उनकी माता आनंदी देवी एक सामान्य गृहिणी थीं।

धनपतराय की आयु जब मात्र 8 वर्ष थी तो उनकी माता का स्वर्गवास हो गया। 15 वर्ष की अल्पायु में धनपतराय का विवाह उनसे अधिक आयु की एक युवती से कर दिया गया। कदाचित् यह एक अनमेल विवाह था जिसे न चाहते हुए भी सामाजिक मर्यादा के लिए उन्हें स्वीकार करना पड़ा। विवाह के लगभग एक वर्ष बाद ही उनके पिता की मृत्यु हो गई। इस कारण घर का सारा बोझ उन्हें उठाना पड़ा। उस समय उनकी आर्थिक स्थिति अत्यंत दयनीय थी।

धनपतराय यानी प्रेमचंद ने प्रारंभिक शिक्षा के तौर पर अपने ही गांव लमही के एक छोटे-से मदरसे में मौलवी साहब से उर्दू और फारसी का ज्ञान प्राप्त किया। सन् 1890 में उन्होंने वाराणसी के क्वीन कॉलेज में एडमिशन लिया और सन् 1897 में इसी कॉलेज से दूसरी श्रेणी में मैट्रिक की परीक्षा उत्तीर्ण की। आर्थिक स्थिति अच्छी न होने के कारण उन्हें पढ़ाई छोड़ देनी पड़ी, लेकिन प्रतिकूल परिस्थितियों के बावजूद सन् 1919 में उन्होंने स्नातक की परीक्षा उत्तीर्ण की।

प्रेमचंद का पत्नी के साथ वैचारिक मतभेद होने के कारण दांपत्य जीवन सुखद न था। सन् 1905 में गृह-क्लेश होने पर उनकी पत्नी मायके चली गईं और फिर लौटकर नहीं आईं। प्रेमचंद ने भी पत्नी को लौटा लाने का प्रयास नहीं किया और अंततः इस अध्याय का पटाक्षेप हो गया।

प्रेमचंद आर्य समाज से अत्यंत प्रभावित थे और विधवा विवाह का समर्थन करते थे। इसी के प्रभाव में सन् 1906 में उन्होंने एक बाल विधवा शिवरानी देवी

से विवाह कर लिया। शिवरानी देवी से उनकी 3 संतानें हुईं। इनमें दो बेटे श्रीपतराय और अमृतराय तथा एक बेटी कमला देवी थीं।

प्रेमचंद ने बिगड़ती घरेलू आर्थिक स्थिति को संभालने के लिए कड़ा संघर्ष किया। उन्होंने सबसे पहले एक वकील के यहां उसके बेटे को पढ़ाने के लिए 5 रुपये मासिक वेतन पर नौकरी की। धीरे-धीरे वे प्रत्येक विषय में पारंगत हो गए, बाद में इसी कारण उन्हें एक मिशनरी विद्यालय में प्रधानाचार्य के पद पर नियुक्ति मिली। स्नातक परीक्षा पास करने के बाद उन्हें शिक्षा विभाग में इंस्पेक्टर के पद पर नियुक्त किया गया। महात्मा गांधी से प्रभावित होने के कारण वे अधिक समय तक सरकारी नौकरी न कर सके और पद से त्यागपत्र देकर लेखन के माध्यम से देशसेवा में जुट गए।

प्रेमचंद आरंभिक दौर में अपने वास्तविक नाम धनपतराय के बजाय नवाबराय के नाम से लेखन कार्य करते थे। उनका **'नवाबराय'** नाम उनके चाचा महावीरराय द्वारा प्रेम से दिया गया संबोधन था। यद्यपि उन्होंने मात्र 13 वर्ष की आयु से ही लेखन कार्य आरंभ कर दिया था, तथापि उनके साहित्यिक जीवन का आरंभ सन् 1901 से माना जाता है। इस समय उन्होंने उर्दू में नाटक और उपन्यास लिखे।

प्रेमचंद का पहला अपूर्ण उपन्यास **'असरार-ए-मआबिद'** (देवस्थान रहस्य) उर्दू साप्ताहिक **'आवाज-ए-खल्क'** में 8 अक्तूबर, 1903 से 1 फरवरी, 1905 तक धारावाहिक रूप में लेखक नवाबराय के तौर पर प्रकाशित हुआ। उनका दूसरा उपन्यास उर्दू में **'हमखुरमा व हमसवाब'** और हिंदी में **'प्रेमा'** के नाम से सन् 1907 में प्रकाशित हुआ।

सन् 1910 में नवाबराय के नाम से प्रेमचंद की रचना **'सोज-ए-वतन'** (राष्ट्र का विलाप) अंग्रेज सरकार की आंख का शूल बन गई। हमीरपुर के जिला कलेक्टर ने प्रेमचंद को तलब करके उन पर सीधे-सीधे जनता को भड़काने का आरोप लगाया। उन्होंने **'सोज-ए-वतन'** की सभी प्रतियां जब्त कर लीं और सख्त हिदायत दी कि अब वे कुछ नहीं लिखेंगे। यदि उन्होंने शासनादेश का उल्लंघन किया तो उन्हें कारावास में डाल दिया जाएगा।

प्रेमचंद कलेक्टर साहब का यह शासनादेश सुनकर सन्न रह गए, तब उर्दू पत्रिका **'जमाना'** के संपादक और उनके मित्र मुंशी दयानारायण निगम ने उन्हें एक नए नाम से लेखन कार्य जारी रखने की सलाह दी। उन्होंने नए नाम के रूप में **'प्रेमचंद'** उपनाम भी सुझाया। अपने मित्र की सलाह मानते हुए इसके बाद प्रेमचंद ने इसी उपनाम को सदा-सर्वदा के लिए धारण कर लिया।

बहुमुखी प्रतिभा के धनी प्रेमचंद ने कहानी, उपन्यास, नाटक, समीक्षा, लेख, संस्मरण और संपादकीय जैसी विभिन्न विधाओं पर लेखनी चलाई। विशेष रूप से उनकी ख्याति कथाकार के रूप में हुई। उनके जीवनकाल में ही सुप्रसिद्ध उपन्यासकार शरत्चंद्र चट्टोपाध्याय ने प्रेमचंद को **'उपन्यास सम्राट'** कहकर संबोधित किया।

प्रेमचंद के उपन्यास और कहानियों में जीवन की यथार्थ वस्तुस्थिति, मार्मिक तथ्यों एवं गहन संवेदनाओं से ओत-प्रोत चरित्र-चित्रण मिलते हैं। प्रेमचंद के प्रमुख उपन्यास **'प्रेमा'** (1907), **'सेवासदन'** (1918), **'प्रेमाश्रम'** (1922), **'रंगभूमि'** (1925), **'कायाकल्प'** (1926), **'निर्मला'** (1927), **'गबन'** (1931), **'कर्मभूमि'** (1932) और **'गोदान'** (1936) हैं। उनके अंतिम उपन्यास **'मंगलसूत्र'** पर लेखन कार्य चल ही रहा था कि लंबी बीमारी के बाद 8 अक्तूबर, 1936 को उनका देहावसान हो गया। इस उपन्यास का शेष भाग उनके पुत्र अमृतराय ने पूरा किया।

प्रेमचंद के प्रथम कहानी संग्रह **'सोज-ए-वतन'** की पहली कहानी **'दुनिया का अनमोल रतन'** को सामान्यतः उनकी प्रथम कहानी माना जाता है, लेकिन प्रेमचंद कहानी रचनावली के संकलनकर्ता डॉ. कमल किशोर गोयनका के अनुसार, **'जमाना'** उर्दू पत्रिका में प्रकाशित **'इश्क-ए-दुनिया और हुब्ब-ए-वतन'** (सांसारिक प्रेम और देश-प्रेम) प्रेमचंद की पहली प्रकाशित कहानी है।

प्रेमचंद के जीवनकाल में उनके कुल नौ कहानी संग्रह—**सप्त सरोज, नवनिधि, प्रेम पूर्णिमा, प्रेम पचीसी, प्रेम प्रतिमा, प्रेम द्वादशी, समरयात्रा, मानसरोवर** (भाग—1 व 2) और **कफन** प्रकाशित हुए। उनकी मृत्यु के उपरांत उनकी कहानियों को **'मानसरोवर'** शीर्षक से 8 भागों में प्रकाशित किया गया।

प्रेमचंद के नाम के साथ मुंशी संबोधन कब और कैसे जुड़ गया, इस बारे में यह मत दिया जाता है कि प्रेमचंद ने आरंभिक दौर में कुछ समय तक अध्यापन कार्य किया था। उस समय अध्यापक के लिए प्रायः **'मुंशीजी'** कहा जाता था। अतः प्रेमचंद को भी **'मुंशी प्रेमचंद'** कहा गया। एक अन्य मत के अनुसार, कायस्थों में नाम के आगे 'मुंशी' लिखने की परंपरा के कारण प्रेमचंद के प्रशंसकों ने उनके नाम के आगे भी मुंशी लिखकर उन्हें सम्मानित किया।

एक तार्किक और प्रामाणिक मत इस बारे में यह भी है कि **'हंस'** नामक पत्र प्रेमचंद और कन्हैयालाल माणिकलाल मुंशी के सह-संपादन में निकलता था। इस पत्र में संपादक के रूप में **'मुंशी, प्रेमचंद'** छपा होता था। यहां 'मुंशी' से अभिप्राय

के.एम. मुंशी से था। कालांतर में **'मुंशी, प्रेमचंद'** का कौमा विस्मृत कर केवल **'मुंशी प्रेमचंद'** लिखा जाने लगा। इससे आभास हुआ कि प्रेमचंद ही मुंशी हैं। अब 'मुंशी' की उपाधि प्रेमचंद के नाम के साथ इतनी रूढ़ हो चुकी है कि मात्र 'मुंशी' से ही प्रेमचंद की विद्यमानता का बोध होने लगता है।

प्रेमचंद के विभिन्न उपन्यासों एवं कहानियों का न केवल भारतीय और विदेशी भाषाओं में अनुवाद हो चुका है, बल्कि उन पर बहुत-सी लोकप्रिय फिल्में और धारावाहिक भी बन चुके हैं। सन् 1938 में प्रेमचंद के उपन्यास **'सेवासदन'** पर, सन् 1963 में **'गोदान'** पर और सन् 1966 में **'गबन'** पर लोकप्रिय फिल्में बनीं। सन् 1977 में उनकी कहानी **'शतरंज के खिलाड़ी'** पर, सन् 1981 में **'सद्गति'** पर और सन् 1977 में **'कफन'** पर तेलुगु में बनी **'ओका उरी कथा'** फिल्में लोकप्रिय हुईं। सन् 1980 में उनके बहुचर्चित उपन्यास **'निर्मला'** पर बना धारावाहिक दर्शकों द्वारा बहुत सराहा गया।

प्रेमचंद यद्यपि आज हमारे बीच में नहीं हैं, तथापि उनका रचना-संसार भारत की ही नहीं, वरन् विश्व की अनेक भाषाओं में अमरत्व प्राप्त कर चुका है। विश्व के हर स्थान, हर वर्ग और हर व्यक्ति में प्रेमचंद की कोई-न-कोई कथावस्तु मंडराती, चहलकदमी करती नजर आती है। कोई भी पाठक इस अहसास को अपने आसपास, इर्द-गिर्द और नजदीक से महसूस करना चाहे तो प्रस्तुत पुस्तक **'मानसरोवर-8'** इसका जीता-जागता प्रमाण है।

अनुक्रमणिका

1.	अनिष्ट शंका	13
2.	आदर्श विरोध	19
3.	उपदेश	27
4.	खून सफेद	47
5.	गरीब की हाय	57
6.	गुप्तधन	69
7.	ज्वालामुखी	77
8.	दफ्तरी	89
9.	दुस्साहस	95
10.	धर्मसंकट	103
11.	नमक का दरोगा	111
12.	परीक्षा	121
13.	पशु से मनुष्य	127
14.	पूर्व संस्कार	139
15.	बलिदान	147
16.	बूढ़ी काकी	157
17.	बेटी का धन	167
18.	बोध	177

19. बौड़म	185
20. ब्रह्म का स्वांग	193
21. मूठ	201
22. विध्वंस	215
23. विमाता	221
24. विषम समस्या	227
25. शिकारी राजकुमार	233
26. सच्चाई का उपहार	241
27. सज्जनता का दंड	249
28. सेवा-मार्ग	257
29. सौत	265
30. स्वत्व रक्षा	275
31. हार की जीत	281

1

अनिष्ट शंका

मनोरमा ने स्टेशन पर आकर अमरनाथ को तार दिया—"मैं आ रही हूं।" उनके अंतिम पत्र से ज्ञात हुआ था कि वह कबरई में हैं, कबरई का टिकट लिया, लेकिन कई दिनों से जागरण कर रही थी। गाड़ी पर बैठते ही नींद आ गई और नींद आते ही अनिष्ट शंका ने एक भीषण स्वप्न का रूप धारण कर लिया।

उसने देखा सामने एक अगम सागर है, उसमें एक टूटी हुई नौका हलकोरें खाती बहती चली जाती है। उस पर न कोई मल्लाह है, न पाल, न डांडें। तरंगें उसे कभी ऊपर ले जाती हैं, कभी नीचे। सहसा उस पर एक मनुष्य दृष्टिगोचर हुआ। यह अमरनाथ थे—नंगे सिर, नंगे पैर, आंखों से आंसू बहाते हुए। मनोरमा थर-थर कांप रही थी।

चांदनी रात, समीर के सुखद झोंके, सुरम्य उद्यान! कुंअर अमरनाथ अपनी विस्तीर्ण छत पर लेटे हुए मनोरमा से कह रहे थे—"तुम घबराओ नहीं, मैं जल्द आऊंगा।"

मनोरमा ने उनकी ओर कातर नेत्रों से देखकर कहा—"मुझे क्यों नहीं साथ ले चलते?"

अमरनाथ—तुम्हें वहां कष्ट होगा, मैं कभी यहां रहूंगा, कभी वहां, सारा दिन मारा-मारा फिरूंगा। पहाड़ी देश है, जंगल और बीहड़ के सिवाय

बस्ती का कोसों पता नहीं—उस पर भयंकर पशुओं का भय, तुमसे ये तकलीफें न सही जाएंगी।

मनोरमा—तुम भी तो इन तकलीफों के आदी नहीं हो।

अमरनाथ—मैं पुरुष हूं, आवश्यकता पड़ने पर सभी तकलीफों का सामना कर सकता हूं।

मनोरमा—(गर्व से) मैं भी स्त्री हूं, आवश्यकता पड़ने पर आग में कूद सकती हूं। स्त्रियों की कोमलता पुरुषों की काव्य-कल्पना है। उनमें शारीरिक सामर्थ्य चाहे न हो, पर उनमें वह धैर्य और साहस होता है जिस पर काल की दुश्चिंताओं का जरा भी असर नहीं होता।

अमरनाथ ने मनोरमा को श्रद्धामय दृष्टि से देखा और बोले—"यह मैं मानता हूं, लेकिन जिस कल्पना को हम चिरकाल से प्रत्यक्ष समझते आए हैं, वह एक क्षण में नहीं मिट सकती। तुम्हारी तकलीफ मुझसे न देखी जाएगी, मुझे दु:ख होगा। देखो, इस समय चांदनी में कितनी बहार है!"

मनोरमा—मुझे बहलाओ मत। मैं हठ नहीं करती, लेकिन यहां मेरा जीवन अपाढ़ हो जाएगा। मेरे हृदय की दशा विचित्र है। तुम्हें अपने सामने न देखकर मेरे मन में तरह-तरह की शंकाएं होती हैं कि कहीं चोट न लग गई हो, शिकार खेलने जाते हो तो डरती हूं कि कहीं घोड़े ने शरारत न की हो। मुझे अनिष्ट का भय सदैव सताया करता है।

अमरनाथ—लेकिन मैं तो विलास का भक्त हूं। मुझ पर इतना अनुराग करके तुम अपने ऊपर अन्याय करती हो।

मनोरमा ने अमरनाथ को दबी हुई दृष्टि से देखा, जो कह रही थी—"मैं तुमको तुमसे ज्यादा पहचानती हूं।"

बुंदेलखंड में भीषण दुर्भिक्ष था। लोग वृक्षों की छालें छील-छीलकर खाते थे। क्षुधा-पीड़ा ने भक्ष्याभक्ष्य की पहचान मिटा दी थी। पशुओं का तो कहना ही क्या, मानव संतानें कौड़ियों के मोल बिकती थीं। पादरियों की चढ़ बनी थी, उनके अनाथालयों में नित्य गोल-के-गोल बच्चे भेंड़ों की भांति हांके जाते थे। मां की ममता मुट्ठी-भर अनाज पर कुर्बान हो जाती। कुंअर अमरनाथ काशी सेवा समिति के व्यवस्थापक थे। समाचार-पत्रों में ये रोमांचकारी समाचार देखे तो तड़प उठे। समिति के कई नवयुवकों को साथ लिया और बुंदेलखंड जा पहुंचे। मनोरमा को वचन दिया कि प्रतिदिन पत्र लिखेंगे और यथासंभव जल्द लौट आएंगे।

एक सप्ताह तक तो उन्होंने अपने वचन का पालन किया, लेकिन शनै:-शनै: पत्रों में विलंब होने लगा। अक्सर इलाके डाकघर से बहुत दूर पड़ते थे। यहां से नित्य प्रति पत्र भेजने का प्रबंध करना दु:साध्य था।

मनोरमा वियोग-दुःख से विकल रहने लगी। वह अव्यवस्थित दशा में उदास बैठी रहती, कभी नीचे आती, कभी ऊपर जाती, कभी बाग में जा बैठती। जब तक पत्र न आ जाता, वह इसी भांति व्यग्र रहती, पत्र मिलते ही सूखे धान में पानी पड़ जाता।

जब पत्रों के आने में देर होने लगी तो उसका वियोग-विकल हृदय अधीर हो गया। वह बार-बार पछताती कि मैं नाहक उनके कहने में आ गई, मुझे उनके साथ जाना चाहिए था। उसे किताबों से प्रेम था, पर अब उनकी ओर ताकने को भी जी न चाहता। विनोद की वस्तुओं से उसे अरुचि-सी हो गई! इस प्रकार एक महीना गुजर गया।

एक दिन उसने स्वप्न देखा कि अमरनाथ द्वार पर नंगे सिर, नंगे पैर खड़े रो रहे हैं। वह घबराकर उठ बैठी और उग्रावस्था में दौड़ती हुई द्वार तक आई। यहां का सन्नाटा देखकर उसे होश आ गया। उसी दम मुनीम को जगाया और कुंअर साहब के नाम तार भेजा, किंतु जवाब न आया। सारा दिन गुजर गया, मगर कोई जवाब नहीं। दूसरी रात भी गुजरी, लेकिन जवाब का पता न था। मनोरमा निर्जल, निराहार मूर्च्छित दशा में अपने कमरे में पड़ी रहती। जिसे देखती, उसी से पूछती; जवाब आया? कोई द्वार पर आवाज देता तो दौड़ती हुई जाती और पूछती कुछ जवाब आया?

उसके मन में विविध शंकाएं उठतीं; लौंडियों से स्वप्न का आशय पूछती। स्वप्नों के कारण और विवेचना पर कई ग्रंथ पढ़ डाले, पर कुछ रहस्य न खुला। लौंडियां उसे दिलासा देने के लिए कहतीं, कुंअरजी कुशल से हैं। स्वप्न में किसी को नंगे पैर देखें तो समझो, वह घोड़े पर सवार है। घबराने की कोई बात नहीं, लेकिन रमा को इस बात से तस्कीन न होती। उसे तार के जवाब की रट लगी हुई थी, यहां तक कि चार दिन गुजर गए।

किसी मुहल्ले में मदारी का आ जाना बालवृंद के लिए एक महत्त्व की बात है। उसके डमरू की आवाज में खोंचेवाले की क्षुधावर्धक ध्वनि से भी अधिक आकर्षण होता है। इसी प्रकार मुहल्ले में किसी ज्योतिषी का आ जाना मार्के की बात है। एक क्षण में इसकी खबर घर-घर फैल जाती है। सास अपनी बहू को लिये आ पहुंचती है, माता भाग्यहीन कन्या को लेकर आ जाती है। ज्योतिषीजी दुःख-सुख की अवस्थानुसार वर्षा करने लगते हैं। उनकी भविष्यवाणियों में बड़ा गूढ़ रहस्य होता है। उनका भाग्य निर्माण भाग्य-रेखाओं से भी जटिल और दुर्ग्राह्य होता है। संभव है कि वर्तमान शिक्षा विधान ने ज्योतिष का आदर कुछ कम कर दिया हो, पर ज्योतिषीजी के माहात्म्य में जरा कमी नहीं हुई। उनकी बातों पर चाहे किसी को विश्वास न हो, पर सुनना सभी चाहते हैं। उनके एक-एक शब्दों में आशा और भय को उत्तेजित करने की शक्ति भरी रहती है, विशेषतः उसकी अमंगल सूचना तो वज्रपात के तुल्य है–घातक और दग्धकारी।

तार भेजे हुए आज पांचवां दिन था कि कुंअर साहब के द्वार पर एक ज्योतिषी का आगमन हुआ। तत्काल मुहल्ले की महिलाएं जमा हो गईं। ज्योतिषीजी भाग्य-विवेचन करने लगे, किसी को रुलाया, किसी को हंसाया। मनोरमा को खबर मिली तो उन्हें तुरंत अंदर बुला भेजा और स्वप्न का आशय पूछा।

ज्योतिषीजी ने इधर-उधर देखा, पन्ने-के-पन्ने उल्टे, उंगलियों पर कुछ गिना, पर कुछ निश्चय न कर सके कि क्या उत्तर देना चाहिए, बोले–"क्या सरकार ने यह स्वप्न देखा है?"

मनोरमा बोली–"नहीं, मेरी एक सखी ने देखा है। मैं कहती हूं, यह अमंगलसूचक है–वह कहती है, मंगलमय है। आप इसकी क्या विवेचना करते हैं?"

ज्योतिषीजी फिर बगलें झांकने लगे। उन्हें अमरनाथ की यात्रा का हाल न मालूम था और न इतनी मुहलत ही मिली थी कि यहां आने से पूर्व वह अवस्थाज्ञान प्राप्त कर लेते, जो अनुमान के साथ मिलकर जनता में ज्योतिष के नाम से प्रसिद्ध है। जो प्रश्न पूछा था, उसका भी कुछ सूत्रसूचक उत्तर न मिला। निराश होकर मनोरमा के समर्थन करने में ही अपना कल्याण देखा, बोले–"सरकार जो कहती हैं–वही सत्य है। यह स्वप्न अमंगलसूचक है।"

मनोरमा खड़ी सितार के तार की भांति थर-थर कांपने लगी। ज्योतिषीजी ने उस अमंगल का उद्घाटन करते हुए कहा–"उनके पति पर कोई महान संकट आनेवाला है, उनके घर का नाश हो जाएगा, वह देश-विदेश मारे-मारे फिरेंगे।"

मनोरमा ने दीवार का सहारा लेकर कहा–"भगवान, मेरी रक्षा करो।" और मूर्च्छित होकर जमीन पर गिर पड़ी।

ज्योतिषीजी अब चेते। समझ गए कि बड़ा धोखा खाया। आश्वासन देने लगे–"आप कुछ चिंता न करें। मैं उस संकट का निवारण कर सकता हूं। मुझे एक बकरा, कुछ लौंग और कच्चा धागा मंगा दें। जब कुंअरजी के यहां से कुशल-समाचार आ जाए तो जो दक्षिणा चाहें, दे दें। काम कठिन है, पर भगवान की दया से असाध्य नहीं है। सरकार! देखें, मुझे बड़े-बड़े हाकिमों ने सर्टिफिकेट दिए हैं। अभी डिप्टी साहब की कन्या बीमार थी। डॉक्टरों ने जवाब दे दिया था। मैंने यंत्र दिया, बैठे-बैठे आंखें खुल गईं। कल की बात है, सेठ चंदूलाल के यहां से रोकड़ की एक थैली उड़ गई थी, कुछ पता न चलता था, मैंने सगुन विचारा और बात-की-बात में चोर पकड़ लिया। उनके मुनीम का काम था, थैली ज्यों-की-त्यों निकल आई।"

ज्योतिषीजी तो अपनी सिद्धियों की सराहना कर रहे थे और मनोरमा अचेत पड़ी हुई थी। अकस्मात् वह उठ बैठी, मुनीम को बुलाकर कहा–"यात्रा की तैयारी करो। मैं शाम की गाड़ी से बुंदेलखंड जाऊंगी।"

मनोरमा ने स्टेशन पर आकर अमरनाथ को तार दिया—"मैं आ रही हूं।" उनके अंतिम पत्र से ज्ञात हुआ था कि वह कबरई में हैं, कबरई का टिकट लिया, लेकिन कई दिनों से जागरण कर रही थी। गाड़ी पर बैठते ही नींद आ गई और नींद आते ही अनिष्ट शंका ने एक भीषण स्वप्न का रूप धारण कर लिया।

उसने देखा सामने एक अगम सागर है, उसमें एक टूटी हुई नौका हलकोरें खाती बहती चली जाती है। उस पर न कोई मल्लाह है, न पाल, न डांडें। तरंगें उसे कभी ऊपर ले जाती हैं, कभी नीचे। सहसा उस पर एक मनुष्य दृष्टिगोचर हुआ। यह अमरनाथ थे—नंगे सिर, नंगे पैर, आंखों से आंसू बहाते हुए। मनोरमा थर-थर कांप रही थी। जान पड़ता था, नौका अब डूबी और अब डूबी। उसने जोर से चीख मारी और जाग पड़ी। शरीर पसीने से तर था, छाती धड़क रही थी। वह तुरंत उठ बैठी, हाथ-मुंह धोया और इसका इरादा किया—'अब न सोऊंगी! हा! कितना भयावह दृश्य था। परमपिता! अब तुम्हारा ही भरोसा है। उनकी रक्षा करो।'

उसने खिड़की से सिर निकालकर देखा। आकाश पर तारागण दौड़ रहे थे। घड़ी देखी, बारह बजे थे। उसको आश्चर्य हुआ, मैं इतनी देर तक सोई। अभी तो एक झपकी भी पूरी न होने पाई।

उसने एक पुस्तक उठा ली और विचारों को एकाग्र कर पढ़ने लगी। इतने में प्रयाग आ पहुंचा, गाड़ी बदली। उसने फिर किताब खोली और उच्च स्वर से पढ़ने लगी, लेकिन कई दिनों की जगी आंखें इच्छा के अधीन नहीं होतीं—बैठे-बैठे झपकियां लेने लगीं, आंखें बंद हो गईं और एक दूसरा दृश्य सामने उपस्थित हो गया।

उसने देखा—आकाश से मिला हुआ एक पर्वत शिखर है। उसके ऊपर के वृक्ष छोटे-छोटे पौधों के सदृश दिखाई देते हैं। श्याम वर्ण की घटाएं छाई हुई हैं, बिजली इतने जोर से कड़कती है कि कान के परदे फटे जाते हैं, कभी यहां गिरती है और कभी वहां। शिखर पर एक मनुष्य नंगे सिर बैठा हुआ है, उसकी आंखों का अश्रु-प्रवाह साफ दीख रहा है। मनोरमा दहल उठी, यह अमरनाथ थे। वह पर्वत शिखर से उतरना चाहते थे, लेकिन मार्ग न मिलता था। भय से उनका मुख वर्ण शून्य हो रहा था। अकस्मात् एक बार बिजली का भयंकर नाद सुनाई दिया, एक ज्वाला-सी दिखाई दी और अमरनाथ अदृश्य हो गए। मनोरमा ने फिर चीख मारी और जाग पड़ी। उसका हृदय बांसों उछल रहा था, मस्तिष्क चक्कर खाता था। जागते ही उसकी आंखों से जल-प्रवाह होने लगा। वह उठ खड़ी हुई और कर जोड़कर ईश्वर से विनय करने लगी—"हे ईश्वर, मुझे ऐसे बुरे-बुरे स्वप्न दिखाई दे रहे हैं, न जाने उन पर क्या बीत रही है! तुम दीनों के बंधु हो, मुझ पर दया

करो। मुझे धन और संपत्ति की इच्छा नहीं, मैं झोंपड़ी में खुश रहूंगी। मैं केवल उनकी शुभकामना रखती हूं। मेरी इतनी प्रार्थना स्वीकार करो।"

वह फिर अपनी जगह पर बैठ गई। अरुणोदय की मनोरम छटा और शीतल, सुखद समीर ने उसे आकर्षित कर लिया। उसे संतोष हुआ, किसी तरह रात कट गई, अब तो नींद न आएगी। पर्वतों से मनोहर दृश्य दिखाई देने लगे, कहीं पहाड़ियों पर भेंड़ों के गल्ले, कहीं पहाड़ियों के दामन में मृगों के झुंड, कहीं कमल के फूलों से लहराते सागर। मनोरमा एक अर्धस्मृति की दशा में इन दृश्यों को देखती रही, लेकिन फिर न जाने कब उसकी अभागी आंखें झपक गईं।

उसने देखा—अमरनाथ घोड़े पर सवार एक पुल पर चले जाते हैं। नीचे नदी उमड़ी हुई है, पुल बहुत तंग है, घोड़ा रह-रहकर बिदकता है और अलग हो जाता है। मनोरमा के हाथ-पांव फूल गए। वह उच्च स्वर में चिल्ला-चिल्लाकर कहने लगी—"घोड़े से उतर पड़ो, घोड़े से उतर पड़ो।" यह कहते हुए वह उनकी तरफ झपटी तो आंखें खुल गईं।

गाड़ी किसी स्टेशन के प्लेटफार्म से सनसनाती चली जाती थी। अमरनाथ नंगे सिर, नंगे पैर प्लेटफार्म पर खड़े थे। मनोरमा की आंखों में अभी तक वही भयंकर स्वप्न समाया हुआ था। कुंअर को देखकर उसे भय हुआ कि वह घोड़े से गिर पड़े और नीचे नदी में फिसलना चाहते हैं। उसने तुरंत उन्हें पकड़ने के लिए हाथ फैलाया और जब उन्हें न पा सकी तो उसी सुषुप्तावस्था में उसने गाड़ी का द्वार खोला और कुंअर साहब की ओर हाथ फैलाए हुए गाड़ी से बाहर निकल आई, तब वह चौंकी, जान पड़ा किसी ने उठाकर आकाश से भूमि पर पटक दिया, जोर से एक धक्का लगा और चेतना शून्य हो गई।

वह कबरई का स्टेशन था। अमरनाथ तार पाकर स्टेशन पर आए थे, मगर यह डाक थी, वहां न ठहरती थी, मनोरमा को हाथ फैलाए गाड़ी से गिरते देखकर वह 'हां-हां' करते हुए लपके, लेकिन कर्मलेख पूरा हो चुका था। मनोरमा प्रेमवेदी पर बलिदान हो चुकी थी। इसके तीसरे दिन वह नंगे सिर, नंगे पैर भग्नहृदय घर पहुंचे। मनोरमा का स्वप्न सच्चा हुआ।

उस प्रेमविहीन स्थान में अब कौन रहता? उन्होंने अपनी संपूर्ण संपत्ति काशी सेवा समिति को प्रदान कर दी और अब नंगे सिर, नंगे पैर, विरक्त दशा में देश-विदेश घूमते रहते हैं। ज्योतिषीजी की विवेचना भी चरितार्थ हो गई।

2

आदर्श विरोध

दूसरे दिन जब मित्रगण बालकृष्ण से मिलने गए तो उनकी लाश फर्श पर पड़ी हुई थी। पिस्तौल की दो गोलियां छाती से पार हो गई थीं। मेज पर उनकी डायरी खुली पड़ी थी, उस पर ये पंक्तियां लिखी हुई थीं—"आज सभा में मेरा गर्व दलित हो गया। मैं यह अपमान नहीं सह सकता। मुझे अपने पूज्य पिता के प्रति ऐसे कितने ही निंदासूचक दृश्य देखने पड़ेंगे। इस आदर्श विरोध का अंत ही कर देना अच्छा है। संभव है, मेरा जीवन उनके निर्दिष्ट मार्ग में बाधक हो। ईश्वर मुझे बल प्रदान करे!"

महाशय दयाकृष्ण मेहता के पांव जमीन पर न पड़ते थे। उनकी वह आकांक्षा पूरी हो गई थी, जो उनके जीवन का मधुर स्वप्न था। उन्हें वह राज्याधिकार मिल गया था, जो भारत के निवासियों के लिए जीवन का स्वर्ग है। वायसराय ने उन्हें अपनी कार्यकारिणी सभा का मेंबर नियुक्त कर दिया था। मित्रगण उन्हें बधाइयां दे रहे थे। चारों ओर आनंदोत्सव मनाया जा रहा था, कहीं दावतें होती थीं, कहीं आश्वासन-पत्र दिए जाते थे। वह उनका व्यक्तिगत सम्मान नहीं, राष्ट्रीय सम्मान समझा जाता था। अंग्रेज अधिकारी वर्ग भी उन्हें हाथों-हाथ लिये फिरता था। महाशय दयाकृष्ण लखनऊ के एक सुविख्यात बैरिस्टर थे। बड़े उदार हृदय, राजनीति में कुशल तथा प्रजाभक्त

थे। सदैव सार्वजनिक कार्यों में तल्लीन रहते थे। समस्त देश में शासन का ऐसा निर्भय तत्त्वान्वेषी, ऐसा निःस्पृह समालोचक न था और न प्रजा का ऐसा सूक्ष्मदर्शी, ऐसा विश्वसनीय और ऐसा सहृदय बंधु। समाचार-पत्रों में इस नियुक्ति पर खूब टीकाएं हो रही थीं। एक ओर से आवाज आ रही थी–हम गवर्नमेंट को इस चुनाव पर बधाई नहीं दे सकते। दूसरी ओर के लोग कहते थे–यह सरकारी उदारता और प्रजाहित-चिंता का सर्वोत्तम प्रमाण है। तीसरा दल भी था, जो दबी जबान से कहता था कि राष्ट्र का एक और स्तंभ गिर गया। संध्या का समय था। कैसर पार्क में लिबरल लोगों की ओर से महाशय मेहता को पार्टी दी गई! प्रांत-भर के विशिष्ट पुरुष एकत्र थे। भोजन के पश्चात् सभापति ने अपनी वक्तृता में कहा–"हमें पूरा विश्वास है कि आपका अधिकार-प्रवेश प्रजा के लिए हितकर होगा और आपके प्रयत्नों से उन धाराओं में संशोधन हो जाएगा, जो हमारे राष्ट्र के जीवन में बाधक हैं।"

महाशय मेहता ने उत्तर देते हुए कहा–"राष्ट्र के कानून वर्तमान परिस्थितियों के अधीन होते हैं। जब तक परिस्थितियों में परिवर्तन न हो, कानून में सुव्यवस्था की आशा करना भ्रम है।"

सभा विसर्जित हो गई। एक दल ने कहा–'कितना न्याययुक्त और प्रशंसनीय राजनैतिक विधान है।' दूसरा पक्ष बोला–'आ गए जाल में।' तीसरे दल ने नैराश्यपूर्ण भाव से सिर हिला दिया, पर मुंह से कुछ न कहा।

मिस्टर दयाकृष्ण को दिल्ली आए हुए एक महीना हो गया। फागुन का महीना था। शाम हो रही थी। वे अपने उद्यान में हौज के किनारे एक मखमली आरामकुर्सी पर बैठे थे। मिसेज रामेश्वरी मेहता सामने बैठी हुई पियानो बजाना सीख रही थीं और मिस मनोरमा हौज की मछलियों को बिस्कुट के टुकड़े खिला रही थीं। सहसा उसने पिता से पूछा–"यह अभी कौन साहब आए थे?"

मेहता–कौंसिल के सैनिक मेंबर हैं।

मनोरमा–वायसराय के नीचे यही होंगे?

मेहता–वायसराय के नीचे तो सभी हैं। वेतन भी सबका बराबर है, लेकिन इनकी योग्यता को कोई नहीं पहुंचता। क्यों राजेश्वरी, तुमने देखा, अंग्रेज लोग कितने सज्जन और विनयशील होते हैं!

राजेश्वरी–मैं तो उन्हें विनय की मूर्ति कहती हूं। इस गुण में भी ये हमसे बढ़े हुए हैं। उनकी पत्नी मुझसे कितने प्रेम से गले मिलीं!

मनोरमा–मेरा तो जी चाहता था, उनके पैरों पर गिर पड़ूं।

मेहता–मैंने ऐसे उदार, शिष्ट, निष्कपट और गुणग्राही मनुष्य नहीं देखे। हमारा दया-धर्म कहने ही को है। मुझे इसका बहुत दुःख है कि अब तक क्यों इनसे बदगुमान

रहा! सामान्यत: इनसे हम लोगों को जो शिकायतें हैं, उनका कारण पारस्परिक सम्मिलन का न होना है। एक दूसरे के स्वभाव और प्रकृति से परिचित नहीं।

राजेश्वरी—एक यूनियन क्लब की बड़ी आवश्यकता है, जहां दोनों जातियों के लोग मिलकर आनंद उठाएं। मिथ्या द्वेष भाव के मिटाने का एकमात्र यही उपाय है!

मेहता—मेरा भी यही विचार है। (घड़ी देखकर) 7 बज रहे हैं, व्यवसायमंडल के जलसे का समय आ गया। भारत के निवासियों की विचित्र दशा है। ये समझते हैं कि हिंदुस्तानी मेंबर कौंसिल में आते ही हिंदुस्तान के स्वामी हो जाते हैं और जो चाहें स्वच्छंदता से कर सकते हैं। आशा की जाती है कि वे शासन की प्रचलित नीति को पलट दें, नया आकाश और नया सूर्य बना दें। उन सीमाओं पर विचार नहीं किया जाता है जिनके अंदर मेंबरों को काम करना पड़ता है।

राजेश्वरी—इनमें उनका दोष नहीं। संसार की यह रीति है कि लोग अपनों से सभी प्रकार की आशा रखते हैं। अब तो कौंसिल के आधे मेंबर हिंदुस्तानी हैं। क्या उनकी राय का सरकार की नीति पर असर नहीं हो सकता?

मेहता—अवश्य हो सकता है और हो रहा है, किंतु उस नीति में परिवर्तन नहीं किया जा सकता। आधे नहीं, अगर सारे मेंबर हिंदुस्तानी हों तो भी वे नई नीति का उद्घाटन नहीं कर सकते। वे कैसे भूल जाएं कि कौंसिल में उनकी उपस्थिति केवल सरकार की कृपा और विश्वास पर निर्भर है। उसके अतिरिक्त वहां आकर उन्हें आंतरिक अवस्था का अनुभव होता है और जनता की अधिकांश शंकाएं असंगत प्रतीत होने लगती हैं, पद के साथ उत्तरदायित्व का भारी बोझ भी सिर पर आ पड़ता है। किसी नई नीति की सृष्टि करते हुए उनके मन में यह चिंता उठनी स्वाभाविक है कि कहीं उसका फल आशा के विरुद्ध न हो। यहां वस्तुत: उनकी स्वाधीनता नष्ट हो जाती है। उन लोगों से मिलते हुए भी झिझकते हैं, जो पहले इनके सहकारी थे; पर अब अपने उच्छृंखल विचारों के कारण सरकार की आंखों में खटक रहे हैं। अपनी वक्तृताओं में न्याय और सत्य की बातें करते हैं और सरकार की नीति को हानिकर समझते हुए भी उसका समर्थन करते हैं। जब इसके प्रतिकूल वे कुछ कर ही नहीं सकते, तो इसका विरोध करके अपमानित क्यों बनें? इस अवस्था में यही सर्वोचित है कि शब्दाडंबर से काम लेकर अपनी रक्षा की जाए। सबसे बड़ी बात यह है कि ऐसे सज्जन, उदार, नीतिज्ञ शुभचिंतकों के विरुद्ध कुछ कहना या करना मनुष्यत्व और सद्‌व्यवहार का गला घोंटना है। यह लो, मोटर आ गई—चलो, व्यवसायमंडल में लोग आ गए होंगे।

ये लोग वहां पहुंचे तो करतल ध्वनि होने लगी। सभापति महोदय ने एड्रेस पढ़ा जिसका निष्कर्ष यह था कि सरकार को उन शिल्प कलाओं की रक्षा करनी

चाहिए, जो अन्य देशीय प्रतिद्वंद्विता के कारण मिटी जाती हैं। राष्ट्र की व्यावसायिक उन्नति के लिए नए-नए कारखाने खोलने चाहिए और जब वे सफल हो जाएं तो उन्हें व्यावसायिक संस्थाओं के हवाले कर देना चाहिए। उन कलाओं की आर्थिक सहायता करना भी उसका कर्तव्य है, जो अभी शैशवावस्था में हैं, जिससे जनता का उत्साह बढ़े। मेहता महोदय ने सभापति को धन्यवाद देने के पश्चात् सरकार की औद्योगिक नीति की घोषणा करते हुए कहा–"आपके सिद्धांत निर्दोष हैं, किंतु उनको व्यवहार में लाना नितांत दुस्तर है। गवर्नमेंट आपको सम्मति प्रदान कर सकती है, लेकिन व्यावसायिक कार्यों में अग्रसर बनना जनता का काम है। आपको स्मरण रखना चाहिए कि ईश्वर भी उन्हीं की सहायता करता है, जो अपनी सहायता आप करते हैं। आपमें आत्म-विश्वास, औद्योगिक उत्साह का बड़ा अभाव है। पग-पग पर सरकार के सामने हाथ फैलाना अपनी अयोग्यता और अकर्मण्यता की सूचना देना है।"

2

दूसरे दिन समाचार-पत्रों में इस वक्तृता पर टीकाएं होने लगीं। एक दल ने कहा–"मिस्टर मेहता की स्पीच ने सरकार की नीति को बड़ी स्पष्टता और कुशलता से निर्धारित कर दिया है।"

दूसरे दल ने लिखा–"हम मिस्टर मेहता की स्पीच पढ़कर स्तंभित हो गए। व्यवसायमंडल ने वही पथ ग्रहण किया जिसके प्रदर्शक स्वयं मिस्टर मेहता थे। उन्होंने उस लोकोक्ति को चरितार्थ कर दिया कि नमक की खान में जो कुछ जाता है, नमक हो जाता है।"

तीसरे दल ने लिखा–"हम मेहता महोदय के इस सिद्धांत से पूर्ण सहमत हैं कि हमें पग-पग पर सरकार के सामने दीन भाव से हाथ न फैलाना चाहिए। यह वक्तृता उन लोगों की आंखें खोल देगी, जो कहते हैं कि हमें योग्यतम पुरुषों को कौंसिल में भेजना चाहिए। व्यवसायमंडल के सदस्यों पर दया आती है, जो आत्म-विश्वास का उपदेश ग्रहण करने के लिए कानपुर से दिल्ली गए थे।"

चैत का महीना था। शिमला आबाद हो चुका था। मेहता महाशय अपने पुस्तकालय में बैठे हुए पढ़ रहे थे कि राजेश्वरी ने आकर पूछा–"ये कैसे पत्र हैं?"

मेहता–यह आय-व्यय का मसविदा है। आगामी सप्ताह में कौंसिल में पेश होगा। उनकी कई मदें ऐसी हैं जिन पर मुझे पहले भी शंका थी और अब भी है। इस पर अनुमति कैसे दूं? यह देखो, तीन करोड़ रुपये उच्च कर्मचारियों की वेतनवृद्धि के लिए रखे गए हैं। यहां कर्मचारियों का वेतन पहले से ही बढ़ा हुआ है। इस वृद्धि की जरूरत ही नहीं, पर बात जबान पर कैसे लाऊं? जिन्हें इससे लाभ होगा, वे सभी

नित्य के मिलने वाले हैं। सैनिक व्यय में बीस करोड़ बढ़ गए हैं। जब हमारी सेनाएं अन्य देशों में भेजी जाती हैं तो विदित ही है कि हमारी आवश्यकता से अधिक हैं, लेकिन इस मद का विरोध करूं तो कौंसिल मुझ पर उंगलियां उठाने लगे।

राजेश्वरी—इस भय से चुप रह जाना तो उचित नहीं, फिर तुम्हारे यहां आने से ही क्या लाभ हुआ?

मेहता—कहना तो आसान है, पर करना कठिन है। यहां जो कुछ आदर-सम्मान है, सब हां-हुजूर में है। वायसराय की निगाह जरा तिरछी हो जाए, तो कोई पास न फटके। नक्कू बन जाऊं। यह लो, राजा भद्रबहादुर सिंह जी आ गए।

राजेश्वरी—शिवराजपुर कोई बड़ी रियासत है।

मेहता—हां, पंद्रह लाख वार्षिक से कम आय न होगी, फिर स्वाधीन राज्य है।

राजेश्वरी—राजा साहब मनोरमा की ओर बहुत आकर्षित हो रहे हैं। मनोरमा को भी उनसे प्रेम होता जान पड़ता है।

मेहता—यह संबंध हो जाए तो क्या पूछना! यह मेरा अधिकार है, जो राजा साहब को इधर खींच रहा है। लखनऊ में ऐसे सुअवसर कहां थे? वह देखो, अर्थसचिव मिस्टर काक आ गए।

काक—(मेहता से हाथ मिलाते हुए) मिसेज मेहता, मैं आपके पहनावे पर आसक्त हूं। खेद है, हमारी लेडियां साड़ी नहीं पहनतीं।

राजेश्वरी—मैं तो अब गाउन पहनना चाहती हूं।

काक—नहीं मिसेज मेहता, खुदा के वास्ते यह अनर्थ न करना। मिस्टर मेहता, मैं आपके वास्ते एक बड़ी खुशखबरी लाया हूं। आपके सुयोग्य पुत्र अभी आ रहे हैं या नहीं? महाराजा भिंद उन्हें अपना प्राइवेट सेक्रेटरी बनाना चाहते हैं। आप उन्हें आज ही सूचना दे दें।

मेहता—मैं आपका बहुत अनुगृहीत हूं।

काक—तार दे दीजिए तो अच्छा हो। आपने काबुल की रिपोर्ट तो पढ़ी होगी। हिज मैजेस्टी अमीर हमसे संधि करने के लिए उत्सुक नहीं जान पड़ते। वे बोल्शेविकों की ओर झुके हुए हैं—अवस्था चिंताजनक है।

मेहता—मैं तो ऐसा नहीं समझता। गत शताब्दी में काबुल को भारत पर आक्रमण करने का साहस कभी न हुआ। भारत ही अग्रसर हुआ। हां, वे लोग अपनी रक्षा करने में कुशल हैं।

काक—लेकिन क्षमा कीजिएगा, आप भूल जाते हैं कि ईरान-अफगानिस्तान और बोल्शेविक में संधि हो गई है। क्या हमारी सीमा पर इतने शत्रुओं का जमा हो जाना चिंता की बात नहीं? उनसे सतर्क रहना हमारा कर्तव्य है।

इतने में लंच (जलपान) का समय आया। लोग मेज पर जा बैठे। उस समय घुड़दौड़ और नाट्यशाला की चर्चा ही रुचिकर प्रतीत हुई। मेहता महोदय ने बजट पर जो विचार प्रकट किए, उनसे समस्त देश में हलचल मच गई। एक दल उन विचारों को देववाणी समझता था, दूसरा दल भी कुछ अंशों को छोड़कर शेष विचारों से सहमत था, किंतु तीसरा दल वक्तृता के एक-एक शब्द पर निराशा से सिर धुनता और भारत की अधोगति पर रोता था। उसे विश्वास ही न आता था कि ये शब्द मेहता की जबान से निकले होंगे। मुझे आश्चर्य है कि गैर-सरकारी सदस्यों ने एक स्वर से प्रस्तावित व्यय के उस भाग का विरोध किया है, जिस पर देश की रक्षा, शांति, सुदशा और उन्नति अवलंबित है। आप शिक्षा संबंधी सुधारों को, आरोग्य विधान को, नहरों की वृद्धि को अधिक महत्त्वपूर्ण समझते हैं। आपको अल्प वेतन वाले कर्मचारियों का अधिक ध्यान है। मुझे आप लोगों के राजनैतिक ज्ञान पर इससे अधिक विश्वास था। शासन का प्रधान कर्तव्य भीतर और बाहर की अशांतिकारी शक्तियों से देश को बचाना है। शिक्षा और चिकित्सा, उद्योग और व्यवसाय गौण कर्तव्य हैं। हम अपनी समस्त प्रजा को अज्ञान-सागर में निमग्न देख सकते हैं, समस्त देश को प्लेग और मलेरिया से ग्रस्त रख सकते हैं, अल्प वेतन वाले कर्मचारियों को दारुण चिंता का आहार बना सकते हैं, कृषकों को प्रकृति की अनिश्चित दशा पर छोड़ सकते हैं, किंतु अपनी सीमा पर किसी शत्रु को खड़े नहीं देख सकते। अगर हमारी आय संपूर्णत: देश-रक्षा पर समर्पित हो जाए, तो भी आपको आपत्ति न होनी चाहिए। आप कहेंगे इस समय किसी आक्रमण की संभावना नहीं है। मैं कहता हूं, संसार में असंभव का राज्य है। हवा में रेल चल सकती है, पानी में आग लग सकती है, वृक्षों में वार्तालाप हो सकता है। जड़ चैतन्य हो सकता है। क्या ये रहस्य नित्य प्रति हमारी नजरों से नहीं गुजरते? आप कहेंगे राजनीतिज्ञों का काम संभावनाओं के पीछे दौड़ना नहीं, वर्तमान और निकट भविष्य की समस्याओं को हल करना है। राजनीतिज्ञों के कर्तव्य क्या हैं, मैं इस बहस में नहीं पड़ना चाहता; लेकिन इतना तो सभी मानते हैं कि पथ्य, औषधि सेवन से अच्छा होता है। आपका केवल यही धर्म नहीं कि सरकार के सैनिक व्यय का समर्थन करें, बल्कि यह मंतव्य आपकी ओर से पेश होना चाहिए! आप कहेंगे कि स्वयंसेवकों की सेना बढ़ाई जाए। सरकार को हाल के महासंग्राम में इसका बहुत ही खेदजनक अनुभव हो चुका है। शिक्षित वर्ग विलासप्रिय, साहसहीन और स्वार्थसेवी है। देहात के लोग शांतिप्रिय, संकीर्ण हृदय (मैं भीरु न कहूंगा) और गृहसेवी हैं। उनमें वह आत्म-त्याग कहां, वह वीरता कहां, अपने पुरखों की वह वीरता कहां? शायद मुझे यह याद दिलाने की जरूरत नहीं कि किसी शांतिप्रिय जनता को आप दो-चार वर्षों में रणकुशल और समर-प्रवीण नहीं बना सकते।

3

जेठ का महीना था, लेकिन शिमला में न लू की ज्वाला थी और न धूप का ताप। महाशय मेहता विलायती चिट्ठियां खोल रहे थे। बालकृष्ण का पत्र देखते ही फड़क उठे, लेकिन जब उसे पढ़ा तो मुखमंडल पर उदासी छा गई। पत्र लिये हुए राजेश्वरी के पास आए। उसने उत्सुक होकर पूछा–"बाला का पत्र आया?"

मेहता–हां, यह है।

राजेश्वरी–कब आ रहे हैं?

मेहता–आने-जाने के विषय में कुछ नहीं लिखा। बस, सारे पत्र में मेरे जाति-द्रोह और दुर्गति का रोना है। उसकी दृष्टि में मैं जाति का शत्रु, धूर्त-स्वार्थांध, दुरात्मा, सब कुछ हूं। मैं नहीं समझता कि उसके विचारों में इतना अंतर कैसे हो गया? मैं तो उसे बहुत ही शांत-प्रकृति, गंभीर, सुशील, सच्चरित्र और सिद्धांतप्रिय नवयुवक समझता था और उस पर गर्व करता था और फिर यह पत्र लिखकर ही उसे संतोष नहीं हुआ। उसने मेरी स्पीच का विस्तृत विवेचन एक प्रसिद्ध अंग्रेजी पत्रिका में छपवाया है। इतनी कुशल हुई कि वह लेख अपने नाम से नहीं लिखा, नहीं तो मैं कहीं मुंह दिखाने योग्य न रहता। मालूम नहीं कि यह किन लोगों की कुसंगति का फल है। महाराज भिंद की नौकरी उसके विचार में गुलामी है, राजा भद्रबहादुर सिंह के साथ मनोरमा का विवाह घृणित और अपमानजनक है। उसका इतना साहस कि मुझे धूर्त, मक्कार, ईमान बेचनेवाला, कुलद्रोही कहे! ऐसा अपमान! मैं उसका मुंह नहीं देखना चाहता...।

राजेश्वरी–लाओ, जरा इस पत्र को मैं भी देखूं! वह तो इतना मुंहफट न था।

यह कहकर उसने पति के हाथ से पत्र लिया और एक मिनट में आद्यांत पढ़कर बोली–"यह सब कटु बातें कहां हैं? मुझे तो इसमें एक भी अपशब्द नहीं मिलता।"

मेहता–भाव देखो, शब्दों पर न जाओ।

राजेश्वरी–जब तुम्हारे और उसके आदर्शों में विरोध है तो उसे तुम पर श्रद्धा क्योंकर हो सकती है?

मेहता महोदय जामे से बाहर हो रहे थे। राजेश्वरी की सहिष्णुतापूर्ण बातों से वे और जल उठे। दफ्तर में जाकर उसी क्रोध में पुत्र को पत्र लिखने लगे जिसका एक-एक शब्द छुरी और कटार से भी ज्यादा तीखा था। उपर्युक्त घटना के दो सप्ताह पीछे मिस्टर मेहता ने विलायती डाक खोली तो बालकृष्ण का कोई पत्र न था। समझे, मेरी चोटें काम कर गईं, आ गया सीधे रास्ते पर, तभी तो उत्तर देने का साहस नहीं हुआ। 'लंदन टाइम्स' की चिट फाड़ी (इस पत्र को बड़े चाव से

पढ़ा करते थे) और तार की खबरें देखने लगे। सहसा उनके मुंह से एक आह निकली। पत्र हाथ से छूटकर गिर पड़ा। पहला समाचार था–

लंदन में भारतीय देशभक्तों का जमाव,
ऑनरेबुल मिस्टर मेहता की वक्तृता पर असंतोष, मिस्टर बालकृष्ण।
मेहता का विरोध और आत्महत्या!

गत शनिवार को बैक्स्टन हॉल में भारतीय युवकों और नेताओं की एक बड़ी सभा हुई। सभापति मिस्टर तालिबजा ने कहा–"हमको बहुत खोजने पर भी कौंसिल के किसी अंग्रेज मेंबर की वक्तृता में ऐसे मर्मभेदी, ऐसे कठोर शब्द नहीं मिलते। हमने अब तक किसी राजनीतिज्ञ के मुख से ऐसे भ्रांतिकारक, ऐसे निरंकुश विचार नहीं सुने। इस वक्तृता ने सिद्ध कर दिया कि भारत के उद्धार का कोई उपाय है तो वह स्वराज्य है जिसका आशय है–मन और वचन की पूर्ण स्वाधीनता। क्रमागत उन्नति (Evolution) पर से यदि हमारा एतबार अब तक नहीं उठा था तो अब उठ गया। हमारा रोग असाध्य हो गया है। यह अब चूर्णों और अवलेहों से अच्छा नहीं हो सकता। उससे निवृत्त होने के लिए हमें कायाकल्प की आवश्यकता है। ऊंचे राज्यपद हमें स्वाधीन नहीं बनाते; बल्कि हमारी आध्यात्मिक पराधीनता को और भी पुष्ट कर देते हैं। हमें विश्वास है कि ऑनरेबुल मिस्टर मेहता ने जिन विचारों का प्रतिपादन किया है, उन्हें वे अंत:करण से मिथ्या समझते हैं; लेकिन सम्मान-लालसा, श्रेय-प्रेम और पदानुराग ने उन्हें अपनी आत्मा का गला घोंटने पर बाध्य कर दिया है...किसी ने उच्च स्वर से कहा–"यह मिथ्या दोषारोपण है।"

लोगों ने विस्मित होकर देखा तो मिस्टर बालकृष्ण अपनी जगह पर खड़े थे। क्रोध से उनका शरीर कांप रहा था। वे बोलना चाहते थे, लेकिन लोगों ने उन्हें घेर लिया और उनकी निंदा और अपमान करने लगे। सभापति ने बड़ी कठिनाई से लोगों को शांत किया, किंतु मिस्टर बालकृष्ण वहां से उठकर चले गए।

दूसरे दिन जब मित्रगण बालकृष्ण से मिलने गए तो उनकी लाश फर्श पर पड़ी हुई थी। पिस्तौल की दो गोलियां छाती से पार हो गई थीं। मेज पर उनकी डायरी खुली पड़ी थी, उस पर ये पंक्तियां लिखी हुई थीं–"आज सभा में मेरा गर्व दलित हो गया। मैं यह अपमान नहीं सह सकता। मुझे अपने पूज्य पिता के प्रति ऐसे कितने ही निंदासूचक दृश्य देखने पड़ेंगे। इस आदर्श विरोध का अंत ही कर देना अच्छा है। संभव है, मेरा जीवन उनके निर्दिष्ट मार्ग में बाधक हो। ईश्वर मुझे बल प्रदान करे!"

3

उपदेश

मालूम होता था कि आदमियों में कानाफूसी हो रही है। बीच-बीच में मुख्तार साहब और सिपाहियों के तीव्र स्वर आकाश में गूंज उठते, फिर ऐसा जान पड़ा कि किसी पर मार पड़ रही है। शर्माजी से अब न रहा गया। वह सीढ़ियों के द्वार पर आए। कमरे में झांककर देखा। मेज पर रुपये गिने जा रहे थे। दरोगाजी ने फरमाया–"इतने बड़े गांव में सिर्फ यही?"

मुख्तार साहब ने उत्तर दिया–"अभी घबराइए नहीं। अबकी बार मुखियों की खबर ली जाए–रुपयों का ढेर लग जाएगा।"

यह कहकर मुख्तार ने कई किसानों को पुकारा, पर कोई न बोला, तब दरोगाजी का गगनभेदी नाद सुनाई दिया–"यह लोग सीधे न मानेंगे, मुखियों को पकड़ लो। हथकड़ियां भर दो। एक-एक को डामुल भिजवाऊंगा।"

यह नादिरशाही हुक्म पाते ही कॉन्स्टेबलों का दल उन आदमियों पर टूट पड़ा। ढोल-सा पिटने लगा। क्रंदन-ध्वनि से आकाश गूंज उठा।

प्रयाग के सुशिक्षित समाज में पंडित देवरत्न शर्मा वास्तव में एक रत्न थे। शिक्षा भी उन्होंने उच्च श्रेणी की पाई थी और कुल के भी उच्च थे। न्यायशीला गवर्नमेंट ने उन्हें एक उच्च पद पर नियुक्त करना चाहा,

पर उन्होंने अपनी स्वतंत्रता का घात करना उचित न समझा। उनके कई शुभचिंतक मित्रों ने बहुत समझाया कि इस सुअवसर को हाथ से मत जाने दो, सरकारी नौकरी बड़े भाग्य से मिलती है। बड़े-बड़े लोग इसके लिए तरसते हैं और कामना लिए ही संसार से प्रस्थान कर जाते हैं। अपने कुल की कीर्ति उज्ज्वल करने का इससे सुगम और मार्ग नहीं है, इसे कल्पवृक्ष समझो। वैभव, संपत्ति, सम्मान और ख्याति यह सब इसके दास हैं। रह गई देश-सेवा, सो तुम्हीं देश के लिए क्यों प्राण देते हो? इस नगर में अनेक बड़े-बड़े विद्वान और धनवान पुरुष हैं, जो सुख-चैन से बंगलों में रहते और मोटरों पर हरहराते, धूल की आंधी उड़ाते घूमते हैं। क्या वे लोग देश-सेवक नहीं हैं? जब आवश्यकता होती है या कोई अवसर आता है तो वे देश-सेवा में निमग्न हो जाते हैं। अभी जब म्युनिसिपल चुनाव का झगड़ा छिड़ा तो मेयोहॉल के हाते में मोटरों का तांता लगा हुआ था। भवन के भीतर राष्ट्रीय गीतों और व्याख्यानों की भरमार थी, पर इनमें से कौन ऐसा है, जिसने स्वार्थ को तिजांजलि दे रखी हो? संसार का नियम ही है कि पहले घर में दीया जलाकर तब मस्जिद में जलाया जाता है। सच्ची बात तो यह है कि यह जातीयता की चर्चा कुछ कॉलेज के विद्यार्थियों को ही शोभा देती है।

जब संसार में प्रवेश हुआ तो कहां की जाति और कहां की जातीय चर्चा! संसार की यही रीति है, फिर तुम्हीं को काजी बनने की क्या जरूरत? यदि सूक्ष्म दृष्टि से देखा जाए तो सरकारी पद पाकर मनुष्य अपने देश-भाइयों की जैसी सच्ची सेवा कर सकता है, वैसी किसी अन्य व्यवस्था से कदापि नहीं कर सकता। एक दयालु दरोगा सैकड़ों जातीय सेवकों से अच्छा है। एक न्यायशील, धर्म-परायण मजिस्ट्रेट सैकड़ों जातीय दानवीरों से अधिक सेवा कर सकता है। इसके लिए केवल हृदय में लगन चाहिए। मनुष्य चाहे जिस अवस्था में हो, देश का हित-साधन कर सकता है, इसीलिए अब अधिक आगा-पीछा न करो, चटपट पद को स्वीकार कर लो।

शर्माजी को और युक्तियां कुछ न जंचीं, पर इस अंतिम युक्ति की सारगर्भिता से वह इनकार न कर सके, लेकिन फिर भी चाहे नियम-परायणता के कारण, चाहे केवल आलस्य के वश जो बहुधा ऐसी दशा में जातीय सेवा का गौरव पा जाता है, उन्होंने नौकरी से अलग रहने में ही अपना कल्याण समझा। उनके इस स्वार्थ-त्याग पर कॉलेज के नवयुवकों ने उन्हें खूब बधाइयां दीं। इस आत्म-विजय पर एक जातीय ड्रामा खेला गया, जिसके नायक हमारे शर्माजी ही थे। समाज की उच्च श्रेणियों में इस आत्म-त्याग की चर्चा हुई और शर्माजी को अच्छी-खासी ख्याति प्राप्त हो गई! इसी से वह कई वर्षों से जातीय सेवा में लीन रहते थे। इस

सेवा का अधिक भाग समाचार-पत्रों के अवलोकन में बीतता था, जो जातीय सेवा का ही एक विशेष अंग समझा जाता है। इसके अतिरिक्त वह पत्रों के लिए लेख लिखते, सभाएं करते और उनमें फड़कते हुए व्याखान देते थे।

शर्माजी फ्री लाइब्रेरी के सेक्रेटरी, स्टूडेंट्स एसोसिएशन के सभापति, सोशल सर्विस लीग के सहायक मंत्री और प्राइमरी एजुकेशन कमेटी के संस्थापक थे। कृषि संबंधी विषयों से उन्हें विशेष प्रेम था। पत्रों में जहां कहीं किसी नई खाद या किसी नवीन आविष्कार का वर्णन देखते, तत्काल उस पर लाल पेंसिल से निशान लगा देते और अपने लेखों में उसकी चर्चा करते थे, किंतु शहर से थोड़ी दूर उनका एक बड़ा ग्राम होने पर भी, वह अपने किसी असामी से परिचित न थे। यहां तक कि कभी प्रयाग के सरकारी कृषि क्षेत्र की सैर करने न गए थे।

उसी मुहल्ले में एक लाला बाबूलाल रहते थे। वह एक वकील के मुहर्रिर थे। थोड़ी-सी उर्दू-हिंदी जानते थे और उसी से अपना काम भली-भांति चला लेते थे। सूरत-शक्ल के कुछ सुंदर न थे। उस शक्ल पर मऊ के चारखाने की लंबी अचकन और भी शोभा देती थी। जूता भी देशी ही पहनते थे। यद्यपि कभी-कभी वे कड़वे तेल से उसकी सेवा किया करते, पर वह नीच स्वभाव के अनुसार उन्हें काटने से न चूकता था। बेचारे को साल के छह महीने पैरों में मलहम लगानी पड़ती। बहुधा नंगे पांव कचहरी जाते, पर कंजूस कहलाने के भय से जूतों को हाथ में ले जाते। जिस ग्राम में शर्माजी की जमींदारी थी, उसमें कुछ थोड़ा-सा हिस्सा उनका भी था। इस नाते से कभी-कभी उनके पास आया करते थे। हां, तातील के दिनों में गांव चले जाते। शर्माजी को उनका आकर बैठना नागवार मालूम देता, विशेषकर जब वह फैशनेबुल मनुष्यों की उपस्थिति में आ जाते।

मुंशीजी भी कुछ ऐसी स्थूल दृष्टि के पुरुष थे कि उन्हें अपना अनमिलापन बिलकुल दिखाई न देता। सबसे बड़ी आपत्ति यह थी कि वे बराबर कुर्सी पर डट जाते मानो हंसों में कौआ। उस समय मित्रगण अंग्रेजी में बातें करने लगते और बाबूलाल को क्षुद्र बुद्धि, झक्की, बौड़म, बुद्धू आदि उपाधियों का पात्र बनाते। कभी-कभी उनकी हंसी उड़ाते थे। शर्माजी में इतनी सज्जनता अवश्य थी कि वे अपने विचारहीन मित्र को यथाशक्ति निरादर से बचाते थे। यथार्थ में बाबूलाल की शर्माजी पर सच्ची भक्ति थी। एक तो वह बी.ए. पास थे, दूसरे वह देशभक्त थे। बाबूलाल जैसे विद्याहीन मनुष्य का ऐसे रत्न को आदरणीय समझना कुछ अस्वाभाविक न था।

एक बार प्रयाग में प्लेग का प्रकोप हुआ। शहर के रईस लोग निकल भागे। बेचारे गरीब चूहों की भांति पटापट मरने लगे। शर्माजी ने भी चलने की ठानी,

लेकिन सोशल सर्विस लीग के वे मंत्री ठहरे। ऐसे अवसर पर निकल भागने में बदनामी का भय था। बहाना ढूंढा। लीग के प्राय: सभी लोग कॉलेज में पढ़ते थे। उन्हें बुलाकर इन शब्दों में अपना अभिप्राय प्रकट किया—

"मित्रवृंद! आप अपनी जाति के दीपक हैं। आप ही इस मरणोन्मुख जाति के आशास्थल हैं। आज हम पर विपत्ति की घटाएं छाई हुई हैं। ऐसी अवस्था में हमारी आंखें आपकी ओर न उठें तो किसकी ओर उठेंगी। मित्र, इस जीवन में देशसेवा के अवसर बड़े सौभाग्य से मिला करते हैं। कौन जानता है कि परमात्मा ने तुम्हारी परीक्षा के लिए ही यह वज्र-प्रहार किया हो। जनता को दिखा दो कि तुम वीरों का हृदय रखते हो, जो कितने ही संकट पड़ने पर भी विचलित नहीं होता। हां, दिखा दो कि वह वीरप्रसविनी पवित्र भूमि जिसने हरिश्चंद्र और भरत को उत्पन्न किया, आज भी शून्यगर्भा नहीं है। जिस जाति के युवकों में अपने पीड़ित भाइयों के प्रति ऐसी करुणा और यह अटल प्रेम है, वह संसार में सदैव यश-कीर्ति की भागी रहेगी। आइए, हम कमर बांधकर कर्म-क्षेत्र में उतर पड़ें। इसमें संदेह नहीं कि काम कठिन है, राह बीहड़ है, आपको अपने आमोद-प्रमोद, अपने हॉकी-टेनिस, अपने मिल और मिल्टन को छोड़ना पड़ेगा। तुम जरा हिचकोगे, हटोगे और मुंह फेर लोगे, परंतु भाइयो! जातीय सेवा का स्वर्गिक आनंद सहज में नहीं मिल सकता! हमारा पुरुषत्व, हमारा मनोबल, हमारा शरीर यदि जाति के काम न आए तो वह व्यर्थ है। मेरी प्रबल आकांक्षा थी कि इस शुभ कार्य में मैं तुम्हारा हाथ बंटा सकता, पर आज ही देहातों में भी बीमारी फैलने का समाचार मिला है। अतएव मैं यहां का काम आपके सुयोग्य, सुदृढ़, हाथों में सौंपकर देहात में जाता हूं कि यथासाध्य देहाती भाइयों की सेवा करूं। मुझे विश्वास है कि आप सहर्ष मातृभूमि के प्रति अपना कर्तव्य पालन करेंगे।"

इस तरह गला छुड़ाकर शर्माजी संध्या समय स्टेशन पहुंचे, पर मन कुछ मलिन था। वे अपनी इस कायरता और निर्बलता पर मन-ही-मन लज्जित थे।

संयोगवश स्टेशन पर उनके एक वकील मित्र मिल गए। यह वही वकील थे जिनके आश्रय में बाबूलाल का निर्वाह होता था। यह भी भागे जा रहे थे, बोले—"कहिए शर्माजी, किधर चले? क्या भाग खड़े हुए?"

शर्माजी पर घड़ों पानी पड़ गया, पर संभलकर बोले–"भागूं क्यों?"

वकील–सारा शहर क्यों भागा जा रहा है?

शर्माजी–मैं ऐसा कायर नहीं हूं?

वकील–यार, क्यों बात बनाते हो, अच्छा बताओ, कहां जाते हो?

शर्माजी–देहातों में बीमारी फैल रही है, वहां कुछ रिलीफ का काम करूंगा।

वकील–यह बिलकुल झूठ है। अभी मैं डिस्ट्रिक्ट गजट देखके चला आता हूं। शहर के बाहर कहीं बीमारी का नाम नहीं है।

शर्माजी निरुत्तर होकर भी विवाद कर सकते थे, बोले–"गजट को आप देववाणी समझते होंगे, मैं नहीं समझता।"

वकील–आपके कान में तो आकाश के दूत कह गए होंगे? साफ-साफ क्यों नहीं कहते कि जान के डर से भागा जा रहा हूं।

शर्माजी–अच्छा, मान लीजिए, यही सही तो क्या पाप कर रहा हूं? सबको अपनी जान प्यारी होती है।

वकील–हां, अब आए राह पर। यह मरदों की-सी बात है। अपने जीवन की रक्षा करना शास्त्र का पहला नियम है, लेकिन अब भूलकर भी देश-भक्ति की डींग न मारिएगा। इस काम के लिए बड़ी दृढ़ता और आत्मिक बल की आवश्यकता होती है। स्वार्थ और देश-भक्ति में विरोधात्मक अंतर है। देश पर मिट जाने वाले को देश-सेवक का सर्वोच्च पद प्राप्त होता है, वाचालता और कोरी कलम घिसने से देश-सेवा नहीं होती। कम-से-कम मैं तो अखबार पढ़ने को यह गौरव नहीं दे सकता। अब कभी बढ़-चढ़कर बातें न कीजिएगा। आप लोग अपने सिवा सारे संसार को स्वार्थांध समझते हैं, इसी से कहता हूं।

शर्माजी ने उद्दंडता से कुछ उत्तर न दिया। घृणा से मुंह फेरकर गाड़ी में बैठ गए।

तीसरे ही स्टेशन पर शर्माजी उतर पड़े। वकील की कठोर बात से खिन्न हो रहे थे। चाहते थे कि उसकी आंख बचाकर निकल जाएं, पर देख ही लिया और हंसकर बोला–"क्या आपके ही गांव में प्लेग का दौरा हुआ है?"

शर्माजी ने कुछ उत्तर न दिया। बहली पर जा बैठे। कई बेगार हाजिर थे। उन्होंने असबाब उठाया। फागुन का महीना था। आमों के बौर से महकती हुई मंद-मंद वायु चल रही थी। कभी-कभी कोयल की सुरीली तान सुनाई दे जाती थी। खलिहानों में किसान आनंद से उन्मत्त हो-होकर फाग गा रहे थे, लेकिन शर्माजी को अपनी फटकार पर ऐसी ग्लानि थी कि इन चित्ताकर्षक वस्तुओं का उन्हें कुछ ध्यान ही न हुआ।

थोड़ी देर बाद वे ग्राम में पहुंचे। शर्माजी के स्वर्गवासी पिता एक रसिक पुरुष थे। एक छोटा-सा बाग, छोटा-सा पक्का कुआं, बंगला, शिवजी का मंदिर—यह सब उन्हीं के कीर्ति चिह्न थे। वह गर्मी के दिनों में यहीं रहा करते थे, पर शर्माजी के यहां आने का पहला ही अवसर था। बेगारियों ने चारों तरफ सफाई कर रखी थी। शर्माजी बहली से उतरकर सीधे बंगले में चले गए, सैकड़ों असामी दर्शन करने आए थे, पर वह उनसे कुछ न बोले।

घड़ी रात जाते-जाते शर्माजी के नौकर टमटम लिये आ पहुंचे। कहार, साईस और रसोइया महाराज तीनों ने असामियों को इस दृष्टि से देखा मानो वह उनके नौकर हैं। साईस ने एक मोटे-ताजे किसान से कहा—"घोड़े को खोल दो।"

किसान बेचारा डरता-डरता घोड़े के निकट गया। घोड़े ने अनजान आदमी को देखते ही तेवर बदलकर कनौतियां खड़ी कीं। किसान डरकर लौट आया, तब साईस ने उसे धकेलकर कहा—"बस, निरे बछिया के ताऊ ही हो। हल जोतने से क्या अक्ल भी चली जाती है? यह लो, घोड़ा टहलाओ। मुंह क्या बनाते हो, कोई सिंह है कि खा जाएगा?"

किसान ने भय से कांपते हुए रास पकड़ी। उसका घबराया हुआ मुख देखकर हंसी आती थी। पग-पग पर घोड़े को चौकन्नी दृष्टि से देखता मानो वह कोई पुलिस का सिपाही है।

रसोई बनाने वाले महाराज एक चारपाई पर लेटे हुए थे, कड़ककर बोले—"अरे नउआ कहां है? चल, पानी-वानी ला, हाथ-पैर धो दे।"

कहार ने कहा—"अरे, किसी के पास जरा सुरती-चूना हो तो देना। बहुत देर से तमाखू नहीं खाई।"

मुख्तार (कारिंदा) साहब ने इन मेहमानों की दावत का प्रबंध किया। साईस और कहार के लिए पूरियां बनने लगीं, महाराज को सामान दिया गया। मुख्तार साहब इशारे पर दौड़ते थे और दीन किसानों का तो पूछना ही क्या, वे तो बिना दामों के गुलाम थे। सच्चे स्वतंत्र लोग इस समय सेवकों के सेवक बने हुए थे।

कई दिन बीत गए। शर्माजी अपने बंगले में बैठे पत्र और पुस्तकें पढ़ा करते थे। रस्किन के कथनानुसार, राजाओं और महात्माओं के सत्संग का सुख लूटते थे, हॉलैंड के कृषि-विधान, अमेरिकी-शिल्प-वाणिज्य और जर्मनी की शिक्षा-प्रणाली आदि गूढ़ विषयों पर विचार किया करते थे। गांव में ऐसा कौन था जिसके साथ बैठते? किसानों से बातचीत करने को उनका जी चाहता, पर न जाने क्यों वे उजड्ड, अक्खड़ लोग उनसे दूर रहते। शर्माजी का मस्तिष्क कृषि संबंधी ज्ञान का

भंडार था। हॉलैंड और डेनमार्क की वैज्ञानिक खेती, उसकी उपज का परिमाण और वहां के कोऑपरेटिव बैंक आदि गहन विषय उनकी जिह्वा पर थे, पर इन गंवारों को क्या खबर? यह सब उन्हें झुककर पालागन अवश्य करते और कतराकर निकल जाते, जैसे कोई मरखने बैल से बचे। यह निश्चय करना कठिन है कि शर्माजी की उनसे वार्तालाप करने की इच्छा में क्या रहस्य था, सच्ची सहानुभूति या अपनी सर्वज्ञता का प्रदर्शन!

शर्माजी की डाक शहर से लाने और ले जाने के लिए दो आदमी प्रतिदिन भेजे जाते। वह लुई कूने की जल-चिकित्सा के भक्त थे। मेवों का अधिक सेवन करते थे। एक आदमी इस काम के लिए भी दौड़ाया जाता था। शर्माजी ने अपने मुख्तार से सख्त ताकीद कर दी थी कि किसी से मुफ्त काम न लिया जाए, तथापि शर्माजी को यह देखकर आश्चर्य होता था कि कोई इन कामों के लिए प्रसन्नता से नहीं जाता। प्रतिदिन बारी-बारी से आदमी भेजे जाते थे। वह इसे भी बेगार समझते थे। मुख्तार साहब को प्रायः कठोरता से काम लेना पड़ता था। शर्माजी किसानों की इस शिथिलता को मुटमरदी के सिवा और क्या समझते! कभी-कभी वह स्वयं क्रोध से भरे हुए अपने शांति-कुटीर से निकल आते और अपनी तीव्र वाक्-शक्ति का चमत्कार दिखाने लगते थे।

शर्माजी के घोड़े के लिए घास-चारे का प्रबंध भी कुछ कम कष्टदायक न था। रोज संध्या समय डांट-डपट और रोने-चिल्लाने की आवाज उन्हें सुनाई देती थी। एक कोलाहल-सा मच जाता था, पर वह इस संबंध में अपने मन को इस प्रकार समझा लेते थे कि घोड़ा भूखों नहीं मर सकता, घास का दाम दे दिया जाता है, यदि इस पर भी यह हाय-हाय होती है तो हुआ करे।

शर्माजी को यह बात कभी नहीं सूझी कि जरा चमारों से पूछ लें कि घास का दाम मिलता है या नहीं। यह सब व्यवहार देख-देखकर उन्हें अनुभव होता जाता था कि देहाती बड़े मुटमरद, बदमाश हैं। इनके विषय में मुख्तार साहब जो कुछ कहते हैं, वह यथार्थ है। पत्रों और व्याख्यानों में उनकी अवस्था पर व्यर्थ गुल-गपाड़ा मचाया जाता है, यह लोग इसी बरताव के योग्य हैं। जो इनकी दीनता और दरिद्रता का राग अलापते हैं, वह सच्ची अवस्था से परिचित नहीं हैं।

एक दिन शर्माजी महात्माओं की संगति से उकताकर सैर को निकले। घूमते-फिरते खलिहानों की तरफ निकल गए। वहां आम के वृक्ष के नीचे किसानों की गाढ़ी कमाई के सुनहरे ढेर लगे हुए थे। चारों ओर भूसे की आंधी-सी उड़ रही थी। बैल अनाज का एक गाल खा लेते थे। यह सब उन्हीं की कमाई है, उनके

मुंह में आज चाबी देना बड़ी कृतघ्नता है। गांव के बढ़ई, चमार, धोबी और कुम्हार अपना वार्षिक कर उगाहने के लिए जमा थे। एक ओर नट ढोल बजा-बजाकर अपने करतब दिखा रहा था। कवीश्वर महाराज की अतुल काव्य-शक्ति आज उमंग पर थी।

शर्माजी इस दृश्य से बहुत प्रसन्न हुए, परंतु इस उल्लास में उन्हें अपने कई सिपाही दिखाई दिए, जो लट्ठ लिये अनाज के ढेरों के पास जमा थे। पुष्पवाटिका में ठूंठ जैसा भद्दा दिखाई देता है अथवा ललित संगीत में जैसे कोई बेसुरी तान कानों को अप्रिय लगती है, उसी तरह शर्माजी की सहृदयतापूर्ण दृष्टि में ये मंडराते हुए सिपाही दिखाई दिए। उन्होंने निकट जाकर एक सिपाही को बुलाया। उन्हें देखते ही सब-के-सब पगड़ियां संभालते हुए दौड़े।

शर्माजी ने पूछा–"तुम लोग यहां इस तरह क्यों बैठे हो?"

एक सिपाही ने उत्तर दिया–"सरकार, हम लोग असामियों के सिर पर सवार न रहें तो एक कौड़ी वसूल न हो। अनाज घर में जाने की देर है, फिर वह सीधे बात भी न करेंगे–बड़े सरकश लोग हैं। हम लोग रात-की-रात बैठे रहते हैं। इतने पर भी जहां आंख झपकी ढेर गायब हुआ।"

शर्माजी ने पूछा–"तुम लोग यहां कब तक रहोगे?"

एक सिपाही ने उत्तर दिया–"हुजूर! बनियों को बुलाकर अपने सामने अनाज तौलाते हैं। जो कुछ मिलता है, उसमें से लगान काटकर बाकी असामी को दे देते हैं।"

शर्माजी सोचने लगे–'जब यह हाल है तो इन किसानों की अवस्था क्यों न खराब हो? यह बेचारे अपने धन के मालिक नहीं हैं। उसे अपने पास रखकर अच्छे अवसर पर नहीं बेच सकते। इस कष्ट का निवारण कैसे किया जाए? यदि मैं इस समय इनके साथ रियायत कर दूं तो लगान कैसे वसूल होगा।'

इस विषय पर विचार करते हुए शर्माजी वहां से चल दिए। सिपाहियों ने साथ चलना चाहा, पर उन्होंने मना कर दिया। भीड़-भाड़ से उन्हें उलझन होती थी। अकेले ही गांव में घूमने लगे। छोटा-सा गांव था, पर सफाई का कहीं नाम न था। चारों ओर से दुर्गंध उठ रही थी। किसी के दरवाजे पर गोबर सड़ रहा था, तो कहीं कीचड़ और कूड़े का ढेर वायु को विषैली बना रहा था। घरों के पास ही घूरे पर खाद के लिए गोबर फेंका हुआ था जिससे गांव में गंदगी फैलने के साथ-साथ खाद का सारा अंश धूप और हवा के साथ गायब हो जाता था। गांव के मकान तथा रास्ते बेसिलसिले, बेढंगे तथा टूटे-फूटे थे। मोरियों से गंदे पानी के निकास का कोई प्रबंध न होने की वजह से दुर्गंध से दम घुटता था। शर्माजी ने

नाक पर रुमाल लगा ली–सांस रोककर तेजी से चलने लगे। बहुत जी घबराया तो दौड़े और हांफते हुए एक सघन नीम के वृक्ष की छाया में आकर खड़े हो गए। अभी अच्छी तरह सांस भी न लेने पाए थे कि बाबूलाल ने आकर पालागन किया और पूछा–"क्या कोई सांड था?"

शर्माजी सांस खींचकर बोले–"सांड से अधिक भयंकर विषैली हवा थी। ओह! यह लोग ऐसी गंदगी में रहते हैं?"

बाबूलाल–रहते क्या हैं, किसी तरह जीवन के दिन पूरे करते हैं।

शर्माजी–पर यह स्थान तो साफ है?

बाबूलाल–जी हां, इस तरफ गांव के किनारे तक साफ जगह मिलेगी।

शर्माजी–तो उधर इतना मैला क्यों है?

बाबूलाल–गुस्ताखी माफ हो तो कहूं?

शर्माजी हंसकर बोले–"प्राणदान मांगा होता। सच बताओ, क्या बात है? एक तरफ ऐसी स्वच्छता और दूसरी तरफ वह गंदगी?

बाबूलाल–यह मेरा हिस्सा है और वह आपका हिस्सा है। मैं अपने हिस्से की देख-रेख स्वयं करता हूं, पर आपका हिस्सा नौकरों की कृपा के अधीन है।

शर्माजी–अच्छा यह बात है। आखिर आप क्या करते हैं?

बाबूलाल–और कुछ नहीं, केवल ताकीद करता रहता हूं। जहां अधिक मैलापन देखता हूं, स्वयं साफ करता हूं। मैंने सफाई का एक इनाम नियत कर दिया है, जो प्रति मास सबसे साफ घर के मालिक को मिलता है।

शर्माजी के लिए एक कुर्सी रख दी गई। वे उस पर बैठ गए और बोले–"क्या आप आज ही आए हैं?"

बाबूलाल–जी हां, कल तातील है। आप जानते ही हैं कि तातील के दिन मैं भी यहीं रहता हूं।

शर्माजी–शहर का क्या रंग-ढंग है?

बाबूलाल–वही हाल, बल्कि और भी खराब। 'सोशल सर्विस लीग' वाले भी गायब हो गए। गरीबों के घरों में मुर्दे पड़े हुए हैं। बाजार बंद हो गए। खाने को अनाज नहीं मिलता है।

शर्माजी–भला बताओ तो, ऐसी आग में मैं वहां कैसे रहता? बस लोगों ने मेरी ही जान सस्ती समझ रखी है। जिस दिन मैं यहां आ रहा था, आपके वकील साहब मिल गए, बेतरह गरम हो पड़े, मुझे देश-भक्ति के उपदेश देने लगे। जिन्हें कभी भूलकर भी देश का ध्यान नहीं आता, वे भी मुझे उपदेश देना अपना कर्तव्य समझते हैं। जिसे देखो वही तो देश-सेवक बना फिरता है। जो लोग सौ

रुपये अपने भोग-विलास में फूंकते हैं, उनकी गणना भी जाति-सेवकों में होती है। मैं तो फिर भी कुछ-न-कुछ करता हूं। मैं भी मनुष्य हूं, कोई देवता नहीं, धन की अभिलाषा अवश्य है। मैं जो अपना जीवन पत्रों के लिए लेख लिखने में काटता हूं, देश-हित की चिंता में मग्न रहता हूं, उसके लिए मेरा इतना सम्मान बहुत समझा जाता है। जब किसी सेठजी या किसी वकील साहब के दरे-दौलत पर हाजिर हो जाऊं तो वह कृपा करके मेरा कुशल-समाचार पूछ लें। उस पर भी यदि दुर्भाग्यवश किसी चंदे के संबंध में जाता हूं, तो लोग मुझे यम का दूत समझते हैं। ऐसी रुखाई का व्यवहार करते हैं जिससे सारा उत्साह भंग हो जाता है। यह सब आपत्तियां तो मैं झेलूं, पर जब किसी सभा का सभापति चुनने का समय आता है तो कोई वक़ील साहब इसके पात्र समझे जाते हैं, जिन्हें अपने धन के सिवा उक्त पद का कोई अधिकार नहीं। तो भाई, जो गुड़ खाय वह कान छिदावे। देश-हितैषियों का पुरस्कार यही जातीय सम्मान है। जब वहां तक मेरी पहुंच ही नहीं तो व्यर्थ जान क्यों दूं? यदि यह आठ वर्ष मैंने लक्ष्मी की आराधना में व्यतीत किए होते तो अब तक मेरी गिनती बड़े आदमियों में होती। अभी मैंने कितने परिश्रम से देहाती बैंकों पर लेख लिखा, महीनों उसकी तैयारी में लगे, सैकड़ों पत्र-पत्रिकाओं के पन्ने उलटने पड़े, पर किसी ने उसके पढ़ने का कष्ट भी न उठाया। यदि इतना परिश्रम किसी और काम में किया होता तो कम-से-कम स्वार्थ तो सिद्ध होता। मुझे ज्ञात हो गया कि इन बातों को कोई नहीं पूछता। सम्मान और कीर्ति यह सब धन के नौकर हैं।

बाबूलाल–आपका कहना यथार्थ ही है; पर आप जैसे महानुभाव इन बातों को मन में लाएंगे तो यह काम कौन करेगा?

शर्माजी–वही करेंगे जो 'ऑनरेबुल' बने फिरते हैं या जो नगर के पिता कहलाते हैं। मैं तो अब देशाटन करूंगा, संसार की हवा खाऊंगा।

बाबूलाल समझ गए कि यह महाशय इस समय आपे में नहीं हैं। विषय बदलकर पूछा–"यह तो बताइए, आपने देहात को कैसे पसंद किया? आप तो पहले-ही-पहल यहां आए हैं।"

शर्माजी–बस, यही कि बैठे-बैठे जी घबराता है। हां, कुछ नए अनुभव अवश्य प्राप्त हुए हैं। कुछ भ्रम दूर हो गए। पहले समझता था कि किसान बड़े दीन-दुःखी होते हैं। अब मालूम हुआ कि यह मुटमरद, अनुदार और दुष्ट हैं। सीधे बात न सुनेंगे, पर कड़ाई से जो काम चाहे, करा लो। बस, निरे पशु हैं–और तो और, लगान के लिए भी उनके सिर पर सवार रहने की जरूरत है। टल जाओ तो कौड़ी वसूल न हो। नालिश कीजिए, बेदखली जारी कीजिए, कुर्की कराइए, यह

सब आपत्तियां सहेंगे, पर समय पर रुपया देना नहीं जानते। यह सब मेरे लिए नई बातें हैं। मुझे अब तक इनसे जो सहानुभूति थी, वह अब नहीं है। पत्रों में उनकी हीनावस्था के जो मरसिए गाए जाते हैं, वह सर्वथा कल्पित हैं। क्यों, आपका क्या विचार है?

बाबूलाल ने सोचकर जवाब दिया—"मुझे तो अब तक कोई शिकायत नहीं हुई। मेरा अनुभव यह है कि यह लोग बड़े शीलवान, नम्र और कृतज्ञ होते हैं, परंतु उनके ये गुण प्रकट में नहीं दिखाई देते। उनमें मिलिए और उन्हें मिलाइए, तब उनके जौहर खुलते हैं। उन पर विश्वास कीजिए, तब वह आप पर विश्वास करेंगे। आप कहेंगे, इस विषय में अग्रसर होना उनका काम है और आपका यह कहना उचित भी है, लेकिन शताब्दियों से वह इतने पीसे गए हैं, इतनी ठोकरें खाई हैं कि उनमें स्वाधीनता के गुणों का लोप-सा हो गया है। जमींदार को वह एक हौआ समझते हैं जिनका काम उन्हें निगल जाना है। वह उनका मुकाबला नहीं कर सकते, इसलिए छल और कपट से काम लेते हैं, जो निर्धनों का एकमात्र आधार है, पर आप एक बार उनके विश्वासपात्र बन जाइए, फिर आप कभी उनकी शिकायत न करेंगे।"

बाबूलाल यह बातें कर ही रहे थे कि कई चमारों ने घास के बड़े-बड़े गट्ठे लाकर डाल दिए और चुपचाप चले गए। शर्माजी को आश्चर्य हुआ। इसी घास के लिए इनसे बंगले पर हाय-हाय होती है और यहां किसी को खबर भी नहीं हुई, बोले—"आखिर अपना विश्वास जमाने का कोई उपाय भी है?"

बाबूलाल ने उत्तर दिया—"आप स्वयं बुद्धिमान हैं। आपके सामने मेरा मुंह खोलना धृष्टता है। मैं इसका एक ही उपाय जानता हूं। उन्हें किसी कष्ट में देखकर उनकी मदद कीजिए। मैंने उन्हीं के लिए वैद्यक सीखा और एक छोटा-मोटा औषधालय अपने साथ रखता हूं। रुपया मांगते हैं तो रुपया, अनाज मांगते हैं तो अनाज देता हूं, पर सूद नहीं लेता। इससे मुझे ग्लानि नहीं होती, दूसरे रूप में सूद अधिक मिल जाता है। गांव में दो अंधी स्त्रियां और दो अनाथ लड़कियां हैं, उनके निर्वाह का प्रबंध कर दिया है। होता सब उन्हीं की कमाई से है, पर नेकनामी मेरी होती है।"

इतने में कई असामी आए और बोले—"भैया, पोत ले लो।"

शर्माजी ने सोचा—'इसी लगान के लिए मेरे चपरासी खलिहान में चारपाई डालकर सोते हैं और किसानों को अनाज के ढेर के पास फटकने नहीं देते और वही लगान यहां इस तरह आप-से-आप चला आता है', बोले—"यह सब तो तब ही हो सकता है, जब जमींदार आप गांव में रहे।"

बाबूलाल ने उत्तर दिया–"जी हां, और क्यों? जमींदार के गांव में न रहने से इन किसानों को बड़ी हानि होती है। कारिंदों और नौकरों से यह आशा करनी भूल है कि वह इनके साथ अच्छा बर्ताव करेंगे, क्योंकि उनको तो अपना उल्लू सीधा करने से काम रहता है। जो किसान उनकी मुट्ठी गरम करते हैं, उन्हें मालिक के सामने सीधा और जो कुछ नहीं देते, उन्हें बदमाश और सरकश बतलाते हैं। किसानों को बात-बात के लिए चूसते हैं, किसान छान छवाना चाहे तो उन्हें दे, दरवाजे पर एक खूंटा तक गाड़ना चाहे तो उन्हें पूजे, एक छप्पर उठाने के लिए दस रुपये जमींदार को नजराना दे तो दो रुपये मुंशीजी को जरूर ही देने होंगे। कारिंदे को घी-दूध मुफ्त खिलाएं, कहीं-कहीं तो गेहूं-चावल तक मुफ्त हजम कर जाते हैं। जमींदार तो किसानों को चूसते ही हैं, कारिंदे भी कम नहीं चूसते। जमींदार तीन पाव के भाव में रुपये का सेर-भर घी ले तो मुंशीजी को अपने घर अपने साले-बहनोइयों के लिए अट्ठारह छटांक चाहिए ही। तनिक-सी बात के लिए डांड और जुर्माना देते-देते किसानों की नाक में दम हो जाता है। आप जानते हैं इसी से और कहीं की 30 रुपये की नौकरी छोड़कर भी जमींदारों की कारिंदागिरी लोग 8 रुपये, 10 रुपये में स्वीकार कर लेते हैं, क्योंकि 8 रुपये, 10 रुपये का कारिंदा साल में 800 रुपये, 1000 रुपये ऊपर से कमाता है। खेद तो यह है कि जमींदार लोगों में शिक्षा की उन्नति के साथ-साथ शहर में रहने की प्रथा दिनोंदिन बढ़ती जा रही है। मालूम नहीं, आगे चलकर इन बेचारों की क्या गति होगी?"

शर्माजी को बाबूलाल की बातें विचारपूर्ण मालूम हुईं! पर वह सुशिक्षित मनुष्य थे। किसी बात को चाहे वह कितनी ही यथार्थ क्यों न हो, बिना तर्क के ग्रहण नहीं कर सकते थे। बाबूलाल को वह सामान्य बुद्धि का आदमी समझते आए थे। इस भाव में एकाएक परिवर्तन हो जाना असंभव था। इतना ही नहीं, इन बातों का उल्टा प्रभाव यह हुआ कि वह बाबूलाल से चिढ़ गए। उन्हें ऐसा प्रतीत हुआ कि बाबूलाल अपने सुप्रबंध के अभिमान में मुझे तुच्छ समझता है, मुझे ज्ञान सिखाने की चेष्टा करता है। जो सदैव दूसरों को सद्ज्ञान सिखाने और सम्मान दिखाने का प्रयत्न करता हो, वह बाबूलाल जैसे आदमी के सामने कैसे सिर झुकाता?

जब शर्माजी यहां से चले तो उनकी तर्क-शक्ति बाबूलाल की बातों की आलोचना कर रही थी–'मैं गांव में क्योंकर रहूं! क्या जीवन की सारी अभिलाषाओं पर पानी फेर दूं? गंवारों के साथ बैठे-बैठे गप्पें लड़ाया करूं! घड़ी-आध घड़ी मनोरंजन के लिए उनसे बातचीत करना संभव है, पर यह मेरे लिए असह्य है कि वह आठों पहर मेरे सिर पर सवार रहें। मुझे तो उन्माद हो जाए। माना कि उनकी रक्षा करना मेरा कर्तव्य है, पर यह कदापि नहीं हो सकता कि उनके लिए

मैं अपना जीवन नष्ट कर दूं। बाबूलाल बन जाने की क्षमता मुझमें नहीं है कि जिससे बेचारे इस गांव की सीमा से बाहर नहीं जा सकते। मुझे संसार में बहुत काम करना है, बहुत नाम करना है। ग्राम्य जीवन मेरे लिए प्रतिकूल ही नहीं, बल्कि प्राणघातक भी है।'

यही सोचते हुए वह बंगले पर पहुंचे तो क्या देखते हैं कि कई कॉन्स्टेबल कमरे के बरामदे में लेटे हुए हैं। मुख्तार साहब शर्माजी को देखते ही आगे बढ़कर बोले–"हुजूर! बड़े दरोगाजी, छोटे दरोगाजी के साथ आए हैं। मैंने उनके लिए पलंग कमरे में ही बिछवा दिए हैं। ये लोग जब इधर आ जाते हैं तो ठहरा करते हैं। देहात में इनके योग्य स्थान और कहां है? अब मैं इनसे कैसे कहता कि कमरा खाली नहीं है। हुजूर का पलंग ऊपर बिछा दिया है।"

शर्माजी अपने अन्य देश-हितचिंतक भाइयों की भांति पुलिस के घोर विरोधी थे। पुलिसवालों के अत्याचारों के कारण उन्हें बड़ी घृणा की दृष्टि से देखते थे। उनका सिद्धांत था कि यदि पुलिस का आदमी प्यास से भी मर जाए तो उसे पानी न देना चाहिए। अपने कारिंदे से यह समाचार सुनते ही उनके शरीर में आग-सी लग गई। कारिंदे की ओर लाल आंखों से देखा और लपककर कमरे की ओर चले कि बेईमानों का बोरिया-बंधना उठाकर फेंक दूं। वाह! मेरा घर न हुआ कोई होटल हुआ! आकर डट गए। तेवर बदले हुए बरामदे में जा पहुंचे कि इतने में छोटे दरोगा बाबू कोकिला सिंह ने कमरे से निकलकर पालागन किया और हाथ बढ़ाकर बोले–"अच्छी साइत से चला था कि आपके दर्शन हो गए। आप मुझे भूल तो न गए होंगे?"

यह महाशय दो साल पहले 'सोशल सर्विस लीग' के उत्साही सदस्य थे। इंटरमीडिएट फेल हो जाने के बाद पुलिस में दाखिल हो गए थे। शर्माजी ने उन्हें देखते ही पहचान लिया। क्रोध शांत हो गया। मुस्कराने की चेष्टा करके बोले–"भूलना बड़े आदमियों का काम है। मैंने तो आपको दूर से ही पहचान लिया था। कहिए, इसी थाने में हैं क्या?"

कोकिला सिंह बोले–"जी हां, आजकल यहीं हूं। आइए, आपको दरोगाजी से इन्ट्रोड्यूस (परिचय) करा दूं।"

भीतर आरामकुर्सी पर लेटे दरोगा जुल्फिकार अली खां हुक्का पी रहे थे। बड़े डील-डौल के मनुष्य थे। चेहरे से रोब टपकता था। शर्माजी को देखते ही उठकर हाथ मिलाया और बोले–"जनाब से नियाज हासिल करने का शौक मुद्दत से था। आज खुशनसीब मौका भी मिल गया। इस मुदाखिलत बेजा को मुआफ फरमाइएगा।"

शर्माजी को आज मालूम हुआ कि पुलिसवालों को अशिष्ट कहना अन्याय है। हाथ मिलाकर बोले-"यह आप क्या फरमाते हैं, यह आपका घर है।" पर इसके साथ ही पुलिस पर आक्षेप करने का ऐसा अच्छा अवसर हाथ से नहीं जाने देना चाहते थे। कोकिला सिंह से बोले-"आपने तो पिछले साल कॉलेज छोड़ा है, लेकिन आपने नौकरी भी की तो पुलिस की!"

बड़े दरोगाजी यह ललकार सुनकर संभल बैठे और बोले-"क्यों जनाब! क्या पुलिस ही सारे महकमों से गया-गुजरा है? ऐसा कौन-सा सेगा है, जहां रिश्वत का बाजार गर्म नहीं। अगर आप ऐसे एक भी सेगा का नाम बता दीजिए तो मैं ताउम्र आपकी गुलामी करूं। मुलाजमत करके रिश्वत लेना मुहाल है। तामील के सेगे को बेलौस कहा जाता है, मगर मुझको इसका खूब तजरबा हो चुका है। अब मैं किसी रास्तबाजी के दावे को तसलीम नहीं कर सकता-और दूसरे सेगों की निस्बत तो मैं नहीं कह सकता, मगर पुलिस में जो रिश्वत नहीं लेता, उसे मैं अहमक समझता हूं। मैंने दो-एक दयानतदार सब-इंस्पेक्टर देखे हैं, पर उन्हें हमेशा तबाह देखा। कभी मातूइ, कभी मुअत्तल, कभी बरखास्त! चौकीदार और कॉन्स्टेबल बेचारे थोड़ी औकात के आदमी हैं, इनका गुजारा क्योंकर हो? वही हमारे हाथ-पांव हैं, उन्हीं पर हमारी नेकनामी का दारमदार है। जब वह खुद भूखों मरेंगे, तब हमारी क्या मदद करेंगे? जो लोग हाथ बढ़ाकर लेते हैं, खुद खाते हैं, दूसरों को खिलाते हैं, अफसरों को खुश रखते हैं, उनका शुमार कारगुजार, नेकनाम आदमियों में होता है। मैंने तो यही अपना वसूल बना रखा है और खुदा का शुक्र है कि अफसर और मातहत सभी खुश हैं।"

शर्माजी ने कहा-"इसी वजह से तो मैंने ठाकुर साहब से कहा था कि आप क्यों इस सेगे में आए?"

जुल्फिकार अली खां गरम होकर बोले-"आए तो महकमे पर कोई एहसान नहीं किया। किसी दूसरे सेगे में होते तो अभी तक ठोकरें खाते होते, नहीं तो घोड़े पर सवार नौशा बने घूमते हैं। मैं तो बात सच्ची कहता हूं, चाहे किसी को अच्छी लगे या बुरी। इनसे पूछिए, हराम की कमाई अकेले आज तक किसी को हजम हुई है? यह नए लोग जो आते हैं, उनकी यह आदत होती है कि जो कुछ मिले, अकेले ही हजम कर लें। चुपके-चुपके लेते हैं और थाने के अहलकार मुंह ताकते रह जाते हैं! दुनिया की निगाह में ईमानदार बनना चाहते हैं, पर खुदा से नहीं डरते। अबे, जब हम खुदा ही से नहीं डरते तो आदमियों का क्या खौफ? ईमानदार बनना हो तो दिल से बनो। सच्चाई का स्वांग क्यों भरते हो? यह हजरत छोटी-छोटी रकमों पर गिरते हैं। मारे गरूर के किसी आदमी से राय तो लेते नहीं। जहां आसानी से सौ

रुपये मिल सकते हैं, वहां पांच रुपये में बुलबुल हो जाते हैं! कहीं दूधवाले के दाम मार लिये, कहीं हज्जाम के पैसे दबा लिये, कहीं बनिए से निर्ख के लिए झगड़ बैठे। यह अफसरी नहीं लुच्चापन है; गुनाह बेलज्जत, फायदा तो कुछ नहीं; बदनामी मुफ्त। मैं बड़े-बड़े शिकारों पर निगाह रखता हूं। यह पिद्दी और बटेर मातहतों के लिए छोड़ देता हूं। हलफ से कहता हूं, गरज बुरी शय है। रिश्वत देनेवालों से ज्यादा अहमक अंधे आदमी दुनिया में न होंगे। ऐसे कितने ही उल्लू आते हैं, जो महज यह चाहते हैं कि मैं उसके किसी पट्टीदार या दुश्मन को दो-चार खोटी-खरी सुना दूं, कई ऐसे बेईमान जमींदार आते हैं, जो यह चाहते हैं कि वह असामियों पर जुल्म करते रहें और पुलिस दखल न दे! इतने ही के लिए वह सैकड़ों रुपये मेरी नजर करते हैं और खुशामद घालू में। ऐसे अक्ल के दुश्मनों पर रहम करना हिमाकत है। जिले में मेरे इस इलाके को सोने की खान कहते हैं। इस पर सबके दांत रहते हैं। रोज एक-न-एक शिकार मिलता रहता है। जमींदार निरे जाहिल, लंठ, जरा-सी बात पर फौजदारियां कर बैठते हैं। मैं तो खुदा से दुआ करता रहता हूं कि यह हमेशा इसी जहालत के गढ़े में पड़े रहें। सुनता हूं, कोई साहब आम तालीम का सवाल पेश कर रहे हैं, उस भलेमानुस को न जाने क्या धुन है। शुक्र है कि हमारी आली फहम सरकार ने नामंजूर कर दिया। बस, इस सारे इलाके में एक यही आप का पट्टीदार अलबत्ता समझदार आदमी है। उसके यहां मेरी या और किसी की दाल नहीं गलती और लुत्फ यह कि कोई उससे नाखुश नहीं! बस मीठी-मीठी बातों से मन भर देता है। अपने असामियों के लिए जान देने को हाजिर और हलफ से कहता हूं कि अगर मैं जमींदार होता तो इसी शख्स का तरीका अख्तियार करता। जमींदार का फर्ज है कि अपने असामियों को जुल्म से बचाए। उन पर शिकारियों का वार न होने दे। बेचारे गरीब किसानों की जान के तो सभी ग्राहक होते हैं और हलफ से कहता हूं, उनकी कमाई उनके काम नहीं आती! उनकी मेहनत का मजा हम लूटते हैं। यों तो जरूरत से मजबूर होकर इंसान क्या नहीं कर सकता, पर हक यह है कि इन बेचारों की हालत वाकई रहम के काबिल है और जो शख्स उनके लिए सीनासिपर हो सके, उसके कदम चूमने चाहिए, मगर मेरे लिए तो वही आदमी सबसे अच्छा है, जो शिकार में मेरी मदद करे।"

शर्माजी ने इस बकवाद को बड़े ध्यान से सुना। वह रसिक मनुष्य थे। इसकी मार्मिकता पर मुग्ध हो गए। सहृदयता और कठोरता के ऐसे विचित्र मिश्रण से उन्हें मनुष्यों के मनोभावों का एक कौतूहलजनक परिचय प्राप्त हुआ। ऐसी वक्तृता का उत्तर देने की कोशिश करना व्यर्थ था, बोले–"क्या कोई तहकीकात है या महज गश्त?"

दरोगाजी बोले–"जी नहीं, महज गश्त। आजकल किसानों के, फसल के दिन हैं। यही जमाना हमारी फसल का भी है। शेर को भी तो मांद में बैठे-बैठे शिकार नहीं मिलता। जंगल में घूमता है। हम भी शिकार की तलाश में हैं। किसी पर खुफियाफरोशी का इलजाम लगाया, किसी को चोरी का माल खरीदने के लिए पकड़ा, किसी को हमलहराम का झगड़ा उठाकर फांसा। अगर हमारे नसीब से डाका पड़ गया तो हमारी पांचों उंगलियां घी में समझिए। डाकू तो नोच-खसोटकर भागते हैं। असली डाका हमारा पड़ता है। आस-पास के गांव में झाड़ई फेर देते हैं। खुदा से शबोरोज दुआ किया करते हैं कि परवरदिगार! कहीं से रिजक भेज। झूठे-सच्चे डाके की खबर आए। अगर देखा कि तकदीर पर शाकिर रहने से काम नहीं चलता तो तदबीर से काम लेते हैं। जरा से इशारे की जरूरत है, डाका पड़ते क्या देर लगती है! आप मेरी साफगोई पर हैरान होते होंगे। अगर मैं अपने सारे हथकंडे बयान करूं तो आप यकीन न करेंगे और लुत्फ यह कि मेरा शुमार जिले के निहायत होशियार, कारगुजार, दयानतदार सब-इंस्पेक्टरों में है। फर्जी डाके डलवाता हूं! फर्जी मुल्जिम पकड़ता हूं, मगर सजाएं असली दिलवाता हूं। शहादतें ऐसी गढ़ता हूं कि कैसा ही बैरिस्टर का चचा क्यों न हो, उन्हें गिरफ्तार नहीं कर सकता।"

इतने में शहर से शर्माजी की डाक आ गई। वे उठ खड़े हुए और बोले–"दरोगाजी, आपकी बातें बड़ी मजेदार हैं। अब इजाजत दीजिए। डाक आ गई है। जरा उसे देखना है।"

चांदनी रात थी। शर्माजी खुली छत पर लेटे हुए एक समाचार-पत्र पढ़ने में मग्न थे। अकस्मात् कुछ शोरगुल सुनकर नीचे की तरफ झांका तो क्या देखते हैं कि गांव के चारों तरफ से कॉन्स्टेबलों के साथ किसान चले आ रहे हैं। बहुत से आदमी खलिहान की तरफ से बड़बड़ाते आते थे। बीच-बीच में सिपाहियों की डांट-फटकार की आवाजें भी कानों में आती थीं। यह सब आदमी बंगले के सामने सहन में बैठते जाते थे। कहीं-कहीं स्त्रियों का आर्तनाद भी सुनाई देता था। शर्माजी हैरान थे कि मामला क्या है? इतने में दरोगाजी की भयंकर गरज सुनाई पड़ी–"हम एक न मानेंगे, सब लोगों को थाने चलना होगा।"

फिर सन्नाटा हो गया। मालूम होता था कि आदमियों में कानाफूसी हो रही है। बीच-बीच में मुख्तार साहब और सिपाहियों के तीव्र स्वर आकाश में गूंज उठते, फिर ऐसा जान पड़ा कि किसी पर मार पड़ रही है। शर्माजी से अब न रहा गया। वह सीढ़ियों के द्वार पर आए। कमरे में झांककर देखा। मेज पर रुपये गिने जा रहे थे। दरोगाजी ने फरमाया–"इतने बड़े गांव में सिर्फ यही?"

मुख्तार साहब ने उत्तर दिया–"अभी घबराइए नहीं। अबकी बार मुखियों की खबर ली जाए–रुपयों का ढेर लग जाएगा।"

यह कहकर मुख्तार ने कई किसानों को पुकारा, पर कोई न बोला, तब दरोगाजी का गगनभेदी नाद सुनाई दिया–"यह लोग सीधे न मानेंगे, मुखियों को पकड़ लो। हथकड़ियां भर दो। एक-एक को डामुल भिजवाऊंगा।"

यह नादिरशाही हुक्म पाते ही कॉन्स्टेबलों का दल उन आदमियों पर टूट पड़ा। ढोल-सा पिटने लगा। क्रंदन-ध्वनि से आकाश गूंज उठा। शर्माजी का रक्त खौल रहा था। उन्होंने सदैव न्याय और सत्य की सेवा की थी। अन्याय और निर्दयता का यह करुणात्मक अभियान उनके लिए असह्य था।

अचानक किसी ने रोकर कहा–"दोहाई सरकार की, मुख्तार साहब हम लोगन को हक-नाहक मरवाए डारत हैं।"

शर्माजी क्रोध से कांपते हुए धम-धम कोठे से उतर पड़े, यह दृढ़ संकल्प कर लिया कि मुख्तार साहब को मारे हंटरों के गिरा दूं, पर जनसेवा में मनोवेगों को दबाने की बड़ी प्रबल शक्ति होती है। रास्ते ही में संभल गए। मुख्तार को बुलाकर कहा–"मुंशीजी, आपने यह क्या गुल-गपाड़ा मचा रखा है?"

मुख्तार ने उत्तर दिया–"हुजूर, दरोगाजी ने इन्हें एक डाके की तहकीकात में तलब किया है।"

शर्माजी बोले–"जी हां, इस तहकीकात का अर्थ मैं खूब समझता हूं। घंटे-भर से इसका तमाशा देख रहा हूं। तहकीकात हो चुकी या कसर बाकी है?"

मुख्तार ने कहा–"हुजूर, दरोगाजी जानें, मुझे क्या मतलब?"

दरोगाजी बड़े चतुर पुरुष थे। मुख्तार साहब की बातों से उन्होंने समझा था कि शर्माजी का स्वभाव भी अन्य जमींदारों के सदृश है, इसलिए वह बेखटके थे, पर इस समय उन्हें अपनी भूल ज्ञात हुई। शर्माजी के तेवर देखे, नेत्रों से क्रोधाग्नि निकल रही थी, शर्माजी की शक्ति-शालीनता से भली-भांति परिचित थे। समीप आकर बोले–"आपके इस मुख्तार ने मुझे बड़ा धोखा दिया, वरना मैं हलफ से कहता हूं कि यहां यह आग न लगती। आप मेरे मित्र बाबू कोकिला सिंह के मित्र हैं और इस नाते से मैं आपको अपना मुरब्बी समझता हूं, पर इस नामरदूद बदमाश ने मुझे बड़ा चकमा दिया! मैं भी ऐसा अहमक था कि इसके चक्कर में आ गया। मैं बहुत नादिम हूं कि हिमाकत के बाइस जनाब को इतनी तकलीफ हुई! मैं आपसे मुआफी का सायल हूं। मेरी एक दोस्ताना इल्तमाश यह है कि जितनी जल्दी मुमकिन हो, इस शख्स को बरतरफ कर दीजिए। यह

आपकी रियासत को तबाह किए डालता है। अब मुझे भी इजाजत हो कि अपने मनहूस कदम यहां से ले जाऊं। मैं हलफ से कहता हूं कि मुझे आपको मुंह दिखाते शर्म आती है।"

यहां तो यह घटना हो रही थी, उधर बाबूलाल अपनी चौपाल में बैठे हुए, इसके बारे में अपने कई असामियों से बातचीत कर रहे थे। शिवदीन ने कहा–"भैया, आप जाके दरोगाजी को काहे नाहीं समझावत हौ। राम-राम! ऐसन अंधेर!"

बाबूलाल–भाई, मैं दूसरे के बीच में बोलनेवाला कौन? शर्माजी तो वहीं हैं। वह आप ही बुद्धिमान हैं। जो उचित होगा, करेंगे। यह आज कोई नई बात थोड़े ही है। देखते तो हो कि आए दिन एक-न-एक उपद्रव मचा ही रहता है। मुख्तार साहब का इसमें भला होता है। शर्माजी से मैं इस विषय में इसलिए कुछ नहीं कहता कि शायद वे यह समझें कि मैं ईर्ष्यावश शिकायत कर रहा हूं।

रामदास ने कहा–"शर्माजी कोठा पर हैं और नीचू बेचारन पर मार परत है। देखा नाहीं जात है। जिनसे मुराद पाय जात हैं, उनका छोड़ देत हैं। मोका तो जान परत है कि ई तहकीकात-सहकीकात सब रुपैयन के खातिर कीन जात है।"

बाबूलाल–और काहे के लिए की जाती है। दरोगाजी ऐसे ही शिकार ढूंढा करते हैं, लेकिन देख लेना शर्माजी अबकी बार मुख्तार साहब की जरूर खबर लेंगे। वह ऐसे-वैसे आदमी नहीं हैं कि यह अंधेर अपनी आंखों से देखें और मौन धारण कर लें? हां, यह तो बताओ अबकी बार कितनी ऊख बोई है?

रामदास–ऊख बोए ढेर रहे, मुदा दुष्टन के मारे बचौ पावै। तू मानत नाहीं भैया, पर आंखन देखी बात है कि कराह के कराह रस जर गवा और छटांको-भर माल न परा। न जानी अस कौन मंतर मार देत हैं।

बाबूलाल–अच्छा, अबकी बार मेरे कहने से यह हानि उठा लो। देखूं, ऐसा कौन बड़ा सिद्ध है, जो कराही का रस उड़ा देता है? जरूर इसमें कोई-न-कोई बात है, इस गांव में जितने कोल्हू जमीन में गड़े पड़े हैं, उनसे विदित होता है कि पहले यहां ऊख बहुत होती थी, किंतु अब बेचारी का मुंह भी मीठा नहीं होने पाता।

शिवदीन–अरे भैया! हमारे होस में ई सब कोल्हू चलत रहे हैं। माघ-पूस में रात-भर गांव में मेला लगा रहत रहा, पर जब से ई नासिनी विद्या फैली है, तब से कोऊ का ऊख के नेरे जाए का हियाव नहीं परत है।

बाबूलाल–ईश्वर चाहेंगे तो फिर वैसी ही ऊख लगेगी। अबकी बार मैं इस मंत्र को उलट दूंगा। भैया! यह तो बताओ अगर ऊख लग जाए और माल पड़े तो तुम्हारी पट्टी में एक हजार का गुड़ हो जाएगा?

हरखू ने हंसकर कहा–"भैया, कैसी बात कहते हो! हजार तो पांच बीघा में मिल सकत हैं। हमारे पट्टी में 25 बीघा से कम ऊख नहीं था। कुछो न परे तो अढ़ाई हजार कहूं नहीं गए हैं।"

बाबूलाल–तब तो आशा है कि कोई पचास रुपये बयाई में मिल जाएंगे। यह रुपये गांव की सफाई में खर्च होंगे।

इतने में एक युवा मनुष्य दौड़ता हुआ आया और बोला–"भैया! ऊ तहकीकात देखे गइल रहलीं। दरोगाजी सबका डांटत मारत रहें। देवी मुखिया बोला मुख्तार साहब, हमका चाहे काट डारो मुदा हम एक कौड़ी न देबै। थाना, कचहरी जहां कहो, चलै के तैयार हईं। ई सुनके मुख्तार लाल हुई गएन। चार सिपाहिन से कहेन कि एहिका पकरिके खूब मारो, तब देवी चिल्लाय-चिल्लाय रोवे लागल, एतने में सरमाजी कोठी पर से खट-खट उतरेन और मुख्तार का लगे डांटे। मुख्तार ठाढ़े झूर होय गएन। दरोगाजी धीरे से घोड़ा मंगवाय के भागेन। मनई सरमाजी का असीसत चला जात हैं।"

बाबूलाल–यह तो मैं पहले ही कहता था कि शर्माजी से यह अन्याय न देखा जाएगा।

इतने में दूर से एक लालटेन का प्रकाश दिखाई दिया। एक आदमी के साथ शर्माजी आते हुए दिखाई दिए।

बाबूलाल ने असामियों को वहां से हटा दिया, कुर्सी रखवा दी और बढ़कर बोले–"आपने इस समय क्यों कष्ट किया, मुझको बुला लिया होता।"

शर्माजी ने नम्रता से उत्तर दिया–"आपको किस मुंह से बुलाता, मेरे सारे आदमी वहां पीटे जा रहे थे, उनका गला दबाया जा रहा था और आप पास न फटके। मुझे आपसे मदद की आशा थी। आज हमारे मुख्तार ने गांव में लूट मचा दी थी। मुख्तार की और क्या कहूं! बेचारा थोड़े औकात का आदमी है। खेद तो यह है कि आपके दरोगाजी भी उसके सहायक थे। कुशल यह थी कि मैं वहां मौजूद था।"

बाबूलाल–बहुत लज्जित हूं कि इस अवसर पर आपकी कुछ सेवा न कर सका! पर बात यह है कि मेरे वहां जाने से मुख्तार साहब और दरोगा दोनों ही अप्रसन्न होते। मुख्तार मुझसे कई बार कह चुके हैं कि आप मेरे बीच में न बोला कीजिए। मैं आपसे कभी गांव की दशा इस भय से न कहता था कि शायद आप समझें कि मैं ईर्ष्या के कारण ऐसा कहता हूं। यहां यह कोई नई बात नहीं है। आए दिन ऐसी ही घटनाएं होती रहती हैं और कुछ इसी गांव में नहीं, जिस गांव को देखिए, यही दशा है। इन सब आपत्तियों का एकमात्र कारण यह है

कि देहातों में कर्म-परायण, विद्वान और नीतिज्ञ मनुष्यों का अभाव है। शहर के सुशिक्षित जमींदार जिनसे उपकार की बहुत कुछ आशा की जाती है, सारा काम कारिंदों पर छोड़ देते हैं। रहे देहात के जमींदार, सो निरक्षर भट्टाचार्य हैं। अगर कुछ थोड़े-बहुत पढ़े भी हैं तो अच्छी संगति न मिलने के कारण उनमें बुद्धि का विकास नहीं है। कानून के थोड़े से दफा सुन-सुना लिये हैं, बस उसी की रट लगाया करते हैं। मैं आपसे सत्य कहता हूं, मुझे जरा भी खबर होती तो मैं आपको सचेत कर दिया होता।

शर्माजी-खैर, यह बला तो टली, पर मैं देखता हूं कि इस ढंग से काम न चलेगा। अपने असामियों को आज इस विपत्ति में देखकर मुझे बड़ा दु:ख हुआ। मेरा मन बार-बार मुझको इन सारी दुर्घटनाओं का उत्तरदाता ठहराता है। जिनकी कमाई खाता हूं, जिनकी बदौलत टमटम पर सवार होकर रईस बना घूमता हूं, उनके कुछ स्वत्व भी तो मुझ पर हैं। मुझे अब अपनी स्वार्थांधता स्पष्ट दीख पड़ती है। मैं आप अपनी ही दृष्टि में गिर गया हूं। मैं सारी जाति के उद्धार का बीड़ा उठाए हुए हूं, सारे भारतवर्ष के लिए प्राण देता फिरता हूं, पर अपने घर की खबर ही नहीं। जिनकी रोटियां खाता हूं, उनकी तरफ से इस तरह उदासीन हूं! अब इस दुरवस्था को समूल नष्ट करना चाहता हूं। इस काम में मुझे आपकी सहायता और सहानुभूति की जरूरत है। मुझे अपना शिष्य बनाइए। मैं याचक भाव से आपके पास आया हूं। इस भार को संभालने की शक्ति मुझमें नहीं। मेरी शिक्षा ने मुझे किताबों का कीड़ा बनाकर छोड़ दिया और मन के मोदक खाना सिखाया। मैं मनुष्य नहीं, किंतु नियमों का पोथा हूं। आप मुझे मनुष्य बनाइए, मैं अब यहीं रहूंगा, पर आपको भी यहीं रहना पड़ेगा। आपकी जो हानि होगी, उसका भार मुझ पर है। मुझे सार्थक जीवन का पाठ पढ़ाइए। आपसे अच्छा गुरु मुझे न मिलेगा। संभव है कि आपका अनुगामी बनकर मैं अपने कर्तव्य का पालन करने योग्य हो जाऊं।

4

खून सफेद

साधोराय इस रहस्य को न समझ सका। बाप की इस बात में उसे निष्ठुरता की झलक दिखाई पड़ी, बोला–"मैं आपका लड़का हूं। आपके लड़के की तरह रहूंगा। आपकी भक्ति और प्रेम की प्रेरणा मुझे यहां तक लाई है। मैं अपने घर में रहने आया हूं, अगर यह नहीं है तो इसके सिवा मेरे लिए और कोई उपाय नहीं है कि जितनी जल्दी हो सके, यहां से भाग जाऊं। जिनका खून सफेद है, उनके बीच में रहना व्यर्थ है।"

देवकी ने रोकर कहा–"लल्लू, मैं अब तुम्हें न जाने दूंगी।"

साधो की आंखें भर आईं, पर मुस्कराकर बोला–"मैं तो तुम्हारी थाली में खाऊंगा।"

देवकी ने उसे ममता और प्रेम की दृष्टि से देखकर कहा–"मैंने तो तुझे छाती से दूध पिलाया है, तू मेरी थाली में खाएगा तो क्या? मेरा बेटा ही तो है, कोई और तो नहीं हो गया!"

चैत का महीना था, लेकिन वे खलियान, जहां अनाज की ढेरियां लगी रहती थीं, पशुओं के शरणस्थल बने हुए थे; जहां घरों से फाग और बसंत का अलाप सुनाई पड़ता, वहां आज भाग्य का रोना था। सारा चौमासा बीत गया, पानी की एक बूंद न गिरी। जेठ में एक बार मूसलाधार

वृष्टि हुई थी, किसान फूले न समाए। खरीफ की फसल बो दी, लेकिन इंद्रदेव ने अपना सर्वस्व शायद एक ही बार लुटा दिया था। पौधे उगे, बढ़े और फिर सूख गए। गोचर भूमि में घास न जमी। बादल आते, घटाएं उमड़तीं, ऐसा मालूम होता कि जल-थल एक हो जाएगा, परंतु वे आशा की नहीं, दुःख की घटाएं थीं।

किसानों ने बहुतेरे जप-तप किए, ईंट और पत्थर देवी-देवताओं के नाम से पुजाएं, बलिदान किए, पानी की अभिलाषा में रक्त के पनाले बह गए, लेकिन इंद्रदेव किसी तरह न पसीजे–न खेतों में पौधे थे, न गोचरों में घास, न तालाबों में पानी। बड़ी मुसीबत का सामना था। जिधर देखिए, धूल उड़ रही थी। दरिद्रता और क्षुधा-पीड़ा के दारुण दृश्य दिखाई देते थे। लोगों ने पहले तो गहने और बरतन गिरवी रखे और अंत में बेच डाले, फिर जानवरों की बारी आई और अब जीविका का अन्य कोई सहारा न रहा, तब जन्मभूमि पर जान देने वाले किसान बाल-बच्चों को लेकर मजदूरी करने निकल पड़े। अकाल पीड़ितों की सहायता के लिए कहीं-कहीं सरकार की सहायता से काम खुल गया था। बहुतेरे वहीं जाकर जमे। जहां जिसको सुभीता हुआ, वह उधर ही जा निकला।

संध्या का समय था। जादोराय थका-मांदा आकर बैठ गया और स्त्री से उदास होकर बोला–"दरखास्त नामंजूर हो गई।" यह कहते-कहते वह आंगन में जमीन पर लेट गया।

उसका मुख पीला पड़ रहा था और आंतें सिकुड़ी जा रही थीं। आज दो दिन से उसने दाने की सूरत नहीं देखी। घर में जो कुछ विभूति थी, गहने-कपड़े, बरतन-भांडे सब पेट में समा गए।

गांव का साहूकार भी पतिव्रता स्त्रियों की भांति आंखें चुराने लगा। केवल तकाबी का सहारा था, उसी के लिए दरखास्त दी थी, लेकिन आज वह भी नामंजूर हो गई, आशा का झिलमिलाता हुआ दीपक बुझ गया।

देवकी ने पति को करुण दृष्टि से देखा। उसकी आंखों में आंसू उमड़ आए। पति दिन-भर का थका-मांदा घर आया है। उसे क्या खिलाए? लज्जा के मारे वह हाथ-पैर धोने के लिए पानी भी न लाई। जब हाथ-पैर धोकर आशा भरी चितवन से वह उसकी ओर देखेगा, तब वह उसे क्या खाने को देगी? उसने आप कई दिन से दाने की सूरत नहीं देखी थी, लेकिन इस समय उसे जो दुख हुआ, वह क्षुधातुरता के कष्ट से कई गुना अधिक था। स्त्री घर की लक्ष्मी है–घर के प्राणियों को खिलाना-पिलाना वह अपना कर्तव्य समझती है। चाहे यह उसका अन्याय ही क्यों न हो, लेकिन अपनी दीनहीन दशा पर जो मानसिक वेदना उसे होती है, वह पुरुषों को नहीं हो सकती।

हठात् उसका बच्चा साधो नींद से चौंका और मिठाई के लालच में आकर वह बाप से लिपट गया। इस बच्चे ने आज प्रात:काल चने की रोटी का एक टुकड़ा खाया था। वह तब से कई बार उठा और कई बार रोते-रोते सो गया। चार वर्ष का नादान बच्चा, उसे वर्षा और मिठाई में कोई संबंध नहीं दिखाई देता था। जादोराय ने उसे गोद में उठा लिया और उसकी ओर दु:ख भरी दृष्टि से देखा। उसकी गरदन झुक गई और हृदय की पीड़ा आंखों में न समा सकी।

दूसरे दिन वह परिवार भी घर से बाहर निकला। जिस तरह पुरुष के चित्त अभिमान और स्त्री की आंख से लज्जा नहीं निकलती, उसी तरह अपनी मेहनत से रोटी कमाने वाला किसान भी मजदूरी की खोज में घर से बाहर नहीं निकलता, लेकिन हा पापी पेट! तू सब कुछ करा सकता है! मान और अभिमान, ग्लानि और लज्जा के सब चमकते हुए तारे तेरी काली घटाओं की ओट में छिप जाते हैं।

प्रभात का समय था। ये दोनों विपत्ति के सताए घर से निकले। जादोराय ने लड़के को पीठ पर लिया। देवकी ने फटे-पुराने कपड़ों की वह गठरी सिर पर रखी, जिस पर विपत्ति को भी तरस आता। दोनों की आंखें आंसुओं से भरी थीं। देवकी रोती रही। जादोराय चुपचाप था। गांव के दो-चार आदमियों से भेंट भी हुई, किसी ने इतना भी नहीं पूछा कि कहां जाते हो? किसी के हृदय में सहानुभूति का वास न था।

जब ये लोग लालगंज पहुंचे, उस समय सूर्य ठीक सिर पर था। देखा, मीलों तक आदमी-ही-आदमी दिखाई देते थे, लेकिन हर चेहरे पर दीनता और दुख के चिह्न झलक रहे थे।

बैसाख की जलती हुई धूप थी। आग के झोंके जोर-जोर से हरहराते हुए चल रहे थे। ऐसे समय में हड्डियों के अगणित ढांचे, जिनके शरीर पर किसी प्रकार का कपड़ा न था, मिट्टी खोदने में लगे हुए थे मानो वह मरघट भूमि थी, जहां मुर्दे अपने हाथों अपनी कबर खोद रहे थे। बूढ़े और जवान, मर्द और बच्चे, सबके-सब ऐसे निराश और विवश होकर काम में लगे हुए थे मानो मृत्यु और भूख उनके सामने बैठी घूर रही है। इस आफत में न कोई किसी का मित्र था और न हितू। दया, सहृदयता और प्रेम ये सब मानवीय भाव हैं, जिनका कर्ता मनुष्य है; प्रकृति ने हमको केवल एक भाव प्रदान किया है और वह स्वार्थ है। मानवीय भाव बहुधा कपटी मित्रों की भांति हमारा साथ छोड़ देते हैं, पर यह ईश्वर-प्रदत्त गुण हमारा गला नहीं छोड़ता।

आठ दिन बीत गए थे। संध्या समय काम समाप्त हो चुका था। डेरे से कुछ दूर आम का एक बाग था। वहीं एक पेड़ के नीचे जादोराय और देवकी बैठे हुए थे। दोनों ऐसे कृश हो रहे थे कि उनकी सूरत नहीं पहचानी जाती थी। अब वह स्वाधीन कृषक नहीं रहे। समय के हेर-फेर से आज दोनों मजदूर बने बैठे हैं।

जादोराय ने बच्चे को जमीन पर सुला दिया। उसे कई दिन से बुखार आ रहा है। कमल-सा चेहरा मुरझा गया है। देवकी ने धीरे से हिलाकर कहा—"बेटा! आंखें खोलो, देखो सांझ हो गई।"

साधो ने आंख खोल दीं, बुखार उतर गया था, बोला—"क्या हम घर आ गए मां?"

घर की याद आ गई, देवकी की आंखें डबडबा आईं। उसने कहा—"नहीं बेटा! तुम अच्छे हो जाओगे तो घर चलेंगे—उठकर देखो, कैसा अच्छा बाग है?"

साधो मां के हाथों के सहारे उठा और बोला—"मां, मुझे बड़ी भूख लगी है; लेकिन तुम्हारे पास तो कुछ नहीं है। मुझे क्या खाने को दोगी?"

देवकी के हृदय में चोट लगी, पर धीरज धरके बोली—"नहीं बेटा, तुम्हारे खाने को मेरे पास सब कुछ है। तुम्हारे दादा पानी लाते हैं, तो नरम-नरम रोटियां अभी बनाएं देती हूं।"

साधो ने मां की गोद में सिर रख लिया और बोला—"मां, मैं न होता तो तुम्हें इतना दुःख न होता।" यह कहकर वह फूट-फूटकर रोने लगा।

यह वही बेसमझ बच्चा है, जो दो सप्ताह पहले मिठाइयों के लिए दुनिया सिर पर उठा लेता था। दुख और चिंता ने कैसा अनर्थ कर दिया है। यह विपत्ति का फल है। कितना दुःखपूर्ण, कितना करुणाजनक व्यापार है!

इसी बीच कई आदमी लालटेन लिये हुए वहां आए, फिर गाड़ियां आईं। उन पर डेरे और खेमे लदे हुए थे। दम-के-दम यहां खेमे गड़ गए। सारे बाग में चहल-पहल नजर आने लगी। देवकी रोटियां सेंक रही थी, साधो धीरे-धीरे उठा और आश्चर्य से देखता हुआ, एक डेरे के नजदीक जाकर खड़ा हो गया।

पादरी मोहनदास खेमे से बाहर निकले, तो साधो उन्हें खड़ा दिखाई दिया। उसकी सूरत पर उन्हें तरस आ गया। प्रेम की नदी उमड़ आई। बच्चे को गोद में लेकर खेमे में एक गद्देदार कोच पर बिठा दिया और बिस्कुट व केले खाने को दिए। लड़के ने अपनी जिंदगी में इन स्वादिष्ट चीजों को कभी न देखा था। बुखार की बेचैन करने वाली भूख अलग मार रही थी। उसने खूब मन-भर खाया और कृतज्ञ नेत्रों से देखते हुए पादरी साहब के पास जाकर बोला—"तुम हमको रोज ऐसी चीजें खिलाओगे?"

पादरी साहब इस भोलेपन पर मुस्कराकर बोले—"मेरे पास इससे भी अच्छी-अच्छी चीजें हैं।"

इस पर साधोराय ने कहा—"अब मैं रोज तुम्हारे पास आऊंगा। मां के पास ऐसी अच्छी चीजें कहां? वह मुझे रोज चने की रोटियां खिलाती है।"

उधर देवकी ने रोटियां बनाईं और साधो को पुकारने लगी।

साधो ने मां के पास जाकर कहा–"मुझे साहब ने अच्छी-अच्छी चीजें खाने को दी हैं। साहब बड़े अच्छे हैं।"

देवकी ने कहा–"मैंने तुम्हारे लिए नरम-नरम रोटियां बनाई हैं–आओ तुम्हें खिलाऊं।"

साधो बोला–"अब मैं न खाऊंगा। साहब कहते थे कि मैं तुम्हें रोज अच्छी-अच्छी चीजें खिलाऊंगा। मैं अब उनके साथ रहा करूंगा।"

मां ने समझा कि लड़का हंसी कर रहा है। उसे छाती से लगाकर बोली–"क्यों बेटा, हमको भूल जाओगे? देखो, मैं तुम्हें कितना प्यार करती हूं!"

साधो तुतलाकर बोला–"तुम तो मुझे रोज चने की रोटियां दिया करती हो–तुम्हारे पास तो कुछ नहीं है। साहब मुझे केले और आम खिलाएंगे।" यह कहकर वह फिर खेमे की ओर भागा और रात को वही सो रहा।

पादरी मोहनदास का पड़ाव वहां तीन दिन रहा। साधो दिन-भर उन्हीं के पास रहता। साहब ने उसे मीठी दवाइयां दीं। उसका बुखार जाता रहा। वह भोले-भाले किसान यह देखकर साहब को आशार्वाद देने लगे–"लड़का चंगा हो गया और आराम से है। साहब को परमात्मा सुखी रखे। उन्होंने बच्चे की जान रख ली।"

चौथे दिन रात को ही वहां से पादरी साहब ने कूच किया। सुबह को जब देवकी उठी, तो साधो का कहीं पता न था। उसने समझा, कहीं टपके ढूंढने गया होगा; किंतु थोड़ी देर देखकर उसने जादोराय से कहा–"लल्लू यहां नहीं है।"

उसने भी यही कहा–"कहीं टपके ढूंढता होगा।"

लेकिन जब सूरज निकल आया और काम पर चलने का वक्त हुआ, तब जादोराय को कुछ संशय हुआ। उसने कहा–"तुम यहीं बैठी रहना, मैं अभी उसे लिये आता हूं।"

जादो ने आस-पास के सब बागों को छान डाला और अंत में जब दस बज गए तो निराश लौट आया। साधो न मिला, यह देखकर देवकी दहाड़े मारकर रोने लगी, फिर दोनों अपने लाल की तलाश में निकले। अनेक विचार चित्त में आने-जाने लगे।

देवकी को पूरा विश्वास था कि उस साहब ने उस पर कोई मंत्र डालकर वश में कर लिया, लेकिन जादो को इस कल्पना के मान लेने में कुछ संदेह था। बच्चा इतनी दूर अनजान रास्ते पर अकेले नहीं जा सकता, फिर भी दोनों गाड़ी के पहियों और घोड़े की टापों के निशान देखते चले जाते थे। यहां तक कि एक सड़क पर आ पहुंचे। वहां गाड़ी के बहुत से निशान थे। उस विशेष लीक की

पहचान न हो सकती थी। घोड़े की टापें भी एक झाड़ी की तरफ जाकर गायब हो गईं। आशा का सहारा टूट गया।

दोपहर हो गई थी। दोनों धूप के मारे बेचैन और निराशा से पागल हो रहे थे। वहीं एक वृक्ष की छाया में बैठ गए। देवकी विलाप करने लगी तो जादोराय ने उसे समझाना शुरू किया।

जब जरा धूप की तेजी कम हुई, तो दोनों फिर आगे चले, किंतु अब आशा की जगह निराशा साथ थी, घोड़े की टापों के साथ उम्मीद का धुंधला निशान गायब हो गया था। शाम हो गई। इधर-उधर गायों, बैलों के झुंड निर्जीव-से पड़े दिखाई देते थे। यह दोनों दुखिया हिम्मत हारकर एक पेड़ के नीचे टिक रहे। उसी वृक्ष पर मैना का एक जोड़ा बसेरा लिये हुए था। उनका नन्हा-सा शावक आज ही एक शिकारी के चंगुल में फंस गया था। दोनों दिन-भर उसे खोजते फिरे। इस समय निराश होकर बैठ रहे। देवकी और जादो को अभी तक आशा की झलक दिखाई देती थी, इसीलिए वे बेचैन थे। तीन दिन तक ये दोनों अपने खोए हुए लाल की तलाश करते रहे। दाने से भेंट नहीं; प्यास से बेचैन होते तो दो-चार घूंट पानी गले के नीचे उतार लेते।

आशा की जगह निराशा का सहारा था। दुख और करुणा के सिवाय और कोई वस्तु नहीं। किसी बच्चे के पैर के निशान देखते, तो उनके दिलों में आशा तथा भय की लहरें उठने लगतीं थी, लेकिन प्रत्येक पग उन्हें अभीष्ट स्थान से दूर लिये जाता था।

इस घटना को हुए चौदह वर्ष बीत गए। इन चौदह वर्षों में सारी काया पलट गई। चारों ओर रामराज्य दिखाई देने लगा। इंद्रदेव ने कभी उस तरह अपनी निर्दयता न दिखाई और न जमीन ने ही। उमड़ी हुई नदियों की तरह अनाज से ढेकियां भर चलीं। उजड़े हुए गांव बस गए। मजदूर किसान बन बैठे और किसान जायदाद की तलाश में दौड़ने लगे।

चैत के दिन थे। खलियानों में अनाज के पहाड़ खड़े थे। भाट और भिखमंगे किसानों की बढ़ती के तराने गा रहे थे। सुनारों के दरवाजे पर पूरा दिन और आधी रात तक गाहकों का जमघट लगा रहता था। दरजी को सिर उठाने की फुरसत न थी। इधर-उधर दरवाजों पर घोड़े हिनहिना रहे थे। देवी के पुजारियों को अजीर्ण हो रहा था।

जादोराय के दिन भी फिरे। घर पर छप्पर की जगह खपरैल हो गया है। दरवाजे पर अच्छे बैलों की जोड़ी बंधी हुई है। वह अब अपनी बहली पर सवार होकर बाजार जाया करता है। उसका बदन अब उतना सुडौल नहीं है। पेट पर

इस सुदशा का विशेष प्रभाव पड़ा है और बाल भी सफेद हो चले हैं। देवकी की गिनती भी गांव की बूढी औरतों में होने लगी है। व्यावहारिक बातों में उसकी बड़ी पूछ हुआ करती है। जब वह किसी पड़ोसिन के घर जाती है, तो वहां की बहुएं भय के मारे थरथराने लगती हैं। उसके कटु वाक्य और तीव्र आलोचना की सारे गांव में धाक बंधी हुई है। महीन कपड़े अब उसे अच्छे नहीं लगते, लेकिन गहनों के बारे में वह उतनी उदासीन नहीं है।

उनके लिए जीवन का दूसरा भाग इससे कम उज्ज्वल नहीं है। उनकी दो संतानें हैं—लड़का माधोसिंह अब खेती-बाड़ी के काम में बाप की मदद करता है। लड़की का नाम शिवगौरी है। वह भी मां को चक्की पीसने में सहायता दिया करती है और खूब गाती है। बर्तन धोना उसे पसंद नहीं, लेकिन चौका लगाने में निपुण है। गुड़ियों के ब्याह करने से उसका जी कभी नहीं भरता। आए दिन गुड़ियों के विवाह होते रहते हैं। हां, इनमें किफायत का पूरा ध्यान रहता है। खोए हुए साधो की याद अभी बाकी है। उसकी चर्चा नित्य हुआ करती है और कभी बिना रुलाए नहीं रहती। देवकी कभी-कभी पूरा दिन उस लाड़ले बेटे की सुध में अधीर रहा करती है। सांझ हो गई थी। बैल दिन-भर के थके-मांदे सिर झुकाए चले आते थे। पुजारी ने ठाकुरद्वारे में घंटा बजाना शुरू किया।

आजकल फसल के दिन है। रोज पूजा होती है। जादोराय खाट पर बैठे नारियल पी रहे थे। शिवगौरी रास्ते में खड़ी उन बैलों को कोस रही थी, जो उसके भूमिस्थ विशाल भवन का निरादर करके उसे रौंदते चले जाते थे। घड़ियाल और घंटे की आवाज सुनते ही जादोराय भगवान का चरणामृत लेने के लिए उठे ही थे कि उन्हें अकस्मात् एक नवयुवक दिखाई पड़ा, जो भूंकते हुए कुत्तों को दुत्कारता, बाईसिकल को आगे बढ़ाता हुआ चला आ रहा था। उसने उनके चरणों पर अपना सिर रख दिया।

जादोराय ने गौर से देखा और दोनों एक दूसरे से लिपट गए। माधो भौंचक होकर बाईसिकल को देखने लगा। शिवगौरी रोती हुई घर में भागी और देवकी से बोली—"दादा को साहब ने पकड़ लिया है।"

देवकी घबराई हुई बाहर आई। साधो उसे देखते ही उसके पैरों पर गिर पड़ा। देवकी उसे छाती से लगाकर रोने लगी। गांव के मर्द, औरतें और बच्चे सब जमा हो गए। मेला-सा लग गया।

साधो ने अपने माता-पिता से कहा—"मुझ अभागे से जो कुछ अपराध हुआ हो, उसे क्षमा कीजिए। मैंने अपनी नादानी से स्वयं बहुत कष्ट उठाए और आप लोगों को भी दुःख दिया, लेकिन अब मुझे अपनी गोद में लीजिए।"

देवकी ने रोकर कहा–"जब हमको छोड़कर भागे थे, तो हम लोग तुम्हें तीन दिन तक बेदाना-पानी के ढूंढते रहे, पर जब निराश हो गए, तब अपने भाग्य को रोकर बैठ रहे, तब से आज तक कोई ऐसा दिन न गया कि तुम्हारी सुधि न आई हो–रोते-रोते एक युग बीत गया; अब तुमने खबर ली है। बताओ बेटा! उस दिन तुम कैसे भागे और कहां जाकर रहे?"

साधो ने लज्जित होकर उत्तर दिया–"माताजी, अपना हाल क्या कहूं! मैं पहर रात रहे, आपके पास से उठकर भागा। पादरी साहब के पड़ाव का पता शाम को ही पूछ लिया था। बस पूछता हुआ उनके पास दोपहर को पहुंच गया। साहब ने मुझे पहले समझाया कि अपने घर लौट जाओ, लेकिन जब मैं किसी तरह राजी न हुआ, तो उन्होंने मुझे पूना भेज दिया। मेरी तरह वहां सैकड़ों लड़के थे। वहां बिस्कुट और नारंगियों का भला क्या जिक्र! जब मुझे आप लोगों की याद आती, तो मैं अक्सर रोया करता, मगर बचपन की उम्र थी, धीरे-धीरे उन्हीं लोगों से हिल-मिल गया। हां, जब से कुछ होश हुआ है और अपना-पराया समझने लगा हूं, तब से अपनी नादानी पर हाथ मलता रहा हूं। रात-दिन आप लोगों की रट लगी हुई थी। आज आप लोगों के आशीर्वाद से यह शुभ दिन देखने को मिला। दूसरों में बहुत दिन काटे, बहुत दिनों तक अनाथ रहा। अब मुझे अपनी सेवा में रखिए। मुझे अपनी गोद में लीजिए। मैं प्रेम का भूखा हूं। बरसों से मुझे जो सौभाग्य नहीं मिला, वह अब दीजिए।"

गांव के बहुत से बुड्ढे जमा थे। उनमें से जगत सिंह बोले–"तो क्यों बेटा! तुम इतने दिनों तक पादरियों के साथ रहे? उन्होंने तुमको भी पादरी बना लिया होगा?"

साधो ने सिर झुकाकर कहा–"जी हां, यह तो उनका दस्तूर है।"

जगत सिंह ने जादोराय की तरफ देखकर कहा–"यह बड़ी कठिन बात है।"

साधो बोला–"बिरादरी मुझे जो प्रायश्चित्त बतलाएगी, मैं उसे करूंगा। मुझसे जो कुछ बिरादरी का अपराध हुआ है, नादानी से हुआ है, लेकिन मैं उसका दंड भोगने के लिए तैयार हूं।"

जगत सिंह ने फिर जादोराय की तरफ कनखियों से देखा और गंभीरता से बोले–"हिंदू धर्म में ऐसा कभी नहीं हुआ है। यों तुम्हारे मां-बाप तुम्हें अपने घर में रख लें, तुम उनके लड़के हो, मगर बिरादरी कभी इस काम में शरीक न होगी। बोलो जादोराय! क्या कहते हो, कुछ तुम्हारे मन की भी तो सुन लें?"

जादोराय बड़ी दुविधा में था। एक ओर तो अपने प्यारे बेटे की प्रीति थी, दूसरी ओर बिरादरी का भय मारे डालता था–'जिस लड़के के लिए रोते-रोते आंखें फूट गईं, आज वही सामने खड़ा आंखों में आंसू भरे कहता है, पिताजी! मुझे अपनी

गोद में लीजिए और मैं पत्थर की तरह अचल खड़ा हूं। शोक! इन निर्दयी भाइयों को किस तरह समझाऊं, क्या करूं, क्या न करूं?'

मां की ममता उमड़ आई। देवकी से न रहा गया। उसने अधीर होकर कहा–"मैं अपने घर में रखूंगी और कलेजे से लगाऊंगी। इतने दिनों के बाद मैंने उसे पाया है, अब उसे नहीं छोड़ सकती।"

जगत सिंह रुष्ट होकर बोले–"चाहे बिरादरी ही क्यों न छूट जाए?"

देवकी ने भी गरम होकर जवाब दिया–"हां चाहे बिरादरी छूट जाए। लड़के-बालों ही के लिए आदमी बिरादरी की आड़ पकड़ता है। जब लड़का न रहा, तो भला बिरादरी किस काम आएगी?"

इस पर कई ठाकुर लाल-लाल आंखें निकालकर बोले–"ठकुराइन! ठाकुर बिरादरी की तो खूब मर्यादा करती हो। लड़का चाहे किसी रास्ते पर जाए, लेकिन बिरादरी चूं तक न करे? ऐसी बिरादरी कहीं होगी! हम साफ-साफ कहे देते हैं कि अगर यह लड़का तुम्हारे घर में रहा, तो बिरादरी भी बता देगी कि वह क्या कर सकती है।"

जगत सिंह कभी-कभी जादोराय से रुपये उधार लिया करते थे। मधुर स्वर में बोले–"भाभी! बिरादरी यह थोड़े ही कहती है कि तुम लड़के को घर से निकाल दो। लड़का इतने दिनों के बाद घर आया है तो हमारे सिर आंखों पर रहे। बस, जरा खाने-पीने और छूत-छात का बचाव बना रहना चाहिए। बोलो जादो भाई! अब बिरादरी को कहां तक दबाना चाहते हो?"

जादोराय ने साधो की तरफ करुणा भरे नेत्रों से देखकर कहा–"बेटा, जहां तुमने हमारे साथ इतना सुलूक किया है, वहां जगत भाई का इतना कहा और मान लो!"

साधो ने कुछ तीक्ष्ण शब्दों में कहा–"क्या मान लूं? यह कि अपनों में गैर बनकर रहूं, अपमान सहूं; मिट्टी का घड़ा भी मेरे छूने से अशुद्ध हो जाए! न, यह मेरे किए न होगा, मैं इतना निर्लज्ज नहीं!"

जादोराय को पुत्र की यह कठोरता अप्रिय मालूम हुई। वे चाहते थे कि इस वक्त बिरादरी के लोग जमा हैं, उनके सामने किसी तरह समझौता हो जाए, फिर कौन देखता है कि हम उसे किस तरह रखते हैं? चिढ़कर बोले–"इतनी बात तो तुम्हें माननी ही पड़ेगी।"

साधोराय इस रहस्य को न समझ सका। बाप की इस बात में उसे निष्ठुरता की झलक दिखाई पड़ी, बोला–"मैं आपका लड़का हूं। आपके लड़के की तरह रहूंगा। आपकी भक्ति और प्रेम की प्रेरणा मुझे यहां तक लाई है। मैं अपने घर में

रहने आया हूं, अगर यह नहीं है तो इसके सिवा मेरे लिए और कोई उपाय नहीं है कि जितनी जल्दी हो सके, यहां से भाग जाऊं। जिनका खून सफेद है, उनके बीच में रहना व्यर्थ है।"

देवकी ने रोकर कहा—"लल्लू, मैं अब तुम्हें न जाने दूंगी।"

साधो की आंखें भर आईं, पर मुस्कराकर बोला—"मैं तो तुम्हारी थाली में खाऊंगा।"

देवकी ने उसे ममता और प्रेम की दृष्टि से देखकर कहा—"मैंने तो तुझे छाती से दूध पिलाया है, तू मेरी थाली में खाएगा तो क्या? मेरा बेटा ही तो है, कोई और तो नहीं हो गया!"

साधो इन बातों को सुनकर मतवाला हो गया। इनमें कितना स्नेह, कितना अपनापन था, बोला—"मां, आया तो मैं इसी इरादे से था कि अब कहीं न जाऊंगा, लेकिन बिरादरी ने मेरे कारण यदि तुम्हें जातिच्युत कर दिया, तो मुझसे न सहा जाएगा। मुझसे इन गंवारों का कोरा अभिमान न देखा जाएगा, इसलिए इस वक्त मुझे जाने दो। जब मुझे अवसर मिला करेगा तो तुम्हें देख जाया करूंगा। तुम्हारा प्रेम मेरे चित्त से नहीं जा सकता, लेकिन यह असंभव है कि मैं इस घर में रहूं और अलग खाना खाऊं, अलग बैठूं—इसके लिए मुझे क्षमा करना।"

देवकी घर में से पानी लाई। साधो मुंह धोने लगा। शिवगौरी ने मां का इशारा पाया, तो डरते-डरते साधो के पास गई, साधो को आदरपूर्वक दंडवत् की। साधो ने पहले उन दोनों को आश्चर्य से देखा, फिर अपनी मां को मुस्कराते देख समझ गया। दोनों लड़कों को छाती से लगा लिया और तीनों भाई-बहन प्रेम से हंसने-खेलने लगे। मां खड़ी यह दृश्य देखती थी और उमंग से फूली न समाती थी।

जलपान करके साधो ने बाईसिकल संभाली और मां-बाप के सामने सिर झुकाकर चल खड़ा हुआ—वहीं, जहां से तंग होकर आया था; उसी क्षेत्र में, जहां अपना कोई न था।

देवकी फूट-फूटकर रो रही थी और जादोराय आंखों में आंसू भरे, हृदय में एक ऐंठन-सी अनुभव करता हुआ सोचता था—'हाय! मेरे लाल, तू मुझसे अलग हुआ जाता है। ऐसा योग्य और होनहार लड़का हाथ से निकला जाता है और केवल इसलिए कि अब हमारा खून सफेद हो गया।'

5

गरीब की हाय

अब मुंशीजी साहस करके मटके की ओर चले। नागिन ने कहा–"रहने भी दो, देख ली तुम्हारी मरदानगी।"

मुंशीजी अपनी प्रिया नागिन के इस अनादर पर बहुत बिगड़े–"क्या तुम समझती हो, मैं डर गया? भला, डर की क्या बात थी! मूंगा मर गई; क्या वह बैठी है? मैं कल नहीं दरवाजे के बाहर निकल गया था। तुम रोकती रहीं, पर मैं न माना।"

मुंशीजी की इस दलील ने नागिन को निरुत्तर कर दिया। कल दरवाजे के बाहर निकल जाना या निकलने की कोशिश करना साधारण काम न था। जिसके साहस का ऐसा प्रमाण मिल चुका हो, उसे डरपोक कौन कह सकता है? यह नागिन की हठधर्मिता थी।

मुंशी रामसेवक भौंहे चढ़ाए हुए घर से निकले और बोले–"इस जीने से तो मरना भला है।" मृत्यु को प्रायः इस तरह के जितने निमंत्रण दिए जाते हैं, यदि वह सबको स्वीकार करती, तो आज सारा संसार उजाड़ दिखाई देता।

मुंशी रामसेवक चांदपुर गांव के एक बड़े रईस थे। रईसों के सभी गुण इनमें भरपूर थे। मानव चरित्र की दुर्बलताएं उनके जीवन का आधार थीं। वह नित्य मुंसिफी कचहरी के हाते में एक नीम के पेड़ के नीचे

कागजों का बस्ता खोल एक टूटी-सी चौकी पर बैठे दिखाई देते थे। किसी ने कभी उन्हें किसी इजलास पर कानूनी बहस या मुकदमे की पैरवी करते नहीं देखा, परंतु उन्हें सब लोग मुख्तार साहब कहकर पुकारते थे। चाहे तूफान आए, पानी बरसे, ओले गिरें, पर मुख्तार साहब वहां से टस-से-मस न होते। जब वह कचहरी चलते तो देहातियों के झुंड-के-झुंड उनके साथ हो लेते। चारों ओर से उन पर विश्वास और आदर की दृष्टि पड़ती। सबमें प्रसिद्ध था कि उनकी जीभ पर सरस्वती विराजती हैं। इसे वकालत कहो या मुख्तारी, परंतु यह केवल कुल-मर्यादा की प्रतिष्ठा का पालन था। आमदनी अधिक न होती थी। चांदी के सिक्कों की तो चर्चा ही क्या, कभी-कभी तांबे के सिक्के भी निर्भय उनके पास आने से हिचकते थे।

मुंशीजी की कानूनदानी में कोई संदेह न था, परंतु 'पास' के बखेड़े ने उन्हें विवश कर दिया था। खैर, जो हो, उनका यह पेशा केवल प्रतिष्ठा-पालन के निमित्त था; नहीं तो उनके निर्वाह का मुख्य साधन आस-पास की अनाथ, पर खाने-पीने में सुखी विधवाओं और भोले-भाले, किंतु धनी वृद्धों की श्रद्धा थी। विधवाएं अपना रुपया उनके यहां अमानत रखतीं। बूढ़े अपने कपूतों के डर से अपना धन उन्हें सौंप देते, पर रुपया एक बार उनकी मुठ्ठी में जाकर फिर निकलना भूल जाता था। वह जरूरत पड़ने पर कभी-कभी कर्ज ले लेते थे। भला बिना कर्ज लिये किसी का काम चल सकता है? भोर को सांझ के करार पर रुपया लेते, पर वह सांझ कभी नहीं आती थी। सारांश मुंशीजी कर्ज लेकर देना सीखे नहीं थे। यह उनकी कुल-प्रथा थी।

यही सब मामले बहुधा मुंशीजी के सुख-चैन में विघ्न डालते थे। कानून और अदालत से तो उन्हें कोई डर न था। इस मैदान में उनका सामना करना पानी में मगर से लड़ना था, परंतु जब कोई दुष्ट उनसे भिड़ जाता, उनकी ईमानदारी पर संदेह करता और उनके मुंह पर बुरा-भला कहने पर उतारू हो जाता, तब मुंशीजी के हृदय पर बड़ी चोट लगती। इस प्रकार की दुर्घटनाएं प्रायः होती थीं। हर जगह ऐसे ओछे लोग रहते हैं, जिन्हें दूसरों को नीचा दिखाने में ही आनंद आता है। ऐसे लोगों का सहारा पाकर कभी-कभी छोटे आदमी मुंशीजी के मुंह लग जाते थे। नहीं तो, एक कुंजड़िन की इतनी मजाल नहीं थी कि आंगन में जाकर उन्हें बुरा-भला कहे।

मुंशीजी कुंजडिन के पुराने गाहक थे; बरसों तक उससे साग-भाजी ली थी। यदि दाम न दिया जाए, तो कुंजड़िन को संतोष करना चाहिए था। दाम जल्दी या देर से मिल ही जाते, परंतु वह मुंहफट कुंजड़िन दो ही बरसों में घबरा गई

और उसने कुछ आने पैसों के लिए एक प्रतिष्ठित आदमी का पानी उतार लिया। झुंझलाकर मुंशीजी अपने को मृत्यु का कलेवा बनाने पर उतारू हो गए, तो इसमें उनका कुछ दोष न था।

इसी गांव में मूंगा नाम की एक विधवा ब्राह्मणी रहती थी। उसका पति ब्रह्मा की काली पलटन में हवलदार था और लड़ाई में वहीं मारा गया। सरकार की ओर से उसके अच्छे कामों के बदले मूंगा को पांच सौ रुपये मिले थे। विधवा स्त्री, जमाना नाजुक था! बेचारी ने सब रुपये मुंशी रामसेवक को सौंप दिए और महीने-महीने थोड़ा-थोड़ा उसमें से मांगकर अपना निर्वाह करती रही।

मुंशीजी ने यह कर्तव्य कई वर्ष तक तो बड़ी ईमानदारी के साथ पूरा किया, पर जब बूढ़ी होने पर भी मूंगा नहीं मरी और मुंशीजी को यह चिंता हुई कि शायद उसमें से आधी रकम भी स्वर्ग-यात्रा के लिए नहीं छोड़ना चाहती, तो एक दिन उन्होंने कहा–"मूंगा! तुम्हें मरना है या नहीं? साफ-साफ कह दो कि मैं अपने मरने की फिक्र करूं?"

उस दिन मूंगा की आंखें खुलीं, उसकी नींद टूटी, बोली–"मेरा हिसाब कर दो।"

हिसाब का चिट्ठा तैयार था। 'अमानत' में अब एक कौड़ी बाकी न थी। मूंगा ने बड़ी कड़ाई से मुंशीजी का हाथ पकड़कर कहा–"अभी मेरे ढाई सौ रुपये तुमने दबा रखे हैं। मैं एक कौड़ी भी न छोड़ूंगी।"

परंतु अनाथों का क्रोध पटाखे की आवाज है, जिससे बच्चे डर जाते हैं और असर कुछ नहीं होता। अदालत में उसका कुछ जोर न था। न लिखा-पढ़ी थी, न हिसाब-किताब। हां, पंचायत से कुछ आसरा था। पंचायत बैठी, कई गांव के लोग इकट्ठे हुए।

मुंशीजी नीयत और मामले के साफ थे, उन्हें पंचों का क्या डर! सभा में खड़े होकर पंचों से कहा–"भाइयो! आप लोग सत्यनारायण और कुलीन हैं। मैं आप सब साहबों का दास हूं। आप सब साहबों की उदारता और कृपा से, दया और प्रेम से मेरा रोम-रोम कृतज्ञ है और आप लोग सोचते हैं कि इस अनाथिनी और विधवा स्त्री के रुपये हड़प कर गया हूं?"

पंचों ने एक स्वर से कहा–"नहीं-नहीं! आपसे ऐसा नहीं हो सकता।"

रामसेवक–यदि आप सब सज्जनों का विचार हो कि मैंने रुपये दबा लिये, तो मेरे लिए डूब मरने के सिवा और कोई उपाय नहीं। मैं धनाढ्य नहीं हूं, न मुझे उदार होने का घमंड है, पर अपनी कलम और आप लोगों की कृपा से किसी का मोहताज नहीं हूं। क्या मैं ऐसा ओछा हो जाऊंगा कि एक अनाथिनी के रुपये पचा लूं?

पंचों ने एक स्वर में फिर कहा—"नहीं-नहीं! आपसे ऐसा नहीं हो सकता।"

मुंह देखकर टीका काढ़ा जाता है। पंचों ने मुंशीजी को छोड़ दिया। पंचायत उठ गई। मूंगा ने आह भरकर संतोष किया और मन में कहा—"अच्छा-अच्छा! यहां न मिला तो न सही, वहां कहां जाएगा?"

अब कोई मूंगा का दुःख सुननेवाला और सहायक न था। दरिद्रता से जो कुछ दुःख भोगने पड़ते हैं, वह सब उसे झेलने पड़े। वह शरीर से पुष्ट थी, चाहती तो परिश्रम कर सकती थी; पर जिस दिन पंचायत पूरी हुई, उसी दिन उसने काम न करने की कसम खा ली। अब उसे रात-दिन रुपयों की रट लगी रहती। उठते-बैठते, सोते-जागते, उसे केवल एक काम था और वह मुंशी रामसेवक का भला मनाना। अपने झोंपड़े के दरवाजे पर बैठी हुई वह रात-दिन उन्हें सच्चे मन से असीस दिया करती। बहुधा अपने असीस के वाक्यों में ऐसे कविता के वाक्य और उपमाओं का व्यवहार करती कि लोग सुनकर अचंभे में आ जाते।

धीरे-धीरे मूंगा पगली हो चली। नंगे सिर, नंगे शरीर, हाथ में एक कुल्हाड़ी लिये हुए सुनसान स्थानों में जा बैठती। झोंपड़ी के बदले अब वह मरघट पर, नदी के किनारे और खंडहरों में घूमती दिखाई देती। बिखरी हुई लटें, लाल-लाल आंखें, पागलों-सा चेहरा, सूखे हुए हाथ-पांव। उसका यह स्वरूप देखकर लोग डर जाते थे। अब कोई उसे हंसी में भी नहीं छेड़ता।

यदि वह कभी गांव में निकल आती, तो स्त्रियां घरों के किवाड़ बंद कर लेतीं। पुरुष कतराकर इधर-उधर से निकल जाते और बच्चे चीख मारकर भागते। यदि कोई लड़का भागता न था, तो वह मुंशी रामसेवक का सुपुत्र रामगुलाम था। बाप में जो कुछ कोर-कसर रह गई थी, वह बेटे में पूरी हो गई थी! लड़कों का उसके मारे नाक में दम था। गांव के काने, लंगड़े आदमी उसकी सूरत से चिढ़ते थे और गालियां खाने में तो शायद ससुराल में आनेवाले दामाद को भी इतना आनंद न आता हो! वह मूंगा के पीछे तालियां बजाता, कुत्तों को साथ लिये हुए उस समय तक रहता, जब तक वह बेचारी तंग आकर गांव से निकल न जाती। रुपया-पैसा, होश-हवास खोकर उसे पगली की पदवी मिली और अब वह सचमुच पगली थी। अकेली बैठी अपने-आप घंटों बातें किया करती जिसमें रामसेवक के मांस, हड्डी, चमड़े, आंखें, कलेजा आदि को खाने, मसलने, नोचने, खसोटने की बड़ी उत्कट इच्छा प्रकट की जाती थी और जब उसकी यह इच्छा सीमा तक पहुंच जाती, तो वह रामसेवक के घर की ओर मुंह करके खूब चिल्लाकर और डरावने शब्दों में हांक लगाती—'तेरा लहू पीऊंगी।'

प्राय: रात के सन्नाटे में यह गरजती हुई आवाज सुनकर स्त्रियां चौंक पड़ती थीं, परंतु इस आवाज से भयानक उसका ठठाकर हंसना था! मुंशीजी के लहू पीने की कल्पित खुशी में वह जोर से हंसा करती थी। इस ठठाने से ऐसी आसुरिक उद्दंडता, ऐसी पाशविक उग्रता टपकती थी कि रात को सुनकर लोगों का खून ठंडा हो जाता था। मालूम होता मानो सैकड़ों उल्लू एक साथ हंस रहे हों।

मुंशी रामसेवक बड़े हौसले और कलेजे के आदमी थे। उन्हें न दीवानी का डर था, न फौजदारी का, परंतु मूंगा के इन डरावने शब्दों को सुनकर वह भी सहम जाते। हमें मनुष्य के न्याय का डर न हो, परंतु ईश्वर के न्याय का डर प्रत्येक मनुष्य के मन में कभी-कभी ऐसी ही भावना उत्पन्न कर देता है, उनसे अधिक उनकी स्त्री के मन में। उनकी स्त्री बड़ी ही चतुर थी। वह उनको इन सब बातों में प्राय: सलाह दिया करती थी। उन लोगों की भूल थी, जो लोग कहते थे कि मुंशीजी की जीभ पर सरस्वती विराजती हैं। वह गुण तो उनकी स्त्री को प्राप्त था। बोलने में वह उतनी ही तेज थी, जितना मुंशीजी लिखने में थे और यह दोनों स्त्री-पुरुष प्राय: अपनी अवश दशा में सलाह करते कि अब क्या करना चाहिए?

आधी रात का समय था। मुंशीजी नित्य नियम के अनुसार अपनी चिंता दूर करने के लिए शराब के दो-चार घूंट पीकर सो गए थे। एकाएक मूंगा ने उनके दरवाजे पर आकर जोर से हांक लगाई–'तेरा लहू पीऊंगी' और वह खूब खिलखिलाकर हंसी।

मुंशीजी यह भयावह ठहाका सुनकर चौंक पड़े। डर के मारे पैर थर-थर कांपने लगे। कलेजा धक-धक करने लगा। दिल पर बहुत जोर डालकर उन्होंने दरवाजा खोला, जाकर नागिन को जगाया। नागिन ने झुंझलाकर कहा–"क्या है; क्या कहते हो?"

मुंशीजी ने दबी आवाज से कहा–"वह दरवाजे पर खड़ी है।"

नागिन उठ बैठी–"क्या कहती है?"

"तुम्हारा सिर।"

"क्या दरवाजे पर आ गई?"

"हां, आवाज नहीं सुनती हो!"

नागिन मूंगा से नहीं, परंतु उसके ध्यान से बहुत डरती थी, तो भी उसे विश्वास था कि मैं बोलने में उसे जरूर नीचा दिखा सकती हूं, संभलकर बोली–"कहो तो मैं उससे दो-दो बातें कर लूं?"

मुंशीजी ने मना किया।

दोनों आदमी पैर दबाए ड्योढ़ी में गए और दरवाजे से झांककर देखा, मूंगा की धुंधली मूरत धरती पर पड़ी थी और उसकी सांस तेजी से चलती हुई सुनाई देती थी। रामसेवक के लहू-मांस की भूख में वह अपना लहू और मांस सुखा चुकी थी। एक बच्चा भी उसे गिरा सकता था, परंतु उससे सारा गांव थर-थर कांपता था। हम जीते मनुष्य से नहीं डरते, पर मुर्दे से डरते हैं। रात गुजरी। दरवाजा बंद था, पर मुंशीजी और नागिन ने बैठकर रात काटी, मूंगा भीतर नहीं घुस सकती थी, पर उसकी आवाज को कौन रोक सकता था? मूंगा से अधिक डरावनी उसकी आवाज थी।

भोर को मुंशीजी बाहर निकले और मूंगा से बोले–"यहां क्यों पड़ी है?"

मूंगा बोली–"तेरा लहू पीऊंगी।"

नागिन ने बल खाकर कहा–"तेरा मुंह झुलस दूंगी।"

पर नागिन के विष ने मूंगा पर कुछ असर न किया। उसने जोर से ठहाका लगाया, नागिन खिसियानी-सी हो गई। हंसी के सामने मुंह बंद हो जाता है।

मुंशीजी फिर बोले–"यहां से उठ जा।"

"न उठूंगी।"

"कब तक पड़ी रहेगी?"

"तेरा लहू पीकर जाऊंगी।"

मुंशीजी की प्रखर लेखनी का यहां कुछ जोर न चला और नागिन की आग भरी बातें यहां सर्द हो गईं। दोनों घर में जाकर सलाह करने लगे, यह बला कैसे टलेगी? इस आपत्ति से कैसे छुटकारा होगा?

देवी आती है तो बकरे का खून पीकर चली जाती है, पर यह डायन मनुष्य का खून पीने आई है। वह खून, जिसकी अगर एक बूंद भी कलम बनाने के समय निकल पड़ती थी, तो अठवारों और महीनों सारे कुनबे को अफसोस रहता और यह घटना गांव में घर-घर फैल जाती। क्या वही लहू पीकर मूंगा का सूखा शरीर हरा हो जाएगा?

गांव में यह चर्चा फैल गई, मूंगा मुंशीजी के दरवाजे पर धरना दिए बैठी है। मुंशीजी के आगमन में गांववालों को बड़ा मजा आता था। देखते-देखते सैकड़ों आदमियों की भीड़ लग गई। इस दरवाजे पर कभी-कभी भीड़ लगी रहती थी। यह भीड़ रामगुलाम को पसंद न थी। मूंगा पर उसे ऐसा क्रोध आ रहा था कि यदि उसका वश चलता, तो वह इसे कुएं में धकेल देता। इस तरह का विचार उठते ही रामगुलाम के मन में गुदगुदी समा गई और वह बड़ी कठिनता से अपनी

हंसी रोक सका। अहा! वह कुएं में गिरती तो क्या मजे की बात होती! परंतु यह चुड़ैल यहां से टलती ही नहीं, क्या करूं?

मुंशीजी के घर में एक गाय थी, जिसे खली, दाना और भूसा तो खूब खिलाया जाता, पर वह सब उसकी हड्डियों में मिल जाता, उसका ढांचा पुष्ट होता जाता था। रामगुलाम ने उसी गाय का गोबर एक हांडी में घोला और सबका-सब बेचारी मूंगा पर उंडेल दिया। उसके थोड़े-बहुत छींटे दर्शकों पर भी डाल दिए। बेचारी मूंगा लदफद हो गई और लोग भाग खड़े हुए। कहने लगे—"यह मुंशी रामगुलाम का दरवाजा है। यहां इसी प्रकार का शिष्टाचार किया जाता है। जल्द भाग चलो, नहीं तो अब इससे भी बढ़कर खातिर की जाएगी।"

इधर भीड़ कम हुई, उधर रामगुलाम घर में जाकर खूब हंसा और खूब तालियां बजाईं। मुंशीजी ने व्यर्थ की भीड़ को ऐसे सहज में और ऐसे सुंदर रूप से हटा देने के उपाय पर अपने सुशील लड़के की पीठ ठोकी। सब लोग तो चंपत हो गए, पर बेचारी मूंगा ज्यों-की-त्यों बैठी रह गई।

दोपहर हुई, मूंगा ने कुछ नहीं खाया। सांझ हुई, पर हजार कहने-सुनने से भी खाना नहीं खाया। गांव के चौधरी ने बड़ी खुशामद की। यहां तक कि मुंशीजी ने हाथ तक जोड़े, पर देवी प्रसन्न न हुई। निदान, मुंशीजी उठकर भीतर चले गए। वह कहते थे कि रूठने वाले को भूख आप ही मना लिया करती है। मूंगा ने यह रात भी बिना दाना-पानी के काट दी। लालाजी और ललाइन ने आज फिर जाग-जागकर भोर किया। आज मूंगा की गरज और हंसी बहुत कम सुनाई पड़ती थी। घरवालों ने समझा, बला टली, सवेरा होते ही जो दरवाजा खोलकर देखा, तो वह अचेत पड़ी थी, मुंह पर मक्खियां भिनभिना रही हैं और उसके प्राण-पखेरू उड़ चुके हैं। वह इस दरवाजे पर मरने ही आई थी। जिसने उसके जीवन की जमा-पूंजी हर ली थी, उसी को अपनी जान भी सौंप दी। अपने शरीर की मिट्टी तक उसको भेंट कर दी। धन से मनुष्य को कितना प्रेम होता है! धन अपनी जान से भी ज्यादा प्यारा होता है, विशेषकर बुढ़ापे में। ऋण चुकाने के दिन ज्यों-ज्यों पास आते जाते हैं, त्यों-त्यों उसका ब्याज बढ़ता जाता है।

यह कहना यहां व्यर्थ है कि गांव में इस घटना से कैसी हलचल मची और मुंशी रामसेवक कैसे अपमानित हुए। एक छोटे-से गांव में ऐसी असाधारण घटना होने पर जितनी हलचल हो सकती, उससे अधिक ही हुई। मुंशीजी का अपमान जितना होना चाहिए था, उससे बाल बराबर भी कम न हुआ। उनका बचा-खुचा पानी भी इस घटना से चला गया। अब गांव का चमार भी उनके हाथ का पानी

पीने का, उन्हें छूने का रवादार न था। यदि किसी घर से कोई गाय खूंटे पर मर जाती है, तो वह आदमी महीनों द्वार-द्वार भी मांगता फिरता है। न नाई उसकी हजामत बनाए, न कहार उसका पानी भरे, न कोई उसे छुए। यह गोहत्या का प्रायश्चित्त था। ब्रह्महत्या का दंड तो इससे भी कड़ा है और इसमें अपमान भी बहुत है। मूंगा यह जानती थी और इसीलिए इस दरवाजे पर आकर मरी थी। वह जानती थी कि मैं जीते-जी तो कुछ नहीं कर सकती, मरकर उसका बहुत कुछ कर सकती हूं। गोबर का उपला जब जलकर खाक हो जाता है, तब साधु-संत उसे माथे पर चढ़ाते हैं; पत्थर का ढेला आग में जलाकर आग से अधिक तीखा और मारक होता है।

मुंशी रामसेवक कानूनदां थे। कानून ने उन पर कोई दोष नहीं लगाया था। मूंगा किसी कानूनी दफा के अनुसार नहीं मरी थी। ताजीराते हिंद में उसका कोई उदाहरण नहीं मिलता था, इसलिए जो लोग उनसे प्रायश्चित्त करवाना चाहते थे, उनकी भारी भूल थी। कुछ हर्ज नहीं, कहार पानी न भरे, न सही। वह पानी भर लेंगे। अपना काम आप करने में भला लाज ही क्या? बला से नाई बाल न बनाएगा। हजामत बनाने का काम ही क्या है? दाढ़ी बहुत सुंदर वस्तु है। दाढ़ी मर्द की शोभा और सिंगार है और जो फिर बालों से ऐसी घिन होगी, तो एक-एक आने में तो उस्तरे मिलते हैं। धोबी कपड़े न धोएगा, इसकी भी कुछ परवाह नहीं। साबुन तो गली-गली कौड़ियों के मोल आता है। एक बट्टी साबुन में दर्जनों कपड़े ऐसे साफ हो जाते हैं, जैसे बगुले के पर। धोबी क्या खाकर ऐसा साफ कपड़ा धोएगा? पत्थर पर पटक-पटकर कपड़ों का लत्ता निकाल लेता है। आप पहने, दूसरों को भाड़े पर पहनाए, भट्ठी में चढ़ाए, रेह में भिगोए! कपड़ों की तो दुर्गति कर डालता है। जभी तो कुर्ते दो-तीन साल से अधिक नहीं चलते। नहीं तो दादा हर पांचवें बरस दो-तीन अचकन और दो कुरते बनवाया करते थे। मुंशी रामसेवक और उनकी स्त्री ने दिन-भर तो यों ही कहकर अपने मन को समझाया। सांझ होते ही उनकी तर्कनाएं शिथिल हो गईं।

अब उनके मन पर भय ने चढ़ाई की। रात जैसे-तैसे बीतती थी, भय भी बढ़ता जाता था। बाहर का दरवाजा भूल से खुला रह गया था, पर किसी की हिम्मत न पड़ती थी कि जाकर बंद तो कर आए। निदान, नागिन ने हाथ में दीया लिया। मुंशीजी ने कुल्हाड़ा, रामगुलाम ने गंड़ासा, इस ढंग से तीनों आदमी चौंकते-हिचकते दरवाजे पर आए। यहां मुंशीजी ने बहादुरी से काम लिया। उन्होंने निधड़क दरवाजे से बाहर निकलने की कोशिश की। कांपते हुए, पर ऊंची आवाज में नागिन से बोले-"तुम व्यर्थ डरती हो, वह क्या यहां बैठी है?"

पर उनकी प्यारी नागिन ने उन्हें अंदर खींच लिया और झुंझलाकर बोली–"तुम्हारा यही लड़कपन तो अच्छा नहीं।" यह दंगल जीतकर तीनों आदमी रसोई के कमरे में आए और खाना पकने लगा।

परंतु मूंगा उनकी आंखों में घुसी हुई थी। अपनी परछाई को देखकर मूंगा का भय होता था। अंधेरे कोने में मूंगा बैठी मालूम होती थी। वही हड्डियों का ढांचा, वही बिखरे हुए बाल, वही पागलपन, वही डरावनी आंख, मूंगा का नख-शिख दिखाई देता था। इसी कोठरी में आटे-दाल के कई मटके रखे हुए थे, वहां कुछ पुराने चिथड़े भी पड़े हुए थे। एक चूहे को भूख ने बेचैन किया (मटकों ने कभी अनाज की सूरत न देखी थी; पर सारे गांव में मशहूर था कि इस घर के चूहे गजब के डाकू हैं), तो वह उन दानों की खोज में, जो मटकों से कभी नहीं गिरे थे, रेंगता हुआ इस चिथड़े के नीचे आ निकला। कपड़े में खड़खड़ाहट हुई, फैले हुए चिथड़े मूंगा की पतली टांगे बन गईं, नागिन देखकर झिझकी और चीख उठी। मुंशीजी बदहवास होकर दरवाजे की ओर लपके, रामगुलाम दौड़कर उनकी टांगों से लिपट गया। चूहा बाहर निकल आया। उसे देखकर इन लोगों के होश ठिकाने हुए।

अब मुंशीजी साहस करके मटके की ओर चले। नागिन ने कहा–"रहने भी दो, देख ली तुम्हारी मरदानगी।"

मुंशीजी अपनी प्रिया नागिन के इस अनादर पर बहुत बिगड़े–"क्या तुम समझती हो, मैं डर गया? भला, डर की क्या बात थी! मूंगा मर गई; क्या वह बैठी है? मैं कल नहीं दरवाजे के बाहर निकल गया था। तुम रोकती रहीं, पर मैं न माना।"

मुंशीजी की इस दलील ने नागिन को निरुत्तर कर दिया। कल दरवाजे के बाहर निकल जाना या निकलने की कोशिश करना साधारण काम न था। जिसके साहस का ऐसा प्रमाण मिल चुका हो, उसे डरपोक कौन कह सकता है? यह नागिन की हठधर्मिता थी।

खाना खाकर तीनों आदमी सोने के कमरे में आए, परंतु मूंगा ने यहां भी पीछा न छोड़ा। बातें करते थे, दिल को बहलाते थे, नागिन ने राजा हरदौल और रानी सारंधा की कहानियां कहीं, मुंशीजी ने फौजदारी के कई मुकदमों का हाल कह सुनाया, परंतु तो भी, इन उपायों से मूंगा की मूर्ति उनकी आंखों के सामने से न हटती थी। जरा खटखटाहट होती, तब तीनों चौंक पड़ते। उधर पत्तियों में सनसनाहट हुई कि इधर तीनों के रोंगटे खड़े हो गए। रह-रहकर एक धीमी आवाज धरती के भीतर से उनके कानों में आती थी–"तेरा लहू पीऊंगी।"

आधी रात को नागिन नींद से चौंक पड़ी। वह इन दिनों गर्भवती थी लाल-लाल आंखोंवाली, तेज और नुकीले दांतोंवाली मूंगा उसी की छाती पर बैठी हुई जान पड़ती थी। नागिन चीख उठी। बावली की तरह आंगन में भाग आई और एकाएक धरती पर चित गिर पड़ी। सारा शरीर पसीने-पसीने हो गया। मुंशीजी भी उसकी चीख सुनकर चौंके, पर डर के मारे आंखें न खुलीं। अंधों की तरह दरवाजा टटोलते रहे। बहुत देर के बाद उन्हें दरवाजा मिला। आंगन में आए तो देखा नागिन जमीन पर पड़ी हाथ-पांव पटक रही थी। उसे उठाकर भीतर लाए, पर रात-भर उसने आंखें न खोलीं। भोर को अकबक बकने लगी। थोड़ी देर में ज्वर हो आया। बदन लाल तवा-सा हो गया। सांझ होते-होते सन्निपात हो आया और आधी रात के समय जब संसार में सन्नाटा छाया हुआ था, नागिन इस संसार से चल बसी। मूंगा के डर ने उसकी जान ले ली। जब तक मूंगा जीती रही, वह नागिन की फुफकार से सदा डरती रही। पगली होने पर भी उसने कभी नागिन का सामना नहीं किया, पर अपनी जान देकर उसने आज नागिन की जान ले ली। भय में बड़ी शक्ति होती है। मनुष्य हवा में एक गिरह भी नहीं लगा सकता, पर इसने हवा में एक संसार रच डाला है।

रात बीत गई। दिन चढ़ता आता था, पर गांव का कोई आदमी नागिन की लाश उठाने को आता न दिखाई दिया। मुंशीजी घर-घर घूमे, पर कोई न निकला। भला हत्यारे के दरवाजे पर कौन जाए? हत्यारे की लाश कौन उठाए? इस समय मुंशीजी का रोब-दाब, उनकी प्रबल लेखनी का भय और उनकी कानूनी प्रतिभा एक भी काम न आई।

चारों ओर से हारकर मुंशीजी फिर अपने घर आए। यहां उन्हें अंधकार-ही-अंधकार दीखता था, दरवाजे तक तो आए, पर भीतर पैर नहीं रखा जाता था। न बाहर ही खड़े रह सकते थे। बाहर मूंगा थी, भीतर नागिन। जी को कड़ा करके 'हनुमान चालीसा' का पाठ करते हुए घर में घुसे। उस समय उनके मन पर जो बीतती थी, वही जानते थे—उसका अनुमान करना कठिन है। घर में लाश पड़ी हुई; न कोई आगे, न पीछे। दूसरा ब्याह तो हो सकता था। अभी इसी फागुन में तो पचासवां लगा है, पर ऐसी सुयोग्य और मीठी बोलीवाली स्त्री कहां मिलेगी? अफसोस! अब तगादा करने वालों से बहस कौन करेगा, कौन उन्हें निरुत्तर करेगा? लेन-देन का हिसाब-किताब कौन इतनी खूबी से करेगा? किसकी कड़ी आवाज तीर की तरह तगादेदारों की छाती में चुभेगी? यह नुकसान अब पूरा नहीं हो सकता। दूसरे दिन मुंशीजी लाश को एक ठेलेगाड़ी पर लादकर गंगाजी की तरफ चले।

शव के साथ जाने वालों की संख्या कुछ भी न थी। एक स्वयं मुंशीजी, दूसरे उनके पुत्ररत्न रामगुलामजी! इस बेइज्जती से मूंगा की लाश भी नहीं उठी थी। मूंगा ने नागिन की जान लेकर भी मुंशीजी का पिंड न छोड़ा। उनके मन में हर घड़ी मूंगा की मूर्ति विराजमान रहती थी। कहीं रहते, उनका ध्यान इसी ओर रहा करता था। यदि दिल-बहलाव का कोई उपाय होता, तो शायद वह इतने बेचैन न होते; पर गांव की एक पुतली भी उनके दरवाजे की ओर न झांकती थी। बेचारे अपने हाथों पानी भरते, आप ही बरतन धोते। सोच और क्रोध, चिंता और भय, इतने शत्रुओं के सामने एक दिमाग कब तक ठहर सकता? विशेषकर वह दिमाग, जो रोज-रोज कानून की बहसों में खर्च हो जाता था।

अकेले कैदी की तरह उनके दस-बारह दिन तो ज्यों-त्यों कर कटे। चौदहवें दिन मुंशीजी ने कपड़े बदले और बोरिया-बस्ता लिये हुए कचहरी चले। आज उनका चेहरा कुछ खिला हुआ था। जाते ही मेरे मुवक्किल मुझे घेर लेंगे। मेरी मातमपुर्सी करेंगे। मैं आंसुओं की दो-चार बूंदें गिरा दूंगा, फिर बैनामों, रेहनामों और सुलहनामों की भरमार हो जाएगी। मुट्ठी गरम होगी। शाम को जरा नशेपानी का रंग जम जाएगा, जिसके छूट जाने से जी और भी उचाट हो रहा था। इन्हीं विचारों में मग्न मुंशीजी कचहरी पहुंचे।

पर वहां रेहनामों की भरमार और बैनामों की बाढ़ और मुवक्किलों की चहल-पहल के बदले निराशा की रेतीली भूमि नजर आई। बस्ता खोले घंटों बैठे रहे, पर कोई नजदीक भी न आया। किसी ने इतना भी न पूछा कि आप कैसे हैं? नए मुवक्किल तो खैर, बड़े-बड़े पुराने मुवक्किल, जिनका मुंशीजी से कई पीढ़ियों से सरोकार था, आज उनसे मुंह छिपाने लगे। वह नालायक और अनाड़ी रमजान, जिसकी मुंशीजी हंसी उड़ाते थे और जिसे शुद्ध लिखना भी न आता था, गोपियों में कन्हैया बना हुआ था। वाह रे भाग्य! मुवक्किल यों मुंह फेरे चले जाते हैं मानो कभी की जान-पहचान ही नहीं।

दिन-भर कचहरी की खाक छानने के बाद मुंशीजी अपने घर चले। निराशा और चिंता में डूबे हुए ज्यों-ज्यों घर के निकट आते थे, मूंगा का चित्र सामने आता जाता था। यहां तक कि जब घर का द्वार खोला और दो कुत्ते, जिन्हें रामगुलाम ने बंद कर रखा था, झटपट बाहर निकले, तो मुंशीजी के होश उड़ गए; एक चीख मारकर जमीन पर गिर पड़े।

मनुष्य के मन और मस्तिष्क पर भय का जितना प्रभाव होता है, उतना और किसी शक्ति का नहीं! प्रेम, चिंता, निराशा, हानि यह सब मन को अवश्य दुखित करते हैं; यह हवा के हल्के झोंके हैं और भय प्रचंड आंधी है। मुंशीजी पर इसके

बाद क्या बीती, मालूम नहीं। कई दिन तक लोगों ने उन्हें कचहरी जाते और वहां से मुरझाए हुए लौटते देखा। कचहरी जाना उनका कर्तव्य था और यद्यपि वहां मुवक्किलों का अकाल था, तो भी तगादेवालों से गला छुड़ाने और उनको भरोसा दिलाने के लिए अब यही एक लटका रह गया था। इसके बाद वह कई महीने तक दीख न पड़े। बद्रीनाथ चले गए।

एक दिन गांव में एक साधु आया, भभूत रमाए, लंबी-लंबी जटाएं, हाथ में कमंडल। इसका चेहरा मुंशी रामसेवक से बहुत मिलता-जुलता था—बोलचाल में भी अधिक भेद न था। वह एक पेड़ के नीचे धूनी रमाए बैठा रहा। उसी रात को मुंशी रामसेवक के घर धुआं उठा, फिर आग की ज्वाला दीखने लगी और आग भड़क उठी। गांव के सैकड़ों आदमी दौड़े, आग बुझाने के लिए नहीं, तमाशा देखने के लिए। एक गरीब की हाय में कितना प्रभाव है! रामगुलाम मुंशीजी के गायब हो जाने पर अपने मामा के यहां चल गया और वहां कुछ दिनों रहा, पर वहां उसकी चाल-ढाल किसी को पसंद न आई।

एक दिन उसने किसी के खेत से मूली नोची। उसने दो-चार धौल लगाए। उस पर वह इस तरह बिगड़ा कि जब उसके चने खलिहान में आए, तो उसने आग लगा दी। सारा-का-सारा खलिहान जलकर खाक हो गया—हजारों रुपयों का नुकसान हुआ। पुलिस ने तहकीकात की, रामगुलाम पकड़ा गया। इसी अपराध में वह चुनार के रिफॉर्मेटरी स्कूल में मौजूद है।

6

गुप्तधन

प्रभुदास की शांत-वृत्ति कभी इतनी कठिन परीक्षा में न पड़ी थी। वे अंत तक अनुनय-विनय ही करते रहे, यहां तक कि मुद्राओं की सुरीली झंकार ने उन्हें वशीभूत कर लिया। प्रभुदास यहां से चले तो धरती पर पांव न पड़ते थे। रात के दो बजे थे।

प्रभुदास मंदिर के पास पहुंचे। चट्टानों की दराजों में बारूद रख पलीता लगा दिया और दूर भागे। एक क्षण में बड़े जोर का धमाका हुआ। चट्टान उड़ गई। अंधेरा गार सामने था मानो कोई पिशाच उन्हें निगल जाने के लिए मुंह खोले हुए है।

प्रभात का समय था। प्रभुदास अपने कमरे में लेटे हुए थे। सामने लोहे के संदूक में दस हजार पुरानी मुहरें रखी हुई थीं। उनकी माता सिरहाने बैठी पंखा झल रही थीं। प्रभुदास ज्वर की ज्वाला से जल रहे थे। करवटें बदलते थे, कराहते थे, हाथ-पांव पटकते थे; पर आंखें लोहे के संदूक की ओर लगी हुई थीं।

बाबू हरिदास का ईंटों का पजावा शहर से मिला हुआ था। आसपास के देहातों से सैकड़ों स्त्री-पुरुष, लड़के नित्य आते और पजावे से ईंट सिर पर उठाकर ऊपर कतारों से सजाते। एक आदमी पजावे के पास एक टोकरी में कौड़ियां लिये बैठा रहता था। मजदूरों

को ईंटों की संख्या के हिसाब से कौड़ियां बांटता। ईंटें जितनी ही ज्यादा होतीं, उतनी ही ज्यादा कौड़ियां मिलतीं। इस लोभ में बहुत-से मजदूर बूते से बाहर काम करते। वृद्धों और बालकों को ईंटों के बोझ से अकड़े हुए देखना बहुत करुणाजनक दृश्य था। कभी-कभी बाबू हरिदास स्वयं आकर कौड़ीवाले के पास बैठ जाते और ईंटें लादने को प्रोत्साहित करते। यह दृश्य तब और भी दारुण हो जाता था, जब ईंटों की कोई असाधारण आवश्यकता आ पड़ती। उसमें मजूरी दूनी कर दी जाती और मजूर लोग अपनी सामर्थ्य से दूनी ईंटें लेकर चलते। एक-एक पग उठाना कठिन हो जाता। उन्हें सिर से पैर तक पसीने में डूबे पजावे की राख चढ़ाए ईंटों का एक पहाड़ सिर पर रखे, बोझ से दबे देखकर ऐसा जान पड़ता था मानो लोभ का भूत उन्हें जमीन पर पटककर उनके सिर पर सवार हो गया है।

सबसे करुण दशा एक छोटे लड़के की थी, जो सदैव अपनी अवस्था के लड़कों से दुगनी ईंटें उठाता और सारे दिन अविश्रांत परिश्रम और धैर्य के साथ अपने काम में लगा रहता। उसके मुख पर ऐसी दीनता छाई रहती थी, उसका शरीर इतना कृश और दुर्बल था कि उसे देखकर दया आ जाती थी। और लड़के बनिए की दुकान से गुड़ लाकर खाते, कोई सड़क पर जानेवाले इक्कों और हवागाड़ियों की बहार देखता और कोई व्यक्तिगत संग्राम में अपनी जिह्वा और बाहु के जौहर दिखाता, लेकिन इस गरीब लड़के को अपने काम-से-काम था। उसमें लड़कपन की न चंचलता थी, न शरारत, न खिलाड़ीपन, यहां तक कि उसके होंठों पर कभी हंसी भी न आती थी।

बाबू हरिदास को उसकी दशा पर दया आती। कभी-कभी कौड़ीवाले को इशारा करते कि उसे हिसाब से अधिक कौड़ियां दे दो। कभी-कभी वे उसे कुछ खाने को दे देते।

एक दिन उन्होंने उस लड़के को बुलाकर अपने पास बैठाया और उसके समाचार पूछने लगे। ज्ञात हुआ कि उसका घर पास ही के गांव में है। घर में एक वृद्ध माता के सिवा कोई नहीं है और वह वृद्धा भी किसी पुराने रोग से ग्रस्त रहती है।

घर का सारा भार इसी लड़के के सिर था। कोई उसे रोटियां बनाकर देने वाला भी न था। शाम को जाता तो अपने हाथों से रोटियां बनाता और अपनी मां को खिलाता था। वह जाति का ठाकुर था। किसी समय उसका कुल धन-धान्य से संपन्न था। लेन-देन होता था और शक्कर का कारखाना चलता था। कुछ जमीन भी थी, किंतु भाइयों की स्पर्धा और विद्वेष ने उसे

इतनी हीनावस्था को पहुंचा दिया कि अब रोटियों के लाले थे। लड़के का नाम मगन सिंह था।

हरिदास ने पूछा–"गांववाले तुम्हारी कुछ मदद नहीं करते?"

मगन सिंह–वाह, उनका वश चले तो मुझे मार डालें। सब समझते हैं कि मेरे घर में रुपये गड़े हैं।

हरिदास ने उत्सुकता से पूछा–"पुराना घराना है, कुछ-न-कुछ तो होगा ही। तुम्हारी मां ने इस विषय में तुमसे कुछ नहीं कहा?"

मगन सिंह–बाबूजी नहीं, एक पैसा भी नहीं। रुपये होते तो अम्मा इतनी तकलीफ क्यों उठाती?

बाबू हरिदास मगन सिंह से इतने प्रसन्न हुए कि मजूरों की श्रेणी से उठाकर अपने नौकरों में रख लिया। उसे कौड़ियां बांटने का काम दिया और पजावे में मुंशीजी को ताकीद कर दी कि इसे कुछ पढ़ना-लिखना सिखाइए। अनाथ के भाग्य जाग उठे।

मगन सिंह बड़ा कर्तव्यशील और चतुर लड़का था। उसे कभी देर न होती, कभी नागा न होता। थोड़े ही दिनों में उसने बाबू साहब का विश्वास प्राप्त कर लिया। वह लिखने-पढ़ने में भी कुशल हो गया।

बरसात के दिन थे। पजावे में पानी भरा हुआ था। कारोबार बंद था। मगन सिंह तीन दिनों से गैरहाजिर था। हरिदास को चिंता हुई, क्या बात है, कहीं बीमार तो नहीं हो गया, कोई दुर्घटना तो नहीं हो गई? कई आदमियों से पूछताछ की, पर कुछ पता न चला! चौथे दिन पूछते-पूछते मगन सिंह के घर पहुंचे। घर क्या था, पुरानी समृद्धि का ध्वंसावशेष-मात्र था। उनकी आवाज सुनते ही मगन सिंह बाहर निकल आया।

हरिदास ने पूछा–"कई दिन से आए क्यों नहीं, माता का क्या हाल है?"

मगन सिंह ने अवरुद्ध कंठ से उत्तर दिया–"अम्मा आजकल बहुत बीमार है। कहती है, अब न बचूंगी। कई बार आपको बुलाने के लिए मुझसे कह चुकी है, पर मैं संकोच के मारे आपके पास न आता था। अब आप सौभाग्य से आ गए हैं तो जरा चलकर उसे देख लीजिए। उसकी लालसा भी पूरी हो जाए।"

हरिदास भीतर गए। सारा घर भौतिक निस्सारता का परिचायक था। सुर्खी, कंकड़, ईंटों के ढेर चारों ओर पड़े हुए थे। विनाश का प्रत्यक्ष स्वरूप था। केवल दो कोठरियां गुजर करने लायक थीं। मगन सिंह ने एक कोठरी की ओर उन्हें इशारे से बताया। हरिदास भीतर गए तो देखा कि वृद्धा एक सड़े हुए टाट के टुकड़े पर पड़ी कराह रही है।

उनकी आहट पाते ही आंखें खोलीं और अनुमान से पहचान गई, बोली–"आप आ गए, बड़ी दया की। आपके दर्शनों की बड़ी अभिलाषा थी, मेरे अनाथ बालक के नाथ अब आप ही हैं। जैसे आपने अब तक उसकी रक्षा की है, वह निगाह उस पर सदैव बनाए रखिएगा। मेरी विपत्ति के दिन पूरे हो गए। इस मिट्टी को पार लगा दीजिएगा। एक दिन घर में लक्ष्मी का वास था। अदिन आए तो उन्होंने भी आंखे फेर लीं। पुरखों ने इसी दिन के लिए कुछ थाती धरती माता को सौंप दी थी। उसका बीजक बड़े यत्न से रखा था; पर बहुत दिनों से उसका कहीं पता न लगता था। मगन के पिता ने बहुत खोजा, पर न पा सके, नहीं तो हमारी दशा इतनी हीन न होती। आज तीन दिन हुए मुझे वह बीजक आप-ही-आप रद्दी कागजों में मिल गया, तब से उसे छिपाकर रखे हुए हूं, मगन बाहर है। मेरे सिरहाने जो संदूक रखी है, उसी में वह बीजक है। उसमें सब बातें लिखी हैं। उसी से ठिकाने का भी पता चलेगा। अवसर मिले तो उसे खुदवा डालिएगा। मगन को दे दीजिएगा। यही कहने के लिए आपको बार-बार बुलवाती थी। आपके सिवा मुझे किसी पर विश्वास न था। संसार से धर्म उठ गया। किसकी नीयत पर भरोसा किया जाए?"

हरिदास ने बीजक का समाचार किसी से न कहा। नीयत बिगड़ गई। दूध में मक्खी पड़ गई। बीजक से ज्ञात हुआ कि धन उस घर से 500 डग पश्चिम की ओर एक मंदिर के चबूतरे के नीचे है।

हरिदास धन को भोगना चाहते थे, पर इस तरह कि किसी को कानों-कान खबर न हो। काम कष्ट-साध्य था। नाम पर धब्बा लगने की प्रबल आशंका थी, जो संसार में सबसे बड़ी यंत्रणा है। कितनी घोर नीचता थी! जिस अनाथ की रक्षा की, जिसे बच्चे की भांति पाला, उसके साथ विश्वासघात! कई दिनों तक आत्म-वेदना की पीड़ा सहते रहे। अंत में कुतर्कों ने विवेक को परास्त कर दिया। मैंने कभी धर्म का परित्याग नहीं किया और न कभी करूंगा। क्या कोई ऐसा प्राणी भी है, जो जीवन में एक बार भी विचलित न हुआ हो। यदि है तो वह मनुष्य नहीं, देवता है। मैं मनुष्य हूं। देवताओं की पंक्ति में बैठने का मेरा दावा नहीं है।

मन को समझाना बच्चे को फुसलाना है। हरिदास सांझ को सैर करने के लिए घर से निकल जाते। जब चारों ओर सन्नाटा छा जाता तो मंदिर के चबूतरे पर आ बैठते और एक कुदाली से उसे खोदते। दिन में दो-एक बार इधर-उधर ताक-झांक करते कि कोई चबूतरे के पास खड़ा तो नहीं है। रात की निस्तब्धता में उन्हें अकेले बैठे ईंटों को हटाते हुए उतना ही भय होता था जितना किसी भ्रष्ट वैष्णव को आमिष भोजन से होता है।

चबूतरा लंबा-चौड़ा था। उसे खोदते एक महीना लग गया और अभी आधी मंजिल भी तय न हुई। इन दिनों उनकी दशा उस पुरुष की-सी थी, जो कोई मंत्र जगा रहा हो। चित्त पर चंचलता छाई रहती। आंखों की ज्योति तीव्र हो गई थी। बहुत गुम-सुम रहते मानो ध्यान में हों। किसी से बातचीत न करते, अगर कोई छेड़कर बात करता तो झुंझला पड़ते। पजावे की ओर बहुत कम जाते। विचारशील पुरुष थे। आत्मा बार-बार इस कुटिल व्यापार से भागती, निश्चय करते कि अब चबूतरे की ओर न जाऊंगा, पर संध्या होते ही उन पर एक नशा-सा छा जाता, बुद्धि-विवेक का अपहरण हो जाता। जैसे कुत्ता मार खाकर थोड़ी देर के बाद टुकड़े के लालच में जा बैठता है, वही दशा उनकी थी। यहां तक कि दूसरा मास भी व्यतीत हुआ।

अमावस की रात थी। हरिदास मलिन हृदय में बैठी हुई कालिमा की भांति चबूतरे पर बैठे हुए थे। आज चबूतरा खुद जाएगा। जरा देर तक और मेहनत करनी पड़ेगी–कोई चिंता नहीं। घर में लोग चिंतित हो रहे होंगे, पर अभी निश्चित हुआ जाता है कि चबूतरे के नीचे क्या है। पत्थर का तहखाना निकल आया तो समझ जाऊंगा कि धन अवश्य होगा। तहखाना न मिले तो मालूम हो जाएगा कि सब धोखा-ही-धोखा है। कहीं सचमुच तहखाना न मिले तो बड़ी दिल्लगी हो। मुफ्त में उल्लू बनूं, पर नहीं, कुदाली खट-खट बोल रही है। हां, पत्थर की चट्टान है। उन्होंने टटोलकर देखा। भ्रम दूर हो गया। चट्टान थी। तहखाना मिल गया; लेकिन हरिदास खुशी से उछले-कूदे नहीं।

आज वे लौटे तो सिर में दर्द था। समझे थकान है, लेकिन यह थकान नींद से न गई। रात को ही उन्हें जोर से बुखार हो गया। तीन दिन तक ज्वर में पड़े रहे। किसी दवा से फायदा न हुआ।

इस रुग्णावस्था में हरिदास को बार-बार भ्रम होता था, कहीं यह मेरी तृष्णा का दंड तो नहीं है। जी में आता था, मगन सिंह को बीजक दे दूं और क्षमा की याचना करूं; पर भंडाफोड़ होने का भय मुंह बंद कर देता था। न जाने ईसा के अनुयायी अपने पादरियों के सम्मुख कैसे अपने जीवन-भर के पापों की कथा सुनाया करते थे।

हरिदास की मृत्यु के पीछे यह बीजक उनके सुपुत्र प्रभुदास के हाथ लगा। बीजक मगन सिंह के पुरखों का लिखा हुआ है, इसमें लेश-मात्र भी संदेह न था, लेकिन उन्होंने सोचा, पिताजी ने कुछ सोचकर ही इस मार्ग पर पग रखा होगा। वे कितने नीति-परायण, कितने सत्यवादी पुरुष थे। उनकी नीयत पर कभी किसी को संदेह नहीं हुआ। जब उन्होंने इस आचार को घृणित नहीं

समझा तो मेरी क्या गिनती है। कहीं यह धन हाथ आ जाए तो कितने सुख से जीवन व्यतीत हो। शहर के रईसों को दिखा दूं कि धन का सदुपयोग क्योंकर होना चाहिए। बड़े-बड़ों का सिर नीचा कर दूं। कोई आंखें न मिला सके। इरादा पक्का हो गया।

शाम होते ही वे घर से बाहर निकले। वही समय था, वही चौकन्नी आंखें थीं और वही तेज कुदाली थी। ऐसा ज्ञात होता था मानो हरिदास की आत्मा इस नए भेष में अपना काम कर रही है।

चबूतरे का धरातल पहले ही खुद चुका था। अब संगीन तहखाना था, जोड़ों को हटाना कठिन था। पुराने जमाने का पक्का मसाला था; कुल्हाड़ी उचट-उचटकर लौट आती थी। कई दिनों में ऊपर की दरारें खुलीं, लेकिन चट्टानें जरा भी न हिलीं, तब वह लोहे की छड़ से काम लेने लगे, लेकिन कई दिनों तक जोर लगाने पर भी चट्टानें न खिसकीं। सब कुछ अपने ही हाथों करना था। किसी से सहायता न मिल सकती थी। यहां तक कि फिर वही अमावस्या की रात आई! प्रभुदास को जोर लगाते बारह बज गए और चट्टानें भाग्य-रेखाओं की भांति अटल थीं, पर आज इस समस्या को हल करना आवश्यक था। कहीं तहखाने पर किसी की निगाह पड़ जाए तो मेरे मन की लालसा मन ही में रह जाए।

वह चट्टान पर बैठ कर सोचने लगे, क्या करूं? बुद्धि कुछ काम नहीं करती। सहसा उन्हें एक युक्ति सूझी, क्यों न बारूद से काम लूं? इतने अधीर हो रहे थे कि कल पर इस काम को न छोड़ सके। सीधे बाजार की तरफ चले, दो मील का रास्ता हवा की तरह तय किया, पर वहां पहुंचे तो दुकानें बंद हो चुकी थीं। आतिशबाज हीले करने लगा–"बारूद इस समय नहीं मिल सकती। सरकारी हुक्म नहीं है। तुम कौन हो? इस वक्त बारूद लेकर क्या करोगे? न भैया; कोई वारदात हो जाए तो मुफ्त में बंधा-बंधा फिरूं, तुम्हें कौन पूछेगा?"

प्रभुदास की शांत-वृत्ति कभी इतनी कठिन परीक्षा में न पड़ी थी। वे अंत तक अनुनय-विनय ही करते रहे, यहां तक कि मुद्राओं की सुरीली झंकार ने उन्हें वशीभूत कर लिया। प्रभुदास यहां से चले तो धरती पर पांव न पड़ते थे। रात के दो बजे थे।

प्रभुदास मंदिर के पास पहुंचे। चट्टानों की दराजों में बारूद रख पलीता लगा दिया और दूर भागे। एक क्षण में बड़े जोर का धमाका हुआ। चट्टान उड़ गई। अंधेरा गार सामने था मानो कोई पिशाच उन्हें निगल जाने के लिए मुंह खोले हुए है।

प्रभात का समय था। प्रभुदास अपने कमरे में लेटे हुए थे। सामने लोहे के संदूक में दस हजार पुरानी मुहरें रखी हुई थीं। उनकी माता सिरहाने बैठी पंखा झल रही थीं। प्रभुदास ज्वर की ज्वाला से जल रहे थे। करवटें बदलते थे, कराहते थे, हाथ-पांव पटकते थे; पर आंखें लोहे के संदूक की ओर लगी हुई थीं। इसी में उनके जीवन की आशाएं बंद थीं।

मगन सिंह अब पजावे का मुंशी था। इसी घर में रहता था। आकर बोला–"पजावे चलिएगा? गाड़ी तैयार कराऊं?"

प्रभुदास ने उसके मुख की ओर क्षमा-याचना की दृष्टि से देखा और बोले–"नहीं, मैं आज न चलूंगा, तबीयत अच्छी नहीं है। तुम भी मत जाओ।"

मगन सिंह उनकी दशा देखकर डॉक्टर को बुलाने चला।

दस बजते-बजते प्रभुदास का मुख पीला पड़ गया। आंखें लाल हो गईं। माता ने उनकी ओर देखा तो शोक से विह्वल हो गईं। बाबू हरिदास की अंतिम दशा उनकी आंखों में फिर गई। जान पड़ता था, यह उसी शोक घटना की पुनरावृत्ति है! वह देवताओं की मनौतियां मना रही थीं, किंतु प्रभुदास की आंखें उसी लोहे के संदूक की ओर लगी हुई थीं, जिस पर उन्होंने अपनी आत्मा अर्पण कर दी थी। उनकी स्त्री आकर उनके पैताने बैठ गई और बिलख-बिलखकर रोने लगी।

प्रभुदास की आंखों से भी आंसू बह रहे थे, पर वे आंखें उसी लोहे के संदूक की ओर निराशापूर्ण भाव से देख रही थीं।

डॉक्टर ने आकर देखा, दवा दी और चला गया, पर दवा का असर उल्टा हुआ। प्रभुदास के हाथ-पांव सर्द हो गए, मुख निस्तेज हो गया, हृदय की गति मंद पड़ गई, पर आंखें संदूक की ओर से न हटीं।

मुहल्ले के लोग जमा हो गए। पिता और पुत्र के स्वभाव और चरित्र पर टिप्पणियां होने लगीं। दोनों शील और विनय के पुतले थे। किसी को भूलकर भी कड़ी बात न कही। प्रभुदास का संपूर्ण शरीर ठंडा हो गया था। प्राण था तो केवल आंखों में। वे अब भी उसी लोहे के संदूक की ओर सतृष्ण भाव से देख रही थीं।

घर में कोहराम मचा हुआ था। दोनों महिलाएं पछाड़ें खा-खाकर गिरती थीं। मुहल्ले की स्त्रियां उन्हें समझाती थीं। अन्य मित्रगण आंखों पर रुमाल जमाए हुए थे। जवानी की मौत संसार का सबसे करुण, सबसे अस्वाभाविक और भयंकर दृश्य है। यह वज्राघात है, विधाता की निर्दय लीला है। प्रभुदास का सारा शरीर प्राणहीन हो गया था, पर आंखें जीवित थीं। वे अब भी उसी संदूक की ओर

लगी हुई थीं। जीवन ने तृष्णा का रूप धारण कर लिया था। सांस निकलती है, पर आस नहीं निकलती।

इतने में मगन सिंह आकर खड़ा हो गया। प्रभुदास की निगाह उस पर पड़ी। ऐसा जान पड़ा मानो उनके शरीर में फिर रक्त का संचार हुआ। अंगों में स्फूर्ति के चिह्न दिखाई दिए। इशारे से अपने मुंह के निकट बुलाया, उसके कान में कुछ कहा, एक बार लोहे के संदूक की ओर इशारा किया और उनकी आंखें उलट गईं—प्राण निकल गए।

7

ज्वालामुखी

वहां मैंने जो घोर, वीभत्स और हृदयविदारक दृश्य देखे, उसका स्मरण करके आज भी रोंगटे खड़े हो जाते हैं। इटली के अमर कवि 'डैंटी' ने नरक का जो दृश्य दिखाया है, उससे कहीं भयावह, रोमांचकारी तथा नारकीय दृश्य मेरी आंखों के सामने उपस्थित था; सैकड़ों विचित्र देहधारी नाना प्रकार की अशुद्धियों में लिपटे हुए, भूमि पर पड़े कराह रहे थे। उनके शरीर मनुष्यों के से थे, लेकिन चेहरों का रूपांतर हो गया था। कोई कुत्ते से मिलता था, कोई गीदड़ से, कोई बनबिलाव से, कोई सांप से। एक स्थान पर एक मोटा, स्थूल मनुष्य एक दुर्बल, शक्तिहीन मनुष्य के गले में मुंह लगाए उसका रक्त चूस रहा था। एक ओर दो गिद्ध की सूरतवाले मनुष्य एक सड़ी हुई लाश पर बैठे उसका मांस नोच रहे थे।

डिग्री लेने के बाद मैं नित्य लाइब्रेरी जाया करता, लेकिन पत्रों या किताबों का अवलोकन करने के लिए नहीं। किताबों को तो मैंने न छूने की कसम खा ली थी। जिस दिन गजट में अपना नाम देखा, उसी दिन मिल और कैंट को उठाकर ताक पर रख दिया।

मैं केवल अंग्रेजी पत्रों के 'वांटेड' कॉलमों को देखा करता। जीवन-यात्रा की फिक्र सवार थी। मेरे दादा या परदादा ने किसी अंग्रेज को

गदर के दिनों में बचाया होता अथवा किसी इलाके का जमींदार होता, तो कहीं 'नॉमिनेशन' के लिए उद्योग करता, पर मेरे पास कोई सिफारिश न थी। शोक! कुत्ते, बिल्लियों और मोटरों की मांग सबको थी, पर बी.ए. पास का कोई पुरसहाल न था। महीनों इसी तरह दौड़ते गुजर गए, पर अपनी रुचि के अनुसार कोई जगह नजर न आई। मुझे अक्सर अपने बी.ए. होने पर क्रोध आता था। ड्राइवर, फायरमैन, मिस्त्री, खानसामा या बावर्ची होता, तो मुझे इतने दिनों बेकार न बैठना पड़ता।

एक दिन मैं चारपाई पर लेटा हुआ एक पत्र पढ़ रहा था कि मुझे एक मांग अपनी इच्छा के अनुसार दिखाई दी। किसी रईस को एक ऐसे प्राइवेट सेक्रेटरी की जरूरत थी, जो विद्वान, रसिक, सहृदय और रूपवान हो। वेतन एक हजार मासिक! मैं उछल पड़ा। कहीं मेरा भाग्य उदय हो जाता और यह पद मुझे मिल जाता, तो जिंदगी चैन से कट जाती। उसी दिन मैंने अपना विनय-पत्र अपने फोटो के साथ रवाना कर दिया, पर अपने आत्मीय गणों में किसी से इसका जिक्र न किया कि कहीं लोग मेरी हंसी न उड़ाएं। मेरे लिए 30 रुपये मासिक भी बहुत थे। एक हजार कौन देगा? पर दिल से यह ख्याल दूर न होता! बैठे-बैठे शेखचिल्ली के मंसूबे बांधा करता, फिर होश में आकर अपने को समझाता कि मुझमें ऐसे ऊंचे पद के लिए कौन-सी योग्यता है। मैं अभी कॉलेज से निकला हुआ पुस्तकों का पुतला हूं। दुनिया से बेखबर! उस पद के लिए एक-से-एक विद्वान, अनुभवी पुरुष मुंह फैलाए बैठे होंगे। मेरे लिए कोई आशा नहीं। मैं रूपवान सही, सजीला सही, मगर ऐसे पदों के लिए केवल रूपवान होना काफी नहीं होता। विज्ञापन में इसकी चर्चा करने से केवल इतना अभिप्राय होगा कि कुरूप आदमी की जरूरत नहीं। यह उचित भी है, बल्कि बहुत सजीलापन तो ऊंचे पदों के लिए कुछ शोभा नहीं देता मध्यम श्रेणी, तोंद भरा हुआ शरीर, फूले हुए गाल और गौरवयुक्त वाक्य-शैली यह उच्च पदाधिकारियों के लक्षण हैं और मुझे इनमें से एक भी मयस्सर नहीं। इसी आशा और भय में एक सप्ताह गुजर गया और अब निराश हो गया। मैं भी कैसा ओछा हूं कि एक बेसिर-पैर की बात के पीछे ऐसा फूल उठा, इसी को लड़कपन कहते हैं। जहां तक मेरा ख्याल है, किसी दिल्लगीबाज ने आजकल के शिक्षित समाज की मूर्खता की परीक्षा करने के लिए यह स्वांग रचा है। मुझे इतना भी न सूझा, मगर आठवें दिन प्रातःकाल तार के चपरासी ने मुझे आवाज दी। मेरे हृदय में गुदगुदी-सी होने लगी। लपका हुआ आया। तार खोलकर देखा, लिखा था—'स्वीकार है, शीघ्र आओ—ऐशगढ़।'

मगर यह सुख-संवाद पाकर मुझे वह आनंद न हुआ, जिसकी आशा थी। मैं कुछ देर तक खड़ा सोचता रहा, किसी तरह विश्वास न आता था। जरूर किसी दिल्लगीबाज की शरारत है, मगर कोई मुजायका नहीं, मुझे भी इसका मुंहतोड़

जवाब देना चाहिए। तार दे दूं कि एक महीने की तनख्वाह भेज दो। आप ही सारी कलई खुल जाएगी, मगर फिर विचार किया, कहीं वास्तव में नसीब जगा हो, तो इस उद्दंडता से बना-बनाया खेल बिगड़ जाएगा—चलो, दिल्लगी ही सही। जीवन में यह घटना भी स्मरणीय रहेगी। तिलस्म को खोल ही डालूं। यह निश्चय करके तार द्वारा अपने आने की सूचना दे दी और सीधे रेलवे स्टेशन पर पहुंचा। पूछने पर मालूम हुआ कि यह स्थान दक्खिन की ओर है। टाइमटेबल में उसका वृत्तांत विस्तार के साथ लिखा था। स्थान अति रमणीय है, पर जलवायु स्वास्थ्यकर नहीं। हां, हृष्ट-पुष्ट नवयुवकों पर उसका असर शीघ्र नहीं होता। दृश्य बहुत मनोरम है, पर जहरीले जानवर बहुत मिलते हैं। यथासाध्य अंधेरी घाटियों में न जाना चाहिए। यह वृत्तांत पढ़कर उत्सुकता और भी बढ़ी—जहरीले जानवर हैं तो हुआ करें। कहां नहीं हैं। मैं अंधेरी घाटियों के पास भूलकर भी न जाऊंगा। आकर सफर का सामान ठीक किया और ईश्वर का नाम लेकर नियत समय पर स्टेशन की तरफ चला, पर अपने आलापी मित्रों से इसका कुछ जिक्र न किया, क्योंकि मुझे पूरा विश्वास था कि दो-चार दिन में ही फिर अपना-सा मुंह लेकर लौटना पड़ेगा।

2

गाड़ी पर बैठा तो शाम हो गई थी। कुछ देर तक सिगार और पत्रों से दिल बहलाता रहा, फिर मालूम नहीं कि कब नींद आ गई। आंखें खुलीं और खिड़की से बाहर की तरफ झांका तो उषाकाल का मनोहर दृश्य दिखाई दिया। दोनों ओर हरे वृक्षों से ढकी हुई पर्वत-श्रेणियां, उन पर चरती हुई उजली-उजली गाएं और भेड़ें सूर्य की सुनहरी किरणों में रंगी हुई बहुत सुंदर मालूम होती थीं। जी चाहता था कि कहीं मेरी कुटिया भी इन्हीं सुखद पहाड़ियों में होती—जंगलों के फल खाता, झरनों का ताजा पानी पीता और आनंद के गीत गाता।

एकाएक दृश्य बदला—कहीं उजले-उजले पक्षी तैरते थे और कहीं छोटी-छोटी डोंगियां निर्बल आत्माओं के सदृश्य डगमगाती हुई चली जाती थीं। यह दृश्य भी बदला—पहाड़ियों के दामन में एक गांव नजर आया, झाड़ियों और वृक्षों से ढका हुआ मानो शांति और संतोष ने यहां अपना निवास-स्थान बनाया हो। कहीं बच्चे खेलते थे, कहीं गाय के बछड़े किलोले करते थे, फिर एक घना जंगल मिला। झुंड-के-झुंड हिरन दिखाई दिए, जो गाड़ी की हाहाकार सुनते ही चौकड़ियां भरते दूर भाग जाते थे। यह सब दृश्य स्वप्न के चित्रों के समान आंखों के सामने आते थे और एक क्षण में गायब हो जाते थे। उनमें एक अवर्णनीय शांतिदायिनी शोभा थी, जिससे हृदय में आकांक्षाओं के आवेग उठने लगते थे।

आखिर ऐशगढ़ निकट आया। मैंने बिस्तर संभाला। जरा देर में सिगनल दिखाई दिया। मेरी छाती धड़कने लगी। गाड़ी रुकी। मैंने उतरकर इधर-उधर देखा, कुलियों को पुकारने लगा कि इतने में दो वरदी पहने हुए आदमियों ने आकर मुझे सादर सलाम किया और पूछा-"आप...से आ रहे हैं न, चलिए मोटर तैयार है।"

मेरी बांछें खिल गईं। अब तक कभी मोटर पर बैठने का सौभाग्य न हुआ था। शान के साथ जा बैठा। मन में बहुत लज्जित था कि ऐसे फटे हाल क्यों आया? अगर जानता कि सचमुच सौभाग्य-सूर्य चमका है, तो ठाठ-बाट से आता। खैर, मोटर चली, दोनों तरफ मौलसरी के सघन वृक्ष थे। सड़क पर लाल वजरी बिछी हुई थी। सड़क हरे-भरे मैदान में किसी सुरम्य जलधार के सदृश बल खाती चली गई थी। दस मिनट भी न गुजरे होंगे कि सामने एक शांतिमय सागर दिखाई दिया। सागर के उस पार पहाड़ी पर एक विशाल भवन बना हुआ था। भवन अभिमान से सिर उठाए हुए था, सागर संतोष से नीचे लेटा हुआ-सारा दृश्य काव्य, शृंगार और अमोद से भरा हुआ था। हम सदर दरवाजे पर पहुंचे, कई आदमियों ने दौड़कर मेरा स्वागत किया। इनमें एक शौकीन मुंशीजी थे, जो बाल संवारे आंखों में सुर्मा लगाए हुए थे। मेरे लिए जो कमरा सजाया गया था, उसके द्वार पर मुझे पहुंचाकर बोले-"सरकार ने फरमाया है, इस समय आप आराम करें, संध्या समय मुलाकात कीजिएगा।"

मुझे अब तक इसकी कुछ खबर न थी कि यह 'सरकार' कौन है, न मुझे किसी से पूछने का साहस हुआ, क्योंकि मैं अपने स्वामी के नाम तक से अनभिज्ञ होने का परिचय नहीं देना चाहता था, मगर इसमें कोई संदेह नहीं कि मेरा स्वामी बड़ा सज्जन मनुष्य था। मुझे इतने आदर-सत्कार की कदापि आशा न थी। अपने सुसज्जित कमरे में जाकर जब मैं एक आरामकुर्सी पर बैठा, तो हर्ष से विह्वल हो गया। पहाड़ियों की तरफ से शीतल वायु के मंद-मंद झोंके आ रहे थे। सामने छज्जा था। नीचे झील थी। सांप के केंचुल के सदृश प्रकाश से पूर्ण और मैं, जिसे भाग्य देवी ने सदैव अपना सौतेला लड़का समझा था, इस समय जीवन में पहली बार निर्विघ्न आनंद का सुख उठा रहा था।

तीसरे पहर शौकीन मुंशीजी ने आकर इत्तिला दी कि सरकार ने याद किया है। मैंने इस बीच बाल बना लिए थे-तुरंत अपना सर्वोत्तम सूट पहना और मुंशीजी के साथ सरकार की सेवा में चला। इस समय मेरे मन में यह शंका उठ रही थी कि मेरी बातचीत से स्वामी असंतुष्ट न हो जाएं और उन्होंने मेरे विषय में जो विचार स्थिर किया हो, उसमें कोई अंतर न पड़ जाए, तथापि मैं अपनी योग्यता का परिचय देने के लिए खूब तैयार था। हम कई बरामदों से होते हुए अंत में

सरकार के कमरे के दरवाजे पर पहुंचे। रेशमी परदा पड़ा हुआ था। मुंशीजी ने परदा उठाकर मुझे इशारे से बुलाया। मैंने कांपते हुए हृदय से कमरे में कदम रखा और आश्चर्य से चकित रह गया! मेरे सामने सौंदर्य की एक ज्वाला दीप्तिमान थी।

फूल भी सुंदर है और दीपक भी सुंदर है। फूल में ठंडक और सुगंधि है, दीपक में प्रकाश और उद्दीपन। फूल पर भ्रमर उड़-उड़कर उसका रस लेता है, दीपक में पतंग जलकर राख हो जाता है। मेरे सामने कारचोबी मनसद पर जो सुंदरी विराजमान थी, वह सौंदर्य की एक प्रकाशमय ज्वाला थी। फूल की पंखुड़ियां हो सकती हैं–ज्वाला को विभक्त करना असंभव है। उसके एक-एक अंग की प्रशंसा करना ज्वाला को काटना है। वह नख-शिख एक ज्वाला थी, वही दीपक, वही चमक, वही लालिमा, वही प्रभा, कोई चित्रकार सौंदर्य प्रतिमा का इससे अच्छा चित्र नहीं खींच सकता था।

रमणी ने मेरी तरफ वात्सल्यमय दृष्टि से देखकर कहा–"आपको सफर में कोई विशेष कष्ट तो नहीं हुआ?"

मैंने संभलकर उत्तर दिया–"जी नहीं, कोई कष्ट नहीं हुआ।"

रमणी–यह स्थान पसंद आया?

मैंने साहसपूर्ण उत्साह के साथ जवाब दिया–"ऐसा सुंदर स्थान पृथ्वी पर न होगा। हां, गाइड-बुक देखने से विदित हुआ कि यहां की जलवायु जैसी सुखद प्रतीत होती है, यथार्थ में वैसी नहीं, विषैले पशुओं की भी शिकायत है।"

यह सुनते ही रमणी का मुख-सूर्य कांतिहीन हो गया। मैंने तो चर्चा इसलिए कर दी थी, जिससे प्रकट हो जाए कि यहां आने में मुझे भी कुछ त्याग करना पड़ा है। मुझे ऐसा मालूम हुआ कि इस चर्चा से उसे कोई विशेष दुःख हुआ, पर क्षण-भर में सूर्य-मंडल से बाहर निकल आया, बोली–"यह स्थान अपनी रमणीयता के कारण बहुधा लोगों की आंखों में खटकता है। गुण का निरादर करनेवाले सभी जगह होते हैं और यदि जलवायु कुछ हानिकर हो भी, तो आप जैसे बलवान मनुष्य को इसकी क्या चिंता हो सकती है। रहे विषैले जीव-जंतु, वह अपने नेत्रों के सामने विचर रहे हैं। अगर मोर, हिरन और हंस विषैले जीव हैं, जो निःस्संदेह यहां विषैले जीव बहुत हैं।"

मुझे संशय हुआ कहीं मेरे कथन से उसका चित्त खिन्न न हो गया हो, अतः मैं गर्व से बोला–"इन गाइड-बुकों पर विश्वास करना सर्वथा भूल है।"

इस वाक्य से सुंदरी का हृदय खिल गया, बोली–"आप स्पष्टवादी मालूम होते हैं और यह मनुष्य का एक उच्च गुण है। मैं आपका चित्र देखते ही इतना समझ गई थी। आपको यह सुनकर आश्चर्य होगा कि इस पद के लिए मेरे पास एक

लाख से अधिक प्रार्थना-पत्र आए थे। कितने एम.ए. थे, कोई डी.एस-सी. था, कोई जर्मनी से पी-एच.डी. उपाधि किए हुए था मानो यहां मुझे किसी दार्शनिक विषय की जांच करवानी थी। मुझे अबकी बार ही यह अनुभव हुआ कि देश में उच्च शिक्षित मनुष्यों की इतनी भरमार है। कई महाशयों ने स्वरचित ग्रंथों की नामावली लिखी थी मानो देश में लेखकों और पंडितों ही की आवश्कता है। उन्हें कालगति का लेश-मात्र भी परिचय नहीं है। प्राचीन धर्म-कथाएं अब केवल अंधभक्तों के रसास्वादन के लिए ही हैं, उनसे और कोई लाभ नहीं है। यह भौतिक उन्नति का समय है। आजकल लोग भौतिक सुख पर अपने प्राण अर्पण कर देते हैं। कितने ही लोगों ने अपने चित्र भी भेजे थे। कैसी-कैसी विचित्र मूर्तियां थीं, जिन्हें देखकर घंटों हंसिए। मैंने उन सभी को एक अलबम में लगा लिया है और अवकाश मिलने पर जब हंसने की इच्छा होती है, तो उन्हें देखा करती हूं। मैं उस विद्या को रोग समझती हूं, जो मनुष्य को बनमानुष बना दे। आपका चित्र देखते ही आंखें मुग्ध हो गईं। तत्क्षण आपको बुलाने को तार दे दिया।"

मालूम नहीं क्यों, अपने गुण-स्वभाव की प्रशंसा की अपेक्षा हम अपने बाह्य गुणों की प्रशंसा से अधिक संतुष्ट होते हैं और एक सुंदरी के मुख से तो वह चलते हुए जादू के समान है, बोला–"यथासाध्य आपको मुझसे असंतुष्ट होने का अवसर न मिलेगा।"

सुंदरी ने मेरी ओर प्रशंसापूर्ण नेत्रों से देखकर कहा–"इसका मुझे पहले ही से विश्वास है। आइए, अब कुछ काम की बातें हो जाएं। इस घर को आप अपना ही समझिए और संकोच छोड़कर आनंद से रहिए। मेरे भक्तों की संख्या बहुत है। वह संसार के प्रत्येक भाग में उपस्थित हैं और बहुधा मुझसे अनेक प्रकार की जिज्ञासा किया करते हैं। उन सबकों मैं आपके सुपुर्द करती हूं। आपको उनमें भिन्न-भिन्न स्वभाव के मनुष्य मिलेंगे। कोई मुझसे सहायता मांगता है, कोई मेरी निंदा करता है, कोई सराहता है, कोई गालियां देता है। इन सब प्राणियों को संतुष्ट करना आपका काम है। देखिए, यह आज के पत्रों का ढेर है। एक महाशय कहते हैं–'बहुत दिन हुए आपकी प्रेरणा से मैं अपने बड़े भाई की मृत्यु के बाद उनकी संपत्ति का अधिकारी बन बैठा था। अब उनका पुत्र वयस प्राप्त कर चुका है और मुझसे अपने पिता की जायदाद लौटाना चाहता है। इतने दिनों तक उस संपत्ति का उपभोग करने के पश्चात् अब उसका हाथ से निकलना अखर रहा है, आपकी इस विषय में क्या सहमति है?' इनको उत्तर दीजिए कि इस समय कूटनीति से काम लो, अपने भतीजे को कपट प्रेम से मिला लो और जब वह नि:शंक हो जाए तो उससे एक सादे स्टाम्प पर हस्ताक्षर करा लो। इसके पीछे पटवारी और अन्य

कर्मचारियों की मदद से इसी स्टाम्प पर जायदाद का बैनामा लिखा लो। यदि एक लगाकर दो मिलते हों, तो आगा-पीछा मत करो।"

यह उत्तर सुनकर मुझे बड़ा कौतूहल हुआ। नीति-ज्ञान को धक्का-सा लगा। सोचने लगा, यह रमणी कौन है और क्यों ऐसे अनर्थ का परामर्श देती है। ऐसे खुल्लमखुल्ला तो कोई वकील भी किसी को यह राय न देगा।

मैं उसकी ओर संदेहात्मक भाव से देखकर बोला–"यह तो सर्वथा न्यायविरुद्ध प्रतीत होता है।"

कामिनी खिलखिलाकर हंस पड़ी और बोली–"न्याय की आपने भली कही। यह केवल धर्मांध मनुष्यों के मन का समझौता है, संसार में इसका अस्तित्व नहीं। बाप ऋण लेकर मर जाए, लड़का कौड़ी-कौड़ी भरे। विद्वान लोग इसे न्याय कहते हैं, मैं इसे घोर अत्याचार समझती हूं। इस न्याय के परदे में गांठ के पूरे महाजन की हेकड़ी साफ झलक रही है। एक डाकू किसी भद्र पुरुष के घर में डाका मारता है, लोग उसे पकड़कर कैद कर देते हैं, धर्मात्मा लोग इसे भी न्याय कहते हैं, किंतु यहां भी वही धन और अधिकार की प्रचंडता है। भद्र पुरुष ने कितने ही घरों को लूटा, कितनों ही का गला दबाया और इस प्रकार धन-संचय किया। किसी को भी उन्हें आंख दिखाने का साहस न हुआ। डाकू ने जब उनका गला दबाया, तो वह अपने धन और प्रभुत्व के बल से उस पर वज्रप्रहार कर बैठे। इसे न्याय नहीं कहते। संसार में धन, छल, कपट और धूर्तता का राज्य है–यही जीवन-संग्राम है। यहां प्रत्येक साधन, जिससे हमारा काम निकले, जिससे हम अपने शत्रुओं पर विजय पा सकें, न्यायानुकूल और उचित है। धर्म-युद्ध के दिन अब नहीं रहे। यह देखिए, यह एक दूसरे सज्जन का पत्र है। वह कहते हैं–'मैंने प्रथम श्रेणी में एम. ए. पास किया, प्रथम श्रेणी में कानून की परीक्षा पास की, पर अब कोई मेरी बात भी नहीं पूछता। अब तक यह आशा थी कि योग्यता और परिश्रम का अवश्य ही कुछ फल मिलेगा, पर तीन साल के अनुभव से ज्ञात हुआ कि यह केवल धार्मिक नियम है। तीन साल में घर की पूंजी खा चुका, अब विवश होकर आपकी शरण लेता हूं। मुझ हतभाग्य मनुष्य पर दया कीजिए और मेरा बेड़ा पार लगाइए।' इनको उत्तर दीजिए कि जाली दस्तावेज बनाइए और झूठे दावे चलाकर उनकी डिगरी करा लीजिए। थोड़े ही दिनों में आपका क्लेश निवारण हो जाएगा। यह देखिए, एक सज्जन और कहते हैं–'लड़की सयानी हो गई है, जहां जाता हूं, लोग दहेज की गठरी मांगते हैं, यहां पेट की रोटियों का ठिकाना नहीं, किसी तरह भलमनसी निभा रहा हूं। चारों ओर निंदा हो रही है, जो आज्ञा हो, उसका पालन करूं।' इन्हें लिखिए, कन्या का विवाह किसी बुड्ढे खुर्राट सेठ से कर दीजिए। वह दहेज लेने

की जगह कुछ उल्टे और दे जाएगा। अब आप समझ गए होंगे कि ऐसे जिज्ञासुओं को किस ढंग से उत्तर देने की आवश्यकता है। उत्तर संक्षिप्त होना चाहिए, बहुत टीका-टिप्पणी व्यर्थ होती है। अभी कुछ दिनों तक आपको यह काम कठिन जान पड़ेगा; पर आप चतुर मनुष्य हैं, शीघ्र आपको इस काम का अभ्यास हो जाएगा, तब आपको मालूम होगा कि इससे सहज और कोई उपाय नहीं है। आपके द्वारा सैकड़ों दारुण दु:ख भोगने वालों का कल्याण होगा और वह आजन्म आपका यश गाएंगे।"

मुझे यहां रहते एक महीने से अधिक हो गया, पर अब तक मुझ पर यह रहस्य न खुला कि यह सुंदरी कौन है? मैं किसका सेवक हूं? इसके पास इतना अतुल धन, ऐसी-ऐसी विलास की सामग्रियां कहां से आती हैं? जिधर देखता था, ऐश्वर्य ही का आडंबर दिखाई देता था। मेरे आश्चर्य की सीमा न थी मानो किसी तिलिस्म में फंसा हूं। इन जिज्ञासाओं का इस रमणी से क्या संबंध है, यह भेद भी न खुलता था। मैं नित्य उससे साक्षात् होता था, उसके सम्मुख आते ही मैं अचेत-सा हो जाता था। उसकी चितवनों में एक आकर्षण था, जो मेरे प्राणों को खींच लिया करता था। मैं वाक्-शून्य हो जाता, केवल छिपी हुई आंखों से उसे देखा करता था, पर मुझे उसकी मृदुल मुस्कान और रसमयी आलोचनाओं तथा मधुर, काव्यमय भावों में प्रेमानंद की जगह एक प्रबल मानसिक अशांति का अनुभव होता था। उसकी चितवनें केवल हृदय को बाणों के समान छेदती थीं, उसके कटाक्ष चित्त को व्यग्र करते थे। शिकारी अपने शिकार को खिलाने में जो आनंद पाता है, वही उस परम सुंदरी को मेरी प्रेमातुरता में प्राप्त होता था। वह एक सौंदर्य ज्वाला थी, जलाने के सिवाय और क्या कर सकती है? तिस पर मैं पतंग की भांति उस ज्वाला पर अपने को समर्पण करना चाहता था। यही आकांक्षा होती कि उन पद-कमलों पर सिर रखकर प्राण दे दूं। यह केवल उपासक की भक्ति थी, काम और वासनाओं से शून्य। कभी-कभी वह संध्या के समय अपने मोटरबोट पर बैठकर सागर की सैर करती तो ऐसा जान पड़ता मानो चंद्रमा आकाश-लालिमा में तैर रहा है। मुझे इस दृश्य में सुख प्राप्त होता था।

मुझे अब अपने नियत कार्यों में खूब अभ्यास हो गया था। मेरे पास प्रतिदिन पत्रों का पोथा पहुंच जाता था। मालूम नहीं, किस डाक से आता था। लिफाफों पर कोई मोहर न होती थी। मुझे इन जिज्ञासुओं में बहुधा वह लोग मिलते थे, जिनका मेरी दृष्टि में बड़ा आदर था; कितने ही ऐसे महात्मा थे, जिनमें मुझे श्रद्धा थी। बड़े-बड़े विद्वान लेखक और अध्यापक, बड़े-बड़े ऐश्वर्यवान रईस, यहां तक कि कितने ही धर्म के आचार्य नित्य अपनी रामकहानी सुनाते थे। उनकी दशा अत्यंत करुणाजनक थी। वह सबके-सब मुझे रंगे हुए सियार दिखाई देते थे। जिन लेखकों

को मैं अपनी भाषा का स्तंभ समझता था, उनसे घृणा होने लगी। वह केवल उचक्के थे, जिनकी सारी कीर्ति चोरी, अनुवाद और कतर-ब्यौंत पर निर्भर थी। जिन धर्म के आचार्यों को मैं पूज्य समझता था, वह स्वार्थ, तृष्णा और घोर नीचता के दल-दल में फंसे हुए दिखाई देते थे। मुझे धीरे-धीरे यह अनुभव हो रहा था कि संसार की उत्पत्ति से अब तक लाखों शताब्दियां बीत जाने पर भी मनुष्य वैसा ही क्रूर, वैसा ही वासनाओं का गुलाम बना हुआ है, बल्कि उस समय के लोग सरल प्रकृति के कारण इतने कुटिल, दुराग्रहों में इतने चालाक न होते थे। एक दिन संध्या समय उस रमणी ने मुझे बुलाया। मैं अपने घमंड में यह समझता था कि मेरे बांकपन का कुछ-न-कुछ असर उस पर भी होता है। अपना सर्वोत्तम सूट पहना, बाल संवारे और विरक्त भाव से मैं जाकर बैठ गया। यदि वह मुझे अपना शिकार बनाकर खेलती थी, तो मैं भी शिकार बनकर उसे खिलाना चाहता था। ज्यों ही मैं पहुंचा, उस लावण्यमयी ने मुस्कराकर मेरा स्वागत किया, पर मुख-चंद्र कुछ मलिन था।

मैंने अधीर होकर पूछा–"सरकार का जी तो अच्छा है?"

उसने निराश भाव से उत्तर दिया–"जी हां, एक महीने से एक कठिन रोग में फंस गई हूं। अब तक किसी भांति अपने को संभाल सकी हूं, पर अब रोग असाध्य होता जाता है। उसकी औषधि निर्दय मनुष्य के पास है। वह मुझे प्रतिदिन तड़पते देखता है, पर उसका पाषाण हृदय जरा भी नहीं पसीजता।।"

मैं इशारा समझ गया। सारे शरीर में एक बिजली-सी दौड़ गई। सांस बड़े वेग से चलने लगी–उन्मत्तता का अनुभव होने लगा। निर्भय होकर बोला–"संभव है, जिसे आपने निर्दय समझ रखा हो, वह भी आपको ऐसा ही समझता हो और भय से मुंह खोलने का साहस न कर सकता हो।"

सुंदरी ने कहा–"तो कोई ऐसा उपाय बताइए, जिससे दोनों ओर की आग बुझे। प्रियतम! अब मैं अपने हृदय की दहकती हुई विरहाग्नि को नहीं छिपा सकती। मेरा सर्वस्व आपको भेंट है। मेरे पास वह खजाने हैं, जो कभी खाली न होंगे, मेरे पास वह साधन हैं, जो आपको कीर्ति के शिखर पर पहुंचा देंगे। मैं समस्त संसार को आपके पैरों पर झुका सकती हूं। बड़े-बड़े सम्राट भी मेरी आज्ञा को नहीं टाल सकते। मेरे पास वह मंत्र है, जिससे मैं मनुष्य के मनोवेगों को क्षण-मात्र में पलट सकती हूं। आइए, मेरे हृदय से लिपटकर इस दाह-क्रांति को शांत कीजिए।"

रमणी के चेहरे पर जलती हुई आग की-सी कांति थी। वह दोनों हाथ फैलाए कामोन्मत्त होकर मेरी ओर बढ़ी। उसकी आंखों से आग की चिनगारियां निकल रही थीं, परंतु जिस प्रकार अग्नि से पारा दूर भागता है, उसी प्रकार मैं भी उसके सामने से एक कदम पीछे हट गया। उसकी प्रेमातुरता से मैं भयभीत हो गया, जैसे

कोई निर्धन मनुष्य किसी के हाथों से सोने की ईंट लेते हुए भयभीत हो जाए। मेरा चित्त एक अज्ञात आशंका से कांप उठा।

रमणी ने मेरी ओर अग्निमय नेत्रों से देखा मानो किसी सिंहनी के मुंह से उसका आहार छिन जाए और सरोष होकर बोली–"यह भीरुता क्यों?"

मैं–मैं आपका तुच्छ सेवक हूं, इस महान आदर का पात्र नहीं।

रमणी–आप मुझसे घृणा करते हैं?

मैं–यह आपका मेरे साथ अन्याय है। मैं इस योग्य भी तो नहीं कि आपके तलुओं को आंखों से लगाऊं। आप दीपक हैं, मैं पतंग हूं, मेरे लिए इतना ही बहुत है।

रमणी नैराश्यपूर्ण क्रोध के साथ बैठ गई और बोली–"वास्तव में आप निर्दयी हैं, मैं ऐसा न समझती थी। आपमें अभी तक अपनी शिक्षा के कुसंस्कार लिपटे हुए हैं, पुस्तकों और सदाचार की बेड़ी आपके पैरों से नहीं निकली।"

मैं शीघ्र ही अपने कमरे में चला आया और चित्त के स्थिर होने पर जब मैं इस घटना पर विचार करने लगा, तो मुझे ऐसा मालूम हुआ कि अग्निकुंड में गिरते-गिरते बचा। कोई गुप्त शक्ति मेरी सहायक हो गई। यह गुप्त शक्ति क्या थी?

मैं जिस कमरे में ठहरा हुआ था, उसके सामने झील के दूसरी तरफ छोटा-सा झोंपड़ा था। उसमें एक वृद्ध पुरुष रहा करते थे। उनकी कमर तो झुक गई थी; पर चेहरा तेजमय था। वह कभी-कभी इस महल में आया करते थे। रमणी न जाने क्यों उनसे घृणा करती थी, मन में उनसे डरती थी। उन्हें देखते ही घबरा जाती मानो किसी असमंजस में पड़ी हुई है। उसका मुख फीका पड़ जाता, जाकर अपने किसी गुप्त स्थान में मुंह छिपा लेती। मुझे उसकी यह दशा देखकर कौतूहल होता था। कई बार उसने मुझसे भी उनकी चर्चा की थी, पर अत्यंत अपमान के भाव से। वह मुझे उनसे दूर-दूर रहने का उपदेश दिया करती थी। यदि कभी मुझे उनसे बातें करते देख लेती, तो उसके माथे पर बल पड़ जाते थे, फिर कई दिनों तक मुझसे खुलकर न बोलती थी।

उस रात मुझे देर तक नींद नहीं आई। उधेड़-बुन में पड़ा हुआ था। कभी जी चाहता, आओ आंख बंद करके प्रेम-रस का पान करें, संसार के पदार्थों का सुख भोगें, जो कुछ होगा, देखा जाएगा। जीवन में ऐसे दिव्य अवसर कहां मिलते हैं? फिर आप-ही-आप मन खिंच जाता था, घृणा उत्पन्न हो जाती थी।

रात के दस बजे होंगे कि हठात् मेरे कमरे का द्वार आप-ही-आप खुल गया और वही तेजस्वी पुरुष अंदर आए।

यद्यपि मैं अपनी स्वामिनी के भय से उनसे बहुत कम मिलता था, पर उनके मुख पर ऐसी शांति थी और उनके भाव ऐसे पवित्र तथा कोमल थे कि हृदय में

उनके सत्संग की उत्कंठा होती थी। मैंने उनका स्वागत किया और लाकर एक कुर्सी पर बैठा दिया। उन्होंने मेरी ओर दयापूर्ण भाव से देखकर कहा–"मेरे आने से तुम्हें कष्ट तो नहीं हुआ?"

मैंने सिर झुकाकर उत्तर दिया–"आप जैसे महात्माओं के दर्शन होना मेरे सौभाग्य की बात है।"

महात्माजी निश्चिंत होकर बोले–"अच्छा, तो सुनो और सचेत हो जाओ, मैं तुम्हें यह चेतावनी देने के लिए आया हूं। तुम्हारे ऊपर एक घोर विपत्ति आने वाली है। तुम्हारे लिए इस समय इसके सिवाय और कोई उपाय नहीं है कि यहां से चले जाओ। यदि मेरी बात न मानोगे तो जीवनपर्यंत कष्ट भोगोगे और इस मयाजाल से कभी मुक्त न हो सकोगे। मेरा झोंपड़ा तुम्हारे समाने था, मैं भी कभी-कभी यहां आया करता था, पर तुमने मुझसे मिलने की आवश्यकता न समझी। यदि पहले ही दिन तुम मुझसे मिलते, तो सहस्रों मनुष्यों का सर्वनाश करने के अपराध से बच जाते। नि:स्संदेह तुम्हारे कर्मों का फल है, जिसने आज तुम्हारी रक्षा की। अगर यह पिशाचिनी एक बार तुमसे प्रेमालिंगन कर लेती, तो फिर तुम कहीं के नहीं रहते। तुम उसी दम उसके अजायबखाने में भेज दिए जाते। वह जिस पर रीझती है, उसकी यही गत बनाती है। यही उसका प्रेम है। चलो, इस अजायबघर की सैर करो, तब तुम समझोगे कि आज किस आफत से बचे।"

यह कहकर महात्माजी ने दीवार में एक बटन दबाया, तुरंत एक दरवाजा निकल आया। यह नीचे उतरने की सीढ़ी थी। महात्मा उसमें घुसे और मुझे भी बुलाया। घोर अंधकार में कई कदम उतरने के बाद एक बड़ा कमरा नजर आया। उसमें एक दीपक टिमटिमा रहा था।

वहां मैंने जो घोर, वीभत्स और हृदयविदारक दृश्य देखे, उसका स्मरण करके आज भी रोंगटे खड़े हो जाते हैं। इटली के अमर कवि 'डैंटी' ने नरक का जो दृश्य दिखाया है, उससे कहीं भयावह, रोमांचकारी तथा नारकीय दृश्य मेरी आंखों के सामने उपस्थित था; सैकड़ों विचित्र देहधारी नाना प्रकार की अशुद्धियों में लिपटे हुए, भूमि पर पड़े कराह रहे थे। उनके शरीर मनुष्यों के से थे, लेकिन चेहरों का रूपांतर हो गया था। कोई कुत्ते से मिलता था, कोई गीदड़ से, कोई बनबिलाव से, कोई सांप से। एक स्थान पर एक मोटा, स्थूल मनुष्य एक दुर्बल, शक्तिहीन मनुष्य के गले में मुंह लगाए उसका रक्त चूस रहा था। एक ओर दो गिद्ध की सूरतवाले मनुष्य एक सड़ी हुई लाश पर बैठे उसका मांस नोच रहे थे। एक जगह एक अजगर की सूरत का मनुष्य एक बालक को निगलना चाहता था, पर बालक उसके गले में लटका हुआ था। दोनों ही जमीन पर पड़े छटपटा रहे

थे। एक जगह मैंने अत्यंत पैशाचिक घटना देखी। दो नागिन की सूरत वाली स्त्रियां एक भेड़िए की सूरतवाले मनुष्य के गले में लिपटी हुई उसे काट रही थीं। वह मनुष्य घोर वेदना से चिल्ला रहा था। मुझसे अब और न देखा गया। मैं तुरंत वहां से भागा और गिरता-पड़ता अपने कमरे में आकर दम लिया।

महात्माजी भी मेरे साथ चले आए। जब मेरा चित्त शांत हुआ तो उन्होंने कहा—"तुम इतनी जल्दी घबरा गए, अभी तो इस रहस्य का एक भाग भी नहीं देखा। यह तुम्हारी स्वामिनी के बिहार का स्थान है और यही उसके पालतू जीव हैं। इन जीवों के पिशाचाभिनय देखने में उसका विशेष मनोरंजन होता है। यह सभी मनुष्य किसी समय तुम्हारे ही समान प्रेम और प्रमोद के पात्र थे, पर उनकी यह दुर्गति हो रही है। अब तुम्हें मैं यही सलाह देता हूं कि इसी दम यहां से भागो, नहीं तो रमणी के दूसरे वार से कदापि न बचोगे।" यह कहकर महात्मा अदृश्य हो गए।

मैंने भी अपनी गठरी बांधी और अर्धरात्रि के सन्नाटे में चोरों की भांति कमरे से बाहर निकला। शीतल आनंदमय समीर चल रहा था, सामने के सागर में तारे छिटक रहे थे, मेहंदी की सुगंध उड़ रही थी। मैं चलने को तो चला, पर संसार के सुख-भोग का ऐसा सुअवसर छोड़ते हुए दु:ख होता था। इतना देखने और महात्मा के उपदेश सुनने पर भी चित्त उस रमणी की ओर खिंचता था। मैं कई बार चला, कई बार लौटा, पर अंत में आत्मा ने इंद्रियों पर विजय पाई। मैंने सीधा मार्ग छोड़ दिया और झील के किनारे-किनारे गिरता-पड़ता, कीचड़ में फंसता हुआ सड़क तक आ पहुंचा। यहां आकर मुझे एक विचित्र उल्लास हुआ मानो कोई चिड़िया बाज के चंगुल से छूट गई हो।

यद्यपि मैं एक मास के बाद लौटा था, पर अब जो देखा, तो अपनी चारपाई पर पड़ा हुआ था। कमरे में जरा भी गर्द या धूल न थी। मैंने लोगों से इस घटना की चर्चा की, तो लोग खूब हंसे और मित्रगण तो अभी तक मुझे 'प्राइवेट सेक्रेटरी' कहकर बनाया करते हैं। सभी कहते हैं कि मैं एक मिनट के लिए भी कमरे से बाहर नहीं निकला—महीने-भर गायब रहने की तो बात ही क्या? इसलिए अब मुझे भी विवश होकर यही कहना पड़ता है कि शायद मैंने कोई स्वप्न देखा है।

कुछ-भी हो, परमात्मा को कोटि-कोटि धन्यावाद देता हूं कि मैं उस पापकुंड से बचकर निकल आया। वह चाहे स्वप्न ही हो, पर मैं उसे अपने जीवन का एक वास्तविक अनुभव समझता हूं, क्योंकि उसने सदैव के लिए मेरी आंखें खोल दीं।

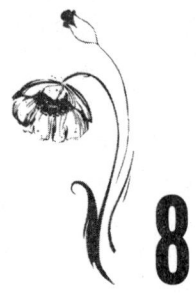

8

दफ्तरी

दफ्तरी ने सलाम किया और उल्टे पांव लौटा। उसके चेहरे पर ऐसी दीनता और बेकसी छाई हुई थी कि मुझे उस पर दया आ गई। उसका इस भांति बिना कुछ कहे-सुने लौटना कितना सारपूर्ण था! इसमें लज्जा थी, संतोष था, पछतावा था। उसके मुंह से एक शब्द भी न निकला, लेकिन उसका चेहरा कह रहा था–'मुझे विश्वास था कि आप यही उत्तर देंगे! इसमें मुझे जरा भी संदेह न था, लेकिन यह जानते हुए भी मैं यहां तक आया, मालूम नहीं क्यों? मेरी समझ में स्वयं नहीं आता। कदाचित् आपकी दयाशीलता, आपकी वत्सलता मुझे यहां तक लाई। अब जाता हूं, वह मुंह ही नहीं रहा कि अपनी कुछ कथा सुनाऊं।'
मैंने दफ्तरी को आवाज दी–"जरा सुनो तो, क्या काम है?"
दफ्तरी को कुछ उम्मीद हुई, बोला–"आपसे क्या अर्ज करूं, दो दिन से उपवास हो रहा है।"

रफाकत हुसैन मेरे दफ्तर का दफ्तरी था। 10 रुपये मासिक वेतन पाता था। उसे दो-तीन रुपये बाहर के फुटकर काम से मिल जाते थे। यही उसकी जीविका थी, पर वह अपनी दशा पर संतुष्ट था। उसकी आंतरिक अवस्था तो ज्ञात नहीं, पर वह सदैव साफ-सुथरे कपड़े पहनता और

प्रसन्नचित्त रहता। कर्ज इस श्रेणी के मुनष्यों का आभूषण है। रफाकत पर इसका जादू न चलता था। उसकी बातों में कृत्रिम शिष्टाचार की झलक भी न होती। बेलाग और खरी बात कहता था। अमलों में जो बुराइयां देखता, साफ कह देता। इसी साफगोई के कारण लोग उसका सम्मान हैसियत से ज्यादा करते थे। उसे पशुओं से विशेष प्रेम था। उसने एक घोड़ी, एक गाय, कई बकरियां, एक बिल्ली और एक कुत्ता और कुछ मुर्गियां पाल रखी थीं। इन पशुओं पर जान देता था। बकरियों के लिए पत्तियां तोड़ लाता, घोड़ी के लिए घास छील लाता। यद्यपि उसे आए दिन मवेशीखाने के दर्शन करने पड़ते थे और बहुधा लोग उसके पशु-प्रेम की हंसी उड़ाते थे, पर वह किसी की न सुनता था और उसका यह निःस्वार्थ प्रेम था। किसी ने उसे मुर्गियों के अंडे बेचते नहीं देखा। उसकी बकरियों के बच्चे कभी बूचड़ की छुरी के नीचे नहीं गए और उसकी घोड़ी ने कभी लगाम का मुंह नहीं देखा। गाय का दूध कुत्ता पीता था। बकरी का दूध बिल्ली के हिस्से में आता था। जो कुछ बचा रहता, वह आप पीता था।

सौभाग्य से उसकी पत्नी भी साध्वी थी। यद्यपि उसका घर बहुत छोटा था, पर किसी ने द्वार पर उसकी आवाज नहीं सुनी। किसी ने उसे द्वार पर झांकते नहीं देखा। वह गहने-कपड़ों के तगादों से पति की नींद हराम न करती थी। दफ्तरी उसकी पूजा करता था। वह गाय का गोबर उठाती, घोड़ों को घास डालती, बिल्ली को अपने साथ बिठाकर खिलाती, यहां तक कि कुत्ते को नहलाने से भी उसे घृणा न होती थी।

बरसात थी, नदियों में बाढ़ आई हुई थी। दफ्तर के कर्मचारी मछलियों का शिकार खेलने चले। शामत का मारा रफाकत भी उनके साथ हो लिया। दिन-भर लोग शिकार खेला किए, शाम को मूसलाधार पानी बरसने लगा। कर्मचारियों ने तो एक गांव में रात काटी, दफ्तरी घर चला, पर अंधेरी रात में राह भूल गया और सारी रात भटकता फिरा। प्रातःकाल घर पहुंचा तो अभी अंधेरा ही था, लेकिन दोनों द्वार-पट खुले हुए थे। उसका कुत्ता पूंछ दबाए करुण स्वर में कराहता हुआ आकर, उसके पैरों पर लोट गया। द्वार खुले देखकर दफ्तरी का कलेजा सन्न-से हो गया। घर में कदम रखे तो बिलकुल सन्नाटा था। दो-तीन बार स्त्री को पुकारा, किंतु कोई उत्तर न मिला। घर भांय-भांय कर रहा था। उसने दोनों कोठरियों में जाकर देखा। जब वहां भी उसका पता न मिला तो पशुशाला में गया। भीतर जाते हुए अज्ञात भय हो रहा था, जो किसी अंधेरे खोह में जाते हुए होता है। उसकी स्त्री वहीं भूमि पर चित पड़ी हुई थी। मुंह पर मक्खियां बैठी हुई थीं, होंठ नीले पड़ गए थे, आंखें पथरा गई थीं। लक्षणों से अनुमान होता था कि उसे सांप ने डस लिया है।

दूसरे दिन रफाकत आया तो उसे पहचानना मुश्किल था। मालूम होता था, बरसों का रोगी है। बिलकुल खोया हुआ, गुम-सुम बैठा रहा मानो किसी दूसरी दुनिया में है। संध्या होते ही वह उठा और स्त्री की कब्र पर जाकर बैठ गया। अंधेरा हो गया। तीन-चार घड़ी रात बीत गई, पर दीपक के टिमटिमाते हुए प्रकाश में उसी कब्र पर नैराश्य और दुःख की मूर्ति बना बैठा रहा मानो मृत्यु की राह देख रहा हो। मालूम नहीं, कब घर आया। अब यही उसका नित्य का नियम हो गया। प्रातःकाल उठकर मजार पर जाता, झाड़ू लगाता, फूलों के हार चढ़ाता, लोबान जलाता और नौ बजे तक कुरान का पाठ करता, संध्या समय फिर यही क्रम शुरू होता। अब यही उसके जीवन का नियमित कर्म था। अब वह अंतर्जगत में बसता था। बाह्य जगत से उसने मुंह मोड़ लिया था। शोक ने विरक्त कर दिया था। कई महीने तक यही हाल रहा। कर्मचारियों को दफ्तरी से सहानुभूति हो गई थी। उसके काम स्वयं कर लेते, उसे कष्ट न देते। उसकी पत्नी-भक्ति पर लोगों को विस्मय होता था।

लेकिन मनुष्य सर्वदा प्राणलोक में नहीं रह सकता। वहां की जलवायु उसके अनुकूल नहीं। वहां वह रूपमय, रसमय, भावनाएं कहां? विराग में वह चिंतामय उल्लास कहां? वह आशामय आनंद कहां? दफ्तरी को आधी रात तक ध्यान में डूबे रहने के बाद चूल्हा जलाना पड़ता, प्रातःकाल पशुओं की देखभाल करनी पड़ती। यह बोझ उसके लिए असह्य था। अवस्था ने भावुकता पर विजय पाई। मरुभूमि के प्यासे पथिक की भांति दफ्तरी फिर दांपत्य-सुख के जलस्रोत की ओर दौड़ा। वह फिर जीवन का यही सुखद अभिनय देखना चाहता था। पत्नी की स्मृति दांपत्य-सुख के रूप में विलीन होने लगी। यहां तक कि छह महीने में उस स्थिति का चिह्न भी शेष न रहा।

इस मुहल्ले के दूसरे सिरे पर बड़े साहब का एक अरदली रहता था। उसके यहां से विवाह की बातचीत होने लगी, मियां रफाकत फूले न समाए। अरदली साहब का सम्मान मुहल्ले में किसी वकील से कम न था। उनकी आमदनी पर अनेक कल्पनाएं की जाती थीं। साधारण बोलचाल में कहा जाता था–'जो कुछ मिल जाए, वह थोड़ा है।' वह स्वयं कहा करते थे कि तकाबी के दिनों में मुझे जेब की जगह थैली रखनी पड़ती थी। दफ्तरी ने समझा कि भाग्य उदय हुआ। इस तरह टूटे, जैसे बच्चे खिलौने पर टूटते हैं। एक ही सप्ताह में सारा विधान पूरा हो गया और नववधु घर में आ गई। जो मनुष्य कभी एक सप्ताह पहले संसार से विरक्त, जीवन से निराश बैठा हो, उसे मुंह पर सेहरा डाले, घोड़े पर सवार नवकुसुम की भांति विकसित देखना मानव-प्रकृति की एक विलक्षण विवेचना थी।

किंतु एक ही अठवारे में नववधु के जौहर खुलने लगे। विधाता ने उसे रूपेंद्रिय से वंचित रखा था, पर उसकी कसर पूरी करने के लिए अति तीक्ष्ण वाकेंद्रिय प्रदान की थी। इसका सुबूत उसकी वह वाक्-पटुता थी, जो अब बहुधा पड़ोसियों को विनोदित और दफ्तरी को अपमानित किया करती थी। उसने आठ दिन तक दफ्तरी के चरित्र का तात्त्विक दृष्टि से अध्ययन किया और तब एक दिन उससे बोली–"तुम विचित्र जीव हो। आदमी पशु पालता है अपने आराम के लिए, न कि जंजाल के लिए। यह क्या कि गाय का दूध कुत्ते पिएं, बकरियों का दूध बिल्ली चट कर जाए। आज से सब दूध घर में लाया करो।"

दफ्तरी निरुत्तर हो गया। दूसरे दिन घोड़ी का रातिब बंद हो गया। वह चने अब भाड़ में भुनने और नमक-मिर्च से खाए जाने लगे। प्रात:काल ताजे दूध का नाश्ता होता, आए दिन तस्मई बनती। बड़े घर की बेटी, पान बिना क्योंकर रहती? घी, मसाले का भी खर्च बढ़ा। पहले ही महीने में दफ्तरी को विदित हो गया कि मेरी आमदनी गुजर के लिए काफी नहीं है। उसकी दशा उस मनुष्य की-सी हो गई थी, जो शक्कर के धोखे में कुनैन फांक गया हो।

दफ्तरी बड़ा धर्म-परायण मनुष्य था। दो-तीन महीने तक यह विषम वेदना सहता रहा, पर उसकी सूरत उसकी अवस्था को शब्दों से अधिक व्यक्त कर देती थी। वह दफ्तरी जो अभाव में भी संतोष का आनंद उठाता था, अब चिंता की सजीव मूर्ति था। कपड़े मैले, सिर के बाल बिखरे हुए, चेहरे पर उदासी छाई हुई, अहर्निश हाय-हाय किया करता था। उसकी गाय अब हड्डियों का ढांचा थी, घोड़ी का जगह से हिलना कठिन था, बिल्ली पड़ोसियों के छींकों पर उचकती और कुत्ता घूरों पर हड्डियां नोचता फिरता था, पर अब भी वह हिम्मत का धनी इन पुराने मित्रों को अलग न करता था। सबसे बड़ी विपत्ति पत्नी की वह वाक्-प्रचुरता थी जिसके सामने कभी उसका धैर्य, उसकी कर्मनिष्ठा, उसकी उत्साहशीलता प्रस्थान कर जाती और अपनी अंधेरी कोठरी के एक कोने में बैठकर खूब फूट-फूटकर रोता। संतोष के आनंद को दुर्लभ पाकर रफाकत का पीड़ित हृदय उच्छृंखलता की ओर प्रवृत्त हुआ। आत्माभिमान जो संतोष का प्रसाद है, उसके चित्त से लुप्त हो गया। उसने फाकेमस्ती का पथ ग्रहण किया। अब उसके पास पानी रखने के लिए कोई बरतन न था। वह उस कुएं से पानी खींचकर उसी दम पी जाना चाहता था जिससे वह जमीन पर बह न जाए। वेतन पाकर अब वह महीने-भर का सामान जुटाता, ठंडे पानी और रूखी रोटियों से अब उसे तस्कीन न होती, बाजार से बिस्कुट लाता, मलाई के दोनों और कलमी आमों की ओर लपकता। दस रुपये की भुगत ही क्या? एक सप्ताह में सब रुपये उड़ जाते, तब जिल्दबंदियों की पेशगी पर

हाथ बढ़ाता, फिर दो-एक उपवास होता, अंत में उधार मांगने लगता। शनैः-शनैः यह दशा हो गई कि वेतन देनदारों के ही हाथों में चला जाता और महीने के पहले ही दिन कर्ज लेना शुरू करता। वह पहले दूसरों को मितव्ययिता का उपदेश दिया करता था, अब लोग उसे समझाते, पर वह लापरवाही से कहता–'साहब, आज मिलता है तो खाते हैं–कल का खुदा मालिक है; मिलेगा खाएंगे, नहीं तो पड़कर सो रहेंगे।' उसकी अवस्था अब उस रोगी-सी हो गई, जो आरोग्य लाभ से निराश होकर पथ्यापथ्य का विचार त्याग दे, जिसमें मृत्यु के आने तक वह भोज्य-पदार्थों से भली-भांति तृप्त हो जाए।

लेकिन अभी तक उसने घोड़ी और गाय न बेची, यहां तक कि एक दिन दोनों मवेशीखाने में दाखिल हो गईं। बकरियां भी तृष्णा व्याघ्र के पंजे में फंस गईं। पोलाव और जरदे के चस्के ने नानबाई का ऋणी बना दिया था। जब उसे मालूम हो गया कि नगद रुपये वसूल न होंगे तो एक दिन सभी बकरियां हांक ले गया। दफ्तरी मुंह ताकता रह गया। बिल्ली ने भी स्वामिभक्ति से मुंह मोड़ा। गाय और बकरियों के जाने के बाद अब उसे दूध के बर्तनों को चाटने की भी आशा न रही, जो उसके स्नेह-बंधन का अंतिम सूत्र था। हां, कुत्ता पुराने सद्-व्यवहारों की याद करके अभी तक आत्मीयता का पालन करता जाता था, किंतु उसकी सजीवता विदा हो गई थी। यह वह कुत्ता न था जिसके सामने द्वार पर किसी अपरिचित मनुष्य या कुत्ते का निकल जाना असंभव था। वह अब भी भूंकता था, लेकिन लेटे-लेटे और प्रायः छाती में सिर छिपाए हुए मानो अपनी वर्तमान स्थिति पर रो रहा हो। उसमें या तो अब उठने की शक्ति ही न थी या वह चिरकालीन कृपाओं के लिए इतना कीर्तिगान पर्याप्त समझता था।

संध्या का समय था। मैं द्वार पर बैठा हुआ पत्र पढ़ रहा था कि अकस्मात् दफ्तरी को आते देखा। कदाचित् कोई किसान सम्मन पाने वाले चपरासी से भी इतना भयभीत न होगा, बाल-वृंद टीका लगाने वाले से भी इतना न डरते होंगे। मैं अव्यवस्थित होकर उठा और चाहा कि अंदर जाकर द्वार बंद कर लूं कि इतने में दफ्तरी लपककर सामने आ पहुंचा। अब कैसे भागता? कुर्सी पर बैठ गया, पर नाक-भौं चढ़ाए हुए। दफ्तरी किसलिए आ रहा था, इसमें मुझे लेश-मात्र भी शंका न थी। ऋणेच्छुओं की हृदय-चेष्टा उनकी मुखाकृति पर, उनके आचार-व्यवहार पर उज्ज्वल रंगों से अंकित होती है। वह एक विशेष नम्रता, संकोचमय परवशता होती है जिसे एक बार देखकर फिर नहीं भुलाया जा सकता।

दफ्तरी ने आते ही बिना किसी प्रस्तावना के अभिप्राय कह सुनाया, जो मुझे पहले ही ज्ञात हो चुका था।

मैंने रुखाई से उत्तर दिया—"मेरे पास रुपये नहीं हैं।"

दफ्तरी ने सलाम किया और उल्टे पांव लौटा। उसके चेहरे पर ऐसी दीनता और बेकसी छाई हुई थी कि मुझे उस पर दया आ गई। उसका इस भांति बिना कुछ कहे-सुने लौटना कितना सारपूर्ण था! इसमें लज्जा थी, संतोष था, पछतावा था। उसके मुंह से एक शब्द भी न निकला, लेकिन उसका चेहरा कह रहा था—'मुझे विश्वास था कि आप यही उत्तर देंगे! इसमें मुझे जरा भी संदेह न था, लेकिन यह जानते हुए भी मैं यहां तक आया, मालूम नहीं क्यों? मेरी समझ में स्वयं नहीं आता। कदाचित् आपकी दयाशीलता, आपकी वत्सलता मुझे यहां तक लाई। अब जाता हूं, वह मुंह ही नहीं रहा कि अपनी कुछ कथा सुनाऊं।'

मैंने दफ्तरी को आवाज दी—"जरा सुनो तो, क्या काम है?"

दफ्तरी को कुछ उम्मीद हुई, बोला—"आपसे क्या अर्ज करूं, दो दिन से उपवास हो रहा है।"

मैंने बड़ी नम्रता से समझाया—"इस तरह कर्ज लेकर कितने दिन तुम्हारा काम चलेगा? तुम समझदार आदमी हो, जानते हो कि आजकल सभी को अपनी फिक्र सवार रहती है। किसी के पास फालतू रुपये नहीं रहते और यदि हों भी तो वह ऋण देकर रार क्यों लेने लगा? तुम अपनी दशा सुधारते क्यों नहीं?"

दफ्तरी ने विरक्त भाव से कहा—"यह सब दिनों का फेर है। और क्या कहूं! जो चीज महीने-भर के लिए लाता हूं, वह एक दिन में उड़ जाती है, मैं घरवाली के चटोरेपन से लाचार हूं। अगर एक दिन दूध न मिले तो महनामथ मचा दे, बाजार से गिठाइयां न लाऊं तो घर में रहना मुश्किल हो जाए, एक दिन गोश्त न पके तो मेरी बोटियां नोच खाए। खानदान का शरीफ हूं। यह बेइज्जती नहीं सही जाती कि खाने के पीछे स्त्री से झगड़ा-तकरार करूं। जो कुछ कहती है, सिर के बल पूरा करता हूं। अब खुदा से यही दुआ है कि मुझे इस दुनिया से उठा ले। इसके सिवाय मुझे दूसरी कोई सूरत नहीं नजर आती, सब कुछ करके हार गया।"

मैंने संदूक से 5 रुपये निकाले और उसे देकर बोला—"यह लो, यह तुम्हारे पुरुषार्थ का इनाम है। मैं नहीं जानता था कि तुम्हारा हृदय इतना उदार, इतना *वीररसपूर्ण* है।"

गृहदाह में जलनेवाले वीर, रणक्षेत्र के वीरों से कम महत्त्वशाली नहीं होते।

9

दुस्साहस

मुंशीजी–अजी, जब तक मेरे दम-में-दम है, तुम जितना चाहो पीयो, गम क्या है?
रामबली–लेकिन आप न रहे तब? ऐसा सज्जन फिर कहां पाऊंगा?
मुंशीजी–अजी, तब-की-तक देखी जाएगी, मैं आज मरा थोड़े ही जाता हूं।
रामबली–जिंदगी का कोई एतबार नहीं, आप मुझसे पहले जरूर मरेंगे, तो उस वक्त मुझे कौन रोज पिलाएगा? तब तो छोड़ भी न सकूंगा। इससे बेहतर यही है कि अभी से फिक्र करूं।
मुंशीजी–यार, ऐसी बातें करके दिल न छोटा करो। आओ, बैठ जाओ, एक ही गिलास ले लेना।
रामबली–मुख्तार साहब, अब ज्यादा मजबूर न कीजिए। जब ईदू और झिनकू जैसे लतियों ने कसम खा ली, जो औरतों के गहने बेच-बेचकर पी गए और निरे मूर्ख हैं, तो मैं इतना निर्लज्ज नहीं हूं कि इसका गुलाम बना रहूं।

लखनऊ के नौबस्ता मोहल्ले में एक मुंशी मैकूलाल मुख्तार रहते थे। बड़े उदार, दयालु और सज्जन पुरुष थे। अपने पेशे में इतने कुशल थे कि ऐसा बिरला ही कोई मुकदमा होता था जिसमें वह किसी-न-किसी

पक्ष की ओर से न रखे जाते हों। साधु-संतों से भी उन्हें प्रेम था। उनके सत्संग से उन्होंने कुछ तत्त्व-ज्ञान और कुछ गांजे-चरस का अभ्यास प्राप्त कर लिया था। रही शराब, यह उनकी कुल-प्रथा थी। शराब के नशे में वह कानूनी मसौदे खूब लिखते थे, उनकी बुद्धि प्रज्वलित हो जाती थी। गांजे और चरस का प्रभाव उनके ज्ञान पर पड़ता था। दम लगाकर वह वैराग्य और ध्यान में तल्लीन हो जाते थे। मोहल्लेवालों पर उनका बड़ा रोब था, लेकिन यह उनकी कानूनी प्रतिभा का नहीं, उनकी उदार सज्जनता का फल था।

मोहल्ले के एक्केवान, ग्वाले और कहार उनके आज्ञाकारी थे, सौ काम छोड़कर उनकी खिदमत करते थे। उनकी मद्यजनित उदारता ने सभी को वशीभूत कर लिया था। वह नित्य कचहरी से आते ही अलगू कहार के सामने दो रुपये फेंक देते थे। कुछ कहने-सुनने की जरूरत न थी, अलगू इसका आशय समझ जाता था। शाम को शराब की एक बोतल, कुछ गांजा तथा चरस मुंशीजी के सामने आ जाता था। बस, महफिल जम जाती। यार लोग आ पहुंचते। एक ओर मुवक्किलों की कतार बैठती, दूसरी ओर सहवासियों की। वैराग्य और ज्ञान की चर्चा होने लगती। बीच-बीच में मुवक्किलों से भी मुकदमे की दो-एक बातें कर लेते! दस बजे रात को वह सभा विसर्जित होती थी।

मुंशीजी अपने पेशे और ज्ञान-चर्चा के सिवा और कोई सिरदर्द मोल न लेते थे। देश के किसी आंदोलन, किसी सभा, किसी सामाजिक सुधार से उनका संबंध न था। इस विषय में वह सच्चे विरक्त थे। बंग-भंग हुआ, नरम-गरम दल बने, राजनैतिक सुधारों का आविर्भाव हुआ, स्वराज्य की आकांक्षा ने जन्म लिया, आत्म-रक्षा की आवाजें देश में गूंजने लगीं, किंतु मुंशीजी की अविरल शांति में जरा भी विघ्न न पड़ा। अदालत और शराब के सिवाय वह संसार की सभी चीजों को माया समझते थे, सभी से उदासीन रहते थे।

चिराग जल चुके थे। मुंशी मैकूलाल की सभा जम गई थी, उपासकगण जमा हो गए थे, अभी तक मदिरा देवी प्रकट न हुई थी। अलगू बाजार से न लौटा था। सब लोग बार-बार उत्सुक नेत्रों से ताक रहे थे। एक आदमी बरामदे में प्रतीक्षास्वरूप खड़ा था, दो-तीन सज्जन टोह लेने के लिए सड़क पर खड़े थे, लेकिन अलगू आता नजर न आता था। आज जीवन में पहला अवसर था कि मुंशीजी को इतना इंतजार खींचना पड़ा। उनकी प्रतीक्षाजनक उद्विग्नता ने गहरी समाधि का रूप धारण कर लिया था, न कुछ बोलते थे, न किसी ओर देखते थे। समस्त शक्तियां प्रतीक्षाबिंदु पर केंद्रीभूत हो गईं।

अकस्मात् सूचना मिली कि अलगू आ रहा है। मुंशीजी जाग पड़े, सहवासीगण खिल गए, आसन बदलकर संभल बैठे, उनकी आंखें अनुरक्त हो गईं। आशामय विलंब आनंद को और बढ़ा देता है।

एक क्षण में अलगू आकर सामने खड़ा हो गया। मुंशीजी ने उसे डांटा नहीं, यह पहला अपराध था, इसका कुछ-न-कुछ कारण अवश्य होगा, दबे हुए पर उत्कंठायुक्त नेत्रों से अलगू के हाथ की ओर देखा, बोतल न थी। विस्मय हुआ, विश्वास न आया, फिर गौर से देखा, बोतल न थी। यह अप्राकृतिक घटना थी, पर इस पर उन्हें क्रोध न आया, नम्रता के साथ पूछा–"बोतल कहां है?"

अलगू–आज नहीं मिली।

मैकूलाल–ऐसा क्यों?

अलगू–दुकान के दोनों नाके रोके हुए सुराजवाले खड़े हैं, किसी को उधर जाने ही नहीं देते।

अब मुंशीजी को क्रोध आया, अलगू पर नहीं, स्वराज्यवालों पर–'उन्हें मेरी शराब बंद करने का क्या अधिकार है?' तर्क भाव से बोले–"तुमने मेरा नाम नहीं लिया?"

अलगू–बहुत कहा, लेकिन वहां कौन किसी की सुनता था? सभी लोग लौटे आते थे, मैं भी लौट आया।

मुंशीजी–चरस लाए?

अलगू–वहां भी यही हाल था।

मुंशीजी–तुम मेरे नौकर हो या स्वराज्यवालों के?

अलगू–मुंह में कालिख लगवाने के लिए थोड़े ही नौकर हूं?

मुंशीजी–तो क्या वहां बदमाश लोग मुंह में कालिख भी लगा रहे हैं?

अलगू–देखा तो नहीं, लेकिन सब यही कहते थे।

मुंशीजी–अच्छी बात है, मैं खुद जाता हूं–देखूं, किसकी मजाल है, जो रोके! एक-एक को लाल घर दिखा दूंगा, यह सरकार का राज है, कोई बदमिली नहीं है। वहां कोई पुलिस का सिपाही नहीं था?

अलगू–थानेदार साहब आप ही खड़े सबसे कहते थे जिसका जी चाहे जाए, शराब ले या पीए, लेकिन लोग लौट आते थे, उनकी कोई न सुनता था।

मुंशीजी–थानेदार मेरे दोस्त हैं, चलो जी ईदू, चलते हो। रामबली, बेचन, झिनकू–सब चलो। एक-एक बोतल ले लो, देखूं कौन रोकता है। कल ही तो मजा चखा दूंगा।

मुंशीजी अपने चारों साथियों के साथ शराबखाने की गली के सामने पहुंचे तो वहां बहुत भीड़ थी। बीच में दो सौम्य मूर्तियां खड़ी थीं। एक मौलाना जामिन

थे, जो शहर के मशहूर मुजतहिद थे—दूसरे स्वामी घनानंद थे, जो वहां की सेवा समिति के संस्थापक और प्रजा के बड़े हितचिंतक थे। उनके सम्मुख ही थानेदार साहब कई कॉन्स्टेबलों के साथ खड़े थे। मुंशीजी और उनके साथियों को देखते ही थानेदार साहब प्रसन्न होकर बोले—"आइए मुख्तार साहब, क्या आज आपको ही तकलीफ करनी पड़ी? यह चारों आपके ही हमराह हैं न?"

मुंशीजी बोले—"जी हां, पहले आदमी भेजा, वह नाकाम वापस गया। सुना, आज यहां हड़बोंग मची हुई है, स्वराज्यवाले किसी को अंदर जाने ही नहीं देते।"

थानेदार—जी नहीं, यहां किसकी मजाल है, जो किसी के काम में हाजिर हो सके। आप शौक से जाइए। कोई चूं तक नहीं कर सकता। आखिर मैं यहां किस लिए हूं?

मुंशीजी ने गौरवोन्मत्त दृष्टि से अपने साथियों को देखा और गली में घुसे कि इतने में मौलाना जामिन ने ईदू से बड़ी नम्रता से कहा—"दोस्त, यह तो तुम्हारी नमाज का वक्त है, यहां कैसे आए? क्या इसी दीनदारी के बल पर खिलाफत का मसला हल करेंगे?"

ईदू के पैरों में जैसे लोहे की बेड़ी पड़ गई। लज्जित भाव से खड़ा भूमि की ओर ताकने लगा। आगे कदम रखने का साहस न हुआ।

स्वामी घनानंद ने मुंशीजी और उनके बाकी तीनों साथियों से कहा—"बच्चा, यह पंचामृत लेते जाओ, तुम्हारा कल्याण होगा। झिनकू, रामबली और बेचन ने अनिवार्य भाव से हाथ फैला दिए और स्वामीजी से पंचामृत लेकर पी गए।

मुंशीजी ने कहा—"इसे आप खुद पी जाइए—मुझे जरूरत नहीं।"

स्वामीजी उनके सामने हाथ जोड़कर खड़े हो गए और विनोद भाव से बोले—"इस भिक्षुक पर आज दया कीजिए, उधर न जाइए।"

मुंशीजी ने उनका हाथ पकड़कर सामने से हटा दिया और गली में दाखिल हो गए। उनके तीनों साथी स्वामीजी के पीछे सिर झुकाए खड़े रहे।

मुंशीजी—रामबली, झिनकू आते क्यों नहीं? किसकी ताकत है कि हमें रोक सके।

झिनकू—तुम ही काहे नाहीं लौट आवत हो—साधु-संतन की बात माने का होत है?

मुंशीजी—तो इसी हौसले पर घर से निकले थे?

रामबली—निकले थे कि कोई जबरदस्ती रोकेगा तो उससे समझेंगे। साधु-संतों से लड़ाई करने थोड़े ही चले थे।

मुंशीजी—सच कहा है, गंवार भेड़ होते हैं।

बेचन—आप शेर हो जाएं, हम भेड़ ही बने रहेंगे।

मुंशीजी अकड़ते हुए शराबखाने में दाखिल हुए। दुकान पर उदासी छाई हुई थी, कलवार अपनी गद्दी पर बैठा ऊंघ रहा था। मुंशीजी की आहट पाकर चौंक पड़ा, उन्हें तीव्र दृष्टि से देखा मानो यह कोई विचित्र जीव है, बोतल भर दी और ऊंघने लगा।

मुंशीजी गली के द्वार पर आए तो अपने साथियों को न पाया। बहुत से आदमियों ने उन्हें चारों ओर से घेर लिया और निंदासूचक बोलियां बोलने लगे।

एक ने कहा–"दिलावर हो तो ऐसा हो।"

दूसरा बोला–"शर्मचे कुत्तीस्त कि पेशे मरदां विवाअद (मरदों के सामने लज्जा नहीं आ सकती।)

तीसरा बोला–"है कोई पुराना पियक्कड़–पक्का लतियल।"

इतने में थानेदार साहब ने आकर भीड़ हटा दी। मुंशीजी ने उन्हें धन्यवाद दिया और घर चले। एक कॉन्स्टेबल भी रक्षार्थ उनके साथ चला।

मुंशीजी के चारों मित्रों ने बोतलें फेंक दीं और आपस में बातें करते हुए चले।

झिनकू–एक बेर हमारा एक्का बेगार में पकड़ जात रहे तो यही स्वामीजी चपरासी से कह-सुन के छुड़ाय दिहेन रहा।

रामबली–पिछले साल जब हमारे घर में आग लगी थी, तब भी तो यही सेवा समिति वालों को लेकर पहुंच गए थे, नहीं तो घर में एक सूत न बचता।

बेचन–मुख्तार अपने सामने किसी को गिनते ही नहीं। आदमी कोई बुरा काम करता है तो छिप के करता है, यह नहीं कि बेहाई पर कमर बांध ले।

झिनकू–भाई, पीठ पीछे कोऊ की बुराई न करै चाही और जौन कुछ होय, पर आदमी बड़ा अकबाली हौ। उतने आदमियन के बीच मां कैसा घुसत चला गवा।

रामबली–यह कोई अकबाल नहीं है। थानेदार न होता तो आटे-दाल का भाव मालूम हो जाता।

बेचन–मुझे तो कोई पचास रुपये देता तो भी गली में पैर न रख सकता। शर्म से सिर ही नहीं उठता था!

ईदू–इनके साथ आकर आज बड़ी मुसीबत में फंस गया। मौलाना जहां देखेंगे, वहां आड़े हाथों लेंगे। दीन के खिलाफ ऐसा काम क्यों करें कि शर्मिंदा होना पड़े। मैं तो आज मारे शर्म के गड़ गया। आज तोबा करता हूं। अब इसकी तरफ आंख उठाकर भी न देखूंगा।

रामबली–शराबियों की तोबा कच्चे धागे से मजबूत नहीं होती।

ईदू–अगर फिर कभी मुझे पीते देखना तो मुंह में कालिख लगा देना।

बेचन–अच्छा तो इसी बात पर आज से मैं इसे छोड़ता हूं। अब पीऊं तो गऊ-रक्त बराबर।

झिनकू–तो का हम ही सबसे पापी हन, फिर कभू जो हमका पियत देख्यो, बैठाय के पचास जूता लगायो।

रामबली–अरे जा, अभी मुंशीजी बुलाएंगे, तो कुत्ते की तरह दौड़ते हुए जाओगे।

झिनकू–मुंशीजी के साथ बैठे देख्यो तो सौ जूता लगायो, जिनकी बात में फरक है, उनके बाप में फरक है।

रामबली–तो भाई, मैं भी कसम खाता हूं कि आज से गांठ के पैसे निकालकर न पीऊंगा। हां, मुफ्त की पीने से इनकार नहीं।

बेचन–गांठ के पैसे तुमने कभी खर्च किए हैं?

इतने में मुंशी मैकूलाल लपके हुए आते दिखाई दिए। यद्यपि वह बाजी मारकर आए थे, मुख पर विजय-गर्व की जगह खिसियानापन छाया हुआ था। किसी अव्यक्त कारणवश वह इस विजय का हार्दिक आनंद न उठा सकते थे। हृदय के किसी कोने में छिपी हुई लज्जा चुटकियां ले रही थी। वह स्वयं अज्ञात थे, पर उस दुस्साहस का खेद उन्हें व्यथित कर रहा था।

रामबली ने कहा–"आइए मुख्तार साहब, बड़ी देर लगाई।"

मुंशीजी–तुम सब-के-सब गावदी ही निकले, एक साधु के चकमे में आ गए।

रामबली–इन लोगों ने तो आज से शराब न पीने की कसम खा ली है।

मुंशीजी–ऐसा तो मैंने मर्द ही नहीं देखा, जो एक बार इसके चंगुल में फंसकर निकल जाए–मुंह से बकना दूसरी बात है।

ईदू–जिंदगी रही तो देख लीजिएगा।

झिनकू–दाना-पानी तो कोऊ से नाहीं छूट सकत है और बातन का जब मन मा आवे छोड़ देव। बस चोट लग जाए का चाही, नशा खाए बिना कोऊ मर नाहीं जात है।

मुंशीजी–देखूंगा तुम्हारी बहादुरी भी।

बेचन–देखना क्या है, छोड़ देना कोई बड़ी बात नहीं। यही न होगा कि दो-चार दिन जी सुस्त रहेगा। लड़ाई में अंग्रेजों ने छोड़ दिया था, जो इसे पानी की तरह पीते हैं तो हमारे लिए कोई मुश्किल काम नहीं।

यही बातें करते हुए लोग मुख्तार साहब के मकान पर आ पहुंचे।

दीवानखाने में सन्नाटा था। मुवक्किल चले गए थे। अलगू पड़ा सो रहा था। मुंशीजी मसनद पर जा बैठे और अलमारी से गिलास निकालने लगे। उन्हें अभी तक अपने साथियों की प्रतिज्ञा पर विश्वास न आता था। उन्हें पूरा यकीन था कि शराब की सुगंध और लालिमा देखते ही सभी की तोबा टूट जाएगी। जहां मैंने जरा बढ़ावा दिया, वहीं सब-के-सब आकर डट जाएंगे और महफिल जम जाएगी।

जब ईदू सलाम करके चलने लगा और झिनकू ने अपना डंडा संभाला तो मुंशीजी ने दोनों हाथ पकड़ लिये और बड़े मृदुल स्वर में बोले–"यारो, यों साथ छोड़ना अच्छा नहीं। आओ, जरा आज इसका मजा तो चखो, खास तौर पर अच्छी है।"

ईदू–आप ही को मुबारक रहे, मुझे जाने दीजिए।

झिनकू–हम तो भगवान चाही तो एके नियर न जाब; जूता कौन खाय?

यह कहकर दोनों अपने-अपने हाथ छुड़ाकर चले गए, तब मुख्तार साहब ने बेचन का हाथ पकड़ा, जो बरामदे से नीचे उतर रहा था, बोले–"बेचन, क्या तुम भी बेवफाई करोगे?"

बेचन–मैंने तो बड़ी कसम खाई है। जब एक बार इसे गऊ-रक्त कह चुका तो फिर इसकी ओर ताक भी नहीं सकता। कितना ही गया-बीता हूं तो क्या गऊ-रक्त की लाज भी न रखूंगा। अब आप भी छोड़िए, कुछ दिन राम-राम कीजिए। बहुत दिन तो पीते हो गए।

यह कहकर वह भी सलाम करके चलता हुआ।

अब अकेला रामबली रह गया। मुंशीजी ने उससे शोकातुर होकर कहा–"रामबली, इन सभी की बेवफाई देखी? यह लोग ऐसे ढुलमुल होंगे, मैं न जानता था। आओ, आज हम-तुम ही सही। दो सच्चे दोस्त ऐसे दरजनों कचलोहियों से अच्छे हैं। आओ, बैठ जाओ।"

रामबली–मैं तो हाजिर ही हूं, लेकिन मैंने भी कसम खाई है कि कभी गांठ के पैसे खर्च करके न पीऊंगा।

मुंशीजी–अजी, जब तक मेरे दम-में-दम है, तुम जितना चाहो पीयो, गम क्या है?

रामबली–लेकिन आप न रहे तब? ऐसा सज्जन फिर कहां पाऊंगा?

मुंशीजी–अजी, तब-की-तक देखी जाएगी, मैं आज मरा थोड़े ही जाता हूं।

रामबली–जिंदगी का कोई एतबार नहीं, आप मुझसे पहले जरूर मरेंगे, तो उस वक्त मुझे कौन रोज पिलाएगा? तब तो छोड़ भी न सकूंगा। इससे बेहतर यही है कि अभी से फिक्र करूं।

मुंशीजी–यार, ऐसी बातें करके दिल न छोटा करो। आओ, बैठ जाओ, एक ही गिलास ले लेना।

रामबली–मुख्तार साहब, अब ज्यादा मजबूर न कीजिए। जब ईदू और झिनकू जैसे लतियों ने कसम खा ली, जो औरतों के गहने बेच-बेचकर पी गए और निरे मूर्ख हैं, तो मैं इतना निर्लज्ज नहीं हूं कि इसका गुलाम बना रहूं। स्वामीजी ने मेरा सर्वनाश होने से बचाया है। उनकी आज्ञा मैं किसी तरह नहीं टाल सकता।

यह कहकर रामबली भी विदा हो गया।

मुंशीजी ने प्याला मुंह से लगाया, लेकिन दूसरा प्याला भरने से पहले उनकी मद्यातुरता गायब हो गई थी। जीवन में यह पहला अवसर था कि उन्हें एकांत में बैठकर दवा की भांति शराब पीनी पड़ी। पहले तो सहवासियों पर झुंझलाए–'दगाबाजों को मैंने सैकड़ों रुपये खिला दिए होंगे, लेकिन आज जरा-सी बात पर सब-के-सब फिरंट हो गए। अब मैं भूत की भांति अकेला पड़ा हुआ हूं, कोई हंसने-बोलने वाला नहीं। यह तो सोहबत की चीज है, जब सोहबत का आनंद ही न रहा तो पीकर खाट पर पड़े रहने से क्या फायदा? मेरा आज कितना अपमान हुआ! जब मैं गली में घुसा हूं तो सैकड़ों ही आदमी मेरी ओर आग्नेय दृष्टि से ताक रहे थे। शराब लेकर लौटा हूं, तब लोगों का वश चलता तो मेरी बोटियां नोच खाते। थानेदार न होता तो घर तक आना मुश्किल था। यह अपमान और लोकनिंदा किस लिए? इसलिए कि घड़ी-भर बैठकर मुंह कड़वा करूं और कलेजा जलाऊं। कोई हंसी-चुहल करने वाला तक नहीं। लोग इसे कितनी त्याज्य वस्तु समझते हैं, इसका अनुभव मुझे आज ही हुआ, नहीं तो एक संन्यासी के जरा-से इशारे पर बरसों के लती पियक्कड़ यों मेरी अवहेलना न करते। बात यही है कि अंत:करण से सभी इसे निषिद्ध समझते हैं। जब मेरे साथ के ग्वाले, एक्केवान और कहार तक इसे त्याग सकते हैं तो क्या मैं उनसे भी गया-गुजरा हूं? इतना अपमान सहकर, जनता की निगाह में पतित होकर, सारे शहर में बदनाम होकर, नक्कू बनकर एक क्षण के लिए सिर में सरूर पैदा कर लिया तो क्या काम किया? कुवासना के लिए आत्मा को इतना नीचे गिराना क्या अच्छी बात है? यह चारों इस घड़ी मेरी निंदा कर रहे होंगे, मुझे दुष्ट बना रहे होंगे, मुझे नीच समझ रहे होंगे। इन नीचों की दृष्टि में मैं नीचा हो गया। यह दुरवस्था नहीं सही जाती। आज इस वासना का अंत कर दूंगा, अपमान का अंत कर दूंगा।'

एक क्षण में धड़ाके की आवाज हुई।

अलगू चौंककर उठा तो देखा कि मुंशीजी बरामदे में खड़े हैं और बोतल जमीन पर टूटी पड़ी है!

10

धर्मसंकट

रूपचंद तो विचार-तरंगों में निमग्न था। उसके वकील ने कामिनी से जिरह करनी प्रारंभ की।

वकील–क्या तुम सत्यनिष्ठा के साथ कह सकती हो कि रूपचंद तुम्हारे मकान पर अक्सर नहीं जाया करता था?

कामिनी–मैंने कभी उसे अपने घर पर नहीं देखा।

वकील–क्या तुम शपथपूर्वक कह सकती हो कि तुम उसके साथ कभी थिएटर देखने नहीं गई?

कामिनी–मैंने उसे कभी नहीं देखा।

वकील–क्या तुम शपथ लेकर कह सकती हो कि तुमने उसे प्रेम-पत्र नहीं लिखे?

शिकार के चंगुल में फंसे हुए पक्षी की तरह पत्र का नाम सुनते ही कामिनी के होश-हवास उड़ गए, हाथ-पैर फूल गए। उसका मुंह न खुल सका।

"पुरुषों और स्त्रियों में बड़ा अंतर है, तुम लोगों का हृदय शीशे की तरह कठोर होता है और हमारा हृदय नरम, वह विरह की आंच नहीं सह सकता।"

"शीशा ठेस लगते ही टूट जाता है, नरम वस्तुओं में लचक होती है।"

"चलो, बातें न बनाओ। दिन-भर तुम्हारी राह देखूं, रात-भर घड़ी की सुइयां, तब कहीं आपके दर्शन होते हैं।"

"मैं तो सदैव तुम्हें अपने हृदय-मंदिर में छिपाए रखता हूं।"

"ठीक बतलाओ, कब आओगे?"

"ग्यारह बजे, परंतु पिछला दरवाजा खुला रखना।"

"उसे मेरे नयन समझो।"

"अच्छा, तो अब विदा।"

पंडित कैलाशनाथ लखनऊ के प्रतिष्ठित बैरिस्टरों में से थे। कई सभाओं के मंत्री, कई समितियों के सभापति, पत्रों में अच्छे-अच्छे लेख लिखते, प्लेटफार्म पर सारगर्भित व्याख्यान देते। पहले-पहले जब वह यूरोप से लौटे थे, तो यह उत्साह अपनी पूरी उमंग पर था; परंतु ज्यों-ज्यों बैरिस्टरी चमकने लगी, इस उत्साह में कमी आने लगी और यह ठीक भी था, क्योंकि अब बेकार न थे, जो बेगार करते। हां, क्रिकेट का शौक अब भी ज्यों-का-त्यों बना था। वह कैसर क्लब के संस्थापक और क्रिकेट के प्रसिद्ध खिलाड़ी थे।

यदि मिस्टर कैलाश को क्रिकेट की धुन थी, तो उनकी बहन कामिनी को टेनिस का शौक था। इन्हें नित नवीन आमोद-प्रमोद की चाह रहती थी। शहर में कहीं नाटक हो, कोई थिएटर आए, कोई सरकस, कोई बाइस्कोप हो, कामिनी उनमें न सम्मिलित हो, यह असंभव बात थी। मनोविनोद की कोई सामग्री उसके लिए उतनी ही आवश्यक थी, जितने वायु और प्रकाश।

मिस्टर कैलाश पश्चिमी सभ्यता के प्रवाह में बहने वाले अपने अन्य सहयोगियों की भांति हिंदू जाति, हिंदू सभ्यता, हिंदी भाषा और हिंदुस्तान के कट्टर विरोधी थे। हिंदू सभ्यता उन्हें दोषपूर्ण दिखाई देती थी! अपने इन विचारों को वे अपने तक ही परिमित न रखते थे, बल्कि बड़ी ही ओजस्विनी भाषा में इन विषयों पर लिखते और बोलते थे। हिंदू सभ्यता के विवेकी भक्त उनके इन विवेकशून्य विचारों पर हंसते थे; परंतु उपहास और विरोध तो सुधारक के पुरस्कार हैं। मिस्टर कैलाश उनकी कुछ परवाह न करते थे। वे कोरे वाक्य-वीर ही न थे, कर्मवीर भी पूरे थे। कामिनी की स्वतंत्रता उनके विचारों का प्रत्यक्ष स्वरूप थी। सौभाग्यवश कामिनी के पति गोपाल नारायण भी इन्हीं विचारों में रंगे हुए थे। वे साल-भर से अमेरिका में विद्याध्ययन करते थे। कामिनी भाई और पति के उपदेशों से पूरा-पूरा लाभ उठाने में कमी न करती थी।

लखनऊ में अल्फ्रेड थिएटर कंपनी आई हुई थी। शहर में जहां देखिए, उसी तमाशे की चर्चा थी। कामिनी की रातें बड़े आनंद से कटती थीं। रात-भर थिएटर

देखती, दिन को कुछ सोती और कुछ देर वही थिएटर के गीत अलापती हुई सौंदर्य और प्रीति के नव रमणीय संसार में रमण करती थी, जहां का दु:ख और क्लेश भी इस संसार के सुख और आनंद से बढ़कर मोददाई है। यहां तक कि तीन महीने बीत गए, प्रणय की नित्य नई मनोहर शिक्षा और प्रेम के आनंदमय आलाप-विलाप का हृदय पर कुछ-न-कुछ असर होना चाहिए था, सो भी इस चढ़ती जवानी में। वह असर हुआ। इसका श्रीगणेश उसी तरह हुआ, जैसा कि बहुधा हुआ करता है।

थिएटर हॉल में एक सुंदर-सजीले युवक की आंखें कामिनी की ओर उठने लगीं। वह रूपवती और चंचला थी, अतएव पहले उसे चितवन में किसी रहस्य का ज्ञान न हुआ। नेत्रों का सुंदरता से बड़ा घना संबंध है। घूरना पुरुष का और लजाना स्त्री का स्वभाव है।

कुछ दिनों के बाद कामिनी को इस चितवन में कुछ गुप्त भाव झलकने लगे। मंत्र अपना काम करने लगा, फिर नयनों में परस्पर बातें होने लगीं–नयन मिल गए और प्रीति गाढ़ी हो गई।

कामिनी एक दिन के लिए भी यदि किसी दूसरे उत्सव में चली जाती, तो वहां उसका मन न लगता। जी उचटने लगता–आंखें किसी को ढूंढा करतीं।

अंत में लज्जा का बांध टूट गया। हृदय के विचार स्वरूपवान हुए–मौन का ताला टूटा और प्रेमालाप होने लगा! पद्य के बाद गद्य की बारी आई और फिर दोनों मिलन-मंदिर के द्वार पर आ पहुंचे। इसके पश्चात्, जो कुछ हुआ, उसकी झलक हम पहले ही देख चुके हैं।

इस नवयुवक का नाम रूपचंद था। पंजाब का रहने वाला, संस्कृत का शास्त्री, हिंदी साहित्य का पूर्ण पंडित, अंग्रेजी का एम.ए., लखनऊ के एक बड़े लोहे के कारखाने का मैनेजर था। घर में रूपवती स्त्री, दो प्यारे बच्चे थे। अपने साथियों में सदाचरण के लिए प्रसिद्ध था–न जवानी की उमंग, न स्वभाव का छिछोरापन। घर-गृहस्थी में जकड़ा हुआ था–मालूम नहीं, वह कौन-सा आकर्षण था, जिसने उसे इस तिलिस्म में फंसा लिया, जहां की भूमि, अग्नि और आकाश ज्वाला है, जहां घृणा और पाप है और अभागी कामिनी को क्या कहा जाए, जिसकी प्रीति की बाढ़ ने धीरता और विवेक का बांध तोड़कर अपनी तरल-तरंग में नीति और मर्यादा की टूटी-फूटी झोंपड़ी को डुबा दिया। यह पूर्व जन्म के संस्कार थे।

रात के दस बज गए थे। कामिनी लैंप के सामने बैठी हुई चिट्ठियां लिख रही थी। पहला पत्र रूपचंद के नाम था :

कैलाश भवन, लखनऊ
प्राणाधार!

तुम्हारे पत्र को पढ़कर प्राण निकल गए। उफ! अभी एक महीना लगेगा। इतने दिनों में कदाचित् तुम्हें यहां मेरी राख भी न मिलेगी। तुमसे अपने दु:ख क्या रोऊं! बनावट के दोषारोपण से डरती हूं। जो कुछ बीत रही है, वह मैं ही जानती हूं, लेकिन बिना विरह-कथा सुनाए दिल की जलन कैसे जाएगी? यह आग कैसे ठंडी होगी? अब मुझे मालूम हुआ कि यदि प्रेम में दहकती हुई आग है, तो वियोग उसके लिए घृत है। थिएटर अब भी जाती हूं, पर विनोद के लिए नहीं, रोने और बिसूरने के लिए। रोने में ही चित्त को कुछ शांति मिलती है, आंसू उमड़े चले आते हैं। मेरा जीवन शुष्क और नीरस हो गया है। न किसी से मिलने को जी चाहता है, न आमोद-प्रमोद में मन लगता है। परसों डॉक्टर केलकर का व्याख्यान था, भाई साहब ने बहुत आग्रह किया, पर मैं न जा सकी। प्यारे! मौत से पहले मत मारो। आनंद के गिने-गिनाए क्षणों में वियोग का दु:ख मत दो। आओ, यथासाध्य शीघ्र आओ और गले लगकर मेरे हृदय का ताप बुझाओ, अन्यथा आश्चर्य नहीं कि विरह का यह अथाह सागर मुझे निगल जाए।

–तुम्हारी कामिनी

इसके बाद कामिनी ने दूसरा पत्र पति को लिखा :

माई डियर गोपाल!

अब तक तुम्हारे दो पत्र आए, परंतु खेद, मैं उनका उत्तर न दे सकी। दो सप्ताह से सिर में पीड़ा से असह्य वेदना सह रही हूं, किसी भांति चित्त को शांति नहीं मिलती है, पर अब कुछ स्वस्थ हूं। कुछ चिंता मत करना। तुमने जो नाटक भेजे, उनके लिए हार्दिक धन्यवाद देती हूं। स्वस्थ हो जाने पर पढ़ना आरंभ करूंगी। तुम वहां के मनोहर दृश्यों का वर्णन मत किया करो। मुझे तुम पर ईर्ष्या होती है। यदि मैं आग्रह करूं तो भाई साहब वहां तक पहुंचा तो देंगे, परंतु इनके खर्च इतने अधिक हैं कि इनसे नियमित रूप से सहायता मिलना कठिन है और इस समय तुम पर भार देना भी कठिन है। ईश्वर चाहेगा तो वह दिन शीघ्र देखने में आएगा, जब मैं तुम्हारे साथ आनंदपूर्वक वहां की सैर

करूंगी। मैं इस समय तुम्हें कोई कष्ट देना नहीं चाहती। आशा है, तुम सकुशल होगे।

—तुम्हारी कामिनी

2

लखनऊ के सेशन जज के इलजास में बड़ी भीड़ थी। अदालत के कमरे ठसाठस भर गए थे। तिल रखने की जगह न थी। सबकी दृष्टि बड़ी उत्सुकता के साथ जज के सम्मुख खड़ी एक सुंदर लावण्यमयी मूर्ति पर लगी हुई थी। यह कामिनी थी। उसका मुंह धूमिल हो रहा था। ललाट पर स्वेद बिंदु झलक रहे थे। कमरे में घोर निस्तब्धता थी। केवल वकीलों की कानाफूसी और सैन कभी-कभी इस निस्तब्धता को भंग कर देती थी।

अदालत का हाता आदमियों से इस तरह भर गया था कि जान पड़ता था मानो सारा शहर सिमटकर यहीं आ गया है। था भी ऐसा ही। शहर की प्रायः दुकानें बंद थीं और जो एक-आध खुली भी थीं, उन पर लड़के बैठे ताश खेल रहे थे, क्योंकि कोई ग्राहक न था। शहर से कचहरी तक आदमियों का तांता लगा हुआ था।

कामिनी को निमिष-मात्र देखने के लिए, उसके मुंह से एक बात सुनने के लिए इस समय प्रत्येक आदमी अपना सर्वस्व निछावर करने को तैयार था। वे लोग जो कभी पंडित दातादयाल शर्मा जैसे प्रभावशाली वक्ता की वक्तृता सुनने के लिए घर से बाहर नहीं निकले, वे जिन्होंने नवजवान मनचले बेटों को अल्फ्रेड थिएटर में जाने की आज्ञा नहीं दी, वे एकांतप्रिय जिन्हें वायसराय के शुभागमन तक की खबर न हुई थी, वे शांति के उपासक, जो मुहर्रम की चहल-पहल देखने को अपनी कुटिया से बाहर न निकलते थे, वे सभी आज गिरते-पड़ते, उठते-बैठते, कचहरी की ओर दौड़े जा रहे थे। बेचारी स्त्रियां अपने भाग्य को कोसती हुई अपनी-अपनी अटारियों पर चढ़कर विवशतापूर्ण उत्सुक दृष्टि से उस तरफ ताक रही थीं, जिधर उनके विचार से कचहरी थी, पर उनकी गरीब आंखें निर्दय अट्टालिकाओं की दीवार से टकराकर लौट आती थीं।

यह सब कुछ इसलिए हो रहा था कि आज अदालत में एक बड़ा मनोहर, अद्भुत अभिनय होने वाला था, जिस पर अल्फ्रेड थिएटर के हजारों अभिनय बलिदान थे। आज एक गुप्त रहस्य खुलने वाला था, जो अंधेरे में राई है, पर प्रकाश में पर्वताकार हो जाता है। इस घटना के संबंध में लोग टीका-टिप्पणी कर रहे थे।

कोई कहता था, यह असंभव है कि रूपचंद जैसा शिक्षित व्यक्ति ऐसा दूषित कर्म करे। पुलिस का यह बयान है, तो हुआ करे। गवाह पुलिस के बयान का समर्थन करते हैं, तो किया करें। यह पुलिस का अत्याचार है, अन्याय है।

कोई कहता था, भाई सत्य तो यह है कि यह रूप-लावण्य, यह 'खंजन-गंजन-नयन' और यह हृदयहारिणी सुंदर-सलोनी छवि जो कुछ न करे, वह थोड़ा है। श्रोता इन बातों को बड़े चाव से इस तरह आश्चर्यान्वित हो मुंह बनाकर सुनते थे मानो देववाणी हो रही है। सबकी जीभ पर यही चर्चा थी। खूब नमक-मिर्च लपेटा जाता था, परंतु इसमें सहानुभूति या संवेदना के लिए जरा भी स्थान न था।

पंडित कैलाशनाथ का बयान खत्म हो गया और कामिनी इजलास पर पधारी। इसका बयान बहुत संक्षिप्त था—

"मैं अपने कमरे में रात को सो रही थी। कोई एक बजे के करीब चोर-चोर का हल्ला सुनकर मैं चौंक पड़ी और अपनी चारपाई के पास चार आदमियों को हाथापाई करते देखा। मेरे भाई साहब अपने दो चौकीदारों के साथ अभियुक्त को पकड़े हुए थे और वह जान छुड़ाकर भागना चाहता था। मैं शीघ्रता से उठकर बरामदे में निकल आई। इसके बाद मैंने चौकीदारों को अपराधी के साथ पुलिस स्टेशन की ओर आते देखा।"

रूपचंद ने कामिनी का बयान सुना और एक ठंडी सांस ली। उसके नेत्रों के आगे से परदा हट गया—'कामिनी, तू ऐसी कृतघ्न, ऐसी अन्यायी, ऐसी पिशाचिनी, ऐसी दुरात्मा है! क्या तेरी वह प्रीति, वह विरह-वेदना, वह प्रेमोद्गार—सब धोखे की टट्टी थी! तूने कितनी बार कहा है कि दृढ़ता प्रेम-मंदिर की पहली सीढ़ी है। तूने कितनी बार नयनों में आंसू भरकर इसी गोद में मुंह छिपाकर मुझसे कहा है कि मैं तुम्हारी हो गई, मेरी लाज अब तुम्हारे हाथ में है, परंतु हाय! आज प्रेम-परीक्षा के समय तेरी वे सब बातें खोटी उतरीं। आह! तूने दगा दिया और मेरा जीवन मिट्टी में मिला दिया।'

रूपचंद तो विचार-तरंगों में निमग्न था। उसके वकील ने कामिनी से जिरह करनी प्रारंभ की।

वकील—क्या तुम सत्यनिष्ठा के साथ कह सकती हो कि रूपचंद तुम्हारे मकान पर अक्सर नहीं जाया करता था?

कामिनी—मैंने कभी उसे अपने घर पर नहीं देखा।

वकील—क्या तुम शपथपूर्वक कह सकती हो कि तुम उसके साथ कभी थिएटर देखने नहीं गईं?

कामिनी—मैंने उसे कभी नहीं देखा।

वकील—क्या तुम शपथ लेकर कह सकती हो कि तुमने उसे प्रेम-पत्र नहीं लिखे?

शिकार के चंगुल में फंसे हुए पक्षी की तरह पत्र का नाम सुनते ही कामिनी के होश-हवास उड़ गए, हाथ-पैर फूल गए। उसका मुंह न खुल सका। जज ने, वकील ने और दो सहस्र आंखों ने उसकी तरफ उत्सुकता से देखा।

रूपचंद का मुंह खिल गया। उसके हृदय में आशा का उदय हुआ। जहां फूल था, वहां कांटा पैदा हुआ। मन में कहने लगा—'कुलटा-कामिनी! अपने सुख और कपट, मान-प्रतिष्ठा पर मेरे परिवार की हत्या करने वाली कामिनी! तू अब भी मेरे हाथ में है। मैं अब भी तुझे इस कृतघ्नता और कपट का दंड दे सकता हूं। तेरे पत्र, जिन्हें तूने सत्य हृदय से लिखा या नहीं, मालूम नहीं, परंतु जो मेरे हृदय के ताप को शीतल करने के लिए मोहिनी मंत्र थे, वे सब मेरे पास हैं और वे इसी समय तेरा सब भेद खोल देंगे।' इस क्रोध से उन्मत्त होकर रूपचंद ने अपने कोट की पॉकेट में हाथ डाला। जज ने, वकीलों ने और दो सहस्र नेत्रों ने उसकी तरफ चातक की भांति देखा।

कामिनी की विकल आंखें चारों से हताश होकर रूपचंद की ओर उठीं। उनमें इस समय लज्जा थी, दया-भिक्षा की प्रार्थना थी और व्याकुलता थी। वह मन-ही-मन कहती थी—'मैं स्त्री हूं, अबला हूं, ओछी हूं—तुम पुरुष हो, बलवान हो, साहसी हो, यह तुम्हारे स्वभाव के विपरीत है। मैं कभी तुम्हारी थी और यद्यपि समय मुझे तुमसे अलग किए देता है, किंतु मेरी लाज तुम्हारे हाथ में है, तुम मेरी रक्षा करो।'

आंखें मिलते ही रूपचंद उसके मन की बात ताड़ गए। उनके नेत्रों ने उत्तर दिया—'यदि तुम्हारी लाज मेरे हाथों में है, तो उस पर कोई आंच नहीं आने पाएगी। तुम्हारी लाज पर मेरा सर्वस्व निछावर है।'

अभियुक्त के वकील ने कामिनी से पुनः वही प्रश्न किया—"क्या तुम शपथपूर्वक कह सकती हो कि तुमने रूपचंद को प्रेम-पत्र नहीं लिखे?"

कामिनी ने कातर स्वर में उत्तर दिया—"मैं शपथपूर्वक कहती हूं कि मैंने उसे कभी कोई पत्र नहीं लिखा और अदालत से अपील करती हूं कि वह मुझे इन घृणास्पद, अश्लील आक्रमणों से बचाए।"

अभियोग की कार्यवाई समाप्त हो गई। अब अपराधी के लिए बयान की बारी आई। उसकी सफाई के कोई गवाह न थे, परंतु वकीलों को, जज को और अधीर जनता को पूरा-पूरा विश्वास था कि अभियुक्त का बयान पुलिस के मायावी महल को क्षण-भर में छिन्न-भिन्न कर देगा। रूपचंद इजलास के सम्मुख आया। उसके

मुखारविंद पर आत्म-बल का तेज झलक रहा था और नेत्रों से साहस और शांति। दर्शक-मंडली उतावली होकर अदालत के कमरे में घुस पड़ी। रूपचंद इस समय का चांद था या देवलोक का दूत। सहस्रों नेत्र उसकी ओर लगे थे, किंतु हृदय को कितना कौतूहल हुआ, जब रूपचंद ने अत्यंत शांत चित्त से अपना अपराध स्वीकार कर लिया। लोग एक दूसरे का मुंह ताकने लगे।

3

अभियुक्त का बयान समाप्त होते ही कोलाहल मच गया। सभी इसकी आलोचना-प्रत्यालोचना करने लगे। सबके मुंह पर आश्चर्य था, संदेह था और निराशा थी। कामिनी की कृतघ्नता और निष्ठुरता पर धिक्कार हो रही थी। प्रत्येक मनुष्य शपथ खाने को तैयार था कि रूपचंद निर्दोष है। प्रेम ने उसके मुंह पर ताला लगा दिया है, पर कुछ ऐसे भी दूसरे के दुःख में प्रसन्न होने वाले स्वभाव के लोग थे, जो उसके इस साहस पर हंसते और मजाक उड़ाते थे।

दो घंटे बीत गए। अदालत में पुन: एक बार शांति का राज्य हुआ। जज साहब फैसला सुनाने के लिए खड़े हुए। फैसला बहुत संक्षिप्त था–

"अभियुक्त जवान है, शिक्षित है और सभ्य है, अतएव आंखों का अंधा है। इसे शिक्षाप्रद दंड देना आवश्यक है। अपराध स्वीकार करने से उसका दंड कम नहीं होता। अत: मैं उसे पांच वर्ष के सपरिश्रम कारावास की सजा देता हूं।"

दो हजार मनुष्यों ने हृदय थामकर फैसला सुना। मालूम होता था कि कलेजे में भाले चुभ गए हैं। सभी का मुंह निराशाजनक क्रोध से रक्तवर्ण हो रहा था। यह अन्याय है, कठोरता है और बेरहमी है, परंतु रूपचंद के मुंह पर शांति विराज रही थी।

11

नमक का दरोगा

पंडित अलोपीदीन ने उनको अपनी सारी जायदाद का स्थायी मैनेजर नियत किया था। छह हजार वार्षिक वेतन के अतिरिक्त रोजाना खर्च अलग–सवारी के लिए घोड़ा, रहने को बंगला, नौकर–चाकर मुफ्त, कंपित स्वर में बोले–"पंडितजी, मुझमें इतनी सामर्थ्य नहीं है कि आपकी उदारता की प्रशंसा कर सकूं! किंतु मैं ऐसे उच्च पद के योग्य नहीं हूं।"

अलोपीदीन हंसकर बोले–"मुझे इस समय एक अयोग्य मनुष्य की ही जरूरत है।"

वंशीधर ने गंभीर भाव से कहा–"यों मैं आपका दास हूं। आप जैसे कीर्तिवान, सज्जन पुरुष की सेवा करना मेरे लिए सौभाग्य की बात है, किंतु मुझमें न विद्या है, न बुद्धि, न वह स्वभाव जो इन त्रुटियों की पूर्ति कर देता है। ऐसे महान कार्य के लिए एक बड़े मर्मज्ञ और अनुभवी मनुष्य की जरूरत है।"

जब नमक का नया विभाग बना और ईश्वर–प्रदत्त वस्तु के व्यवहार करने का निषेध हो गया तो लोग चोरी–छिपे इसका व्यापार करने लगे। अनेक प्रकार के छल–प्रपंचों का सूत्रपात हुआ, कोई घूस से काम निकालता था, कोई चालाकी से।

अधिकारियों के पौ-बारह थे। पटवारीगिरी का सर्वसम्मानित पद छोड़-छोड़कर लोग इस विभाग की बरकंदाजी करते थे। इसके दरोगा पद के लिए तो वकीलों का भी जी ललचाता था।

यह वह समय था, जब अंग्रेजी शिक्षा और ईसाई मत को लोग एक ही वस्तु समझते थे। फारसी का प्राबल्य था। प्रेम की कथाएं और शृंगार रस के काव्य पढकर फारसीदां लोग सर्वोच्च पदों पर नियुक्त हो जाया करते थे।

मुंशी वंशीधर भी जुलेखा की विरह-कथा समाप्त करके सीरी और फरहाद के प्रेम-वृत्तांत को नल और नील की लड़ाई और अमेरिका के आविष्कार से अधिक महत्त्व की बातें समझते हुए रोजगार की खोज में निकले।

उनके पिता एक अनुभवी पुरुष थे, समझाने लगे-"बेटा! घर की दुर्दशा देख रहे हो-ऋण के बोझ से दबे हुए हैं। लड़कियां हैं, वे घास-फूस की तरह बढ़ती चली जाती हैं। मैं कगारे पर का वृक्ष हो रहा हूं, न मालूम कब गिर पड़ूं! अब तुम्हीं घर के मालिक-मुख्तार हो। नौकरी में ओहदे की ओर ध्यान मत देना, यह तो पीर का मजार है। निगाह चढ़ावे और चादर पर रखनी चाहिए। ऐसा काम ढूंढना, जहां कुछ ऊपरी आय हो। मासिक वेतन तो पूर्णमासी का चांद है, जो एक दिन दिखाई देता है और घटते-घटते लुप्त हो जाता है। ऊपरी आय बहता हुआ स्रोत है जिससे सदैव प्यास बुझती है। वेतन मनुष्य देता है, इसी से उसमें वृद्धि नहीं होती। ऊपरी आमदनी ईश्वर देता है, इसी से उसमें बरकत होती है। तुम स्वयं विद्वान हो, तुम्हें क्या समझाऊं! इस विषय में विवेक की बड़ी आवश्यकता है। मनुष्य को देखो, उसकी आवश्यकता को देखो और अवसर को देखो, उसके उपरांत जो उचित समझो, करो। गरजवाले आदमी के साथ कठोरता करने में लाभ-ही-लाभ है, लेकिन बेगरज को दांव पर पाना जरा कठिन है। इन बातों को निगाह में बांध लो, यह मेरी जन्म-भर की कमाई है।"

इस उपदेश के बाद पिताजी ने आशीर्वाद दिया।

वंशीधर आज्ञाकारी पुत्र थे। ये बातें ध्यान से सुनीं और घर से चल खड़े हुए। इस विस्तृत संसार में उनके लिए धैर्य अपना मित्र, बुद्धि अपनी पथ-प्रदर्शक और आत्मावलंबन ही अपना सहायक था, लेकिन अच्छे शकुन से चले थे, जाते-ही-जाते नमक विभाग के दरोगा पद पर प्रतिष्ठित हो गए। वेतन अच्छा और ऊपरी आय का तो ठिकाना ही न था।

वृद्ध मुंशीजी को सुख-संवाद मिला तो फूले न समाए। महाजन कुछ नरम पडे, कलवार की आशालता लहलहाई और पडोसियों के हृदय में शूल उठने लगे।

2

जाड़े के दिन थे और रात का समय। नमक के सिपाही, चौकीदार नशे में मस्त थे। मुंशी वंशीधर को यहां आए अभी छह महीनों से अधिक न हुए थे, लेकिन इस थोड़े समय में ही उन्होंने अपनी कार्य-कुशलता और उत्तम आचार से अफसरों को मोहित कर लिया था। अफसर लोग उन पर बहुत विश्वास करने लगे।

नमक के दफ्तर से एक मील पूर्व की ओर जमुना बहती थी, उस पर नावों का एक पुल बना हुआ था।

दरोगाजी किवाड बंद किए मीठी नींद सो रहे थे। अचानक आंख खुली तो नदी के प्रवाह की जगह गाड़ियों की गड़गड़ाहट तथा मल्लाहों का कोलाहल सुनाई दिया–उठ बैठे।

इतनी रात गए गाड़ियां क्यों नदी के पार जाती हैं? अवश्य कुछ-न-कुछ गोलमाल है। तर्क ने भ्रम को पुष्ट किया। वरदी पहनी, तमंचा जेब में रखा और बात-की-बात में घोड़ा बढ़ाए हुए पुल पर आ पहुंचे। गाड़ियों की एक लंबी कतार पुल के पार जाती देखी तो डांटकर पूछा–"किसकी गाडियां हैं।"

थोड़ी देर तक सन्नाटा रहा। आदमियों में कुछ कानाफूसी हुई, तब आगे वाले ने कहा–"पंडित अलोपीदीन की।"

"कौन पंडित अलोपीदीन?"

"दातागंज के।"

मुंशी वंशीधर चौंके। पंडित अलोपीदीन इस इलाके के सबसे प्रतिष्ठित जमींदार थे। लाखों रुपये का लेन-देन करते थे, इधर छोटे से बड़े कौन ऐसे थे, जो उनके ऋणी न हों। व्यापार भी बड़ा लंबा-चौड़ा था। बड़े चलते-पुरजे आदमी थे। अंग्रेज अफसर उनके इलाके में शिकार खेलने आते और उनके मेहमान होते। बारहों मास सदाव्रत चलता था।

मुंशी ने पूछा–"गाड़ियां कहां जाएंगी?"

उत्तर मिला–"कानपुर।"

लेकिन इस प्रश्न पर कि इनमें क्या है, सन्नाटा छा गया। दरोगा साहब का संदेह और भी बढ़ा। कुछ देर तक उत्तर की बाट देखकर वह जोर से बोले–"क्या तुम सब गूंगे हो गए हो? हम पूछते हैं, इनमें क्या लदा है?"

जब इस बार भी कोई उत्तर न मिला तो उन्होंने घोड़े को एक गाड़ी से मिलाकर बोरे को टटोला। भ्रम दूर हो गया। यह नमक के ढेले थे।

3

पंडित अलोपीदीन अपने सजीले रथ पर सवार, कुछ सोते, कुछ जागते चले आते थे। अचानक कई गाडीवानों ने घबराए हुए आकर जगाया और बोले–"महाराज! दरोगा ने गाड़ियां रोक दी हैं और घाट पर खड़े आपको बुलाते हैं।"

पंडित अलोपीदीन का लक्ष्मीजी पर अखंड विश्वास था। वह कहा करते थे कि संसार का तो कहना ही क्या, स्वर्ग में भी लक्ष्मी का ही राज्य है। उनका यह कहना यथार्थ ही था। न्याय और नीति सब लक्ष्मी के ही खिलौने हैं, इन्हें वह जैसे चाहती हैं, नचाती हैं। लेटे-ही-लेटे गर्व से बोले–"चलो हम आते हैं।" यह कहकर पंडितजी ने बड़ी निश्‍चिंतता से पान के बीड़े लगाकर खाए, फिर लिहाफ ओढ़े हुए दरोगा के पास आकर बोले–"बाबूजी, आशीर्वाद! कहिए, हमसे ऐसा कौन-सा अपराध हुआ कि गाडियां रोक दी गईं। हम ब्राह्मणों पर तो आपकी कृपा-दृष्टि रहनी चाहिए।"

वंशीधर रुखाई से बोले–"सरकारी हुक्म।"

पंडित अलोपीदीन ने हंसकर कहा–"हम सरकारी हुक्म को नहीं जानते और न सरकार को। हमारे सरकार तो आप ही हैं। हमारा और आपका तो घर का मामला है, हम कभी आपसे बाहर हो सकते हैं? आपने व्यर्थ का कष्ट उठाया। यह हो नहीं सकता कि इधर से जाएं और इस घाट के देवता को भेंट न चढाएं। मैं तो आपकी सेवा में स्वयं ही आ रहा था।"

वंशीधर पर ऐश्वर्य की मोहिनी वंशी का कुछ प्रभाव न पडा। ईमानदारी की नई उमंग थी, कड़ककर बोले–"हम उन नमकहरामों में नहीं है, जो कौड़ियों पर अपना ईमान बेचते फिरते हैं। आप इस समय हिरासत में हैं। आपका कायदे के अनुसार चालान होगा। बस, मुझे अधिक बातों की फुर्सत नहीं है। जमादार बदलू सिंह! तुम इन्हें हिरासत में ले चलो, मैं हुक्म देता हूं।"

पंडित अलोपीदीन स्तंभित हो गए। गाड़ीवानों में हलचल मच गई। पंडितजी के जीवन में कदाचित् यह पहला ही अवसर था कि उन्हें ऐसी कठोर बातें सुननी पडीं। बदलू सिंह आगे बढ़ा, किंतु रोब के मारे यह साहस न हुआ कि उनका हाथ पकड़ सके। पंडितजी ने धर्म को धन का ऐसा निरादर करते कभी न देखा था। विचार किया कि यह अभी उद्दंड लड़का है। माया-मोह के जाल में अभी नहीं पड़ा। अल्हड़ है, झिझकता है। बहुत दीन भाव से बोले–"बाबू साहब, ऐसा न कीजिए, हम मिट जाएंगे। इज्जत धूल में मिल जाएगी। हमारा अपमान करने से आपके हाथ क्या आएगा। हम किसी तरह आपसे बाहर थोड़े ही हैं।"

वंशीधर ने कठोर स्वर में कहा–"हम ऐसी बातें नहीं सुनना चाहते।"

अलोपीदीन ने जिस सहारे को चट्टान समझ रखा था, वह पैरों के नीचे से खिसकता हुआ मालूम हुआ। स्वाभिमान और धन-ऐश्वर्य की कड़ी चोट लगी, किंतु अभी तक धन की सांख्यिक शक्ति का पूरा भरोसा था। अपने मुख्तार से बोले–"लालाजी, एक हजार के नोट बाबू साहब की भेंट करो, आप इस समय भूखे सिंह हो रहे हैं।"

वंशीधर ने गरम होकर कहा–"एक हजार नहीं, एक लाख भी मुझे सच्चे मार्ग से नहीं हटा सकते।"

धर्म की इस बुद्धिहीन दृढ़ता और देव-दुर्लभ त्याग पर मन बहुत झुंझलाया। अब दोनों शक्तियों में संग्राम होने लगा। धन ने उछल-उछलकर आक्रमण करने शुरू किए। एक से पांच, पांच से दस, दस से पंद्रह और पंद्रह से बीस हजार तक नौबत पहुंची, किंतु धर्म अलौकिक वीरता के साथ बहुसंख्यक सेना के सम्मुख अकेला पर्वत की भांति अटल, अविचलित खड़ा था।

अलोपीदीन निराश होकर बोले–"अब इससे अधिक मेरा साहस नहीं। आगे आपको अधिकार है।"

वंशीधर ने अपने जमादार को ललकारा।

बदलू सिंह मन में दरोगाजी को गालियां देता हुआ पंडित अलोपीदीन की ओर बढ़ा।

पंडितजी घबराकर दो-तीन कदम पीछे हट गए। अत्यंत दीनता से बोले–"बाबू साहब, ईश्वर के लिए मुझ पर दया कीजिए, मैं पच्चीस हजार पर निबटारा करने का तैयार हूं।"

"असंभव बात है।"

"तीस हजार पर?"

"किसी तरह भी संभव नहीं।"

"क्या चालीस हजार पर भी नहीं?"

"चालीस हजार नहीं, चालीस लाख पर भी असंभव है।" वंशीधर ने कड़ककर कहा–"बदलू सिंह, इस आदमी को हिरासत में ले लो। अब मैं एक शब्द भी नहीं सुनना चाहता।"

धर्म ने धन को पैरों तले कुचल डाला।

अलोपीदीन ने एक हृष्ट-पुष्ट मनुष्य को हथकडियां लिये हुए अपनी तरफ आते देखा। चारों ओर निराश और कातर दृष्टि से देखने लगे। इसके बाद मूर्च्छित होकर गिर पड़े।

4

दुनिया सोती थी, पर दुनिया की जीभ जागती थी। सवेरे देखिए तो बालक-वृद्ध सबके मुंह से यही बात सुनाई देती थी। जिसे देखिए, वही पंडितजी के इस व्यवहार पर टीका-टिप्पणी कर रहा था, निंदा की बौछारें हो रही थीं मानो संसार से अब पापी का पाप कट गया।

पानी को दूध के नाम से बेचने वाला ग्वाला, कल्पित रोजनामचे भरने वाले अधिकारी वर्ग, रेल में बिना टिकट सफर करने वाले बाबू लोग, जाली दस्तावेज बनाने वाले सेठ और साहूकार—ये सब-के-सब देवताओं की भांति गरदनें चला रहे थे।

जब दूसरे दिन पंडित अलोपीदीन अभियुक्त होकर कॉन्स्टेबलों के साथ, हाथों में हथकडियां, हृदय में ग्लानि और क्षोभ भरे, लज्जा से गरदन झुकाए अदालत की तरफ चले तो सारे शहर में हलचल मच गई। मेलों में कदाचित् आंखें इतनी व्यग्र न होती होंगी। भीड़ के मारे छत और दीवार में कोई भेद न रहा।

किंतु अदालत में पहुंचने की देर थी।

पंडित अलोपीदीन इस अगाध वन के सिंह थे। अधिकारी वर्ग उनके भक्त, अमले उनके सेवक, वकील-मुख्तार उनके आज्ञापालक और अरदली, चपरासी तथा चौकीदार तो उनके बिना मोल के गुलाम थे।

उन्हें देखते ही लोग चारों तरफ से दौड़े। सभी लोग विस्मित हो रहे थे। इसलिए नहीं कि अलोपीदीन ने यह कर्म किया, बल्कि इसलिए कि वह कानून के पंजे में कैसे आए?

ऐसा मनुष्य जिसके पास असाध्य साधन करने वाला धन और अनन्य वाचालता हो, वह क्यों कानून के पंजे में आए? प्रत्येक मनुष्य उनसे सहानुभूति प्रकट करता था।

बड़ी तत्परता से इस आक्रमण को रोकने के निमित्त वकीलों की एक सेना तैयार की गई। न्याय के मैदान में धर्म और धन में युद्ध ठन गया। वंशीधर चुपचाप खड़े थे। उनके पास सत्य के सिवा न कोई बल था, न स्पष्ट भाषण के अतिरिक्त कोई शस्त्र। गवाह थे, किंतु लोभ से डांवाडोल।

यहां तक कि मुंशीजी को न्याय भी अपनी ओर कुछ खिंचा हुआ दीख पड़ता था। वह न्याय का दरबार था, परंतु उसके कर्मचारियों पर पक्षपात का नशा छाया हुआ था, किंतु पक्षपात और न्याय का क्या मेल?

जहां पक्षपात हो, वहां न्याय की कल्पना नहीं की जा सकती। मुकदमा शीघ्र ही समाप्त हो गया।

मानसरोवर-8 ❖ प्रेमचंद

डिप्टी मजिस्ट्रेट ने अपनी तजवीज में लिखा—

पंडित अलोपीदीन के विरुद्ध दिए गए प्रमाण निर्मूल और भ्रमात्मक हैं। वह एक बड़े भारी आदमी हैं। यह बात कल्पना से बाहर है कि उन्होंने थोड़े लाभ के लिए ऐसा दुस्साहस किया हो। यद्यपि नमक के दरोगा मुंशी वंशीधर का अधिक दोष नहीं है, लेकिन यह बड़े खेद की बात है कि उसकी उद्दंडता और विचारहीनता के कारण एक भलेमानुस को कष्ट झेलना पड़ा।

हम प्रसन्न हैं कि वह अपने काम में सजग और सचेत रहता है, किंतु नमक के मुकदमे की बढ़ी हुई नमक से हलाली ने उसके विवेक और बुद्धि को भ्रष्ट कर दिया। भविष्य में उसे होशियाररहना चाहिए।"

वकीलों ने यह फैसला सुना और उछल पड़े। पंडित अलोपीदीन मुस्कराते हुए बाहर निकले। स्वजन बांधवों ने रुपये की लूट की। उदारता का सागर उमड़ पड़ा। उसकी लहरों ने अदालत की नींव तक हिला दी।

जब वंशीधर बाहर निकले तो चारों ओर उनके ऊपर व्यंग्य-बाणों की वर्षा होने लगी। चपरासियों ने झुक-झुककर सलाम किए, किंतु इस समय एक-एक कटु वाक्य, एक-एक संकेत उनकी गर्वाग्नि को प्रज्वलित कर रहा था।

कदाचित् इस मुकदमे में सफल होकर वह इस तरह अकड़ते हुए न चलते। आज उन्हें संसार का एक खेदजनक विचित्र अनुभव हुआ। न्याय और विद्वत्ता, लंबी-चौड़ी उपाधियां, बड़ी-बड़ी दाढ़ियां, ढीले चोगे—एक भी सच्चे आदर का पात्र नहीं है।

वंशीधर ने धन से बैर मोल लिया था, उसका मूल्य चुकाना अनिवार्य था। कठिनता से एक सप्ताह बीता होगा कि मुअत्तली का परवाना आ पहुंचा। कार्य-परायणता का दंड मिला। बेचारे भग्न हृदय, शोक और खेद से व्यथित घर को चले। बूढ़े मुंशीजी तो पहले ही से कुलबुला रहे थे कि चलते-चलते इस लड़के को समझाया था, लेकिन इसने एक न सुनी। सब मनमानी करता है। हम तो कलवार और कसाई के तगादे सहें, बुढ़ापे में भगत बनकर बैठें और वहां बस वही सूखी तनख्वाह!

हमने भी तो नौकरी की है और कोई ओहदेदार नहीं थे, लेकिन काम किया, दिल खोलकर किया और आप ईमानदार बनने चले हैं। घर में चाहे अंधेरा हो, मस्जिद में अवश्य दिया जलाएंगे। खेद है, ऐसी समझ पर! पढ़ना-लिखना सब अकारथ गया।

इसके थोड़े ही दिनों बाद, जब मुंशी वंशीधर इस दुरवस्था में घर पहुंचे और बूढ़े पिताजी ने समाचार सुना तो सिर पीट लिया, बोले–"जी चाहता है कि तुम्हारा और अपना सिर फोड़ लूं।"

बहुत देर तक पछता-पछताकर बूढ़े मुंशीजी हाथ मलते रहे। क्रोध में कुछ कठोर बातें भी कहीं और यदि वंशीधर वहां से टल न जाते तो अवश्य ही यह क्रोध विकट रूप धारण करता।

वृद्ध माता को भी बहुत दुःख हुआ। जगन्नाथ और रामेश्वर की उनकी यात्रा की कामनाएं मिट्टी में मिल गईं। यहां तक कि पत्नी ने भी कई दिनों तक सीधे मुंह बात तक नहीं की।

इसी प्रकार एक सप्ताह बीत गया। संध्या का समय था। बूढ़े मुंशीजी बैठे-बैठे राम-नाम की माला जप रहे थे। इसी समय उनके द्वार पर सजा हुआ रथ आकर रुका। हरे और गुलाबी परदे, पछहिए बैलों की जोड़ी, उनकी गरदन में नीले धागे, सींग पीतल से जड़े हुए–कई नौकर लाठियां कंधों पर रखे साथ थे।

मुंशीजी अगवानी को दौड़े, देखा तो पंडित अलोपीदीन हैं–उन्हें झुककर दंडवत् की और लल्लो-चप्पो की बातें करने लगे–"हमारा भाग्य उदय हुआ, जो आपके चरण इस द्वार पर आए। आप हमारे पूज्य देवता हैं, आपको कौन-सा मुंह दिखाएं, मुंह में तो कालिख लगी हुई है, किंतु क्या करें, लड़का अभागा कपूत है, नहीं तो आपसे क्या मुंह छिपाना पड़ता? ईश्वर निस्संतान चाहे रखे, पर ऐसी संतान न दे।"

अलोपीदीन ने कहा–"नहीं भाई साहब, ऐसा न कहिए।"

मुंशीजी ने चकित होकर कहा–"ऐसी संतान को और क्या कहें?"

अलोपीदीन ने वात्सल्यपूर्ण स्वर में कहा–"कुलतिलक और पुरुखों की कीर्ति उज्ज्वल करने वाले संसार में ऐसे कितने धर्म-परायण मनुष्य हैं, जो धर्म पर अपना सब कुछ अर्पण कर सकें!"

अलोपीदीन की बात सुनकर बूढ़े मुंशीजी मौन रह गए और टुकुर-टुकुर उनकी ओर देखने लगे।

पंडित अलोपीदीन ने फिर वंशीधर से कहा–"दरोगाजी, इसे खुशामद न समझिए। खुशामद करने के लिए मुझे इतना कष्ट उठाने की जरूरत न थी। उस रात को आपने अपने अधिकार-बल से अपनी हिरासत में लिया था, किंतु आज मैं स्वेच्छा से आपकी हिरासत में आया हूं। मैंने हजारों रईस और अमीर देखे, हजारों उच्च पदाधिकारियों से काम पड़ा, किंतु परास्त किया तो आपने। मैंने सबको अपना और अपने धन का गुलाम बनाकर छोड़ दिया। अब मुझे आज्ञा दीजिए कि आपसे कुछ विनय करूं।"

वंशीधर ने अलोपीदीन को आते देखा तो उठकर सत्कार किया, किंतु स्वाभिमान सहित। वे समझ गए कि यह महाशय मुझे लज्जित करने और जलाने आए हैं। क्षमा-प्रार्थना की चेष्टा नहीं की, वरन् उन्हें अपने पिता की यह ठकुरसुहाती की बात असह्य-सी प्रतीत हुई, पर पंडितजी की बातें सुनीं तो मन का मैल मिट गया।

पंडितजी की ओर उडती हुई दृष्टि से देखा–सद्भाव झलक रहा था। गर्व ने अब लज्जा के सामने सिर झुका दिया–शरमाते हुए बोले–"यह आपकी उदारता है, जो ऐसा कहते हैं। मुझसे जो कुछ अविनय हुई है, उसे क्षमा कीजिए। मैं धर्म की बेड़ी में जकड़ा हुआ था, नहीं तो वैसे मैं आपका दास हूं। जो आज्ञा होगी, वह मेरे सिर-माथे पर।"

अलोपीदीन ने विनीत भाव से कहा–"नदी तट पर आपने मेरी प्रार्थना नहीं स्वीकार की थी, किंतु आज स्वीकार करनी पड़ेगी।"

वंशीधर बोले–"मैं किस योग्य हूं, किंतु जो कुछ सेवा मुझसे हो सकती है, उसमें त्रुटि न होगी।"

अलोपीदीन ने एक स्टांप लगा हुआ पत्र निकाला और उसे वंशीधर के सामने रखकर बोले–"इस पद को स्वीकार कीजिए और अपने हस्ताक्षर कर दीजिए। मैं ब्राह्मण हूं, जब तक यह सवाल पूरा न कीजिएगा, द्वार से न हटूंगा।"

मुंशी वंशीधर ने उस कागज को पढ़ा तो कृतज्ञता से आंखों में आंसू भर आए। पंडित अलोपीदीन ने उनको अपनी सारी जायदाद का स्थायी मैनेजर नियत किया था। छह हजार वार्षिक वेतन के अतिरिक्त रोजाना खर्च अलग–सवारी के लिए घोड़ा, रहने को बंगला, नौकर-चाकर मुफ्त, कंपित स्वर में बोले–"पंडितजी, मुझमें इतनी सामर्थ्य नहीं है कि आपकी उदारता की प्रशंसा कर सकूं! किंतु मैं ऐसे उच्च पद के योग्य नहीं हूं।"

अलोपीदीन हंसकर बोले–"मुझे इस समय एक अयोग्य मनुष्य की ही जरूरत है।"

वंशीधर ने गंभीर भाव से कहा–"यों मैं आपका दास हूं। आप जैसे कीर्तिवान, सज्जन पुरुष की सेवा करना मेरे लिए सौभाग्य की बात है, किंतु मुझमें न विद्या है, न बुद्धि, न वह स्वभाव जो इन त्रुटियों की पूर्ति कर देता है। ऐसे महान कार्य के लिए एक बड़े मर्मज्ञ और अनुभवी मनुष्य की जरूरत है।"

अलोपीदीन ने कलमदान से कलम निकाली और उसे वंशीधर के हाथ में देकर बोले–"न मुझे विद्वत्ता की चाह है, न अनुभव की, न मर्मज्ञता की और न कार्यकुशलता की। इन गुणों के महत्त्व को खूब पा चुका हूं। अब सौभाग्य

और सुअवसर ने मुझे वह मोती दे दिया जिसके सामने योग्यता और विद्वत्ता की चमक फीकी पड़ जाती है। यह कलम लीजिए—अधिक सोच-विचार न कीजिए और दस्तखत कर दीजिए। परमात्मा से यही प्रार्थना है कि वह आपको सदैव वही नदी के किनारे वाला, बेमुरौवत, उद्दंड, कठोर, परंतु धर्मनिष्ठ दरोगा बनाए रखे।"

वंशीधर की आंखें डबडबा आईं। हृदय के संकुचित पात्र में इतना एहसान न समा सका। एक बार फिर पंडितजी की ओर भक्ति और श्रद्धा की दृष्टि से देखा और कांपते हुए हाथ से मैनेजरी के कागज पर हस्ताक्षर कर दिए।

अलोपीदीन ने प्रफुल्लित होकर उन्हें गले लगा लिया।

12

परीक्षा

संध्या समय राजा साहब का दरबार सजाया गया। शहर के रईस और धनाढ्य लोग, राज्य के कर्मचारी और दरबारी तथा दीवानी के उम्मीदवारों का समूह–सब रंग-बिरंगी सज-धज बनाए दरबार में आ विराजे! उम्मीदवारों के कलेजे धड़क रहे थे।

सरदार सुजान सिंह ने खड़े होकर कहा–"मेरे दीवानी के उम्मीदवार महाशयो! मैंने आप लोगों को जो कष्ट दिया है, उसके लिए मुझे क्षमा कीजिए। इस पद के लिए ऐसे पुरुष की आवश्यकता थी जिसके हृदय में दया हो और साथ-साथ आत्म-बल भी। हृदय वह जो उदार हो, आत्म-बल वह जो आपत्ति का वीरता के साथ सामना करे और इस रियासत के सौभाग्य से हमें ऐसा पुरुष मिल गया। ऐसे गुणवाले संसार में कम हैं और जो हैं, वे कीर्ति और मान के शिखर पर बैठे हुए हैं, उन तक हमारी पहुंच नहीं। मैं रियासत को पंडित जानकीनाथ-सा दीवान पाने पर बधाई देता हूं।"

जब रियासत देवगढ़ के दीवान सरदार सुजान सिंह बूढ़े हुए तो परमात्मा की याद आई। उन्होंने जाकर महाराज से विनय की–"दीनबंधु! दास ने श्रीमान की सेवा चालीस साल तक की, अब

मेरी अवस्था भी ढल गई, राज-काज संभालने की शक्ति नहीं रही। कहीं भूल-चूक हो जाए तो बुढ़ापे में दाग लगे। सारी जिंदगी की नेकनामी मिट्टी में मिल जाए।"

राजा साहब अपने अनुभवशील और नीतिकुशल दीवान का बड़ा आदर करते थे। उन्होंने बहुत समझाया, लेकिन जब दीवान साहब ने न माना, तो हारकर उनकी प्रार्थना स्वीकार कर ली; पर शर्त यह लगा दी कि रियासत के लिए नया दीवान आपको ही खोजना पड़ेगा।

दूसरे दिन देश के प्रसिद्ध पत्रों में यह विज्ञापन निकला–

"देवगढ़ के लिए एक सुयोग्य दीवान की जरूरत है। जो सज्जन खुद को इस पद के योग्य समझें, वे वर्तमान सरकार सुजान सिंह की सेवा में उपस्थित हों। यह जरूरी नहीं है कि वे ग्रेजुएट हों, मगर हृष्ट-पुष्ट होना आवश्यक है, मंदाग्नि के मरीज को यहां तक कष्ट उठाने की कोई जरूरत नहीं।

एक महीने तक उम्मीदवारों के रहन-सहन, आचार-विचार की देखभाल की जाएगी। विद्या का कम, परंतु कर्तव्य का अधिक विचार किया जाएगा। जो महाशय इस परीक्षा में पूरे उतरेंगे, वे इस उच्च पद पर सुशोभित होंगे।"

इस विज्ञापन ने सारे मुल्क में तहलका मचा दिया। ऐसा ऊंचा पद और किसी प्रकार की कैद नहीं? केवल नसीब का खेल है। सैकड़ों आदमी अपना-अपना भाग्य परखने के लिए चल खड़े हुए। देवगढ़ में नए-नए और रंग-बिरंगे मनुष्य दिखाई देने लगे।

प्रत्येक रेलगाड़ी से उम्मीदवारों का एक मेला-सा उतरता। कोई पंजाब से चला आता था, कोई मद्रास से, कोई नए फैशन का प्रेमी, तो कोई पुरानी सादगी पर मिटा हुआ।

पंडितों और मौलवियों को भी अपने-अपने भाग्य की परीक्षा करने का अवसर मिला। बेचारे सनद के नाम पर रोया करते थे, यहां उसकी कोई जरूरत नहीं थी। रंगीन एमामे, चोगे और नाना प्रकार के अंगरखे और कंटोप देवगढ़ में अपनी सज-धज दिखाने लगे, लेकिन सबसे विशेष संख्या ग्रेजुएटों की थी, क्योंकि सनद की कैद न होने पर भी सनद से परदा तो ढका रहता है।

सरदार सुजान सिंह ने इन महानुभावों के आदर-सत्कार का बड़ा अच्छा प्रबंध कर दिया था। लोग अपने-अपने कमरों में बैठे हुए रोजेदार मुसलमानों की तरह महीने के दिन गिना करते थे।

हर एक मनुष्य अपने जीवन को अपनी बुद्धि के अनुसार अच्छे रूप में दिखाने की कोशिश करता था। मिस्टर अ नौ बजे दिन तक सोया करते थे, आजकल वे बगीचे में टहलते हुए ऊषा का दर्शन करते थे। मिस्टर ब को हुक्का पीने की लत थी, आजकल बहुत रात गए किवाड़ बंद करके अंधेरे में सिगार पीते थे। मिस्टर द, स और ज से उनके घरों के नौकरों की नाक में दम रहता था, लेकिन ये सज्जन आजकल 'आप' और 'जनाब' के बगैर नौकरों से बातचीत नहीं करते थे।

महाशय क नास्तिक थे, हक्सले के उपासक, मगर आजकल उनकी धर्मनिष्ठा देखकर मंदिर के पुजारी को पदच्युत हो जाने की शंका लगी रहती थी! मिस्टर ल को किताब से घृणा थी, परंतु आजकल वे बड़े-बड़े ग्रंथ देखने-पढ़ने में डूबे रहते थे। जिससे बात कीजिए, वह नम्रता और सदाचार का देवता बना मालूम देता था। शर्माजी घड़ी रात से ही वेद-मंत्र पढ़ने लगते थे और मौलवी साहब को नमाज और तलावत के सिवा और कोई काम न था।

लोग समझते थे कि एक महीने का झंझट है, किसी तरह काट लें, कहीं कार्य सिद्ध हो गया तो कौन पूछता है, लेकिन मनुष्यों का वह बूढ़ा जौहरी आड़ में बैठा हुआ देख रहा था कि इन बगुलों में हंस कहां छिपा हुआ है।

एक दिन नए फैशनवालों को सूझी कि आपस में हॉकी का खेल हो जाए। यह प्रस्ताव हॉकी के मंजे हुए खिलाड़ियों ने पेश किया। यह भी तो आखिर एक विद्या है। इसे क्यों छिपाकर रखें? संभव है, कुछ हाथों की सफाई ही काम कर जाए।

चलिए, तय हो गया, फील्ड बन गया, खेल शुरू हो गया और गेंद किसी दफ्तर के अप्रेंटिस की तरह ठोकरें खाने लगी।

रियासत देवगढ़ में यह खेल बिलकुल निराली बात थी। पढ़े-लिखे भलेमानुस लोग शतरंज और ताश जैसे गंभीर खेल खेलते थे। दौड़-कूद के खेल बच्चों के खेल समझे जाते थे।

खेल बड़े उत्साह से जारी था। धावे के लोग जब गेंद को लेकर तेजी से उड़ते तो ऐसा जान पड़ता था कि कोई लहर बढ़ती चली आती है, लेकिन दूसरी ओर के खिलाड़ी इस बढ़ती हुई लहर को इस तरह रोक लेते थे मानो लोहे की दीवार हो।

संध्या तक यही धूमधाम रही। लोग पसीने से तर हो गए। खून की गर्मी आंख और चेहरे से झलक रही थी। हांफते-हांफते बेदम हो गए, लेकिन हार-जीत का निर्णय न हो सका।

अंधेरा हो गया था। इस मैदान से जरा दूर हटकर एक नाला था। उस पर कोई पुल न था। पथिकों को नाले में से चलकर आना पड़ता था। खेल अभी बंद ही हुआ था और खिलाड़ी लोग बैठे दम ले रहे थे कि एक किसान अनाज से भरी हुई गाड़ी लिये हुए उस नाले पर आया, लेकिन कुछ तो नाले में कीचड़ था और कुछ उसकी चढ़ाई इतनी ऊंची थी कि गाड़ी ऊपर न चढ़ सकती थी। वह कभी बैलों को ललकारता, कभी पहियों को हाथ से धकेलता, लेकिन बोझ अधिक था और बैल कमजोर। गाड़ी ऊपर को न चढ़ती और चढ़ती भी तो कुछ दूर चढ़कर फिर खिसककर नीचे पहुंच जाती।

किसान बार-बार जोर लगाता और बार-बार झुंझलाकर बैलों को मारता, लेकिन गाड़ी उभरने का नाम न लेती। बेचारा इधर-उधर निराश होकर ताकता, मगर वहां कोई सहायक नजर न आता। गाड़ी को अकेले छोड़कर कहीं जा भी नहीं सकता। बड़ी आपत्ति में फंसा हुआ था। इसी बीच खिलाड़ी हाथों में डंडे लिये घूमते-घामते उधर से निकले।

किसान ने उनकी तरफ सहमी हुई आंखों से देखा, परंतु किसी से मदद मांगने का साहस न हुआ।

खिलाड़ियों ने भी उसको देखा, मगर बंद आंखों से, जिनमें सहानुभूति न थी। उनमें स्वार्थ था, मद था, मगर उदारता और वात्सल्य का नाम भी न था।

उसी समूह में एक ऐसा मनुष्य था जिसके हृदय में दया थी और साहस भी था। आज हॉकी खेलते हुए उसके पैरों में चोट लग गई थी। वह लंगड़ाता हुआ धीरे-धीरे चला आता था। अकस्मात् उसकी निगाह गाड़ी पर पड़ी। वह ठिठक गया। किसान की सूरत देखते ही उसे सब बातें ज्ञात हो गईं। उसने डंडा एक किनारे रख दिया। कोट उतार डाला और किसान के पास जाकर बोला–"मैं तुम्हारी गाड़ी निकाल दूं?"

किसान ने देखा एक गठे हुए बदन का लंबा-सा आदमी सामने खड़ा है। वह झुककर बोला–"हुजूर, मैं आपसे कैसे कहूं?"

युवक ने कहा–"मालूम होता है, तुम यहां बड़ी देर से फंसे हो। अच्छा, तुम गाड़ी पर जाकर बैलों को साधो, मैं पहियों को धकेलता हूं, अभी गाड़ी ऊपर चढ़ जाती है।"

किसान गाड़ी पर जा बैठा। युवक ने पहिये को जोर लगाकर उकसाया। कीचड़ बहुत ज्यादा थी। वह घुटनों तक जमीन में धंस गया, लेकिन हिम्मत न हारी।

उसने फिर जोर किया, उधर किसान ने बैलों को ललकारा। बैलों को सहारा मिला, हिम्मत बंध गई। उन्होंने कंधे झुकाकर एक बार जोर किया तो गाड़ी नाले के ऊपर थी।

किसान युवक के सामने हाथ जोड़कर खड़ा हो गया, बोला–"महाराज, आपने आज मुझे उबार लिया, नहीं तो सारी रात मुझे यहां बैठना पड़ता।"

युवक ने हंसकर कहा–"अब मुझे कुछ इनाम देते हो?"

किसान ने गंभीर भाव से कहा–"नारायण चाहेंगे तो दीवानी आपको ही मिलेगी।"

युवक ने किसान की तरफ गौर से देखा। उसके मन में एक संदेह हुआ–'क्या यह सुजान सिंह तो नहीं हैं? आवाज मिलती है और चेहरा-मोहरा भी वही है।'

किसान ने भी उसकी ओर तीव्र दृष्टि से देखा। शायद वह युवक के दिल के संदेह को भांप गया था, अतः मुस्कराकर बोला–"गहरे पानी में पैठने से ही मोती मिलता है।"

निदान, महीना पूरा हुआ और चुनाव का दिन आ पहुंचा।

प्रातःकाल से ही उम्मीदवार लोग अपनी किस्मतों का फैसला सुनने के लिए उत्सुक थे। दिन काटना पहाड़ हो गया। प्रत्येक के चेहरे पर आशा और निराशा के रंग आते थे।

किसी को नहीं मालूम कि आज किसके नसीब जागेंगे और न जाने किस पर लक्ष्मी की कृपादृष्टि होगी!

संध्या समय राजा साहब का दरबार सजाया गया। शहर के रईस और धनाढ्य लोग, राज्य के कर्मचारी और दरबारी तथा दीवानी के उम्मीदवारों का समूह–सब रंग-बिरंगी सज-धज बनाए दरबार में आ विराजे! उम्मीदवारों के कलेजे धड़क रहे थे।

सरदार सुजान सिंह ने खड़े होकर कहा–"मेरे दीवानी के उम्मीदवार महाशयो! मैंने आप लोगों को जो कष्ट दिया है, उसके लिए मुझे क्षमा कीजिए। इस पद के लिए ऐसे पुरुष की आवश्यकता थी जिसके हृदय में दया हो और साथ-साथ आत्म-बल भी। हृदय वह जो उदार हो, आत्म-बल वह जो आपत्ति का वीरता के साथ सामना करे और इस रियासत के सौभाग्य से हमें ऐसा पुरुष मिल गया। ऐसे गुणवाले संसार में कम हैं और जो हैं, वे कीर्ति और मान के शिखर पर बैठे हुए हैं, उन तक हमारी पहुंच नहीं। मैं रियासत को पंडित जानकीनाथ-सा दीवान पाने पर बधाई देता हूं।"

रियासत के कर्मचारियों और रईसों ने जानकीनाथ की तरफ देखा।

उम्मीदवार दल की आंखें उधर उठीं, मगर उन आंखों में सत्कार था और इन आंखों में ईर्ष्या।

सरदार साहब ने फिर फरमाया—"आप लोगों को यह स्वीकार करने में कोई आपत्ति न होगी कि जो पुरुष स्वयं जख्मी होकर भी एक गरीब किसान की भरी हुई गाड़ी को दलदल से निकालकर नाले के ऊपर चढ़ा दे, उसके हृदय में साहस, आत्म-बल और उदारता का वास है। ऐसा आदमी गरीबों को कभी न सताएगा। उसका संकल्प दृढ़ है, जो उसके चित्त को स्थिर रखेगा। वह चाहे धोखा खा जाए, परंतु दया और धर्म से कभी न हटेगा।"

13

पशु से मनुष्य

डॉक्टर साहब के मन में उस समय दुर्गा के प्रति एक विचित्र ईर्ष्या का भाव उत्पन्न हुआ। जिस नराधम को उन्होंने दंड देकर अपने यहां से अलग कर दिया था, उसे नौकरी क्यों मिल गई? यदि दुर्गा इस वक्त फटेहाल, रोनी सूरत बनाए दिखाई देता तो डॉक्टर साहब को उस पर दया आ जाती। वे संभवतः उसे कुछ इनाम देते और प्रेमशंकर से उसकी प्रशंसा भी कर देते। उनकी प्रकृति में दया थी और अपने नौकरों पर उनकी कृपादृष्टि रहती थी, परंतु उनकी इस कृपा और दया में लेश-मात्र भी भेद न था, जो अपने कुत्तों और घोड़ों से थी। इस कृपा का आधार न्याय नहीं, दीन-पालन है। दुर्गा ने उन्हें देखा, कुएं पर खड़े-खड़े सलाम किया और फिर अपने काम में लग गया। उसका यह अभिमान डॉक्टर साहब के हृदय में भाले की भांति चुभ गया।

दुर्गा माली डॉक्टर मेहरा, बार-ऐट ला के यहां नौकर था। वह पांच रुपये मासिक वेतन पाता था। उसके घर में स्त्री और दो-तीन छोटे बच्चे थे। स्त्री पड़ोसियों के लिए गेहूं पीसा करती थी। दो बच्चे, जो समझदार थे, इधर-उधर से लकड़ियां, गेहूं, उपले चुन लाते थे, किंतु इतना यत्न करने पर भी वे बहुत तकलीफ में रहते थे।

दुर्गा डॉक्टर साहब की नजर बचाकर बगीचे से फूल चुन लेता और बाजार में पुजारियों के हाथ बेच दिया करता था। कभी-कभी वह फलों पर भी हाथ साफ कर दिया करता। यही उसकी ऊपरी आमदनी थी। इससे नोन-तेल आदि का काम चल जाता था।

दुर्गा ने कई बार डॉक्टर महोदय से वेतन बढ़ाने के लिए प्रार्थना की, परंतु डॉक्टर साहब नौकर की वेतन-वृद्धि को छूत की बीमारी समझते थे, जो एक से अनेक को ग्रस लेती है। वे साफ कह दिया करते थे–'भाई, मैं तुम्हें बांधे तो हूं नहीं। तुम्हारा निर्वाह यहां नहीं होता; तो और कहीं चले जाओ, मेरे लिए मालियों का अकाल नहीं है।'

दुर्गा में इतना साहस न था कि वह लगी हुई रोजी छोड़कर नौकरी ढूंढने निकलता। इससे अधिक वेतन पाने की आशा भी नहीं, इसलिए वह इसी निराशा में पड़ा हुआ जीवन के दिन काटता और अपने भाग्य को रोता था।

डॉक्टर महोदय को बागबानी से विशेष प्रेम था। नाना प्रकार के फूल-पत्ते लगा रखे थे। अच्छे-अच्छे फलों के पौधे दरभंगा, मलीहाबाद, सहारनपुर आदि स्थानों से मंगवाकर लगाए थे। वृक्षों को फलों से लदे हुए देखकर उन्हें हार्दिक आनंद होता था। अपने मित्रों के यहां गुलदस्ते और शाक-भाजी की डालियां तोहफे के तौर पर भिजवाते रहते थे।

डॉक्टर महोदय को फलों को आप खाने का शौक न था, पर मित्रों को खिलाने में उन्हें असीम आनंद प्राप्त होता था। प्रत्येक फल के मौसम में मित्रों की दावत करते और 'पिकनिक पार्टियां' उनके मनोरंजन का प्रधान अंग थीं।

एक बार गर्मियों में उन्होंने अपने कई मित्रों को आम खाने की दावत दी। मलीहाबादी में सुफेदे के फल खूब लगे हुए थे।

डॉक्टर साहब इन फलों को प्रतिदिन देखा करते थे। ये पहले ही फले थे, इसलिए वे मित्रों से उनकी मिठास और स्वाद का बखान सुनना चाहते थे। इस विचार से उन्हें वही आमोद होता था, जो किसी पहलवान को अपने पट्ठों के करतब दिखाने से होता है। इतने बड़े, सुंदर और सुकोमल सुफेदे स्वयं उनकी निगाह से न गुजरे थे।

इन फलों के स्वाद का डॉक्टर साहब को इतना विश्वास था कि वे एक फल चखकर उसकी परीक्षा करना आवश्यक न समझते थे, प्रधानत: इसलिए कि एक फल की कमी एक मित्र को रसास्वादन से वंचित कर देगी।

संध्या का समय था और चैत का महीना। मित्रगण आकर बगीचे के हौज के किनारे कुर्सियों पर बैठे थे। बर्फ और दूध का प्रबंध पहले ही कर लिया गया

था, पर अभी तक फल न तोड़े गए थे। डॉक्टर साहब पहले फलों को पेड़ में लगे हुए दिखलाकर तब उन्हें तोड़ना चाहते थे, जिससे किसी को यह संदेह न हो कि फल इनके बाग के नहीं हैं।

जब सब सज्जन जमा हो गए, तब उन्होंने कहा—"आप लोगों को कष्ट होगा, पर जरा चलकर फलों को पेड़ में लटके हुए देखिए। बड़ा ही मनोहर दृश्य है। गुलाब में भी ऐसी लोचनप्रिय लाली न होगी। रंग से स्वाद टपक पड़ता है। मैंने इसकी कलम खास मलीहाबाद से मंगवाई थी और उसका विशेष रीति से पालन किया है।"

मित्रगण उठे और डॉक्टर साहब आगे-आगे चले। रविशों के दोनों ओर गुलाब की क्यारियां थीं। उनकी छटा दिखाते हुए वे अंत में सुफेदे के पेड़ के सामने आ गए, मगर आश्चर्य! वहां एक भी फल न था।

डॉक्टर साहब ने समझा, शायद वह यह पेड़ नहीं है। दो पग और आगे चले, दूसरा पेड़ मिल गया। कुछ और आगे बढ़े, तीसरा पेड़ मिला, फिर पीछे लौटे और विस्मित दशा में सुफेदे के वृक्ष के नीचे आकर रुक गए। इसमें संदेह नहीं कि वृक्ष यही है, पर फल क्या हुए?

बीस-पच्चीस आम थे, एक का भी पता नहीं! मित्रों की ओर अपराधपूर्ण नेत्रों से देखकर बोले—"आश्चर्य है कि इस पेड़ में एक भी फल नहीं है। आज सुबह मैंने देखा था, पेड़ फलों से लदा हुआ था। यह देखिए, फलों का डंठल है। यह अवश्य माली की शरारत है। मैं आज उसकी हड्डियां तोड़ दूंगा। उस पाजी ने मुझे कितना धोखा दिया! मैं बहुत लज्जित हूं कि आप लोगों को व्यर्थ कष्ट हुआ। मैं सत्य कहता हूं, इस समय मुझे जितना दु:ख हुआ है, उसे प्रकट नहीं कर सकता। ऐसे रंगीले, कोमल, कमनीय फल मैंने अपने जीवन में कभी न देखे थे। उनके यों लुप्त हो जाने से मेरे हृदय के टुकड़े हुए जाते हैं।" यह कहकर वे नैराश्य-वेदना से कुरसी पर बैठ गए।

मित्रों ने सांत्वना देते हुए कहा—"नौकरों का सब जगह यही हाल है। यह जाति ही पाजी होती है। आप हम लोगों के कष्ट का खेद न करें। यह सुफेदे न सही, दूसरे फल सही।"

एक सज्जन ने कहा—"साहब, मुझे तो सब आम एक ही से मालूम होते हैं। सुफेदे, मोहनभोग, लंगड़े, बंबई, फजली, दशहरी—इनमें कोई भेद ही नहीं मालूम होता—न जाने आप लोगों को कैसे उनके स्वाद में फर्क मालूम होता है।"

दूसरे सज्जन बोले—"यहां भी वही हाल है। इस समय जो फल मिले, वही मंगवाइए। जो गए, उनका अफसोस क्या?"

डॉक्टर साहब ने व्यथित भाव से कहा–"आमों की क्या कमी है, सारा बाग भरा पड़ा है, खूब शौक से खाइए और बांधकर घर भी ले जाइए। वे हैं और किस लिए? पर वह रस और स्वाद कहां? आपको विश्वास न होगा, उन सुफेदों पर ऐसा निखार था कि सेब मालूम होते थे। सेब भी देखने में ही सुंदर होता है, उसमें वह रुचिवर्द्धक लालित्य, वह सुधामय मृदुता कहां! इस माली ने आज वह अनर्थ किया है कि जी चाहता है, नमकहराम को गोली मार दूं। इस वक्त सामने आ जाए तो अधमुआ कर दूं।"

2

माली बाजार गया हुआ था।

डॉक्टर साहब ने साईस से कुछ आम तुड़वाए, मित्रों ने आम खाए, दूध पिया और डॉक्टर साहब को धन्यवाद देकर अपने-अपने घर की राह ली, लेकिन मिस्टर मेहरा वहां हौज के किनारे हाथ में हंटर लिये माली की बाट जोहते रहे। आकृति से जान पड़ता था मानो साक्षात् क्रोध मूर्तिमान हो गया हो।

कुछ रात गए दुर्गा बाजार से लौटा। वह चौकन्नी आंखों से इधर-उधर देख रहा था। ज्यों ही उसने डॉक्टर साहब को हौज के किनारे हाथ में हंटर लिये बैठे देखा, उसके होश उड़ गए।

वह समझ गया कि चोरी पकड़ ली गई। इसी भय से उसने बाजार में खूब देर की थी। उसने समझा था, डॉक्टर साहब कहीं सैर करने गए होंगे, मैं चुपके से कटहल के नीचे अपनी झोंपड़ी में जा बैठूंगा, सवेरे कुछ पूछताछ भी हुई तो मुझे सफाई देने का अवसर मिल जाएगा। कह दूंगा–'सरकार, मेरे झोंपड़े की तलाशी ले लें।' इस प्रकार मामला दब जाएगा।

समय सफल चोर का सबसे बड़ा मित्र है। एक-एक क्षण उसे निर्दोष सिद्ध करता जाता है, किंतु जब वह रंगे हाथों पकड़ा जाता है, तब उसे बच निकलने की कोई राह नहीं रहती।

रुधिर के सूखे हुए धब्बे रंग के दाग बन सकते हैं, पर ताजा लहू आप-ही-आप पुकारता है। दुर्गा के पैर थम गए, छाती धड़कने लगी। डॉक्टर साहब की निगाह उस पर पड़ गई थी। अब उल्टे पांव लौटना व्यर्थ था।

डॉक्टर साहब उसे दूर से देखते ही उठे कि चलकर उसकी खूब मरम्मत करूं, लेकिन वकील थे, विचार किया कि इसका बयान लेना आवश्यक है। इशारे से निकट बुलाया और पूछा–"सुफेदे के पेड़ में कई आम लगे हुए थे। एक भी नहीं दिखाई देता। क्या हो गए?"

दुर्गा ने निर्दोष भाव से उत्तर दिया—"हुजूर, अभी मैं बाजार गया था, तब तक तो सब आम लगे हुए थे। इतनी देर में कोई तोड़ ले गया हो तो मैं नहीं कह सकता।"

डॉक्टर—तुम्हारा किस पर संदेह है?

दुर्गा—सरकार, अब मैं किसे बताऊं! इतने नौकर-चाकर हैं, न जाने किसकी नीयत बिगड़ी हो।

डॉक्टर—मेरा संदेह तुम्हारे ऊपर है, अगर तोड़कर रखे हों तो लाकर दे दो या साफ-साफ कह दो कि मैंने तोड़े हैं, नहीं तो मैं बुरी तरह पेश आऊंगा।

चोर केवल दंड से ही नहीं बचना चाहता, वह अपमान से भी बचना चाहता है। वह दंड से उतना नहीं डरता, जितना अपमान से डरता है। जब उसे सजा से बचने की कोई आशा नहीं रहती, उस समय भी वह अपने अपराध को स्वीकार नहीं करता। वह अपराधी बनकर छूट जाने से निर्दोष बनकर दंड भोगना बेहतर समझता है।

दुर्गा इस समय अपराध स्वीकार करके सजा से बच सकता था, पर उसने कहा—"हुजूर, मालिक हैं, जो चाहें करें, पर मैंने आम नहीं तोड़े। सरकार ही बताएं, इतने दिन मुझे आपकी ताबेदारी करते हो गए, मैंने एक पत्ती भी छुई है।"

डॉक्टर—तुम कसम खा सकते हो?

दुर्गा—गंगा की कसम, जो मैंने आमों को हाथ से छुआ भी हो।

डॉक्टर—मुझे इस कसम पर विश्वास नहीं है। तुम पहले लोटे में पानी लाओ, उसमें तुलसी की पत्तियां डालो, तब कसम खाकर कहो कि अगर मैंने तोड़े हों तो मेरा लड़का मेरे काम न आए, तब मुझे विश्वास आएगा।

दुर्गा—हुजूर, सांच को आंच क्या, जो कसम कहिए, खाऊंगा। जब मैंने काम ही नहीं किया तो मुझ पर कसम क्या पड़ेगी?

डॉक्टर—अच्छा, बातें न बनाओ, जाकर पानी लाओ।

डॉक्टर महोदय मानव-चरित्र के ज्ञाता थे। सदैव अपराधियों से व्यवहार रहता था। यद्यपि दुर्गा जबान से हेकड़ी की बातें कर रहा था, पर उसके हृदय में भय समाया हुआ था। वह अपने झोंपड़े में आया, लेकिन लोटे में पानी लेकर जाने की उसकी हिम्मत न हुई। उसके हाथ थरथराने लगे। उसे ऐसी घटनाएं याद आ गईं, जिनमें झूठी कसम उठाने वाले पर दैवी कोप का प्रहार हुआ था। ईश्वर के सर्वज्ञ होने का ऐसा मर्मस्पर्शी विश्वास उसे कभी नहीं हुआ था।

दुर्गा ने निश्चय किया—'मैं झूठी कसम न उठाऊंगा। यही न होगा, निकाल दिया जाऊंगा। नौकरी फिर कहीं-न-कहीं मिल जाएगी और नौकरी भी न मिले

तो मजूरी तो कहीं नहीं गई। कुदाल भी चलाऊंगा तो सांझ तक आध सेर आटे का ठिकाना हो जाएगा।' यह सोचकर वह धीरे-धीरे खाली हाथ डॉक्टर साहब के सामने आकर खड़ा हो गया।

डॉक्टर साहब ने कड़े स्वर से पूछा–"पानी लाया?"

दुर्गा–हुजूर, मैं कसम न उठाऊंगा।

डॉक्टर–तो तुम्हारा आम तोड़ना साबित होता है?

दुर्गा–अब सरकार जो चाहें, समझें। मान लीजिए, मैंने ही आम तोड़े तो आपका गुलाम ही तो हूं। रात-दिन ताबेदारी करता हूं, बाल-बच्चे आमों के लिए रोएं तो कहां जाऊं? अबकी बार जान बकसी जाए, फिर ऐसा कुसूर न होगा।

डॉक्टर महोदय इतने उदार न थे। उन्होंने यही बड़ा उपकार किया कि दुर्गा को पुलिस के हवाले न किया और हंटर ही लगाए। उसकी इस धार्मिक श्रद्धा ने उन्हें कुछ नर्म कर दिया था, मगर ऐसे दुर्बल हृदय को अपने यहां रखना असंभव था। उन्होंने उसी क्षण दुर्गा को जवाब दे दिया और उसकी आधे महीने की बाकी मजूरी जब्त कर ली।

3

कई मास के पश्चात् एक दिन डॉक्टर मेहरा बाबू प्रेमशंकर के बाग की सैर करने गए। वहां से कुछ अच्छी-अच्छी कलमें लाना चाहते थे। प्रेमशंकर को भी बागबानी से प्रेम था और दोनों मनुष्यों में यही समानता थी, अन्य सभी विषयों में वे एक दूसरे से भिन्न थे।

प्रेमशंकर बड़े संतोषी, सरल, सहृदय मनुष्य थे। वे कई साल अमेरिका में रह चुके थे। वहां उन्होंने कृषि-विज्ञान का खूब अध्ययन किया था और यहां आकर इस वृत्ति को अपनी जीविका का आधार बना लिया था।

मानव-चरित्र और वर्तमान सामाजिक संगठन के विषय में प्रेमशंकर के विचार विचित्र थे, इसीलिए शहर के सभ्य समाज में लोग उनकी उपेक्षा करते थे और उन्हें झक्की समझते थे। इसमें संदेह नहीं कि उनके सिद्धान्तों से लोगों को एक प्रकार की दार्शनिक सहानुभूति थी, पर उनके क्रियात्मक होने के विषय में उन्हें बड़ी शंका थी। संसार कर्म-क्षेत्र है, मीमांसा-क्षेत्र नहीं। यहां सिद्धांत, सिद्धांत ही रहेंगे, उनका प्रत्यक्ष घटनाओं से संबंध नहीं।

डॉक्टर साहब बगीचे में पहुंचे तो उन्होंने प्रेमशंकर को क्यारियों में पानी देते हुए पाया। कुएं पर एक मनुष्य खड़ा पंप से पानी निकाल रहा था। मेहरा ने उसे तुरंत ही पहचान लिया। वह दुर्गा माली था।

डॉक्टर साहब के मन में उस समय दुर्गा के प्रति एक विचित्र ईर्ष्या का भाव उत्पन्न हुआ। जिस नराधम को उन्होंने दंड देकर अपने यहां से अलग कर दिया था, उसे नौकरी क्यों मिल गई? यदि दुर्गा इस वक्त फटेहाल, रोनी सूरत बनाए दिखाई देता तो डॉक्टर साहब को उस पर दया आ जाती। वे संभवत: उसे कुछ इनाम देते और प्रेमशंकर से उसकी प्रशंसा भी कर देते। उनकी प्रकृति में दया थी और अपने नौकरों पर उनकी कृपादृष्टि रहती थी, परंतु उनकी इस कृपा और दया में लेश-मात्र भी भेद न था, जो अपने कुत्तों और घोड़ों से थी। इस कृपा का आधार न्याय नहीं, दीन-पालन है।

दुर्गा ने उन्हें देखा, कुएं पर खड़े-खड़े सलाम किया और फिर अपने काम में लग गया। उसका यह अभिमान डॉक्टर साहब के हृदय में भाले की भांति चुभ गया। उन्हें यह विचारकर अत्यंत क्रोध आया कि मेरे यहां से निकलना इसके लिए हितकर हो गया। उन्हें अपनी सहृदयता पर जो घमंड था, उसे बड़ा आघात लगा।

प्रेमशंकर ज्यों ही उनसे हाथ मिलाकर उन्हें क्यारियों की सैर कराने लगे, त्यों ही डॉक्टर साहब ने उनसे पूछा–"यह आदमी आपके यहां कितने दिनों से है?"

प्रेमशंकर–यही 6 या 7 महीने हुए होंगे।

डॉक्टर–कुछ नोच-खसोट तो नहीं करता? यह मेरे यहां माली था। इसके हथलपकेपन से तंग आकर मैंने इसे निकाल दिया था। कभी फूल तोड़कर बेच आता, कभी पौधे उखाड़ ले जाता और फलों का तो कहना ही क्या? वे इसके मारे बचते ही न थे। एक बार मैंने मित्रों की दावत की थी। मलीहाबादी सुफेदे में खूब फल लगे हुए थे। जब सब आकर बैठ गए और मैं उन्हें फल दिखाने के लिए ले गया तो सारे फल गायब! कुछ न पूछिए, उस घड़ी कितनी भद्द हुई! मैंने उसी क्षण इन महाशय को दुत्कार बताई। बड़ा ही दगाबाज आदमी है और ऐसा चतुर है कि इसको पकड़ना मुश्किल है। कोई वकीलों जैसा ही काइयां आदमी हो तो इसे पकड़ सकता है। ऐसी सफाई और ढिठाई से ढुलकता है कि इसका मुंह देखते रह जाइए। आपको भी तो कभी चरका नहीं दिया?

प्रेमशंकर–जी नहीं, कभी नहीं। मुझे इसने शिकायत का कोई अवसर नहीं दिया। यहां तो खूब मेहनत करता है, यहां तक कि दोपहर की छुट्टी में भी आराम नहीं करता। मुझे तो इस पर इतना भरोसा हो गया कि सारा बगीचा इस पर छोड़ रखा है। दिन-भर में जो कुछ आमदनी होती है, वह शाम को मुझे दे देता है और कभी एक पाई का भी अंतर नहीं पड़ता।

डॉक्टर—यही तो इसका कौशल है कि आपको उल्टे छुरे से मूंडे और आपको खबर भी नहीं होने पाए। आप इसे वेतन क्या देते हैं?

प्रेमशंकर—यहां किसी को वेतन नहीं दिया जाता। सब लोग लाभ में बराबर के साझेदार हैं। महीने-भर में आवश्यक व्यय के पश्चात् जो कुछ बचता है, उनमें से 10 रुपये प्रति सैकड़ा धर्मखाते में डाल दिया जाता है, शेष रुपये समान भागों में बांट दिए जाते हैं। पिछले महीने में 140 रुपये की आमदनी हुई थी। मुझे मिलाकर यहां सात आदमी हैं। 20 रुपये हिस्से पड़े। अबकी बार नारंगियां खूब हुई हैं, मटर की फलियों, गन्ने, गोभी आदि से अच्छी आमदनी हो रही है, 40 रुपये से कम न पड़ेंगे।

डॉक्टर मेहरा ने आश्चर्य से पूछा—"इतने में आपका काम चल जाता है?"

प्रेमशंकर—जी हां, बड़ी सुगमता से। मैं इन्हीं आदमियों के-से कपड़े पहनता हूं, इन्हीं का-सा खाना खाता हूं और मुझे कोई दूसरा व्यसन नहीं है। यहां 20 रुपये मासिक उन औषधियों का खर्च है, जो गरीबों को दी जाती हैं। ये रुपये संयुक्त आय से अलग कर लिये जाते हैं, किसी को कोई आपत्ति नहीं होती। यह साइकिल जो आप देखते हैं, संयुक्त आय से ही ली गई है। जिसे जरूरत होती है, इस पर सवार होता है। मुझे ये सब अधिक कार्यकुशल समझते हैं और मुझ पर पूरा विश्वास रखते हैं। बस मैं इनका मुखिया हूं। जो कुछ सलाह देता हूं, उसे सब मानते हैं। कोई भी यह नहीं समझता कि मैं किसी का नौकर हूं—सब-के-सब अपने को साझेदार समझते हैं और जी तोड़कर मेहनत करते हैं। जहां कोई मालिक होता है और दूसरा उनका नौकर तो उन दोनों में तुरंत द्वेष पैदा हो जाता है। मालिक चाहता है कि इससे जितना काम लेते बने, लेना चाहिए। नौकर चाहता है कि मैं कम-से-कम काम करूं, उसमें स्नेह या सहानुभूति का नाम तक नहीं होता। दोनों यथार्थ में एक दूसरे के शत्रु होते हैं। इस प्रतिद्वंद्विता का दुष्परिणाम हम और आप देख ही रहे हैं। मोटे और पतले आदमियों के पृथक-पृथक दल बन गए हैं और उनमें घोर संग्राम हो रहा है। कल-चिह्नों से ज्ञात होता है कि यह प्रतिद्वंद्विता अब कुछ ही दिनों की मेहमान है। इसकी जगह अब सहकारिता का आगमन होने वाला है। मैंने अन्य देशों में इस घातक संग्राम के दृश्य देखे हैं और मुझे इससे घृणा हो गई है। सहकारिता ही हमें इस संकट से मुक्त कर सकती है।

डॉक्टर—तो यह कहिए कि आप 'सोशलिस्ट' हैं?

प्रेमशंकर—जी नहीं, मैं 'सोशलिस्ट' या 'डेमोक्रेट' कुछ नहीं हूं। मैं केवल न्याय और धर्म का दीन सेवक हूं। मैं निःस्वार्थ सेवा को विद्या से श्रेष्ठ समझता

हूं। मैं अपनी आत्मिक और मानसिक शक्तियों को, बुद्धि-सामर्थ्य को धन और वैभव का गुलाम नहीं बनाना चाहता। मुझे वर्तमान शिक्षा और सभ्यता पर विश्वास नहीं। विद्या का धर्म है–आत्मिक उन्नति का फल, उदारता, त्याग, सदिच्छा, सहानुभूति, न्यायप्रियता और दयाशीलता। जो शिक्षा हमें निर्बलों को सताने के लिए तैयार करे, जो हमें धरती और धन का गुलाम बनाए, जो हमें भोग-विलास में डुबाए, जो हमें दूसरों का रक्त पीकर मोटा होने का इच्छुक बनाए, वह शिक्षा नहीं है। अगर मूर्ख लोभ और मोह के पंजे में फंस जाएं तो वे क्षम्य हैं, परंतु विद्या और सभ्यता के उपासकों की स्वार्थांधता अत्यंत लज्जाजनक है। हमने विद्या और बुद्धि-बल की विभूति के शिखर पर चढ़ने का मार्ग बना लिया। वास्तव में वह सेवा और प्रेम का साधन था। कितनी विचित्र दशा है कि जो जितना ही बड़ा विद्वान है, वह उतना ही बड़ा स्वार्थसेवी है। बस, हमारी सारी विद्या और बुद्धि, हमारा सारा उत्साह और अनुराग, धनलिप्सा में ग्रसित है। हमारे प्रोफेसर साहब एक हजार से कम वेतन पाएं तो उनका मुंह ही नहीं सीधा होता। हमारे दीवान और माल के अधिकारी लोग दो हजार मासिक पाने पर भी अपने भाग्य को रोया करते हैं। हमारे डॉक्टर साहब चाहते हैं कि मरीज मरे या जिए, मेरी फीस में बाधा न पड़े और हमारे वकील साहब (क्षमा कीजिएगा) ईश्वर से मनाया करते हैं कि ईर्ष्या और द्वेष का प्रकोप हो और सोने की दीवार खड़ी कर लूं। 'समय धन है'–इसी वाक्य को हम ईश्वर-वाक्य समझ रहे हैं। इन महान पुरुषों में से प्रत्येक व्यक्ति सैकड़ों नहीं, बल्कि हजारों-लाखों की जीविका हड़प जाते हैं और फिर भी उनका जाति का भक्त बनने का दावा है। वह अपने स्वजाति-प्रेम का डंका बजाता फिरता है। पैदा दूसरे करें, पसीना दूसरे बहाएं, खाना और मूंछों पर ताव देना इनका काम है। मैं समस्त शिक्षित समुदाय को केवल निकम्मा ही नहीं, वरन् अनर्थकारी भी समझता हूं।

डॉक्टर साहब ने बहुत धैर्य से काम लेकर पूछा–"तो क्या आप चाहते हैं कि हम सब-के-सब मजूरी करें?"

प्रेमशंकर–जी नहीं, हालांकि ऐसा हो तो मनुष्य जाति का बहुत उपकार हो। मुझे जो आपत्ति है, वह केवल दशाओं में इस अन्यायपूर्ण समता से है। यदि एक मजूर 5 रुपये में अपना निर्वाह कर सकता है, तो एक मानसिक काम करने वाले प्राणी के लिए इससे दुगनी-तिगनी आय काफी होनी चाहिए और वह अधिकता इसलिए है कि उसे कुछ उत्तम भोजन-वस्त्र तथा सुख की आवश्यकता होती है, मगर पांच और पांच हजार, पचास और पचास हजार का अस्वाभाविक अंतर क्यों हो? इतना ही नहीं, हमारा समाज पांच और पांच लाख

के अंतर का भी तिरस्कार नहीं करता; वरन् उसकी और भी प्रशंसा करता है। शासन-प्रबंध, वकालत, चिकित्सा, चित्र-रचना, शिक्षा, दलाली, व्यापार, संगीत और इसी प्रकार की सैकड़ों अन्य कलाएं शिक्षित समुदाय की जीवन-वृत्ति बनी हुई हैं, पर इनमें से एक भी धनोपार्जन नहीं करतीं। इनका आधार दूसरों की कमाई पर है। मेरी समझ में नहीं आता कि वह उद्योग-धंधे जो जीवन की सामग्रियां पैदा करते हैं, जिन पर जीवन का अवलंबन है, क्यों उन पेशों से नीचे समझे जाएं, जिनका काम केवल मनोरंजन या अधिक-से-अधिक धनोपार्जन में सहायता करना है। आज सारे वकीलों को देश-निकाला हो जाए, सारे अधिकारी वर्ग लुप्त हो जाएं और सारे दलाल स्वर्ग को सिधारें, तब भी संसार का काम चलता रहेगा, बल्कि और भी सरलता से चलेगा। किसान भूमि जोतेंगे, जुलाहे कपड़े बुनेंगे, बढ़ई, लोहार, राज, चर्मकार-सब-के-सब पूर्ववत् अपना-अपना काम करते रहेंगे। उनकी पंचायतें उनके झगड़ों का निबटारा करेंगी, लेकिन यदि किसान न हों तो सारा संसार क्षुधा-पीड़ा से व्याकुल हो जाए, परंतु किसान के लिए 5 रुपया बहुत समझा जाता है और वकील साहब या डॉक्टर साहब को पांच हजार भी काफी नहीं।

डॉक्टर—आप अर्थशास्त्र के उस महत्त्वपूर्ण सिद्धांत को भूले जाते हैं जिसे श्रम-विभाजन कहते हैं। प्रकृति ने प्राणियों को भिन्न-भिन्न शक्तियां प्रदान की हैं और उनके विकास के लिए भिन्न-भिन्न दशाओं की आवश्यकता होती है।

प्रेमशंकर—मैं यह कब कहता हूं कि प्रत्येक मनुष्य को मजूरी करने पर मजबूर किया जाए! नहीं, जिसे परमात्मा ने विचार की शक्ति दी है, वह शास्त्रों की विवेचना करे। जो भावुक हो, वह काव्य की रचना करे। जो अन्याय से घृणा करता हो, वह वकालत करे। मेरा कथन यह है कि विभिन्न कार्यों की हैसियत में इतना अंतर न रहना चाहिए। मानसिक और औद्योगिक कामों में इतना फर्क न्याय के विरुद्ध है। यह प्रकृति के नियमों के प्रतिकूल ज्ञात होता है कि आवश्यक और अनिवार्य कार्यों पर अनावश्यक और निवार्य कार्यों की प्रधानता हो। कतिपय सज्जनों का मत है कि इस साम्य से गुणी लोगों का अनादर होगा और संसार को उनके सद्विचारों और सत्कार्यों से लाभ न पहुंच सकेगा, किंतु वे भूल जाते हैं कि संसार के बड़े-से-बड़े पंडित, बड़े-से-बड़े कवि, बड़े-से-बड़े आविष्कारक, बड़े-से-बड़े शिक्षक धन और प्रभुता के लोभ से मुक्त थे। हमारे अस्वाभाविक जीवन का एक कुपरिणाम यह भी है कि हम बलात् कवि और शिक्षक बन जाते हैं। संसार में आज अगणित लेखक और कवि, वकील और शिक्षक उपस्थित हैं। वे सब-के-सब पृथ्वी पर भार-रूप हो रहे हैं। जब उन्हें मालूम होगा कि इन

दिव्य कलाओं से कुछ लाभ नहीं है तो वही लोग कवि होंगे, जिन्हें कवि होना चाहिए। संक्षेप में कहना यही है कि धन की प्रधानता ने हमारे समस्त समाज को उलट-पलट दिया है।

डॉक्टर मेहरा अधीर हो गए; बोले—"महाशय, समाज-संगठन का यह रूप देवलोक के लिए चाहे उपयुक्त हो, पर भौतिक संसार के लिए और इस भौतिक काल में वह कदापि उपयोगी नहीं हो सकता।"

प्रेमशंकर—केवल इसी कारण अभी तक धनवानों का, जमींदारों का और शिक्षित समुदाय का प्रभुत्व जमा हुआ है, पर इससे पहले भी कई बार इस प्रभुत्व को धक्का लग चुका है और चिह्नों से ज्ञात होता है कि निकट भविष्य में फिर इसकी पराजय होने वाली है। कदाचित् वह हार निर्णयात्मक होगी। समाज का चक्र साम्य से आरंभ होकर फिर साम्य पर ही समाप्त होता है। एकाधिपत्य, रईसों का प्रभुत्व और वाणिज्य-प्राबल्य, उसकी मध्यवर्ती दशाएं हैं। वर्तमान चक्र ने मध्यवर्ती दशाओं को भोग लिया है और वह अपने अंतिम स्थान के निकट आता जाता है, किंतु हमारी आंखें अधिकार और प्रभुता के मद में ऐसी भरी हुई हैं कि हमें आगे-पीछे कुछ नहीं सूझता। चारों ओर से जनतावाद का घोर नाद हमारे कानों में आ रहा है, पर हम ऐसे निश्चिंत हैं मानो वह साधारण मेघ की गरज है। हम अभी तक उन्हीं विद्याओं और कलाओं में लीन हैं जिनका आश्रय दूसरों की मेहनत है। हमारे विद्यालयों की संख्या बढ़ती जाती है, हमारे वकीलखाने में पांव रखने की जगह बाकी नहीं, गली-गली फोटो स्टूडियो खुल रहे हैं, डॉक्टरों की संख्या मरीजों से भी अधिक हो गई है, पर अब भी हमारी आंखें नहीं खुलतीं। हम इस अस्वाभाविक जीवन, इस सभ्यता के तिलिस्म से बाहर निकलने की चेष्टा नहीं करते। हम शहरों में कारखाने खोलते फिरते हैं, इसलिए कि मजदूरों की मेहनत से मोटे हो जाएं। 30 रुपये और 40 रुपये सैकड़े लाभ की कल्पना करके फूले नहीं समाते, पर ऐसा कहीं देखने में नहीं आता कि किसी शिक्षित सज्जन ने कपड़ा बुनना या जमीन जोतना शुरू किया हो। यदि कोई दुर्भाग्यवश ऐसा करे भी तो उसकी हंसी उड़ाई जाती है। हम उसी को मान-प्रतिष्ठा के योग्य समझते हैं, जो तकिया-गद्दी लगाए बैठा रहे, हाथ-पैर न हिलाए और लेन-देन पर, सूद-बट्टे पर लाखों के वारे-न्यारे करता हो...।

यही बातें हो रही थीं कि दुर्गा माली एक डाली नारंगियां, गोभी के फूल, अमरूद, मटर की फलियां आदि सजाकर लाया और उसे डॉक्टर साहब के सामने रख दिया। उसके चेहरे पर एक प्रकार का गर्व था मानो उसकी आत्मा जाग्रत हो गई हो।

वह डॉक्टर साहब के समीप एक मोटे मोढ़े पर बैठ गया और बोला–"हुजूर को कैसी कलमें चाहिए? आप बाबूजी को एक चिट पर उनके नाम लिखकर दे दीजिए। मैं कल आपके मकान पर पहुंचा दूंगा। आपके बाल-बच्चे तो अच्छी तरह हैं?"

डॉक्टर साहब ने कुछ सकुचाकर कहा–"हां, लड़के अच्छी तरह हैं, तुम यहां अच्छी तरह हो?"

दुर्गा–जी हां, आपकी दया से बहुत आराम से हूं।

डॉक्टर साहब उठकर चले तो प्रेमशंकर उन्हें विदा करने साथ-साथ फाटक तक आए।

डॉक्टर साहब मोटर पर बैठे तो मुस्कराकर प्रेमशंकर से बोले–"मैं आपके सिद्धांतों का कायल नहीं हुआ, पर इसमें संदेह नहीं कि आपने एक पशु को मनुष्य बना दिया। यह आपके सत्संग का फल है, लेकिन क्षमा कीजिएगा, मैं फिर भी कहूंगा कि आप इससे होशियार रहिएगा। 'यूजेनिक्स' (सुप्रजनन-शास्त्र) अभी तक किसी ऐसे प्रयोग का आविष्कार नहीं कर सका है, जो जन्म के संस्कारों को मिटा दे!"

14

पूर्व संस्कार

रामटहल उन्हें देखते ही पहचान गए—जाकर दंडवत् की, कुशल-समाचार पूछे और उनके भोजन का प्रबंध करने लगे। इतने में अकस्मात् जवाहिर ने जोर से डकार ली और धम्म-से भूमि पर गिर पड़ा। रामटहल दौड़े हुए उसके पास आए। उसकी आंखें पथरा रही थीं। उसने पहले एक स्नेहपूर्ण दृष्टि उन पर डाली और चित हो गया।

रामटहल घबराए हुए घर से दवाएं लाने दौड़े। उनकी कुछ समझ में न आया कि खड़े-खड़े इसे हो क्या गया। जब तक वह घर में से दवाइयां लेकर निकले, तब तक जवाहिर का अंत हो चुका था।

रामटहल शायद अपने छोटे भाई की मृत्यु पर भी इतने शोकातुर न हुए थे। वह बार-बार लोगों के रोकने पर भी दौड़-दौड़कर जवाहिर के शव के पास जाते और उससे लिपटकर रोते।

सज्जनों के हिस्से में भौतिक उन्नति कभी भूलकर ही आती है। रामटहल विलासी, दुर्व्यसनी, चरित्रहीन आदमी थे, पर सांसारिक व्यवहारों में चतुर, सूद-ब्याज के मामले में दक्ष और मुकदमे-अदालत में कुशल थे। उनका धन बढ़ता जाता था। सभी उनके असामी थे। उधर

उन्हीं के छोटे भाई शिवटहल साधु-भक्त, धर्म-परायण और परोपकारी जीव थे। उनका धन घटता जाता था। उनके द्वार पर दो-चार अतिथि बने रहते थे। बड़े भाई का सारे मुहल्ले पर दबाव था। जितने नीच श्रेणी के आदमी थे, उनका हुक्म पाते ही फौरन उनका काम करते थे। उनके घर की मरम्मत बेगार में हो जाती। ऋणी कुंजड़े साग-भाजी भेंट में दे जाते। ऋणी ग्वाला उन्हें बाजार-भाव से ड्योढ़ा दूध देता। छोटे भाई का किसी पर रोब न था। साधु-संत आते और इच्छापूर्ण भोजन करके अपनी राह लेते। दो-चार आदमियों को रुपये उधार दिए भी तो सूद के लालच से नहीं, बल्कि संकट से छुड़ाने के लिए। कभी जोर देकर तगादा न करते कि कहीं उन्हें दुःख हो।

इस तरह कई साल गुजर गए। यहां तक कि शिवटहल की सारी संपत्ति परमार्थ में उड़ गई। रुपये भी बहुत डूब गए! उधर रामटहल ने नया मकान बनवा लिया। सोने-चांदी की दुकान खोल ली। थोड़ी जमीन भी खरीद ली और खेती-बाड़ी भी करने लगे।

शिवटहल को अब चिंता हुई कि निर्वाह कैसे होगा? धन न था कि कोई रोजगार करते। वह व्यवहार-बुद्धि भी न थी, जो बिना धन के भी अपनी राह निकाल लेती है। किसी से ऋण लेने की हिम्मत न पड़ती थी। रोजगार में घाटा हुआ तो देंगे कहां से? किसी दूसरे आदमी की नौकरी भी न कर सकते थे—कुल-मर्यादा भंग होती थी। दो-चार महीने तो ज्यों-त्यों करके काटे, अंत में चारों ओर से निराश होकर बड़े भाई के पास गए और कहा—"भैया, अब मेरे और मेरे परिवार के पालन का भार आपके ऊपर है। आपके सिवा अब किसकी शरण लूं?"

रामटहल ने कहा—"इसकी कोई चिंता नहीं। तुमने कुकर्म में तो धन उड़ाया नहीं। जो कुछ किया, उससे कुल-कीर्ति ही फैली है। मैं धूर्त हूं; संसार को ठगना जानता हूं। तुम सीधे-सादे आदमी हो। दूसरों ने तुम्हें ठग लिया। यह तुम्हारा ही घर है। मैंने जो जमीन ली है, उसकी तहसील वसूल करो, खेती-बाड़ी का काम संभालो। महीने में तुम्हें जितना खर्च पड़े, मुझसे ले जाओ। हां, एक बात मुझसे न होगी। मैं साधु-संतों का सत्कार करने को एक पैसा भी न दूंगा और न तुम्हारे मुंह से अपनी निंदा सुनूंगा।"

शिवटहल ने गद्गद कंठ से कहा—"भैया, मुझसे इतनी भूल अवश्य हुई कि मैं सबसे आपकी निंदा करता रहा हूं, उसे क्षमा करो। अब से मुझे अपनी निंदा करते सुनना तो जो चाहे दंड देना। हां, आपसे मेरी एक विनय है। मैंने अब तक अच्छा किया या बुरा, पर भाभीजी को मना कर देना कि उसके लिए मेरा तिरस्कार न करें।"

रामटहल–अगर वह कभी तुम्हें ताना देंगी, तो मैं उनकी जीभ खींच लूंगा।

रामटहल की जमीन शहर से दस-बारह कोस पर थी। वहां एक कच्चा मकान भी था। बैल, गाड़ी और खेती की अन्य सामग्रियां वहीं रहती थीं। शिवटहल ने अपना घर भाई को सौंपा और अपने बाल-बच्चों को लेकर गांव चले गए। वहां उत्साह के साथ काम करने लगे। नौकरों ने काम में चौकसी की। परिश्रम का फल मिला। पहले ही साल उपज ड्योढ़ी हो गई और खेती का खर्च आधा रह गया।

पर स्वभाव को कैसे बदलें? पहले की तरह तो नहीं, पर अब भी दो-चार मूर्तियां शिवटहल की कीर्ति सुनकर आ ही जाती थीं और शिवटहल को विवश होकर उनकी सेवा और सत्कार करना ही पड़ता था। हां, अपने भाई से यह बात छिपाते थे कि कहीं वह अप्रसन्न होकर जीविका का यह आधार भी न छीन लें। फल यह होता कि उन्हें भाई से छिपाकर अनाज, भूसा, खली आदि बेचना पड़ता। इस कमी को पूरा करने के लिए वह मजदूरों से और भी कड़ी मेहनत लेते थे और खुद भी कड़ी मेहनत करते। धूप-ठंड, पानी-बूंदी की बिलकुल परवाह न करते थे, मगर कभी इतना परिश्रम तो किया न था। शरीर शक्तिहीन होने लगा। भोजन भी रूखा-सूखा मिलता था। उस पर कोई ठीक समय नहीं। कभी दोपहर को खाया, कभी तीसरे पहर। कभी प्यास लगी, तो तालाब का पानी पी लिया। दुर्बलता रोग का पूर्व रूप है। बीमार पड़ गए। देहात में दवा-दारू का सुभीता न था। भोजन में भी कुपथ्य करना पड़ता था। रोग ने जड़ पकड़ ली। ज्वर ने प्लीहा को प्रभावित करना शुरू कर दिया और विकारग्रस्त प्लीहा ने छह महीने में काम तमाम कर दिया।

रामटहल ने यह शोक-समाचार सुना, तो उन्हें बड़ा दु:ख हुआ। इन तीन वर्षों में उन्हें एक पैसे का अनाज नहीं लेना पड़ा। गुड़, घी, भूसा-चारा, उपले-ईंधन सब गांव से चला आता था। बहुत रोए, पछतावा हुआ कि मैंने भाई की दवा-दरपन की कोई फिक्र नहीं की; अपने स्वार्थ की चिंता में उसे भूल गया, लेकिन मैं क्या जानता था कि मलेरिया का ज्वर प्राणघातक ही होगा! नहीं तो यथाशक्ति अवश्य इलाज करता। भगवान की यही इच्छा थी, फिर मेरा क्या वश!

अब कोई खेती को संभालने वाला न था। इधर रामटहल को खेती का मजा मिल गया था! उस पर विलासिता ने उनका स्वास्थ्य भी नष्ट कर डाला था। अब वह देहात की स्वच्छ जलवायु में रहना चाहते थे। उन्होंने निश्चय किया कि खुद ही गांव में जाकर खेती-बाड़ी करूं। लड़का जवान हो गया था। शहर का लेन-देन उसे सौंपा और देहात चले आए।

यहां उनका समय और चित्त विशेषकर गौओं की देखभाल में लगता था। उनके पास एक जमुनापारी बड़ी रास की गाय थी। उसे कई साल हुए बड़े शौक से खरीदा था। दूध खूब देती थी और सीधी वह इतनी कि बच्चा भी सींग पकड़ ले, तो न बोलती। वह इन दिनों गाभिन थी। उसे बहुत प्यार करते थे। शाम-सवेरे उसकी पीठ सहलाते, अपने हाथों से नाज खिलाते। कई आदमी उसके ड्योढ़े दाम देते थे, पर रामटहल ने न बेची। जब समय पर गऊ ने बच्चा दिया, तो रामटहल ने धूमधाम से उसका जन्मोत्सव मनाया, कितने ही ब्राह्मणों को भोजन कराया। कई दिन तक गाना-बजाना होता रहा। इस बछड़े का नाम रखा गया 'जवाहिर'। एक ज्योतिषी से उसका जन्म-पत्र भी बनवाया गया। उसके अनुसार, बछड़ा बड़ा होनहार, बड़ा भाग्यशाली, स्वामिभक्त निकला। केवल छठे वर्ष उस पर एक संकट की शंका थी। उससे बच गया तो फिर जीवनपर्यंत सुख से रहेगा।

बछड़ा श्वेत वर्ण था। उसके माथे पर एक लाल तिलक था। आंखें कजरी थीं। स्वरूप का अत्यंत मनोहर और हाथ-पांव का सुडौल था। दिन-भर कलोलें किया करता। रामटहल का चित्त उसे छलांगें भरते देखकर प्रफुल्लित हो जाता था। वह उनसे इतना हिल-मिल गया कि उनके पीछे-पीछे कुत्ते की भांति दौड़ा करता था।

जब वह शाम और सुबह को अपनी खाट पर बैठकर असामियों से बातचीत करने लगते, तो जवाहिर उनके पास खड़ा होकर उनके हाथ या पांव को चाटता था। वह प्यार से उसकी पीठ पर हाथ फेरने लगते, तो उसकी पूंछ खड़ी हो जाती और आंखें हृदय के उल्लास से चमकने लगतीं। रामटहल को भी उससे इतना स्नेह था कि जब तक वह उनके सामने चौके में न बैठा हो, भोजन में स्वाद न मिलता। वह उसे बहुधा गोद में चिपटा लिया करते। उसके लिए चांदी का हार, रेशमी फूल, चांदी की झांझें बनवाईं। एक आदमी उसे नित्य नहलाता और झाड़ता-पोंछता रहता था। जब कभी रामटहल किसी काम से दूसरे गांव में चले जाते तो उन्हें घोड़े पर आते देखकर जवाहिर कुलेलें मारता हुआ उनके पास पहुंच जाता और उनके पैरों को चाटने लगता। पशु और मनुष्य में यह पिता-पुत्र-सा प्रेम देखकर लोग चकित हो जाते।

जवाहिर की अवस्था ढाई वर्ष की हुई तो रामटहल ने उसे अपनी सवारी की बहली के लिए निकालने का निश्चय किया। वह अब बछड़े से बैल हो गया था। उसका ऊंचा डील, गठे हुए अंग, सुदृढ़ मांसपेशियां, गरदन के ऊपर ऊंचा डील, चौड़ी छाती और मस्तानी चाल थी। ऐसा दर्शनीय बैल सारे इलाके में न था। बड़ी

मुश्किल से उसका बांधा मिला, पर देखने वाले साफ कहते थे कि जोड़ नहीं मिला। रुपये आपने बहुत खर्च किए हैं, पर कहां जवाहिर और कहां यह! कहां लैंप और कहां दीपक!

कौतूहल की बात यह थी कि जवाहिर को कोई गाड़ीवान हांकता तो वह आगे पैर न उठाता। गरदन हिला-हिलाकर रह जाता, मगर जब रामटहल आप पगहा हाथ में ले लेते और एक बार चुमकारकर कहते 'चलो बेटा' तो जवाहिर उन्मत्त होकर गाड़ी को ले उड़ता। दो-दो कोस तक बिना रुके, एक ही सांस में दौड़ता चला जाता। घोड़े भी उसका मुकाबला न कर सकते।

एक दिन संध्या समय जब जवाहिर नांद में खली और भूसा खा रहा था और रामटहल उसके पास खड़े उसकी मक्खियां उड़ा रहे थे, एक साधु महात्मा आकर द्वार पर खड़े हो गए। रामटहल ने अविनयपूर्ण भाव से कहा—"यहां क्यों खड़े हो महाराज, आगे जाओ।"

साधु—कुछ नहीं बाबा, इसी बैल को देख रहा हूं। मैंने ऐसा सुंदर बैल नहीं देखा।

रामटहल—(ध्यान देकर) घर का ही बछड़ा है।

साधु—साक्षात् देवरूप है।

यह कहकर महात्माजी जवाहिर के निकट गए और उसके खुर चूमने लगे।

रामटहल—आपका शुभागमन कहां से हुआ? आज यहीं विश्राम कीजिए तो बड़ी दया हो।

साधु—नहीं बाबा, क्षमा करो। मुझे आवश्यक कार्य से रेलगाड़ी पर सवार होना है—रातो-रात चला जाऊंगा! ठहरने से विलंब होगा।

रामटहल—तो फिर और कभी दर्शन होंगे?

साधु—हां, तीर्थयात्रा से तीन वर्ष में लौटकर इधर से फिर जाना होगा, तब आपकी इच्छा होगी तो ठहर जाऊंगा! आप बड़े भाग्यशाली पुरुष हैं कि आपको ऐसे देवरूप नंदी की सेवा का अवसर मिल रहा है। इन्हें पशु न समझिए, यह कोई महान आत्मा हैं। इन्हें कष्ट न दीजिएगा। इन्हें कभी फूल से भी न मारिएगा।

यह कहकर साधु ने फिर जवाहिर के चरणों पर सीस नवाया और चले गए।

उस दिन से जवाहिर की और भी खातिर होने लगी। वह पशु से देवता हो गया। रामटहल उसे पहले रसोई के सब पदार्थ खिलाकर तब आप भोजन करते। प्रातःकाल उठकर उसके दर्शन करते। यहां तक कि वह उसे अपनी बहली में भी न जोतना चाहते, लेकिन जब उनको कहीं जाना होता और बहली बाहर निकाली

जाती, तो जवाहिर उसमें जुतने के लिए इतना अधीर और उत्कंठित हो जाता, सिर हिला-हिलाकर इस तरह अपनी उत्सुकता प्रकट करता कि रामटहल को विवश होकर उसे जोतना पड़ता।

दो-एक बार रामटहल दूसरी जोड़ी जोतकर चले तो जवाहिर को इतना दु:ख हुआ कि उसने दिन-भर नांद में मुंह नहीं डाला, इसलिए वह अब बिना किसी विशेष कार्य के कहीं जाते ही न थे। उनकी श्रद्धा देखकर गांव के अन्य लोगों ने भी जवाहिर को अन्नग्रास देना शुरू किया। सुबह उसके दर्शन करने तो प्राय: सभी आ जाते थे।

इस प्रकार तीन साल और बीते–जवाहिर को छठा वर्ष लगा।

रामटहल को ज्योतिषी की बात याद थी। भय हुआ, कहीं उसकी भविष्यवाणी सत्य न हो। पशु-चिकित्सा की पुस्तकें मंगाकर पढ़ीं। पशु-चिकित्सक से मिले और कई औषधियां लाकर रखीं।

जवाहिर को टीका लगवा दिया। कहीं नौकर उसे खराब चारा या गंदा पानी न खिला-पिला दें, इस आशंका से वह अपने हाथों से उसे खोलने-बांधने लगे। पशुशाला का फर्श पक्का करा दिया जिसमें कोई कीड़ा-मकोड़ा न छिप सके। उसे नित्यप्रति खूब धुलवाते भी थे।

संध्या हो गई थी। रामटहल नांद के पास खड़े जवाहिर को खिला रहे थे कि इतने में सहसा वही साधु-महात्मा आ निकले, जिन्होंने आज से तीन वर्ष पहले दर्शन दिए थे।

रामटहल उन्हें देखते ही पहचान गए–जाकर दंडवत् की, कुशल-समाचार पूछे और उनके भोजन का प्रबंध करने लगे। इतने में अकस्मात् जवाहिर ने जोर से डकार ली और धम्म-से भूमि पर गिर पड़ा। रामटहल दौड़े हुए उसके पास आए। उसकी आंखें पथरा रही थीं। उसने पहले एक स्नेहपूर्ण दृष्टि उन पर डाली और चित हो गया।

रामटहल घबराए हुए घर से दवाएं लाने दौड़े। उनकी कुछ समझ में न आया कि खड़े-खड़े इसे हो क्या गया। जब तक वह घर में से दवाइयां लेकर निकले, तब तक जवाहिर का अंत हो चुका था।

रामटहल शायद अपने छोटे भाई की मृत्यु पर भी इतने शोकातुर न हुए थे। वह बार-बार लोगों के रोकने पर भी दौड़-दौड़कर जवाहिर के शव के पास जाते और उससे लिपटकर रोते।

रात उन्होंने रो-रो कर काटी। उसकी सूरत आंखों से न उतरती थी। रह-रहकर हृदय में एक वेदना-सी होती और शोक से विह्वल हो जाते।

प्रात:काल लाश उठाई गई, किंतु रामटहल ने गांव की प्रथा के अनुसार उसे चमारों के हवाले नहीं किया। यथाविधि उसकी दाह-क्रिया की, स्वयं आग दी। शास्त्रानुसार सब संस्कार किए और तेरहवें दिन गांव के ब्राह्मणों को भोजन कराया गया। उक्त साधु महात्मा को उन्होंने अब तक नहीं जाने दिया था। उनकी शांति देने वाली बातों से रामटहल को बड़ी सांत्वना मिलती थी।

एक दिन रामटहल ने साधु से पूछा–"महात्माजी, कुछ समझ में नहीं आता कि जवाहिर को कौन-सा रोग हुआ था। ज्योतिषीजी ने उसके जन्म-पत्र में लिखा था कि उसका छठा साल अच्छा न होगा, लेकिन मैंने इस तरह किसी जानवर को मरते नहीं देखा। आप तो योगी हैं, यह रहस्य कुछ आपकी समझ में आता है?"

साधु–हां, कुछ थोड़ा-थोड़ा समझता हूं।

रामटहल–कुछ मुझे भी बताइए। चित्त को धैर्य नहीं आता।

साधु–वह उस जन्म का कोई सच्चरित्र, साधु-भक्त, परोपकारी जीव था। उसने आपकी सारी संपत्ति धर्म-कार्यों में उड़ा दी थी। आपके संबंधियों में ऐसा कोई सज्जन था?

रामटहल–हां महाराज, था।

साधु–उसने तुम्हें धोखा दिया, तुमसे विश्वासघात किया। तुमने उसे अपना कोई काम सौंपा था। वह तुम्हारी आंख बचाकर तुम्हारे धन से साधुजनों की सेवा-सत्कार किया करता था।

रामटहल–मुझे उस पर इतना संदेह नहीं होता। वह इतना सरल प्रकृति, इतना सच्चरित्र मनुष्य था कि बेईमानी करने का उसे कभी ध्यान भी नहीं आ सकता था।

साधु–लेकिन उसने विश्वासघात अवश्य किया। अपने स्वार्थ के लिए नहीं, अतिथि-सत्कार के लिए ही सही, पर था वह विश्वासघाती।

रामटहल–संभव है, दुरवस्था ने उसे धर्म-पथ से विचलित कर दिया हो।

साधु–हां, यही बात है। उस प्राणी को स्वर्ग में स्थान देने का निश्चय किया गया, पर उसे विश्वासघात का प्रायश्चित्त करना आवश्यक था। उसने बेईमानी से तुम्हारा जितना धन हर लिया था, उसकी पूर्ति करने के लिए उसे तुम्हारे यहां पशु का जन्म दिया गया। यह निश्चय कर लिया गया कि छह वर्ष में प्रायश्चित्त पूरा हो जाएगा। इतनी अवधि तक वह तुम्हारे यहां रहा। ज्यों ही अवधि पूरी हो गई, त्यों ही उसकी आत्मा निष्पाप और निर्लिप्त होकर निर्वाणपद को प्राप्त हो गई।

महात्माजी तो दूसरे दिन विदा हो गए, लेकिन रामटहल के जीवन में उसी दिन से एक बड़ा परिवर्तन दिखाई पड़ने लगा। उनकी चित्त-वृत्ति बदल गई। दया और विवेक से हृदय परिपूर्ण हो गया।

रामटहल मन में सोचते–'जब ऐसे धर्मात्मा प्राणी को जरा से विश्वासघात के लिए इतना कठोर दंड मिला तो मुझ जैसे कुकर्मी की क्या दुर्गति होगी!' यह बात उनके ध्यान से कभी न उतरती थी।

15

बलिदान

गिरधारी को खाना-पीना अच्छा न लगता, रात को नींद न आती। खेतों के निकलने का ध्यान आते ही उसके हृदय में हूक-सी उठने लगती। हाय! वह भूमि जिसे हमने वर्षों जोता, जिसे खाद से पाटा, जिसमें मेंडें रखीं, जिसकी मेंडें बनाईं, उसका मजा अब दूसरा उठाएगा।

वे खेत गिरधारी के जीवन का अंश हो गए थे। उनकी एक-एक अंगुल भूमि उसके रक्त में रंगी हुई थी। उनका एक-एक परमाणु उसके पसीने से तर हो रहा था। उनके नाम उसकी जिह्वा पर उसी तरह आते थे, जिस तरह अपने तीनों बच्चों के नाम। कोई चौबीसो था, कोई बाईसो था, कोई नालबेला, कोई तलैयावाला। इन नामों का स्मरण होते ही खेतों का चित्र उसकी आंखों के सामने खिंच जाता था।

मनुष्य की आर्थिक अवस्था का सबसे ज्यादा असर उसके नाम पर पड़ता है। मौजे बेला के मंगरू ठाकुर जब से कॉन्स्टेबल हो गए हैं, इनका नाम मंगल सिंह हो गया है। अब उन्हें कोई मंगरू कहने का साहस नहीं कर सकता। कल्लू अहीर ने जब से हलके के थानेदार साहब से मित्रता कर ली है और गांव का मुखिया बन गया है, उसका

नाम कालिकादीन हो गया है। अब उसे कोई कल्लू कहे तो आंखें लाल-पीली करता है। इसी प्रकार हरखचंद्र कुरमी अब हरखू हो गया है। आज से बीस साल पहले उसके यहां शक्कर बनती थी, कई हल की खेती होती थी और कारोबार खूब फैला हुआ था, लेकिन विदेशी शक्कर की आमदनी ने उसे मटियामेट कर दिया। धीरे-धीरे उसका कारखाना टूट गया, जमीन टूट गई, गाहक टूट गए और आखिरकार वह भी टूट गया।

सत्तर वर्ष का बूढ़ा, जो तकियेदार माचे पर बैठा हुआ नारियल पिया करता, अब सिर पर टोकरी लिये खाद फेंकने जाता है, परंतु उसके मुख पर अब भी एक प्रकार की गंभीरता, बातचीत में एक प्रकार की अकड़, चाल-ढाल में एक प्रकार का स्वाभिमान भरा हुआ है। इस पर काल की गति का प्रभाव नहीं पड़ा। रस्सी जल गई, पर बल नहीं टूटा।

भले दिन मनुष्य के चरित्र पर सदैव के लिए अपना चिह्न छोड़ जाते हैं। हरखू के पास अब केवल पांच बीघा जमीन है, केवल दो बैल हैं और एक ही हल की खेती होती है।

पंचायतों में, आपस की कलह में हरखू की सम्मति अब भी सम्मान की दृष्टि से देखी जाती है। वह जो बात कहता है, बेलाग कहता है और गांव के अनपढ़ उनके सामने मुंह नहीं खोल सकते।

हरखू ने अपने जीवन में कभी दवा नहीं खाई थी। वह बीमार जरूर पड़ता, कुआंर मास में मलेरिया से कभी न बचता था, लेकिन दस-पांच दिन में वह बिना दवा खाए ही चंगा हो जाता था। इस वर्ष कार्तिक में बीमार पड़ा और यह समझकर कि अच्छा हो ही जाऊंगा, उसने कुछ परवाह न की, परंतु अबकी बार ज्वर मौत का परवाना लेकर चला था।

एक सप्ताह बीता, दूसरा सप्ताह बीता, पूरा महीना बीत गया, पर हरखू चारपाई से न उठा। अब उसे दवा की जरूरत मालूम हुई। उसका लड़का गिरधारी कभी नीम की सींकें उबालकर पिलाता, कभी गुर्च का सत, कभी गदापूरना की जड़, पर इन औषधियों से कोई फायदा न होता था। हरखू को विश्वास हो गया कि अब संसार से चलने के दिन आ गए।

एक दिन मंगल सिंह उसे देखने गए। बेचारा टूटी खाट पर पड़ा राम नाम जप रहा था।

मंगल सिंह ने कहा–"बाबा, बिना दवा खाए अच्छे न होंगे; कुनैन क्यों नहीं खाते?"

हरखू ने उदासीन भाव से कहा–"तो लेते आना।"

दूसरे दिन कालिकादीन ने आकर कहा–"बाबा, दो-चार दिन कोई दवा खा लो। अब तुम्हारी जवानी की देह थोड़े है कि बिना दवा-दर्पण के अच्छे हो जाओगे।"

हरखू ने उसी मंद भाव से कहा–"तो लेते आना, लेकिन रोगी को देख आना एक बात है, उसे दवा लाकर देना, दूसरी बात है। पहली बात शिष्टाचार से होती है, दूसरी सच्ची संवेदना से। न मंगल सिंह ने खबर ली, न कालिकादीन ने और न किसी तीसरे ही ने।

हरखू दालान में खाट पर पड़ा रहता। मंगल सिंह कभी नजर आ जाते तो कहता–"भैया, वह दवा नहीं लाए?"

मंगल सिंह कतराकर निकल जाते। कालिकादीन दिखाई देते, तो उनसे भी यही प्रश्न करता, लेकिन वह भी नजर बचा जाते। उसे या तो सूझता ही नहीं था कि दवा पैसों के बिना नहीं आती या वह पैसों को भी जान से प्रिय समझता था अथवा जीवन से निराश हो गया था। उसने कभी दवा के दाम की बात नहीं की और दवा न आई।

हरखू की दशा दिनोंदिन बिगड़ती गई। यहां तक कि पांच महीने कष्ट भोगने के बाद उसने ठीक होली के दिन शरीर त्याग दिया। गिरधारी ने उसका शव बड़ी धूमधाम के साथ निकाला! क्रियाकर्म बड़े हौसले से किया। कई गांव के ब्राह्मणों को निमंत्रित किया।

बेला में होली न मनाई गई, न अबीर और न गुलाल उड़ी–न डफली बजी और न भंग की नालियां बहीं। कुछ लोग मन में हरखू को कोसते जरूर थे कि इस बुड्ढे को आज ही मरना था; दो-चार दिन बाद मरता।

लेकिन इतना निर्लज्ज कोई न था कि शोक में आनंद मनाता। वह शरीर नहीं था, जहां कोई किसी के काम में शरीक नहीं होता, जहां पड़ोसी के रोने-पीटने की आवाज हमारे कानों तक नहीं पहुंचती।

2

हरखू के खेत गांववालों की नजर पर चढ़े हुए थे। पांचों बीघा जमीन कुएं के निकट, खाद-पांस से लदी हुई और मेंड-बांध से ठीक थी। उनमें तीन-तीन फसलें पैदा होती थीं।

हरखू के मरते ही उन पर चारों ओर से धावे होने लगे। गिरधारी तो क्रिया-कर्म में फंसा हुआ था। उधर गांव के मनचले किसान लाला ओंकारनाथ को चैन न लेने देते थे, नजराने की बड़ी-बड़ी रकमें पेश हो रही थीं। कोई साल-भर

का लगान देने को तैयार था, कोई नजराने की दूनी रकम का दस्तावेज लिखने पर तुला हुआ था, लेकिन ओंकारनाथ सबको टालते रहते थे। उनका विचार था कि गिरधारी के बाप ने खेतों को बीस वर्ष तक जोता है, इसलिए गिरधारी का हक सबसे ज्यादा है।

गिरधारी अगर दूसरों से कम भी नजराना दे, तो खेत उसी को देने चाहिए। अस्तु, जब गिरधारी क्रिया-कर्म से निवृत्त हो गया और उससे पूछा–"खेती के बारे में क्या कहते हो?"

गिरधारी ने रोकर कहा–"सरकार, इन्हीं खेतों का ही तो आसरा है, जोतूंगा नहीं तो क्या करूंगा?"

ओंकारनाथ–नहीं, जरूर जोतो खेत तुम्हारे हैं। मैं तुमसे छोड़ने को नहीं कहता। हरखू ने बीस साल तक जोता। उन पर तुम्हारा हक है, लेकिन तुम देखते हो, अब जमीन की दर कितनी बढ़ गई है। तुम आठ रुपये बीघे पर जोतते थे, मुझे दस रुपये मिल रहे हैं और नजराने के सौ अलग। तुम्हारे साथ रियासत करके लगान वही रखता हूं, पर नजराने के रुपये तुम्हें देने पड़ेंगे।

गिरधारी–सरकार, मेरे घर में तो इस समय रोटियों का भी ठिकाना नहीं है। इतने रुपये मैं कहां से लाऊंगा? जो कुछ जमा-जथा थी, दादा के काम में उठ गई। अनाज खलिहान में है, लेकिन दादा के बीमार हो जाने से उपज भी अच्छी नहीं हुई, रुपये कहां से लाऊं?

ओंकरानाथ–यह सच है, लेकिन मैं इससे ज्यादा रियायत नहीं कर सकता।

गिरधारी–नहीं सरकार! ऐसा न कहिए। नहीं तो हम बिना मारे मर जाएंगे। आप बड़े होकर कहते हैं, तो मैं बैल-बछिया बेचकर पचास रुपया ला सकता हूं। इससे बेशी की हिम्मत मेरी नहीं पड़ती।

ओंकारनाथ चिढ़कर बोले–"तुम समझते होगे कि हम ये रुपये लेकर अपने घर में रख लेते हैं और चैन की बंशी बजाते हैं, लेकिन हमारे ऊपर जो कुछ गुजरती है, हम भी जानते हैं। कहीं यह चंदा, कहीं वह चंदा; कहीं यह नजर, कहीं वह नजर, कहीं यह इनाम, कहीं वह इनाम। इनके मारे कचूमर निकल जाता है। बड़े दिन में सैकड़ों रुपये डालियों में उड़ जाते हैं। जिसे डाली न दो, वही मुंह फुलाता है। जिन चीजों के लिए लड़के तरसकर रह जाते हैं, उन्हें बाहर से मंगवाकर डालियां सजाता हूं। उस पर कभी कानूनगों आ गए, कभी तहसीलदार, कभी डिप्टी साहब का लश्कर आ गया–सब मेरे मेहमान होते हैं। अगर न करूं तो नक्कू बनूं और सबकी आंखों में कांटा बन जाऊं। साल में हजार-बारह सौ मोदी को इसी रसद-खुराक के मद में देने पड़ते हैं। यह सब कहां से आएं?

बस, यही जी चाहता है कि छोड़कर चला जाऊं, लेकिन हमें परमात्मा ने इसलिए बनाया है कि एक से रुपया सताकर लें और दूसरे को रो-रोकर दें—यही हमारा काम है। तुम्हारे साथ इतनी रियायत कर रहा हूं, मगर तुम इतनी रियासत पर भी खुश नहीं होते तो हरि इच्छा। नजराने में एक पैसे की भी रियायत न होगी। अगर एक हफ्ते के अंदर रुपये दाखिल करोगे तो खेत जोतने पाओगे, नहीं तो नहीं। मैं कोई दूसरा प्रबंध कर दूंगा।"

लेकिन सुभागी यों चुपचाप बैठनेवाली स्त्री न थी। वह क्रोध से भरी हुई कालिकादीन के घर गई और उसकी स्त्री को खूब लथेड़ा—"कल का बानी आज का सेठ, खेत जोतने चले हैं। देखें, कौन मेरे खेत में हल ले जाता है? अपना और उसका लहू एक कर दूं।"

पड़ोसिन ने उसका पक्ष लिया—"तो क्या गरीबों को कुचलते फिरेंगे?"

सुभागी ने समझा, मैंने मैदान मार लिया। उसका चित्त बहुत शांत हो गया, किंतु वही वायु, जो पानी में लहरें पैदा करती है, वृक्षों को जड़ से उखाड़ डालती है। सुभागी तो पड़ोसियों की पंचायत में अपने दुखड़े रोती और कालिकादीन की स्त्री से छेड़-छेड़ लड़ती।

इधर गिरधारी अपने द्वार पर बैठा हुआ सोचता, अब मेरा क्या हाल होगा? अब यह जीवन कैसे कटेगा? ये लड़के किसके द्वार पर जाएंगे? मजदूरी का विचार करते ही उसका हृदय व्याकुल हो जाता। इतने दिनों तक स्वाधीनता और सम्मान का सुख भोगने के बाद अधम चाकरी की शरण लेने के बदले वह मर जाना अच्छा समझता था।

वह अब तक गृहस्थ था, उसकी गणना गांव के भले आदमियों में होती थी, उसे गांव के मामले में बोलने का अधिकार था। उसके घर में धन न था, पर मान था। नाई, कुम्हार, पुरोहित, भाट, चौकीदार—ये सब उसका मुंह ताकते थे। अब यह मर्यादा कहां?

अब कौन उसकी बात पूछेगा? कौन उसके द्वार आएगा? अब उसे किसी के बराबर बैठने का, किसी के बीच में बोलने का हक नहीं रहा। अब उसे पेट के लिए दूसरों की गुलामी करनी पड़ेगी। अब पहर रात रहे, कौन बैलों को नांद में लगाएगा? वह दिन अब कहां, जब गीत गाकर हल चलाता था! चोटी का पसीना एड़ी तक आता था, पर जरा भी थकावट न आती थी। अपने लहलहाते हुए खेत को देखकर फूला न समाता था। खलिहान में अनाज का ढेर सामने रखे हुए अपने को राजा समझता था। अब अनाज को टोकरे भर-भरकर कौन लाएगा? अब खेती कहां? बखार कहां?

यही सोचते-सोचते गिरधारी की आंखों से आंसुओं की झड़ी लग जाती थी। गांव के दो-चार सज्जन, जो कालिकादीन से जलते थे, कभी-कभी गिरधारी को तसल्ली देने आया करते थे, पर वह उनसे भी खुलकर न बोलता। उसे मालूम होता था कि मैं सबकी नजरों में गिर गया हूं।

अगर कोई समझता था कि तुमने क्रिया-कर्म में व्यर्थ इतने रुपये उड़ा दिए, तो उसे बहुत दु:ख होता। वह अपने उस काम पर जरा भी न पछताता। मेरे भाग्य में जो कुछ लिखा है, वह होगा, पर दादा के ऋण से तो उऋण हो गया; उन्होंने अपनी जिंदगी में चार को खिलाकर खाया। क्या मरने के पीछे उन्हें पिंडे-पानी को तरसाता?

इस प्रकार तीन मास बीत गए और आषाढ़ आ पहुंचा। आकाश में घटाएं आईं, पानी गिरा, किसान हल-जुए ठीक करने लगे। बढ़ई हलों की मरम्मत करने लगा।

गिरधारी पागल की तरह कभी घर के भीतर जाता, कभी बाहर आता, अपने हलों को निकालकर देखता, इसकी मुठिया टूट गई है, इसकी फाल ढीली हो गई है, जुए में सैला नहीं है।

गिरधारी देखते-देखते एक क्षण के लिए अपने को भूल गया। दौड़ा हुई बढ़ई के यहां गया और बोला—"रज्जू, मेरे हाल भी बिगड़े हुए हैं—चलो, बना दो।"

रज्जू ने उसकी ओर करुण भाव से देखा और अपना काम करने लगा।

गिरधारी को जैसे होश आ गया। वह नींद से चौंक पड़ा। ग्लानि से उसका सिर झुक गया और आंखें भर आईं। वह चुपचाप घर चला आया।

3

गांव में चारों ओर हलचल मची हुई थी। कोई सन के बीज खोजता फिरता था, कोई जमींदार की चौपाल से धान के बीज लिये आता था, कहीं सलाह होती कि किस खेत में क्या बोना चाहिए—गिरधारी ये बातें सुनता और जलहीन मछली की तरह तड़पता था।

एक दिन संध्या समय गिरधारी खड़ा अपने बैलों को खुजला रहा था कि मंगल सिंह आए और इधर-उधर की बातें करके बोले—"गोई को बांधकर कब तक खिलाओगे? निकाल क्यों नहीं देते?"

गिरधारी ने मलिन भाव से कहा—"हां, कोई गाहक आए तो निकाल दूं।"

मंगल सिंह—एक गाहक तो हमीं हैं, हमीं को दे दो।

गिरधारी अभी कुछ उत्तर न देने पाया था कि तुलसी बनिया आया और

गरजकर बोला–"गिरधारी! तुम्हें रुपये देने हैं कि नहीं, वैसा कहो। तीन महीने से हील-हवाला करते चले आते हो। अब कौन खेती करते हो कि तुम्हारी फसल के अगोरे बैठ रहें?"

गिरधारी ने दीनता से कहा–"साह, जैसे इतने दिनों माने हो, आज और मान जाओ। कल तुम्हारी एक-एक कौड़ी चुका दूंगा।"

मंगल और तुलसी ने इशारों से बातें कीं और तुलसी भुनभुनाता हुआ चला गया, तब गिरधारी मंगल सिंह से बोला–"तुम इन्हें ले लो, तो घर-के-घर में ही रह जाएं–कभी-कभी आंख से देख तो लिया करूंगा।"

मंगल सिंह–मुझे अभी तो कोई ऐसा काम नहीं, लेकिन घर पर सलाह करूंगा।

गिरधारी–मुझे तुलसी के रुपये देने है, नहीं तो खिलाने को तो भूसा है।

मंगल सिंह–यह बड़ा बदमाश है, कहीं नालिश न कर दे।

सरल हृदय गिरधारी धमकी में आ गया। कार्यकुशल मंगल सिंह को सस्ता सौदा करने का अच्छा सुअवसर मिला। 80 रुपये की जोड़ी 60 रुपये में ठीक कर ली।

गिरधारी ने अब तक बैलों को न जाने किस आशा से बांधकर खिलाया था। आज आशा का वह कल्पित सूत्र भी टूट गया।

मंगल सिंह गिरधारी की खाट पर बैठे रुपये गिन रहे थे और गिरधारी बैलों के पास विषादमय नेत्रों से उनके मुंह की ओर ताक रहा था–'आह! ये मेरे खेतों के कमाने वाले, मेरे जीवन के आधार, मेरे अन्नदाता, मेरी मान-मर्यादा की रक्षा करने वाले, जिनके लिए पहर रात से उठकर छांटी काटता था, जिनके खली-दाने की चिंता अपने खाने से ज्यादा रहती थी, जिनके लिए दिन-भर हरियाली उखाड़ा करता था–ये मेरी आशा की दो आंखें–मेरे इरादे के दो तारे! मेरे अच्छे दिनों के दो चिह्न, मेरे दो हाथ–अब मुझसे विदा हो रहे हैं।'

जब मंगल सिंह ने रुपये गिनकर रख दिए और बैलों को ले चले, तब गिरधारी उनके कंधों पर सिर रखकर खूब फूट-फूटकर रोया, जैसे कन्या मायके से विदा होते समय मां-बाप के पैरों को नहीं छोड़ती, उसी तरह गिरधारी इन बैलों को न छोड़ता था।

सुभागी भी दालान में खड़ी रो रही थी और छोटा लड़का मंगल सिंह को एक बांस की छड़ी से मार रहा था!

रात को गिरधारी ने कुछ नहीं खाया। चारपाई पर पड़ा रहा। प्रातःकाल सुभागी चिलम भरकर ले गई, तो वह चारपाई पर न था। उसने समझा, कहीं गए होंगे,

लेकिन जब दो-तीन घड़ी दिन चढ़ आया और वह न लौटा, तो उसने रोना-धोना शुरू कर दिया।

गांव के लोग गिरधारी के घर पर जमा हो गए—चारों ओर खोज होने लगी, पर गिरधारी का पता न चला।

4

गिरधारी उदास और निराश होकर घर आया। 100 रुपये का प्रबंध करना उसके काबू से बाहर था। वह सोचने लगा, अगर दोनों बैल बेच दूं तो खेत ही लेकर क्या करूंगा? घर बेचूं तो यहां लेने वाला ही कौन है और फिर बाप दादों का नाम डूबता है। चार-पांच पेड़ हैं, लेकिन उन्हें बेचकर 25 या 30 रुपये से अधिक न मिलेंगे। उधार लूं तो देता कौन है? अभी बनिए के 50 रुपये सिर पर चढ़े हैं। वह एक पैसा भी न देगा। घर में गहने भी तो नहीं हैं, नहीं तो उन्हीं को बेचता। ले-देकर एक हंसली बनवाई थी, वह भी बनिए के घर पड़ी हुई है। साल-भर हो गया, छुड़ाने की नौबत न आई।

गिरधारी और उसकी स्त्री सुभागी दोनों ही इसी चिंता में पड़े रहते, लेकिन कोई उपाय न सूझता था।

गिरधारी को खाना-पीना अच्छा न लगता, रात को नींद न आती। खेतों के निकलने का ध्यान आते ही उसके हृदय में हूक-सी उठने लगती। हाय! वह भूमि जिसे हमने वर्षों जोता, जिसे खाद से पाटा, जिसमें मेंडें रखीं, जिसकी मेंडें बनाईं, उसका मजा अब दूसरा उठाएगा।

वे खेत गिरधारी के जीवन का अंश हो गए थे। उनकी एक-एक अंगुल भूमि उसके रक्त में रंगी हुई थी। उनका एक-एक परमाणु उसके पसीने से तर हो रहा था। उनके नाम उसकी जिह्वा पर उसी तरह आते थे, जिस तरह अपने तीनों बच्चों के नाम। कोई चौबीसो था, कोई बाईसो था, कोई नालबेला, कोई तलैयावाला। इन नामों का स्मरण होते ही खेतों का चित्र उसकी आंखों के सामने खिंच जाता था।

गिरधारी इन खेतों की चर्चा इस, तरह करता मानो वे सजीव हैं, मानो उसके भले-बुरे के साथी हैं। उसके जीवन की सारी आशाएं, सारी इच्छाएं, सारे मंसूबे, सारी मिठाइयां, सारे हवाई किले, इन्हीं खेतों पर अवलंबित थे।

इनके बिना वह जीवन की कल्पना ही नहीं कर सकता था और वे ही सब हाथ से निकले जाते हैं।

वह घबराकर घर से निकल जाता और घंटों खेतों की मेंडों पर बैठा हुआ रोता मानो उनसे विदा हो रहा हो। इस तरह एक सप्ताह बीत गया और गिरधारी रुपये

का कोई बंदोबस्त न कर सका। आठवें दिन उसे मालूम हुआ कि कालिकादीन ने 100 रुपये नजराने देकर 10 रुपये बीघे पर खेत ले लिये।

गिरधारी ने एक ठंडी सांस ली। एक क्षण के बाद वह अपने दादा का नाम लेकर बिलख-बिलखकर रोने लगा। उस दिन घर में चूल्हा नहीं जला। ऐसा मालूम होता था मानो हरखू आज ही मरा है।

5

संध्या हो गई थी। अंधेरा छा रहा था। सुभागी ने दिया जलाकर गिरधारी की चारपाई के सिरहाने रख दिया था और बैठी द्वार की ओर ताक रही थी कि सहसा उसे पैरों की आहट मालूम हुई।

सुभागी का हृदय धड़क उठा। वह दौड़कर बाहर आई और इधर-उधर ताकने लगी। उसने देखा कि गिरधारी बैलों की नांद के पास सिर झुकाए खड़ा है।

सुभागी बोल उठी–"घर आओ, वहां खड़े क्या कर रहे हो? आज सारे दिन कहां रहे?"

यह कहते हुए वह गिरधारी की ओर चली।

गिरधारी ने कुछ उत्तर न दिया। वह पीछे हटने लगा और थोड़ी दूर जाकर गायब हो गया। सुभागी चिल्लाई और मूर्च्छित होकर गिर पड़ी।

दूसरे दिन कालिकादीन हल लेकर अपने नए खेत पर पहुंचे, अभी कुछ अंधेरा था। वह बैलों को हल में लगा रहे थे कि एकाएक उन्होंने देखा कि गिरधारी खेत की मेंड पर खड़ा है–वही मिर्जई, वही पगड़ी, वही सोंटा!

कालिकादीन ने कहा–"अरे गिरधारी! मरदे आदमी, तुम यहां खड़े हो और बेचारी सुभागी हैरान हो रही है। कहां से आ रहे हो?"

यह कहते हुए कालिकादीन बैलों को छोड़कर गिरधारी की ओर चले। गिरधारी पीछे हटने लगा और पीछेवाले कुएं में कूद पड़ा।

कालिकादीन ने चीख मारी और हल-बैल वहीं छोड़कर भागा।

सारे गांव में शोर मच गया, लोग नाना प्रकार की कल्पनाएं करने लगे! कालिकादीन को गिरधारी वाले खेतों में जाने की हिम्मत न पड़ी।

गिरधारी को गायब हुए छः महीने बीत चुके हैं। उसका बड़ा लड़का अब एक ईंट के भट्टे पर काम करता है और 20 रुपये महीना घर लाता है। अब वह कमीज और अंग्रेजी जूता पहनता है, घर में दोनों जून तरकारी पकती है और जौ के बदले गेहूं खाया जाता है, लेकिन गांव में उसका कुछ भी आदर नहीं। अब वह मजूर है।

सुभागी अब पराए गांव में आए कुत्ते की भांति दुबकती फिरती है। वह अब पंचायत में भी नहीं बैठती, क्योंकि वह अब मजदूर की मां है।

कालिकादीन ने गिरधारी के खेतों से इस्तीफा दे दिया है, क्योंकि गिरधारी अभी तक अपने खेतों के चारों तरफ मंडराया करता है। अंधेरा होते ही वह मेंड पर आकर बैठ जाता है और कभी-कभी रात को उधर से उसके रोने की आवाज सुनाई देती है।

गिरधारी किसी से कुछ बोलता नहीं, किसी को छेड़ता नहीं। उसे केवल अपने खेतों को देखकर संतोष होता है। दीया जलने के बाद गिरधारी के खौफ से उधर का रास्ता बंद हो जाता है।

लाला ओंकारनाथ बहुत चाहते हैं कि ये खेत उठ जाएं, लेकिन गांव के लोग उन खेतों का नाम लेते डरते हैं।

16

बूढ़ी काकी

रूपा को अपनी स्वार्थपरता और अन्याय इस प्रकार प्रत्यक्ष रूप में कभी न दिखाई पड़े थे। वह सोचने लगी–'हाय! मैं कितनी निर्दय हूं। जिसकी संपति से मुझे दो सौ रुपया आय हो रही है, उसकी यह दुर्गति और मेरे कारण। हे दयामय भगवान! मुझसे बड़ी भारी चूक हुई है, मुझे क्षमा करो। आज मेरे बेटे का तिलक था। सैकड़ों मनुष्यों ने भोजन पाया। मैं उनके इशारों की दासी बनी रही। अपने नाम के लिए सैकड़ों रुपये व्यय कर दिए, परंतु जिसकी बदौलत हजारों रुपये खाए, उसे इस उत्सव में भी भरपेट भोजन न दे सकी। केवल इसी कारण कि वह वृद्धा असहाय है!'
रूपा ने दिया जलाया, अपने भंडार का द्वार खोला और एक थाली में संपूर्ण सामग्रियां सजाकर बूढ़ी काकी की ओर चली।

बुढ़ापा बहुधा बचपन का पुनरागमन हुआ करता है। बूढ़ी काकी में जिह्वा-स्वाद के सिवा और कोई चेष्टा शेष न थी और न अपने कष्टों की ओर आकर्षित करने का, रोने के अतिरिक्त कोई दूसरा सहारा ही था। समस्त इंद्रियां, नेत्र, हाथ और पैर जवाब दे चुके थे। पृथ्वी पर पड़ी रहतीं और घरवाले कोई बात उनकी इच्छा के प्रतिकूल करते, भोजन का समय

टल जाता या उसका परिमाण पूर्ण न होता अथवा बाजार से कोई वस्तु आती और न मिलती तो वे रोने लगती थीं। उनका रोना-सिसकना साधारण रोना न था, वे गला फाड़-फाड़कर रोती थीं।

उनके पतिदेव को स्वर्ग सिधारे कालांतर हो चुका था। बेटे तरुण हो-होकर चल बसे थे। अब एक भतीजे के अलावा और कोई न था। उसी भतीजे के नाम उन्होंने अपनी सारी संपत्ति लिख दी। भतीजे ने सारी संपत्ति लिखाते समय खूब लंबे-चौड़े वादे किए, किंतु वे सब वादे केवल कुली-डिपो के दलालों के दिखाए हुए सब्ज बाग थे। यद्यपि उस संपत्ति की वार्षिक आय डेढ़-दो सौ रुपये से कम न थी, तथापि बूढ़ी काकी को पेट-भर भोजन भी कठिनाई से मिलता था। इसमें उनके भतीजे पंडित बुद्धिराम का अपराध था अथवा उनकी अर्धांगिनी श्रीमती रूपा का—इसका निर्णय करना सहज नहीं।

बुद्धिराम स्वभाव के सज्जन थे, किंतु उसी समय तक, जब तक कि उनके कोष पर आंच न आए। रूपा स्वभाव से तीव्र थी सही, पर ईश्वर से डरती थी, अतएव बूढ़ी काकी को उसकी तीव्रता उतनी न खलती थी, जितनी बुद्धिराम की भलमनसाहत।

बुद्धिराम को कभी-कभी अपने अत्याचार का खेद होता था। विचारते कि इसी संपत्ति के कारण मैं इस समय भलामानुष बना बैठा हूं। यदि भौतिक आश्वासन और सूखी सहानुभूति से स्थिति में सुधार हो सकता, तो उन्हें कदाचित् कोई आपत्ति न होती, परंतु विशेष व्यय का भय उनकी सुचेष्टा को दबाए रखता था। यहां तक कि यदि द्वार पर कोई भला आदमी बैठा होता और बूढ़ी काकी उस समय अपना राग अलापने लगतीं तो वह आग हो जाते और घर में आकर उन्हें जोर से डांटते। लड़कों को बुड्ढों से स्वाभाविक विद्वेष होता ही है, फिर जब माता-पिता का यह रंग देखते तो वे बूढ़ी काकी को और सताया करते। कोई चुटकी काटकर भागता, कोई इन पर पानी की कुल्ली कर देता। काकी चीख मारकर रोतीं, परंतु यह बात प्रसिद्ध थी कि वह केवल खाने के लिए रोती हैं, अतएव उनके संताप और आर्तनाद पर कोई ध्यान नहीं देता था। हां, काकी क्रोधातुर होकर बच्चों को गालियां देने लगतीं तो रूपा घटनास्थल पर आ पहुंचती। इस भय से काकी अपनी जिह्वा-कृपाण का कदाचित् ही प्रयोग करती थीं, यद्यपि उपद्रव-शांति का यह उपाय रोने से कहीं अधिक उपयुक्त था।

संपूर्ण परिवार में यदि काकी से किसी को अनुराग था, तो वह बुद्धिराम की छोटी लड़की लाड़ली थी। लाड़ली अपने दोनों भाइयों के भय से अपने हिस्से

की मिठाई-चबैना बूढ़ी काकी के पास बैठकर खाया करती थी। यही उसका रक्षागार था। यद्यपि काकी की शरण उनकी लोलुपता के कारण बहुत महंगी पड़ती थी, तथापि भाइयों के अन्याय से सुरक्षा कहीं सुलभ थी तो बस यहीं। इसी स्वार्थानुकूलता ने उन दोनों में सहानुभूति का आरोपण कर दिया था।

2

रात का समय था। बुद्धिराम के द्वार पर शहनाई बज रही थी और गांव के बच्चों का झुंड विस्मयपूर्ण नेत्रों से गाने का रसास्वादन कर रहा था। चारपाइयों पर मेहमान विश्राम करते हुए नाइयों से मुक्कियां लगवा रहे थे। समीप खड़ा भाट विरुदावली सुना रहा था और कुछ भावज्ञ मेहमानों की 'वाह-वाह' पर ऐसे खुश हो रहे थे मानो इस 'वाह-वाह' के यथार्थ में वही अधिकारी हैं। दो-एक अंग्रेजी पढ़े हुए नवयुवक इन व्यवहारों से उदासीन थे। वे इस गंवार मंडली में बोलना अथवा सम्मिलित होना अपनी प्रतिष्ठा के प्रतिकूल समझते थे।

आज बुद्धिराम के बड़े लड़के मुखराम का तिलक आया है। यह उसी का उत्सव है। घर के भीतर स्त्रियां गा रही थीं और रूपा मेहमानों के लिए भोजन में व्यस्त थी।

भट्टियों पर कड़ाह चढ़ रहे थे। एक में पूड़ियां-कचौड़ियां निकल रही थीं, दूसरे में अन्य पकवान बनते थे। एक बड़े हंडे में मसालेदार तरकारी पक रही थी। घी और मसाले की क्षुधावर्धक सुगंध चारों ओर फैली हुई थी।

बूढ़ी काकी अपनी कोठरी में शोकमय विचार की भांति बैठी हुई थीं। यह स्वाद मिश्रित सुगंध उन्हें बेचैन कर रही थी। वे मन-ही-मन विचार कर रही थीं, संभवतः मुझे पूड़ियां न मिलेंगी। इतनी देर हो गई, कोई भोजन लेकर नहीं आया। मालूम होता है, सब लोग भोजन कर चुके हैं। मेरे लिए कुछ न बचा। यह सोचकर उन्हें रोना आया, परंतु अपशकुन के भय से वह रो न सकीं।

'आहा...कैसी सुगंध है? अब मुझे कौन पूछता है। जब रोटियों के ही लाले पड़े हैं, तब ऐसे भाग्य कहां कि भरपेट पूड़ियां मिलें?' यह विचार कर उन्हें रोना आया, कलेजे में हूक-सी उठने लगी, परंतु रूपा के भय से उन्होंने फिर मौन धारण कर लिया।

बूढ़ी काकी देर तक इन्ही दुखदायक विचारों में डूबी रहीं। घी और मसालों की सुगंध रह-रहकर मन को आपे से बाहर किए देती थी। मुंह में पानी भर-भर आता था। पूड़ियों का स्वाद स्मरण करके हृदय में गुदगुदी होने लगती थी। किसे पुकारूं, आज लाड़ली बेटी भी नहीं आई। दोनों छोकरे सदा

दिक् दिया करते हैं, आज उनका भी कहीं पता नहीं। कुछ मालूम तो होता कि क्या बन रहा है।

बूढ़ी काकी की कल्पना में पूड़ियों की तस्वीर नाचने लगी। खूब लाल-लाल, फूली-फूली, नरम-नरम होंगीं। रूपा ने भली-भांति भोजन किया होगा। कचौड़ियों से अजवाइन और इलायची की महक आ रही होगी। एक पूड़ी मिलती तो जरा हाथ में लेकर देखती। क्यों न चलकर कड़ाह के सामने ही बैठूं। पूड़ियां छन-छनकर तैयार होंगी। कड़ाह से गरम-गरम निकालकर थाल में रखी जाती होंगी। फूल हम घर में भी सूंघ सकते हैं, परंतु वाटिका में कुछ और बात होती है। इस प्रकार निर्णय करके बूढ़ी काकी उकड़ूं बैठकर हाथों के बल सरकती हुई बड़ी कठिनाई से चौखट से उतरीं और धीरे-धीरे रेंगती हुई कड़ाह के पास जा बैठीं। यहां आने पर उन्हें उतना ही धैर्य हुआ, जितना भूखे कुत्ते को खाने वाले के सम्मुख बैठने में होता है।

रूपा उस समय कार्यभार से उद्विग्न हो रही थी। कभी इस कोठे में जाती, कभी उस कोठे में, कभी कड़ाह के पास जाती, कभी भंडार में जाती। किसी ने बाहर से आकर कहा–"महाराज ठंडाई मांग रहे हैं।"

रूपा ठंडाई देने लगी। इतने में फिर किसी ने आकर कहा–"भाट आया है, उसे कुछ दे दो।"

रूपा अभी भाट के लिए सीधा निकाल रही थी कि एक तीसरे आदमी ने आकर पूछा–"अभी भोजन तैयार होने में कितना विलंब है? जरा ढोल, मजीरा उतार दो।"

बेचारी अकेली स्त्री दौड़ते-दौड़ते व्याकुल हो रही थी, झुंझलाती थी, कुढ़ती थी, परंतु क्रोध प्रकट करने का अवसर न पाती थी। भय होता, कहीं पड़ोसिनें यह न कहने लगें कि इतने में उबल पड़ीं। प्यास से स्वयं कंठ सूख रहा था। गर्मी के मारे फुंकी जाती थी, परंतु इतना अवकाश न था कि जरा पानी पी ले अथवा पंखा लेकर झले। यह भी खटका था कि जरा आंख हटी और चीजों की लूट मची। इस अवस्था में उसने बूढ़ी काकी को कड़ाह के पास बैठी देखा तो जल गई–क्रोध न रुक सका। इसका भी ध्यान न रहा कि पड़ोसिनें बैठी हुई हैं, मन में क्या कहेंगी। पुरुषों में लोग सुनेंगे तो क्या कहेंगे।

मेंढक जिस प्रकार केंचुए पर झपटता है, उसी प्रकार रूपा बूढ़ी काकी पर झपटी और उन्हें दोनों हाथों से झटककर बोली–"ऐसे पेट में आग लगे, पेट है या भाड़? कोठरी में बैठते हुए क्या दम घुटता था? अभी मेहमानों ने नहीं खाया, भगवान को भोग नहीं लगा, तब तक धैर्य न हो सका? आकर छाती पर सवार हो गई–जल जाए ऐसी जीभ। दिन-भर खाती न होती तो जाने किसकी हांडी में मुंह

• 160 •

डालती? गांव देखेगा तो कहेगा कि बुढ़िया भरपेट खाने को नहीं पाती, तभी तो इस तरह मुंह बाए फिरती है। डायन न मरे, न मांचा छोड़े। नाम बेचने पर लगी है। नाक कटवाकर दम लेगी। इतना ठूंसती है, न जाने कहां भस्म हो जाता है। भला चाहती हो तो जाकर कोठरी में बैठो, जब घर के लोग खाने लगेंगे, तब तुम्हे भी मिलेगा। तुम कोई देवी नहीं हो कि चाहे किसी के मुंह में पानी न जाए, परंतु तुम्हारी पूजा पहले ही हो जाए।"

बूढ़ी काकी ने सिर न उठाया, न रोईं और न बोलीं। चुपचाप रेंगती हुई अपनी कोठरी में चली गईं। आवाज ऐसी कठोर थी कि हृदय और मस्तिष्क की संपूर्ण शक्तियां, संपूर्ण विचार और संपूर्ण भार उसी ओर आकर्षित हो गए थे। नदी में जब कगार का कोई बृहद खंड कटकर गिरता है तो आस-पास का जल समूह चारों ओर से उसी स्थान को पूरा करने के लिए दौड़ता है।

3

भोजन तैयार हो गया है। आंगन में पत्तलें पड़ गईं, मेहमान खाने लगे। स्त्रियों ने जेवनार-गीत गाना आरंभ कर दिया। मेहमानों के नाई और सेवकगण भी उसी मंडली के साथ, किंतु कुछ हटकर भोजन करने बैठे थे, परंतु सभ्यतानुसार जब तक सब-के-सब खा न चुकें, कोई उठ नहीं सकता था। दो-एक मेहमान जो कुछ पढ़े-लिखे थे, सेवकों के दीर्घाहार पर झुंझला रहे थे। वे इस बंधन को व्यर्थ और बेकार की बात समझते थे।

बूढ़ी काकी अपनी कोठरी में जाकर पश्चाताप कर रही थी कि मैं कहां-से-कहां आ गई—उन्हें रूपा पर क्रोध नहीं था। अपनी जल्दबाजी पर दुख था। सच ही तो है, जब तक मेहमान लोग भोजन न कर चुकेंगे, घरवाले कैसे खाएंगे? मुझसे इतनी देर भी न रहा गया। सबके सामने पानी उतर गया। अब जब तक कोई बुलाने नहीं आएगा, न जाऊंगी।

मन-ही-मन इस प्रकार का विचार कर वह बुलाने की प्रतीक्षा करने लगीं, परंतु घी की रुचिकर सुवास बड़ी धैर्य-परीक्षक प्रतीत हो रही थी। उन्हें एक-एक पल एक-एक युग के समान मालूम होता था—'अब पत्तल बिछ गई होगी। अब मेहमान आ गए होंगे। लोग हाथ-पैर धो रहे हैं, नाई पानी दे रहा है। मालूम होता है, लोग खाने बैठ गए। जेवनार गाया जा रहा है, यह विचार कर वह मन को बहलाने के लिए लेट गईं। धीरे-धीरे एक गीत गुनगुनाने लगीं। उन्हें मालूम हुआ कि मुझे गाते देर हो गई—'क्या इतनी देर तक लोग भोजन कर ही रहे होंगे? किसी की आवाज सुनाई नहीं देती। अवश्य ही लोग खा-पीकर चले गए। मुझे कोई

बुलाने नहीं आया है। रूपा चिढ़ गई है, क्या जाने न बुलाए। सोचती हो कि आप ही आएंगी, वह कोई मेहमान तो नहीं, जो उन्हें बुलाऊं।'

बूढ़ी काकी चलने को तैयार हुईं। यह विश्वास कि एक मिनट में पूड़ियां और मसालेदार तरकारियां सामने आएंगी, उनकी स्वादेंद्रियों को गुदगुदाने लगा। उन्होंने मन में तरह-तरह के मंसूबे बांधे—पहले तरकारी से पूड़ियां खाऊंगी, फिर दही और शक्कर से, कचौरियां रायते के साथ मजेदार मालूम होंगी। चाहे कोई बुरा माने चाहे भला, मैं तो मांग-मांगकर खाऊंगी। यही न कि लोग कहेंगे, इन्हें विचार नहीं? कहा करें, इतने दिन के बाद पूड़ियां मिल रही हैं तो मुंह झूठा करके थोड़े ही उठ जाऊंगी।

वह उकड़ूं बैठकर सरकते हुए आंगन में आईं, परंतु हाय दुर्भाग्य! अभिलाषा ने अपने पुराने स्वभाव के अनुसार समय की मिथ्या कल्पना की थी। मेहमान-मंडली अभी बैठी हुई थी। कोई खाकर उंगलियां चाटता था, कोई तिरछे नेत्रों से देखता था कि और लोग अभी खा रहे हैं या नहीं। कोई इस चिंता में था कि पत्तल पर पूड़ियां छूटी जाती हैं, किसी तरह इन्हें भीतर रख लेता। कोई दही खाकर चटकारता था, परंतु दूसरा दोना मांगते संकोच करता था कि इतने में बूढ़ी काकी रेंगती हुई उनके बीच में आ पहुंची।

कई आदमी चौंककर उठ खड़े हुए। पुकारने लगे—"अरे, यह बुढ़िया कौन है? यहां कहां से आ गई? देखो, किसी को छू न दे।"

पंडित बुद्धिराम काकी को देखते ही क्रोध से तिलमिला गए। पूड़ियों का थाल लिये खड़े थे। थाल को जमीन पर पटक दिया और जिस प्रकार निर्दयी महाजन अपने किसी बेईमान और भगोड़े कर्जदार को देखते ही उसका टेंटुआ पकड़ लेता है, उसी तरह लपककर उन्होंने काकी के दोनों हाथ पकड़े और घसीटते हुए लाकर उन्हें अंधेरी कोठरी में धम्म से पटक दिया। आशा रूपी वटिका लू के एक झोंके में विनष्ट हो गई।

मेहमानों ने भोजन किया। घरवालों ने भोजन किया। बाजे वाले, धोबी, चमार भी भोजन कर चुके, परंतु बूढ़ी काकी को किसी ने न पूछा। बुद्धिराम और रूपा दोनों ही बूढ़ी काकी को उनकी निर्लज्जता के लिए दंड देने का निश्चय कर चुके थे। उनके बुढ़ापे पर, दीनता पर, हत्ज्ञान पर किसी को करुणा न आई थी। अकेली लाड़ली उनके लिए कुढ़ रही थी।

लाड़ली को काकी से अत्यंत प्रेम था। बेचारी भोली लड़की थी। बाल-विनोद और चंचलता की उसमें गंध तक न थी। दोनों बार जब उसके माता-पिता ने काकी को निर्दयता से घसीटा तो लाड़ली का हृदय तड़पकर रह गया।

वह झुंझला रही थी कि हम लोग काकी को क्यों बहुत-सी पूड़ियां नहीं देते। क्या मेहमान सब-की-सब खा जाएंगे और यदि काकी ने मेहमानों से पहले खा लिया तो क्या बिगड़ जाएगा? वह काकी के पास जाकर उन्हें धैर्य देना चाहती थी, परंतु माता के भय से न जाती थी। उसने अपने हिस्से की पूड़ियां बिलकुल न खाई थीं। अपनी गुड़िया की पिटारी में बंद कर रखी थीं। उन पूड़ियों को काकी के पास ले जाना चाहती थी। उसका हृदय अधीर हो रहा था। बूढ़ी काकी मेरी बात सुनते ही उठ बैठेंगी, पूड़ियां देखकर कैसी प्रसन्न होंगी! मुझे खूब प्यार करेंगी।

4

रात के ग्यारह बज गए थे। रूपा आंगन में पड़ी सो रही थी। लाड़ली की आंखों में नींद न आती थी। काकी को पूड़ियां खिलाने की खुशी उसे सोने न देती थी। उसने गुड़ियों की पिटारी सामने रखी थी। जब विश्वास हो गया कि अम्मा सो रही हैं, तो वह चुपके से उठी और विचारने लगी, कैसे चलूं! चारों ओर अंधेरा था। केवल चूल्हों में आग चमक रही थी और चूल्हों के पास एक कुत्ता लेटा हुआ था। लाड़ली की दृष्टि सामने वाले नीम के पेड़ पर गई, उसे मालूम हुआ कि उस पर हनुमानजी बैठे हुए हैं। उनकी पूंछ, उनकी गदा, उसे स्पष्ट दिखलाई दे रही है। मारे भय के उसने आंखें बंद कर लीं। इतने में कुत्ता उठ बैठा, लाड़ली को ढाढ़स हुआ। कई सोए हुए मनुष्यों के बदले एक भागता हुआ कुत्ता उसके लिए अधिक धैर्य का कारण हुआ। उसने पिटारी उठाई और बूढ़ी काकी की कोठरी की ओर चली।

5

बूढ़ी काकी को केवल इतना स्मरण था कि किसी ने मेरे हाथ पकड़कर घसीटे, फिर ऐसा मालूम हुआ, जैसे कोई पहाड़ पर उड़ाए लिये जाता है। उनके पैर बार-बार पत्थरों से टकराए, तब किसी ने उन्हें पहाड़ पर से पटका और वे मूर्च्छित हो गईं।

जब वे सचेत हुईं तो किसी की जरा भी आहट न मिलती थी। समझी कि सब लोग खा-पीकर सो गए और उनके साथ मेरी तकदीर भी सो गई। रात कैसे कटेगी? राम! क्या खाऊं? पेट में अग्नि धधक रही है। हा! किसी ने मेरी सुधि न ली।

क्या मेरा पेट काटने से धन जुड़ जाएगा? इन लोगों को इतनी भी दया नहीं आती कि न जाने बुढ़िया कब मर जाए? उसका जी क्यों दुखाएं? मैं पेट की

रोटियां ही खाती हूं कि और कुछ? इस पर यह हाल? मैं अंधी, अपाहिज ठहरी, न कुछ सुनूं, न बूझूं। यदि आंगन में चली गई तो क्या बुद्धिराम से इतना कहते न बनता था कि काकी अभी लोग खाना खा रहे हैं, फिर आना। मुझे घसीटा–पटका। उन्ही पूड़ियों के लिए रूपा ने सबके सामने गालियां दीं। उन्हीं पूड़ियों के लिए इतनी दुर्गति करने पर भी उनका पत्थर का कलेजा न पसीजा। सबको खिलाया, मेरी बात तक न पूछी। जब तभी न दीं, तब अब क्या देंगे? यह विचारकर काकी निराशामय संतोष के साथ लेट गईं–ग्लानि से उनका गला भर-भर आता था, परंतु मेहमानों के भय से रोती न थीं। सहसा कानों में आवाज आई–"काकी! उठो, मैं पूड़ियां लाई हूं।"

काकी ने लाड़ली की बोली पहचानी। चटपट उठ बैठीं। दोनों हाथों से लाड़ली को टटोला और उसे गोद में बिठा लिया। लाड़ली ने पूड़ियां निकालकर दीं।

काकी ने पूछा–"क्या तुम्हारी अम्मा ने दी है?"

लाड़ली ने कहा–"नहीं, यह मेरे हिस्से की हैं।"

काकी पूड़ियों पर टूट पडीं। पांच मिनट में पिटारी खाली हो गई। लाड़ली ने पूछा–"काकी पेट भर गया?"

थोड़ी-सी वर्षा जैसे ठंडक के स्थान पर और भी गर्मी पैदा कर देती है, उस भांति इन थोड़ी पूड़ियों ने काकी की क्षुधा और इक्षा को और उत्तेजित कर दिया था, बोलीं–"नहीं बेटी, जाकर अम्मा से और मांग लाओ।"

लाड़ली ने कहा–"अम्मा सोती हैं, जगाऊंगी तो मारेंगी।"

काकी ने पिटारी को फिर टटोला। उसमें कुछ खुर्चन गिरी थी। बार–बार होंठ चाटती थीं, चटखारे भरती थीं।

काकी का हृदय मसोस रहा था कि और पूड़ियां कैसे पाऊं? संतोष-सेतु जब टूट जाता है, तब इच्छा का बहाव अपरिमित हो जाता है। मतवालों को मद का स्मरण करना उन्हें मदांध बनाता है।

काकी का अधीर मन इच्छाओं के प्रबल प्रवाह में बह गया। उनके मन में उचित और अनुचित का विचार जाता रहा। वे कुछ देर तक उस इच्छा को रोकती रहीं। सहसा लाड़ली से बोलीं–"मेरा हाथ पकड़कर वहां ले चलो, जहां मेहमानों ने बैठकर भोजन किया है।"

लाड़ली उनका अभिप्राय समझ न सकी। उसने काकी का हाथ पकड़ा और ले जाकर झूठे पत्तलों के पास बिठा दिया। दीन, क्षुधातुर, हत् ज्ञान बुढ़िया पत्तलों से पूड़ियों के टुकड़े चुन-चुनकर भक्षण करने लगी। ओह...दही कितना स्वादिष्ट था, कचौड़ियां कितनी सलोनी, खस्ता और कितनी सुकोमल। काकी बुद्धिहीन होते

मानसरोवर-8 ❖ प्रेमचंद

हुए भी इतना जानती थीं कि मैं वह काम कर रही हूं, जो मुझे कदापि न करना चाहिए। मैं दूसरों की जूठी पत्तल चाट रही हूं, परंतु बुढ़ापा तृष्णा रोग का अंतिम समय है, जब संपूर्ण इच्छाएं एक ही केंद्र पर आ लगती हैं। बूढ़ी काकी में यह केंद्र उनकी स्वादेंद्रिय थी।

ठीक उसी समय रूपा की आंख खुली। उसे मालूम हुआ कि लाड़ली मेरे पास नहीं है। वह चौंकी, चारपाई के इधर-उधर ताकने लगी कि कहीं नीचे तो नहीं गिर पड़ी। उसे वहां न पाकर वह उठी तो क्या देखती है कि लाड़ली जूठे पत्तलों के पास चुपचाप खड़ी है और बूढ़ी काकी पत्तलों पर से पूड़ियों के टुकड़े उठा-उठाकर खा रही है।

रूपा का हृदय सन्न हो गया। किसी गाय की गरदन पर छुरी चलते देखकर जो अवस्था उसकी होती, वही उस समय हुई—एक ब्राह्मणी दूसरों की जूठी पत्तल टटोले, इससे अधिक शोकमय दृश्य असंभव था। पूड़ियों के कुछ ग्रासों के लिए उसकी चचेरी सास ऐसा निकृष्ट कर्म कर रही है। यह वह दृश्य था जिसे देखकर देखने वालों के हृदय कांप उठते। ऐसा प्रतीत होता मानो जमीन रुक गई, आसमान चक्कर खा रहा है। संसार पर कोई आपत्ति आने वाली है। रूपा को क्रोध न आया। शोक के सम्मुख क्रोध कहां? करुणा और भय से उसकी आंखें भर आईं।

इस अधर्म का भागी कौन है? उसने सच्चे हृदय से गगनमंडल की ओर हाथ उठाकर कहा—"परमात्मा, मेरे बच्चों पर दया करो। इस अधर्म का दंड मुझे मत दो, नहीं तो मेरा सत्यानाश हो जाएगा।"

रूपा को अपनी स्वार्थपरता और अन्याय इस प्रकार प्रत्यक्ष रूप में कभी न दिखाई पड़े थे। वह सोचने लगी—'हाय! मैं कितनी निर्दय हूं। जिसकी संपति से मुझे दो सौ रुपया आय हो रही है, उसकी यह दुर्गति और मेरे कारण। हे दयामय भगवान! मुझसे बड़ी भारी चूक हुई है, मुझे क्षमा करो। आज मेरे बेटे का तिलक था। सैकड़ों मनुष्यों ने भोजन पाया। मैं उनके इशारों की दासी बनी रही। अपने नाम के लिए सैकड़ों रुपये व्यय कर दिए, परंतु जिसकी बदौलत हजारों रुपये खाए, उसे इस उत्सव में भी भरपेट भोजन न दे सकी। केवल इसी कारण कि वह वृद्धा असहाय है!'

रूपा ने दिया जलाया, अपने भंडार का द्वार खोला और एक थाली में संपूर्ण सामग्रियां सजाकर बूढ़ी काकी की ओर चली।

आधी रात जा चुकी थी, आकाश पर तारों के थाल सजे हुए थे और उन पर बैठे हुए देवगण स्वर्गिक पदार्थ सजा रहे थे, परंतु उसमें किसी को वह परमानंद प्राप्त न हो सकता था, जो बूढ़ी काकी को अपने सम्मुख थाल देखकर प्राप्त हुआ।

रूपा ने कंठावरुद्ध स्वर में कहा–"काकी! उठो, भोजन कर लो। मुझसे आज बड़ी भूल हुई, उसका बुरा न मानना। परमात्मा से प्रार्थना कर दो कि वह मेरा अपराध क्षमा कर दें।"

भोले-भाले बच्चों की भांति, जो मिठाइयां पाकर मार और तिरस्कार सब भूल जाता है, बूढ़ी काकी वैसे ही सब भुलाकर बैठी हुई खाना खा रही थी। उनके एक-एक रोएं से सच्ची सदिच्छाएं निकल रही थीं और रूपा बैठी स्वर्गिक दृश्य का आनंद लेने में निमग्न थी।

17

बेटी का धन

चौधरी ने अत्यंत विनीत होकर कहा–"साहुजी, यह लाज तो मारे डालती है। तुमसे क्या छिपा है? एक वह दिन था कि हमारे दादा-बाबा महाराज की सवारी के साथ चलते थे, अब एक दिन यह कि घर-घर की दीवार तक बिकने की नौबत आ गई है। कहीं मुंह दिखाने को भी जी नहीं चाहता। यह लो गहनों की पोटली। यदि लोक-लाज न होती तो इसे लेकर कभी यहां न आता, परंतु यह अधर्म इसी लाज निबाहने के कारण करना पड़ा है।"
झगडू साहु ने आश्चर्य से पूछा–"यह गहने किसके हैं?"
चौधरी ने सिर झुकाकर कहा–"मेरी बेटी गंगाजली के।"
झगडू साहु स्तंभित हो गए, बोले–"अरे! राम-राम!"
चौधरी ने कातर स्वर में कहा–"डूब मरने को जी चाहता है।"
झगडू ने बड़ी धार्मिकता के साथ स्थिर होकर कहा–"शास्त्र में बेटी के गांव का पेड़ देखना मना है।"

बेतवा नदी दो ऊंचे कगारों के बीच इस तरह मुंह छिपाए हुए थी, जैसे निर्मल हृदयों में साहस और उत्साह की मद्धिम ज्योति छिपी रहती है। इसके एक कगार पर एक छोटा-सा गांव बसा है, जो अपने भग्न जातीय चिह्नों के लिए बहुत ही प्रसिद्ध है।

जातीय गाथाओं और चिह्नों पर मर मिटने वाले लोग इस पावन स्थान पर बड़े प्रेम और श्रद्धा के साथ आते और गांव का बूढ़ा केवट सुक्खू चौधरी उन्हें उसकी परिक्रमा कराता और रानी के महल, राजा का दरबार और कुंअर की बैठक के मिटे हुए चिह्नों को दिखाता।

वह एक उच्छ्वास लेकर रुंधे हुए गले से कहता–"महाशय! एक वह समय था कि केवटों को मछलियों के इनाम में अशर्फियां मिलती थीं। कहार महल में झाड़ू देते हुए अशर्फियां बटोर ले जाते थे। बेतवा नदी रोज चढ़कर महाराज के चरण छूने आती थी। यह प्रताप और यह तेज था, परंतु आज इसकी यह दशा है।"

इन सुंदर उक्तियों पर किसी का विश्वास जमाना चौधरी के वश की बात न थी, पर सुनने वाले उसकी सहृदयता तथा अनुराग के जरूर कायल हो जाते थे।

सुक्खू चौधरी उदार पुरुष थे, परंतु जितना बड़ा मुंह था, उतना बड़ा ग्रास न था। तीन लड़के, तीन बहुएं और कई पौत्र-पौत्रियां थीं। लड़की केवल एक गंगाजली थी जिसका अभी तक गौना नहीं हुआ था। चौधरी की यह सबसे पिछली संतान थी। स्त्री के मर जाने पर उसने इसको बकरी का दूध पिला-पिलाकर पाला था। परिवार में खानेवाले तो इतने थे, पर खेती सिर्फ एक हल की होती थी। ज्यों-त्यों कर निर्वाह होता था, परंतु सुक्खू की वृद्धावस्था और पुरातत्त्व ज्ञान ने उसे गांव में वह मान और प्रतिष्ठा प्रदान कर रखी थी, जिसे देखकर झगडू साहु भीतर-ही-भीतर जलते थे।

सुक्खू जब गांववालों के समक्ष, हाकिमों से हाथ फेंक-फेंककर बातें करने लगता और खंडहरों को घुमा-फिराकर दिखाने लगता था तो झगडू साहु जो चपरासियों के धक्के खाने के डर से करीब नहीं फटकते थे, तड़प-तड़पकर रह जाते थे। अतः वे सदा इस शुभ अवसर की प्रतीक्षा करते रहते थे, जब सुक्खू पर अपने धन द्वारा प्रभुत्व जमा सकें।

इस गांव के जमींदार ठाकुर जीतन सिंह थे, जिनकी बेगार के मारे गांववालों का नाकों दम था। उस साल जब जिला मजिस्ट्रेट का दौरा हुआ और वह यहां के पुरातन चिह्नों की सैर करने के लिए पधारे, तो सुक्खू चौधरी ने दबी जबान से अपने गांववालों की दुःख-कहानी उन्हें सुनाई। हाकिमों से वार्तालाप करने में उसे तनिक भी भय न होता था।

सुक्खू चौधरी को खूब मालूम था कि जीतन सिंह से रार मचाना सिंह के मुंह में सिर देना है, किंतु जब गांववाले कहते थे कि चौधरी तुम्हारी ऐसे-ऐसे हाकिमों से मिताई है और हम लोगों को रात-दिन रोते कटता है तो फिर तुम्हारी

यह मित्रता किस दिन काम आएगी? परोपकाराय सताम् विभूतय:। तब सुक्खू का मिजाज आसमान पर चढ़ जाता था। घड़ी-भर के लिए वह जीतन सिंह को भूल जाता था।

मजिस्ट्रेट ने जीतन सिंह से इसका उत्तर मांगा। उधर झगडू साहु ने चौधरी के इस साहसपूर्ण स्वामीद्रोह की रिपोर्ट जीतन सिंह को दी। ठाकुर साहब जलकर आग हो गए। अपने कारिंदे से बकाया लगान की बही मांगी। संयोगवश चौधरी के जिम्मे इस साल का कुछ लगान बाकी था। कुछ तो पैदावार कम हुई, उस पर गंगाजली का ब्याह करना पड़ा। छोटी बहू नथ की रट लगाए हुए थी; वह बनवानी पड़ी। इन सब खर्चों ने हाथ बिलकुल खाली कर दिया था। लगान के लिए कुछ अधिक चिंता नहीं थी। वह इस अभिमान में भूला हुआ था कि जिस जबान में हाकिमों को प्रसन्न करने की शक्ति है, क्या वह ठाकुर साहब को अपना लक्ष्य न बना सकेगी?

बूढ़े चौधरी इधर तो अपने गर्व में निश्चिंत थे और उधर उन पर बकाया लगान की नालिश ठुक गई। सम्मन आ पहुंचा। दूसरे दिन पेशी की तारीख पड़ गई। चौधरी को अपना जादू चलाने का अवसर न मिला।

जिन लोगों के बढ़ावे में आकर सुक्खू ने ठाकुर से छेड़छाड़ की थी, उनका दर्शन मिलना दुर्लभ हो गया।

ठाकुर साहब के सहने और प्यादे गांव में चील की तरह मंडराने लगे। उनके भय से किसी को चौधरी की परछाईं काटने का साहस न होता था। कचहरी वहां से तीन मील पर थी। बरसात के दिन, रास्ते में ठौर-ठौर पानी, उमड़ी हुई नदियां, रास्ता कच्चा, बैलगाड़ी का निबाह नहीं, पैरों में बल नहीं, अत: अदमपैरवी में मुकदमे का एकतरफा फैसला हो गया।

कुर्की का नोटिस पहुंचा तो चौधरी के हाथ-पांव फूल गए। सारी चतुराई भूल गई। चुपचाप अपनी खाट पर पड़ा-पड़ा नदी की ओर ताकता और अपने मन में कहता–'क्या मेरे जीते जी घर मिट्टी में मिल जाएगा। मेरे इन बैलों की सुंदर जोड़ी के गले में आह! क्या दूसरों का जुआ पड़ेगा?' यह सोचते-सोचते उसकी आंखें भर आतीं। वह बैलों से लिपटकर रोने लगा, परंतु बैलों की आंखों से क्यों आंसू जारी थे? वे नांद में मुंह क्यों नहीं डालते थे? क्या उनके हृदय पर भी अपने स्वामी के दु:ख की चोट पहुंच रही थी!

वह अपने झोंपड़े को विकल नयनों से निहारकर देखता और मन में सोचता–'क्या हमको इस घर से निकलना पड़ेगा? यह पूर्वजों की निशानी क्या हमारे जीते जी छिन जाएगी?'

कुछ लोग परीक्षा में दृढ़ रहते हैं और कुछ लोग इसकी हल्की आंच भी नहीं सह सकते।

चौधरी अपनी खाट पर उदास पड़े घंटों अपने कुलदेव महावीर और महादेव को मनाया करता और उनका गुण गाया करता। उसकी चिंतादग्ध आत्मा को और कोई सहारा न था।

इसमें कोई संदेह न था कि चौधरी की तीनों बहुओं के पास गहने थे, पर स्त्री का गहना ऊख का रस है, जो पेरने से ही निकलता है। चौधरी जाति का ओछा पर स्वभाव का ऊंचा था। उसे ऐसी नीच बात बहुओं से कहते संकोच होता था।

कदाचित् यह नीच विचार उसके हृदय में उत्पन्न ही नहीं हुआ था, किंतु तीनों बेटे यदि जरा भी बुद्धि से काम लेते तो बूढ़े को देवताओं की शरण लेने की आवश्यकता न होती, परंतु यहां तो बात ही निराली थी। बड़े लड़के को घाट के काम से फुरसत न थी। बाकी दो लड़के इस जटिल प्रश्न को विचित्र रूप से हल करने के मंसूबे बांध रहे थे।

मंझले झींगुर ने मुंह बनाकर कहा–"उंह! इस गांव में क्या धरा है? मैं तो जहां कमाऊंगा, वहीं खाऊंगा, पर जीतन सिंह की मूंछें एक-एक करके चुन लूंगा।"

छोटे फक्कड़ ऐंठकर बोले–"मूंछें तुम चुन लेना! नाक मैं उड़ा दूंगा। नकटा बना घूमेगा।"

इस पर दोनों खूब हंसे और मछली मारने चल दिए।

इस गांव में एक बूढ़े ब्राह्मण भी रहते थे। मंदिर में पूजा करते और नित्य अपने यजमानों को दर्शन देने नदी पार जाते, पर खेवे के पैसे न देते। तीसरे दिन वह जमींदार के गुप्तचरों की आंख बचाकर सुक्खू के पास आए और सहानुभूति के स्वर में बोले–"चौधरी! कल तक की मियाद है और तुम अभी तक पड़े-पड़े सो रहे हो। क्यों नहीं घर की चीज ढूंढ-ढांढकर किसी और जगह भेज देते? न हो समधियाने पठवा दो। जो कुछ बच रहे, वही सही। घर की मिट्टी खोदकर थोड़े ही कोई ले जाएगा।"

चौधरी लेटा था, उठ बैठा और आकाश की ओर निहारकर बोला–"जो कुछ उसकी इच्छा है, वह होगा। मुझसे यह जाल न होगा।"

इधर कई दिन की निरंतर भक्ति और उपासना के कारण चौधरी का मन शुद्ध और पवित्र हो गया था। उसे छल-प्रपंच से घृणा हो गई थी। पंडितजी जो इस काम में सिद्धहस्त थे, लज्जित हो गए।

परंतु चौधरी के घर के अन्य लोगों को ईश्वरेच्छा पर इतना भरोसा न था। धीरे-धीरे घर के बर्तन-भांडे खिसकाए जाते थे। अनाज का एक दाना भी घर में न रहने पाया। रात को नाव लदी हुई जाती और उधर से खाली लौटती थी। तीन दिन तक घर में चूल्हा न जला।

बूढ़े चौधरी के मुंह में अन्न की कौन कहे, पानी की एक बूंद भी न पड़ी। स्त्रियां भाड़ से चने भुनाकर चबातीं और लड़के मछलियां भून-भूनकर उड़ाते, परंतु बूढ़े की इस एकादशी में यदि कोई शरीक था तो वह उसकी बेटी गंगाजली थी। वह बेचारी अपने बूढ़े बाप को चारपाई पर निर्जल छटपटाते देख बिलख-बिलखकर रोती।

लड़कों को अपने माता-पिता से वह प्रेम नहीं होता, जो लड़कियों को होता है। गंगाजली इस सोच-विचार में मग्न रहती थी कि दादा की किस भांति सहायता करूं। यदि हम सब भाई-बहन मिलकर जीतन सिंह के पास जाकर दया-भिक्षा की प्रार्थना करें तो वे अवश्य मान जाएंगे; परंतु दादा को कब यह स्वीकार होगा! वह यदि एक दिन बड़े साहब के पास चले जाएं तो सब कुछ बात-की-बात में बन जाए, किंतु उनकी तो जैसे बुद्धि ही मारी गई है। इसी उधेड़बुन में उसे एक उपाय सूझ पड़ा, कुम्हलाया हुआ मुखारविंद खिल उठा।

पुजारीजी सुक्खू चौधरी के पास से उठकर चले गए थे और चौधरी उच्च स्वर से अपने सोए हुए देवताओं को पुकार-पुकारकर बुला रहे थे। निदान, गंगाजली उनके पास जाकर खड़ी हो गई।

चौधरी ने उसे देखकर विस्मित स्वर में पूछा–"क्यों बेटी? इतनी रात गए क्यों बाहर आई?"

गंगाजली ने कहा–"बाहर रहना तो भाग्य में लिखा है, घर में कैसे रहूं?"

सुक्खू ने जोर से हांक लगाई–"कहां गए तुम कृष्णमुरारी, मेरे दुःख हरो।"

गंगाजली खड़ी थी, बैठ गई और धीरे से बोली–"भजन गाते तो आज तीन दिन हो गए। घर बचाने का भी कुछ उपाय सोचा कि इसे यों ही मिट्टी में मिला दोगे? हम लोगों को क्या पेड़ तले रखोगे?"

चौधरी ने व्यथित स्वर में कहा–"बेटी, मुझे तो कोई उपाय नहीं सूझता। भगवान जो चाहेंगे, होगा। वेग चलो गिरधर गोपाल, काहे विलंब करो।"

गंगाजली ने कहा–"मैंने एक उपाय सोचा है, कहो तो कहूं?"

चौधरी उठकर बैठ गए और पूछा–"कौन उपाय है बेटी?"

गंगाजली ने कहा–"मेरे गहने झगड़ू साहु के यहां गिरो रख दो। मैंने जोड़ लिया है। देने-भर के रुपये हो जाएंगे।"

चौधरी ने ठंडी सांस लेकर कहा–"बेटी! तुमको मुझसे यह बात कहते लाज नहीं आती। वेद-शास्त्र में मुझे तुम्हारे गांव के कुएं का पानी पीना भी मना है। तुम्हारी ड्योढ़ी में भी पैर रखने का निषेध है। क्या तुम मुझे नरक में धकेलना चाहती हो?"

गंगाजली उत्तर के लिए पहले से ही तैयार थी, बोली–"मैं अपने गहने तुम्हें दिए थोड़े ही देती हूं। इस समय लेकर काम चलाओ, चैत में छुड़ा देना।"

चौधरी ने कड़ककर कहा–"यह मुझसे न होगा।"

गंगाजली उत्तेजित होकर बोली–"तुमसे यह न होगा तो मैं आप ही जाऊंगी, मुझसे घर की यह दुर्दशा नहीं देखी जाती।"

चौधरी ने झुंझलाकर कहा–"बिरादरी में कौन मुंह दिखाऊंगा?"

गंगाजली ने चिढ़कर कहा–"बिरादरी में कौन ढिंढोरा पीटने जाता है।"

चौधरी ने फैसला सुनाया–"जगहंसाई के लिए मैं अपना धर्म न बिगाडूंगा।"

गंगाजली बिगड़कर बोली–"मेरी बात नहीं मानोगे तो तुम्हारे ऊपर मेरी हत्या पड़ेगी। मैं आज ही इस बेतवा नदी में कूद पडूंगी। तुमसे चाहे घर में आग लगते देखा जाए, पर मुझसे तो न देखा जाएगा।"

चौधरी ने ठंडी सांस लेकर कातर स्वर में कहा–"बेटी, मेरे धर्म का नाश मत करो। यदि ऐसा ही है तो अपनी किसी भावज के गहने मांगकर लाओ।"

गंगाजली ने गंभीर स्वर में कहा–"भावजों से कौन अपना मुंह नुचवाने जाएगा। उनको फिकर होती तो क्या मुंह में दही जमा था, कहतीं नहीं।"

चौधरी निरुत्तर हो गए।

गंगाजली घर में जाकर गहनों की पिटारी लाई और एक-एक करके सब गहने चौधरी के अंगोछे में बांध दिए।

चौधरी ने आंखों में आंसू भरकर कहा–"हाय राम, इस शरीर की क्या गति लिखी है!" यह कहकर उठे और बहुत संभालने पर भी आंखों में भर आए आंसू न छिप सके।

रात का समय था। बेतवा नदी के किनारे-किनारे मार्ग को छोड़कर सुक्खू चौधरी गहनों की गठरी कांख में दबाए इस तरह चुपके-चुपके चल रहे थे मानो पाप की गठरी लिये जाते हैं।

जब वह झगडू साहु के मकान के पास पहुंचे तो ठहर गए, आंखें खूब साफ कीं, जिससे किसी को यह न बोध हो कि चौधरी रोता था।

झगडू साहु धागे की कमानी की एक मोटी ऐनक लगाए, बही-खाता फैलाए हुक्का पी रहे थे और दीपक के धुंधले प्रकाश में उन अक्षरों को पढ़ने की व्यर्थ

चेष्टा में लगे थे जिनमें स्याही की किफायत की गई थी। बार-बार ऐनक को साफ करते और आंख मलते, पर चिराग की बत्ती उकसाना या दोहरी बत्ती लगाना शायद इसलिए उचित नहीं समझते थे कि तेल का अपव्यय होगा। इसी समय सुक्खू चौधरी ने आकर कहा–"जय राम जी की।"

झगडू साहु ने देखा और पहचानकर बोले–"जय राम जी की चौधरी! कहो, मुकदमे में क्या हुआ? यह लेन-देन बड़े झंझट का काम है। दिन-भर सिर उठाने की छुट्टी नहीं मिलती।"

चौधरी ने पोटली को खूब सावधानी से छिपाकर लापरवाही के साथ कहा–"अभी तक तो कुछ नहीं हुआ। कल इजराय डिगरी होनेवाली है। ठाकुर साहब ने न जाने कब का बैर निकाला है। हमको दो-तीन दिन की भी मुहलत होती तो डिगरी न जारी होने पाती। छोटे साहब और बड़े साहब दोनों हमको अच्छी तरह जानते हैं। अभी इसी साल मैंने उनसे नदी किनारे घंटों बातें कीं, किंतु एक तो बरसात के दिन, दूसरे एक दिन की भी मुहलत नहीं, क्या करता! इस समय मुझे रुपयों की चिंता है।"

झगडू साहु ने विस्मित होकर पूछा–"तुमको रुपयों की चिंता! घर में भरा है, वह किस दिन काम आएगा?"

झगडू साहु ने यह व्यंग्य-बाण नहीं छोड़ा था। वास्तव में उन्हें और सारे गांव को विश्वास था कि चौधरी के घर में लक्ष्मी महारानी का अखंड राज्य है।

चौधरी का रंग बदलने लगा, बोले–"साहुजी! रुपया होता तो किस बात की चिंता थी? तुमसे कौन छिपाव है। आज तीन दिन से घर में चूल्हा नहीं जला, रोना-पीटना पड़ा है। अब तो तुम्हारे बसाए बसूंगा। ठाकुर साहब ने तो उजाड़ने में कोई कसर न छोड़ी।"

झगडू साहु जीतन सिंह को खुश रखना जरूर चाहते थे, पर साथ ही चौधरी को भी नाखुश करना मंजूर न था। यदि सूद-दर-सूद छोड़कर मूल तथा ब्याज सहज वसूल हो जाए तो उन्हें चौधरी पर मुफ्त का एहसान लादने में कोई आपत्ति न थी। यदि चौधरी के अफसरों की जान-पहचान के कारण साहुजी का टैक्स से गला छूट जाए, जो अनेक उपाय करने और अहलकारों की मुट्ठी गरम करने पर भी नित्य प्रति उनकी तोंद की तरह बढ़ता ही जा रहा था तो क्या पूछना! बोले–"क्या कहें चौधरीजी, खर्च के मारे आजकल हम भी तबाह हैं। लहने वसूल नहीं होते। टैक्स का रुपया देना पड़ा। हाथ बिलकुल खाली हो गया। तुम्हें कितना रुपया चाहिए?"

चौधरी ने कहा–"सौ रुपये की डिगरी है। खर्च-बर्च मिलाकर दो सौ के लगभग समझो।"

झगड़ू अब अपने दांव खेलने लगे, पूछा–"तुम्हारे लड़कों ने तुम्हारी कुछ भी मदद न की। वह सब भी तो कुछ-न-कुछ कमाते ही हैं।"

साहुजी का यह निशाना ठीक पड़ा। लड़कों ने लापरवाही से चौधरी के मन में जो कुत्सित भाव भरे थे, वह सजीव हो गए, बोले–"भाई, लड़के किसी काम के होते तो यह दिन क्यों देखना पड़ता। उन्हें तो अपने भोग-विलास से मतलब। घर-गृहस्थी का बोझ तो मेरे सिर पर है। मैं इसे जैसे चाहूं, संभालूं उनसे कुछ सरोकार नहीं, मरते दम भी गला नहीं छूटता। मरूंगा तो सब खाल में भूसा भराकर रख छोड़ेंगे।"

गृह कारज नाना जंजाला।

झगड़ू ने तीसरा तीर मारा–"क्या बहुओं से भी कुछ न बन पड़ा?"

चौधरी ने उत्तर दिया–"बहू-बेटे सब अपनी-अपनी मौज में मस्त हैं। मैं तीन दिन तक द्वार पर बिना अन्न-जल के पड़ा था, किसी ने बात भी नहीं पूछी। कहां की सलाह, कहां की बातचीत। बहुओं के पास रुपये न हों, पर गहने तो हैं और वे भी मेरे बनाए हुए। इस दुर्दिन के समय यदि दो-दो थान उतार देतीं तो क्या मैं छुड़ा न देता? सदा यही दिन थोड़े ही रहेंगे।"

झगड़ू समझ गए कि यह महज जबान का सौदा है और वह जबान का सौदा भूलकर भी न करते थे, बोले–"तुम्हारे घर के लोग भी अनूठे हैं। क्या इतना भी नहीं जानते कि बूढ़ा रुपये कहां से लाएगा? अब समय बदल गया। या तो कुछ जायदाद लिखो या गहने गिरो रखो, तब जाकर रुपया मिले। इसके बिना रुपये कहां? इसमें भी जायदाद में सैकड़ों बखेड़े पड़े हैं। सुभीता गिरो रखने में ही है। हां, तो जब घरवालों को कोई इसकी फिक्र नहीं तो तुम क्यों व्यर्थ जान देते हो। यही न होगा कि लोग हंसेंगे सो यह लाज कहां तक निबाहोगे?"

चौधरी ने अत्यंत विनीत होकर कहा–"साहुजी, यह लाज तो मारे डालती है। तुमसे क्या छिपा है? एक वह दिन था कि हमारे दादा-बाबा महाराज की सवारी के साथ चलते थे, अब एक दिन यह कि घर-घर की दीवार तक बिकने की नौबत आ गई है। कहीं मुंह दिखाने को भी जी नहीं चाहता। यह लो गहनों की पोटली। यदि लोक-लाज न होती तो इसे लेकर कभी यहां न आता, परंतु यह अधर्म इसी लाज निबाहने के कारण करना पड़ा है।"

झगड़ू साहु ने आश्चर्य से पूछा–"यह गहने किसके हैं?"

चौधरी ने सिर झुकाकर बड़ी कठिनता से कहा–"मेरी बेटी गंगाजली के।"

झगड़ू साहु स्तंभित हो गए, बोले–"अरे! राम-राम!"

चौधरी ने कातर स्वर में कहा–"डूब मरने को जी चाहता है।"

झगड़ू ने बड़ी धार्मिकता के साथ स्थिर होकर कहा–"शास्त्र में बेटी के गांव का पेड़ देखना मना है।"

चौधरी ने दीर्घ नि:श्वास छोड़कर करुण स्वर में कहा–"न जाने नारायण कब मौत देंगे! भाई की तीन लड़कियां ब्याहीं। कभी भूलकर भी उनके द्वार का मुंह नहीं देखा। परमात्मा ने अब तक तो टेक निबाही है, पर अब न जाने मिट्टी की क्या दुर्दशा होने वाली है।"

झगड़ू साहु 'लेखा जौ-जौ बख्शीश सौ-सौ' के सिद्धांत पर चलते थे। सूद की एक कौड़ी भी छोड़ना उनके लिए हराम था। यदि एक महीने का एक दिन भी लग जाता तो पूरे महीने का सूद वसूल कर लेते, परंतु नवरात्र में नित्य दुर्गा-पाठ करवाते थे।

पितृपक्ष में साहुजी रोज ब्राह्मणों को सीधा बांटते थे। बनियों की धर्म में बड़ी निष्ठा होती है।

यदि कोई दीन ब्राह्मण लड़की ब्याहने के लिए उनके सामने हाथ पसारता तो वह खाली हाथ न लौटता, भीख मांगने वाले ब्राह्मणों को चाहे वह कितने ही संडे-मुसंडे हों, उनके दरवाजे पर फटकार नहीं सुननी पड़ती थी। उनके धर्म-शास्त्र में कन्या के गांव के कुएं का पानी पीने से प्यासा मर जाना अच्छा है।

साहुजी स्वयं इस सिद्धांत के भक्त थे और इस सिद्धांत के अन्य पक्षपाती उनके लिए महामान्य देवता थे। वे पिघल गए। मन में सोचा, यह मनुष्य तो कभी ओछे विचारों को मन में नहीं लाया।

निर्दय काल की ठोकर से अधर्म मार्ग पर उतर आया है, तो उसके धर्म की रक्षा करना हमारा कर्तव्य-धर्म है। यह विचार मन में आते ही झगड़ू साहु गद्दी से मसनद के सहारे उठ बैठे और दृढ़ स्वर में कहा–"वही परमात्मा जिसने अब तक तुम्हारी टेक निबाही है, अब भी निबाहेंगे। लड़की के गहने लड़की को दे दो। लड़की जैसी तुम्हारी है, वैसी ही मेरी भी है। यह लो रुपये। आज काम चलाओ। जब हाथ में रुपये आ जाएं, दे देना।"

चौधरी पर इस सहानुभूति का गहरा असर पड़ा। वह जोर-जोर से रोने लगा। उसे अपने भावों की धुन में कृष्ण भगवान की मोहिनी मूर्ति सामने विराजमान दिखाई दी।

वही झगड़ू जो सारे गांव में बदनाम था, जिसकी चौधरी ने खुद कई बार हाकिमों से शिकायत की थी, आज साक्षात् देवता जान पड़ता था।

चौधरी रुंधे कंठ से गद्‌गद होते हुए बोला–"झगडू, तुमने इस समय मेरी बात, मेरी लाज, मेरा धर्म–कहां तक कहूं, मेरा सब कुछ रख लिया। मेरी डूबती नाव पार लगा दी। कृष्ण मुरारी तुम्हारे इस उपकार का फल देंगे और मैं तो तुम्हारा गुण जब तक जीऊंगा, गाता रहूंगा।"

18

बोध

चोखेलाल—हां, यह सब कर दूंगा और मेरा काम ही क्या है! फीस?
दरोगाजी—अस्पताल में कैसी फीस जनाबमन?
चोखेलाल—वैसी ही, जैसी इन मुंशीजी ने वसूल की थी जनाबमन।
दरोगा—आप क्या कहते हैं, मेरी समझ में नहीं आता।
चोखेलाल—मेरा घर बिल्हौर में है। वहां मेरी थोड़ी-सी जमीन है। साल में दो बार उसकी देख-भाल के लिए जाना पड़ता है। जब तहसील में लगान दाखिल करने जाता हूं, तो मुंशीजी डांटकर अपना हक वसूल लेते हैं। न दूं तो शाम तक खड़ा रहना पड़े। सियाहा न हो, फिर जनाब, कभी गाड़ी नाव पर, कभी नाव गाड़ी पर। मेरी फीस दस रुपये निकालिए। देखूं, दवा दूं, नहीं तो अपनी राह लीजिए।
दरोगा—दस रुपये!!
चोखेलाल—जी हां और यहां ठहरना चाहें तो दस रुपये रोज।

पंडित चंद्रधर ने अपर प्राइमरी में मुदर्रिसी तो कर ली थी, किंतु सदा पछताया करते थे कि कहां से इस जंजाल में आ फंसे। यदि किसी अन्य विभाग में नौकर होते, तो अब तक हाथ में चार पैसे होते, आराम से जीवन व्यतीत होता। यहां तो महीने-भर प्रतीक्षा करने के बाद कहीं पंद्रह

रुपये देखने को मिलते हैं। वह भी इधर आए, उधर गायब। न खाने का सुख और न पहनने का आराम। हमसे तो मजूर ही भले।

पंडितजी के पड़ोस में दो महाशय और रहते थे। एक ठाकुर अतिबल सिंह, वह थाने में हेड कॉन्स्टेबल थे। दूसरे मुंशी बैजनाथ, वह तहसील में सियाहे-नवीस थे। इन दोनों आदमियों का वेतन पंडितजी से कुछ अधिक न था, तब भी उनकी चैन से गुजरती थी। संध्या को वह कचहरी से आते, बच्चों को पैसे और मिठाइयां देते।

दोनों आदमियों के पास टहलुवे थे। घर में कुर्सियां, मेजें, फर्श आदि सामग्रियां मौजूद थीं। ठाकुर साहब शाम को आरामकुर्सी पर लेट जाते और खुशबूदार खमीरा पीते।

मुंशीजी को शराब-कवाब का व्यसन था। अपने सुसज्जित कमरे में बैठे हुए बोतल-की-बोतल साफ कर देते। जब कुछ नशा होता तो हारमोनियम बजाते, सारे मुहल्ले में रोब-दाब था। उन दोनों महाशयों को आता देखकर बनिए उठकर सलाम करते। उनके लिए बाजार में अलग भाव था। चार पैसे सेर की चीज टके में लाते। लकड़ी-ईंधन मुफ्त में मिलता।

पंडितजी उनके इस ठाठ-बाट को देखकर कुढ़ते और अपने भाग्य को कोसते। वह लोग इतना भी न जानते थे कि पृथ्वी सूर्य का चक्कर लगाती है अथवा सूर्य पृथ्वी का—उन्हें साधारण पहाड़ों का भी ज्ञान न था, तिस पर भी ईश्वर ने उन्हें इतनी प्रभुता दे रखी थी। यह लोग पंडितजी पर बड़ी कृपा रखते थे। कभी सेर, आध सेर दूध भेज देते और कभी थोड़ी-सी तरकारियां, किंतु इनके बदले में पंडितजी को ठाकुर साहब के दो और मुंशीजी के तीन लड़कों की निगरानी करनी पड़ती।

ठाकुर साहब कहते–'पंडितजी! यह लड़के हर घड़ी खेला करते हैं, जरा इनकी खबर लेते रहिए।'

मुंशीजी कहते–'यह लड़के आवारा हुए जाते हैं। जरा इनका ख्याल रखिए।' यह बातें बड़ी अनुग्रहपूर्ण रीति से कही जाती थीं मानो पंडितजी उनके गुलाम हैं।

पंडितजी को यह व्यवहार असह्य लगता था, किंतु इन लोगों को नाराज करने का साहस न कर सकते थे, उनकी बदौलत कभी-कभी दूध-दही के दर्शन हो जाते, कभी अचार-चटनी चख लेते।

केवल इतना ही नहीं, बाजार से चीजें भी सस्ती लाते, इसलिए बेचारे इस अनीति को विष के घूंट के समान पीते।

इस दुरवस्था से निकलने के लिए उन्होंने बड़े-बड़े यत्न किए थे। प्रार्थना-पत्र लिखे, अफसरों की खुशामदें कीं, पर आशा न पूरी हुई—अंत में हारकर बैठ रहे। हां, इतना था कि अपने काम में त्रुटि न होने देते। ठीक समय पर जाते, देर करके आते, मन लगाकर पढ़ाते। इससे उनके अफसर लोग खुश थे। साल में कुछ इनाम देते और वेतन-वृद्धि का जब कभी अवसर आता, उनका विशेष ध्यान रखते, परंतु इस विभाग की वेतन-वृद्धि ऊसर की खेती है। बड़े भाग्य से हाथ लगती है। बस्ती के लोग उनसे संतुष्ट थे, लड़कों की संख्या बढ़ गई थी और पाठशाला के लड़के तो उन पर जान देते थे। कोई उनके घर आकर पानी भर देता, कोई उनकी बकरी के लिए पत्ती तोड़ लाता। पंडितजी इसी को बहुत समझते थे।

एक बार सावन के महीने में मुंशी बैजनाथ और ठाकुर अतिबल सिंह ने श्रीअयोध्याजी की यात्रा की सलाह की। दूर की यात्रा थी। हफ्तों पहले से तैयारियां होने लगीं। बरसात के दिन, सपरिवार जाने में अड़चन थी, किंतु स्त्रियां किसी भांति न मानती थीं। अंत में विवश होकर दोनों महाशयों ने एक-एक सप्ताह की छुट्टी ली और अयोध्याजी चले। पंडितजी को भी साथ चलने के लिए बाध्य किया। मेले-ठेले में एक फालतू आदमी से बड़े काम निकलते हैं। पंडितजी असमंजस में पड़े, परंतु जब उन लोगों ने उनका व्यय देना स्वीकार किया तो इनकार न कर सके और अयोध्याजी की यात्रा का ऐसा सुअवसर पाकर न रुक सके।

बिल्हौर से एक बजे रात को गाड़ी छूटती थी। यह लोग खा-पीकर स्टेशन पर आ बैठे। जिस समय गाड़ी आई, चारों ओर भगदड़-सी पड़ गई। हजारों यात्री जा रहे थे। उस उतावली में मुंशीजी पहले निकल गए।

पंडितजी और ठाकुर साहब साथ थे। एक कमरे में बैठे। इस आफत में कौन किसका रास्ता देखता है!

गाड़ियों में जगह की बड़ी कमी थी, परंतु जिस कमरे में ठाकुर साहब थे, उसमें केवल चार मनुष्य थे। वह सब लेटे हुए थे। ठाकुर साहब चाहते थे कि वह उठ जाएं तो जगह निकल आए। उन्होंने एक मनुष्य से डांटकर कहा—"उठ बैठो जी! देखते नहीं, हम लोग खड़े हैं।"

मुसाफिर लेटे-लेटे बोला—"क्यों उठ बैठे जी? कुछ तुम्हारे बैठने का ठेका लिया है?"

ठाकुर—क्या हमने किराया नहीं दिया है?

मुसाफिर—जिसे किराया दिया हो, उससे जाकर जगह मांगो।

ठाकुर—जरा होश की बातें करो। इस डब्बे में दस यात्रियों की आज्ञा है।

मुसाफिर—यह थाना नहीं है, जरा जबान संभालकर बातें कीजिए।

ठाकुर—तुम कौन हो जी?

मुसाफिर—हम वही हैं, जिस पर आपने खुफिया-फरोशी का अपराध लगाया था जिसके द्वार से आप नकद 25 रुपये लेकर टले थे।

ठाकुर—अहा! अब पहचाना, परंतु मैंने तो तुम्हारे साथ रियायत की थी। चालान कर देता तो तुम सजा पा जाते।

मुसाफिर—और मैंने भी तो तुम्हारे साथ रियायत की—गाड़ी में खड़ा रहने दिया। धकेल देता तो तुम नीचे चले जाते और तुम्हारी हड्डी-पसली का पता न लगता।

इतने में दूसरा लेटा हुआ यात्री जोर से ठट्ठा मारकर हंसा और बोला—"क्यों दरोगा साहब, मुझे क्यों नहीं उठाते?"

ठाकुर साहब क्रोध से लाल हो रहे थे। सोचते थे, अगर थाने में होता तो इनकी जबान खींच लेता, पर इस समय बुरे फंसे थे। वह बलवान मनुष्य थे, पर यह दोनों मनुष्य भी हट्टे-कट्टे दिखाई पड़ते थे।

ठाकुर—संदूक नीचे रख दो, बस जगह हो जाए।

दूसरा मुसाफिर जल्दी से बोला—"और आप ही क्यों न नीचे बैठ जाएं। इसमें कौन-सी हेठी हुई जाती है। यह थाना थोड़े ही है कि आपके रोब में फर्क पड़ जाएगा।"

ठाकुर साहब ने उसकी ओर भी ध्यान से देखकर पूछा—"क्या तुम्हें भी मुझसे कोई बैर है?"

"जी हां, मैं तो आपके खून का प्यासा हूं।"

"मैंने तुम्हारा क्या बिगाड़ा है, तुम्हारी तो कभी सूरत भी नहीं देखी?"

दूसरा मुसाफिर—आपने मेरी सूरत न देखी होगी, पर आपकी मैंने देखी है। इसी कल के मेले में आपने मुझे कई डंडे लगाए, मैं चुपचाप तमाशा देखता था, पर आपने आकर मेरा कचूमर निकाल लिया। मैं चुप रह गया, पर घाव दिल पर लगा हुआ है! आज उसकी दवा मिलेगी।

यह कहकर उसने और भी पांव फैला दिए और क्रोधपूर्ण नेत्रों से देखने लगा।

पंडितजी अब तक चुपचाप खड़े थे। डरते थे कि कहीं मारपीट न हो जाए। अवसर पाकर ठाकुर साहब को समझाया। ज्यों ही तीसरा स्टेशन आया, ठाकुर साहब ने बाल-बच्चों को वहां से निकालकर दूसरे डब्बे में बैठाया। इन दोनों दुष्टों ने उनका असबाब उठा-उठाकर जमीन पर फेंक दिया। जब ठाकुर साहब गाड़ी से उतरने लगे, तो उन्होंने ऐसा धक्का दिया कि बेचारे प्लेटफार्म पर गिर पड़े। गार्ड से कहने दौड़े थे कि इंजन ने सीटी दे दी, तुरंत जाकर गाड़ी में बैठ गए।

उधर मुंशी बैजनाथ की और भी बुरी दशा थी। सारी रात जागते हुए गुजरी। जरा भी पैर फैलाने की जगह न थी। आज उन्होंने जेब में बोतल भरकर रख ली थी! प्रत्येक स्टेशन पर कोयला-पानी ले लेते थे। फल यह हुआ कि पाचन-क्रिया में विघ्न पड़ गया।

एक बार उल्टी हुई और पेट में मरोड़ होने लगी। बेचारे बड़ी मुश्किल में पड़े। चाहते थे कि किसी भांति लेट जाएं, पर वहां पैर हिलाने को भी जगह न थी।

लखनऊ तक तो उन्होंने किसी प्रकार जब्त किया। आगे चलकर विवश हो गए। एक स्टेशन पर उतर पड़े। खड़े न हो सकते थे। प्लेटफार्म पर लेट गए। पत्नी भी घबराई। बच्चों को लेकर उतर पड़ी। असबाब उतारा, पर जल्दी में ट्रंक उतारना भूल गई। गाड़ी चल दी।

दरोगाजी ने अपने मित्र को इस दशा में देखा तो वह भी उतर पड़े। समझ गए कि हजरत आज ज्यादा चढ़ा गए। देखा तो मुंशीजी की दशा बिगड़ गई थी। ज्वर, पेट में दर्द, नसों में तनाव, कै और दस्त। बड़ा खटका हुआ। स्टेशन मास्टर ने यह दशा देखी तो समझा, हैजा हो गया है। हुक्म दिया कि रोगी को अभी बाहर ले जाओ। विवश होकर मुंशीजी को लोग एक पेड़ के नीचे उठा लाए। उनकी पत्नी रोने लगी।

हकीम डॉक्टर की तलाश हुई तो पता लगा कि डिस्ट्रिक्ट बोर्ड की तरफ से वहां एक छोटा-सा अस्पताल है। लोगों की जान-में-जान आई। किसी से यह भी मालूम हुआ कि डॉक्टर साहब बिल्हौर के रहने वाले हैं। ढाढ़स बंधा। दरोगाजी अस्पताल की ओर दौड़े। डॉक्टर साहब से दरोगाजी ने सारा समाचार कह सुनाया और कहा-"आप चलकर जरा उन्हें देख तो लीजिए।"

डॉक्टर का नाम था चोखेलाल। कंपाउंडर थे, लोग आदर से डॉक्टर कहा करते थे। सब वृत्तांत सुनकर रुखाई से बोले-"सबेरे के समय मुझे बाहर जाने की आज्ञा नहीं है।"

दरोगा-तो क्या मुंशीजी को यहीं लाएं?

चोखेलाल-हां, आपका जी चाहे लाइए।

दरोगाजी ने दौड़-धूपकर कर एक डोली का प्रबंध किया। मुंशीजी को लादकर अस्पताल लाए। ज्यों ही बरामदे में पैर रखा, चोखेलाल ने डांटकर कहा-"हैजे (विसूचिका) के रोगी को ऊपर लाने की आज्ञा नहीं है।"

बैजनाथ अचेत तो थे नहीं, आवाज सुनी, पहचाना। धीरे से बोले-"अरे, यह तो बिल्हौर के ही हैं; भला-सा नाम है-तहसील में आया-जाया करते हैं। क्यों महाशय! मुझे पहचानते हैं?"

चोखेलाल—जी हां, खूब पहचानता हूं।

बैजनाथ—पहचानकर भी इतनी निठुरता। मेरी जान निकल रही है। जरा देखिए, मुझे क्या हो गया?

चोखेलाल—हां, यह सब कर दूंगा और मेरा काम ही क्या है! फीस?

दरोगाजी—अस्पताल में कैसी फीस जनाबमन?

चोखेलाल—वैसी ही, जैसी इन मुंशीजी ने वसूल की थी जनाबमन।

दरोगा—आप क्या कहते हैं, मेरी समझ में नहीं आता।

चोखेलाल—मेरा घर बिल्हौर में है। वहां मेरी थोड़ी-सी जमीन है। साल में दो बार उसकी देख-भाल के लिए जाना पड़ता है। जब तहसील में लगान दाखिल करने जाता हूं, तो मुंशीजी डांटकर अपना हक वसूल लेते हैं। न दूं तो शाम तक खड़ा रहना पड़े। सियाहा न हो, फिर जनाब, कभी गाड़ी नाव पर, कभी नाव गाड़ी पर। मेरी फीस दस रुपये निकालिए। देखूं, दवा दूं, नहीं तो अपनी राह लीजिए।

दरोगा—दस रुपये!!

चोखेलाल—जी हां और यहां ठहरना चाहें तो दस रुपये रोज।

दरोगाजी विवश हो गए। बैजनाथ की स्त्री से दस रुपये मांगे, तब उसे अपने बक्स की याद आई—छाती पीट ली।

दरोगाजी के पास भी अधिक रुपये नहीं थे, किसी तरह दस रुपये निकालकर चोखेलाल को दिए। उन्होंने दवा दी। दिन-भर कुछ फायदा न हुआ। रात को दशा संभली।

दूसरे दिन फिर दवा की आवश्यकता हुई। मुंशियाइन का एक गहना जो 20 रुपये से कम का न था, बाजार में बेचा गया, तब काम चला। चोखेलाल को दिल में खूब गालियां दीं।

श्री अयोध्याजी में पहुंचकर स्थान की खोज हुई—पंडों के घर जगह न थी। घर-घर में आदमी भरे हुए थे। सारी बस्ती छान मारी, पर कहीं ठिकाना न मिला। अंत में यह निश्चय हुआ कि किसी पेड़ के नीचे डेरा जमाना चाहिए, किंतु जिस पेड़ के नीचे जाते थे, वहीं यात्री पड़े मिलते। सिवाय खुले मैदान में रेत पर पड़े रहने के और कोई उपाय न था।

एक स्वच्छ स्थान देखकर बिस्तरे बिछाए और लेटे। इतने में बादल घिर आए। बूंदें गिरने लगीं। बिजली चमकने लगी। गरज से कान के परदे फटे जाते थे। लड़के रोते थे, स्त्रियों के कलेजे कांप रहे थे। अब यहां ठहरना दुस्सह था, पर जाएं कहां?

अकस्मात् एक मनुष्य नदी की तरफ से लालटेन लिये आता दिखाई दिया। वह निकट पहुंचा तो पंडितजी ने उसे देखा। आकृति कुछ पहचानी हुई मालूम हुई, किंतु यह विचार न आया कि कहां देखा है। पास जाकर बोले–"क्यों भाई साहब! यहां यात्रियों के रहने की जगह न मिलेगी?"

वह मनुष्य रुक गया। पंडितजी की ओर ध्यान से देखकर बोला–"आप पंडित चंद्रधर तो नहीं हैं?"

पंडित प्रसन्न होकर बोले–"जी हां, आप मुझे कैसे जानते हैं?"

उस मनुष्य ने सादर पंडितजी के चरण छुए और बोला–"मैं आपका पुराना शिष्य हूं। मेरा नाम कृपाशंकर है। मेरे पिता कुछ दिनों बिल्हौर में डाक मुंशी रहे थे। उन्हीं दिनों मैं आपकी सेवा में पढ़ता था।"

पंडितजी की स्मृति जागी, बोले–"ओ हो, तुम्हीं हो कृपाशंकर–तब तो तुम दुबले-पतले लड़के थे, कोई आठ-नौ साल हुए होंगे।"

कृपाशंकर–जी हां, नवां साल है। मैंने वहां से आकर इंट्रेंस पास किया। अब यहां म्युनिसिपैलिटी में नौकर हूं। कहिए, आप तो अच्छी तरह रहे? सौभाग्य था कि आपके दर्शन हो गए।

पंडितजी–मुझे भी तुमसे मिलकर बड़ा आनंद हुआ। तुम्हारे पिता अब कहां हैं?

कृपाशंकर–उनका तो देहांत हो गया। माताजी हैं। आप यहां कब आए?

पंडितजी–आज ही आया हूं। पंडों के घर जगह न मिली! विवश हो, यही रात काटने की ठहरी।

कृपाशंकर–बाल-बच्चे भी साथ हैं?

पंडितजी–नहीं, मैं तो अकेला ही आया हूं, पर मेरे साथ दरोगाजी और सियाहेनवील साहब हैं–उनके बाल-बच्चे भी साथ हैं।

कृपाशंकर–कुल कितने मनुष्य होंगे?

पंडितजी–हैं तो दस, किंतु थोड़ी-सी जगह में निर्वाह कर लेंगे।

कृपाशंकर–नहीं साहब, बहुत-सी जगह लीजिए। मेरा बड़ा मकान खाली पड़ा है। चलिए, आराम से एक, दो, तीन दिन रहिए। मेरा परम सौभाग्य है कि आपकी कुछ सेवा करने का अवसर मिला।

कृपाशंकर ने कुली बुलाए। असबाब उठवाया और सबको अपने मकान पर ले गया। साफ-सुथरा घर था। नौकर ने चटपट चारपाइयां बिछा दीं। घर में पूरियां पकने लगीं। कृपाशंकर हाथ बांधे सेवक की भांति दौड़ता था। हृदयोल्लास से उसका मुख-कमल चमक रहा था। उसकी विनय और नम्रता ने सबको मुग्ध कर लिया।

और सब लोग तो खा-पीकर सोए, किंतु पंडित चंद्रधर को नींद नहीं आई। उनकी विचार-शक्ति इस यात्रा की घटनाओं का उल्लेख कर रही थी। रेलगाड़ी की रगड़-झगड़ और चिकित्सालय की नोच-खसोट के सम्मुख कृपाशंकर की सहृदयता और शालीनता प्रकाशमय दिखाई देती थी। पंडितजी ने आज शिक्षक का गौरव समझा। उन्हें आज इस पद की महानता ज्ञात हुई।

यह लोग तीन दिन अयोध्या रहे। किसी बात का कष्ट न हुआ कृपाशंकर ने उनके साथ धाम के दर्शन कराए।

तीसरे दिन जब लोग चलने लगे, तो वह स्टेशन तक पहुंचाने आया। जब गाड़ी ने सीटी दी, तो उसने सजल नेत्रों से पंडितजी के चरण छुए और धीरे से बोला–"कभी-कभी इस सेवक को याद करते रहिएगा।"

पंडितजी घर पहुंचे तो उनके स्वभाव में बड़ा परिवर्तन आ गया था। उन्होंने फिर किसी दूसरे विभाग में जाने की चेष्टा नहीं की।

19

बौड़म

> खलील–आप जानते हैं कि मुझे क्या सिला (इनाम) मिलेगा। थानेदार मेरे दुश्मन हो जाएंगे। कहेंगे, यह मेरे शिकारों को भगा दिया करता है। वालिद साहब पुलिस से थर-थर कांपते हैं। मुझे आड़े हाथों लेंगे कि तू दूसरों के बीच में क्यों दखल देता है? यहां यह भी बौड़मपने में दाखिल है। एक बनिए के पीछे मुझे भले आदमियों की कलई खोलनी मुनासिब न थी। ऐसी हरकत बौड़म लोग ही किया करते हैं।
>
> मैंने श्रद्धापूर्ण शब्दों में कहा–"अब मैं आपको इसी नाम से पुकारूंगा। आज मुझे मालूम हुआ कि बौड़म देवताओं को कहा जाता है! जो स्वार्थ पर आत्मा की भेंट कर देता है, वह चतुर है–बुद्धिमान है। जो आत्मा के सामने, सच्चे सिद्धांत के सामने, सत्य के सामने, स्वार्थ की, निंदा की परवाह नहीं करता, वह बौड़म है, निर्बुद्धि है।"

मुझे देवीपुर गए पांच दिन हो चुके थे, पर ऐसा एक दिन भी न होगा कि बौड़म की चर्चा न हुई हो। मेरे पास सुबह से शाम तक गांव के लोग बैठे रहते थे। मुझे अपनी बहुज्ञता को प्रदर्शित करने का न कभी ऐसा अवसर ही मिला था और न प्रलोभन ही। मैं बैठा-बैठा इधर-उधर की

गप्पें उड़ाया करता। बड़े लाट साहब ने गांधी बाबा से यह कहा और गांधी बाबा ने यह जवाब दिया। अभी आप लोग क्या देखते हैं, आगे देखिएगा कि क्या-क्या गुल खिलते हैं। पूरे 50 हजार जवान जेल जाने को तैयार बैठे हुए हैं। गांधीजी ने आज्ञा दी है कि हिंदुओं में छूत-छात का भेद न रहे, नहीं तो देश को और भी अदिन देखने पड़ेंगे। अस्तु! लोग मेरी बातों को तन्मय होकर सुनते। उनके मुख फूल की तरह खिल जाते। आत्माभिमान की आभा मुख पर दिखाई देती। गद्गद कंठ से कहते, अब तो महात्माजी का ही भरोसा है। न हुआ बौड़म, आपका गला न छोड़ता। आपको खाना-पीना कठिन हो जाता। कोई उससे ऐसी बातें किया करे तो रात-की-रात बैठा रहे।

मैंने एक दिन पूछा–"आखिर यह बौड़म है कौन? कोई पागल है क्या?"

एक सज्जन ने कहा–"महाशय, पागल क्या है, बस बौड़म है। घर में लाखों की संपत्ति है, शक्कर की एक मिल सिवान में है, दो कारखाने छपरा में हैं, तीन-तीन, चार-चार सौ के तलबवाले आदमी नौकर हैं, पर इसे देखिए, फटेहाल घूमा करता है। घरवालों ने सिवान भेज दिया था कि जाकर वहां निगरानी करे। दो ही महीने में मैनेजर से लड़ बैठा, उसने यहां लिखा, मेरा इस्तीफा लीजिए। आपका लड़का मजदूरों को सिर चढ़ाए रहता है, वे मन से काम नहीं करते। आखिर घरवालों ने बुला लिया। नौकर-चाकर लूटते खाते हैं, उसकी तो जरा भी चिंता नहीं, पर जो सामने आम का बाग है, उसकी रात-दिन रखवाली किया करता है। क्या मजाल कि कोई एक पत्थर भी फेंक सके!"

एक मियांजी बोले–"बाबूजी, घर में तरह-तरह के खाने पकते हैं, मगर इसकी तकदीर में वही रोटी और दाल लिखी है और कुछ नहीं। बाप अच्छे-अच्छे कपड़े खरीदते हैं, लेकिन वह उनकी तरफ निगाह भी नहीं उठाता। बस, वही मोटा कुरता, गाढ़े की तहमद बांधे मारा-मारा फिरता है। आपसे उसकी सिफत कहां तक कहें, बस पूरा बौड़म है।"

ये बातें सुनकर इस विचित्र व्यक्ति से मिलने की उत्कंठा हुई। सहसा एक आदमी ने कहा–"वह देखिए, बौड़म आ रहा है।"

मैंने कुतूहल से उसकी ओर देखा। एक 20-21 वर्ष का हृष्ट-पुष्ट युवक था। नंगे सिर, एक गाढ़े का कुरता और गाढ़े का ढीला पाजामा पहने चला आता था! पैरों में जूते थे। पहले मेरी ही ओर आया। मैंने कहा–"आइए, बैठिए।"

उसने मंडली की ओर अवहेलना की दृष्टि से देखा और बोला–"अभी नहीं, फिर आऊंगा।" यह कहकर वह चला गया।

जब संध्या हो गई और सभा विसर्जित हुई तो वह आम के बाग की ओर से

धीरे-धीरे आकर मेरे पास बैठ गया और बोला–"इन लोगों ने तो मेरी खूब बुराइयां की होंगी। मुझे यह बौड़म का लकब मिला है।"

मैंने सकुचाते हुए कहा–"हां, आपकी चर्चा लोग रोज करते थे। मेरी आपसे मिलने की बड़ी इच्छा थी। आपका नाम क्या है?"

बौड़म ने कहा–"नाम तो मेरा मुहम्मद खलील है, पर आस-पास के दस-पांच गांवों में मुझे लोग उर्फ के नाम से ज्यादा जानते हैं। मेरा उर्फ बौड़म है।"

मैं–आखिर लोग आपको बौड़म क्यों कहते हैं?

खलील–उनकी खुशी, और क्या कहूं? मैं जिंदगी को कुछ और समझता हूं, पर मुझे इजाजत नहीं है कि पांचों वक्त की नमाज पढ़ सकूं। मेरे वालिद हैं, चचा हैं। दोनों साहब पहर रात से पहर रात तक काम में मसरूफ रहते हैं। रात-दिन हिसाब-किताब, नफा-नुकसान, मंदी-तेजी के सिवाय और कोई जिक्र ही नहीं होता, गोया खुदा के बंदे न हुए, इस दौलत के बंदे हुए। चचा साहब हैं, वह पहर रात तक शीरे के पीपों के पास खड़े होकर उन्हें गाड़ी पर लदवाते हैं। वालिद साहब अक्सर अपने हाथों से शक्कर का वजन करते हैं। दोपहर का खाना शाम को और शाम का खाना आधी रात को खाते हैं। किसी को नमाज पढ़ने की फुर्सत नहीं। मैं कहता हूं, आप लोग इतना सिर-मगजन क्यों करते हैं? बड़े कारोबार में सारा काम एतबार पर होता है। मालिक को कुछ-न-कुछ बल खाना ही पड़ता है। अपने बलबूते पर छोटे कारोबार ही चल सकते हैं। मेरा उसूल किसी को पसंद नहीं, इसलिए मैं बौड़म हूं।

मैं–मेरे ख्याल में तो आपका उसूल ठीक है।

खलील–ऐसा भूलकर भी न कहिएगा, वरना एक ही जगह दो बौड़म हो जाएंगे। लोगों को कारोबार के सिवा न दीन से गरज है और न दुनिया से। न मुल्क से और न कौम से। मैं अखबार मंगाता हूं, स्मर्ना फंड में कुछ रुपये भेजना चाहता हूं। खिलाफत फंड को मदद करना भी अपना फर्ज समझता हूं। सबसे बड़ा सितम है कि खिलाफत का रजाकार भी हूं। क्यों साहब, जब कौम पर, मुल्क पर और दीन पर चारों तरफ से दुश्मनों का हमला हो रहा है तो क्या मेरा फर्ज नहीं है कि जाति के फायदे को कौम पर कुर्बान कर दूं, इसीलिए घर और बाहर मुझे बौड़म का लकब दिया गया है।

मैं–आप तो वह कर रहे हैं जिसकी इस वक्त कौम को जरूरत है।

खलील–मुझे खौफ है कि इस चौपट नगरी से आप बदनाम होकर जाएंगे। जब मेरे हजारों भाई जेल में पड़े हुए हैं, उन्हें गजी का गाढ़ा तक पहनने को मयस्सर नहीं तो मेरी गैरत गंवारा नहीं करती कि मैं मीठे लुकमें उड़ाऊं और चिकन के कुर्ते पहनूं, जिनकी कलाइयों और मुड्ढों पर सीजनकारी की गई हो।

मैं—आप यह बहुत ही मुनासिब कहते हैं। अफसोस है कि और लोग आपका-सा त्याग करने के काबिल नहीं।

खलील—मैं इसे त्याग नहीं समझता, न दुनिया को दिखाने के लिए यह भेष बनाके घूमता हूं। मेरा जी ही लज्जत और शौक से फिर गया है। थोड़े दिन पहले वालिद ने मुझे सिवान के मिल में निगरानी के लिए भेजा, मैंने वहां जाकर देखा तो इंजीनियर साहब के खानसामे, बैरे, मेहतर, धोबी, माली, चौकीदार, सभी मजदूरों के नाम लिखे हुए थे। काम साहब का करते थे, मजदूरी कारखाने से पाते थे। साहब बहादुर खुद तो बेउसूल हैं, पर मजदूरों पर इतनी सख्ती थी कि अगर पांच मिनट की देर हो जाए तो उनकी आधे दिन की मजदूरी कट जाती थी। मैंने साहब की मिजाजपुरसी करनी चाही। मजदूरों के साथ रियायत करनी शुरू की, फिर क्या था? साहब बिगड़ गए, इस्तीफे की धमकी दी। घरवालों को उनके सब हालात मालूम हैं। पल्ले दरजे का हरामखोर आदमी है, लेकिन उसकी धमकी पाते ही सबके होश उड़ गए। मैं तार से वापस बुला लिया गया और घर पर मेरी खूब ले-दे हुई। पहले बौड़म होने में कुछ कोर-कसर थी, वह अब पूरी हो गई। न जाने साहब से लोग क्यों इतना डरते हैं?

मैं—आपने वही किया, जो इस हालत में मैं भी करता, बल्कि मैं तो पहले साहब पर गबन का मुकदमा दायर करता, बदमाशों से पिटवाता, तब बात करता। ऐसे हरामखोरों की यही सजाएं हैं।

खलील—फिर तो एक और, दो हो गए। अफसोस यही है कि आपका यहां कयाम न रहेगा। मेरा जी चाहता है कि चंद रोज आपके साथ रहूं। मुद्दत के बाद आप ऐसे आदमी मिले हैं जिनसे मैं अपने दिल की बातें कह सकता हूं। इन गंवारों से मैं बोलता भी नहीं। मेरे चचा साहब का जवानी में एक चमारिन से ताल्लुक हो गया था। उससे दो बच्चे, एक लड़का और एक लड़की पैदा हुए। चमारिन लड़की को गोद में छोड़कर मर गई, तब से इन दोनों बच्चों की मेरे यहां वही हालत थी, जो यतीमों की होती है। कोई बात न पूछता था। उनको खाने-पहनने को भी न मिलता। बेचारे नौकरों के साथ खाते और बाहर झोंपड़े में पड़े रहते थे। जनाब, मुझसे यह न देखा गया। मैंने उन्हें अपने दस्तरखान पर खिलाया और अब भी खिलाता हूं। घर में कुहराम मच गया। जिसे देखिए, मुझ पर त्योरियां बदल रहा है, मगर मैंने परवाह न की। आखिर है तो वह भी हमारा ही खून, इसलिए मैं बौड़म कहलाता हूं।

मैं—जो लोग आपको बौड़म कहते हैं, वे खुद बौड़म हैं।

खलील—जनाब, इनके साथ रहना अजीब है। शाह काबुल ने कुर्बानी की

मुमानियत कर दी है। हिंदुस्तान के उलेमा ने भी यही फतवा दिया, पर यहां खास मेरे घर कुर्बानी हुई। मैंने हरचंद बावेला मचाया, पर मेरी कौन सुनता है? उसका कफारा (प्रायश्चित्त) मैंने यह अदा किया कि अपनी सवारी का घोड़ा बेचकर 300 फकीरों को खाना खिलाया और तब से कसाइयों को गाएं लिये जाते देखता हूं तो कीमत देकर खरीद लेता हूं। इस वक्त तक दस गायों की जान बचा चुका हूं। वे सब यहां हिंदुओं के घरों में हैं, पर मजा यह है कि जिन्हें मैंने गाएं दी हैं, वे भी मुझे बौड़म कहते हैं। मैं भी इस नाम का इतना आदी हो गया हूं कि अब मुझे इससे मुहब्बत हो गई है।

मैं–आप जैसे बौड़म काश मुल्क में और ज्यादा होते!

खलील–लीजिए, आपने भी बनाना शुरू कर दिया। यह देखिए, आम का बाग है। मैं उसकी रखवाली करता हूं। लोग कहते हैं, जहां हजारों का नुकसान हो रहा है, वहां तो देखभाल करता नहीं, जरा-सी बगिया की रखवाली में इतना मुस्तैद। जनाब, यहां लड़कों का यह हाल है कि एक आम तो खाते हैं और पच्चीस आम गिराते हैं। कितने ही पेड़ चोट खा जाते हैं और फिर किसी काम के नहीं रहते। मैं चाहता हूं कि आम पक जाएं, टपकने लगें, तब जिसका जी चाहे, चुन ले जाए। कच्चे आम खराब करने से क्या फायदा? यह भी मेरे बौड़मपन में दाखिल है।

ये बातें हो ही रही थीं कि सहसा तीन-चार आदमी एक बनिए को पकड़े, घसीटते हुए आते दिखाई दिए। उनसे पूछा तो उन चारों आदमियों में से एक ने, जो सूरत से मौलवी मालूम होते थे, कहा–"यह बड़ा बेईमान है, इसके बाट कम हैं। अभी इसके यहां से सेर-भर घी ले गया हूं। घर पर तौलता हूं तो आध पाव गायब। अब जो लौटाने आया हूं तो कहता है, मैंने तो पूरा तौला था। पूछो, अगर तूने पूरा तौला था तो क्या मैं रास्ते में खा गया। अब ले चलता हूं थाने पर, वहीं इसकी मरम्मत होगी।"

दूसरे महाशय, जो वहां डाकखाने के मुंशी थे, बोले–"इसकी हमेशा की यही आदत है, कभी पूरा नहीं तौलता। आज ही दो आने की शक्कर मंगवाई। लड़का घर लेकर गया तो मुश्किल से एक आने की थी। लौटाने आया तो आंखें दिखाने लगा। इसके बाटों की आज जांच करानी चाहिए।"

तीसरा आदमी अहीर था। अपने सिर से खली की गठरी उतारकर बोला–"साहब, यह 11 रुपये की खली है। 6 सेर के भाव से दी थी। घर पर तौला तो 2 सेर हुई–लाया कि लौटा दूंगा, पर यह लेता ही नहीं! अब इसका निबटारा थाने में ही होगा।"

इस पर कई आदमियों ने कहा—"यह सचमुच बेईमान आदमी है।"

बनिए ने कहा—"अगर मेरे बाट रत्ती-भर कम निकलें तो हजार रुपये डांड दूं।"

मौलवी साहब ने कहा—"तो कमबख्त, टांकी मारता होगा।"

मुंशीजी बोले—"टांकी मार देता है, यही बात है।"

अहीर ने कहा—"दोहरे बाट रखे हैं। दिखाने के और, बेचने के और। इसके घर की पुलिस तलाशी ले।"

बनिए ने फिर प्रतिवाद किया, पकड़नेवालों ने फिर आक्रमण किया, इसी तरह कोई आधे घंटे तक तकरार होती रही। मेरी समझ में न आता था कि क्या करूं। बनिए को छुड़ाने के लिए जोर दूं या जाने दूं। बनिए से सभी जले हुए मालूम होते थे। खलील को देखा तो गायब? न जाने कब उठकर चला गया? बनिया किसी तरह न दबता था, यहां तक कि थाने जाने से भी न डरता था।

ये लोग थाने जाना ही चाहते थे कि बौड़म सामने आता दिखाई दिया। उसके एक हाथ में एक टोकरा था, दूसरे हाथ में एक कटोरा और पीछे एक 7-8 बरस का लड़का। उसने आते ही मौलवी साहब से कहा—"यह कटोरा आप ही का है काजीजी?"

मौलवी—(चौंककर) हां, है तो, फिर? तुम मेरे घर से इसे क्यों लाए?

बौड़म—इसलिए कि कटोरे में वही आधा पाव घी है जिसके विषय में आप कहते हैं कि बनिए ने कम तौला। घी वही है। वजन वही है। बेईमानी गरीब बनिए की नहीं है, बल्कि काजी हाजी मौलवी जहूर अहमद की है।

मौलवी—तुम अपना बौड़मपना यहां न दिखाना, नहीं तो मैं किसी से डरने वाला नहीं हूं। तुम लखपति होगे तो अपने घर के होगे। तुम्हारी क्या मजाल थी मेरे घर में जाने की!

बौड़म—वही जो आपको बनिए को थाने में ले जाने की है। अब यह घी भी थाने जाएगा।

मौलवी—(सिटपिटाकर) सबके घर में थोड़ी-बहुत चीज रखी ही रहती है। कसम कुरान शरीफ की, मैं अभी तुम्हारे वालिद के पास जाता हूं, आज तक गांव-भर में किसी ने मुझ पर ऐसा इलजाम नहीं लगाया था।

बनिया—मौलवी साहब, आप जाते कहां हैं? चलिए, हमारा-आपका फैसला थाने में होगा। मैं एक न मानूंगा। कहलाने को मौलवी, दीनदार, ऐसे बनते हैं कि देवता ही हैं, पर घर में चीज रखकर दूसरों को बेईमान बनाते हैं। यह लंबी दाढ़ी धोखा देने के लिए बढ़ाई है?

मगर मौलवी साहब न रुके। बनिए को छोड़कर खलील के बाप के पास चले गए, जो इस वक्त शर्म से बचने का सहज बहाना था।

तब खलील ने अहीर से कहा–"क्यों बे, तू भी थाने जा रहा है? चल, मैं भी चलता हूं। तेरे घर से यह सेर-भर खली लेता आया हूं।"

अहीर ने मौलवी साहब की दुर्गति देखी तो चेहरे पर हवाइयां उड़ने लगीं, बोला–"भैया! जवानी की कसम है, मुझे मौलवी साहब ने सिखा दिया था।"

खलील–दूसरे के सिखाने से तुम किसी के घर में आग लगा दोगे? खुद तो बच्चा दूध में आधा पानी मिला-मिलाकर बेचते हो, मगर आज तुमको इतनी मुटमरदी सवार हो गई कि एक भले आदमी को तबाह करने पर आमादा हो गए। खली उठाकर घर में रख ली, उस पर बनिए से कहते हो कि कम तौला।

बनिया–भैया, मेरी लाख रुपये की इज्जत बिगड़ गई। मैं थाने में रपट किए बिना न मानूंगा।

अहीर–साहूजी, अबकी बार माफ कर दो, नहीं तो कहीं का न रहूंगा।

तब खलील ने मुंशीजी से कहा–"कहिए जनाब, आपकी कलई खोलूं या चुपके से घर की राह लीजिएगा।"

मुंशी–तुम बेचारे मेरी कलई क्या खोलोगे! मुझे भी अहीर समझ लिया है कि तुम्हारी भभकियों में आऊंगा?

खलील–(लड़के से) क्यों बेटा, तुम शक्कर लेकर सीधे घर चले गए थे?

लड़का–(मुंशीजी को सशंक नेत्रों से देखकर) बताऊंगा।

मुंशी–लड़कों को जैसा सिखा दोगे, वैसा कहेंगे।

खलील–बेटा, अभी तुमने मुझसे जो कहा था, वही फिर कह दो।

लड़का–दादा मारेंगे।

मुंशी–क्या तूने रास्ते में शक्कर फांक ली थी?

लड़का–रोने लगा।

खलील–जी हां, इसने मुझसे खुद कहा, पर आपने उससे तो पूछा नहीं, बनिए के सिर हो गए–यही शराफत है।

मुंशी–मुझे क्या मालूम था कि उसने रास्ते में यह शरारत की?

खलील–तो ऐसे कमजोर सुबूत पर आप थाने क्योंकर चले थे? आप गंवारों को मनीऑर्डर के रुपये देते हैं तो उस रुपये पर दो आने अपनी दस्तूरी काट लेते हैं। टके के पोस्टकार्ड आने में बेचते हैं, जब कहिए, तब साबित कर दूं। उसे क्या आप बेईमानी नहीं समझते हैं?

मुंशीजी ने बौड़म के मुंह लगना मुनासिब न समझा। लड़के को मारते हुए घर ले गए। बनिए ने बौड़म को खूब आशीर्वाद दिया। दर्शक भी धीरे-धीरे चले गए, तब मैंने खलील से कहा–"आपने इस बनिए की जान बचा ली, नहीं तो बेचारा बेगुनाह पुलिस के पंजे में फंस जाता।"

खलील–आप जानते हैं कि मुझे क्या सिला (इनाम) मिलेगा। थानेदार मेरे दुश्मन हो जाएंगे। कहेंगे, यह मेरे शिकारों को भगा दिया करता है। वालिद साहब पुलिस से थर-थर कांपते हैं। मुझे आड़े हाथों लेंगे कि तू दूसरों के बीच में क्यों दखल देता है? यहां यह भी बौड़मपने में दाखिल है। एक बनिए के पीछे मुझे भले आदमियों की कलई खोलनी मुनासिब न थी। ऐसी हरकत बौड़म लोग ही किया करते हैं।

मैंने श्रद्धापूर्ण शब्दों में कहा–"अब मैं आपको इसी नाम से पुकारूंगा। आज मुझे मालूम हुआ कि बौड़म देवताओं को कहा जाता है! जो स्वार्थ पर आत्मा की भेंट कर देता है, वह चतुर है–बुद्धिमान है। जो आत्मा के सामने, सच्चे सिद्धांत के सामने, सत्य के सामने, स्वार्थ की, निंदा की परवाह नहीं करता, वह बौड़म है, निर्बुद्धि है।"

20

ब्रह्म का स्वांग

आज प्रात:काल उठी तो मैंने एक विचित्र दृश्य देखा। रात को मेहमानों की जूठी पत्तल, सकोरे, दोने आदि बाहर मैदान में फेंक दिए गए थे। पचासों मनुष्य उन पत्तलों पर गिरे हुए उन्हें चाट रहे थे! हां, मनुष्य थे, वही मनुष्य जो परमात्मा के निज स्वरूप हैं। कितने ही कुत्ते भी उन पत्तलों पर झपट रहे थे, पर वे कंगले कुत्तों को मार-मारकर भगा देते थे। उनकी दशा कुत्तों से भी गई-बीती थी। यह कौतुक देखकर मुझे रोमांच होने लगा, मेरी आंखों से अश्रुधारा बहने लगी। भगवान! ये भी हमारे भाई-बहन हैं, हमारी आत्माएं हैं। उनकी ऐसी शोचनीय, दीन दशा! मैंने तत्क्षण मेहरी को भेजकर उन मनुष्यों को बुलाया और जितनी पूड़ी-मिठाइयां मेहमानों के लिए रखी हुई थीं, सब पत्तलों में रखकर उन्हें दे दीं। मेहरी थर-थर कांप रही थी, सरकार सुनेंगे तो मेरे सिर का बाल भी न छोड़ेंगे, लेकिन मैंने उसे ढाढ़स बंधाया, तब उसकी जान-में-जान आई।

स्त्री

मैं वास्तव में अभागिन हूं, नहीं तो क्या मुझे नित्य ऐसे-ऐसे घृणित दृश्य देखने पड़ते! शोक की बात यह है कि वे मुझे केवल देखने ही नहीं पड़ते, वरन् दुर्भाग्य ने उन्हें मेरे जीवन का मुख्य भाग बना दिया

है। मैं उस सुपात्र ब्राह्मण की कन्या हूं, जिसकी व्यवस्था बड़े-बड़े गहन धार्मिक विषयों पर सर्वमान्य समझी जाती है।

मुझे याद नहीं, घर पर कभी बिना स्नान और देवोपासना किए पानी की एक बूंद भी मुंह में डाली हो। मुझे एक बार कठिन ज्वर में स्नानादि के बिना दवा पीनी पड़ी थी; उसका मुझे महीनों खेद रहा। हमारे घर में धोबी कदम नहीं रखने पाता! चमारिन दालान में भी नहीं बैठ सकती थी, किंतु यहां आकर मैं मानो भ्रष्टलोक में पहुंच गई हूं।

मेरे स्वामी बड़े दयालु, बड़े चरित्रवान और बड़े सुयोग्य पुरुष हैं! उनके यह सद्गुण देखकर मेरे पिताजी उन पर मुग्ध हो गए थे, लेकिन! वे क्या जानते थे कि यहां लोग अघोर-पंथ के अनुयायी हैं। संध्या और उपासना तो दूर रही, कोई नियमित रूप से स्नान भी नहीं करता। बैठक में नित्य मुसलमान, क्रिस्तान—सब आया-जाया करते हैं और स्वामीजी वहीं बैठे-बैठे पानी, दूध, चाय पी लेते हैं। इतना ही नहीं, वह वहीं बैठे-बैठे मिठाइयां भी खा लेते हैं।

अभी कल की बात है, मैंने उन्हें लेमोनेड पीते देखा था। साईस जो चमार है, बेरोक-टोक घर में चला आता है। सुनती हूं, वे अपने मुसलमान मित्रों के घर दावतें खाने भी जाते हैं। यह भ्रष्टाचार मुझसे नहीं देखा जाता। मेरा चित्त घृणा से व्याप्त हो जाता है। जब वे मुस्कराते हुए मेरे समीप आ जाते हैं और हाथ पकड़कर अपने समीप बैठा लेते हैं तो मेरा जी चाहता है कि धरती फट जाए और मैं उसमें समा जाऊं। हा हिंदू जाति! तूने हम स्त्रियों को पुरुषों की दासी बनना ही क्या हमारे जीवन का परम कर्तव्य बना दिया! हमारे विचारों का, हमारे सिद्धांतों का, यहां तक कि हमारे धर्म का भी कुछ मूल्य नहीं रहा।

अब मुझे धैर्य नहीं। आज मैं इस अवस्था का अंत कर देना चाहती हूं। मैं इस आसुरिक भ्रष्ट-जाल से निकल जाऊंगी। मैंने अपने पिता की शरण में जाने का निश्चय कर लिया है। आज यहां सहभोज हो रहा है, मेरे पति उसमें सम्मिलित ही नहीं, वरन् उसके मुख्य प्रेषकों में से एक हैं। इन्हीं के उद्योग तथा प्रेरणा में यह विधर्मीय अत्याचार हो रहा है। समस्त जातियों के लोग एक साथ बैठकर भोजन कर रहे हैं। सुनती हूं, मुसलमान भी एक ही पंक्ति में बैठे हुए हैं। आकाश क्यों नहीं गिर पड़ता! क्या भगवान धर्म की रक्षा करने के लिए अवतार न लेंगे? ब्राह्मण जाति अपने निजी बंधुओं के सिवाय अन्य ब्राह्मणों का भी पकाया भोजन नहीं करती, वही महान जाति इस अधोगति को पहुंच गई कि कायस्थों, बनियों और मुसलमानों के साथ बैठकर खाने में लेश-मात्र भी संकोच नहीं करती, बल्कि इसे जातीय गौरव, जातीय एकता का हेतु समझती है।

पुरुष

वह कौन शुभ घड़ी होगी कि इस देश की स्त्रियों में ज्ञान का उदय होगा और वे राष्ट्रीय संगठन में पुरुषों की सहायता करेंगी? हम कब तक ब्राह्मणों के गोरखधंधे में फंसे रहेंगे? हमारे विवाह-प्रवेश कब तक जानेंगे कि स्त्री और पुरुषों के विचारों की अनुकूलता और समानता गोत्र और वर्ण से कहीं अधिक महत्त्व रखती है। यदि ऐसा ज्ञात होता तो मैं वृंदा का पति न होता और न वृंदा मेरी पत्नी। हम दोनों के विचारों में जमीन और आसमान का अंतर है। यद्यपि वह प्रत्यक्ष नहीं कहती, किंतु मुझे विश्वास है कि वह मेरे विचारों को घृणा की दृष्टि से देखती है, मुझे ऐसा ज्ञात होता है कि वह मुझे स्पर्श भी नहीं करना चाहती। यह उसका दोष नहीं, यह हमारे माता-पिता का दोष है, जिन्होंने हम दोनों पर ऐसा घोर अत्याचार किया।

कल वृंदा खुल पड़ी। मेरे कई मित्रों ने सहभोज का प्रस्ताव किया था। मैंने उनका सहर्ष समर्थन किया। कई दिन के वाद-विवाद के पश्चात् अंत में कल कुछ गिने-गिनाए सज्जनों ने सहभोज का सामान कर ही डाला। मेरे अतिरिक्त केवल चार और सज्जन ब्राह्मण थे, शेष अन्य जातियों के लोग थे। यह उदारता वृंदा के लिए असह्य हो गई। जब मैं भोजन करके लौटा तो वह ऐसी विकल थी मानो उसके मर्मस्थल पर आघात हुआ हो। मेरी ओर विषादपूर्ण नेत्रों से देखकर बोली–'अब तो स्वर्ग का द्वार अवश्य खुल गया होगा!'

ये कठोर शब्द मेरे हृदय पर तीर के समान लगे! मैं ऐंठकर बोला–'स्वर्ग और नर्क की चिंता में वे रहते हैं, जो अपाहिज हैं, कर्तव्य-हीन हैं, निर्जीव हैं। हमारा स्वर्ग और नर्क सब इसी पृथ्वी पर है। हम इस कर्मक्षेत्र में कुछ कर जाना चाहते हैं।'

वृंदा धन्य है आपके पुरुषार्थ को, आपके सामर्थ्य को। आज संसार में सुख और शांति का साम्राज्य हो जाएगा। आपने संसार का उद्धार कर दिया। इससे बढ़कर उसका कल्याण क्या हो सकता है?

मैंने झुंझलाकर कहा–'जब तुम्हें इन विषयों को समझने की ईश्वर ने बुद्धि ही नहीं दी, तो क्या समझाऊं? इस पारस्परिक भेद-भाव से हमारे राष्ट्र को जो हानि हो रही है, उसे मोटी-से-मोटी बुद्धि का मनुष्य भी समझ सकता है। इस भेद को मिटाने से देश का कितना कल्याण होता है, इसमें किसी को संदेह नहीं। हां, जो जानकर भी अनजान बने, उसकी बात दूसरी है। वृंदा, बिना एक साथ भोजन किए परस्पर प्रेम उत्पन्न नहीं हो सकता।'

मैंने इस विवाद में पड़ना अनुपयुक्त समझा। किसी ऐसी नीति की शरण लेनी आवश्यक जान पड़ी, जिसमें विवाद का स्थान ही न हो। वृंदा की धर्म पर बड़ी श्रद्धा है, मैंने उसी के शास्त्र से उसे पराजित करने का निश्चय किया। बड़े गंभीर

भाव से बोला–'यदि असंभव नहीं तो कठिन अवश्य है, किंतु सोचो तो यह कितना घोर अन्याय है कि हम सब एक ही पिता की संतान होते हुए भी एक दूसरे से घृणा करें, ऊंच-नीच की व्यवस्था में मग्न रहें। यह सारा जगत उसी परमपिता का विराट रूप है। प्रत्येक जीव में उसी परमात्मा की ज्योति आलोकित हो रही है। केवल इसी भौतिक परदे ने हमें एक दूसरे से पृथक कर दिया है। यथार्थ में हम सब एक हैं। जिस प्रकार सूर्य का प्रकाश अलग-अलग घरों में जाकर भिन्न नहीं हो जाता, उसी प्रकार ईश्वर की महान आत्मा पृथक-पृथक जीवों में प्रविष्ट होकर विभिन्न नहीं होती...।'

मेरी इस ज्ञान-वर्षा ने वृंदा के शुष्क हृदय को तृप्त कर दिया। वह तन्मय होकर मेरी बात सुनती रही। जब मैं चुप हुआ तो उसने मुझे भक्ति-भाव से देखा और रोने लगी।

स्त्री

स्वामी के ज्ञानोपदेश ने मुझे सजग कर दिया, मैं अंधेरे कुएं में पड़ी थी। इस उपदेश ने मुझे उठाकर पर्वत के ज्योतिर्मय शिखर पर बैठा दिया। मैंने अपनी कुलीनता से, झूठे अभिमान से, अपने वर्ण की पवित्रता के गर्व में, कितनी आत्माओं का निरादर किया! परमपिता, तुम मुझे क्षमा करो। मैंने अपने पूज्यपाद पति से इस अज्ञान के कारण, जो अश्रद्धा प्रकट की है, जो कठोर शब्द कहे हैं, उन्हें क्षमा करना!

जब से मैंने यह अमृतवाणी सुनी है, मेरा हृदय अत्यंत कोमल हो गया है, नाना प्रकार की सद्कल्पनाएं चित्त में उठती रहती हैं। कल धोबिन कपड़े लेकर आई थी। उसके सिर में बड़ा दर्द था। पहले मैं उसे इस दशा में देखकर कदाचित् मौखिक संवेदना प्रकट करती अथवा मेहरी से उसे थोड़ा तेल दिलवा देती, पर कल मेरा चित्त विकल हो गया। मुझे प्रतीत हुआ मानो यह मेरी बहन है। मैंने उसे अपने पास बैठा लिया और घंटे-भर तक उसके सिर में तेल मलती रही। उस समय मुझे जो स्वर्गिक आनंद मिल रहा था, वह अकथनीय है। मेरा अंतःकरण किसी प्रबल शक्ति के वशीभूत होकर उसकी ओर खिंचा चला जाता था। मेरी ननद ने आकर मेरे इस व्यवहार पर कुछ नाक-भौं चढ़ाई, पर मैंने लेश-मात्र भी परवाह न की। आज प्रातःकाल कड़ाके की सर्दी थी। हाथ-पांव गले जाते थे। मेहरी काम करने आई तो खड़ी कांप रही थी। मैं लिहाफ ओढ़े अंगीठी के सामने बैठी हुई थी! तिस पर भी मुंह बाहर निकालते न बनता था। मेहरी की सूरत देखकर मुझे अत्यंत दुःख हुआ। मुझे अपनी स्वार्थवृत्ति पर लज्जा आई। इसके और मेरे बीच

में क्या भेद है? इसकी आत्मा में उसी प्रकार की ज्योति है। यह अन्याय क्यों? केवल इसीलिए कि माया ने हम में भेद कर दिया है?

मुझे कुछ और सोचने का साहस नहीं हुआ। मैं उठी, अपनी ऊनी चादर लाकर मेहरी को ओढ़ा दी और उसे हाथ पकड़ कर अंगीठी के पास बैठा लिया। इसके उपरांत मैंने अपना लिहाफ रख दिया और उसके साथ बैठकर बर्तन धोने लगी। वह सरल हृदय मुझे वहां से बार-बार हटाना चाहती थी। मेरी ननद ने आकर मुझे कौतूहल से देखा और इस प्रकार मुंह बनाकर चली गई मानो मैं क्रीड़ा कर रही हूं। सारे घर में हलचल पड़ गई, इस जरा-सी बात पर! हमारी आंखों पर कितने मोटे परदे पड़ गए हैं। हम परमात्मा का कितना अपमान कर रहे हैं?

पुरुष

कदाचित् मध्य पथ पर रहना नारी-प्रकृति में ही नहीं है। वह केवल सीमाओं पर ही रह सकती है। वृंदा कहां तो अपनी कुलीनता और अपनी कुल-मर्यादा पर जान देती थी, कहां अब साम्य और सहृदयता की मूर्ति बनी हुई है। मेरे उस सामान्य उपदेश का यह चमत्कार है! अब मैं भी अपनी प्रेरक शक्तियों पर गर्व कर सकता हूं। मुझे उसमें कोई आपत्ति नहीं है कि वह नीच जाति की स्त्रियों के साथ बैठे, हंसे और बोले। उन्हें कुछ पढ़कर सुनाए, लेकिन उनके पीछे अपने को बिलकुल भूल जाना मैं कदापि पसंद नहीं कर सकता। तीन दिन हुए, मेरे पास एक चमार अपने जमींदार पर नालिश करने आया था। निस्संदेह जमींदार ने उसके साथ ज्यादती की थी, लेकिन वकीलों का काम मुफ्त में मुकदमे दायर करना नहीं, फिर एक चमार के पीछे एक बड़े जमींदार से मैं क्यों बैर करूं? ऐसे तो वकालत कर चुका! उसके रोने की भनक वृंदा के कान में भी पड़ गई। बस, वह मेरे पीछे पड़ गई कि उस मुकदमे को जरूर लो। मुझसे तर्क-वितर्क करने पर उद्यत हो गई। मैंने बहाना करके उसे किसी प्रकार टालना चाहा, लेकिन उसने मुझसे वकालतनामे पर हस्ताक्षर कराकर तब पिंड छोड़ा। उसका परिणाम यह हुआ कि पिछले तीन दिन मेरे यहां मुफ्तखोर मुवक्किलों का तांता लगा रहा और मुझे कई बार वृंदा से कठोर शब्दों में बातें करनी पड़ीं। इसी से प्राचीन काल के व्यवस्थाकारों ने स्त्रियों को धार्मिक उपदेशों का पात्र नहीं समझा था। इनकी समझ में यह नहीं आता कि प्रत्येक सिद्धांत का व्यावहारिक रूप कुछ और ही होता है।

हम सभी जानते हैं कि ईश्वर न्यायशील है, किंतु न्याय के पीछे अपनी परिस्थिति को कौन भूलता है? आत्मा की व्यापकता को यदि व्यवहार में लाया जाए तो आज संसार में साम्य का राज्य हो जाए, किंतु उसी भांति साम्य जैसे दर्शन

का एक सिद्धांत ही रहा और रहेगा, वैसे ही राजनीति भी एक अलभ्य वस्तु है और रहेगी। हम इन दोनों सिद्धांतों की मुक्त कंठ से प्रशंसा करेंगे, उन पर तर्क करेंगे। अपने पक्ष को सिद्ध करने में उनसे सहायता लेंगे, किंतु उनका उपयोग करना असंभव है। मुझे नहीं मालूम था कि वृंदा इतनी मोटी-सी बात भी न समझेगी!

वृंदा की बुद्धि दिनोंदिन उल्टी होती जाती है। आज रसोई में सबके लिए एक ही प्रकार के भोजन बने। अब तक घरवालों के लिए महीन चावल पकते थे, तरकारियां घी में बनती थीं, दूध-मक्खन आदि दिया जाता था। नौकरों के लिए मोटा चावल, मटर की दाल और तेल की भाजियां बनती थीं। बड़े-बड़े रईसों के यहां भी यही प्रथा चली आती है। हमारे नौकरों ने कभी इस विषय में शिकायत नहीं की, किंतु आज देखता हूं, वृंदा ने सबके लिए एक ही भोजन बनाया है। मैं कुछ बोल न सका, भौंचक्का-सा रह गया।

वृंदा सोचती होगी कि भोजन में भेद करना नौकरों पर अन्याय है। कैसा बच्चों का-सा विचार है! नासमझ! यह भेद सदा रहा है और रहेगा। मैं राष्ट्रीय ऐक्य का अनुरागी हूं। समस्त शिक्षित समुदाय राष्ट्रीयता पर जान देता है, किंतु कोई स्वप्न में भी कल्पना नहीं करता कि हम मजदूरों या सेवावृत्तिधारियों को समता का स्थान देंगे। हम उनमें शिक्षा का प्रचार करना चाहते हैं। उनको दीनावस्था से उठाना चाहते हैं। यह हवा संसार-भर में फैली हुई है, पर इसका मर्म क्या है, यह दिल में भी समझते हैं, चाहे कोई खोलकर न कहे। इसका अभिप्राय यही है कि हमारा राजनैतिक महत्त्व बढ़े, हमारा प्रभुत्व उदय हो, हमारे राष्ट्रीय आंदोलन का प्रभाव अधिक हो, हमें यह कहने का अधिकार हो जाए कि हमारी ध्वनि केवल मुट्ठी-भर शिक्षित वर्ग की ही नहीं, वरन् समस्त जाति की संयुक्त ध्वनि है, पर वृंदा को यह रहस्य कौन समझाए!

स्त्री

कल मेरे पति महाशय खुल पड़े, इसीलिए मेरा चित्त खिन्न है। प्रभो! संसार में इतना दिखावा, इतनी स्वार्थांधता है, हम इतने दीन घातक हैं। उनका उपदेश सुनकर मैं उन्हें देवतुल्य समझने लगी थी, परंतु आज मुझे ज्ञान हो गया कि जो लोग एक साथ दो नाव पर बैठना जानते हैं, वे ही जाति के हितैषी कहलाते हैं।

कल मेरी ननद की विदाई थी। वह ससुराल जा रही थी। बिरादरी की कितनी ही महिलाएं निमंत्रित थीं। वे उत्तम-उत्तम वस्त्राभूषण पहने कालीनों पर बैठी हुई थीं। मैं उनका स्वागत कर रही थी। निदान, मुझे द्वार के निकट कई स्त्रियां भूमि पर बैठी हुई दिखाई दीं, जहां इन महिलाओं की जूतियां और स्लीपरें रखी हुई थीं।

वे बेचारी भी विदाई देखने आई थीं। मुझे उनका वहां बैठना अनुचित जान पड़ा। मैंने उन्हें भी लाकर कालीन पर बैठा दिया। इस पर महिलाओं में नैन मटकियां होने लगीं और थोड़ी देर में वे किसी-न-किसी बहाने से एक-एक करके चली गईं। मेरे पति महाशय से किसी ने यह समाचार कह दिया। वे बाहर से क्रोध में भरे हुए आए और आंखें लाल करके बोले—'यह तुम्हें क्या सूझी है, क्या हमारे मुंह में कालिख लगवाना चाहती हो? तुम्हें ईश्वर ने इतनी भी बुद्धि नहीं दी कि किसके साथ बैठना चाहिए। भले घर की महिलाओं के साथ नीच स्त्रियों को बैठा दिया! वे अपने मन में क्या कहती होंगी! तुमने मुझे मुंह दिखाने लायक नहीं रखा—छि:! छि:!!'

मैंने सरल भाव से कहा—'इससे महिलाओं का तो क्या अपमान हुआ! आत्मा तो सबकी एक ही है। आभूषणों से आत्मा तो ऊंची नहीं हो जाती!'

पति महाशय ने होंठ चबाकर कहा—'चुप भी रहो, बेसुरा राग अलाप रही हो। बस वही मुर्गी की एक टांग। आत्मा एक है, परमात्मा एक है? न कुछ जानो, न बूझो—सारे शहर में नक्कू बना दिया, उस पर और बोलने को मरती हो। उन महिलाओं की आत्मा को कितना दु:ख हुआ, कुछ इस पर भी ध्यान दिया?'

मैं विस्मित होकर उनका मुंह ताकने लगी।

आज प्रात:काल उठी तो मैंने एक विचित्र दृश्य देखा। रात को मेहमानों की जूठी पत्तल, सकोरे, दोने आदि बाहर मैदान में फेंक दिए गए थे। पचासों मनुष्य उन पत्तलों पर गिरे हुए उन्हें चाट रहे थे! हां, मनुष्य थे, वही मनुष्य जो परमात्मा के निज स्वरूप हैं। कितने ही कुत्ते भी उन पत्तलों पर झपट रहे थे, पर वे कंगले कुत्तों को मार-मारकर भगा देते थे। उनकी दशा कुत्तों से भी गई-बीती थी। यह कौतुक देखकर मुझे रोमांच होने लगा, मेरी आंखों से अश्रुधारा बहने लगी। भगवान! ये भी हमारे भाई-बहन हैं, हमारी आत्माएं हैं। उनकी ऐसी शोचनीय, दीन दशा! मैंने तत्क्षण मेहरी को भेजकर उन मनुष्यों को बुलाया और जितनी पूड़ी-मिठाइयां मेहमानों के लिए रखी हुई थीं, सब पत्तलों में रखकर उन्हें दे दीं। मेहरी थर-थर कांप रही थी, सरकार सुनेंगे तो मेरे सिर का बाल भी न छोड़ेंगे, लेकिन मैंने उसे ढाढ़स बंधाया, तब उसकी जान-में-जान आई।

अभी ये बेचारे कंगले मिठाइयां खा ही रहे थे कि पति महाशय मुंह लाल किए हुए आए और अत्यंत कठोर स्वर में बोले—'तुमने भंग तो नहीं खा ली? जब देखो, एक-न-एक उपद्रव खड़ा कर देती हो। मेरी तो समझ में नहीं आता कि तुम्हें क्या हो गया है। ये मिठाइयां डोमड़ों के लिए नहीं बनाई गई थीं। इनमें घी, शक्कर, मैदा लगा था, जो आजकल मोतियों के मोल बिक रहा है। हलवाइयों को

दूध के धोए रुपये मजदूरी के दिए गए थे। तुमने उठाकर सब डोमड़ों को खिला दीं। अब मेहमानों को क्या खिलाया जाएगा? तुमने मेरी इज्जत बिगाड़ने का प्रण कर लिया है क्या?'

मैंने गंभीर भाव से कहा–'आप व्यर्थ इतने क्रुद्ध होते हैं। आपकी जितनी मिठाइयां खिला दी हैं, वह मैं मंगवा दूंगी। मुझसे यह नहीं देखा जाता कि कोई आदमी तो मिठाइयां खाएं और कोई पत्तलें चाटें। डोमड़े भी तो मनुष्य ही हैं। उनके जीव में भी तो उसी...।'

स्वामी ने बात काटकर कहा–'रहने भी दो, मरी तुम्हारी आत्मा! बस तुम्हारी ही रक्षा से आत्मा की रक्षा होगी। यदि ईश्वर की इच्छा होती कि प्राणिमात्र को समान सुख प्राप्त हो तो उसे सबको एक दशा में रखने से किसने रोका था? वह ऊंच-नीच का भेद होने ही क्यों देता है? जब उसकी आज्ञा के बिना एक पत्ता भी नहीं हिल सकता, तो इतनी महान सामाजिक व्यवस्था उसकी आज्ञा के बिना क्योंकर भंग हो सकती है? जब वह स्वयं सर्वव्यापी है तो वह अपने को ही ऐसे-ऐसे घृणोत्पादक अवस्थाओं में क्यों रखता है? जब तुम इन प्रश्नों का कोई उत्तर नहीं दे सकती तो यही उचित है कि संसार की वर्तमान रीतियों के अनुसार चलो। इन बेसिर-पैर की बातों से हंसी और निंदा के सिवाय और कुछ लाभ नहीं।'

मेरे चित्त की क्या दशा हुई, मैं इसका वर्णन नहीं कर सकती। मैं अवाक् रह गई। हा स्वार्थ! हा मायांधकार! हम ब्रह्म का भी स्वांग बनाते हैं।

उसी क्षण से पतिश्रद्धा और पतिभक्ति का भाव मेरे हृदय से लुप्त हो गया!

यह घर मुझे अब कारागार लगता है; किंतु मैं निराश नहीं हूं। मुझे विश्वास है कि जल्दी या देर से ब्रह्म ज्योति यहां अवश्य चमकेगी और वह इस अंधकार को नष्ट कर देगी।

21

मूठ

बुढ़िया—माजरा कुछ नहीं, तूने मूठ चलाई थी, रुपये इनके घर की मेहरी ने लिये हैं। अब उसका अब-तब हो रहा है।

डॉक्टर—बेचारी मर रही है, कुछ ऐसा उपाय करो कि उसके प्राण बच जाएं!

बुद्धू—यह तो आपने बुरी खबर सुनाई, मूठ को फेरना सहज नहीं है।

बुढ़िया—बेटा, जान जोखिम का काम है, क्या तू जानता नहीं। कहीं उल्टे फेरनेवाले पर ही पड़े तो जान बचना ही कठिन हो जाए।

डॉक्टर—अब उसकी जान तुम्हारे ही बचाए बचेगी, इतना धर्म करो।

बुढ़िया—दूसरे की जान की खातिर कोई अपनी जान गढ़े में डालेगा?

डॉक्टर—तुम रात-दिन यही काम करते हो, तुम उसके दांव-घात सब जानते हो। मार भी सकते हो, जिला भी सकते हो। मेरा तो इन बातों पर बिलकुल विश्वास ही न था, लेकिन तुम्हारा कमाल देखकर दंग रह गया। तुम्हारे हाथों कितने ही आदमियों का भला होता है, उस गरीब बुढ़िया पर भी दया करो।

डॉक्टर जयपाल ने प्रथम श्रेणी की सनद पाई थी, पर इसे भाग्य ही कहिए या व्यावसायिक सिद्धांतों का अज्ञान कि उन्हें अपने व्यवसाय में कभी उन्नत अवस्था न मिली। उनका घर संकरी गली में था;

पर उनके जी में खुली जगह में घर लेने का विचार तक न उठा। औषधालय की अलमारियां, शीशियां और डॉक्टरी यंत्र आदि भी साफ-सुथरे न थे। मितव्ययिता के सिद्धांत का वह अपनी घरेलू बातों में भी बहुत ध्यान रखते थे।

लड़का जवान हो गया था, पर अभी उसकी शिक्षा का प्रश्न सामने न आया था। सोचते थे कि इतने दिनों तक पुस्तकों से सर मारकर मैंने ऐसी कौन-सी बड़ी संपत्ति पा ली, जो उसके पढ़ाने-लिखाने में हजारों रुपये बरबाद करूं! उनकी पत्नी अहिल्या धैर्यवान महिला थी, पर डॉक्टर साहब ने उसके इन गुणों पर इतना बोझ रख दिया था कि उसकी कमर भी झुक गई थी। मां भी जीवित थी, पर गंगास्नान के लिए तरस-तरसकर रह जाती थी; दूसरे पवित्र स्थानों की यात्रा की चर्चा ही क्या! इस क्रूर मितव्ययिता का परिणाम यह था कि इस घर में सुख और शांति का नाम न था। अगर कोई मद फुटकल थी तो वह बुढ़िया मेहरी जगिया थी। उसने डॉक्टर साहब को गोद में खिलाया था और उसे इस घर से ऐसा प्रेम हो गया था कि सब प्रकार की कठिनाइयां झेलती थी, पर टलने का नाम न लेती थी।

डॉक्टर साहब डॉक्टरी आय की कमी को कपड़े और शक्कर के कारखानों में हिस्से लेकर पूरा करते थे। आज संयोगवश बम्बई के कारखाने ने उनके पास वार्षिक लाभ के साढ़े सात सौ रुपये भेजे।

डॉक्टर साहब ने बीमा खोला, नोट गिने, डाकिए को विदा किया, पर डाकिए के पास रुपये अधिक थे, बोझ से दबा जाता था, बोला–"हुजूर, रुपये ले लें और मुझे नोट दे दें तो बड़ा अहसान हो, बोझ हल्का हो जाए।"

डॉक्टर साहब डाकियों को प्रसन्न रखा करते थे, उन्हें मुफ्त दवाइयां दिया करते थे। सोचा कि हां, मुझे बैंक जाने के लिए तांगा मंगाना ही पड़ेगा, क्यों न बिन कौड़ी के उपकार वाले सिद्धांत से काम लूं। रुपये गिनकर एक थैली में रख दिए और सोच ही रहे थे कि चलूं, उन्हें बैंक में रखता आऊं! तभी एक रोगी ने बुला भेजा। ऐसे अवसर यहां कदाचित् ही आते थे।

यद्यपि डॉक्टर साहब को बक्स पर भरोसा न था, पर विवश होकर थैली बक्स में रखी और रोगी को देखने चले गए। वहां से लौटे तो तीन बज चुके थे, बैंक बंद हो चुका था। आज रुपये किसी तरह जमा न हो सकते थे। प्रतिदिन की भांति औषधालय में बैठ गए। आठ बजे रात को जब घर के भीतर जाने लगे, तो थैली को घर ले जाने के लिए बक्स से निकाला, थैली कुछ हल्की जान पड़ी, तत्काल उसे दवाइयों के तराजू पर तौला, तो होश उड़ गए। पूरे पांच सौ रुपये कम थे। विश्वास न हुआ। थैली खोलकर रुपये गिने। पांच सौ रुपये कम निकले। विक्षिप्त

अधीरता के साथ बक्स के दूसरे खानों को टटोला, परंतु व्यर्थ! निराश होकर एक कुरसी पर बैठ गए और स्मरण-शक्ति को एकत्र करने के लिए आंखें बंद कर लीं और सोचने लगे, मैंने रुपये कहीं अलग तो नहीं रखे, डाकिए ने रुपये कम तो नहीं दिए, मैंने गिनने में भूल तो नहीं की, मैंने पच्चीस-पच्चीस रुपये की गड्डियां लगाई थीं, पूरी तीस गड्डियां थीं, खूब याद है। मैंने एक-एक गड्डी गिनकर थैली में रखी, स्मरण-शक्ति मुझे धोखा नहीं दे रही है। सब मुझे ठीक-ठीक याद है। बक्स का ताला भी बंद कर दिया था, किंतु ओह! अब समझ में आ गया, कुंजी मेज पर ही छोड़ दी, जल्दी के मारे उसे जेब में रखना भूल गया, वह अभी तक मेज पर पड़ी है। बस यही बात है, कुंजी जेब में डालने की याद नहीं रही, परंतु ले कौन गया, बाहर दरवाजे बंद थे। घर में धरे रुपये-पैसे कोई छूता नहीं, आज तक कभी ऐसा अवसर नहीं आया। अवश्य यह किसी बाहरी आदमी का काम है। हो सकता है कि कोई दरवाजा खुला रह गया हो, कोई दवा लेने आया हो, कुंजी मेज पर पड़ी देखी हो और बक्स खोलकर रुपये निकाल लिये हों।

इसी से मैं रुपये नहीं लिया करता, कौन ठिकाना डाकिए की ही करतूत हो, बहुत संभव है, उसने मुझे बक्स में थैली रखते देखा था। रुपये जमा हो जाते तो मेरे पास पूरे...हजार रुपये हो जाते, ब्याज जोड़ने में सरलता होती। क्या करूं? पुलिस को खबर दूं? व्यर्थ बैठे-बिठाए उलझन मोल लेनी है। दरवाजे पर टोले-भर के आदमियों की भीड़ होगी। दस-पांच आदमियों को गालियां खानी पड़ेंगी और फल कुछ नहीं! तो क्या धीरज धरकर बैठ रहूं? कैसे धीरज धरूं? यह कोई सेंत-मेंत मिला धन तो था नहीं, हराम की कौड़ी होती तो समझता कि जैसे आई, वैसे गई। यहां एक-एक पैसा अपने पसीने का है।

मैं जो इतनी मितव्ययिता से रहता हूं, इतने कष्ट सहता हूं, कंजूस प्रसिद्ध हूं, घर के आवश्यक व्यय में भी काट-छांट करता हूं, क्या इसीलिए कि किसी उचक्के के लिए मनोरंजन का सामान जुटाऊं? मुझे रेशम से घृणा नहीं, न मेवे ही अरुचिकर हैं, न अजीर्ण का रोग है कि मलाई खाऊं और अपच हो जाए, न आंखों में दृष्टि कम है कि थिएटर और सिनेमा का आनंद न उठा सकूं। मैं सब ओर से अपने मन को मारे रहता हूं, इसीलिए तो कि मेरे पास चार पैसे हो जाएं, काम पड़ने पर किसी के आगे हाथ फैलाना न पड़े। कुछ जायदाद ले सकूं और नहीं तो अच्छा घर ही बनवा लूं, पर इस मन मारने का यह फल! गाढ़े परिश्रम के रुपये लुट जाएं। अन्याय है कि मैं यों दिन-दहाड़े लुट जाऊं और उस दुष्ट का बाल भी टेढ़ा न हो। उसके घर दीवाली हो रही होगी, आनंद मनाया जा रहा होगा, सब-के-सब बगलें बजा रहे होंगे।

डॉक्टर साहब बदला लेने के लिए व्याकुल हो गए। मैंने कभी किसी फकीर को, किसी साधु को दरवाजे पर खड़ा होने नहीं दिया। अनेक बार चाहने पर भी मैंने कभी मित्रों को अपने यहां निमंत्रित नहीं किया, कुटुंबियों और संबंधियों से सदा बचता रहा, क्या इसीलिए? उसका पता लग जाता तो मैं एक विषैली सुई से उसके जीवन का अंत कर देता।

किंतु कोई उपाय नहीं है। जुलाहे का गुस्सा दाढ़ी पर। गुप्त पुलिसवाले भी बस नाम के ही हैं, पता लगाने की योग्यता नहीं। इनकी सारी अक्ल राजनीतिक व्याख्यानों और झूठी रिपोर्टों के लिखने में समाप्त हो जाती है। किसी मेस्मेरिज्म जानने वाले के पास चलूं, वह इस उलझन को सुलझा सकता है। सुनता हूं, यूरोप और अमेरिका में बहुधा चोरियों का पता इसी उपाय से लग जाता है, पर यहां ऐसा मेस्मेरिज्म का पंडित कौन है और फिर मेस्मेरिज्म के उत्तर सदा विश्वसनीय नहीं होते। ज्योतिषियों के समान वे भी अनुमान और अटकल के अनंत सागर में डुबकियां लगाने लगते हैं। कुछ लोग नाम भी तो निकालते हैं। मैंने कभी उन कहानियों पर विश्वास नहीं किया, परंतु कुछ-न-कुछ इसमें तत्त्व है अवश्य, नहीं तो इस प्रकृति-उपासना के युग में इनका अस्तित्व ही न रहता। आजकल के विद्वान भी तो आत्मिक बल का लोहा मानते जाते हैं, पर मान लो किसी ने नाम बतला ही दिया तो मेरे हाथ में बदला चुकाने का कौन-सा उपाय है, अंतर्ज्ञान साक्षी का काम नहीं दे सकता। एक क्षण के लिए मेरे जी को शांति मिल जाने के सिवाय और इससे क्या लाभ है?

हां, खूब याद आया। नदी की ओर जाते हुए वह जो एक ओझा बैठता है, उसके करतब की कहानियां प्राय: सुनने में आती हैं। सुनता हूं, गए हुए धन का पता बतला देता है, रोगियों को बात-की-बात में चंगा कर देता है, चोरी के माल का पता लगा देता है, मूठ चलाता है। मूठ की बड़ी बड़ाई सुनी है, मूठ चली और चोर के मुंह से रक्त जारी हुआ। जब तक वह माल न लौटा दे, रक्त बंद नहीं होता। यह निशाना बैठ जाए तो मेरी हार्दिक इच्छा पूरी हो जाए! मुंहमांगा फल पाऊंगा। रुपये भी मिल जाएं, चोर को शिक्षा भी मिल जाए! उसके यहां सदा लोगों की भीड़ लगी रहती है। इसमें कुछ करतब न होता तो इतने लोग क्यों जमा होते? उसकी मुखाकृति से एक प्रतिभा बरसती है।

आजकल के शिक्षित लोगों को तो इन बातों पर विश्वास नहीं है, पर नीच और मूर्ख-मंडली में उसकी बहुत चर्चा है। भूत-प्रेत आदि की कहानियां प्रतिदिन ही सुना करता हूं। क्यों न उसी ओझा के पास चलूं? मान लो, कोई लाभ न हुआ तो हानि ही क्या हो जाएगी? जहां पांच सौ गए हैं, दो-चार रुपये का खून और सही। यह समय भी अच्छा है। भीड़ कम होगी, चलना चाहिए।

जी में यह निश्चय करके डॉक्टर साहब उस ओझा के घर की ओर चले। जाड़े की रात थी। नौ बज गए थे। रास्ता लगभग बंद हो गया था। कभी-कभी घरों से रामायण की ध्वनि कानों में आ जाती थी। कुछ देर के बाद बिलकुल सन्नाटा हो गया। रास्ते के दोनों ओर हरे-भरे खेत थे। सियारों का हुंआना सुनाई पड़ने लगा। जान पड़ता है, इनका दल कहीं पास ही है। डॉक्टर साहब को प्राय: दूर से इनका सुरीला स्वर सुनने का सौभाग्य हुआ था, पास से सुनने का नहीं। इस समय इस सन्नाटे में और इतने पास से उनका चीखना सुनकर उन्हें डर लगा। कई बार अपनी छड़ी धरती पर पटकी, पैर धमधमाए। सियार बड़े डरपोक होते हैं, आदमी के पास नहीं आते; पर फिर संदेह हुआ, कहीं इनमें कोई पागल हो तो उसका काटा तो बचता ही नहीं। यह संदेह होते ही कीटाणु, बैक्टिरिया, पास्टयार इंस्टीट्यूट और कसौली की याद उनके मस्तिष्क में चक्कर काटने लगी। वह जल्दी-जल्दी पैर बढ़ाए चले जाते थे।

एकाएक जी में विचार उठा–'कहीं मेरे ही घर में किसी ने रुपये उठा लिये हों तो...।' वे तत्काल ठिठक गए, पर एक ही क्षण में उन्होंने इसका भी निर्णय कर लिया–'क्या हर्ज है, घरवालों को तो और भी कड़ा दंड मिलना चाहिए। चोर की मेरे साथ सहानुभूति नहीं हो सकती, पर घरवालों की सहानुभूति का मैं अधिकारी हूं। उन्हें जानना चाहिए कि मैं जो कुछ करता हूं, उन्हीं के लिए करता हूं। रात-दिन मरता हूं तो उन्हीं के लिए मरता हूं। यदि इस पर भी वे मुझे यों धोखा देने के लिए तैयार हों तो उनसे अधिक कृतघ्न, उनसे अधिक अकृतज्ञ, उनसे अधिक निर्दय और कौन होगा? उन्हें और भी कड़ा दंड मिलना चाहिए। इतना कड़ा, इतना शिक्षाप्रद कि फिर कभी किसी को ऐसा करने का साहस न हो।'

अंत में वे ओझा के घर के पास जा पहुंचे। लोगों की भीड़ न थी। उन्हें बड़ा संतोष हुआ। हां, उनकी चाल कुछ धीमी पड़ गई, फिर जी में सोचा, कहीं यह सब ढकोसला-ही-ढकोसला हो तो व्यर्थ लज्जित होना पड़े। जो सुने, मूर्ख बनाए। कदाचित् ओझा ही मुझे तुच्छबुद्धि समझे, पर अब तो आ गया, यह तजरबा भी हो जाए–और कुछ न होगा तो जांच ही सही। ओझा का नाम बुद्धू था। लोग चौधरी कहते थे। जाति का चमार था। छोटा-सा घर और वह भी गंदा। छप्पर इतना नीचे था कि झुकने पर भी सिर में टक्कर लगने का डर लगता था। दरवाजे पर एक नीम का पेड़ था। उसके नीचे एक चौरा। नीम के पेड़ पर एक झंडी लहराती थी। चौरा पर मिट्टी के सैकड़ों हाथी सिंदूर से रंगे हुए खड़े थे। कई लोहे के नोकदार त्रिशूल भी गड़े थे, जो मानो इन मंदगति हाथियों के लिए अंकुश का काम दे रहे थे। दस बजे थे। बुद्धू चौधरी जो एक काले रंग का तोंदीला और रोबदार आदमी था, एक फटे हुए टाट पर बैठा नारियल पी रहा था। बोतल और गिलास भी सामने रखे हुए थे।

बुद्धू ने डॉक्टर साहब को देखकर तुरंत बोतल छिपा दी और नीचे उतरकर सलाम किया। घर से एक बुढ़िया ने मोढ़ा लाकर उनके लिए रख दिया। डॉक्टर साहब ने कुछ झेंपते हुए सारी घटना कह सुनाई।

बुद्धू ने कहा–"हुजूर, यह कौन बड़ा काम है। अभी इसी इतवार को दरोगाजी की घड़ी चोरी गई थी, बहुत कुछ तहकीकात की, पता न चला। मुझे बुलाया। मैंने बात-की-बात में पता लगा दिया। पांच रुपये इनाम दिए। कल की बात है, जमादार साहब की घोड़ी खो गई थी। चारों तरफ दौड़ते फिरते थे। मैंने ऐसा पता बता दिया कि घोड़ी चरती हुई मिल गई। इसी विद्या की बदौलत हुजूर, हुक्काम सभी मानते हैं।"

डॉक्टर को दरोगा और जमादार की चर्चा न रुची। इन सब गंवारों की आंखों में जो कुछ है, वह दरोगा और जमादार ही हैं, बोले–"मैं केवल चोरी का पता लगाना नहीं चाहता, मैं चोर को सजा देना चाहता हूं।"

बुद्धू ने एक क्षण के लिए आंखें बंद कीं, जमुहाइयां लीं और चुटकियां बजाईं, और फिर कहा–"यह घर के ही किसी आदमी का काम है।"

डॉक्टर–कुछ परवाह नहीं, कोई हो।

बुढ़िया–पीछे से कोई बात बने या बिगड़ेगी तो हुजूर हमीं को बुरा कहेंगे।

डॉक्टर–इसकी तुम कुछ चिंता न करो। मैंने खूब सोच-विचार कर लिया है! बल्कि अगर घर के किसी आदमी की शरारत है तो मैं उसके साथ और भी कड़ाई करना चाहता हूं। बाहर का आदमी मेरे साथ छल करे तो क्षमा के योग्य है, पर घर के आदमी को मैं किसी प्रकार क्षमा नहीं कर सकता।

बुद्धू–तो हुजूर क्या चाहते हैं?

डॉक्टर–बस यही कि मेरे रुपये मिल जाएं और चोर किसी बड़े कष्ट में पड़ जाए।

बुद्धू–मूठ चला दूं?

बुढ़िया–ना बेटा, मूठ के पास न जाना। न जाने कैसी पड़े, कैसी न पड़े।

डॉक्टर–तुम मूठ चला दो, इसका जो कुछ मेहनताना और इनाम हो, मैं देने को तैयार हूं।

बुढ़िया–बेटा, मैं फिर कहती हूं, मूठ के फेर में मत पड़। कोई जोखम की बात आ पड़ेगी तो वही बाबूजी फिर तेरे सिर होंगे और तेरे बनाए कुछ न बनेगी। क्या जानता नहीं, मूठ का उतार कितना कठिन है?

बुद्धू–हां बाबूजी! फिर एक बार अच्छी तरह सोच लीजिए। मूठ तो मैं चला दूंगा, लेकिन उसको उतारने का जिम्मा मैं नहीं ले सकता।

डॉक्टर—अभी कह तो दिया, मैं तुमसे उतारने को न कहूंगा, चलाओ भी तो।

बुद्धू ने आवश्यक सामान की एक लंबी तालिका बनाई।

डॉक्टर साहब ने सामान की अपेक्षा रुपये देना अधिक उचित समझा।

बुद्धू राजी हो गया।

डॉक्टर साहब चलते-चलते बोले—"ऐसा मंतर चलाओ कि सबेरा होते-होते चोर मेरे सामने माल लिये हुए आ जाए।"

बुद्धू ने कहा—"आप निसाखातिर रहें।"

डॉक्टर साहब वहां से चले तो ग्यारह बजे थे। जाड़े की रात, कड़ाके की ठंड थी। उनकी मां और स्त्री दोनों बैठी हुई उनकी राह देख रही थीं। उन्होंने जी को बहलाने के लिए बीच में एक अंगीठी रख ली थी, जिसका प्रभाव शरीर की अपेक्षा विचारों पर अधिक पड़ता था। यहां कोयला विलास्य पदार्थ समझा जाता था। बुढ़िया मेहरी जगिया वहीं फटा टाट का टुकड़ा ओढ़े पड़ी थी। वह बार-बार उठकर अपनी अंधेरी कोठरी में जाती, आले पर कुछ टटोलकर देखती और फिर अपनी जगह पर आकर पड़ रहती। वह बार-बार पूछती—'कितनी रात गई होगी।' जरा भी खटका होता तो वह चौंक पड़ती और चिंतित दृष्टि से इधर-उधर देखने लगती।

आज डॉक्टर साहब ने नियम के प्रतिकूल क्यों इतनी देर लगाई, इसका सबको आश्चर्य था। ऐसे अवसर बहुत कम आते थे कि उन्हें रोगियों को देखने के लिए रात को जाना पड़ता हो। यदि कुछ लोग उनकी डॉक्टरी के कायल भी थे, तो वे रात को उस गली में आने का साहस न करते थे। सभा-सोसायटियों में जाने की उनकी रुचि न थी। मित्रों से भी उनका मेल-जोल न था। मां ने कहा—"जाने कहां चला गया, खाना बिलकुल पानी हो गया।"

अहिल्या—आदमी जाता है तो कहकर जाता है, आधी रात से ऊपर हो गई।

मां—कोई ऐसी ही अटक हो गई होगी, नहीं तो वह कब घर से बाहर निकलता है?

अहिल्या—मैं तो अब सोने जाती हूं, उनका जब जी चाहे, आएं। कोई सारी रात बैठा पहरा देगा।

यही बातें हो रही थीं कि डॉक्टर साहब घर आ पहुंचे। अहिल्या संभल बैठी; जगिया उठकर खड़ी हो गई और उनकी ओर सहमी हुई आंखों से ताकने लगी।

मां ने पूछा—"आज कहां इतनी देर लगा दी?"

डॉक्टर—तुम लोग तो सुख से बैठी हो न! हमें देर हो गई, इसकी तुम्हें क्या चिंता? जाओ, सुख से सोओ, इन ऊपरी दिखावटी बातों से मैं धोखे में नहीं आता। अवसर पाओ तो गला काट लो, इस पर चली हो बात बनाने!

मां ने दुःखी होकर कहा—"बेटा! ऐसी जी दुखाने वाली बातें क्यों करते हो? घर में तुम्हारा कौन बैरी है, जो तुम्हारा बुरा चेतेगा?"

डॉक्टर—मैं किसी को अपना मित्र नहीं समझता, सभी मेरे बैरी हैं, मेरे प्राणों के ग्राहक हैं! नहीं तो क्या आंख ओझल होते ही मेरी मेज से पांच सौ रुपये उड़ जाएं, दरवाजे बाहर से बंद थे, कोई गैर आया नहीं, रुपये रखते ही उड़ गए। जो लोग इस तरह मेरा गला काटने पर उतारू हों, उन्हें क्योंकर अपना समझूं। मैंने खूब पता लगा लिया है, अभी एक ओझा के पास से चला आ रहा हूं। उसने साफ कह दिया कि घर के ही किसी आदमी का काम है। अच्छी बात है, जैसी करनी, वैसी भरनी। मैं भी बता दूंगा कि मैं अपने बैरियों का शुभचिंतक नहीं हूं। यदि बाहर का आदमी होता तो कदाचित् मैं जाने भी देता, पर जब घर के आदमी जिनके लिए रात-दिन चक्की पीसता हूं, मेरे साथ ऐसा छल करें तो वे इसी योग्य हैं कि उनके साथ जरा भी रियायत न की जाए। देखना सबेरे तक चोर की क्या दशा होती है। मैंने ओझा से मूठ चलाने को कह दिया है। मूठ चली और उधर चोर के प्राण संकट में पड़े।

जगिया घबराकर बोली—"भइया, मूठ में जान जोखम है।"

डॉक्टर—चोर की यही सजा है।

जगिया—किस ओझा ने चलाया है?

डॉक्टर—बुद्धू चौधरी ने।

जगिया—अरे राम, उसकी मूठ का तो उतार ही नहीं।

डॉक्टर अपने कमरे में चले गए, तो मां ने कहा—"सूम का धन शैतान खाता है। पांच सौ रुपया कोई मुंह मारकर ले गया। इतने में तो मेरे सातों धाम हो जाते।"

अहिल्या बोली—"कंगन के लिए बरसों से झींक रही हूं—अच्छा हुआ, मेरी आह पड़ी है।"

मां—भला घर में उसके रुपये कौन लेगा?

अहिल्या—किवाड़ खुले होंगे, कोई बाहरी आदमी उड़ा ले गया होगा।

मां—उसको विश्वास क्योंकर आ गया कि घर के ही किसी आदमी ने रुपये चुराए हैं।

अहिल्या—रुपये का लोभ आदमी को शक्की बना देता है।

रात का एक बजा था। डॉक्टर जयपाल भयानक स्वप्न देख रहे थे। एकाएक अहिल्या ने आकर कहा—"जरा चलकर देखिए, जगिया का क्या हाल हो रहा है। जान पड़ता है, जीभ ऐंठ गई। कुछ बोलती ही नहीं, आंखें पथरा गई हैं।"

डॉक्टर चौंककर उठ बैठे। एक क्षण तक इधर-उधर ताकते रहे मानो सोच रहे थे, यह भी स्वप्न तो नहीं है, तब बोले—"क्या कहा! जगिया को क्या हो गया?"

अहिल्या ने फिर जगिया का हाल कहा तो डॉक्टर के मुख पर हल्की-सी मुस्कराहट दौड़ गई, बोले–"चोर पकड़ा गया! मूठ ने अपना काम किया।"

अहिल्या–और जो घर ही के किसी आदमी ने ले लिये होते?

डॉक्टर–तो उसकी भी यही दशा होती, सदा के लिए सीख जाता।

अहिल्या–पांच सौ रुपये के पीछे प्राण ले लेते?

डॉक्टर–पांच सौ रुपये के लिए नहीं, आवश्यकता पड़े तो पांच हजार खर्च कर सकता हूं, केवल छल-कपट का दंड देने के लिए।

अहिल्या–बड़े निर्दयी हो।

डॉक्टर–तुम्हें सिर से पैर तक सोने से लाद दूं तो मुझे भलाई का पुतला समझने लगो, क्यों? खेद है कि मैं तुमसे यह सनद नहीं ले सकता।

यह कहते हुए डॉक्टर साहब जगिया की कोठरी में गए। उनकी हालत उससे कहीं अधिक खराब थी, जो अहिल्या ने बताई थी। मुख पर मुर्दनी छाई हुई थी, हाथ-पैर अकड़ गए थे, नाड़ी का पता न था। उसकी मां उसे होश में लाने के लिए बार-बार उसके मुंह पर पानी के छींटे दे रही थी।

डॉक्टर ने यह हालत देखी तो उनके होश उड़ गए। उन्हें अपने उपाय की सफलता पर प्रसन्न होना चाहिए था। जगिया ने रुपये चुराए, इसके लिए अब अधिक प्रमाण की आवश्यकता न थी; परंतु मूठ इतनी जल्दी प्रभाव डालने वाली और घातक वस्तु है, इसका उन्हें अनुमान भी न था। वे चोर को एड़ियां रगड़ते, पीड़ा से कराहते और तड़पते हुए देखना चाहते थे। बदला लेने की इच्छा आशातीत सफल हो रही थी; परंतु वहां नमक की अधिकता थी, जो कौर को मुंह के भीतर धंसने नहीं देती।

यह दु:खमय दृश्य देखकर प्रसन्न होने के बदले डॉक्टर के हृदय पर चोट लगी। रोब में हम अपनी निर्दयता और कठोरता का भ्रममूलक अनुमान कर लिया करते हैं। प्रत्यक्ष घटना विचार से कहीं अधिक प्रभावशालिनी होती है। रणस्थल का विचार कितना कवित्वमय है। युद्धावेश का काव्य कितनी गर्मी उत्पन्न करने वाला है, परंतु कुचले हुए शव के कटे हुए अंग-प्रत्यंग देखकर कौन मनुष्य है, जिसे रोमांच न हो आए। दया मनुष्य का स्वाभाविक गुण है।

इसके अतिरिक्त इसका उन्हें अनुमान न था कि जगिया जैसी दुर्बल आत्मा मेरे रोष पर बलिदान होगी। वह समझते थे, मेरे बदले का वार किसी सजीव मनुष्य पर होगा; यहां तक कि वे अपनी स्त्री और लड़के को भी इस वार के योग्य समझते थे, पर मरे को मारना, कुचले को कुचलना–उन्हें अपना प्रतिघात मर्यादा के विपरीत जान पड़ा।

जगिया का यह काम क्षमा के योग्य था। जिसे रोटियों के लाले हों, कपड़ों को तरसे, जिसकी आकांक्षा का भवन सदा अंधकारमय रहा हो, जिसकी इच्छाएं कभी पूरी न हुई हों, उसकी नीयत बिगड़ जाए तो आश्चर्य की बात नहीं। वे तत्काल औषधालय में गए, होश में लाने की जो अच्छी-अच्छी औषधियां थीं, उनको मिलाकर एक मिश्रित नई औषधि बना लाए और जगिया के गले में उतार दी। जब उससे कुछ लाभ न हुआ, तब विद्युत यंत्र ले आए और उसकी सहायता से जगिया को होश में लाने का यत्न करने लगे।

थोड़ी ही देर में जगिया की आंखें खुल गईं। उसने सहमी हुई दृष्टि से डॉक्टर को देखा, जैसे लड़का अपने अध्यापक की छड़ी की ओर देखता है और उखड़े हुए स्वर में बोली—"हाय राम, कलेजा फुंका जाता है, अपने रुपये ले ले, आले पर एक हांडी है, उसी में रखे हुए हैं। मुझे अंगारों से मत जला। मैंने तो यह रुपये तीरथ करने के लिए चुराए थे। क्या तुझे तरस नहीं आता, मुट्ठी-भर रुपयों के लिए मुझे आग में जला रहा है। मैं तुझे ऐसा काला न समझती थी, हाय राम!"

यह कहते-कहते वह फिर मूर्च्छित हो गई। उसकी नाड़ी बंद हो गई, होंठ नीले पड़ गए और शरीर के अंगों में खिंचाव होने लगा।

डॉक्टर ने दीन भाव से अहिल्या की ओर देखा और बोले—"मैं तो अपने सारे उपाय कर चुका—अब इसे होश में लाना मेरी सामर्थ्य से बाहर है। मैं क्या जानता था कि यह अभागी मूठ इतनी घातक होती है। कहीं इसकी जान पर बन गई तो जीवन-भर पछताना पड़ेगा। आत्मा की ठोकरों से कभी छुटकारा न मिलेगा। क्या करूं, बुद्धि कुछ काम नहीं करती?"

अहिल्या—सिविल सर्जन को बुलाओ, कदाचित् वह कोई अच्छी दवा दे दे। किसी को जान-बूझकर आग में न धकेलना चाहिए।

डॉक्टर—सिविल सर्जन इससे अधिक और कुछ नहीं कर सकता, जो मैं कर चुका। हर घड़ी इसकी दशा और गिरती जाती है, न जाने हत्यारे ने कौन-सा मंत्र चला दिया। उसकी मां मुझे बहुत समझाती रही, पर मैंने क्रोध में उसकी बातों की जरा भी परवाह न की।

मां—बेटा, तुम उसी को बुलाओ जिसने मंत्र चलाया है; पर क्या किया जाएगा? कहीं मर गई तो हत्या सिर पर पड़ेगी। कुटुंब को सदा सताएगी।

दो बज रहे थे, ठंडी हवा हड्डियों में चुभी जाती थी। डॉक्टर लंबे पांवों बुद्धू चौधरी के घर की ओर चले जाते थे। इधर-उधर व्यर्थ आंखें दौड़ाते थे कि कोई इक्का या तांगा मिल जाए। उन्हें मालूम होता था कि बुद्धू का घर बहुत दूर हो गया। कई बार धोखा हुआ—'कहीं रास्ता तो नहीं भूल गया। कई बार इधर आया

हूं, यह बाग तो कभी नहीं मिला, लेटर-बक्स भी सड़क पर कभी नहीं देखा, यह पुल तो कदापि न था, अवश्य राह भूल गया। किससे पूछूं?'

डॉक्टर अपनी स्मरण-शक्ति पर झुंझलाए और उसी ओर थोड़ी दूर तक दौड़े-'पता नहीं, दुष्ट इस समय मिलेगा भी या नहीं, शराब में मस्त पड़ा होगा। कहीं इधर बेचारी चल न बसी हो।' कई बार इधर-उधर घूम जाने का विचार हुआ, पर अंत:प्रेरणा ने सीधी राह से हटने न दिया। यहां तक कि बुद्धू का घर दिखाई पड़ा। डॉक्टर जयपाल की जान-में-जान आई-बुद्धू के दरवाजे पर जाकर जोर से कुंडी खटखटाई। भीतर से कुत्ते ने असभ्यतापूर्ण उत्तर दिया, पर किसी आदमी का शब्द न सुनाई दिया, फिर जोर-जोर से किवाड़ खटखटाए, कुत्ता और भी तेज भौंकने लगा तो बुढ़िया की नींद टूटी, बोली-"यह कौन इतनी रात गए किवाड़ तोड़े डालता है?"

डॉक्टर-मैं हूं, जो कुछ देर हुई, तुम्हारे पास आया था।

बुढ़िया ने बोली पहचानी, समझ गई कि इनके घर के किसी आदमी पर बिपत पड़ी है, नहीं तो इतनी रात गए क्यों आते; पर अभी तो बुद्धू ने मूठ चलाई नहीं। उसका असर क्योंकर हुआ? जब समझाती थी, तब न माने। खूब फंसे। उठकर कुप्पी जलाई और उसे लिये बाहर निकली।

डॉक्टर साहब ने पूछा-"बुद्धू चौधरी सो रहे हैं-जरा उन्हें जगा दो।"

बुढ़िया-न बाबूजी, इस बखत मैं न जगाऊंगी, मुझे कच्चा ही खा जाएगा। रात को लाट साहब भी आवें तो नहीं उठता।

डॉक्टर साहब ने थोड़े शब्दों में पूरी घटना कह सुनाई और बड़ी नम्रता के साथ कहा-"बुद्धू को जगा दें।"

इतने में बुद्धू अपने ही आप बाहर निकल आया और आंखें मलता हुआ बोला-"कहिए, बाबूजी, क्या हुकुम है?"

बुढ़िया ने चिढ़कर कहा-"तेरी नींद आज कैसे खुल गई, मैं जगाने गई होती तो मारने उठता।"

डॉक्टर-"मैंने सब माजरा बुढ़िया से कह दिया है, इसी से पूछो।

बुढ़िया-माजरा कुछ नहीं, तूने मूठ चलाई थी, रुपये इनके घर की मेहरी ने लिये हैं। अब उसका अब-तब हो रहा है।

डॉक्टर-बेचारी मर रही है, कुछ ऐसा उपाय करो कि उसके प्राण बच जाएं!

बुद्धू-यह तो आपने बुरी खबर सुनाई, मूठ को फेरना सहज नहीं है।

बुढ़िया-बेटा, जान जोखिम का काम है, क्या तू जानता नहीं। कहीं उल्टे फेरनेवाले पर ही पड़े तो जान बचना ही कठिन हो जाए।

डॉक्टर-अब उसकी जान तुम्हारे ही बचाए बचेगी, इतना धर्म करो।

बुढ़िया—दूसरे की जान की खातिर कोई अपनी जान गढ़े में डालेगा?

डॉक्टर—तुम रात-दिन यही काम करते हो, तुम उसके दांव-घात सब जानते हो। मार भी सकते हो, जिला भी सकते हो। मेरा तो इन बातों पर बिलकुल विश्वास ही न था, लेकिन तुम्हारा कमाल देखकर दंग रह गया। तुम्हारे हाथों कितने ही आदमियों का भला होता है, उस गरीब बुढ़िया पर भी दया करो।

बुद्धू कुछ पसीजा, पर उसकी मां मामलेदारी में उससे कहीं अधिक चतुर थी। डरी, कहीं यह नरम होकर मामला बिगाड़ न दे। उसने बुद्धू को कुछ कहने का अवसर न दिया, बोली—"यह तो सब ठीक है, पर हमारे भी बाल-बच्चे हैं! न जाने कैसी पड़े, कैसी न पड़े। वह हमारे सिर आवेगी न? आप तो अपना काम निकालकर अलग हो जाएंगे। मूठ फेरना हंसी नहीं है।"

बुद्धू—हां बाबूजी, काम बड़े जोखिम का है।

डॉक्टर—काम जोखिम का है तो मुफ्त तो नहीं करवाना चाहता।

बुढ़िया—आप बहुत देंगे, सौ-पचास रुपये देंगे। इतने में हम कै दिन तक खाएंगे। मूठ फेरना सांप के बिल में हाथ डालना है—आग में कूदना है। भगवान की ऐसी ही निगाह हो तो जान बचती है।

डॉक्टर—तो माताजी, मैं तुमसे बाहर तो नहीं हूं। जो कुछ तुम्हारी मरजी हो, वह कहो। मुझे तो उस गरीब की जान बचानी है। यहां बातों में देर हो रही है, वहां मालूम नहीं, उसका क्या हाल होगा।

बुढ़िया—देर तो आप ही कर रहे हैं, आप बात पक्की कर दें तो यह आपके साथ चला जाए। आपकी खातिर यह जोखिम अपने सिर ले रही हूं, दूसरा होता तो झट इनकार कर जाती। आपके मुलाहजे में पड़कर जान-बूझकर जहर पी रही हूं।

डॉक्टर साहब को एक क्षण एक वर्ष-सा जान पड़ रहा था। बुद्धू को उसी समय अपने साथ ले जाना चाहते थे। कहीं उसका दम निकल गया तो यह जाकर क्या बनाएगा? उस समय उनकी आंखों में रुपये का कोई मूल्य न था। केवल यही चिंता थी कि जगिया मौत के मुंह से निकल आए। जिस रुपये पर वह अपनी आवश्यकताएं और घरवालों की आकांक्षाएं निछावर करते थे, उसे दया के आवेश ने बिलकुल तुच्छ बना दिया था, बोले—"तुम्हीं बतलाओ, अब मैं क्या कहूं, पर जो कुछ कहना हो, झटपट कह दो।"

बुढ़िया—अच्छा तो पांच सौ रुपये दीजिए, इससे कम में काम न होगा।

बुद्धू ने मां की ओर आश्चर्य से देखा और डॉक्टर साहब मूर्च्छित-से हो गए, निराशा से बोले—"इतना मेरे बूते से बाहर है, जान पड़ता है कि उसके भाग्य में मरना ही बदा है।"

बुढ़िया—तो जाने दीजिए, हमें अपनी जान भार थोड़े ही है। हमने तो आपके मुलाहिजे से इस काम का बीड़ा उठाया था—जाओ बुद्धू, सोओ।

डॉक्टर—बूढ़ी माता, इतनी निर्दयता न करो, आदमी का काम आदमी से निकलता है।

बुद्धू—नहीं बाबूजी, मैं हर तरह से आपका काम करने को तैयार हूं, इसने पांच सौ कहे, आप कुछ कम कर दीजिए। हां, जोखिम का ध्यान रखिएगा।

बुढ़िया—तू जा के सोता क्यों नहीं? इन्हें रुपये प्यारे हैं तो क्या तुझे अपनी जान प्यारी नहीं है। कल को लहू थूकने लगेगा तो कुछ बनाए न बनेगी, बाल-बच्चों को किस पर छोड़ेगा? है घर में कुछ?

डॉक्टर साहब ने संकोच करते हुए ढाई सौ रुपये कहे।

बुद्धू राजी हो गया, मामला तय हुआ तो डॉक्टर साहब उसे साथ लेकर घर की ओर चले। उन्हें ऐसी आत्मिक प्रसन्नता कभी न मिली थी। हारा हुआ मुकदमा जीतकर अदालत से लौटने वाला मुकदमेबाज भी इतना प्रसन्न न होगा। लपके चले जाते थे। बुद्धू से बार-बार तेज चलने को कहते। घर पहुंचे तो जगिया को बिलकुल मरने के निकट पाया। जान पड़ता था कि यही सांस अंतिम है। उनकी मां और स्त्री दोनों आंसू भरे निराश बैठी थीं। बुद्धू को दोनों ने विनम्र दृष्टि से देखा। डॉक्टर साहब के आंसू भी न रुक सके। जगिया की ओर झुके तो आंसू की बूंदें उसके मुरझाए हुए पीले मुंह पर टपक पड़ीं।

इस स्थिति ने बुद्धू को सजग कर दिया, बुढ़िया की देह पर हाथ रखते हुए बोला—"बाबूजी, अब मेरे किए कुछ नहीं हो सकता, यह दम तोड़ रही है।"

डॉक्टर साहब ने गिड़गिडाकर कहा—"नहीं चौधरी, ईश्वर के नाम पर अपना मंत्र चलाओ। इसकी जान बच गई तो सदा के लिए मैं तुम्हारा गुलाम बना रहूंगा।"

बुद्धू—आप मुझे जान-बूझकर जहर खाने को कहते हैं। मुझे मालूम न था कि मूठ के देवता इस बखत इतने गरम हैं। वह मेरे मन में बैठे कह रहे हैं, तुमने हमारा शिकार छीना तो हम तुम्हें निगल जाएंगे।

डॉक्टर—देवता को किसी तरह राजी कर लो।

बुद्धू—राजी करना बड़ा कठिन है, पांच सौ रुपये दीजिए तो इसकी जान बचे। मूठ उतारने के लिए बड़े-बड़े जतन करने पड़ेंगे।

डॉक्टर—पांच सौ रुपये दे दूं तो इसकी जान बचा दोगे?

बुद्धू—हां, शर्त बदकर।

डॉक्टर साहब बिजली की तरह लपककर अपने कमरे में आ गए और पांच सौ रुपयों की थैली लाकर बुद्धू के सामने रख दी।

बुद्धू ने विजय की दृष्टि से थैली को देखा, फिर जगिया का सिर अपनी गोद में रखकर उस पर हाथ फेरने लगा। कुछ बुदबुदाकर छू-छू करता जाता था। एक क्षण में उसकी सूरत डरावनी हो गई—आंखों से लपटें-सी निकलने लगीं। वह बार-बार अंगड़ाइयां लेने लगा। इसी दशा में उसने एक बेसुरा गाना आरंभ किया, पर हाथ जगिया के सिर पर ही था। अंत में कोई आधा घंटा बीतने पर जगिया ने आंखें खोल दीं, जैसे बुझते हुए दीए में तेल पड़ जाए। उसकी अवस्था धीरे-धीरे सुधरने लगी। उधर कौए की बोली सुनाई दी और इधर जगिया एक अंगड़ाई लेकर उठ बैठी।

सात बजे थे और जगिया मीठी नींद सो रही थी—उसकी आकृति निरोग थी। बुद्धू रुपयों की थैली लेकर अभी-अभी गया था।

डॉक्टर साहब की मां ने कहा—"बात-की-बात में पांच सौ रुपये मार ले गया।"

डॉक्टर—यह क्यों नहीं कहती कि एक मुरदे को जिला गया। क्या उसके प्राण का मूल्य इतना भी नहीं है?

मां—देखो, आले पर पांच सौ रुपये हैं या नहीं?

डॉक्टर—नहीं, उन रुपयों को हाथ मत लगाना, उन्हें वहीं पड़े रहने दो। उसने तीरथ करने के वास्ते लिये थे, वह उसी काम में लगेंगे।

मां—यह सब रुपये उसी के भाग के थे।

डॉक्टर—उसके भाग के तो पांच सौ ही थे, बाकी मेरे भाग के थे। उनकी बदौलत मुझे ऐसी शिक्षा मिली, जो उम्र-भर न भूलेगी। तुम मुझे अब कभी आवश्यक कामों में मुट्ठी बंद करते हुए न पाओगी।

22

विध्वंस

पवन भी वेग से चलने लगा। ऊर्ध्वगामी लपटें पूर्व दिशा की ओर दौड़ने लगीं। भाड़ के समीप ही किसानों की कई झोंपड़ियां थीं, वे सब उन्मत्त ज्वालाओं का ग्रास बन गईं, इस भांति प्रोत्साहित होकर लपटें और आगे बढ़ीं। सामने पंडित उदयभान की बखार थी, उस पर झपटीं। अब गांव में हलचल मची। आग बुझाने की तैयारियां होने लगीं, लेकिन पानी के छींटों ने आग पर तेल का काम किया। ज्वालाएं और भड़कीं और पंडितजी के विशाल भवन को दबोच बैठीं। वह भवन देखते-ही-देखते उस नौका की भांति जो उन्मत्त तरंगों के बीच में झकोरे खा रही हो, अग्नि-सागर में विलीन हो गया और वह क्रंदन-ध्वनि जो उसके भस्मावशेष में प्रस्फुटित होने लगी, भुनगी के शोकमय विलाप से भी अधिक करुणाकारी थी।

जिला बनारस में बीरा नाम का एक गांव है। वहां एक विधवा वृद्धा, संतानहीन गोंडिन रहती थी, जिसका भुनगी नाम था। उसके पास एक धुर भी जमीन न थी और न रहने का घर ही था। उसके जीवन का सहारा केवल एक भाड़ था।

गांव के लोग प्रायः एक बेला चबैना या सत्तू पर निर्वाह करते ही हैं, इसलिए भुनगी के भाड़ पर नित्य भीड़ लगी रहती थी। वह जो कुछ

भुनाई पाती, वही भून या पीसकर खा लेती और भाड़ की ही झोंपड़ी के एक कोने में पड़ रहती।

वह प्रात:काल उठती और चारों ओर से भाड़ झोंकने के लिए सूखी पत्तियां बटोर लाती। भाड़ के पास ही पत्तियों का एक बड़ा ढेर लगा रहता था।

दोपहर के बाद उसका भाड़ जलता था, लेकिन जब एकादशी या पूर्णमासी के दिन प्रथानुसार भाड़ न जलता या गांव के जमींदार पंडित उदयभान पांडे के दाने भूनने पड़ते, उस दिन उसे भूखे ही सो रहना पड़ता था। पंडितजी उससे बेगार में दाने ही न भुनवाते थे, बल्कि उसे उनके घर का पानी भी भरना पड़ता था और कभी-कभी इस हेतु से भी भाड़ बंद रहता था। वह पंडितजी के गांव में रहती थी, इसलिए उन्हें उससे सभी प्रकार की बेगार लेने का अधिकार था। उसे अन्याय नहीं कहा जा सकता। अन्याय केवल इतना था कि बेगार सूखी लेते थे।

जमींदार की धारणा यह थी कि जब खाने को ही दिया गया तो बेगार कैसी? किसान को अधिकार है कि बैलों को दिन-भर जोतने के बाद शाम को खूंटे से भूखा बांध दे। यदि वह ऐसा नहीं करता तो यह उसकी दयालुता नहीं है, केवल अपनी हित चिंता है।

पंडितजी को उसकी चिंता न थी, क्योंकि एक तो भुनगी दो-एक दिन भूखी रहने से मर नहीं सकती थी और यदि दैवयोग से मर भी जाती तो उसकी जगह दूसरा गोंड बड़ी आसानी से बसाया जा सकता था। पंडितजी की यही क्या कम कृपा थी कि वह भुनगी को अपने गांव में बसाए हुए थे।

चैत का महीना था और संक्रांति का पर्व। आज के दिन नए अन्न का सत्तू खाया और दान दिया जाता है। घरों में आग नहीं जलती। भुनगी का भाड़ आज बड़े जोरों पर था। उसके सामने एक मेला-सा लगा हुआ था। सांस लेने का भी अवकाश न था।

भुनगी गाहकों की जल्दबाजी पर कभी-कभी झुंझला पड़ती थी कि इतने में जमींदार साहब के यहां से दो बड़े-बड़े टोकरे अनाज से भरे हुए आ पहुंचे और हुक्म हुआ कि अभी भून दे।

भुनगी दोनों टोकरे देखकर सहम उठी। अभी दोपहर था, पर सूर्यास्त से पहले इतना अनाज भुनना असंभव था। घड़ी-दो घड़ी और मिल जाते तो एक अठवारे के खाने-भर को अनाज हाथ आता। दैव से इतना भी न देखा गया, इन यमदूतों को भेज दिया। अब पहर रात तक सेंत-मेंत में भाड़ में जलना पड़ेगा। उसने नैराश्य भाव से दोनों टोकरे ले लिये।

चपरासी ने डांटकर कहा–"देर न लगे, नहीं तो तुम जानोगी।"

भुनगी–यहीं बैठे रहो, जब भुन जाए तो लेकर जाना। किसी दूसरे के दाने छुऊं तो हाथ काट लेना।

चपरासी–बैठने की हमें छुट्टी नहीं है, लेकिन तीसरे पहर तक दाने भुन जाएं।

चपरासी तो यह ताकीद करके चलते बने और भुनगी अनाज भूनने लगी, लेकिन मन-भर अनाज भूनना कोई हंसी तो थी नहीं, उस पर बीच-बीच में भुनाई बंद करके भाड़ भी झोंकना पड़ता था। अतएव तीसरा पहर हो गया और आधा काम भी न हुआ।

भुनगी को भय हुआ कि जमींदार के आदमी आते होंगे–आते ही गालियां देंगे, मारेंगे। उसने और वेग से हाथ चलाना शुरू किया। रास्ते की ओर ताकती और बालू नांद में छोड़ती जाती थी। यहां तक कि बालू ठंडी हो गई, सेवड़े निकलने लगे। उसकी समझ में न आता था, क्या करे? न भूनते बनता था न छोड़ते बनता था।

भुनगी सोचने लगी, कैसी विपत्ति है? पंडितजी कौन मेरी रोटियां चला देते हैं, कौन मेरे आंसू पोंछ देते हैं? अपना रक्त जलाती हूं, तब कहीं दाना मिलता है, लेकिन जब देखो, खोपड़ी पर सवार रहते हैं, इसलिए न कि उनकी चार अंगुल धरती से मेरा निस्तार हो रहा है। क्या इतनी-सी जमीन का इतना मोल है? ऐसे कितने ही टुकड़े गांव में बेकाम पड़े हैं, कितनी बखरियां उजाड़ पड़ी हुई हैं। वहां तो केसर नहीं उपजती, फिर मुझी पर क्यों यह आठों पहर धौंस रहती है? कोई बात हुई और यह धमकी मिली कि भाड़ खोदकर फेंक दूंगा, उजाड़ दूंगा, मेरे सिर पर भी कोई होता तो क्या बौछारें सहनी पड़तीं?

वह इन्हीं कुत्सित विचारों में पड़ी हुई थी कि दोनों चपरासियों ने आकर कर्कश स्वर में कहा–"क्यों री, दाने भुन गए?"

भुनगी ने निडर होकर कहा–"भून तो रही हूं–देखते नहीं हो।"

चपरासी–सारा दिन बीत गया और तुमसे इतना अनाज न भूना गया? यह तू दाने भून रही है कि उन्हें चौपट कर रही है। यह तो बिलकुल सेवड़े हैं, इनका सत्तू कैसे बनेगा? हमारा सत्यानाश कर दिया। देख तो, आज महाराज तेरी क्या गति करते हैं!

परिणाम यह हुआ कि उसी रात को भाड़ खोद डाला गया और वह अभागिनी विधवा निरावलंब हो गई।

भुनगी को अब रोटियों का कोई सहारा न रहा। गांववालों को भी भाड़ के विध्वंस हो जाने से बहुत कष्ट होने लगा। कितने ही घरों में दोपहर को दाने ही

न मयस्सर होते। लोगों ने जाकर पंडितजी से कहा कि बुढ़िया को भाड़ जलाने की आज्ञा दे दीजिए, लेकिन पंडितजी ने कुछ ध्यान न दिया। वे अपना रोब न घटा सकते थे।

बुढ़िया से उसके कुछ शुभचिंतकों ने अनुरोध किया कि जाकर किसी दूसरे गांव में क्यों नहीं बस जाती, लेकिन उसका हृदय इस प्रस्ताव को स्वीकार न करता। इस गांव में उसने अपने अदिन के पचास वर्ष काटे थे। यहां के एक-एक पेड़-पत्ते से उसे प्रेम हो गया था!

भुनगी ने जीवन के सुख-दुःख इसी गांव में भोगे थे। अब अंतिम समय वह इसे कैसे त्याग दे! यह कल्पना ही उसे संकटमय जान पड़ती थी। दूसरे गांव के सुख से यहां का दुःख भी प्यारा था।

इस प्रकार एक पूरा महीना गुजर गया। प्रातःकाल था। पंडित उदयभान अपने दो-तीन चपरासियों को लिये लगान वसूल करने जा रहे थे। कारिंदों पर उन्हें विश्वास न था।

पंडित उदयभान नजराने में, डांड-बांध में, रसूम में वे किसी अन्य व्यक्ति को शरीक न करते थे। बुढ़िया के भाड़ की ओर ताका तो बदन में आग-सी लग गई। उसका पुनरुद्धार हो रहा था।

बुढ़िया बड़े वेग से उस पर मिट्टी के लोंदे रख रही थी। कदाचित् उसने कुछ रात रहते ही काम में हाथ लगा दिया था और सूर्योदय से पहले ही उसे समाप्त कर देना चाहती थी।

बुढ़िया को लेश-मात्र भी यह शंका न थी कि मैं जमींदार के विरुद्ध कोई काम कर रही हूं। क्रोध इतना चिरंजीवी हो सकता है, इसका समाधान भी कदाचित् उसके मन में न था। एक प्रतिभाशाली पुरुष किसी दीन अबला से इतना कीना रख सकता है, उसे उसका ध्यान भी न था। वह स्वभावतः मानव-चरित्र को इससे कहीं ऊंचा समझती थी, लेकिन हा! हतभागिनी! तूने धूप में ही बाल सफेद किए।

सहसा उदयभान ने गरजकर कहा–"किसके हुक्म से?"

भुनगी ने हकबकाकर देखा तो सामने जमींदार महोदय खड़े हैं।

उदयभान ने फिर पूछा–"किसके हुक्म से बना रही है?"

भुनगी डरते हुए बोली–"सब लोग कहने लगे–बना लो, तो बना रही हूं।"

उदयभान–मैं अभी इसे फिर खुदवा डालूंगा।

यह कह उन्होंने भाड़ में एक ठोकर मारी। गीली मिट्टी सब कुछ लिए-दिए बैठ गई।

उदयभान ने दूसरी ठोकर नांद पर चलाई, लेकिन बुढ़िया सामने आ गई और ठोकर उसकी कमर पर पड़ी।

अब भुनगी को क्रोध आया। कमर सहलाते हुए वह कुछ सहमते हुए बोली–"महाराज, तुम्हें आदमी का डर नहीं है तो भगवान का डर तो होना चाहिए। मुझे इस तरह उजाड़कर क्या पाओगे? क्या इस चार अंगुल धरती में सोना निकल आएगा? मैं तुम्हारे ही भले की कहती हूं, दीन की हाय मत लो। मेरा रोआं दुखी मत करो।"

उदयभान–अब तो यहां फिर भाड़ न बनाएगी?

भुनगी–भाड़ न बनाऊंगी तो खाऊंगी क्या?

उदयभान–तेरे पेट का हमने ठेका नहीं लिया है।

भुनगी–टहल तो तुम्हारी करती हूं, खाने कहां जाऊं?

उदयभान–गांव में रहोगी तो टहल करनी पड़ेगी।

भुनगी–टहल तो तभी करूंगी, जब भाड़ बनाऊंगी। गांव में रहने के नाते टहल नहीं कर सकती।

उदयभान–तो छोड़कर निकल जा।

भुनगी–क्यों छोड़कर निकल जाऊं। बारह साल खेत जोतने से असामी काश्तकार हो जाता है। मैं तो इस झोंपड़े में बूढ़ी हो गई। मेरे सास-ससुर और उनके बाप-दादे इसी झोंपड़े में रहे। अब इसे यमराज को छोड़कर और कोई मुझसे नहीं ले सकता।

उदयभान–अच्छा तो अब कानून भी बघारने लगी। हाथ-पैर पड़ती तो चाहे मैं रहने भी देता, लेकिन अब तुझे निकालकर तभी दम लूंगा। (चपरासियों से) अभी जाकर उसके पत्तियों के ढेर में आग लगा दो। देखें, कैसे यहां भाड़ बनता है!

एक क्षण में हाहाकार मच गया। ज्वाला-शिखाएं आकाश से बातें करने लगीं। उसकी लपटें किसी उन्मत्त की भांति इधर-उधर दौड़ने लगीं। सारे गांव के लोग उस अग्नि-पर्वत के चारों ओर जमा हो गए। भुनगी अपने भाड़ के पास उदासीन भाव में खड़ी यह लंकादहन देखती रही। अकस्मात् वह वेग से आकर उसी अग्नि-कुंड में कूद पड़ी। लोग चारों तरफ से दौड़े, लेकिन किसी की हिम्मत न पड़ी कि आग के मुंह में जाए। क्षण-मात्र में उसका सूखा हुआ शरीर अग्नि में समाविष्ट हो गया।

उसी दम पवन भी वेग से चलने लगा। ऊर्ध्वगामी लपटें पूर्व दिशा की ओर दौड़ने लगीं। भाड़ के समीप ही किसानों की कई झोंपड़ियां थीं, वे सब उन्मत्त

ज्वालाओं का ग्रास बन गईं, इस भांति प्रोत्साहित होकर लपटें और आगे बढ़ीं। सामने पंडित उदयभान की बखार थी, उस पर झपटीं। अब गांव में हलचल मची। आग बुझाने की तैयारियां होने लगीं, लेकिन पानी के छींटों ने आग पर तेल का काम किया।

ज्वालाएं और भड़कीं और पंडितजी के विशाल भवन को दबोच बैठीं। वह भवन देखते-ही-देखते उस नौका की भांति जो उन्मत्त तरंगों के बीच में झकोरे खा रही हो, अग्नि-सागर में विलीन हो गया और वह क्रंदन-ध्वनि जो उसके भस्मावशेष में प्रस्फुटित होने लगी, भुनगी के शोकमय विलाप से भी अधिक करुणाकारी थी।

23

विमाता

मैंने कहा–“यह इसलिए रोते हैं कि तुम इन्हें अत्यंत प्यार करती हो और इनको भय है कि तुम भी इनकी माता की भांति इन्हें छोड़कर न चली जाओ।”

जिस प्रकार गर्द साफ हो जाने से दर्पण चमक उठता है, उसी भांति अंबा का मुखमंडल प्रकाशित हो गया। उसने मुन्नू को मेरी गोद से छीन लिया और कदाचित् यह प्रथम अवसर था कि उसने ममतापूर्ण स्नेह से मुन्नू के पांव का चुंबन किया।

शोक! महाशोक!! मैं क्या जानता था कि मुन्नू की अशुभ कल्पना इतनी शीघ्र पूर्ण हो जाएगी। कदाचित् उसकी बाल-दृष्टि ने होनहार को देख लिया था, कदाचित् उसके बाल श्रवण मृत्युदूतों के विकराल शब्दों से परिचित थे।

स्त्री की मृत्यु के तीन मास बाद ही पुनर्विवाह करना मृतात्मा के साथ ऐसा अन्याय और उसकी आत्मा पर ऐसा आघात है, जो कदापि क्षम्य नहीं हो सकता। मैं यह कहूंगा कि उस स्वर्गवासिनी की न मुझसे अंतिम प्रेरणा थी और न मेरा शायद यह कथन ही मान्य समझा जाए कि हमारे छोटे बालक के लिए ‘मां’ की उपस्थिति परमावश्यक थी। इस विषय में मेरी आत्मा निर्मल है और मैं आशा करता हूं कि स्वर्गलोक में मेरे इस

कार्य की निर्दय आलोचना न की जाएगी। सारांश यह कि मैंने विवाह किया और यद्यपि एक नव-विवाहिता वधु को मातृत्व उपदेश बेसुरा राग था, पर मैंने पहले ही दिन अंबा से कह दिया कि तुमसे केवल इस अभिप्राय से विवाह किया है कि तुम मेरे भोले बालक की मां बनो और उसके हृदय से उसकी मां की मृत्यु का शोक भुला दो।

दो मास व्यतीत हो गए। मैं संध्या समय मुन्नू को साथ लेकर वायु सेवन को जाया करता था। लौटते समय कतिपय मित्रों से भेंट भी कर लिया करता था। उन संगतों में मुन्नू श्यामा की भांति चहकता।

वास्तव में इन संगतों से मेरा अभिप्राय मनोविनोद नहीं, केवल मुन्नू के असाधारण बुद्धि-चमत्कार को प्रदर्शित करना था। मेरे मित्रगण जब मुन्नू को प्यार करते और उसकी विलक्षण बुद्धि की सराहना करते तो मेरा हृदय बांसों उछलने लगता था।

एक दिन मैं मुन्नू के साथ बाबू ज्वाला सिंह के घर बैठा हुआ था। ये मेरे परम मित्र थे। मुझमें और उनमें कुछ भेदभाव न था। इसका अर्थ यह नहीं है कि हम अपनी क्षुद्रताएं, पारिवारिक कलहादि और अपनी आर्थिक कठिनाइयां बयान किया करते थे। नहीं, हम इन मुलाकातों में भी अपनी प्रतिष्ठा की रक्षा करते थे और अपनी दुरवस्था का जिक्र कभी हमारी जबान पर न आता था। हम अपनी कालिमाओं को सदैव छिपाते थे। एकता में भी भेद था और घनिष्ठता में भी अंतर।

अचानक बाबू ज्वाला सिंह ने मुन्नू से पूछा–"क्यों, तुम्हारी अम्मां तुम्हें खूब प्यार करती हैं न?"

मैंने मुस्कराकर मुन्नू की ओर देखा। उसके उत्तर के विषय में मुझे कोई संदेह न था। मैं भली-भांति जानता था कि अम्मां उसे बहुत प्यार करती है, परंतु मेरे आश्चर्य का ठिकाना न रहा, जब मुन्नू ने इस प्रश्न का उत्तर मुख से न देकर नेत्रों से दिया। उसके नेत्रों से आंसू की बूंदें टपकने लगीं। मैं लज्जा से गड़ गया। इस अश्रु-जल ने अंबा के उस सुंदर चित्र को नष्ट-भ्रष्ट कर दिया, जो गत दो मास से मैंने हृदय में अंकित कर रखा था।

ज्वाला सिंह ने कुछ संशय की दृष्टि से देखा और पुनः मुन्नू से पूछा–"क्यों रोते हो बेटा?"

मुन्नू बोला–"रोता नहीं हूं, आंखों में धुआं लग गया था।"

ज्वाला सिंह का विमाता की ममता पर संदेह करना स्वाभाविक बात थी; परंतु वास्तव में मुझे भी संदेह हो गया! अंबा सहृदयता और स्नेह की वह देवी नहीं है,

जिसकी सराहना करते मेरी जिह्वा न थकती थी। वहां से उठा तो मेरा हृदय भरा हुआ था और लज्जा से माथा न उठता था।

मैं घर की ओर चला तो मन में विचार करने लगा कि किस प्रकार अपने क्रोध को प्रकट करूं। क्यों न मुंह ढांककर सो रहूं। अंबा जब पूछे तो कठोरता से कह दूं कि सिर में पीड़ा है, मुझे तंग मत करो। भोजन के लिए उठाए तो झिड़ककर उत्तर दूं। अंबा अवश्य समझ जाएगी कि कोई बात मेरी इच्छा के प्रतिकूल हुई है। मेरे पांव पकड़ने लगेगी। उस समय अपनी व्यंग्यपूर्ण बातों से उसका हृदय बेध डालूंगा। ऐसा रुलाऊंगा कि वह भी याद करे। पुनः विचार आया कि उसका हंसमुख चेहरा देखकर मैं अपने हृदय को वश में रख सकूंगा या नहीं। उसकी एक प्रेमपूर्ण दृष्टि, एक मीठी बात, एक रसीली चुटकी मेरी शिलातुल्य रुष्टता के टुकड़े-टुकड़े कर सकती है, परंतु हृदय की इस निर्बलता पर मेरा मन झुंझला उठा।

यह मेरी क्या दशा है, क्यों इतनी जल्दी मेरे चित्त की काया पलट गई? मुझे पूर्ण विश्वास था कि मैं इन मृदुल वाक्यों की आंधी और ललित कटाक्षों के बहाव में भी अचल रह सकता हूं और कहां अब यह दशा हो गई कि मुझमें साधारण झोंके को भी सहन करने की सामर्थ्य नहीं! इन विचारों से हृदय में कुछ दृढ़ता आई, तिस पर भी क्रोध की लगाम पग-पग पर ढीली होती जाती थी। अंत में मैंने हृदय को बहुत दबाया और बनावटी क्रोध का भाव धारण किया। ठान लिया कि चलते-ही-चलते एकदम से बरस पड़ूंगा।

ऐसा न हो कि विलंब रूपी वायु इस क्रोध रूपी मेघ को उड़ा ले जाए, परंतु ज्यों ही घर पहुंचा, अंबा ने दौड़कर मुन्नू को गोद में ले लिया और प्यार से सने हुए कोमल स्वर से बोली–"आज तुम इतनी देर तक कहां घूमते रहे? चलो, देखो, मैंने तुम्हारे लिए कैसी अच्छी-अच्छी फुलौड़ियां बनाई हैं।"

मेरा कृत्रिम क्रोध एक क्षण में उड़ गया। मैंने विचार किया, इस देवी पर क्रोध करना भारी अत्याचार है। मुन्नू अबोध बालक है। संभव है कि वह अपनी मां का स्मरण कर रो पड़ा हो। अंबा इसके लिए दोषी नहीं ठहराई जा सकती। हमारे मनोभाव पूर्व विचारों के अधीन नहीं होते, हम उनको प्रकट करने के निमित्त कैसे-कैसे शब्द गढ़ते हैं, परंतु समय पर शब्द हमें धोखा दे जाते हैं और वे ही भावनाएं स्वाभाविक रूप से प्रकट होती हैं।

मैंने अंबा को न तो कोई व्यंग्यपूर्ण बातें ही कहीं और न क्रोधित हो मुख ढांककर सोया ही, बल्कि अत्यंत कोमल स्वर में बोला–"मुन्नू ने आज मुझे अत्यंत लज्जित किया। खजानची साहब ने पूछा, तुम्हारी नई अम्मां तुम्हें प्यार करती हैं या नहीं, तो ये रोने लगा। मैं लज्जा से गड़ गया। मुझे तो स्वप्न में भी यह विचार

नहीं हो सकता कि तुमने इसे कुछ कहा होगा, परंतु अनाथ बच्चों का हृदय उस चित्र की भांति होता है जिस पर एक बहुत ही साधारण परदा पड़ा हुआ हो। पवन का साधारण झोंका भी उसे हटा देता है।"

ये बातें कितनी कोमल थीं, तिस पर भी अंबा का विकसित मुखमंडल कुछ मुरझा गया। वह सजल नेत्र होकर बोली–"इस बात का विचार तो मैंने यथासाध्य पहले ही दिन से रखा है, परंतु यह असंभव है कि मैं मुन्नू के हृदय से मां का शोक मिटा दूं। मैं चाहे अपना सर्वस्व अर्पण कर दूं, परंतु मेरे नाम पर जो सौतेलेपन की कालिमा लगी हुई है, वह मिट नहीं सकती।"

मुझे भय था कि इस वार्तालाप का परिणाम कहीं विपरीत न हो, परंतु दूसरे ही दिन मुझे अंबा के व्यवहार में बहुत अंतर दिखाई देने लगा। मैं उसे प्रातः-सायंकाल पर्यंत मुन्नू की ही सेवा में लगी हुई देखता, यहां तक कि उस धुन में उसे मेरी भी चिंता न रहती थी, परंतु मैं ऐसा त्यागी न था कि अपने आराम को मुन्नू पर अर्पण कर देता। कभी-कभी मुझे अंबा की यह अश्रद्धा न भाती, परंतु मैं कभी भूलकर भी इसकी चर्चा न करता।

एक दिन मैं अनियमित रूप से दफ्तर से कुछ पहले ही आ गया। क्या देखता हूं कि मुन्नू द्वार पर भीतर की ओर मुख किए खड़ा है। मुझे इस समय आंख-मिचौनी खेलने की सूझी।

मैंने दबे पांव पीछे से जाकर उसके नेत्र मूंद लिये। पर शोक! उसके दोनों गाल अश्रुपूरित थे। मैंने तुरंत दोनों हाथ हटा लिये। ऐसा प्रतीत हुआ मानो सर्प ने डस लिया हो। मेरे हृदय पर एक चोट लगी।

मुन्नू को गोद में लेकर बोला–"मुन्नू, क्यों रोते हो?" यह कहते-कहते मेरे नेत्र भी सजल हो आए।

मुन्नू आंसू पीकर बोला–"जी नहीं, रोता नहीं हूं।"

मैंने उसे हृदय से लगा लिया और कहा–"अम्मां ने कुछ कहा तो नहीं?"

मुन्नू ने सिसकते हुए कहा–"जी नहीं, मुझे वे बहुत प्यार करती हैं।"

मुझे विश्वास न हुआ, पूछा–"वह प्यार करती तो तुम रोते क्यों? उस दिन खजानची के घर भी तुम रोए थे। तुम मुझसे छिपाते हो। कदाचित् तुम्हारी अम्मां अवश्य तुमसे कुछ क्रुद्ध हुई हैं।"

मुन्नू ने मेरी ओर कातर दृष्टि से देखकर कहा–"जी नहीं, वे मुझे प्यार करती हैं। इसी कारण मुझे बारंबार रोना आता है। मेरी अम्मां मुझे अत्यंत प्यार करती थीं। वे मुझे छोड़कर चली गईं। नई अम्मां उससे भी अधिक प्यार करती हैं, इसीलिए मुझे भय लगता है कि उसकी तरह ये भी मुझे छोड़कर न चली जाएं।"

यह कहकर मुन्नू पुन: फूट-फूटकर रोने लगा। मैं भी रो पड़ा। अंबा के इस स्नेहमय व्यवहार ने मुन्नू के सुकोमल हृदय पर कैसा आघात किया था। थोड़ी देर तक मैं स्तंभित रह गया। किसी कवि की यह वाणी स्मरण आ गई कि पवित्र आत्माएं इस संसार में चिरकाल तक नहीं ठहरतीं। कहीं भावी ही इस बालक की जिह्वा से तो यह शब्द नहीं कहला रही है। ईश्वर न करे कि वह अशुभ दिन देखना पड़े, परंतु मैंने तर्क द्वारा इस शंका को दिल से निकाल दिया। समझा कि माता की मृत्यु ने प्रेम और वियोग में एक मानसिक संबंध उत्पन्न कर दिया है, कोई और बात नहीं है।

मैं मुन्नू को गोद में लिये हुए अंबा के पास गया और मुस्कराकर बोला–"इनसे पूछो, क्यों रो रहे हैं?"

अंबा चौंक पड़ी। उसके मुख की कांति मलिन हो गई, बोली–"तुम्हीं पूछो।"

मैंने कहा–"यह इसलिए रोते हैं कि तुम इन्हें अत्यंत प्यार करती हो और इनको भय है कि तुम भी इनकी माता की भांति इन्हें छोड़कर न चली जाओ।"

जिस प्रकार गर्द साफ हो जाने से दर्पण चमक उठता है, उसी भांति अंबा का मुखमंडल प्रकाशित हो गया। उसने मुन्नू को मेरी गोद से छीन लिया और कदाचित् यह प्रथम अवसर था कि उसने ममतापूर्ण स्नेह से मुन्नू के पांव का चुंबन किया।

शोक! महाशोक!! मैं क्या जानता था कि मुन्नू की अशुभ कल्पना इतनी शीघ्र पूर्ण हो जाएगी। कदाचित् उसकी बाल-दृष्टि ने होनहार को देख लिया था, कदाचित् उसके बाल श्रवण मृत्युदूतों के विकराल शब्दों से परिचित थे।

छह मास भी व्यतीत न होने पाए थे कि अंबा बीमार पड़ी और इन्फ्लुएंजा ने देखते-देखते उसे हमारे हाथों से छीन लिया। पुन: वह उपवन मरुतुल्य हो गया, पुन: वह बसा हुआ घर उजड़ गया।

अंबा ने अपने को मुन्नू पर अर्पण कर दिया था। हां, उसने पुत्र-स्नेह का आदर्श रूप दिखा दिया।

शीतकाल चल रहा था और घड़ी-भर रात्रि शेष रहते ही अंबा मुन्नू के लिए प्रात:काल का भोजन बनाने उठती थी। उसके इस स्नेह-बाहुल्य ने मुन्नू पर स्वाभाविक प्रभाव डाल दिया था।

वह हठीला और नटखट हो गया था। जब तक अंबा भोजन कराने न बैठे, मुंह में कौर न डालता, जब तक अंबा पंखा न झले, वह चारपाई पर पांव न रखता। उसे छेड़ता, चिढ़ाता और हैरान कर डालता, परंतु अंबा को इन बातों से आत्मिक सुख प्राप्त होता था।

वह इन्फ्लुएंजा से कराह रही थी, करवट लेने तक की शक्ति न थी, शरीर तवा हो रहा था, परंतु मुन्नू के प्रातःकाल के भोजन की चिंता लगी रहती थी। हाय! वह निःस्वार्थ मातृ-स्नेह अब स्वप्न हो गया। उस स्वप्न के स्मरण से अब भी हृदय गद्गद हो जाता है।

अंबा के साथ मुन्नू का चुलबुलापन तथा बाल-क्रीड़ा विदा हो गई। अब वह शोक और नैराश्य की जीवित मूर्ति है, वह अब भी नहीं रोता। ऐसा पदार्थ खोकर अब उसे कोई खटका, कोई भय नहीं रह गया।

24

विषम समस्या

यह वही गरीब है, जो कई महीने पहले सत्यता और दीनता की मूर्ति था। जिसे कभी अन्य चपरासियों से भी अपने हिस्से की रकम मांगने का साहस न होता था! दूसरों को खिलाना भी न जानता था, खाने की जिक्र ही क्या? मुझे यह स्वभावांतर देखकर अत्यंत खेद हुआ। इसका उत्तरदायित्व किसके सिर था? मेरे सिर। मैंने उसे धूर्तता का पहला पाठ पढ़ाया था। मेरे चित्त में प्रश्न उठा, इस कांइयांपन से, जो दूसरों का गला दबाता है, वह भोलापन क्या बुरा था, जो दूसरों का अन्याय सह लेता था? वह अशुभ मुहूर्त था, जब उसे मैंने प्रतिष्ठा-प्राप्ति का मार्ग दिखाया, क्योंकि वास्तव में वह उसके पतन का भयंकर मार्ग था। मैंने बाह्य प्रतिष्ठा पर उसकी आत्म-प्रतिष्ठा का बलिदान कर दिया।

मेरे दफ्तर में चार चपरासी थे, उनमें से एक का नाम गरीब था। बहुत ही सीधा, बड़ा आज्ञाकारी, अपने काम में चौकस रहनेवाला, घुड़कियां खाकर चुप रह जानेवाला—यथा नाम तथा गुण, गरीब मनुष्य था। मुझे इस दफ्तर में आए साल-भर हो गया था, मगर मैंने उसे एक दिन के लिए भी गैर-हाजिर नहीं पाया था।

मैं उसे नौ बजे दफ्तर में अपनी दरी पर बैठे हुए देखने का ऐसा आदी हो गया था मानो वह भी इस इमारत का कोई अंग है। इतना सरल है कि किसी की बात टालना जानता ही न था। एक चपरासी मुसलमान था। उससे सारा दफ्तर डरता है, मालूम नहीं क्यों? मुझे तो इसका कारण सिवा उसकी बड़ी-बड़ी बातों के और कुछ नहीं मालूम होता। उसके कथनानुसार, उसके चचेरे भाई रामपुर रियासत में कोतवाल थे। उसे सर्वसम्मति से 'काजी-साहब' की उपाधि दे दी गई थी, शेष दो महाशय जाति के ब्राह्मण थे। उनके आशीर्वाद का मूल्य उनके काम से कहीं अधिक था।

ये तीनों चपरासी कामचोर, गुस्ताख और आलसी थे। कोई छोटा-सा भी काम करने को कहिए तो बिना नाक-भौं सिकोड़े न करते थे। क्लर्कों को तो कुछ समझते ही न थे! केवल बड़े बाबू से कुछ डरते; यद्यपि कभी-कभी उनसे भी बेअदबी कर बैठते थे, मगर इन सब दुर्गुणों के होते हुए भी दफ्तर में किसी की मिट्टी इतनी खराब नहीं थी, जितनी बेचारे गरीब की। तरक्की का अवसर आता तो ये तीनों नम्बर मार ले जाते, गरीब को कोई पूछता भी न था। और सब दस-दस रुपये पाते थे, पर बेचारा गरीब सात पर ही पड़ा हुआ था। सुबह से शाम तक उसके पैर एक क्षण के लिए भी नहीं टिकते थे। यहां तक कि तीनों चपरासी भी उस पर क्रोध जताते और ऊपर की आमदनी में उसे कोई भाग न देते थे। तिस पर भी दफ्तर के कर्मचारी से लेकर बड़े बाबू तक उससे चिढ़ते थे। उसको कितनी ही बार जुर्माना हो चुका था और डांट-फटकार तो नित्य का व्यवहार था। इसका रहस्य मेरी समझ में कुछ नहीं आता था। मुझे उस पर दया आती थी और अपने बरताव से मैं यह दिखाना चाहता था कि उसका आदर मेरी दृष्टि में अन्य तीनों चपरासियों से कम नहीं है। यहां तक कि कई बार मैं उसके पीछे कर्मचारियों से लड़ भी चुका था।

एक दिन बड़े बाबू ने गरीब से अपनी मेज साफ करने को कहा, वह तुरंत मेज साफ करने लगा। दैवयोग से झाड़न का झटका लगा तो दवात उलट गई और रोशनाई मेज पर फैल गई। बड़े बाबू यह देखते ही जामे से बाहर हो गए। उसके दोनों कान पकड़कर खूब ऐंठे और भारतवर्ष की सभी प्रचलित भाषाओं से दुर्वचन चुन-चुनकर उसे सुनाने लगे।

बेचारा गरीब आंखों में आंसू भरे चुपचाप मूर्तिवत् सुनता था मानो उसने कोई हत्या कर डाली हो। मुझे बड़े बाबू का जरा-सी बात पर इतना भयंकर रौद्र रूप धारण करना बुरा मालूम हुआ। यदि किसी दूसरे चपरासी ने उससे भी बड़ा अपराध किया होता तो भी उस पर इतना कठोर वज्र-प्रहार न होता।

मैंने अंग्रेजी में कहा—"बाबू साहब, यह अन्याय कर रहे हैं, उसने जान-बूझकर तो रोशनाई गिराई नहीं। इसका इतना कड़ा दंड देना अनौचित्य की पराकाष्ठा है।"

बाबूजी ने नम्रता से कहा—"आप इसे जानते नहीं, यह बड़ा दुष्ट है।"

"मैं तो इसकी कोई दुष्टता नहीं देखता।"

"आप अभी इसे जाने नहीं। यह बड़ा पाजी है। इसके घर में दो हलों की खेती होती है, हजारों का लेन-देन करता है, कई भैंसें पलती हैं, इन बातों का इसे घमंड है।"

"घर की दशा ऐसी ही होती तो यह आपके यहां चपरासीगिरी क्यों करता?"

बड़े बाबू ने गंभीर भाव से कहा—"विश्वास मानिए, बड़ा पोढ़ा आदमी है और बला का मक्खीचूस है।"

"यदि ऐसा ही हो तो भी कोई अपराध नहीं है।"

"अभी आप यहां कुछ दिन और रहिए तो आपको मालूम हो जाएगा कि यह कितना कमीना आदमी है।"

एक दूसरे महाशय बोल उठे—"भाई साहब, इसके घर मनों दूध होता है, मनों जुआर, चना, मटर होती है, लेकिन इसकी कभी इतनी हिम्मत नहीं होती कि थोड़ा-सा दफ्तरवालों को भी दे दे। यहां इन चीजों के लिए तरस-तरसकर रह जाते हैं, तो फिर क्यों न जी जले और यह सब कुछ इसी नौकरी की बदौलत हुआ है, नहीं तो पहले इसके घर में भूनी भांग तक न थी।

बड़े बाबू सकुचाकर बोले—"यह कोई बात नहीं। उसकी चीज है, चाहे किसी को दे या न दे।"

मैं इसका मर्म कुछ-कुछ समझ गया, बोला—"यदि ऐसे तुच्छ हृदय का आदमी है तो वास्तव में पशु ही है। मैं यह न जानता था।"

अब बड़े बाबू भी खुले, संकोच दूर हुआ, बोले—"इन बातों से उबार तो होता नहीं, केवल देनेवाले की सहृदयता प्रकट होती है और आशा भी उसी से की जाती है, जो इस योग्य हो। जिसमें कुछ सामर्थ्य ही नहीं, उससे कोई आशा भी नहीं करता। नंगे से कोई क्या लेगा?"

रहस्य खुल गया। बड़े बाबू ने सरल भाव से सारी अवस्था दर्शा दी। समृद्धि के शत्रु सब होते हैं, छोटे ही नहीं, बड़े भी। हमारी ससुराल या ननिहाल दरिद्र हो तो हम उससे कोई आशा नहीं रखते। कदाचित् हम उसे भूल जाते हैं, किंतु वे सामर्थ्यवान होकर हमें न पूछें, हमारे यहां तीज और चौथ न भेजें तो हमारे कलेजे पर सांप लोटने लगता है।

हम अपने किसी निर्धन मित्र के पास जाएं तो उसके एक बीड़े पान पर ही संतुष्ट हो जाते हैं, पर ऐसा कौन मनुष्य है, जो किसी धनी मित्र के घर से बिना जलपान किए हुए लौटे और सदा के लिए उसका तिरस्कार न करने लगे। सुदामा कृष्ण के घर से यदि निराश लौटते तो कदाचित् वे उनके शिशुपाल और जरासंध से भी बड़े शत्रु होते।

कई दिन बाद मैंने गरीब से पूछा–"क्यों जी, तुम्हारे घर कुछ खेती-बाड़ी होती है?"

गरीब ने दीन भाव से कहा–"हां सरकार, होती है, आपके दो गुलाम हैं। वही करते हैं।"

मैंने पूछा–"गाएं-भैंसें पलती हैं?"

"हां हुजूर, दो भैंसें पलती हैं? गाय अभी गाभिन है। आप लोगों की दया से पेट की रोटियां चल जाती हैं।"

"दफ्तर के बाबू लोगों की भी कभी कुछ खातिर करते हो?"

गरीब ने दीनतापूर्ण आश्चर्य से कहा–"हुजूर, मैं सरकार लोगों की क्या खातिर कर सकता हूं। खेती में जौ, चना, मक्का, जुवार, घासपात के सिवाय और क्या होता है! आप लोग राजा हैं, यह मोटी-झोटी चीजें किस मुंह से आपको भेंट करूं! जी डरता है कि कहीं कोई डांट न बैठे कि टके के आदमी की इतनी मजाल! इसी मारे बाबूजी कभी हियाव नहीं पड़ता। नहीं तो दूध-दही की कौन बिसात थी! मुंह के लायक बीड़ा तो होना चाहिए।"

"भला एक दिन कुछ लाके दो तो; देखो, लोग क्या कहते हैं। शहर में ये चीजें कहां मयस्सर होती हैं। इन लोगों का जी भी तो कभी-कभी मोटी-झोटी चीजों पर चला करता है।"

"जो सरकार कोई कुछ कहे तो? कहीं साहब से शिकायत कर दें तो मैं कहीं का न रहूं।"

"इसका मेरा जिम्मा है, तुम्हें कोई कुछ न कहेगा; कोई कुछ कहेगा भी, तो मैं समझा दूंगा।"

"हुजूर, आजकल तो मटर की फसिल है और कोल्हू भी खड़े हो गए हैं। इसके सिवाय तो और कुछ भी नहीं है।"

"बस तो यही चीजें लाओ।"

"कुछ उल्टी-सीधी पड़ी तो आपको ही संभालना पड़ेगा।"

दूसरे दिन गरीब आया तो उसके साथ तीन हृष्ट-पुष्ट युवक भी थे। दो के सिरों पर दो टोकरियां थीं। उनमें मटर की फलियां भरी हुई थीं। एक के सिर पर

मटका था जिसमें ऊख का रस था। तीनों युवक ऊख का एक-एक गट्ठा कांख में दबाए हुए थे।

गरीब आकर चुपके से बरामदे के सामने पेड़ के नीचे खड़ा हो गया। दफ्तर में उसे आने का साहस नहीं होता था मानो कोई अपराधी है। वृक्ष के नीचे खड़ा ही था कि इतने में दफ्तर के चपरासियों और अन्य कर्मचारियों ने उसे घेर लिया। कोई ऊख लेकर चूसने लगा। कई आदमी टोकरों पर टूट पड़े। इतने में बड़े बाबू भी दफ्तर में आ पहुंचे। यह कौतुक देखकर उच्च स्वर से बोले–"यह क्या भीड़ लगा रखी है! चलो, अपना-अपना काम देखो।"

मैंने जाकर उनके कान में कहा–"गरीब अपने घर से यह सौगात लाया है, कुछ आप लीजिए, कुछ हम लोगों को बांट दीजिए।"

बड़े बाबू ने कृत्रिम क्रोध धारण करके कहा–"क्यों गरीब, तुम ये चीजें यहां क्यों लाए? अभी लौटा ले जाओ, नहीं तो मैं अभी साहब से कह दूंगा। क्या हम लोगों को मरभुख समझ लिया?"

गरीब का रंग उड़ गया, थर-थर कांपने लगा। मुंह से एक शब्द भी नहीं निकला। वह मेरी ओर अपराधी नेत्रों से ताकने लगा।

मैंने अपनी ओर से क्षमा-प्रार्थना की। बहुत कहने-सुनने पर बाबू साहब राजी हुए। अब चीजों में से आधी अपने घर भिजवाईं, आधी में अन्य लोगों के हिस्से लगाए। इस प्रकार यह अभिनय समाप्त हुआ।

अब दफ्तर में गरीब का मान होने लगा। उसे नित्य घुड़कियां न मिलतीं। दिन भर दौड़ना न पड़ता। कर्मचारियों के व्यंग्य और अपने सहवर्गियों के कटु वाक्य न सुनने पड़ते। चपरासी लोग स्वयं उसका काम कर देते। उसके नाम में थोड़ा-सा परिवर्तन हुआ। वह गरीब से गरीबदास बना। स्वभाव में भी कुछ तब्दीली पैदा हुई। दीनता की जगह आत्म-गौरव का उद्भव हुआ। तत्परता की जगह आलस्य ने ली। वह अब कभी-कभी देर से दफ्तर आता। कभी-कभी बीमारी का बहाना करके घर बैठ रहता। उसके सभी अपराध अब क्षम्य थे। उसे अपनी प्रतिष्ठा का गुर हाथ लग गया। वह अब दसवें-पांचवें दिन दूध, दही आदि लाकर बड़े बाबू को भेंट किया करता। वह देवता को संतुष्ट करना सीख गया। सरलता के बदले अब उसमें कांइयांपन आ गया।

एक रोज बड़े बाबू ने उसे सरकारी फार्मों का पार्सल छुड़ाने के लिए स्टेशन भेजा। कई बड़े-बड़े पुलिंदे थे, ठेले पर आए। गरीब ने ठेलेवालों से बारह आना मजदूरी तय की थी। जब कागज दफ्तर में पहुंच गए तो उसने बाबू से बारह आने पैसे ठेलेवाले को देने के लिए वसूल किए, लेकिन दफ्तर से कुछ दूर जाकर

उसकी नीयत बदली, अपनी दस्तूरी मांगने लगा, ठेलेवाला राजी न हुआ। इस पर गरीब ने बिगड़कर सब पैसे जेब में रख लिये और धमकाकर बोला–"अब एक फूटी कौड़ी न दूंगा। जाओ, जहां चाहो फरियाद करो। देखें, हमारा क्या बना लेते हो।"

ठेलेवाले ने जब देखा कि भेंट न देने से जमा ही गायब हुई जाती है तो रो-धोकर चार आने पैसे देने को राजी हुआ। गरीब ने अठन्नी उसके हवाले की और बारह आने की रसीद लिखवाकर उसके अंगूठे का निशान लगवाया और रसीद दफ्तर में दाखिल हो गई।

वह कौतूहल देखकर मैं दंग रह गया। यह वही गरीब है, जो कई महीने पहले सत्यता और दीनता की मूर्ति था। जिसे कभी अन्य चपरासियों से भी अपने हिस्से की रकम मांगने का साहस न होता था! दूसरों को खिलाना भी न जानता था, खाने का जिक्र ही क्या?

मुझे यह स्वभावांतर देखकर अत्यंत खेद हुआ। इसका उत्तरदायित्व किसके सिर था? मेरे सिर। मैंने उसे धूर्तता का पहला पाठ पढ़ाया था। मेरे चित्त में प्रश्न उठा, इस कांइयांपन से, जो दूसरों का गला दबाता है, वह भोलापन क्या बुरा था, जो दूसरों का अन्याय सह लेता था? वह अशुभ मुहूर्त था, जब उसे मैंने प्रतिष्ठा-प्राप्ति का मार्ग दिखाया, क्योंकि वास्तव में वह उसके पतन का भयंकर मार्ग था। मैंने बाह्य प्रतिष्ठा पर उसकी आत्म-प्रतिष्ठा का बलिदान कर दिया।

25

शिकारी राजकुमार

एक हृष्ट-पुष्ट मनुष्य गले में रेशमी चादर डाले, माथे पर केसर का अर्ध-लंबाकार तिलक लगाए, मसनद के सहारे बैठा सुनहरी मुंहनाल से लच्छेदार धुआं फेंक रहा था। इतने में ही उन्होंने देखा कि नर्तकियों के दल-के-दल चले आ रहे हैं। उनके हाव-भाव व कटाक्ष के शेर चलने लगे। समाजियों ने सुर मिलाया। गाना आरंभ हुआ और साथ-ही-साथ मद्यपान भी चलने लगा। राजकुमार ने अचंभित होकर पूछा–"यह तो बहुत बड़ा रईस जान पड़ता है?" संन्यासी ने उत्तर दिया–"नहीं, यह रईस नहीं हैं, एक बड़े मंदिर के महंत हैं, साधु हैं। संसार का त्याग कर चुके हैं। सांसारिक वस्तुओं की ओर आंख नहीं उठाते, पूर्ण ब्रह्मज्ञान की बातें करते हैं। यह सब सामान इनकी आत्मा की प्रसन्नता के लिए है। इंद्रियों को वश में किए हुए इन्हें बहुत दिन हुए। सहस्त्रों सीधे-सादे मनुष्य इन पर विश्वास करते हैं। इनको अपना देवता समझते हैं। यदि आप शिकार करना चाहते हैं, तो इनका कीजिए...।"

मई का महीना और मध्याह्न का समय था। सूर्य की आंखें सामने से हटकर सिर पर जा पहुंची थीं, इसलिए उनमें शील न था। ऐसा विदित होता था मानो पृथ्वी उनके भय से थर-थर कांप रही थी। ठीक

ऐसे ही समय एक मनुष्य एक हिरन के पीछे उन्मत्त चाल से घोड़ा दौड़ाए चला आता था। उसका मुंह लाल हो रहा था और घोड़ा पसीने से लथपथ, किंतु मृग भी ऐसा भागता था मानो वायु वेग से जा रहा हो। ऐसा प्रतीत होता था कि उसके पद भूमि को स्पर्श नहीं करते और इस दौड़ की जीत-हार पर उसका जीवन निर्भर था।

पछुआ हवा बड़े जोर से चल रही थी। ऐसा जान पड़ता था मानो अग्नि और धूल की वर्षा हो रही हो। घोड़े के नेत्र रक्तवर्ण हो रहे थे और अश्वारोही के सारे शरीर का रुधिर उबल-सा रहा था, किंतु मृग का भागना उसे इस बात का अवसर न देता था कि अपनी बंदूक को संभाले। कितने ही ऊंख के खेत, ढाक के वन और पहाड़ सामने पड़े और तुरंत ही सपनों की संपत्ति की भांति अदृश्य हो गए।

क्रमशः मृग और अश्वारोही के बीच अधिक अंतर होता जाता था कि अचानक मृग पीछे की ओर मुड़ा। सामने एक नदी का बड़ा ऊंचा कगार दीवार की भांति खड़ा था। आगे भागने की राह बंद थी और उस पर से कूदना मानो मृत्यु के मुख में कूदना था।

हिरन का शरीर शिथिल पड़ गया। उसने एक करुणा भरी दृष्टि चारों ओर फेरी, किंतु उसे हर तरफ मृत्यु-ही-मृत्यु दृष्टिगोचर होती थी। अश्वारोही के लिए इतना समय बहुत था। उसकी बंदूक से गोली क्या छूटी मानो मृत्यु की एक महाभयंकर जय-ध्वनि के साथ अग्नि की एक प्रचंड ज्वाला उगल दी–हिरन भूमि पर लोट गया।

2

मृग पृथ्वी पर पड़ा तड़प रहा था और उस अश्वारोही की भयंकर और हिंसाप्रिय आंखों से प्रसन्नता की ज्योति निकल रही थी। ऐसा जान पड़ता था कि उसने असाध्य साधन कर लिया। उसने पशु के शव को नापने के बाद उसके सींगों को बड़े ध्यान से देखा। वह मन-ही-मन प्रसन्न हो रहा था कि इससे कमरे की सजावट दूनी हो जाएगी और नेत्र सर्वदा उस सजावट का आनंद सुख से भोगेंगे।

जब तक वह इस ध्यान में मग्न था, उसको सूर्य की प्रचंड किरणों का लेश-मात्र भी ध्यान न था, किंतु ज्यों ही उसका ध्यान उधर फिरा, वह उष्णता से विह्वल हो उठा और करुणापूर्ण आंखें नदी की ओर घुमाईं, लेकिन वहां तक पहुंचने का कोई मार्ग न दीख पड़ा और न कोई वृक्ष ही दीख पड़ा, जिसकी छांव में वह जरा विश्राम करता।

इसी चिंतावस्था में एक दीर्घकाय संन्यासी पुरुष नीचे से उछलकर कगारे के ऊपर आया और अश्वारोही उसको देखकर बहुत ही अचंभित हुआ। नवागंतुक एक बहुत ही सुंदर और हृष्ट-पुष्ट मनुष्य था। मुख के भाव उसके हृदय की स्वच्छता और चरित्र की निर्मलता का पता देते थे। वह बहुत ही दृढ़-प्रतिज्ञ, आशा-निराशा तथा भय से बिलकुल बेपरवाह-सा जान पड़ता था।

मृग को देखकर उस संन्यासी ने बड़े स्वाधीन भाव से कहा–"राजकुमार, तुम्हें आज बहुत ही अच्छा शिकार हाथ लगा। इतना बड़ा मृग इस सीमा में कदाचित् ही दिखाई पड़ता है।"

राजकुमार के अचंभे की सीमा न रही, उसने देखा कि साधु उसे पहचानता है।

राजकुमार बोला–"जी हां! मैं भी यही ख्याल करता हूं। मैंने भी आज तक इतना बड़ा हिरन नहीं देखा, लेकिन इसके पीछे मुझे आज बहुत हैरान होना पड़ा।"

संन्यासी ने दयापूर्वक कहा–"नि:संदेह तुम्हें दु:ख उठाना पड़ा होगा। तुम्हारा मुख लाल हो रहा है और घोड़ा भी बेदम हो गया है। क्या तुम्हारे संगी बहुत पीछे रह गए?"

इसका उत्तर राजकुमार ने बिलकुल लापरवाही से दिया मानो उसे इसकी कुछ चिंता न थी!

संन्यासी ने कहा–"यहां ऐसी कड़ी धूप और आंधी में खड़े तुम कब तक उनकी राह देखोगे? मेरी कुटी में चलकर जरा विश्राम कर लो। तुम्हें परमात्मा ने ऐश्वर्य दिया है, लेकिन कुछ देर के लिए संन्यासाश्रम का रंग भी देखो और वनस्पतियों और नदी के शीतल जल का स्वाद लो।" यह कहकर संन्यासी ने उस मृग के रक्तमय मृत शरीर को ऐसी सुगमता से उठाकर कंधे पर धर लिया मानो वह एक घास का गट्ठा था और राजकुमार से कहा–"मैं तो प्राय: कगार से ही नीचे उतर जाया करता हूं, किंतु तुम्हारा घोड़ा संभव है, न उतर सके। अतएव 'एक दिन की राह छोड़कर छ: मास की राह' चलेंगे। घाट यहां से थोड़ी ही दूर है और वहीं मेरी कुटी है।"

राजकुमार संन्यासी के पीछे चला। उस संन्यासी के शारीरिक बल पर अचंभा हो रहा था। आधे घंटे तक दोनों चुपचाप चलते रहे। इसके बाद ढालू भूमि मिलनी शुरू हुई और थोड़ी देर में घाट आ पहुंचा। वहीं कदंब-कुंज की घनी छाया में, जहां सर्वदा मृगों की सभा सुशोभित रहती, नदी की तरंगों का मधुर स्वर सर्वदा सुनाई दिया करता, जहां हरियाली पर मयूर थिरकते, कपोतादि पक्षी मस्त होकर झूमते, लता-द्रुमादि से सुशोभित संन्यासी की एक छोटी-सी कुटी थी।

3

संन्यासी की कुटी हरे-भरे वृक्षों के नीचे सरलता और संतोष का चित्र बन रही थी। राजकुमार की अवस्था वहां पहुंचते ही बदल गई। वहां की शीतल वायु का प्रभाव उस समय ऐसा पड़ा, जैसा मुरझाते हुए वृक्ष पर वर्षा का पड़ता है। उसे आज विदित हुआ कि तृप्ति कुछ स्वादिष्ट व्यंजनों पर ही निर्भर नहीं है और न निद्रा सुनहरे तकियों की ही आवश्यकता रखती है।

शीतल, मंद, सुगंध, वायु चल रही थी। सूर्य भगवान अस्ताचल की ओर प्रयाण करते हुए इस लोक को तृषित नेत्रों से देखते जाते थे और संन्यासी एक वृक्ष के नीचे बैठा हुआ गा रहा था—

"ऊधो कर्मन की गति न्यारी।"

राजकुमार के कानों में स्वर की भनक पड़ी तो उठ बैठा और सुनने लगा। उसने बड़े-बड़े कलावंतों के गाने सुने थे, किंतु आज जैसा आनंद उसे कभी प्राप्त नहीं हुआ था। इस पद ने उसके ऊपर मानो मोहिनी मंत्र का जाल बिछा दिया। वह बिलकुल बेसुध हो गया। संन्यासी की ध्वनि में कोयल की कूक सरीखी मधुरता थी।

सम्मुख नदी का जल गुलाबी चादर की भांति प्रतीत होता था। कूलद्वय की रेत चंदन की चौकी-सी दीखती थी। राजकुमार को यह दृश्य स्वर्गिक-सा जान पड़ने लगा। उस पर तैरने वाले जल-जंतु ज्योतिर्मय आत्मा के सदृश दीख पड़ते थे, जो गाने का आनंद उठाकर मत्त-से हो गए थे।

जब गाना समाप्त हो गया तो राजकुमार संन्यासी के सामने बैठ गया और भक्तिपूर्वक बोला—"महात्मन्, आपका प्रेम और वैराग्य सराहनीय है। मेरे हृदय पर इसका जो प्रभाव पड़ा है, वह चिरस्थायी रहेगा। यद्यपि सम्मुख प्रशंसा करना सर्वथा अनुचित है, किंतु इतना मैं अवश्य कहूंगा कि आपके प्रेम की गंभीरता सराहनीय है। यदि मैं गृहस्थी के बंधन में न पड़ा होता तो आपके चरणों से पृथक होने का ध्यान स्वप्न में भी न करता।"

इसी अनुरागावस्था में राजकुमार कितनी ही बातें कह गया, जो स्पष्ट रूप से उसके आंतरिक भावों का विरोध करती थीं।

संन्यासी मुस्कराकर बोला—"तुम्हारी बातों से मैं बहुत प्रसन्न हूं और मेरी उत्कट इच्छा है कि तुमको कुछ देर ठहराऊं, किंतु यदि मैं जाने भी दूं, तो इस सूर्यास्त के समय तुम जा नहीं सकते। तुम्हारा रीवां पहुंचना दुष्कर हो जाएगा। तुम

जैसे आखेट-प्रिय हो, वैसा ही मैं भी हूं। कदाचित् तुम भय से न रुकते, किंतु शिकार के लालच से अवश्य रुकोगे।"

राजकुमार को तुरंत ही मालूम हो गया कि जो बातें उन्होंने अभी-अभी संन्यासी से कहीं थीं, वे बिलकुल ही ऊपरी और दिखावे की थीं और हार्दिक भाव उनसे प्रकट नहीं हुए थे। आजन्म संन्यासी के समीप रहना तो दूर, वहां एक रात बिताना भी उसको कठिन जान पड़ने लगा। घरवाले उद्विग्न हो जाएंगे और मालूम नहीं क्या सोचेंगे। साथियों की जान संकट में होगी। घोड़ा बेदम हो रहा है। उस पर 40 मील जाना बहुत ही कठिन और बड़े साहस का काम है, लेकिन यह महात्मा शिकार खेलते हैं, यह बड़ी अजीब बात है। कदाचित् यह वेदांती हैं, ऐसे वेदांती जो जीवन और मृत्यु मनुष्य के हाथ नहीं मानते, इनके साथ शिकार में बड़ा आनंद आएगा।

यह सब सोच-विचारकर उन्होंने संन्यासी का आतिथ्य स्वीकार किया और अपने भाग्य की प्रशंसा की जिसने उन्हें कुछ काल तक और साधु-संग से लाभ उठाने का अवसर दिया।

4

रात दस बजे का समय था। घनी अंधियारी छाई हुई थी। संन्यासी ने कहा—"अब हमारे साथ चलने का समय हो गया है।"

राजकुमार पहले से ही प्रस्तुत था—बंदूक कंधे पर रखकर बोला—"इस अधंकार में शूकर अधिकता से मिलेंगे, किंतु ये पशु बड़े भयानक होते हैं।"

संन्यासी ने एक मोटा सोटा हाथ में लिया और कहा—"कदाचित् इससे भी अच्छे शिकार हाथ आएं। मैं जब अकेला जाता हूं, कभी खाली नहीं लौटता। आज तो हम दो हैं।"

दोनों शिकारी नदी के तट पर नालों और रेतों के टीलों को पार करते और झाड़ियों से अटकते चुपचाप चले जा रहे थे। एक ओर श्यामवर्ण नदी थी, जिसमें नक्षत्रों का प्रतिबिंब नाचता दिखाई देता था और लहरें गाना गा रही थीं। दूसरी ओर घनघोर अंधकार था, जिसमें कभी-कभी केवल खद्योतों के चमकने से एक क्षणस्थायी प्रकाश फैल जाता था। मालूम होता था कि वे भी अंधेरे में निकलने से डरते हैं।

ऐसी अवस्था में कोई एक घंटा चलने के बाद वह एक ऐसे स्थान पर पहुंचे, जहां एक ऊंचे टीले पर घने वृक्षों के नीचे आग जलती दिखाई पड़ी। उस समय इन लोगों को मालूम हुआ कि संसार के अतिरिक्त और भी वस्तुए हैं।

संन्यासी ने ठहरने का संकेत किया। दोनों एक पेड़ की ओट में खड़े होकर ध्यानपूर्वक देखने लगे। राजकुमार ने बंदूक भर ली। टीले पर एक बड़ा छायादार वट-वृक्ष भी था। उसी के नीचे अंधकार में 10-12 मनुष्य अस्त्र-शस्त्रों से सुसज्जित मिर्जई पहने चरस का दम लगा रहे थे। इनमें से प्राय: सभी लंबे थे। सभी के सीने चौड़े और हृष्ट-पुष्ट थे। मालूम होता था कि सैनिकों का एक दल विश्राम कर रहा है।

राजकुमार ने पूछा–"ये लोग शिकारी हैं। ये राह चलते यात्रियों का शिकार करते हैं। ये बड़े भयानक हिंसक पशु हैं। इनके अत्याचारों से गांव-के-गांव बरबाद हो गए और जितनों को इन्होंने मारा है, उनका हिसाब परमात्मा ही जानता है। यदि आपको शिकार करना हो तो इनका शिकार कीजिए। ऐसा शिकार आप बहुत प्रयत्न करने पर भी नहीं पा सकते। यही पशु हैं, जिन पर आपको शस्त्रों का प्रहार करना उचित है। राजाओं और अधिकारियों के शिकार यही हैं। इससे आपका नाम और यश फैलेगा।"

5

राजकुमार के जी में आया कि दो-एक को मार डालें, किंतु संन्यासी ने रोका और कहा–"इन्हें छेड़ना ठीक नहीं। अगर यह कुछ उपद्रव न करें, तो भी बचकर निकल जाएंगे। आगे चलो, संभव है कि इससे अच्छे शिकार हाथ आएं।"

तिथि सप्तमी थी। चंद्रमा भी उदय हो आया। इन लोगों ने नदी का किनारा छोड़ दिया था। जंगल भी पीछे रह गया था। सामने एक कच्ची सड़क दिखाई पड़ी और थोड़ी देर में कुछ बस्ती भी दीख पड़ने लगी। संन्यासी एक विशाल प्रासाद के सामने आकर रुक गए और बोले–"आओ, इस मौलसरी के वृक्ष पर बैठें, परंतु देखो! बोलना मत; नहीं तो दोनों की जान के लाले पड़ जाएंगे। इसमें एक बड़ा भयानक हिंसक जीव रहता है, जिसने अनगिनत जीवधारियों का वध किया। कदाचित् हम लोग आज इसको संसार से मुक्त कर दें।"

राजकुमार बहुत प्रसन्न हुआ और सोचने लगा–'चलो, रात-भर की दौड़ तो सफल हुई।' दोनों मौलसरी पर चढ़कर बैठ गए। राजकुमार ने अपनी बंदूक संभाल ली और उस शिकार की बाट देखने लगा, जिसे वह तेंदुआ समझे हुए था।

रात आधी से अधिक व्यतीत हो चुकी थी। एकाएक महल के समीप कुछ हलचल मालूम हुई और बैठक के द्वार खुल गए। मोमबत्तियों के जलने से सारा हाता प्रकाशमान हो गया। कमरे के हर कोने में सुख की सामग्री दिखाई दे रही थी। बीच में एक हृष्ट-पुष्ट मनुष्य गले में रेशमी चादर डाले, माथे पर केसर का

अर्ध-लंबाकार तिलक लगाए, मसनद के सहारे बैठा सुनहरी मुंहनाल से लच्छेदार धुआं फेंक रहा था। इतने में ही उन्होंने देखा कि नर्तकियों के दल-के-दल चले आ रहे हैं। उनके हाव-भाव व कटाक्ष के शेर चलने लगे। समाजियों ने सुर मिलाया। गाना आरंभ हुआ और साथ-ही-साथ मद्यपान भी चलने लगा। राजकुमार ने अचंभित होकर पूछा-"यह तो बहुत बड़ा रईस जान पड़ता है?"

संन्यासी ने उत्तर दिया-"नहीं, यह रईस नहीं हैं, एक बड़े मंदिर के महंत हैं, साधु हैं। संसार का त्याग कर चुके हैं। सांसारिक वस्तुओं की ओर आंख नहीं उठाते, पूर्ण ब्रह्मज्ञान की बातें करते हैं। यह सब सामान इनकी आत्मा की प्रसन्नता के लिए है। इंद्रियों को वश में किए हुए इन्हें बहुत दिन हुए। सहस्त्रों सीधे-सादे मनुष्य इन पर विश्वास करते हैं। इनको अपना देवता समझते हैं। यदि आप शिकार करना चाहते हैं, तो इनका कीजिए। यही राजाओं और अधिकारियों के शिकार हैं। ऐसे रंगे हुए सियारों से संसार को मुक्त करना आपका परम धर्म है। इससे आपकी प्रजा का हित होगा तथा आपका नाम और यश फैलेगा।"

दोनों शिकारी नीचे उतरे! संन्यासी ने कहा-"अब रात अधिक बीत चुकी है। तुम बहुत थक गए होगे, किंतु राजकुमारों के साथ आखेट करने का अवसर मुझे बहुत कम प्राप्त होता है। अतएव एक शिकार का पता और लगाकर तब लौटेंगे।"

राजकुमार को इन शिकारों में सच्चे उपदेश का सुख प्राप्त हो रहा था, बोला-"स्वामीजी, थकने का नाम न लीजिए। यदि मैं वर्षों आपकी सेवा में रहता, तो और न जाने कितने आखेट करना सीख जाता।"

दोनों फिर आगे बढ़े। अब रास्ता स्वच्छ और चौड़ा था। हां, सड़क कदाचित् कच्ची ही थी। सड़क के दोनों ओर वृक्षों की पंक्तियां थीं। किसी-किसी आम्र वृक्ष के नीचे रखवाले सो रहे थे। घंटे-भर बाद दोनों शिकारियों ने एक ऐसी बस्ती में प्रवेश किया, जहां की सड़कों, लालटेनों और अट्टालिकाओं से मालूम होता था कि बड़ा नगर है। संन्यासीजी एक विशाल भवन के सामने एक वृक्ष के नीचे ठहर गए और राजकुमार से बोले-"यह सरकारी कचहरी है। यहां राज्य का बड़ा कर्मचारी रहता है। उसे सूबेदार कहते हैं। उनकी कचहरी दिन में भी लगती है और रात में भी। यहां न्याय सुवर्ण और रत्नादिकों के मोल बिकता है। यहां की न्यायप्रियता द्रव्य पर निर्भर है। धनवान दरिद्रों को पैरों तले कुचलते हैं और उनकी गोहार कोई भी नहीं सुनता।"

यही बातें हो रही थीं कि एकाएक कोठे पर दो आदमी दिखलाई पड़े। दोनों शिकारी वृक्ष की ओट में छिप गए।

संन्यासी ने कहा—"शायद सूबेदार साहब कोई मामला तय कर रहे हैं।"

ऊपर से आवाज आई—"तुमने एक विधवा स्त्री की जायदाद ले ली है; मैं इसे भली-भांति जानता हूं। यह कोई छोटा मामला नहीं है। इसमें एक सहस्र से कम पर मैं बातचीत करना नहीं चाहता।"

राजकुमार में इससे अधिक सुनने की शक्ति न रही। क्रोध के मारे उसके नेत्र लाल हो गए। यही जी चाहता था कि इस निर्दयी का अभी वध कर दूं, किंतु संन्यासीजी ने रोका, बोले—"आज इस शिकार का समय नहीं है। यदि आप ढूंढेंगे तो ऐसे शिकार बहुत मिलेंगे। मैंने इनके कुछ ठिकाने बतला दिए हैं। अब प्रातःकाल होने में अधिक विलंब नहीं है। कुटी यहां से अभी दस मील दूर होगी। आइए, शीघ्र चलें।"

6

दोनों शिकारी तीन बजते-बजते फिर कुटी में लौट आए। उस समय बड़ी सुहावनी रात थी, शीतल समीर ने हिला-हिलाकर वृक्षों और पत्तों की निद्रा भंग करना आरंभ कर दिया था।

आधे घंटे में राजकुमार तैयार हो गए। संन्यासी के प्रति विश्वास और कृतज्ञता प्रकट करते हुए उनके चरणों पर अपना मस्तक नवाया और घोड़े पर सवार हो गए।

संन्यासी ने उनकी पीठ पर कृपापूर्वक हाथ फेरा और आशीर्वाद देते हुए बोले—"राजकुमार, तुमसे भेंट होने से मेरा चित्त बहुत प्रसन्न हुआ। परमात्मा ने तुम्हें अपनी सृष्टि पर राज करने हेतु जन्म दिया है। तुम्हारा धर्म है कि सदा प्रजापालक बनो। तुम्हें पशुओं का वध करना उचित नहीं। दीन पशुओं के वध करने में कोई बहादुरी नहीं, कोई साहस नहीं; सच्चा साहस और सच्ची बहादुरी दीनों की रक्षा और उनकी सहायता करने में है; विश्वास मानो, जो मनुष्य केवल चित्तविनोदार्थ जीव-हिंसा करता है, वह निर्दयी घातक से भी कठोर हृदय है। वह घातक के लिए जीविका है, किंतु शिकारी के लिए केवल दिल बहलाने का एक सामान। तुम्हारे लिए ऐसे शिकारों की आवश्यकता है, जिससे तुम्हारी प्रजा को सुख पहुंचे। निःशब्द पशुओं का वध न करके तुमको उन हिंसकों के पीछे दौड़ना चाहिए, जो धोखा-धड़ी से दूसरे का वध करते हैं। ऐसे आखेट करो, जिससे तुम्हारी आत्मा को शांति मिले—तुम्हारी कीर्ति संसार में फैले। तुम्हारा काम वध करना नहीं, जीवित रखना है। यदि वध करो, तो केवल जीवित रखने के लिए। यही तुम्हारा धर्म है। जाओ, परमात्मा तुम्हारा कल्याण करें।"

26

सच्चाई का उपहार

जगत सिंह उनका नेता बनकर बोला—"भाई साहब, हम सबके-सब तुम्हारे अपराधी हैं। तुम्हारे साथ हम लोगों ने जो अत्याचार किया है, उस पर हम हृदय से लज्जित हैं। हमारा अपराध क्षमा करो। तुम सज्जनता की मूर्ति हो! हम लोग उजड्ड, गंवार और मूर्ख हैं, हमें अब क्षमा प्रदान करो।"

बाजबहादुर की आंखों में आंसू आ गए, बोला—"मैं पहले भी तुम लोगों को अपना भाई समझता था और अब भी वही समझता हूं। भाइयों के झगड़े में क्षमा कैसी?"

सबके-सब उससे गले मिले। इसकी चर्चा सारे मदरसे में फैल गई। सारा मदरसा बाजबहादुर की पूजा करने लगा। वह अपने मदरसे का मुखिया, नेता और सिरमौर बन गया।

पहले उसे सच्चाई का दंड मिला; अबकी बार सच्चाई का उपहार मिला।

तहसीली मदरसा बरांव के प्रथमाध्यापक मुंशी भवानीसहाय को बागबानी का कुछ व्यसन था। क्यारियों में भांति-भांति के फूल और पत्तियां लगा रखी थीं। दरवाजों पर लताएं चढ़ा दी थीं। इससे मदरसे की शोभा अधिक हो गई थी। वे मिडिल कक्षा के लड़कों से भी अपने बगीचे को सींचने और साफ करने में मदद लिया करते थे। अधिकांश लड़के

इस काम को रुचिपूर्वक करते। इससे उनका मनोरंजन होता था, किंतु दरजे में चार-पांच लड़के जमींदारों के थे। उनमें ऐसी दुर्जनता थी कि यह मनोरंजक कार्य भी उन्हें बेगार प्रतीत होता। उन्होंने बाल्यकाल से आलस्य में जीवन व्यतीत किया था। अमीरी का झूठा अभिमान दिल में भरा हुआ था। वे हाथ से कोई काम करना निंदा की बात समझते थे। उन्हें इस बगीचे से घृणा थी। जब उनके काम करने की बारी आती, तो कोई-न-कोई बहाना करके उड़ जाते। इतना ही नहीं, दूसरे लड़कों को बहकाते और कहते–'वाह! पढ़ें फारसी, बेचें तेल! यदि खुरपी-कुदाल ही करना है, तो मदरसे में किताबों से सिर मारने की क्या जरूरत? यहां पढ़ने आते हैं, कुछ मजूरी करने नहीं आते।'

मुंशीजी इस अवज्ञा के लिए उन्हें कभी-कभी दंड दे देते थे। इससे उनका द्वेष और भी बढ़ता था। अंत में यहां तक नौबत पहुंची कि एक दिन उन लड़कों ने सलाह करके उस पुष्पवाटिका का विध्वंस करने का निश्चय किया।

दस बजे मदरसा लगता था, किंतु उस दिन वे आठ बजे ही आ गए और बगीचे में घुसकर उसे उजाड़ने लगे। कहीं पौधे उखाड़ फेंके, कहीं क्यारियों को रौंद डाला, पानी की नालियां तोड़ डालीं, क्यारियों की मेंडें खोद डालीं। मारे भय के छाती धड़क रही थी कि कहीं कोई देखता न हो, लेकिन एक छोटी-सी फुलवाड़ी को उजाड़ने में कितनी देर लगती है? दस मिनट में हरा-भरा बाग नष्ट हो गया। इसके बाद ये लड़के शीघ्रता से निकले, लेकिन दरवाजे तक आए थे कि उन्हें अपने सहपाठी की सूरत दिखाई दी। यह एक दुबला-पतला, दरिद्र और चतुर लड़का था। उसका नाम बाजबहादुर था। वह बड़ा गंभीर, शांत लड़का था। ऊधम पार्टी के लड़के उससे जलते थे। उसे देखते ही उनका रक्त सूख गया। विश्वास हो गया कि इसने जरूर देख लिया। यह मुंशीजी से कहे बिना न रहेगा–बुरे फंसे। आज कुशल नहीं है। यह राक्षस इस समय यहां क्या करने आया था?

आपस में इशारे हुए कि मिला लेना चाहिए। जगत सिंह उनका मुखिया था। आगे बढ़कर बोला–"आज इतने सवेरे कैसे आ गए? हमने तो आज तुम लोगों के गले की फांसी छुड़ा दी। लाला बहुत दिक किया करते थे, यह करो, वह करो, मगर यार देखो, कहीं मुंशीजी से जड़ मत देना, नहीं तो लेने के देने पड़ जाएंगे।"

जयराम ने कहा–"कह क्या देंगे, अपने ही तो हैं। हमने जो कुछ किया है, वह सबके लिए किया है, केवल अपनी ही भलाई के लिए नहीं। चलो यार, तुम्हें बाजार की सैर करा दें, मुंह मीठा करा दें।"

बाजबहादुर ने कहा–"नहीं, मुझे आज घर पर पाठ याद करने का अवकाश नहीं मिला–यहीं बैठकर पढ़ूंगा।"

जगत सिंह—अच्छा, मुंशीजी से कहोगे तो न?

बाजबहादुर—मैं स्वयं कुछ न कहूंगा, लेकिन उन्होंने मुझसे पूछा तो?

जगत सिंह—कह देना, मुझे नहीं मालूम।

बाजबहादुर—यह झूठ मुझसे न बोला जाएगा।

जयराम—अगर तुमने चुगली खाई और हमारे ऊपर मार पड़ी, तो हम तुम्हें पीटे बिना न छोड़ेंगे।

बाजबहादुर—हमने कह दिया कि चुगली न खाएंगे, लेकिन मुंशीजी ने पूछा, तो झूठ भी न बोलेंगे।

जयराम—तो हम तुम्हारी हड्डियां भी तोड़ देंगे।

बाजबहादुर—इसका तुम्हें अधिकार है।

दस बजे जब मदरसा लगा और मुंशी भवानीसहाय ने बाग की यह दुर्दशा देखी तो क्रोध से आग हो गए। बाग उजड़ने का इतना खेद न था, जितना लड़कों की शरारत का। यदि किसी सांड ने यह दुष्कृत्य किया होता, तो वे केवल हाथ मलकर रह जाते, किंतु लड़कों के इस अत्याचार को सहन न कर सके। ज्यों ही लड़के दरजे में बैठ गए, वे तेवर बदलते हुए आए और पूछा—"यह बाग किसने उजाड़ा है?"

कमरे में सन्नाटा छा गया। अपराधियों के चेहरों पर हवाइयां उड़ने लगीं। मिडिल कक्षा के 25 विद्यार्थियों में कोई ऐसा न था, जो इस घटना के बारे में न जानता हो, किंतु किसी में यह साहस न था कि उठकर साफ-साफ कह दे। सबके-सब सिर झुकाए मौन धारण किए बैठे थे।

मुंशीजी का क्रोध और भी प्रचंड हुआ, चिल्लाकर बोले—"मुझे विश्वास है कि यह तुम्हीं लोगों में से किसी की शरारत है। जिसे मालूम हो, स्पष्ट कह दे, नहीं तो मैं एक सिरे से पीटना शुरू करूंगा, फिर कोई यह न कहे कि हम निरपराध मारे गए।"

एक लड़का भी न बोला। वही सन्नाटा!

मुंशीजी—देवीप्रसाद, तुम जानते हो?

देवीप्रसाद—जी नहीं, मुझे कुछ नहीं मालूम।

"शिवदत्त, तुम जानते हो?"

"जी नहीं, मुझे कुछ नहीं मालूम।"

"बाजबहादुर, तुम कभी झूठ नहीं बोलते, तुम्हें मालूम है?"

बाजबहादुर खड़ा हो गया, उसके मुखमंडल पर वीरत्व का प्रकाश था। नेत्रों में साहस झलक रहा था, बोला—"जी हां!"

मुंशीजी ने कहा–"शाबाश!"

अपराधियों ने बाजबहादुर की ओर रक्तवर्ण आंखों से देखा और मन में कहा–'अच्छा!'

भवानीसहाय बड़े धैर्यवान मनुष्य थे। यथाशक्ति लड़कों को यातना नहीं देते थे, किंतु ऐसी दुष्टता का दंड देने में वे लेश-मात्र भी दया न दिखाते थे। छड़ी मंगाकर पांचों अपराधियों को दस-दस छड़ियां लगाईं, पूरा दिन बेंच पर खड़ा रखा और चाल-चलन के रजिस्टर में उनके नाम के सामने काले चिह्न बना दिए।

बाजबहादुर से शरारत पार्टी वाले लड़के यों ही जला करते थे, आज उसकी सच्चाई के कारण उसके खून के प्यासे हो गए। यंत्रणा में सहानुभूति पैदा करने की शक्ति होती है। इस समय दरजे के अधिकांश लड़के अपराधियों के मित्र हो रहे थे। उनमें षड्यंत्र रचा जाने लगा कि आज बाजबहादुर की खबर ली जाए। ऐसा मारो कि फिर मदरसे में मुंह न दिखाए–यह हमारे घर का भेदी है।

दगाबाज! बड़ा सच्चे की दुम बना फिरता है! आज इसे सच्चाई का हाल मालूम हो जाएगा। बेचारे बाजबहादुर को इस गुप्त लीला की जरा भी खबर न थी। विद्रोहियों ने उसे अंधकार में रखने का पूरा यत्न किया था।

छुट्टी होने के बाद बाजबहादुर घर की तरफ चला। रास्ते में एक अमरूद का बाग था। वहां जगत सिंह और जयराम कई लडकों के साथ खड़े थे। बाजबहादुर चौंका, समझ गया कि ये लोग मुझे छेड़ने पर उतारू हैं, किंतु बचने का कोई उपाय न था। वह कुछ हिचकता हुआ आगे बढ़ा।

जगत सिंह बोला–"आओ लाला! बहुत राह दिखाई! आओ, सच्चाई का इनाम लेते जाओ।"

बाजबहादुर–रास्ते से हट जाओ, मुझे जाने दो।

जयराम–जरा सच्चाई का मजा तो चखते जाइए।

बाजबहादुर–मैंने तुमसे कह दिया था कि जब मेरा नाम लेकर पूछेंगे तो मैं कह दूंगा।

जयराम–हमने भी तो कह दिया था कि तुम्हें इस काम का इनाम दिए बिना न छोड़ेंगे।

यह कहते ही वह बाजबहादुर की तरफ घूंसा तानकर बढ़ा। जगत सिंह ने उसके दोनों हाथ पकड़ने चाहे। जयराम का छोटा भाई शिवराम अमरूद की एक टहनी लेकर झपटा। शेष लड़के चारों तरफ खड़े होकर तमाशा देखने लगे। यह 'रिजर्व' सेना थी, जो आवश्यकता पड़ने पर मित्र-दल की सहायता के

लिए तैयार थी। बाजबहादुर दुर्बल लड़का था। उसकी मरम्मत करने को वे तीन मजबूत लड़के काफी थे। सब लोग यही समझ रहे थे कि क्षण-भर में ये तीनों उसे गिरा लेंगे।

बाजबहादुर ने देखा कि शत्रुओं ने शस्त्र-प्रहार करना शुरू कर दिया, तो उसने कनखियों से इधर-उधर देखा, तब तेजी से झपटकर शिवराम के हाथ से अमरूद की टहनी छीन ली और दो कदम पीछे हटकर टहनी तानते हुए बोला—"तुम मुझे सच्चाई का इनाम या सजा देनेवाले कौन होते हो?"

दोनों ओर से दांव-पेंच होने लगे। बाजबहादुर था तो कमजोर, पर अत्यंत चपल और सतर्क था, उस पर सत्य का विश्वास हृदय को और भी बलवान बनाए हुए था। सत्य चाहे सिर कटा दे, लेकिन कदम पीछे नहीं हटाता। कई मिनट तक बाजबहादुर उछल-उछलकर वार करता और हटाता रहा, लेकिन अमरूद की टहनी कहां तक थाम सकती थी? जरा देर में उसकी धज्जियां उड़ गईं। जब तक उसके हाथ में वह हरी तलवार रही, कोई उसके निकट आने की हिम्मत न करता था। निहत्था होने पर भी वह ठोकरों और घूंसों से जवाब देता रहा, मगर अंत में अधिक संख्या ने विजय पाई।

बाजबहादुर की पसली में जयराम का एक घूंसा ऐसा पड़ा कि वह बेदम होकर गिर पड़ा। उसकी आंखें पथरा गईं और मूर्च्छा-सी आ गई। शत्रुओं ने यह दशा देखी, तो उनके हाथों के तोते उड़ गए। समझे, इसकी जान निकल गई—बेतहाशा भागे।

कोई दस मिनट के बाद बाजबहादुर सचेत हुआ। कलेजे पर चोट लग गई थी। घाव ओछा पड़ा था, जिस पर भी खड़े होने की शक्ति न थी। वह साहस करके उठा और लंगड़ाता हुआ घर की ओर चला।

उधर यह विजयी दल भागते-भागते जयराम के मकान पर पहुंचा। रास्ते में ही सारा दल तितर-बितर हो गया। कोई इधर से निकल भागा, कोई उधर से, कठिन समस्या आ पड़ी थी। जयराम के घर तक केवल तीन सुदृढ़ लड़के पहुंचे। वहां पहुंचकर उनकी जान-में-जान आई।

जयराम—कहीं मर न गया हो, मेरा घूंसा खूब बैठ गया था।

जगत सिंह तुम्हें पसली में नहीं मारना चाहिए था। अगर तिल्ली फट गई होगी तो न बचेगा!

जयराम—यार, मैंने जान के थोड़े ही मारा था। संयोग ही था। अब बताओ, क्या किया जाए?

जगत सिंह—करना क्या है, चुपचाप बैठे रहो।

जयराम—कहीं मैं अकेला तो न फंसूंगा?

जगत सिंह—अकेला कौन फंसेगा—सबके-सब साथ चलेंगे।

जयराम—अगर बाजबहादुर मरा नहीं है, तो उठकर सीधे मुंशीजी के पास जाएगा!

जगत सिंह—और मुंशीजी कल हम लोगों की खाल अवश्य उधेड़ेंगे।

जयराम—इसलिए मेरी सलाह है कि कल से मदरसे जाओ ही नहीं। नाम कटा के दूसरी जगह चले चलें, नहीं तो बीमारी का बहाना करके बैठे रहें। महीने-दो महीने के बाद जब मामला ठंडा पड़ जाएगा, तो देखा जाएगा।

शिवराम—और जो परीक्षा होने वाली है?

जयराम—ओ हो! इसका तो ख्याल ही न था। एक ही महीना तो और रह गया है।

जगत सिंह तुम्हें अबकी बार जरूर वजीफा मिलता।

जयराम—हां, मैंने बहुत परिश्रम किया था, तो फिर?

जगत सिंह—कुछ नहीं, तरक्की तो हो ही जाएगी। वजीफे से हाथ धोना पड़ेगा।

जयराम—बाजबहादुर के हाथ लग जाएगा।

जगत सिंह—बहुत अच्छा होगा, बेचारे ने मार भी तो खाई है।

दूसरे दिन मदरसा लगा। जगत सिंह, जयराम और शिवराम तीनों गायब थे। वलीमुहम्मद पैर में पट्टी बांधे आए थे, लेकिन भय के मारे बुरा हाल था। कल के दर्शकगण भी थरथरा रहे थे कि कहीं हम लोग गेहूं के साथ घुन की तरह न पिस जाएं।

बाजबहादुर नियमानुसार अपने काम में लगा हुआ था। ऐसा मालूम होता था कि मानो उसे कल की बातें याद ही नहीं हैं। किसी से उनकी चर्चा न की। हां, आज वह अपने स्वभाव के प्रतिकूल कुछ प्रसन्नचित्त दिखाई पड़ता था। विशेषत: कल के योद्धाओं से वह अधिक हिला-मिला हुआ था। वह चाहता था कि ये लोग मेरी ओर से नि:शंक हो जाएं। रात-भर की विवेचना के पश्चात् उसने यही निश्चय किया था और आज जब संध्या समय वह घर चला, तो उसे अपनी उदारता का फल मिल चुका था। उसके शत्रु लज्जित थे और उसकी प्रशंसा करते थे, मगर ये तीनों अपराधी दूसरे दिन भी न आए। तीसरे दिन भी उनका कोई पता न था। वे घर से मदरसे के लिए चलते, लेकिन देहात की तरफ निकल जाते। वहां दिन-भर किसी वृक्ष के नीचे बैठे रहते अथवा गुल्ली-डंडा खेलते। शाम को घर चले आते।

उन्होंने यह पता लगा लिया था कि समर के अन्य सभी योद्धागण मदरसे आते हैं और मुंशीजी उनसे कुछ नहीं बोलते, किंतु चित्त से शंका दूर न होती थी। बाजबहादुर ने जरूर कहा होगा। हम लोगों के जाने की देर है—गए और बेभाव की पड़ी। यही सोचकर वे मदरसे आने का साहस न कर रहे थे।

चौथे दिन प्रात:काल तीनों अपराधी बैठे सोच रहे थे कि आज किधर चलना चाहिए। इतने में बाजबहादुर आता हुआ दिखाई दिया। इन लोगों को आश्चर्य तो हुआ, परंतु उसे अपने द्वार पर आते देखकर कुछ आशा बंध गई। ये लोग अभी बोलने भी न पाए थे कि बाजबहादुर ने कहा—"क्यों मिस्टर, तुम लोग मदरसे क्यों नहीं आते? तीन दिन से गैर-हाजिरी हो रही है।"

जगत सिंह—मदरसे क्या जाएं, जान भारी पड़ी है? मुंशीजी एक हड्डी भी तो न छोड़ेंगे।

बाजबहादुर—क्यों, वलीमुहम्मद, दुर्गा, सभी तो जाते हैं। मुंशीजी ने किसी से भी कुछ कहा?

जयराम—तुमने उन लोगों को छोड़ दिया होगा, लेकिन हमें भला तुम क्यों छोड़ने लगे? तुमने एक-एक की तीन-तीन जड़ी होगी।

बाजबहादुर—आज मदरसे चलकर इसकी परीक्षा ही कर लो।

जगत सिंह—यह झांसे रहने दीजिए। हमें पिटवाने की चाल है।

बाजबहादुर—तो मैं कहीं भागा तो नहीं जाता? उस दिन सच्चाई की सजा दी थी, आज झूठ का इनाम देना।

जयराम—सच कहते हो, तुमने शिकायत नहीं की?

बाजबहादुर—शिकायत की कौन बात थी? तुमने मुझे मारा, मैंने तुम्हें मारा। अगर तुम्हारा घूंसा न पड़ता, तो मैं तुम लोगों को रणक्षेत्र से भगाकर दम लेता। आपस के झगड़ों की शिकायत करना मेरी आदत नहीं है।

जगत सिंह—चलूं तो यार, लेकिन विश्वास नहीं आता, तुम हमें झांसे दे रहे हो, कचूमर निकलवा लोगे।

बाजबहादुर—तुम जानते हो, झूठ बोलने की मेरी बान नहीं है।

ये शब्द बाजबहादुर ने ऐसी विश्वासोत्पादक रीति से कहे कि उन लोगों का भ्रम दूर हो गया।

बाजबहादुर के चले जाने के पश्चात् तीनों देर तक उसकी बातों की विवेचना करते रहे। अंत में यही निश्चय हुआ कि आज चलना चाहिए।

ठीक दस बजे तीनों मित्र मदरसे पहुंच गए, किंतु चित्त में आशंकित थे। चेहरे का रंग उड़ा हुआ था।

मुंशीजी कमरे में आए। लड़कों ने खड़े होकर उनका स्वागत किया, उन्होंने तीनों की ओर तीव्र दृष्टि से देखकर केवल इतना कहा—"तुम लोग तीन दिन से गैर-हाजिर हो। देखो, दरजे में जो इम्तिहानी सवाल हुए हैं, उन्हें नकल कर लो।"

इसके बाद मुंशीजी पढ़ाने में मग्न हो गए।

जब पानी पीने के लिए लड़कों को आधे घंटे का अवकाश मिला, तो तीनों मित्र और उनके सहयोगी जमा होकर बातें करने लगे।

जयराम—हम तो जान पर खेलकर मदरसे आए थे, मगर बाजबहादुर है बात का धनी।

वलीमुहम्मद—मुझे तो ऐसा मालूम होता है, वह आदमी नहीं, देवता है। यह आंखों-देखी बात न होती, तो मुझे कभी इस पर विश्वास न आता।

जगत सिंह—भलमनसी इसी को कहते हैं। हमसे बड़ी भूल हुई कि उसके साथ ऐसा अन्याय किया।

दुर्गा—चलो, उससे क्षमा मांगें।

जयराम—हां, तुम्हें खूब सूझी—आज ही।

जब मदरसा बंद हुआ, तो दरजे के सब लड़के मिलकर बाजबहादुर के पास गए। जगत सिंह उनका नेता बनकर बोला—"भाई साहब, हम सबके-सब तुम्हारे अपराधी हैं। तुम्हारे साथ हम लोगों ने जो अत्याचार किया है, उस पर हम हृदय से लज्जित हैं। हमारा अपराध क्षमा करो। तुम सज्जनता की मूर्ति हो! हम लोग उजड्ड, गंवार और मूर्ख हैं, हमें अब क्षमा प्रदान करो।"

बाजबहादुर की आंखों में आंसू आ गए, बोला—"मैं पहले भी तुम लोगों को अपना भाई समझता था और अब भी वही समझता हूं। भाइयों के झगड़े में क्षमा कैसी?"

सबके-सब उससे गले मिले। इसकी चर्चा सारे मदरसे में फैल गई। सारा मदरसा बाजबहादुर की सराहना करने लगा। वह अपने मदरसे का मुखिया, नेता और सिरमौर बन गया।

पहले उसे सच्चाई का दंड मिला था, अबकी बार सच्चाई का उपहार मिला।

27

सज्जनता का दंड

सरदार साहब स्वभाव के बड़े दयालु थे और कोमल हृदय आपत्तियों में स्थिर नहीं रह सकता। वे दु:ख और ग्लानि से भरे हुए सोच रहे थे–'मैंने ऐसे कौन-से बुरे काम किए हैं जिनका मुझे यह फल मिल रहा है? बरसों की दौड़-धूप के बाद जो कार्य सिद्ध हुआ था, वह क्षण-मात्र में नष्ट हो गया। अब वह मेरी सामर्थ्य से बाहर है। मैं उसे नहीं संभाल सकता। चारों ओर अंधकार है। कहीं आशा का प्रकाश नहीं। कोई मेरा सहायक नहीं।' उनके नेत्र सजल हो गए।

सामने मेज पर ठेकेदारों के बिल रखे हुए थे। वे कई सप्ताहों से यों ही पड़े थे। सरदार ने उन्हें खोलकर भी न देखा था। आज इस आत्मिक ग्लानि और नैराश्य की अवस्था में उन्होंने इन बिलों को सतृष्ण आंखों से देखा। जरा से इशारे पर ये सारी कठिनाइयां दूर हो सकती हैं।

साधारण मनुष्य की तरह शाहजहांपुर के डिस्ट्रिक्ट इंजीनियर सरदार शिवसिंह में भी भलाइयां और बुराइयां दोनों ही विद्यमान थीं। भलाई यह थी कि उनके यहां न्याय और दया में कोई अंतर न था। बुराई यह थी कि वे सर्वथा निर्लोभ और नि:स्वार्थ थे।

भलाई ने मातहतों को निडर और आलसी बना दिया था, बुराई के कारण उस विभाग के सभी अधिकारी उनकी जान के दुश्मन बन गए थे।

प्रात: का समय था। वे किसी पुल की निगरानी के लिए तैयार खड़े थे, मगर साईस अभी तक मीठी नींद ले रहा था। रात को उसे अच्छी तरह सहेज दिया था कि पौ फटने से पहले गाड़ी तैयार कर लेना, लेकिन सुबह भी हुई, सूर्य भगवान ने दर्शन भी दिए, शीतल किरणों में गरमी भी आई, पर साईस की नींद अभी तक नहीं टूटी।

सरदार साहब खड़े-खड़े थककर एक कुर्सी पर बैठ गए। साईस तो किसी तरह जागा, परंतु अर्दली के चपरासियों का पता नहीं। जो महाशय डाक लेने गए थे, वे एक ठाकुरद्वारा में खड़े चरणामृत की परीक्षा कर रहे थे। जो ठेकेदार को बुलाने गए थे, वे बाबा रामदास की सेवा में बैठे गांजे का दम लगा रहे थे।

धूप तेज होती जाती थी। सरदार साहब झुंझलाकर मकान में चले गए और अपनी पत्नी से बोले–"इतना दिन चढ़ आया, अभी तक एक चपरासी का भी पता नहीं। इनके मारे तो मेरी नाक में दम आ गया है।"

पत्नी ने दीवार की ओर देखकर गंभीरता से कहा–"यह सब उन्हें सिर चढ़ाने का फल है।"

सरदार साहब चिढ़कर बोले–"क्या करूं, उन्हें फांसी दे दूं?"

सरदार साहब के पास मोटरकार का तो कहना ही क्या, कोई फिटन भी न थी। वे अपने इक्के से ही प्रसन्न थे, जिसे उनके नौकर-चाकर अपनी भाषा में उड़नखटोला कहते थे। शहर के लोग उसे इतना आदर-सूचक नाम न देकर छकड़ा कहना ही उचित समझते थे।

सरदार साहब अन्य व्यवहारों में भी बड़े मितव्ययी थे। उनके दो भाई इलाहाबाद में पढ़ते थे। विधवा माता बनारस में रहती थीं। एक विधवा बहन भी उन्हीं पर अवलंबित थी। इनके सिवा कई गरीब लड़कों को छात्रवृत्तियां भी देते थे। इन्हीं कारणों से वे सदा खाली हाथ रहते! यहां तक कि उनके कपड़ों पर भी इस आर्थिक दशा के चिह्न दिखाई देते थे, लेकिन यह सब कष्ट सहकर भी वे लोभ को अपने पास फटकने न देते थे!

सरदार साहब का जिन लोगों पर स्नेह था, वे उनकी सज्जनता को सराहते थे और उन्हें देवता समझते थे। उनकी सज्जनता से उन्हें कोई हानि न होती थी, लेकिन जिन लोगों से उनके व्यावसायिक संबंध थे, वे उनके सद्भावों के ग्राहक न थे, क्योंकि उन्हें हानि होती थी। यहां तक कि उन्हें अपनी सहधर्मिणी से भी कभी-कभी अप्रिय बातें सुननी पड़ती थीं।

एक दिन सरदार साहब दफ्तर से आए तो उनकी पत्नी ने स्नेहपूर्ण ढंग से कहा–"तुम्हारी यह सज्जनता किस काम की, जब सारा संसार तुमको बुरा कह रहा है?"

सरदार साहब ने दृढ़ता से जवाब दिया–"संसार जो चाहे कहे, परमात्मा तो देखता है।"

रमा ने यह जवाब पहले ही सोच लिया था। वह बोली–"मैं तुमसे विवाद तो करती नहीं, मगर जरा अपने दिल में विचार करके देखो कि तुम्हारी इस सच्चाई का दूसरों पर क्या असर पड़ता है? तुम तो अच्छा वेतन पाते हो। तुम अगर हाथ न बढ़ाओ तो तुम्हारा निर्वाह हो सकता है? रूखी रोटियां मिल ही जाएंगी, मगर ये दस-दस, पांच-पांच रुपये के चपरासी, मुहर्रिर, दफ्तरी बेचारे कैसे गुजर करें? उनके भी बाल-बच्चे हैं। उनके भी कुटुंब-परिवार हैं। शादी-गमी, तिथि-त्योहार यह सब उनके पास लगे हुए हैं। भलमनसी का भेष बनाए काम नहीं चलता। बताओ उनकी गुजर कैसे हो? अभी रामदीन चपरासी की घरवाली आई थी। रोते-रोते आंचल भीगता था। लड़की सयानी हो गई है। अब उसका ब्याह करना पड़ेगा। ब्राह्मण की जाति हजारों का खर्च! बताओ उसके आंसू किसके सिर पड़ेंगे?"

ये सब बातें सच थीं। इनसे सरदार साहब को इनकार नहीं हो सकता था। उन्होंने स्वयं इस विषय में बहुत कुछ विचार किया था। यही कारण था कि वह अपने मातहतों के साथ बड़ी नरमी का व्यवहार करते थे, लेकिन सरलता और शालीनता का आत्मिक गौरव चाहे जो हो, उनका आर्थिक मोल बहुत कम होता है। वे बोले–"तुम्हारी बातें सब यथार्थ हैं, किंतु मैं विवश हूं। अपने नियमों को कैसे तोड़ूं? यदि मेरा वश चले तो मैं उन लोगों का वेतन बढ़ा दूं, लेकिन यह नहीं हो सकता कि मैं खुद लूट मचाऊं और उन्हें लूटने दूं।"

रमा ने व्यंग्यपूर्ण शब्दों में कहा–"तो यह हत्या किस पर पड़ेगी?"

सरदार साहब ने तीव्र होकर उत्तर दिया–"यह उन लोगों पर पड़ेगी, जो अपनी हैसियत और आमदनी से अधिक खर्च करना चाहते हैं। अरदली बनकर क्यों वकील के लड़के से लड़की ब्याहने को ठानते हैं। दफ्तरी को यदि टहलुवे की जरूरत हो तो यह किसी पाप कार्य से कम नहीं। मेरे साईस की स्त्री अगर चांदी की सिल गले में डालना चाहे तो यह उसकी मूर्खता है। इस झूठी बड़ाई का उत्तरदाता मैं नहीं हो सकता।"

इंजीनियरों का ठेकेदारों से कुछ ऐसा ही संबंध है, जैसे मधु-मक्खियों का फूलों से। अगर वे अपने नियत भाग से अधिक पाने की चेष्टा न करें तो उनसे किसी को शिकायत नहीं हो सकती।

यह मधु-रस कमीशन कहलाता है। रिश्वत लोक और परलोक दोनों का ही सर्वनाश कर देती है। उसमें भय है, चोरी है, बदमाशी है, मगर कमीशन एक मनोहर वाटिका है, जहां न मनुष्य का डर है, न परमात्मा का भय! यहां तक कि वहां आत्मा की छिपी हुई चुटकियों का भी गुजर नहीं है और कहां तक कहें, उसकी ओर बदनामी आंख भी नहीं उठा सकती। यह वह बलिदान है, जो हत्या होते हुए भी धर्म का एक अंश है। ऐसी अवस्था में यदि सरदार शिवसिंह अपने उज्ज्वल चरित्र को इस धब्बे से साफ रखते थे और उस पर अभिमान करते थे तो क्षमा के पात्र थे।

मार्च का महीना बीत रहा था। चीफ इंजीनियर साहब जिले में मुआयना करने आ रहे थे, मगर अभी तक इमारतों का काम अपूर्ण था। सड़कें खराब हो रही थीं, ठेकेदारों ने मिट्टी और कंकड़ भी नहीं जमा किए थे।

सरदार साहब रोज ठेकेदारों को ताकीद करते थे, मगर इसका कुछ फल न होता था।

एक दिन उन्होंने सबको बुलाया। वे कहने लगे–"तुम लोग क्या यही चाहते हो कि मैं इस जिले से बदनाम होकर जाऊं? मैंने तुम्हारे साथ कोई बुरा सलूक नहीं किया। मैं चाहता तो तुमसे काम छीनकर खुद करा लेता, मगर मैंने तुम्हें हानि पहुंचाना उचित न समझा। उसकी मुझे यह सजा मिल रही है। खैर!"

ठेकेदार लोग यहां से चले तो बातें होने लगीं। मिस्टर गोपालदास बोले–"अब आटे-दाल का भाव मालूम हो जाएगा।"

शाहबाज खां ने कहा–"किसी तरह इसका जनाजा निकले तो यहां से...।"

सेठ चुन्नीलाल ने फरमाया–"इंजीनियर से मेरी जान-पहचान है। मैं उसके साथ काम कर चुका हूं। वह उन्हें खूब लथेड़ेगा।"

इस पर बूढ़े हरिदास ने उपदेश दिया–"यारो, स्वार्थ की बात है। नहीं तो सच यह है कि यह मनुष्य नहीं, देवता है। भला और नहीं तो साल-भर में कमीशन के 10 हजार तो होते होंगे। इतने रुपयों को ठीकरे की तरह तुच्छ समझना क्या कोई सहज बात है? एक हम हैं कि कौड़ियों के पीछे ईमान बेचते फिरते हैं। जो सज्जन पुरुष हमसे एक पाई का रवादार न हो, सब प्रकार के कष्ट उठाकर भी जिसकी नीयत डावांडोल न हो, उसके साथ ऐसा नीच और कुटिल बरताव करना पड़ता है। इसे अपने अभाग्य के सिवा और क्या समझें?"

शाहबाज खां ने फरमाया–"हां; इसमें तो कोई शक नहीं कि यह शख्स नेकी का फरिश्ता है।"

सेठ चुन्नीलाल ने गंभीरता से कहा–"खां साहब! बात तो वही है, जो तुम

कहते हो, लेकिन किया क्या जाए? नेकनीयती से तो काम नहीं चलता। यह दुनिया तो छल-कपट की है।"

मिस्टर गोपालदास बी.ए. पास थे। वे गर्व के साथ बोले—"इन्हें जब इस तरह रहना था तो नौकरी करने की क्या जरूरत थी? यह कौन नहीं जानता कि नीयत को साफ रखना अच्छी बात है, मगर यह भी तो देखना चाहिए कि इसका दूसरों पर क्या असर पड़ता है। हमको तो ऐसा आदमी चाहिए, जो खुद खाए और हमें भी खिलाए। खुद हलवा खाए, हमें रूखी रोटियां ही खिलाए। वह अगर एक रुपया कमीशन लेगा तो उसकी जगह पांच का फायदा कर देगा। इन महाशय के यहां क्या है? इसीलिए आप जो चाहें कहें, मेरी तो कभी इनसे निभ नहीं सकती।"

शाहबाज खां बोले—"हां, नेक और पाक-साफ रहना जरूर अच्छी चीज है, मगर ऐसी नेकी ही क्या, जो दूसरों की जान ले ले?"

बूढ़े हरिदास की बातों की जिन लोगों ने पुष्टि की थी, वे सब गोपालदास की हां-में-हां मिलाने लगे! निर्बल आत्माओं में सच्चाई का प्रकाश जुगनू की चमक की तरह होता है।

सरदार साहब की एक पुत्री थी। उसका विवाह मेरठ के एक वकील के लड़के से ठहरा था। लड़का होनहार था। जाति-कुल का ऊंचा था। सरदार साहब ने कई महीने की दौड़-धूप में इस विवाह को तय किया था। और सब बातें तय हो चुकी थीं, केवल दहेज का निर्णय नहीं हुआ था।

आज वकील साहब का एक पत्र आया। उसने इस बात का भी निश्चय कर दिया, मगर विश्वास, आशा और वचन के बिलकुल प्रतिकूल। पहले वकील साहब ने एक जिले के इंजीनियर के साथ किसी प्रकार का ठहराव व्यर्थ समझा—बड़ी सस्ती उदारता प्रकट की।

इस लज्जित और घृणित व्यवहार पर खूब आंसू बहाए, मगर जब ज्यादा पूछताछ करने पर सरदार साहब के धन-वैभव का भेद खुल गया, तब दहेज का ठहराना आवश्यक हो गया।

सरदार साहब ने आशंकित हाथों से पत्र खोला, पांच हजार रुपये से कम पर विवाह नहीं हो सकता। वकील साहब को बहुत खेद और लज्जा थी कि वे इस विषय में स्पष्ट होने पर मजबूर किए गए, मगर वे अपने खानदान के कई बूढ़े खुर्राट, विचारहीन, स्वार्थांध महात्माओं के हाथों बहुत तंग थे। इस पर उनका कोई वश न था।

इंजीनियर साहब ने एक लंबी सांस खींची, सारी आशाएं मिट्टी में मिल गईं। क्या सोचते थे और क्या हो गया! विकल होकर कमरे में टहलने लगे।

उन्होंने जरा देर बाद पत्र को उठा लिया और अंदर चले गए। विचारा कि यह पत्र रमा को सुनाएं, मगर फिर ख्याल आया कि यहां सहानुभूति की कोई आशा नहीं। क्यों अपनी निर्बलता दिखाऊं? क्यों मूर्ख बनूं? वह बिना बातों के बात न करेगी। यह सोचकर वे आंगन से लौट गए।

सरदार साहब स्वभाव के बड़े दयालु थे और कोमल हृदय आपत्तियों में स्थिर नहीं रह सकता। वे दु:ख और ग्लानि से भरे हुए सोच रहे थे–'मैंने ऐसे कौन-से बुरे काम किए हैं जिनका मुझे यह फल मिल रहा है? बरसों की दौड़-धूप के बाद जो कार्य सिद्ध हुआ था, वह क्षण-मात्र में नष्ट हो गया। अब वह मेरी सामर्थ्य से बाहर है। मैं उसे नहीं संभाल सकता। चारों ओर अंधकार है। कहीं आशा का प्रकाश नहीं। कोई मेरा सहायक नहीं।' उनके नेत्र सजल हो गए।

सामने मेज पर ठेकेदारों के बिल रखे हुए थे। वे कई सप्ताहों से यों ही पड़े थे। सरदार ने उन्हें खोलकर भी न देखा था। आज इस आत्मिक ग्लानि और नैराश्य की अवस्था में उन्होंने इन बिलों को सतृष्ण आंखों से देखा। जरा से इशारे पर ये सारी कठिनाइयां दूर हो सकती हैं। चपरासी और क्लर्क केवल मेरी सम्मति के सहारे सब कुछ कर लेंगे। मुझे जबान हिलाने की भी जरूरत नहीं। न मुझे लज्जित ही होना पड़ेगा। इन विचारों का इतना प्राबल्य हुआ कि वे वास्तव में बिलों को उठाकर गौर से देखने और हिसाब लगाने लगे कि उनमें कितनी निकासी हो सकती है।

शीघ्र ही आत्मा ने सरदार साहब को जगा दिया–'आह! मैं किस भ्रम में पड़ा हुआ हूं? क्या उस आत्मिक पवित्रता को, जो मेरी जन्म-भर की कमाई है, केवल थोड़े-से धन पर अर्पण कर दूं? जो मैं अपने सहकारियों के सामने गर्व से सिर उठाए चलता था, जिससे मोटरकार वाले भ्रातृगण आंखें नहीं मिला सकते थे, वही मैं आज अपने उस सारे गौरव और मान को, अपनी संपूर्ण आत्मिक संपत्ति को दस-पांच हजार रुपयों पर त्याग दूं? ऐसा कदापि नहीं हो सकता।'

अब उस कुविचार को परास्त करने के लिए, जिसने क्षण-मात्र के लिए उन पर विजय पा ली थी, वे उस सुनसान कमरे में जोर से ठठाकर हंसे। चाहे यह हंसी उन बिलों ने और कमरे की दीवारों ने न सुनी हो, मगर उनकी आत्मा ने अवश्य सुनी। उस आत्मा को एक कठिन परीक्षा में पार पाने पर परम आनंद हुआ।

सरदार साहब ने उन बिलों को उठाकर मेज के नीचे डाल दिया, फिर उन्हें पैरों से कुचला, तब इस विजय पर मुस्कराते हुए वे अंदर गए।

बड़े इंजीनियर साहब नियत समय पर शाहजहांपुर आए। उसके साथ सरदार साहब का दुर्भाग्य भी आया। जिले के सारे काम अधूरे पड़े हुए थे। उनके

खानसामा ने कहा–"हुजूर! काम कैसे पूरा हो? सरदार साहब ठेकेदारों को बहुत तंग करते हैं।"

हेड क्लर्क ने दफ्तर के हिसाब को भ्रम और भूलों से भरा हुआ पाया। उन्हें सरदार साहब की तरफ से न कोई दावत दी गई और न कोई भेंट! तो क्या वे सरदार साहब के नातेदार थे, जो गलतियां न निकालते।

जिले के ठेकेदारों ने एक बहुमूल्य डाली सजाई और उसे बड़े इंजीनियर साहब की सेवा में लेकर हाजिर हुए।

ठेकेदारों में से एक बोला–"हुजूर! चाहे गुलामों को गोली मार दें, मगर सरदार साहब का अन्याय अब नहीं सहा जाता। कहने को तो कमीशन नहीं लेते, मगर सच पूछिए तो जान ले लेते हैं।"

चीफ इंजीनियर साहब ने मुआयने की किताब में लिखा–

"सरदार शिवसिंह बहुत ईमानदार आदमी हैं। उनका चरित्र उज्ज्वल है, मगर वे इतने बड़े जिले के कार्य का भार नहीं संभाल सकते।"

इसका परिणाम यह हुआ कि वे एक छोटे-से जिले में भेज दिए गए और उनका दरजा भी घटा दिया गया।

सरदार साहब के मित्रों और स्नेहियों ने बड़े समारोह से एक जलसा किया। उसमें उनकी धर्मनिष्ठा और स्वतंत्रता की प्रशंसा की। सभापति ने सजल नेत्र होकर कंपित स्वर में कहा–"सरदार साहब के वियोग का दु:ख हमारे दिल में सदा खटकता रहेगा। यह घाव कभी न भरेगा।"

मगर 'फेयरवेल डिनर' में यह बात सिद्ध हो गई कि स्वादिष्ट पदार्थों के सामने वियोग का दु:ख दुस्सह नहीं।

यात्रा का सामान तैयार था। सरदार साहब जलसे से आए तो रमा ने उन्हें बहुत उदास और मलिनमुख देखा। उसने बार-बार कहा था कि बड़े इंजीनियर के खानसामा को इनाम दो, हेड क्लर्क की दावत करो; मगर सरदार साहब ने उसकी बात न मानी थी, इसलिए जब उसने सुना कि उनका दरजा घटा दिया गया और बदली भी हुई, तब उसने बड़ी निर्दयता से व्यंग्य-बाण चलाए, मगर इस वक्त उन्हें उदास देखकर उससे न रहा गया, वह बोली–"क्यों इतने उदास हो?"

सरदार साहब ने उत्तर दिया–"क्या करूं, हंसूं?"

रमा ने गंभीर स्वर से कहा–"हंसना ही चाहिए। रोए तो वह जिसने कौड़ियों पर अपनी आत्मा भ्रष्ट की हो, जिसने रुपयों पर अपना धर्म बेच दिया हो। यह बुराई का दंड नहीं है। यह भलाई और सज्जनता का दंड है, इसे सानंद झेलना चाहिए।"

यह कहकर रमा ने पति की ओर देखा तो उसके नेत्रों में सच्चा अनुराग भरा हुआ दिखाई दिया।

सरदार साहब ने भी उसकी ओर स्नेहपूर्ण दृष्टि से देखा। उनकी हृदयेश्वरी का मुखारविंद सच्चे आमोद से विकसित था। उसे गले लगाकर मदुलता से बोले–"रमा! मुझे तुम्हारी ही सहानुभूति की जरूरत थी, अब मैं इस दंड को सहर्ष सह सकूंगा।"

28

सेवा-मार्ग

तारा—स्वामीजी! मेरी अब कोई इच्छा नहीं। मैं केवल सेवा की आज्ञा चाहती हूं।

साधु—मैं दिखा दूंगा कि ऐसे योग साधकर मनुष्य का हृदय निर्जीव नहीं होता। मैं भंवरे के सदृश तुम्हारे सौंदर्य पर मंडराऊंगा। पपीहे की तरह तुम्हारे प्रेम की रट लगाऊंगा। हम दोनों प्रेम की नौका पर ऐश्वर्य और वैभव की नदी की सैर करेंगे, प्रेम कुंजों में बैठकर प्रेम-चर्चा करेंगे और आनंद के मनोहर राग गाएंगे।

तारा ने कहा—"स्वामीजी, सेवा-मार्ग पर चलकर मैं सब अभिलाषाओं से परे हो गई—अब हृदय में और कोई इच्छा शेष नहीं है।"

तारा ने बारह वर्ष दुर्गा की तपस्या की—न पलंग पर सोई, न केशों को संवारा और न नेत्रों में सुर्मा लगाया। पृथ्वी पर सोती, गेरुआ वस्त्र पहनती और रूखी रोटियां खाती। उसका मुख मुरझाई हुई कली की भांति था, नेत्र ज्योतिहीन और हृदय एक शून्य बीहड़ मैदान। उसे केवल यही लौ लगी थी कि दुर्गा के दर्शन पाऊं। शरीर मोमबत्ती की तरह घुलता था, पर यह लौ दिल से नहीं जाती—यही उसकी इच्छा थी, यही उसका जीवनोद्देश्य।

माता समझाती–"क्या तू सारा जीवन रो-रोकर काटेगी? इस समय के देवता पत्थर के होते हैं। पत्थर को भी कभी किसी ने पिघलते देखा है? देख, तेरी सखियां पुष्प की भांति विकसित हो रही हैं, नदी की तरह बढ़ रही हैं; क्या तुझे मुझ पर दया नहीं आती?"

तारा कहती–"माता, अब तो जो लगन लगी, वह लगी। या तो देवी के दर्शन पाऊंगी या यही इच्छा लिये संसार से प्रयाण कर जाऊंगी। तुम समझ लो, मैं मर गई।"

इस प्रकार पूरे बारह वर्ष व्यतीत हो गए और तब देवी प्रसन्न हुईं।

रात्रि का समय था। चारों ओर सन्नाटा छाया हुआ था। मंदिर में एक धुंधला-सा घी का दीपक जल रहा था। तारा दुर्गा के पैरों पर माथा नवाए सच्ची भक्ति का परिचय दे रही थी।

एकाएक उस पाषाण मूर्ति देवी के तन में स्फूर्ति प्रकट हुई–तारा के रोंगटे खड़े हो गए। वह धुंधला दीपक देदीप्यमान हो गया। मंदिर में चित्ताकर्षक सुगंध फैल गई और वायु में सजीवता प्रतीत होने लगी। देवी का उज्ज्वल रूप चंद्रमा की भांति चमकने लगा। ज्योतिर्मय नेत्र जगमगा उठे। होंठ खुल गए। आवाज आई–"तारा! मैं तुमसे बहुत प्रसन्न हूं। मांग, क्या वर मांगती है?"

तारा खड़ी हो गई। उसका शरीर इस भांति कांप रहा था, जैसे प्रातःकाल में किसी कृषक के गाने का कंपित स्वर। उसे मालूम हो रहा था मानो वह वायु में उड़ी जा रही हो। उसे अपने हृदय में उच्च विचार और पूर्ण प्रकाश का आभास प्रतीत हो रहा था। उसने दोनों हाथ जोड़कर भक्ति-भाव से कहा–"भगवती, तुमने मेरी बारह वर्ष की तपस्या पूरी की, किस मुख से तुम्हारा गुणानुवाद गाऊं! मुझे संसार की वे अलभ्य वस्तुएं प्रदान हों, जो इच्छाओं की सीमा और मेरी अभिलाषाओं का अंत है। मैं वह ऐश्वर्य चाहती हूं, जो सूर्य को भी मात कर दे।"

देवी ने मुस्कराकर कहा–"स्वीकृत है।"

तारा–वह धन, जो काल-चक्र को भी लज्जित करे।

देवी ने मुस्कराकर कहा–"स्वीकृत है।"

तारा–वह सौंदर्य, जो अद्वितीय हो।

देवी ने मुस्कराकर कहा–"यह भी स्वीकृत है।

तारा कुंवरि ने शेष रात्रि जागकर व्यतीत की। प्रभात काल में उसकी आंखें क्षण-भर के लिए झपक गईं–जागी तो देखा कि मैं सिर से पांव तक हीरे व जवाहरातों से लदी हूं। उसके विशाल भवन के कलश आकाश से बातें कर रहे

थे। सारा भवन संगमरमर से बना हुआ, अमूल्य पत्थरों से जड़ा हुआ था। द्वार पर मीलों तक हरियाली छाई हुई थी। दासियां स्वर्णाभूषणों से लदी हुई सुनहरे कपड़े पहने हुए चारों ओर दौड़ती थीं। तारा को देखते ही वे स्वर्ण के लोटे और कटोरे लेकर दौड़ीं।

तारा ने देखा कि मेरा पलंग हाथीदांत का है। भूमि पर बड़े कोमल बिछौने बिछे हुए हैं। सिरहाने की ओर एक बड़ा सुंदर और ऊंचा शीशा रखा हुआ है। तारा ने उसमें अपना रूप देखा तो चकित रह गई। उसका रूप चंद्रमा को भी लज्जित करता था। दीवार पर अनेकानेक सुप्रसिद्ध चित्रकारों के मनमोहक चित्र टंगे थे, पर ये सब-के-सब तारा की सुंदरता के आगे तुच्छ थे।

तारा को अपनी सुंदरता पर गर्व हुआ। वह कई दासियों को लेकर वाटिका में गई। वहां की छटा देखकर वह मुग्ध हो गई। वायु में गुलाब और केसर घुले हुए थे। रंग-बिरंग के पुष्प, वायु के मंद-मंद झोंकों से मतवालों की तरह झूम रहे थे। तारा ने एक गुलाब का फूल तोड़ लिया और उसके रंग और कोमलता की अपने अधर-पल्लव से समानता करने लगी। गुलाब में वह कोमलता न थी। वाटिका के मध्य में एक बिल्लौर जड़ित हौज था।

इसमें हंस और बत्तख किलोलें कर रहे थे। एकाएक तारा को ध्यान आया, मेरे घर के लोग कहां हैं? दासियों से पूछा तो उन्होंने कहा–"वे लोग पुराने घर में हैं।"

तारा ने अपनी अटारी पर जाकर देखा। उसे अपना पहला घर एक साधारण झोंपड़े की तरह दृष्टिगोचर हुआ, उसकी बहनें उसकी साधारण दासियों के समान भी न थीं। मां को देखा, वह आंगन में बैठी चरखा कात रही थी। तारा पहले सोचा करती थी कि जब मेरे दिन चमकेंगे, तब मैं इन लोगों को भी अपने साथ रखूंगी और उनकी भली-भांति सेवा करूंगी, पर इस समय धन के गर्व ने उसकी पवित्र हार्दिक इच्छा को निर्बल बना दिया था। उसने घरवालों को स्नेहरहित दृष्टि से देखा और वह उस मनोहर गान को सुनने चली गई, जिसकी प्रतिध्वनि उसके कानों में आ रही थी।

एकबारगी जोर से एक धमाका हुआ–बिजली चमकी और बिजली की छटाओं के बीच से एक ज्योतिस्वरूप नवयुवक निकलकर तारा के सामने नम्रता से आकर खड़ा हो गया।

तारा ने पूछा–"तुम कौन हो?"

नवयुवक ने कहा–"श्रीमती, मुझे विद्युत सिंह कहते हैं। मैं श्रीमती का आज्ञाकारी हूं।"

उसके विदा होते ही वायु के उष्ण झोंके चलने लगे। आकाश में एक प्रकाश दृष्टिगोचर हुआ। वह क्षण-मात्र में उतरकर तारा कुंवरि के समीप ठहर गया। उसमें से एक ज्वालामुखी मनुष्य ने निकलकर तारा के पदों को चूमा।

तारा ने पूछा–"तुम कौन हो?"

उस मनुष्य ने उत्तर दिया–"श्रीमती, मेरा नाम अग्नि सिंह है! मैं श्रीमती का आज्ञाकारी सेवक हूं।"

वह अभी जाने भी न पाया था कि एकबारगी सारा महल ज्योति से प्रकाशमान हो गया। जान पड़ता था, सैकड़ों बिजलियां मिलकर चमक रही हैं। वायु सवेग हो गई। एक जगमगाता हुआ सिंहासन आकाश पर दीख पड़ा। वह शीघ्रता से पृथ्वी की ओर चला और तारा कुंवरि के पास आकर ठहर गया। उससे एक प्रकाशमान रूप का बालक, जिसके रूप से गंभीरता प्रकट होती थी, निकलकर तारा के सामने निष्ठा-भाव से खड़ा हो गया।

तारा ने पूछा–"तुम कौन हो?"

बालक ने उत्तर दिया–"श्रीमती! मुझे मिस्टर रेडियम कहते हैं। मैं श्रीमती का आज्ञापालक हूं।"

3

धनी लोग तारा के भय से थर्राने लगे। उसके आश्चर्यजनक सौंदर्य ने संसार को चकित कर दिया। बड़े-बड़े महीपति उसकी चौखट पर माथा रगड़ने लगे। जिसकी ओर उसकी कृपा-दृष्टि हो जाती, वह अपना अहोभाग्य समझता और सदैव के लिए उसका बेदाम का गुलाम बन जाता।

एक दिन तारा अपनी आनंद-वाटिका में टहल रही थी। अचानक किसी के गाने का मनोहर शब्द सुनाई दिया। तारा विक्षिप्त हो गई। उसके दरबार में संसार के अच्छे-अच्छे गवैये मौजूद थे; पर वह चित्ताकर्षकता, जो इन सुरों में थी, कभी अवगत न हुई थी। तारा ने गायक को बुला भेजा।

एक क्षण के अनंतर वाटिका में एक साधु आया–सिर पर जटाएं, शरीर में भस्म रमाए। उसके साथ एक टूटी हुई बीन थी। उसी से वह प्रभावशाली स्वर निकालता था, जो हृदय के अनुरक्त स्वरों से कहीं प्रिय था। साधु आकर हौज के किनारे बैठ गया। उसने तारा के सामने शिष्ट भाव नहीं दिखाया। आश्चर्य से इधर-उधर दृष्टि नहीं डाली। उस रमणीय स्थान में वह अपना सुर अलापने लगा।

तारा का चित्त विचलित हो उठा। दिल में अनुराग का संचार हुआ। वह मदमत्त होकर टहलने लगी।

साधु के सुमनोहर मधुर अलाप से पक्षी मग्न हो गए। पानी में लहरें उठने लगीं और वृक्ष झूमने लगे।

तारा ने उन चित्ताकर्षक सुरों से एक चित्र खिंचते हुए देखा–धीरे-धीरे चित्र प्रकट होने लगा। उसमें स्फूर्ति आई और वह खड़ी होकर नृत्य करने लगी।

तारा चौंक पड़ी। उसने देखा कि यह मेरा ही चित्र है, नहीं, मैं ही हूं। मैं ही बीन की तान पर नृत्य कर रही हूं। उसे आश्चर्य हुआ कि मैं संसार की अलभ्य वस्तुओं की रानी हूं अथवा एक स्वर-चित्र। वह सिर धुनने लगी और मतवाली होकर साधु के पैरों से जा लगी। उसकी दृष्टि में आश्चर्यजनक परिवर्तन हो गया–सामने के फल-फूल, वृक्ष और तरंगें मारता हुआ हौज और मनोहर कुंज सब लोप हो गए। केवल वही साधु बैठा बीन बजा रहा था और वह स्वयं उसकी तानों पर थिरक रही थी।

वह साधु अब प्रकाशमय तारा और अलौकिक सौंदर्य की मूर्ति बन गया था। जब मधुर अलाप बंद हुआ, तब तारा होश में आई। उसका चित्त हाथ से जा चुका था। वह उस विलक्षण साधु के हाथों बिक चुकी थी।

तारा बोली–"स्वामीजी! यह महल, यह धन, यह सुख और सौंदर्य–सब आपके चरण-कमल पर निछावर हैं। इस अंधेरे महल को अपने कोमल चरणों से प्रकाशमान कीजिए।"

साधु–साधुओं को महल और धन से क्या काम? मैं इस घर में नहीं ठहर सकता।

तारा–संसार के सारे सुख आपके लिए उपस्थित हैं।

साधु–मुझे सुखों की कामना नहीं।

तारा–मैं आजीवन आपकी दासी रहूंगी।

यह कहकर तारा ने आईने में अपने अलौकिक सौंदर्य की छटा देखी और उसके नेत्रों में चंचलता आ गई।

साधु–तारा कुंवरि, मैं इस योग्य नहीं हूं।

यह कहकर साधु ने बीन उठाई और द्वार की ओर चला।

तारा का गर्व टूक-टूक हो गया–लज्जा से सिर झुक गया। वह मूर्च्छित होकर भूमि पर गिर पड़ी–चेत हुआ तो मन में सोचा–'मैं धन में, ऐश्वर्य में, सौंदर्य में जो अपनी समता नहीं रखती, एक साधु की दृष्टि में इतनी तुच्छ!'

तारा को अब किसी प्रकार चैन नहीं था। उसे अपना भवन और ऐश्वर्य भयानक मालूम होने लगा। बस, साधु का एक चंद्रस्वरूप उसकी आंखों में नाच रहा था और उसका स्वर्गिक गान कानों में गूंज रहा था। उसने अपने गुप्तचरों को

बुलाया और साधु का पता लगाने की आज्ञा दी। बहुत छानबीन के पश्चात् उसकी कुटी का पता लगा।

तारा नित्यप्रति वायुयान पर बैठकर साधु के पास जाती; कभी उस पर लाल, जवाहर लुटाती; कभी रत्न और आभूषण की छटा दिखाती, पर साधु इससे तनिक विचलित न हुआ। तारा के माया जाल का उस पर कुछ भी असर न हुआ।

तारा कुंवरि फिर दुर्गा के मंदिर में गई और देवी के चरणों पर सिर रखकर बोली–"माता, तुमने मुझे संसार के सारे दुर्लभ पदार्थ प्रदान किए। मैंने समझा था कि ऐश्वर्य में संसार को दास बना लेने की शक्ति है, पर मुझे अब ज्ञात हुआ कि प्रेम पर ऐश्वर्य, सौंदर्य और वैभव का कुछ भी अधिकार नहीं। अब एक बार मुझ पर वही कृपा-दृष्टि हो। कुछ ऐसा कीजिए कि जिस निष्ठुर के प्रेम में मैं मरी जा रही हूं, उसे भी मुझे देखे बिना चैन न आए। उसकी आंखों में भी नींद हराम हो जाए, वह भी मेरे प्रेम-मद में चूर हो जाए।"

देवी के होंठ खुले, मुस्कराईं। उनके अधर-पल्लव विकसित हुए तो बोली सुनाई दी–"तारा, मैं संसार के पदार्थ प्रदान कर सकती हूं, पर स्वर्ग-सुख मेरी शक्ति से बाहर है। 'प्रेम' स्वर्ग-सुख का मूल है।"

तारा–माता, संसार के सारे ऐश्वर्य मुझे जंजाल जान पड़ते हैं। बताइए, मैं अपने प्रेम को कैसे पाऊंगी?

देवी–उसका एक ही मार्ग है, पर वह बहुत ही कठिन है। भला, तुम उस पर चल सकोगी?

तारा–वह कितना भी कठिन हो, मैं उस मार्ग का अवलंबन अवश्य करूंगी।

देवी–अच्छा, तो सुनो; वह सेवा-मार्ग है। सेवा करो, प्रेम सेवा से ही मिल सकता है।

तारा ने अपने बहुमूल्य जड़ाऊं आभूषणों और रंगीन वस्त्रों को उतार दिया। दासियों से विदा हुई और राजभवन को त्याग दिया। वह अकेली, नंगे पैर साधु की कुटी में चली आई और सेवा-मार्ग का अवलंबन किया।

वह कुछ रात रहे उठती। कुटी में झाड़ू देती। साधु के लिए गंगा से जल लाती। जंगलों से पुष्प चुनती। जब साधु नींद में होते तो वह उन्हें पंखा झलती। जंगली फल तोड़ लाती और केले के पत्तल बनाकर साधु के सम्मुख रखती।

साधु नदी में स्नान करने जाया करते थे–तारा रास्ते से कंकर चुनती। उसने कुटी के चारों ओर पुष्प लगाए। गंगा से पानी लाकर सींचती और उन्हें हरा-भरा देखकर प्रसन्न होती। उसने मदार की रुई बटोरी और साधु के लिए नर्म गद्दे

तैयार किए। अब उसकी और कोई कामना न थी! सेवा स्वयं अपना पुरस्कार और फल थी।

तारा को कई-कई दिन तक उपवास करना पड़ता। हाथों में गट्टे पड़ गए–पैर कांटों से छलनी हो गए। धूप से कोमल गात मुरझा गया। गुलाब-सा बदन सूख गया, पर उसके हृदय में अब स्वार्थ और गर्व का शासन न था। वहां अब प्रेम का राज था; वहां अब उस सेवा की लगन थी, जिससे कलुषता की जगह आनंद का स्रोत बहता और कांटे पुष्प बन जाते हैं–जहां अश्रुधारा की जगह नेत्रों से अमृतजल की वर्षा होती और दुःख-विलाप की जगह आनंद के राग निकलते हैं–जहां के पत्थर रुई से ज्यादा कोमल हैं और शीतल वायु से भी मनोहर।

तारा भूल गई कि मैं सौंदर्य में अद्वितीय हूं। धन विलासिनी तारा अब केवल प्रेम की दासी थी।

साधु को वन के खगों और मृगों से प्रेम था। वे कुटी के पास एकत्रित हो जाते! तारा उन्हें पानी पिलाती, दाने चुगाती, गोद में लेकर उनका दुलार करती। विषधर सांप और भयानक जंतु उसके प्रेम के प्रभाव से उसके सेवक बन गए।

बहुधा रोगी मनुष्य साधु से आशीर्वाद लेने आते थे। तारा रोगियों की सेवा-सुश्रूषा करती, जंगल से जड़ी-बूटियां ढूंढ लाती, उनके लिए औषधि बनाती, उनके घाव धोती, घावों पर मरहम रखती, रात-रात भर बैठी उन्हें पंखा झलती। साधु के आशीर्वाद को उसकी सेवा प्रभावयुक्त बना देती थी।

इस प्रकार कितने ही वर्ष बीत गए। गर्मी के दिन थे, पृथ्वी तवे की तरह जल रही थी। हरे-भरे वृक्ष सूखे जाते थे। गंगा गर्मी से सिमट गई थी। तारा को पानी के लिए बहुत दूर रेत में चलना पड़ता। उसका कोमल अंग चूर-चूर हो जाता। जलती हुई रेत में तलवे भुन जाते। इसी दशा में एक दिन वह हताश होकर एक वृक्ष के नीचे क्षण-भर दम लेने के लिए बैठ गई। उसके नेत्र बंद हो गए। उसने देखा, देवी मेरे सम्मुख खड़ी कृपादृष्टि से मुझे देख रही हैं। तारा ने दौड़कर उनके पदों को चूमा।

देवी ने पूछा–"तारा, तेरी अभिलाषा पूरी हुई?"

तारा–हां माता, मेरी अभिलाषा पूरी हुई।

देवी–तुझे प्रेम मिल गया?

तारा–नहीं माता, मुझे उससे भी उत्तम पदार्थ मिल गया। मुझे प्रेम के हीरे के बदले सेवा का पारस मिल गया। मुझे ज्ञात हुआ है कि प्रेम सेवा का चाकर है। सेवा के सामने सिर झुकाकर अब मैं प्रेम-भिक्षा नहीं चाहती। अब मुझे किसी दूसरे सुख की अभिलाषा नहीं। सेवा ने मुझे आदर, सुख–सबसे निवृत्त कर दिया।

देवी इस बार मुस्कराई नहीं। उसने तारा को हृदय से लगाया और दृष्टि से ओझल हो गईं।

4

संध्या का समय था। आकाश में तारे चमकते थे, जैसे कमल पर पानी की बूंदें। वायु में चित्ताकर्षक शीतलता आ गई थी। तारा एक वृक्ष के नीचे खड़ी चिड़ियों को दाना चुगाती थी कि एकाएक साधु ने आकर उसके चरणों पर सिर झुकाया और बोला–"तारा, तुमने मुझे जीत लिया। तुम्हारा ऐश्वर्य, धन और सौंदर्य जो कुछ न कर सका, वह तुम्हारी सेवा ने कर दिखाया। तुमने मुझे अपने प्रेम में आसक्त कर लिया। अब मैं तुम्हारा दास हूं। बोलो, तुम मुझसे क्या चाहती हो? तुम्हारे संकेत पर अब मैं अपना योग और वैराग्य सब कुछ न्योछावर कर देने के लिए प्रस्तुत हूं।"

तारा–स्वामीजी! मेरी अब कोई इच्छा नहीं। मैं केवल सेवा की आज्ञा चाहती हूं।

साधु–मैं दिखा दूंगा कि ऐसे योग साधकर मनुष्य का हृदय निर्जीव नहीं होता। मैं भंवरे के सदृश तुम्हारे सौंदर्य पर मंडराऊंगा। पपीहे की तरह तुम्हारे प्रेम की रट लगाऊंगा। हम दोनों प्रेम की नौका पर ऐश्वर्य और वैभव की नदी की सैर करेंगे, प्रेम कुंजों में बैठकर प्रेम-चर्चा करेंगे और आनंद के मनोहर राग गाएंगे।

तारा ने कहा–"स्वामीजी, सेवा-मार्ग पर चलकर मैं सब अभिलाषाओं से परे हो गई–अब हृदय में और कोई इच्छा शेष नहीं है।"

साधु ने इन शब्दों को सुना तो तारा के चरणों पर शीश नवाया और गंगा की ओर चल दिया

29

सौत

मुलिया ने दसिया को छाती से लगाकर कहा–"क्यों रोती है बहन? वह चला गया। मैं तो हूं। किसी बात की चिंता न कर। इसी घर में हम और तुम दोनों उसके नाम पर बैठेंगी। मैं वहां भी देखूंगी–यहां भी देखूंगी। कोई तुमसे गहने-पाते मांगे तो मत देना।"

दसिया का जी होता था कि सिर पटककर मर जाए। इसे उसने कितना जलाया, कितना रुलाया और घर से निकालकर छोड़ा।

मुलिया ने पूछा–"जिस-जिसके रुपये हों, सूरत करके मुझे बता देना। मैं झगड़ा नहीं रखना चाहती। बच्चा दुबला क्यों हो रहा है?"

दसिया बोली–"मेरे दूध होता ही नहीं। गाय जो तुम छोड़ गई थीं, वह मर गई–दूध नहीं पाता।"

"राम-राम! बेचारा मुरझा गया। मैं कल ही गाय लाऊंगी। सभी गृहस्थी उठा लाऊंगी। वहां क्या रखा है?"

जब मुलिया के दो-तीन बच्चे होकर मर गए और उम्र ढल चली, तो रामू का प्रेम उससे कुछ कम होने लगा और दूसरे ब्याह की धुन सवार हुई। आए दिन मुलिया से बक-झक होने लगी। रामू एक-न-एक बहाना खोजकर मुलिया पर बिगड़ता और उसे मारता। अंत में वह नई स्त्री ले ही आया। इसका नाम था दासी–चंपई रंग था, बड़ी-बड़ी आंखें,

जवानी की उम्र। पीली और ढलती हुई मुलिया भला इस नवयौवना के सामने क्या जंचती! फिर भी वह जाते हुए स्वामित्व को, जितने दिन हो सके, अपने अधिकार में रखना चाहती थी। तिगरते हुए छप्पर को वह थूनियों से संभालने की चेष्टा कर रही थी। इस घर को उसने मर-मरकर बनाया है। उसे सहज में ही नहीं छोड़ सकती। वह इतनी बेसमझ नहीं है कि घर छोड़कर चली जाए और दासी राज करे।

एक दिन मुलिया ने रामू से कहा—"मेरे पास साड़ी नहीं है, जाकर ला दो।"

रामू उससे एक दिन पहले दासी के लिए अच्छी-सी चुंदरी लाया था। मुलिया की मांग सुनकर बोला—"मेरे पास अभी रुपया नहीं है।"

मुलिया को साड़ी की उतनी चाह न थी जितनी रामू और दसिया के आनंद में विघ्न डालने की बात थी। वह बोली—"रुपये नहीं थे, तो कल अपनी चहेती के लिए चुंदरी क्यों लाए? चुंदरी के बदले उसी दाम में दो साड़ियां लाते, तो एक मेरे काम न आ जाती?"

रामू ने स्वेच्छा भाव से कहा—"मेरी इच्छा, जो चाहूंगा, करूंगा—तू बोलने वाली कौन है? अभी उसके खाने-खेलने के दिन है। तू चाहती है, उसे अभी से नोन-तेल की चिंता में डाल दूं। यह मुझसे न होगा। तुझे ओढ़ने-पहनने की साध है तो काम कर, भगवान ने क्या हाथ-पैर नहीं दिए। पहले तो घड़ी रात उठकर काम-धंधे में लग जाती थी। अब उसकी डाह में पहर दिन तक पड़ी रहती है, तो रुपये क्या आकाश से गिरेंगे? मैं तेरे लिए अपनी जान थोड़े ही दे दूंगा।"

मुलिया ने कहा—"तो क्या मैं उसकी लौंडी हूं कि वह रानी की तरह पड़ी रहे और मैं घर का सारा काम करती रहूं? इतने दिनों छाती फाड़कर काम किया, उसका यह फल मिला, तो अब मेरी बला काम करने आती है।"

"मैं जैसे रखूंगा, वैसे ही तुझे रहना पड़ेगा।"

"मेरी इच्छा होगी रहूंगी, नहीं तो अलग हो जाऊंगी।"

"जो तेरी इच्छा हो, कर! मेरा गला छोड़।"

"अच्छी बात है। आज से तेरा गला छोड़ती हूं, समझ लूंगी विधवा हो गई।"

2

रामू दिल में इतना तो समझता था कि यह गृहस्थी मुलिया की जोड़ी हुई है, चाहे उसके रूप में उसके लोचन-विलास के लिए आकर्षण न हो। संभव था, कुछ देर के बाद वह जाकर मुलिया को मना लेता, पर दासी भी कूटनीति में कुशल

थी। उसने गर्म लोहे पर चोटें जमाना शुरू कीं, बोली–"आज देवी की किस बात पर बिगड़ रहे थे?"

रामू ने उदास मन से कहा–"तेरी चुंदरी के पीछे मुलिया महाभारत मचाए हुए है। अब कहती है, अलग रहूंगी। मैंने कह दिया, तेरी जो इच्छा हो, कर।"

दसिया ने आंखें मटकाकर कहा–"यह सब नखरे हैं कि आकर हाथ-पांव जोड़े, मनावन करे–और कुछ नहीं। तुम चुपचाप बैठे रहो। दो-चार दिन में आप ही गरमी उतर जाएगी। तुम कुछ बोलना नहीं, उसका मिजाज और आसमान पर चढ़ जाएगा।"

रामू ने गंभीर भाव से कहा–"दासी, तुम जानती हो, वह कितनी घमंडिन है। वह मुंह से जो बात कहती है, उसे करके छोड़ती है।"

मुलिया को भी रामू से ऐसी कृतघ्नता की आशा न थी। वह जब पहले की-सी सुंदर नहीं, इसलिए रामू को अब उससे प्रेम नहीं है। पुरुष चरित्र में यह कोई असाधारण बात न थी, लेकिन रामू उससे अलग रहेगा, इसका उसे विश्वास न आता था। यह घर उसी ने पैसा-पैसा जोड़कर बनवाया। गृहस्थी भी उसी की जोड़ी हुई है। अनाज का लेन-देन उसी ने शुरू किया। इस घर में आकर उसने कौन-कौन से कष्ट नहीं झेले, इसीलिए तो कि पौरूख थक जाने पर एक टुकड़ा चैन से खाएगी और पड़ी रहेगी–आज वह इतनी निर्दयता से दूध की मक्खी की तरह निकालकर फेंक दी गई!

रामू ने इतना भी नहीं कहा–'तू अलग नहीं रहने पाएगी। मैं या तो खुद मर जाऊंगा या तुझे मार डालूंगा, पर तुझे अलग न होने दूंगा। तुझसे मेरा ब्याह हुआ है। हंसी-ठट्ठा नहीं है।'

जब रामू को उसकी परवाह नहीं है, तो वह रामू की क्यों परवाह करे? क्या सभी स्त्रियों के पुरुष बैठे होते हैं? सभी के मां-बाप, बेटे-पोते होते हैं। आज उसके लड़के जीते होते, तो मजाल थी कि यह नई स्त्री लाते और मेरी यह दुर्गति करते? इस निदई को मेरे ऊपर इतनी भी दया न आई?

नारी-हृदय की सारी परवशता इस अत्याचार से विद्रोह करने लगी। वही आग जो मोटी लकड़ी को स्पर्श भी नहीं कर सकती, फूस को जलाकर भस्म कर देती है।

3

दूसरे दिन मुलिया एक दूसरे गांव में चली गई। उसने अपने साथ कुछ न लिया। जो साड़ी उसकी देह पर थी, वही उसकी सारी संपत्ति थी। विधाता ने उसके बालकों को पहले ही छीन लिया था! आज घर भी छीन लिया।

रामू उस समय दासी के साथ बैठा हुआ आमोद-विनोद कर रहा था। मुलिया को जाते देखकर शायद वह समझ न सका कि वह चली जा रही है। मुलिया भी चोरों की भांति न जाना चाहती थी। वह दासी को, उसके पति को और सारे गांव को दिखा देना चाहती थी कि वह इस घर से धेले की भी चीज नहीं ले जा रही है। गांववालों की दृष्टि में रामू का अपमान करना ही उसका लक्ष्य था। उसके चुपचाप चले जाने से तो कुछ भी न होगा। रामू उल्टा सबसे कहेगा, मुलिया घर की सारी संपदा उठा ले गई।

उसने रामू को पुकारकर कहा—"संभालो अपना घर। मैं जाती हूं। तुम्हारे घर की कोई भी चीज अपने साथ नहीं ले जाती।"

रामू एक क्षण के लिए कर्तव्य-भ्रष्ट हो गया। क्या कहे, उसकी समझ में नहीं आया। उसे आशा न थी कि वह यों जाएगी। उसने सोचा था, जब वह घर ढोकर ले जाने लगेगी, तब वह गांववालों को दिखाकर उनकी सहानुभूति प्राप्त करेगा—अब वह क्या करे?

दसिया बोली—"जाकर गांव में ढिंढोरा पीट आओ। यहां किसी का डर नहीं है। तू अपने घर से ले ही क्या आई थी, जो कुछ लेकर जाओगी।"

मुलिया ने उसके मुंह न लगकर रामू से ही कहा—"सनुते हो, अपनी चहेती की बातें, फिर भी मुंह नहीं खुलता। मैं तो जाती हूं, लेकिन दस्सो रानी, तुम भी बहुत दिन राज न करोगी। ईश्वर के दरबार में अन्याय नहीं फलता। वह बड़े-बड़े घमंडियों को घमंड चूर कर देते हैं।"

दसिया ठट्ठा मारकर हंसी, पर रामू ने सिर झुका लिया। मुलिया वहां से चली गई।

4

मुलिया जिस नए गांव में आई थी, वह रामू के गांव से मिला ही हुआ था, अतएव यहां के लोग उससे परिचित हैं। वह कैसी कुशल गृहिणी है, कैसी मेहनती, कैसी बात की सच्ची, यह यहां किसी से छिपा न था। मुलिया को मजूरी मिलने में कोई बाधा न हुई। जो एक लेकर दो का काम करे, उसे काम की क्या कमी?

तीन साल अकेली मुलिया ने कैसे काटे, कैसे एक नई गृहस्थी बनाई और कैसे खेती शुरू की—इसका बयान करने बैठें, तो पोथी हो जाए। संचय के जितने मंत्र हैं, जितने साधन हैं, वे मुलिया को खूब मालूम थे, फिर अब उसे लाग हो गई थी और लाग में आदमी की शक्ति का पारावार नहीं रहता। गांववाले उसका

परिश्रम देखकर दांतों उंगली दबाते थे। वह रामू को दिखा देना चाहती है–मैं तुमसे अलग होकर भी आराम से रह सकती हूं। वह अब पराधीन नारी नहीं है। अपनी कमाई खाती है।

मुलिया के पास बैलों की एक अच्छी जोड़ी है। मुलिया उन्हें केवल खली-भूसी देकर नहीं रह जाती, रोज दो-दो रोटियां भी खिलाती है, फिर उन्हें घंटों सहलाती है। कभी-कभी उनके कंधों पर सिर रखकर रोती है और कहती है–'अब बेटे हो तो, पति हो तो–तुम्हीं हो। मेरी जान अब तुम्हारेही साथ है।'

दोनों बैल शायद मुलिया की भाषा और भाव समझते हैं। वे मनुष्य नहीं, बैल हैं। दोनों सिर नीचा करके मुलिया का हाथ चाटकर उसे आश्वासन देते हैं। वे उसे देखते ही कितने प्रेम से उसकी ओर ताकने लगते हैं, कितने हर्ष से कंधा झुकाकर जुआं रखवाते हैं और कैसा जी तोड़ काम करते हैं, यह वे लोग समझ सकते हैं, जिन्होंने बैलों की सेवा की है और उनके हृदय को अपनाया है।

मुलिया इस गांव की चौधराइन है। उसकी बुद्धि जो पहले नित्य आधार खोजती रहती थी और स्वच्छंद रूप से अपना विकास न कर सकती थी, अब छाया से निकलकर प्रौढ़ और उन्नत हो गई है।

एक दिन मुलिया घर लौटी, तो एक आदमी ने कहा–"तुमने नहीं सुना, चौधराइन, रामू तो बहुत बीमार है। सुना है कि दस लंघन हो गए हैं।"

मुलिया ने उदासीनता से कहा–"जूड़ी है क्या?"

"जूड़ी नहीं, कोई दूसरा रोग है। बाहर खाट पर पड़ा था। मैंने पूछा, कैसा जी है रामू? तो रोने लगा। बुरा हाल है। घर में एक पैसा भी नहीं कि दवा-दारू करें। दसिया के एक लड़का हुआ है। वह तो पहले भी काम-धंधा न करती थी और अब तो लड़कोरी है, कैसे काम करने जाए। सारी मार रामू के सिर जाती है, फिर गहने चाहिए, नई दुलहिन यों कैसे रहे?"

मुलिया ने घर में जाते हुए कहा–"जो जैसा करेगा, आप भोगेगा।"

लेकिन अंदर उसका जी न लगा। वह एक क्षण में फिर बाहर आई, शायद उस आदमी से कुछ पूछना चाहती थी और इस अंदाज से पूछना चाहती थी मानो उसे कुछ परवाह नहीं है।

पर वह आदमी चला गया था। मुलिया ने पूरब-पच्छिम जा-जाकर देखा। वह कहीं न मिला, तब मुलिया द्वार की चौखट पर बैठ गई। इसे वे शब्द याद आए, जो उसने तीन साल पहले रामू के घर से चलते समय कहे थे। उस वक्त जलन में उसने वह शाप दिया था। अब वह जलन न थी। समय ने उसे बहुत

कुछ शांत कर दिया था। रामू और दासी की हीनावस्था अब ईर्ष्या के योग्य नहीं, दया के योग्य थी।

उसने सोचा, रामू को दस लंघन हो गए हैं, तो अवश्य ही उसकी दशा अच्छी न होगी। कुछ ऐसा मोटा-ताजा तो पहले भी न था, दस लंघन ने तो बिलकुल ही घुला डाला होगा, फिर इधर खेती-बाड़ी में भी टोटा ही रहा। खाने-पीने को भी ठीक-ठीक न मिला होगा...।

पड़ोसी की एक स्त्री ने आग लेने के बहाने आकर पूछा–"सुना है, रामू बहुत बीमार है। जो जैसा करेगा, वैसा पाएगा। तुम्हें इतनी बेदर्दी से निकाला कि कोई अपने बैरी को भी न निकालेगा।"

मुलिया ने टोका–"नहीं दीदी, ऐसी बात न थी। वे तो बेचारे कुछ बोले ही नहीं। मैं चली तो सिर झुका लिया। दसिया के कहने में आकर वह चाहे जो कुछ कर बैठे हों, यों मुझे कभी कुछ नहीं कहा। किसी की बुराई क्यों करूं, फिर कौन मर्द ऐसा है, जो औरतों के बस में नहीं हो जाता। दसिया के कारण उनकी यह दशा हुई है।"

पड़ोसिन आग न मांग, मुंह फेरकर चली गई।

मुलिया ने कलसा और रस्सी उठाई और कुएं पर पानी खींचने गई। बैलों को सानी-पानी देने की बेला आ गई थी, पर उसकी आंखें उस रास्ते की ओर लगी हुई थीं, जो मलसी (रामू का गांव) को जाता था। कोई उसे बुलाने अवश्य आ रहा होगा। नहीं, बिना बुलाए वह कैसे जा सकती है? लोग कहेंगे, आखिर दौड़ी आई न!

मुलिया ने फिर सोचा–'मगर रामू तो अचेत पड़ा होगा। दस लंघन थोड़े नहीं होते। उसकी देह में था ही क्या, फिर उसे कौन बुलाएगा? दसिया को क्या गरज पड़ी है? कोई दूसरा घर कर लेगी। जवान है। सौ गाहक निकल आएंगे। अच्छा! वह आ तो रहा है। हां, आ रहा है। कुछ घबराया-सा जान पड़ता है। कौन आदमी है, इसे तो कभी मलसी में नहीं देखा, मगर उस वक्त से मलसी कभी गई भी तो नहीं। दो-चार नए आदमी आकर बसे ही होंगे।'

बटोही चुपचाप कुएं के पास से निकला। मुलिया ने कलसा जगत पर रख दिया और उसके पास जाकर बोली–"रामू महतो ने भेजा है तुम्हें? अच्छा तो चलो घर, मैं तुम्हारे साथ चलती हूं। नहीं, अभी मुझे कुछ देर है, बैलों को सानी-पानी देना है, दिया-बत्ती करनी है। तुम्हें रुपये दे दूं, जाकर दसिया को दे देना। कह देना, कोई काम हो तो बुला भेजें।"

बटोही रामू को क्या जाने। किसी दूसरे गांव का रहने वाला था। पहले तो चकराया, फिर समझ गया। चुपके से मुलिया के साथ चला गया और रुपये लेकर लंबा हुआ। चलते-चलते मुलिया ने पूछा—"अब क्या हाल है उनका?"

बटोही ने अटकल से कहा—"अब तो कुछ संभल रहे हैं।"

"दसिया बहुत रो-धो तो नहीं रही है?"

"रोती तो नहीं थी।"

"वह क्यों रोएगी—मालूम होगा पीछे।"

बटोही चला गया, तो मुलिया ने बैलों को सानी-पानी किया, पर मन रामू की ही ओर लगा हुआ था। स्नेह-स्मृतियां छोटी-छोटी तारिकाओं की भांति मन में उदित होती जाती थीं। एक बार जब वह बीमार पड़ी थी, वह बात याद आई—'दस साल हो गए। वह कैसे रात-दिन उसके सिरहाने बैठा रहता था। खाना-पीना तक भूल गया था। उसके मन में आया, क्यों न चलकर देख ही आए। कोई क्या कहेगा? किसका मुंह है, जो कुछ कहे। चोरी करने नहीं जा रही हूं। उस अदमी के पास जा रही हूं, जिसके साथ पंद्रह-बीस साल रही हूं। दसिया नाक सिकोड़ेगी। मुझे उससे क्या मतलब?'

मुलिया ने किवाड़ बंद किए, घर मजूर को सहेजा और रामू को देखने चली, कांपती, झिझकती, क्षमा का दान लिये हुए।

5

रामू को थोड़े ही दिनों में मालूम हो गया था कि उसके घर की आत्मा निकल गई और वह चाहे कितना जोर करे, कितना ही सिर खपाए, उसमें स्फूर्ति नहीं आती। दासी सुंदरी थी, शौकीन थी और फूहड़ थी। जब पहला नशा उतरा, तो ठांय-ठांय शुरू हुई—खेती की उपज कम होने लगी और जो होती भी थी, वह ऊटपटांग खर्च होती थी। ऋण लेना पड़ता था। इसी चिंता और शोक में उसका स्वास्थ्य बिगड़ने लगा। शुरू में कुछ परवाह न की। परवाह करके ही क्या करता? घर में पैसे न थे। अताइयों की चिकित्सा ने बीमारी की जड़ और मजबूत कर दी और आज दस-बारह दिन से उसका दाना-पानी छूट गया था। मौत के इंतजार में खाट पर पड़ा कराह रहा था। उसकी अब वह दशा हो गई थी, जब हम भविष्य से निश्चिंत होकर अतीत में विश्राम करते हैं, जैसे कोई गाड़ी आगे का रास्ता बंद पाकर पीछे लौटे।

मुलिया को याद करके वह बार-बार रोता और दासी को कोसता—"तेरे ही कारण मैंने उसे घर से निकाला। वह क्या गई, लक्ष्मी चली गई। मैं जानता हूं,

अब भी बुलाऊं तो दौड़ी आएगी, लेकिन बुलाऊं किस मुंह से! एक बार वह आ जाती और उससे अपने अपराध क्षमा करा लेता, फिर मैं खुशी से मरता–कोई और लालसा नहीं है।"

सहसा मुलिया ने आकर उसके माथे पर हाथ रखते हुए पूछा–"कैसा जी है तुम्हारा? मुझे तो आज हाल मिला।"

रामू ने सजल नेत्रों से उसे देखा, पर कुछ कह न सका। दोनों हाथ जोड़कर उसे प्रणाम किया, पर हाथ जुड़े ही रह गए और आंखें उलट गईं।

6

लाश घर में पड़ी थी। मुलिया रोती थी, दसिया चिंतित थी। घर में रुपये का नाम नहीं। लकड़ी तो चाहिए ही, उठाने वाले भी जलपान करेंगे ही, कफन के बगैर लाश उठेगी कैसे? दस से कम का खर्च न था। यहां घर में दस पैसे भी नहीं। डर रही थी कि आज गहन आफत आई–ऐसे कीमती भारी गहने ही कौन थे! किसान की बिसात ही क्या, दो-तीन नग बेचने से दस मिल जाएंगे, मगर और हो ही क्या सकता है?

दसिया ने चौधरी के लड़के को बुलाकर कहा–"देवरजी, यह बेड़ा कैसे पार लागे! गांव में कोई धेले का भी विश्वास करने वाला नहीं। मेरे गहने हैं। चौधरी से कहो, इन्हें गिरो रखकर आज का काम चलाएं, फिर भगवान मालिक है।"

"मुलिया से क्यों नहीं मांग लेती?"

सहसा मुलिया आंखें पोंछती हुई उधर ही आ निकली। कान में भनक पड़ी, पूछा–"क्या है जोखूं, क्या सलाह कर रहे हो? अब मिट्टी उठाओगे कि सलाह की बेला है?"

"हां, उसी का सरंजाम कर रहा हूं।"

"रुपये-पैसे तो यहां होंगे नहीं। बीमारी में खरच हो गए होंगे। इस बेचारी को तो बीच मंझधार में लाकर छोड़ दिया। तुम लपककर उस घर चले जाओ भैया! कौन दूर है, कुंजी लेते जाओ। मंजूर से कहना, भंडार से पचास रुपये निकाल दे। कहना, ऊपर की पटरी पर रखे हैं।"

वह तो कुंजी लेकर उधर गया, इधर दसिया मूलो के पैर पकड़कर रोने लगी। बहनापे के ये शब्द उसके हृदय में पैठ गए। उसने देखा, मुलिया में कितनी दया, कितनी क्षमा है।

मुलिया ने दसिया को छाती से लगाकर कहा–"क्यों रोती है बहन? वह

चला गया। मैं तो हूं। किसी बात की चिंता न कर। इसी घर में हम और तुम दोनों उसके नाम पर बैठेंगी। मैं वहां भी देखूंगी–यहां भी देखूंगी। कोई तुमसे गहने-पाते मांगे तो मत देना।"

दसिया का जी होता था कि सिर पटककर मर जाए। इसे उसने कितना जलाया, कितना रुलाया और घर से निकालकर छोड़ा।

मुलिया ने पूछा–"जिस-जिसके रुपये हों, सूरत करके मुझे बता देना। मैं झगड़ा नहीं रखना चाहती। बच्चा दुबला क्यों हो रहा है?"

दसिया बोली–"मेरे दूध होता ही नहीं। गाय जो तुम छोड़ गई थीं, वह मर गई–दूध नहीं पाता।"

"राम-राम! बेचारा मुरझा गया। मैं कल ही गाय लाऊंगी। सभी गृहस्थी उठा लाऊंगी। वहां क्या रखा है?"

लाश घर से उठी। मुलिया उसके साथ गई–दाहकर्म किया। भोज हुआ। कोई दो सौ रुपये खर्च हो गए–किसी से मांगने न पड़े।

दसिया के जौहर भी इस त्याग की आंच में निकल आए। विलासिनी सेवा की मूर्ति बन गई।

7

आज रामू को मरे सात साल हुए हैं। मुलिया घर संभाले हुए है। दसिया को वह सौत नहीं, बेटी समझती है। पहले उसे पहनाकर तब आप पहनती है–उसे खिलाकर आप खाती है। जोखूं पढ़ने जाता है। उसकी सगाई की बातचीत पक्की हो गई। इस जाति में बचपन में ही ब्याह हो जाता है।

दसिया ने कहा–"बहन, गहने बनवाकर क्या करोगी? मेरे गहने तो धरे ही हैं।"

मुलिया ने कहा–"नहीं री, उसके लिए नए गहने बनवाऊंगी। अभी तो मेरा हाथ चलता है–जब थक जाऊं, तो जो चाहे करना। तेरे अभी पहनने-ओढ़ने के दिन हैं, तू अपने गहने रहने दे।"

नाइन ठकुरसोहाती करके बोली–"आज जोखूं के बाप होते, तो कुछ और ही बात होती।"

मुलिया ने कहा–"वे नहीं हैं, तो मैं तो हूं। वे जितना करते, मैं उसका दूना करूंगी। जब मैं मर जाऊं, तब कहना जोखूं का बाप नहीं है!"

ब्याह के दिन दसिया को रोते देखकर मुलिया ने कहा–"बहू, तुम क्यों रोती हो? अभी तो मैं जीती हूं। घर तुम्हारा है–जैसे चाहो रहो। मुझे एक रोटी

दे दो, बस। मुझे और क्या करना है? मेरा आदमी मर गया। तुम्हारा तो अभी जीता है।"

दसिया ने उसकी गोद में सिर रख दिया और खूब रोई-"जीजी, तुम मेरी माता हो। तुम न होतीं, तो मैं किसके द्वार पर खड़ी होती। घर में तो चूहे लोटते थे। उनके राज में मुझे दुख-ही-दुख उठाने पड़े। सुहाग का सुख तो मुझे तुम्हारे राज में मिला। मैं दुख से नहीं रोती, रोती हूं भगवान की दया पर कि कहां मैं और कहां यह खुशहाली!"

मुलिया मुस्कराकर रो दी।

30

स्वत्व रक्षा

मुंशीजी क्रोधोन्मत्त होकर रो पड़े। वर एक कदम भी पैदल नहीं चल सकता। विवाह के अवसर पर भूमि पर पांव रखना वर्जित है, प्रतिष्ठा भंग होती है, निंदा होती है, कुल को कलंक लगता है, पर अब पैदल चलने के सिवाय अन्य उपाय न था। वे आकर घोड़े के सामने खड़े हो गए और कुंठित स्वर में बोले–"महाशय, अपना भाग्य बखानो कि मीर साहब के घर हो। यदि मैं तुम्हारा मालिक होता तो तुम्हारी हड्डी-पसली का पता न लगता। इसके साथ ही मुझे आज मालूम हुआ कि पशु भी अपने स्वत्व की रक्षा किस प्रकार कर सकता है। मैं न जानता था, तुम व्रतधारी हो। बेटा, उतरो, बरात स्टेशन पहुंच रही होगी। चलो, पैदल ही चलें। हम आपस ही के दस-बारह आदमी हैं, हंसने वाला कोई नहीं। ये रंगीन कपड़े उतार दो। रास्ते में लोग हंसेंगे कि पांव-पांव ब्याह करने जाता है। चल बे अड़ियल घोड़े, तुझे मीर साहब के हवाले कर आऊं।"

मीर दिलावर अली के पास एक बड़ी रास का कुम्मैत घोड़ा था। कहते तो वह यही थे कि मैंने अपनी जिंदगी की आधी कमाई इस पर खर्च की है, पर वास्तव में उन्होंने इसे पलटन से सस्ते दामों मोल

लिया था। यों कहिए कि यह पलटन का निकाला हुआ घोड़ा था। शायद पलटन के अधिकारियों ने इसे अपने यहां रखना उचित न समझकर नीलाम कर दिया था।

मीर साहब कचहरी में मोहर्रिर थे। शहर के बाहर मकान था। कचहरी तक आने में तीन मील की मंजिल तय करनी पड़ती थी, सो एक जानवर की फिक्र थी। यह घोड़ा सुभीते से मिल गया तो ले लिया। पिछले तीन वर्षों से वह मीर साहब की ही सवारी में था। देखने में तो उसमें कोई ऐब न था, पर कदाचित् उसमें आत्म-सम्मान की मात्रा अधिक थी। उसे उसकी इच्छा के विरुद्ध या अपमानसूचक काम में लगाना दुस्तर था।

खैर, मीर साहब ने सस्ते दामों में कलां रास का घोड़ा पाया, तो फूले न समाए–लाकर द्वार पर बांध दिया। साईस का इंतजाम करना कठिन था। बेचारे खुद ही शाम-सवेरे उस पर दो-चार हाथ फेर लेते थे। शायद घोड़ा इस सम्मान से प्रसन्न होता था। इसी कारण रातिब की मात्रा बहुत कम होने पर भी वह असंतुष्ट नहीं जान पड़ता था। उसे मीर साहब से कुछ सहानुभूति हो गई थी। इस स्वामिभक्ति में उसका शरीर बहुत क्षीण हो चुका था; पर वह मीर साहब को नियत समय पर प्रसन्नतापूर्वक कचहरी पहुंचा दिया करता था। उसकी चाल उसके आत्मिक संतोष की द्योतक थी। दौड़ना वह अपनी स्वाभाविक गंभीरता के प्रतिकूल समझता था। उसकी दृष्टि में यह उच्छृंखलता थी। स्वामिभक्ति में उसने अपने कितने ही चिर-संचित स्वत्वों का बलिदान कर दिया था। अब अगर किसी स्वत्व से प्रेम था तो वह रविवार का शांतिनिवास था।

मीर साहब इतवार को कचहरी न जाते थे। घोड़े को मलते, नहलाते, तैराते थे। इसमें उसे हार्दिक आनंद प्राप्त होता था। वहां कचहरी में पेड़ के नीचे बंधे हुए सूखी घास पर मुंह मारना पड़ता था, लू से सारा शरीर झुलस जाता था; कहां इस दिन छप्परों की शीतल छांव में हरी-हरी दूब खाने को मिलती थी। अतएव इतवार को आराम वह अपना हक समझता था और मुमकिन न था कि कोई उसका यह हक छीन सके। मीर साहब ने कभी-कभी बाजार जाने के लिए इस दिन उस पर सवार होने की चेष्टा की, पर इस उद्योग में बुरी तरह मुंह की खाई। घोड़े ने मुंह में लगाम तक न ली। अंत में मीर साहब ने अपनी हार स्वीकार कर ली। वह उसके आत्म-सम्मान को आघात पहुंचाकर अपने अवयवों को परीक्षा में न डालना चाहते थे।

मीर साहब के पड़ोस में एक मुंशी सौदागरलाल रहते थे। उनका भी कचहरी से कुछ संबंध था। वह मुहर्रिर न थे, कर्मचारी भी न थे। उन्हें किसी ने कभी कुछ लिखते-पढ़ते न देखा था, पर उनका वकीलों और मुख्तारों के समाज में बड़ा मान था। मीर साहब से उनकी दांत-काटी रोटी थी।

जेठ का महीना था। बरातों की धूम थी। बाजेवाले सीधे मुंह बात न करते थे। आतिशबाज के द्वार पर गरज के बावले लोग चर्खी की भांति चक्कर लगाते थे। भांड और कथक लोगों को उंगलियों पर नचाते थे। पालकी के कहार पत्थर के देवता बने हुए थे, भेंट लेकर भी न पसीजते थे। इसी सहालगों की धूम में मुंशीजी ने भी लड़के का विवाह ठान दिया। दबाववाले आदमी थे। धीरे-धीरे बरात का सब सामान जुटा तो लिया, पर पालकी का प्रबंध न कर सके। कहारों ने ऐन वक्त पर बयाना लौटा दिया। मुंशीजी बहुत गरम पड़े, हरजाने की धमकी दी, पर कुछ फल न हुआ। विवश होकर यही निश्चय किया कि वर को घोड़े पर बिठाकर वर-यात्रा की रस्म पूरी कर ली जाए। छह बजे शाम को बरात चलने का मुहूर्त था। चार बजे मुंशी ने आकर मीर साहब से कहा–"यार, अपना घोड़ा दे दो, वर को स्टेशन तक पहुंचा दें। पालकी तो कहीं मिलती नहीं।"

मीर साहब–आपको मालूम नहीं, आज इतवार का दिन है।

मुंशीजी–मालूम क्यों नहीं है, पर आखिर घोड़ा ही तो ठहरा। किसी-न-किसी तरह स्टेशन तक पहुंचा ही देगा–कौन दूर जाना है?

मीर साहब–यों आपका जानवर है, ले जाइए, पर मुझे उम्मीद नहीं कि आज वह पुट्ठे पर हाथ तक रखने दे।

मुंशीजी–अजी, मार के आगे भूत भागता है। आप डरते हैं, इसलिए आपसे बदमाशी करता है। बच्चा पीठ पर बैठ जाएंगे तो कितना ही उछले-कूदे, पर उन्हें हिला न सकेगा।

मीर साहब–अच्छी बात है, ले जाइए और अगर उसकी यह जिद आप लोगों ने तोड़ दी, तो मैं आपका बड़ा एहसान मानूंगा।

मुंशीजी ज्यों ही अस्तबल में पहुंचे, घोड़े ने सशंक नेत्रों से देखा और एक बार हिनहिनाकर घोषित किया कि तुम आज मेरी शांति में विघ्न डालने वाले कौन होते हो! बाजे की धड़-धड़, पों-पों से वह उत्तेजित हो रहा था। मुंशीजी ने जब पगहे को खोलना शुरू किया तो उसने कनौतियां खड़ी कीं और अभिमानसूचक भाव से हरी-हरी घास खाने लगा।

मुंशीजी भी चतुर खिलाड़ी थे, तुरंत घर से थोड़ा-सा दाना मंगवाया और घोड़े के सामने रख दिया। घोड़े ने इधर बहुत दिनों से दाने की सूरत न देखी थी! बड़ी रुचि से खाने लगा और तब कृतज्ञ नेत्रों से मुंशीजी की ओर ताका मानो अनुमति दी कि मुझे आपके साथ चलने में कोई आपत्ति नहीं है।

मुंशीजी के द्वार पर बाजे बज रहे थे। वर वस्त्राभूषण पहने हुए घोड़े की प्रतीक्षा कर रहा था। मुहल्ले की स्त्रियां उसे विदा करने के लिए आरती लिये खड़ी थीं।

पांच बज गए थे। सहसा मुंशीजी घोड़ा लाते हुए दिखाई दिए। बाजेवालों ने आगे की तरफ कदम बढ़ाया। एक आदमी मीर साहब के घर से दौड़कर साज उठा लाया।

घोड़े को खींचने की ठहरी, मगर वह लगाम देखकर मुंह फेर लेता था। मुंशीजी ने चुमकारा-पुचकारा, पीठ सहलाई, फिर दाना दिखलाया, पर घोड़े ने मुंह तक न खोला, तब उन्हें क्रोध आ गया। ताबड़तोड़ कई चाबुक लगाए। घोड़े ने जब अब भी मुंह में लगाम न ली, तो उन्होंने उसके नथनों पर चाबुक के बेंत से कई बार मारा। नथनों से खून निकलने लगा। घोड़े ने इधर-उधर दीन और विवश आंखों से देखा। समस्या कठिन थी। इतनी मार उसने कभी न खाई थी।

मीर साहब की अपनी चीज थी। यह इतनी निर्दयता से कभी न पेश आते थे। सोचा, मुंह नहीं खोलता तो नहीं मालूम और कितनी मार पड़े। लगाम ले ली, फिर क्या था, मुंशीजी की फतह हो गई। उन्होंने तुरंत जीन भी कस दी। दूल्हा कूदकर घोड़े पर सवार हो गया।

जब वर ने घोड़े की पीठ पर आसन जमा लिया, तो घोड़ा मानो नींद से जागा। वह विचार करने लगा, थोड़े-से दाने के बदले अपने इस स्वत्व से हाथ धोना एक कटोरा कढ़ी के लिए अपने जन्मसिद्ध अधिकारों को बेचना है। उसे याद आया कि मैं कितने दिनों से आज के दिन आराम करता रहा हूं, तो आज क्यों यह बेगार करूं? ये लोग मुझे न जाने कहां ले जाएंगे, लौंडा आसन का पक्का जान पड़ता है, मुझे दौड़ाएगा, एड लगाएगा, चाबुक से मार-मारकर अधमुआ कर देगा, फिर न जाने भोजन मिले या नहीं। यह सोच-विचारकर उसने निश्चय किया कि मैं यहां से कदम न उठाऊंगा। यही न होगा कि मारेंगे, सवार को लिये हुए जमीन पर लोट जाऊंगा। आप ही छोड़ देंगे। मेरे मालिक मीर साहब भी तो यहीं कहीं होंगे। उन्हें मुझ पर इतनी मार पड़ती कभी पसंद न आएगी कि कल उन्हें कचहरी भी न ले जा सकूं।

वर ज्यों ही घोड़े पर सवार हुआ, स्त्रियों ने मंगलगान किया—फूलों की वर्षा हुई। बरात के लोग आगे बढ़े, मगर घोड़ा ऐसा अड़ा कि पैर ही नहीं उठाता। वर उसे एड लगाता है, चाबुक मारता है, लगाम को झटके देता है, मगर घोड़े के कदम मानो जमीन में ऐसे गड़ गए हैं कि उखड़ने का नाम नहीं लेते।

मुंशीजी को ऐसा क्रोध आता था कि अपना जानवर होता तो गोली मार देते। मित्र ने कहा—"अड़ियल जानवर है, यों न चलेगा। इसके पीछे से डंडे लगाओ, आप दौड़ेगा।"

मुंशीजी ने यह प्रस्ताव स्वीकार कर लिया। पीछे से जाकर कई डंडे लगाए, पर घोड़े ने पैर न उठाए, उठाए तो भी अगले पैर और आकाश की ओर। दो-एक बार पिछले पैर भी, जिससे विदित होता था कि वह बिलकुल प्राणहीन नहीं है। मुंशीजी बाल-बाल बच गए।

तब दूसरे मित्र ने कहा–"इसकी पूंछ के पास एक जलता हुआ कुंदा जलाओ, आंच के डर से भागेगा।"

यह प्रस्ताव भी स्वीकृत हुआ। फल यह हुआ कि घोड़े की पूंछ जल गई। वह दो-तीन बार उछला-कूदा, पर आगे न बढ़ा। पक्का सत्याग्रही था, कदाचित् इन यंत्रणाओं ने उसके संकल्प को और भी दृढ़ कर दिया।

इतने में सूर्यास्त होने लगा। पंडितजी ने कहा–"जल्दी कीजिए, नहीं तो मुहूर्त टल जाएगा।" लेकिन अपने वश की बात तो थी नहीं। जल्दी कैसे होती? बराती लोग गांव के बाहर जा पहुंचे। यहां स्त्रियों और बालकों का मेला लग गया। लोग कहने लगे–"कैसा घोड़ा है कि पग ही नहीं उठाता?"

एक अनुभवी महाशय ने कहा–"मार-पीट से काम न चलेगा। थोड़ा-सा दाना मंगवाइए। एक आदमी इसके सामने तोबड़े में दाना दिखाता हुआ चले। दाने के लालच से खट-खट चला जाएगा।"

मुंशीजी ने यह उपाय भी करके देखा, पर सफल मनोरथ न हुए। घोड़ा अपने स्वत्व को किसी दाम पर बेचना न चाहता था।

एक महाशय ने कहा–"इसे थोड़ी-सी शराब पिला दीजिए, नशे में आकर खूब चौकड़ियां भरने लगेगा।"

शराब की बोतल आई। एक तसले में शराब उंडेलकर घोड़े के सामने रखी गई, पर उसने सूंघी तक नहीं।

अब क्या हो? चिराग जल गए, मुहूर्त टल चुका था। घोड़ा यह नाना दुर्गतियां सहकर दिल में खुश होता था और अपने सुख में विघ्न डालनेवाले की दुरवस्था और व्यग्रता का आनंद उठा रहा था। उसे इस समय इन लोगों की प्रयत्नशीलता पर एक दार्शनिक आनंद प्राप्त हो रहा था। देखें, आप लोग अब क्या करते हैं। वह जानता था कि अब मार खाने की संभावना नहीं है। लोग जान गए कि मारना व्यर्थ है। वह केवल अपनी सुयुक्तियों की विवेचना कर रहा था।

पांचवें सज्जन ने कहा–"अब एक ही तरकीब और है। वह जो खेत में खाद फेंकने की दो-पहिया गाड़ी होती है, उसे घोड़े के सामने लाकर रखिए। इसके दोनों अगले पैर उसमें रख दिए जाएं और हम लोग गाड़ी को खींचें, तब तो जरूर ही उसके पैर उठ जाएंगे। अगले पैर आगे बढ़े तो पिछले पैर भी झख मारकर उठेंगे ही–घोड़ा चल निकलेगा।"

मुंशीजी डूब रहे थे। कोई तिनका सहारे के लिए काफी था। दो आदमी गए। दो-पहिया गाड़ी निकाल लाए। वर ने लगाम तानी। चार-पांच आदमी घोड़े के पास डंडे लेकर खड़े हो गए। दो आदमियों ने उसके अगले पांव जबरदस्ती उठाकर

गाड़ी पर रखे। घोड़ा अभी तक यह समझ रहा था कि मैं यह उपाय भी न चलने दूंगा, लेकिन जब गाड़ी चली, तो उसके पिछले पैर आप-ही-आप उठ गए। उसे ऐसा जान पड़ा मानो पानी में बहा जा रहा हूं। कितना ही चाहता था कि पैरों को जमा लूं, पर कुछ अक्ल काम न करती थी।

चारों ओर शोर मचा–"चला-चला।" तालियां पड़ने लगीं! लोग ठट्ठे मार-मार हंसने लगे। घोड़े को यह उपहास और यह अपमान असह्य था, पर करता क्या? हां, उसने धैर्य न छोड़ा। मन में सोचा–'इस तरह कहां तक ले जाएंगे। ज्यों ही गाड़ी रुकेगी, मैं भी रुक जाऊंगा। मुझसे बड़ी भूल हुई, मुझे गाड़ी पर पैर ही न रखना चाहिए था।'

अंत में वही हुआ, जो उसने सोचा था। किसी तरह लोगों ने सौ कदम तक गाड़ी खींची, आगे न खींच सके। सौ-दो सौ कदम ही खींचना होता, तो शायद लोगों की हिम्मत बंध जाती, पर स्टेशन पूरे तीन मील पर था। इतनी दूर तक घोड़े को खींच ले जाना दुस्तर था। ज्यों ही गाड़ी रुकी, घोड़ा भी रुक गया! वर ने फिर लगाम को झटके दिए, एड लगाई। चाबुकों की वर्षा कर दी, पर घोड़े ने अपनी टेक न छोड़ी। उसके नथनों से खून निकल रहा था, चाबुकों से सारा शरीर छिल गया था, पिछले पैरों में घाव हो गए थे, पर वह दृढ़-प्रतिज्ञ घोड़ा अपनी आन पर अड़ा हुआ था।

पुरोहित ने कहा–"आठ बज गए। मुहूर्त टल गया।"

दीन-दुर्बल घोड़े ने मैदान मार लिया।

मुंशीजी क्रोधोन्मत्त होकर रो पड़े। वर एक कदम भी पैदल नहीं चल सकता। विवाह के अवसर पर भूमि पर पांव रखना वर्जित है, प्रतिष्ठा भंग होती है, निंदा होती है, कुल को कलंक लगता है, पर अब पैदल चलने के सिवाय अन्य उपाय न था। वे आकर घोड़े के सामने खड़े हो गए और कुंठित स्वर में बोले–"महाशय, अपना भाग्य बखानो कि मीर साहब के घर हो। यदि मैं तुम्हारा मालिक होता तो तुम्हारी हड्डी-पसली का पता न लगता। इसके साथ ही मुझे आज मालूम हुआ कि पशु भी अपने स्वत्व की रक्षा किस प्रकार कर सकता है। मैं न जानता था, तुम व्रतधारी हो। बेटा, उतरो, बरात स्टेशन पहुंच रही होगी। चलो, पैदल ही चलें। हम आपस ही के दस-बारह आदमी हैं, हंसने वाला कोई नहीं। ये रंगीन कपड़े उतार दो। रास्ते में लोग हंसेंगे कि पांव-पांव ब्याह करने जाता है। चल बे अड़ियल घोड़े, तुझे मीर साहब के हवाले कर आऊं।"

280

31

हार की जीत

लज्जावती को मैं बहुत दिनों से जानता हूं, पर मुझे ज्ञात हुआ कि इसी मुलाकात में मैंने उसका यथार्थ रूप देखा। पहले मैं उसकी रूपराशि का, उसके उदार विचारों का, उसकी मृदुवाणी का भक्त था। उसकी उज्ज्वल, दिव्य आत्म-ज्योति मेरी आंखों से छिपी हुई थी। मैंने अबकी बार ही जाना कि उसका प्रेम कितना गहरा, कितना पवित्र, कितना अगाध है। इस अवस्था में कोई दूसरी स्त्री ईर्ष्या से बावली हो जाती, मुझसे नहीं तो सुशीला से तो अवश्य ही जलने लगती, आप कुढ़ती, उसे व्यंग्यों से छेदती और मुझे धूर्त, कपटी, पाषाण और न जाने क्या-क्या कहती, पर लज्जा ने जितने विशुद्ध प्रेम भाव से सुशीला का स्वागत किया, वह मुझे कभी न भूलेगा—उसमें मनो-मालिन्य, संकीर्णता, कटुता का लेश न था। इस तरह उसे हाथों-हाथ लिये फिरती थी मानो छोटी बहन उसके यहां मेहमान हो। सुशीला इस व्यवहार पर मानो मुग्ध हो गई।

केशव से मेरी पुरानी लाग-डांट थी। लेख और वाणी, हास्य और विनोद सभी क्षेत्रों में वह मुझसे कोसों आगे था। उसके गुणों की चंद्र-ज्योति में मेरे दीपक का प्रकाश कभी प्रस्फुटित न हुआ। एक बार उसे नीचा दिखाना मेरे जीवन की सबसे बड़ी अभिलाषा थी। उस समय

मैंने कभी स्वीकार नहीं किया। अपनी त्रुटियों को कौन स्वीकार करता है, पर वास्तव में मुझे ईश्वर ने उसके जैसी बुद्धि-शक्ति न प्रदान की थी। अगर मुझे कुछ तस्कीन थी तो यह कि विद्याक्षेत्र में चाहे मुझे उससे कंधा मिलाना कभी नसीब न हो, पर व्यवहार की रंगभूमि में सेहरा मेरे ही सिर रहेगा, लेकिन दुर्भाग्य से जब प्रणय-सागर में भी उसने मेरे साथ गोता मारा और रत्न उसी के हाथ लगता हुआ नजर आया तो मैं हताश हो गया।

हम दोनों ने ही एम.ए. के लिए साम्यवाद का विषय लिया था। हम दोनों ही साम्यवादी थे। केशव के विषय में तो यह स्वाभाविक बात थी। उसका कुल बहुत प्रतिष्ठित न था और न वह समृद्धि ही थी, जो इस कमी को पूरा कर देती। मेरी अवस्था इसके प्रतिकूल थी। मैं खानदान का ताल्लुकेदार और रईस था। मेरी साम्यवादिता पर लोगों को कौतूहल होता था। हमारे साम्यवाद के प्रोफेसर बाबू हरिदास भाटिया साम्यवाद के सिद्धांतों के कायल थे, लेकिन शायद धन की अवहेलना न कर सकते थे। अपनी लज्जावती के लिए उन्होंने कुशाग्र बुद्धि केशव को नहीं, मुझे पसंद किया।

एक दिन संध्या-समय वे मेरे कमरे में आए और चिंतित भाव से बोले—"शारदाचरण, मैं महीनों से एक बड़ी चिंता में पड़ा हुआ हूं। मुझे आशा है कि तुम उसका निवारण कर सकते हो! मेरे कोई पुत्र नहीं है। मैंने तुम्हें और केशव दोनों ही को पुत्र-तुल्य समझा है। यद्यपि केशव तुमसे चतुर है, पर मुझे विश्वास है कि विस्तृत संसार में तुम्हें जो सफलता मिलेगी, वह उसे नहीं मिल सकती। अतएव मैंने तुम्हीं को अपनी लज्जा के लिए वरा है। क्या मैं आशा करूं कि मेरा मनोरथ पूरा होगा?"

मैं स्वतंत्र था, मेरे माता-पिता मुझे लड़कपन ही में छोड़कर स्वर्ग चले गए थे। मेरे कुटुंबियों में अब ऐसा कोई न था, जिसकी अनुमति लेने की मुझे जरूरत होती। लज्जावती जैसी सुशीला, सुंदरी, सुशिक्षित स्त्री को पाकर कौन पुरुष होगा, जो अपने भाग्य को न सराहता—मैं फूला न समाया।

लज्जा एक कुसुमित वाटिका थी, जहां गुलाब की मनोहर सुगंध थी और हरियाली की मनोरम शीतलता, समीर की शुभ्र तरंगें थीं और था पक्षियों का मधुर संगीत। वह स्वयं साम्यवाद पर मोहित थी। स्त्रियों के प्रतिनिधित्व और ऐसे ही अन्य विषयों पर उसने मुझसे कितनी ही बार बातें की थीं, लेकिन प्रोफेसर भाटिया की तरह केवल सिद्धांतों की भक्त न थी, उनको व्यवहार में भी लाना चाहती थी। उसने चतुर केशव को अपना स्नेह-पात्र बनाया था।

यद्यपि मैं जानता था कि प्रोफेसर भाटिया के आदेश को वह कभी नहीं टाल

सकती, तथापि उसकी इच्छा के विरुद्ध मैं उसे अपनी प्रणयिनी बनाने के लिए तैयार न था। इस विषय में मैं स्वेच्छा के सिद्धांत का कायल था, इसलिए मैं केशव की विरक्ति और क्षोभ से आशातीत आनंद न उठा सका। हम दोनों ही दु:खी थे और मुझे पहली बार केशव से सहानुभूति हुई। मैं लज्जावती से केवल इतना पूछना चाहता था कि उसने मुझे क्यों नजरों से गिरा दिया, पर उसके सामने ऐसे नाजुक प्रश्नों को छेड़ते हुए मुझे संकोच होता था! यह स्वाभाविक था, क्योंकि कोई रमणी अपने अंत:करण के रहस्यों को नहीं खोल सकती, लेकिन शायद लज्जावती इस परिस्थिति को मेरे सामने प्रकट करना अपना कर्तव्य समझ रही थी। वह इसका अवसर ढूंढ रही थी। संयोग से उसे शीघ्र ही यह अवसर मिल गया।

संध्या का समय था। केशव राजपूत हॉस्टल में साम्यवाद पर एक व्याख्यान देने गया हुआ था। प्रोफेसर भाटिया उस जलसे के प्रधान थे। लज्जा अपने बंगले में अकेली बैठी हुई थी। मैं अपने अशांत हृदय के भाव छिपाए हुए, शोक और नैराश्य की दाह से जलता हुआ उसके समीप जाकर बैठ गया।

लज्जा ने मेरी ओर एक उड़ती हुई निगाह डाली और सदय भाव से बोली–"कुछ चिंतित जान पड़ते हो?"

मैंने कृत्रिम उदासीनता से कहा–"तुम्हारी बला से।"

लज्जा–केशव का व्याख्यान सुनने नहीं गए?

मेरी आंखों से ज्वाला-सी निकलने लगी, लेकिन जब्त करके बोला–"आज सिर में दर्द हो रहा था।"

यह कहते-कहते अनायास ही मेरे नेत्रों से आंसू की कई बूंदें टपक पड़ीं। मैं अपने शोक को प्रदर्शित करके उसका करुणापात्र नहीं बनना चाहता था। मेरे विचार में रोना स्त्रियों के ही स्वाभावानुकूल था। मैं उस पर क्रोध प्रकट करना चाहता था, लेकिन निकल पड़े आंसू। मन के भाव इच्छा के अधीन नहीं होते।

मुझे रोते देखकर लज्जा की आंखों से आंसू गिरने लगे।

मैं कीना नहीं रखता, मलिन हृदय नहीं हूं, लेकिन न मालूम क्यों लज्जा के रोने पर मुझे इस समय एक आनंद का अनुभव हुआ। उस शोकावस्था में भी मैं उस पर व्यंग्य करने से बाज न रह सका, बोला–"लज्जा, मैं तो अपने भाग्य को रोता हूं। शायद तुम्हारे अन्याय की दुहाई दे रहा हूं; लेकिन तुम्हारे आंसू क्यों?"

लज्जा ने मेरी ओर तिरस्कार भाव से देखा और बोली–"मेरे आंसुओं का रहस्य तुम न समझोगे, क्योंकि तुमने कभी समझने की चेष्टा नहीं की। तुम मुझे कटु वचन सुनाकर अपने चित्त को शांत कर लेते हो। मैं किसे जलाऊं? तुम्हें

क्या मालूम है कि मैंने कितना आगा-पीछा सोचकर, हृदय को कितना दबाकर, कितनी रातें करवटें बदलकर और कितने आंसू बहाकर यह निश्चय किया है। तुम्हारी कुल-प्रतिष्ठा, तुम्हारी रियासत एक दीवार की भांति मेरे रास्ते में खड़ी है। उस दीवार को मैं पार नहीं कर सकती। मैं जानती हूं कि इस समय तुम्हें कुल-प्रतिष्ठा और रियासत का लेश-मात्र भी अभिमान नहीं है, लेकिन यह भी जानती हूं कि कॉलेज की शीतल छाया में पला हुआ तुम्हारा साम्यवाद बहुत दिनों तक सांसारिक जीवन की लू और लपट को न सह सकेगा। उस समय तुम अवश्य अपने फैसले पर पछताओगे और कुढ़ोगे। मैं तुम्हारे दूध की मक्खी और हृदय का कांटा बन जाऊंगी।"

मैंने आर्द्र होकर कहा–"जिन कारणों से मेरा साम्यवाद लुप्त हो जाएगा, क्या वह तुम्हारे साम्यवाद को जीवित छोड़ेगा?"

लज्जा–हां, मुझे पूरा विश्वास है कि मुझ पर उनका जरा भी असर न होगा। मेरे घर में कभी रियासत नहीं रही और कुल की अवस्था तुम भली-भांति जानते हो। बाबूजी ने केवल अपने अविरल परिश्रम और अध्यवसाय से यह पद प्राप्त किया है। मुझे वह नहीं भूला है, जब मेरी माता जीवित थीं और बाबूजी 11 बजे रात को प्राइवेट ट्यूशन करके घर आते थे–तो मुझे रियासत और कुल-गौरव का अभिमान कभी नहीं हो सकता, उसी तरह जैसे तुम्हारे हृदय से यह अभिमान कभी मिट नहीं सकता। यह घमंड मुझे उसी दशा में होगा, जब मैं स्मृतिहीन हो जाऊंगी।

मैंने उद्दंडता से कहा–"कुल-प्रतिष्ठा को तो मैं मिटा नहीं सकता, मेरे वश की बात नहीं है, लेकिन तुम्हारे लिए मैं आज रियासत को तिलांजलि दे सकता हूं।"

लज्जा क्रूर मुस्कान से बोली–"फिर वही भावुकता! अगर यह बात तुम किसी अबोध बालिका से करते तो कदाचित् वह फूली न समाती। मैं एक ऐसे गहन विषय में, जिस पर दो प्राणियों के समस्त जीवन का सुख-दुःख निर्भर करता है, भावुकता का आश्रय नहीं ले सकती। शादी बनावट नहीं है। परमात्मा साक्षी है, मैं विवश हूं, मुझे अभी तक स्वयं मालूम नहीं है कि मेरी डोंगी किधर जाएगी; लेकिन मैं तुम्हारे जीवन को कंटकमय नहीं बना सकती।"

मैं यहां से चला तो इतना निराश न था, जितना सचिंत था। लज्जा ने मेरे सामने एक नई समस्या उपस्थित कर दी थी।

हम दोनों ने साथ-साथ एम.ए. किया। केशव प्रथम श्रेणी में आया और मैं द्वितीय श्रेणी में। उसे नागपुर के एक कॉलेज में अध्यापक का पद मिल गया। मैं घर आकर अपनी रियासत का प्रबंध करने लगा।

हम दोनों चलते समय गले मिलकर और रोकर विदा हुए—विरोध और ईर्ष्या को कॉलेज में छोड़ दिया।

मैं अपने प्रांत का पहला ताल्लुकेदार था, जिसने एम.ए. पद प्राप्त किया हो। पहले तो राज्याधिकारियों ने मेरी खूब आवभगत की; लेकिन जब मेरे सामाजिक सिद्धांतों से अवगत हुए तो उनकी कृपादृष्टि कुछ शिथिल पड़ गई। मैंने भी उनसे मिलना-जुलना छोड़ दिया और अपना अधिकांश समय मैं असामियों के ही बीच में व्यतीत करता।

साल-भर भी न गुजरने पाया था कि एक ताल्लुकेदार की परलोक-यात्रा ने कौंसिल में एक स्थान खाली कर दिया। मैंने कौंसिल में जाने की अपनी तरफ से कोई कोशिश नहीं की, लेकिन काश्तकारों ने अपने प्रतिनिधित्व का भार मेरे ही सिर रखा। बेचारा केशव तो अपने कॉलेज में लेक्चर देता था, किसी को खबर भी न थी कि वह कहां है और क्या कर रहा है और मैं अपनी कुल-मर्यादा की बदौलत कौंसिल का मेंबर हो गया। मेरी वक्तृताएं समाचार-पत्रों में छपने लगीं। मेरे प्रश्नों की प्रशंसा होने लगी। कौंसिल में मेरा विशेष सम्मान होने लगा, कई सज्जन ऐसे निकल आए जो जनतावाद के भक्त थे। पहले वे परिस्थितियों से कुछ दबे हुए थे, अब खुल पड़े।

हम लोगों ने लोकवादियों का अपना एक पृथक दल बना लिया और कृषकों के अधिकारों को जोरों के साथ व्यक्त करना शुरू किया। अधिकांश भूपतियों ने मेरी अवहेलना की। कई सज्जनों ने धमकियां भी दीं; लेकिन मैंने अपने निश्चित पथ को न छोड़ा। सेवा के इस सुअवसर को मैं क्योंकर हाथ से जाने देता? दूसरा वर्ष समाप्त होते-होते जाति के प्रधान नेताओं में मेरी गणना होने लगी। मुझे बहुत परिश्रम करना, बहुत पढ़ना, बहुत लिखना और बहुत बोलना पड़ता, पर मैं जरा भी न घबराता। इस परिश्रमशीलता के लिए मैं केशव का ऋणी था। उसी ने मुझे इतना अभ्यस्त बना दिया था।

मेरे पास केशव और प्रोफेसर भाटिया के पत्र बराबर आते रहते थे। कभी-कभी लज्जावती भी मिलती थी। उसके पत्रों में श्रद्धा और प्रेम की मात्रा दिनोंदिन बढ़ती जाती थी। वह मेरी राष्ट्रसेवा का बड़े उदार, बड़े उत्साहमय शब्दों में बखान करती। मेरे विषय में उसे पहले जो शंकाएं थीं, वह मिटती जाती थीं। मेरी तपस्या की देवी को आकर्षित करने लगी थी।

केशव के पत्रों से उदासीनता टपकती थी। उसके कॉलेज में धन का अभाव था। तीन वर्ष हो गए थे, पर उसकी तरक्की न हुई थी। पत्रों से ऐसा प्रतीत होता था मानो वह जीवन से असंतुष्ट है। कदाचित् इसका मुख्य कारण यह था कि अभी तक उसके जीवन का सुखमय स्वप्न चरितार्थ न हुआ था।

तीसरे वर्ष गर्मियों की तातील में प्रोफेसर भाटिया मुझसे मिलने आए और बहुत प्रसन्न होकर गए। उसके एक ही सप्ताह पीछे लज्जावती का पत्र आया, अदालत ने तजबीज सुना दी, मेरी डिग्री हो गई। केशव की पहली बार मेरे मुकाबले में हार हुई। मेरे हर्षोल्लास की कोई सीमा न थी। प्रोफेसर भाटिया का इरादा भारतवर्ष के सब प्रांतों में भ्रमण करने का था। वे साम्यवाद पर एक ग्रंथ लिख रहे थे जिसके लिए प्रत्येक बड़े नगर में कुछ अन्वेषण करने की जरूरत थी। लज्जा को अपने साथ ले जाना चाहते थे। निश्चय हुआ कि उनके लौट आने पर आगामी चैत के महीने में हमारा संयोग हो जाए। मैं ये वियोग के दिन बड़ी बेसब्री से काटने लगा। अब तक मैं जानता था, बाजी केशव के हाथ रहेगी, मैं निराश था, पर शांत था। अब आशा थी और उसके साथ घोर अशांति थी।

मार्च का महीना था। प्रतीक्षा की अवधि पूरी हो चुकी थी। कठिन परिश्रम के दिन गए, फसल काटने का समय आया। प्रोफेसर साहब ने ढाका से पत्र लिखा था कि कई अनिवार्य कारणों से मेरा लौटना मार्च में नहीं, मई में होगा। इसी बीच कश्मीर के दीवान लाला सोमनाथ कपूर नैनीताल आए। बजट पेश किया जा चुका था। उन पर व्यवस्थापक सभा में वाद-विवाद हो रहा था।

गवर्नर की ओर से दीवान साहब को पार्टी दी गई। सभा के प्रतिनिधियों को भी निमंत्रण मिला। कौंसिल की ओर से मुझे अभिनंदन करने का सौभाग्य प्राप्त हुआ। मेरी बकवास को दीवान साहब ने बहुत पसंद किया। चलते समय मुझसे कई मिनट तक बातें कीं और मुझे अपने डेरे पर आने का आदेश दिया। उनके साथ उनकी पुत्री सुशीला भी थी। वह पीछे सिर झुकाए खड़ी रही। जान पड़ता था, भूमि को पढ़ रही है, पर मैं अपनी आंखों को काबू में न रख सका। वह उतनी ही देर में एक बार नहीं, कई बार उठी और जैसे बच्चा किसी अजनबी की चुमकार से उसकी ओर लपकता है, पर फिर डरकर मां की गोद से चिमट जाता है; वह भी डरकर आधे रास्ते से लौट गई। लज्जा अगर कुसुमित वाटिका थी तो सुशीला शीतल सलिल धारा थी, जहां वृक्षों के कुंज थे, विनोदशील मृगों के झुंड, विहंगावली की अनंत शोभा और तरंगों का मधुर संगीत।

मैं घर पर आया तो ऐसा थका हुआ था, जैसे कोई मंजिल मारकर आया हूं। सौंदर्य जीवन-सुधा है। मालूम नहीं क्यों इसका असर इतना प्राणघातक होता है!

लेटा तो वही सूरत सामने थी। मैं उसे हटाना चाहता था। मुझे भय था कि एक क्षण भी उस भंवर में पड़कर मैं अपने को संभाल न सकूंगा। मैं अब लज्जावती का हो चुका था, वही अब मेरे हृदय की स्वामिनी थी। मेरा उस पर कोई अधिकार न था, लेकिन मेरे सारे संयम, सारी दलीलें निष्फल हुईं। जल के उद्वेग में नौका

को धागे से कौन रोक सकता है? अंत में हताश होकर मैंने अपने को विचारों के प्रवाह में डाल दिया। कुछ दूर तक नौका वेगवती तरंगों के साथ चली, फिर उसी प्रवाह में विलीन हो गई।

दूसरे दिन मैं नियत समय पर दीवान साहब के डेरे पर जा पहुंचा, इस भांति कांपता और हिचकता था, जैसे कोई बालक दामिनी की चमक से चौंक-चौंककर आंख बंद कर लेता है कि कहीं वह चमक न जाए, कहीं मैं उसकी चमक न देख लूं; भोला-भाला किसान भी अदालत के सामने इतना सशंक न होता होगा। यथार्थ यह था कि मेरी आत्मा परास्त हो चुकी थी, उसमें अब प्रतिकार की शक्ति न रही थी।

दीवान साहब ने मुझसे हाथ मिलाया और कोई घंटे-भर तक आर्थिक और सामाजिक प्रश्नों पर वार्तालाप करते रहे। मुझे उनकी बहुज्ञता पर आश्चर्य होता था। ऐसा वाक्-चतुर पुरुष मैंने कभी न देखा था। साठ वर्ष की वयस थी, पर हास्य और विनोद के मानो भंडार थे। न जाने कितने श्लोक, कितने कवित्त, कितने शेर उन्हें याद थे। बात-बात पर कोई-न-कोई सुयुक्ति निकाल लाते थे। खेद है, उस प्रकृति के लोग अब गायब होते जाते हैं। वह शिक्षा प्रणाली न जाने कैसी थी, जो ऐसे-ऐसे रत्न उत्पन्न करती थी। अब तो सजीवता कहीं दिखाई ही नहीं देती। प्रत्येक प्राणी चिंता की मूर्ति है, उसके होंठों पर कभी हंसी आती ही नहीं। खैर, दीवान साहब ने पहले चाय मंगवाई, फिर फल और मेवे मंगवाए। मैं रह-रहकर इधर-उधर उत्सुक नेत्रों से देखता था। मेरे कान उसके स्वर का रसपान करने के लिए मुंह खोले हुए थे, आंखें द्वार की ओर लगी हुई थीं। भय भी था और लगाव भी, झिझक भी थी और खिंचाव भी। बच्चा झूले से डरता है, पर उस पर बैठना भी चाहता है।

रात के नौ बज गए, मेरे लौटने का समय आ गया। मैं मन में लज्जित हो रहा था कि दीवान साहब दिल में क्या कह रहे होंगे! सोचते होंगे, इसे कोई काम नहीं है। यह जाता क्यों नहीं? यहां बैठे-बैठे दो-ढाई घंटे तो हो गए।

सारी बातें समाप्त हो गईं। उनके लतीफे भी खत्म हो गए। वह नीरवता उपस्थित हो गई, जो कहती है कि अब चलिए, फिर मुलाकात होगी। यार जिंदा व सोहबत बाकी। मैंने कई बार उठने का इरादा किया, लेकिन इंतजार में आशिक की जान भी नहीं निकलती, मौत को भी इंतजार का सामना करना पड़ता है। यहां तक कि साढ़े नौ बज गए और अब मुझे विदा होने के सिवा कोई मार्ग न रहा, जैसे दिल बैठ गया।

मैंने जिसे भय कहा है, वह वास्तव में भय नहीं था, वह उत्सुकता की चरम सीमा थी।

यहां से चला तो ऐसा शिथिल और निर्जीव था मानो प्राण निकल गए हों। अपने को धिक्कारने लगा। अपनी क्षुद्रता पर लज्जित हुआ। तुम समझते हो कि हम भी कुछ हैं। यहां किसी को तुम्हारे मरने-जीने की परवाह नहीं। माना उसके लक्षण क्वांरियों के-से हैं। संसार में क्वांरी लड़कियों की कमी नहीं। सौंदर्य भी ऐसी दुर्लभ वस्तु नहीं। अगर प्रत्येक रूपवती और क्वांरी युवती को देखकर तुम्हारी वही हालत होती रही तो ईश्वर ही मालिक है।

वह भी तो अपने दिल में यही विचार करती होगी। प्रत्येक रूपवान युवक पर उसकी आंखें क्यों उठें? कुलवती स्त्रियों के ये ढंग नहीं होते। पुरुषों के लिए अगर यह रूप-तृष्णा निंदाजनक है तो स्त्रियों के लिए विनाशकारक है। द्वैत से अद्वैत को भी इतना आघात नहीं पहुंच सकता, जितना सौंदर्य को।

दूसरे दिन शाम को मैं अपने बरामदे में बैठा पत्र देख रहा था। क्लब जाने को भी जी नहीं चाहता था। चित्त कुछ उदास था। सहसा मैंने दीवान साहब को फिटन पर आते देखा। मोटर से उन्हें घृणा थी। वे उसे पैशाचिक उड़नखटोला कहा करते थे। उनकी बगल में सुशीला थी। मेरा हृदय धक्क-धक्क करने लगा। उसकी निगाह मेरी तरफ उठी हो या न उठी हो, पर मेरी टकटकी उस वक्त तक लगी रही, जब तक फिटन अदृश्य न हो गई।

तीसरे दिन मैं फिर बरामदे में आ बैठा। मेरी आंखें सड़क की ओर लगी हुई थीं। फिटन आई और चली गई। अब यही उसका नित्यप्रति का नियम हो गया। मेरा अब यही काम था कि सारे दिन बरामदे में बैठा रहूं। मालूम नहीं फिटन कब निकल जाए। विशेषत: तीसरे पहर तो मैं अपनी जगह से हिलने का नाम भी न लेता था।

इस प्रकार एक मास बीत गया। मुझे अब कौंसिल के कामों में कोई उत्साह न था। समाचार-पत्रों में, उपन्यासों में जी न लगता। कहीं सैर करने को भी जी न चाहता। प्रेमियों को न जाने जंगल-पहाड़ में भटकने की, कांटों में उलझने की सनक कैसे सवार होती है! मेरे तो जैसे पैरों में बेड़ियां-सी पड़ गई थीं। बस बरामदा था और मैं-और फिटन का इंतजार! मेरी विचारशक्ति भी शायद अंतर्धान हो गई थी।

मैं दीवान साहब को या अंग्रेजी शिष्टता के अनुसार सुशीला को ही, अपने यहां निमंत्रित कर सकता था, पर वास्तव में मैं अभी तक उससे भयभीत था। अब भी लज्जावती को अपनी प्रणयिनी समझता था। वह अब भी मेरे हृदय की रानी थी, चाहे उस पर किसी दूसरी शक्ति का अधिकार ही क्यों न हो गया हो!

एक महीना और निकल गया, लेकिन मैंने लज्जा को कोई पत्र न लिखा।

मुझमें अब उसे पत्र लिखने की भी सामर्थ्य न थी। शायद उससे पत्र-व्यवहार करने को मैं नैतिक अत्याचार समझता था। मैंने उससे दगा की थी। मुझे अब उसे अपने मलिन अंत:करण में भी अपवित्र करने का कोई अधिकार न था। इसका अंत क्या होगा? यही चिंता अहर्निश मेरे मन पर कुहर मेघ की भांति छा गई थी। चिंता-दाह से मैं दिनोंदिन घुलता जाता था। मित्रजन अक्सर पूछा करते, आपको क्या मरज है? मुख निस्तेज, कांतिहीन हो गया। भोजन औषधि के समान लगता। सोने जाता तो जान पड़ता, किसी ने पिंजरे में बंद कर दिया है। कोई मिलने आता तो चित्त उससे कोसों भागता। विचित्र दशा थी!

एक दिन शाम को दीवान साहब की फिटन मेरे द्वार पर आकर रुकी। उन्होंने अपने व्याख्यानों का एक संग्रह प्रकाशित कराया था। उसकी प्रति मुझे भेंट करने के लिए आए थे। मैंने उन्हें बैठने के लिए बहुत आग्रह किया, लेकिन उन्होंने यही कहा, सुशीला को यहां आने में संकोच होगा और फिटन पर अकेली बैठी वह घबराएगी। वे चले तो मैं भी साथ हो लिया और फिटन तक पीछे-पीछे आया। जब वे फिटन पर बैठने लगे तो मैंने सुशीला को नि:शंक हो आंख भरकर देखा, जैसे कोई प्यासा पथिक गर्मी के दिन में अफरकर पानी पिये कि न जाने कब उसे जल मिलेगा।

मेरी उस एक चितवन में वह उग्रता, वह याचना, वह उद्वेग, वह करुणा, वह श्रद्धा, वह आग्रह, वह दीनता थी, जो पत्थर की मूर्ति को भी पिघला देती। सुशीला तो फिर स्त्री थी। उसने भी मेरी ओर देखा, निर्भीक, सरल नेत्रों से, जरा भी झेंप नहीं, जरा भी झिझक नहीं। मेरे परास्त होने में जो कसर रह गई थी, वह पूरी हो गई। इसके साथ उसने मुझ पर मानो अमृत-वर्षा कर दी। मेरे हृदय और आत्मा में एक नई शक्ति का संचार हो गया। मैं लौटा तो ऐसा प्रसन्नचित्त था मानो कल्पवृक्ष मिल गया हो।

एक दिन मैंने प्रोफेसर भाटिया को पत्र लिखा–

"मैं थोड़े दिनों से किसी गुप्त रोग से ग्रस्त हो गया हूं। संभव है, तपेदिक (क्षय) का आरंभ हो, इसलिए मैं इस मई में विवाह करना उचित नहीं समझता।"

मैं लज्जावती से इस भांति विमुख होना चाहता था कि उनकी निगाहों में मेरी इज्जत कम न हो। मैं कभी-कभी अपनी स्वार्थपरता पर क्रुद्ध होता। लज्जा के साथ यह छल-कपट, यह बेवफाई करते हुए मैं अपनी ही नजरों में गिर गया था,

लेकिन मन पर कोई वश न था। उस अबला को कितना दुःख होगा, यह सोचकर मैं कई बार रोया। अभी तक मैं सुशीला के स्वभाव, विचार, मनोवृत्तियों से जरा भी परिचित न था। केवल उसके रूप-लावण्य पर अपनी लज्जा की चिरसंचित अभिलाषाओं का बलिदान कर रहा था। अबोध बालकों की भांति मिठाई के नाम पर अपने दूध-चावल को ठुकराए देता था।

मैंने प्रोफेसर को लिखा था—

"लज्जावती से मेरी बीमारी का जिक्र न करें।"

लेकिन प्रोफेसर साहब इतने गहरे न थे। चौथे ही दिन लज्जा का पत्र आया, जिसमें उसने अपना हृदय खोलकर रख दिया था। वह मेरे लिए सब कुछ, यहां तक कि वह वैधव्य की यंत्रणाएं भी सहने के लिए तैयार थी। उसकी इच्छा थी कि अब हमारे संयोग में एक क्षण का भी विलंब न हो, अस्तु! इस पत्र को लिये मैं घंटों तक संज्ञाहीन दशा में बैठा रहा। इस अलौकिक आत्मोत्सर्ग के सामने अपनी क्षुद्रता, अपनी स्वार्थपरता, अपनी दुर्बलता कितनी घृणित थी!

लज्जावती की मनोदशा कुछ ऐसी थी—सावित्री ने क्या सब कुछ जानते हुए भी सत्यवान से विवाह नहीं किया था? मैं क्यों डरूं? अपने कर्तव्य-मार्ग से क्यों डिगूं? मैं उनके लिए व्रत रखूंगी, तीर्थ करूंगी, तपस्या करूंगी। भय मुझे उनसे अलग नहीं कर सकता। मुझे उनसे कभी इतना प्रेम न था। कभी इतनी अधीरता न थी। यह मेरी परीक्षा का समय है और मैंने निश्चय कर लिया है। पिताजी अभी यात्रा से लौटे हैं, हाथ खाली हैं, कोई तैयारी नहीं कर सके हैं, इसलिए दो-चार महीनों के विलंब से उन्हें तैयारी करने का अवसर मिल जाता; पर मैं अब विलंब न करूंगी। हम और वह इसी महीने में एक दूसरे के हो जाएंगे, हमारी आत्माएं सदा के लिए संयुक्त हो जाएंगी, फिर कोई विपत्ति, दुर्घटना मुझे उनसे जुदा न कर सकेगी।

मुझे अब एक दिन की देर भी असह्य है। मैं रस्म और रिवाज की लौंडी नहीं हूं, न वही इसके गुलाम हैं। बाबूजी रस्मों के भक्त नहीं, फिर क्यों न तुरंत नैनीताल चलूं? उनकी सेवा-शुश्रूषा करूं, उन्हें ढाढ़स दूं। मैं उन्हें सारी चिंताओं से, समस्त विघ्न-बाधाओं से मुक्त कर दूंगी। इलाके का सारा प्रबंध अपने हाथों में ले लूंगी। कौंसिल के कामों में इतना व्यस्त हो जाने के कारण ही उनकी यह दशा हुई। पत्रों में अधिकतर उन्हीं के प्रश्न, उन्हीं की आलोचनाएं, उन्हीं की वक्तृताएं दिखाई देती हैं। मैं उनसे याचना करूंगी कि कुछ दिनों के लिए कौंसिल से इस्तीफा दे दें। वे मेरा गाना कितने चाव से सुनते थे। मैं उन्हें अपने गीत सुनाकर प्रसन्न करूंगी, किस्से पढ़कर सुनाऊंगी, उनको समुचित रूप से शांत रखूंगी। इस देश में तो इस

रोग की दवा नहीं हो सकती। मैं उनके पैरों पर गिरकर प्रार्थना करूंगी कि कुछ दिनों के लिए यूरोप के किसी सैनिटोरियम चलें और विधिपूर्वक इलाज कराएं। मैं कल ही कॉलेज के पुस्तकालय से इस रोग के संबंध की पुस्तकें लाऊंगी और विचारपूर्वक उनका अध्ययन करूंगी। दो-चार दिन में कॉलेज बंद हो जाएगा। मैं आज ही बाबूजी से नैनीताल चलने की चर्चा करूंगी।

आह! मैंने कल उन्हें देखा तो पहचान न सकी। कितना सुर्ख चेहरा था, कितना भरा हुआ शरीर। मालूम होता था, ईंगुर भरी हुई है! कितना सुंदर अंग-विन्यास था? कितना शौर्य था! तीन ही वर्षों में यह कायापलट हो गई, मुख पीला पड़ गया, शरीर घुलकर कांटा हो गया। आहार आधा भी नहीं रहा, हरदम चिंता में मग्न रहते हैं। कहीं आते-जाते नहीं देखती। इतने नौकर हैं, इतना सुरम्य स्थान है! विनोद के सभी सामान मौजूद हैं; लेकिन इन्हें अपना जीवन अब अंधकारमय जान पड़ता है।

इस कलमुंही बीमारी का सत्यानाश हो। अगर इसे ऐसी ही भूख थी तो मेरा शिकार क्यों न किया? मैं बड़े प्रेम से इसका स्वागत करती। कोई ऐसा उपाय होता कि यह बीमारी इन्हें छोड़कर मुझे पकड़ लेती! मुझे देखकर कैसे खिल जाते थे और मैं मुस्कराने लगती थी। एक-एक अंग प्रफुल्लित हो जाता था, पर मुझे यहां दूसरा दिन है। एक बार भी उनके चेहरे पर हंसी न दिखाई दी। जब मैंने बरामदे में कदम रखा, तब जरूर हंसे थे, किंतु कितनी निराश हंसी थी! बाबूजी अपने आंसुओं को न रोक सके। अलग कमरे में जाकर देर तक रोते रहे। लोग कहते हैं, कौंसिल में लोग केवल सम्मान-प्रतिष्ठा के लोभ से जाते हैं। उनका लक्ष्य केवल नाम पैदा करना होता है। बेचारे मेंबरों पर यह कितना कठोर आक्षेप है, कितनी घोर कृतघ्नता! जाति की सेवा में शरीर को घुलाना पड़ता है, रक्त को जलाना पड़ता है। यही जाति-सेवा का उपहार है।

पर यहां के नौकरों को जरा भी चिंता नहीं है। बाबूजी ने इनके दो-चार मिलने वालों से बीमारी का जिक्र किया; पर उन्होंने भी परवाह न की। यह मित्रों की सहानुभूति का हाल है। सभी अपनी-अपनी धुन में मस्त हैं, किसी को खबर नहीं कि दूसरों पर क्या गुजरती है। हां, इतना मुझे भी मालूम होता है कि इन्हें क्षय का केवल भ्रम है। उसके कोई लक्षण नहीं देखती। परमात्मा करे, मेरा अनुमान ठीक हो। मुझे तो कोई और ही रोग मालूम होता है। मैंने कई बार टेम्परेचर लिया। उष्णता साधारण थी। उसमें कोई आकस्मिक परिवर्तन भी न हुआ। अगर यही बीमारी है तो अभी आरंभिक अवस्था है, कोई कारण नहीं कि उचित प्रयत्न से उसकी जड़ न उखड़ जाए। मैं कल से ही इन्हें नित्य सैर कराने ले जाऊंगी। मोटर की जरूरत नहीं, फिटन पर बैठने से ज्यादा लाभ होगा। मुझे यह स्वयं कुछ लापरवाह-से जान

पड़ते हैं। इस मरज के बीमारों को बड़ी एहतियात करते देखा है। दिन में बीसों बार तो थर्मामीटर देखते हैं। पथ्यापथ्य का बड़ा विचार रखते हैं। वे फल, दूध और पुष्टिकारक पदार्थों का सेवन किया करते हैं। यह नहीं कि जो कुछ रसोइए ने अपने मन से बनाकर सामने रख दिया, वही दो-चार ग्रास खाकर उठ गए।

मुझे तो विश्वास होता जाता है कि इन्हें कोई दूसरी ही शिकायत है। जरा अवकाश मिले तो इसका पता लगाऊं। कोई चिंता नहीं है? रियासत पर कर्ज का बोझ तो नहीं है? थोड़ा बहुत कर्ज तो अवश्य ही होगा। यह तो रईसों की शान है। अगर कर्ज ही इसका मूल कारण है तो अवश्य कोई भारी रकम होगी।

चित्त विविध चिंताओं से इतना दबा हुआ है कि कुछ लिखने को जी नहीं चाहता! मेरे समस्त जीवन की अभिलाषाएं मिट्टी में मिल गईं। हा हत्भाग्य! मैं अपने को कितनी खुशनसीब समझती थी। अब संसार में मुझसे ज्यादा बदनसीब और कोई न होगा? वह अमूल्य रत्न जो मुझे चिरकाल की तपस्या और उपासना से न मिला, वह इस मृगनयनी सुंदरी को अनायास मिल जाता है। शारदा ने अभी उसे हाल में ही देखा है। कदाचित् अभी तक उससे परस्पर बातचीत करने की नौबत नहीं आई, लेकिन उससे कितने अनुरक्त हो रहे हैं। उसके प्रेम में कैसे उन्मत्त हो गए हैं। पुरुषों को परमात्मा ने हृदय नहीं दिया, केवल आंखें दी हैं। वे हृदय की कद्र नहीं करना जानते, केवल रूप-रंग पर बिक जाते हैं। अगर मुझे किसी तरह विश्वास हो जाए कि सुशीला उन्हें मुझसे ज्यादा प्रसन्न रख सकेगी, उनके जीवन को अधिक सार्थक बना देगी, तो मुझे उसके लिए जगह खाली करने में जरा भी आपत्ति न होगी। वह इतनी गर्ववती, इतनी निठुर है कि मुझे भय है, कहीं शारदा को पछताना न पड़े।

लेकिन यह मेरी स्वार्थ-कल्पना है। सुशीला गर्ववती सही, निठुर सही, विलासिनी सही, शारदा ने अपना प्रेम उस पर अर्पण कर दिया है। वे बुद्धिमान हैं, चतुर हैं, दूरदर्शी हैं और अपना हानि-लाभ सोच सकते हैं। उन्होंने सब कुछ सोचकर ही निश्चय किया होगा। जब उन्होंने मन में यह बात ठान ली तो मुझे कोई अधिकार नहीं है कि उनके सुख-मार्ग का कांटा बनूं। मुझे सब्र करके, अपने मन को समझाकर यहां से निराश, हताश, भग्नहृदय, विदा हो जाना चाहिए। परमात्मा से यही प्रार्थना है कि उन्हें प्रसन्न रखे। मुझे जरा भी ईर्ष्या, जरा भी दंभ नहीं है। मैं तो उनकी इच्छाओं की चेरी हूं। अगर उन्हें मुझको विष दे देने से खुशी होती तो मैं शौक से विष का प्याला पी लेती। प्रेम ही जीवन का प्राण है। हम इसी के लिए जीना चाहते हैं। अगर इसके लिए मरने का भी अवसर मिले तो धन्य भाग! यदि केवल मेरे हट जाने से सब काम संवर सकते हैं तो मुझे कोई इनकार नहीं।

हरि इच्छा! लेकिन मानव शरीर पाकर कौन माया-मोह से रहित होता है? जिस प्रेम-लता को मुद्दतों से पाला था, आंसुओं से सींचा था, उसको पैरों तले रौंदा जाना नहीं देखा जाता। हृदय विदीर्ण हो जाता है। अब कागज तैरता जान पड़ता है, आंसू उमड़े चले आते हैं, कैसे मन को खींचूं?

हा! जिसे अपना समझती थी, जिसके चरणों पर अपने को भेंट कर चुकी थी, जिसके सहारे जीवन-लता पल्लवित हुई थी, जिसे हृदय-मंदिर में पूजती थी, जिसके ध्यान में मग्न हो जाना जीवन का सबसे प्यारा काम था, उससे अब अनंत काल के लिए वियोग हो रहा है।

आह! किससे अब फरियाद करूं? किसके सामने जाकर रोऊं? किससे अपनी दुःख-कथा कहूं? मेरा निर्बल हृदय यह वज्राघात नहीं सह सकता। यह चोट मेरी जान लेकर छोड़ेगी। अच्छा ही होगा। प्रेम-विहीन हृदय के लिए संसार काल-कोठरी है, नैराश्य और अंधकार से भरी हुई। मैं जानती हूं, अगर आज बाबूजी उनसे विवाह के लिए जोर दें तो वे तैयार हो जाएंगे, बस मुरौवत के पुतले हैं। केवल मेरा मन रखने के लिए अपनी जान पर खेल जाएंगे। वह उन शीलवान पुरुषों में से हैं जिन्होंने 'नहीं' कहना ही नहीं सीखा। अभी तक उन्होंने दीवान साहब से सुशीला के विषय में कोई बातचीत नहीं की। शायद मेरा रुख देख रहे हैं। इसी असमंजस ने उन्हें इस दशा को पहुंचा दिया है। वे मुझे हमेशा प्रसन्न रखने की चेष्टा करेंगे। मेरा दिल कभी न दुखाएंगे, सुशीला की चर्चा भूलकर भी न करेंगे। मैं उनके स्वभाव को जानती हूं। वह नर-रत्न हैं, लेकिन मैं उनके पैरों की बेड़ी नहीं बनना चाहती। जो कुछ बीते, अपने ही ऊपर बीते। उन्हें क्यों समेटूं? डूबना ही है तो आप क्यों न डूबूं, उन्हें अपने साथ क्यों डुबाऊं?

वह भी जानती हूं कि यदि इस शोक ने घुला-घुलाकर मेरी जान ले ली तो यह अपने को कभी क्षमा न करेंगे। उनका समस्त जीवन क्षोभ और ग्लानि की भेंट हो जाएगा, उन्हें कभी शांति न मिलेगी। कितनी विकट समस्या है। मुझे मरने की भी स्वाधीनता नहीं। मुझे इनको प्रसन्न रखने के लिए अपने को प्रसन्न रखना होगा। उनसे निष्ठुरता करनी पड़ेगी। त्रिया-चरित्र खेलना पड़ेगा। दिखाना पड़ेगा कि इस बीमारी के कारण अब विवाह की बातचीत अनर्गल है। वचन को तोड़ने का अपराध अपने सिर लेना पड़ेगा। इसके सिवा उद्धार की और कोई व्यवस्था नहीं? परमात्मा मुझे बल दो कि इस परीक्षा में सफल हो जाऊं।

उधर शारदाचरण की मनोदशा इस प्रकार थी—एक ही निगाह ने निश्चय कर दिया। लज्जा ने मुझे जीत लिया। एक ही निगाह से सुशीला ने भी मुझे जीता था। उस निगाह में प्रबल आकर्षण था, एक मनोहर सारल्य, एक आनंदोद्गार, जो किसी

भांति छिपाए नहीं छिपता था, एक बालोचित उल्लास मानो उसे कोई खिलौना मिल गया हो। लज्जा की चितवन में क्षमा थी और थी करुणा, नैराश्य तथा वेदना। वह अपने को मेरी इच्छा पर बलिदान कर रही थी। आत्म-परिचय में उसे सिद्धि है। उसने अपनी बुद्धिमानी से सारी स्थिति ताड़ ली और तुरंत फैसला कर लिया। वह मेरे सुख में बाधक नहीं बनना चाहती थी। उसके साथ ही यह भी प्रकट करना चाहती थी कि मुझे तुम्हारी परवाह नहीं है। अगर तुम मुझसे जौ-भर खिंचोगे तो मैं तुमसे गज-भर खिंच जाऊंगी, लेकिन मनोवृत्तियां सुगंध के समान हैं, जो छिपाने से नहीं छिपतीं। उसकी निठुरता में नैराश्यमय वेदना थी, उसकी मुस्कान में आंसुओं की झलक। वह मेरी निगाह बचाकर क्यों रसोई में चली जाती थी और कोई-न-कोई पाक, जिसे वह जानती थी कि मुझे रुचिकर है, बना लाती थी? वह मेरे नौकरों को क्यों आराम से रखने की गुप्त रीति से ताकीद किया करती थी? समाचार-पत्रों को क्यों मेरी निगाह से छिपा दिया करती थी? क्यों संध्या समय मुझे सैर करने को मजबूर किया करती थी? उसकी एक-एक बात उसके हृदय का परदा खोल देती थी।

उसे कदाचित् मालूम नहीं है कि आत्म-परिचय रमणियों का विशेष गुण नहीं। उस दिन जब प्रोफेसर भाटिया ने बातों-ही-बातों में मुझ पर व्यंग्य किए, मुझे वैभव और संपत्ति का दास कहा और मेरे साम्यवाद की हंसी उड़ानी चाही तो उसने कितनी चतुराई से बात टाल दी। पीछे से मालूम नहीं, उसने उन्हें क्या कहा; पर मैं बरामदे में बैठा सुन रहा था कि बाप और बेटी बगीचे में बैठे हुए किसी विषय पर बहस कर रहे हैं। कौन ऐसा हृदयशून्य प्राणी है, जो निष्काम सेवा के वशीभूत न हो जाए।

लज्जावती को मैं बहुत दिनों से जानता हूं, पर मुझे ज्ञात हुआ कि इसी मुलाकात में मैंने उसका यथार्थ रूप देखा। पहले मैं उसकी रूपराशि का, उसके उदार विचारों का, उसकी मृदुवाणी का भक्त था। उसकी उज्ज्वल, दिव्य आत्म-ज्योति मेरी आंखों से छिपी हुई थी। मैंने अबकी बार ही जाना कि उसका प्रेम कितना गहरा, कितना पवित्र और कितना अगाध है। इस अवस्था में कोई दूसरी स्त्री ईर्ष्या से बावली हो जाती, मुझसे नहीं तो सुशीला से तो अवश्य ही जलने लगती, आप कुढ़ती, उसे व्यंग्यों से छेदती और मुझे धूर्त, कपटी, पाषाण और न जाने क्या-क्या कहती, पर लज्जा ने जितने विशुद्ध प्रेम भाव से सुशीला का स्वागत किया, वह मुझे कभी न भूलेगा—उसमें मनो-मालिन्य, संकीर्णता, कटुता का लेश न था। इस तरह उसे हाथों-हाथ लिये फिरती थी मानो छोटी बहन उसके यहां मेहमान हो। सुशीला इस व्यवहार पर मानो मुग्ध हो गई।

आह! वह दृश्य भी चिरस्मरणीय है, जब लज्जावती मुझसे विदा होने लगी। प्रोफेसर भाटिया मोटर पर बैठे हुए थे। वे मुझसे कुछ खिन्न हो गए और जल्दी-से-जल्दी भाग जाना चाहते थे। लज्जा एक उज्ज्वल साड़ी पहने हुए मेरे सम्मुख आकर खड़ी हो गई। वह एक तपस्विनी थी, जिसने प्रेम पर अपना जीवन अर्पण कर दिया हो, श्वेत पुष्पों की माला थी, जो किसी देवमूर्ति के चरणों पर पड़ी हुई हो। उसने मुस्कराकर मुझसे कहा—"कभी-कभी पत्र लिखते रहना, इतनी कृपा की मैं अपने को अधिकारिणी समझती हूं।"

मैंने जोश से कहा—"हां, अवश्य।"

लज्जावती ने फिर कहा—"शायद यह हमारी अंतिम भेंट हो। न जाने मैं कहां रहूंगी, कहां जाऊंगी; फिर कभी आ सकूंगी या नहीं। मुझे बिलकुल भूल न जाना। अगर मेरे मुंह से कोई ऐसी बात निकल गई हो जिससे तुम्हें दु:ख हुआ हो तो क्षमा करना और...अपने स्वास्थ्य का बहुत ध्यान रखना।"

यह कहते हुए उसने मेरी तरफ हाथ बढ़ाए। उसके हाथ कांप रहे थे। कदाचित् आंखों में आंसुओं का आवेग हो रहा था। वह जल्दी से कमरे से बाहर निकल जाना चाहती थी। अपने जब्त पर अब उसे भरोसा न था। उसने मेरी ओर दबी आंखों से देखा, मगर इस अर्द्ध-चितवन में दबे हुए पानी का वेग और प्रवाह था। ऐसे प्रवाह में मैं स्थिर न रह सका। इस निगाह ने हारी हुई बाजी जीत ली; मैंने उसके दोनों हाथ पकड़ लिये और गद्गद स्वर में बोला—"नहीं लज्जा, अब हममें और तुममें कभी वियोग न होगा।"

सहसा चपरासी ने सुशीला का पत्र लाकर सामने रख दिया। लिखा था—

प्रिय श्री शारदाचरणजी,

हम लोग कल यहां से चले जाएंगे। मुझे आज बहुत काम करना है, इसलिए मिल न सकूंगी। मैंने आज रात को अपना कर्तव्य स्थिर कर लिया। मैं लज्जावती के बने-बनाए घर को उजाड़ना नहीं चाहती। मुझे पहले यह बात न मालूम थी, नहीं तो हममें इतनी घनिष्ठता न होती। मेरा आपसे यही अनुरोध है कि लज्जा को हाथ से न जाने दीजिए। वह नारी-रत्न है। मैं जानती हूं कि मेरा रूप-रंग उससे कुछ अच्छा है और कदाचित् आप उसी प्रलोभन में पड़ गए; लेकिन मुझमें वह त्याग, वह सेवा भाव और वह आत्मोत्सर्ग नहीं है। मैं आपको प्रसन्न रख सकती हूं, पर आपके जीवन को उन्नत नहीं कर सकती, उसे पवित्र और यशस्वी नहीं बना सकती। लज्जा देवी है, वह आपको देवता बना देगी।

मैं अपने को इस योग्य नहीं समझती। कल मुझसे भेंट करने का विचार न कीजिए, रोने-रुलाने से क्या लाभ? क्षमा कीजिएगा।

—आपकी
सुशीला

मैंने यह पत्र लज्जा के हाथ में रख दिया। वह पढ़कर बोली—"मैं उससे आज ही मिलने जाऊंगी।"

मैंने उसका आशय समझकर कहा—"क्षमा करो, तुम्हारी उदारता की दूसरी बार परीक्षा नहीं लेना चाहता।"

यह कहकर मैं प्रोफेसर भाटिया के पास गया। वे मोटर पर मुंह फुलाए बैठे थे। मेरे बदले लज्जावती आई होती तो उस पर जरूर ही बरस पड़ते।

मैंने उनके पद स्पर्श किए और सिर झुकाकर बोला—"आपने मुझे सदैव अपना पुत्र समझा है। अब उस नाते को और भी दृढ़ कर दीजिए।"

प्रोफेसर भाटिया ने पहले तो मेरी ओर अविश्वासपूर्ण नेत्रों से देखा, फिर मुस्कराकर बोले—"यह तो मेरे जीवन की सबसे बड़ी अभिलाषा थी।"